御製

佛光恩照　三千大千　隨緣徧滿
恒沙法界　普度衆生　悉證菩提
身心安泰　年時豐稔　風雨調順
日月升恒　乾坤清寧　百昌蕃熾
上下樂利　中外協和　庶物咸亨
萬善圓成　情與無情　同登正覺
大清雍正十三年四月初八日

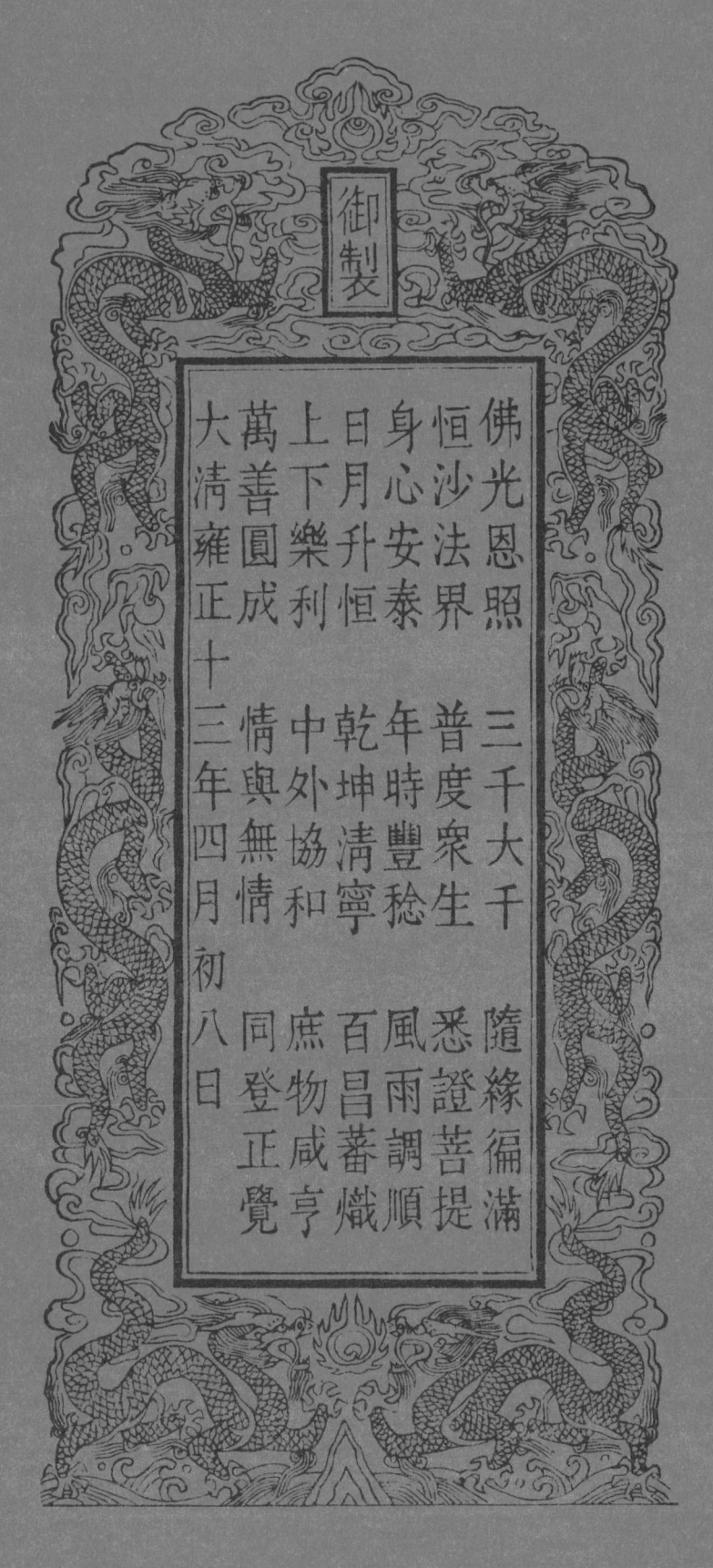

第一四四册　此土著述（三四）

圓悟佛果禪師語録

宋平江府虎丘山門人紹隆等編

清刻龍藏佛說法變相圖

圓悟佛果禪師語録序

龍圖閣直學士左朝奉大夫知處州軍州事兼管内勸農使耿延禧撰

佛以一音而演說法故一切法同此一音三世諸佛此一音六代祖師此一音天下老和尚此一音吾有正法眼藏分付摩訶迦葉乃此一音正法眼藏向者瞎驢邊滅却亦此一音以至風動林響泉鳴谷應亦此音雷霆霹靂雨雹交横亦此音人語市聲鵶鳩蛇蟇倉庚寒蟬亦此音麻三斤庭前栢樹子得髓得皮老兄未徹拄杖子踍跳上三十三天觀音胡餅却是饅頭無非此音以至一切語言銅鑼盛油銀椀盛雪鷓鴣啼華珊瑚撑月不落不昧通身徧身將心與汝安吸盡西江水亦無非此音不作此音會而作語言謦訛妄生分別無有是處昔楊岐以此音簧鼓天下至

圓悟大禪師此音益震師因頻呼小玉之音與檀郎認得之音然後大唱此音不數德山歌壓倒雲門曲凡樓子我若無心之音及盤山紅輪西去之音皆當立下風盡是老凍膿所以於建炎中與天子前奏此一音四海寂默而無敢鳴雲居安樂堂上擅此一音衆人憎嫉而無敢和且道此老子秉誰恩力得恁麽奇特昔孔子窮於陳蔡之間左據槁木右擊槁枝而歌猋氏之風有其具而無其數有其聲而無宮角木聲與人聲犁然有當於人之心乃曰今之歌者其誰乎是亦此音而世未之知也圓悟老師其知之矣予蚤事佛鑑晚見老師叩此一音更無別調學徒若平亦唱師家曲者集師語要將以刊行求爲序篇以冠卷首若知此音則圓悟老師功不浪施若不知此音而以語言文字求會解者是人行邪道不能見老師云紹興三年十二月二十日序

圓悟禪師克勤嘗被遇今上皇帝對揚正法眼藏其道盛行僧若平鳩工聚材欲以師法語傳諸天下以待後學託嚴州天寧老元弼丐予爲叙吁此果師之本旨哉予聞師常偃處一室坐斷語言轉無上法輪不容擬議揚眉開口立便喪身纔涉廉纖老拳隨起每舉到不與萬法爲侶公案已是拖泥帶水落第二義今乃欲裒集其平昔咳唾之音鋪陳而揄揚之師其聞而有不釋然者乎雖然師之不得已而有言我知之矣譬彼時雨隨物濟潤遐陬僻處枯根蠹芽若大若小各各霑足而太虛空本自無相亦無有作觀覽于斯者

宜得之言意之表此集之行在在處處當有
神物護持云紹興四年二月日檢校少保定
國軍節度使知樞密院事南陽郡開國侯張
浚序

圓悟佛果禪師語録卷第一

宋平江府虎丘山門人紹隆等編

住成都府崇寧萬壽禪寺師在昭覺初受六祖請拈帖示衆云幸自無事須要箇護身符子作麽然禍不入慎家之門且作麽生斷者公案會麽兵隨印轉請維那剖露

舉法衣云古人事不獲已掛弊垢衣如今推免不下入者群隊去也大庾嶺頭藏不得如今也要大家知

指法座云盡十方都是箇寶華王座長在裏許又何須特地車不横推理不曲斷

陞座乃云蝸牛角上三千界雲月溪山共一家既爾業緣無避處不如隨分納些些一不做二不休還有共相建立底麽僧問逢人即不出出即便爲人逢人即出出即不爲人未審如何師云兩箇無孔鐵鎚進云把斷要津還有爲人處也無師云百雜碎進云恁麽則如龍得水去也師云知則得問承師有言如今也要大家知未審知箇什麽師云風行草偃進云恁麽則恩深無語懷抱分明師云分明底事又作麽生僧云通身無影象步步絶行蹤師云一不成二不是問如何是道中至寶師云待儞脱却業識來向儞道進云業識已脱請師指示師云種穀不生豆問寶劍出匣海蚌初開向上宗乘乞師直指師云横按鏌鎁全正令進云恁麽則坐斷十方去也師云七縱八横進云寶藏撥開於此日五葉千燈事轉新師云曲不藏直乃云一向目視雲霄壁立千仞則孤負諸聖一向拖泥涉水灰頭土面則埋没自已如今恁麽也得不恁麽

也得且貴正眼流通逕委悉麽直饒高步毘盧頂不禀釋迦文婢視聲聞奴呼菩薩底來也須亡鋒結舌自餘故是出頭不得所以道三世諸佛只言自知歷代祖師全提不起一大藏教詮註不及明眼衲僧自救不了若據本分草料猶是節外生枝不涉化門一句作麽生道陣雲橫海上拔劒攪龍門下座

次受昭覺請拈帖云有眼者見有耳者聞不從天降不從地湧旣然符到奉行豈可囊藏被蓋請維那宣過

陞座云火不待日而熱風不待月而凉鶴脛自長鳬脛自短松直棘曲鵠白烏玄頭頭露現若委悉得隨處作主遇緣即宗竿木隨身逢場作戲有麽有麽問靈雲見桃華衲子如何通信師云滿山紅爍爍進云上機頓曉中下何如師云頂門上著眼進云功不浪施去也師云儞脚跟下作麽生僧云踏破澄潭月師云當空轟霹靂進云泥牛吼處天關轉木馬嘶時地軸摇師云闍梨還和得麽僧拍手三下師云錯錯錯進云靈山授記未到如此師云不是苦心人不知進云輕輕蹋足龍門過惹得清風動地來師云被闍梨帶累問大庾嶺頭提不起如今何得在師邊師舉拂子進云拈來當宇宙錦上更鋪華師云一葉落知天下秋進云九九八十一還歸有道君師云但恁麽信取問兵隨印轉和尚今日兵印在手如何受用師云看取令行時進云和尚還用得斬諸侯劒麽師云嚇殺人進云四海浪平龍睡穩九天雲靜鶴飛高師云却得闍梨共證明進云昭覺從此佛日光輝去也師

云也不消得乃云我本無心有所希求今此寶藏自然而至上是天下是地左邊廚庫右邊僧堂前是佛殿三門後是寢堂方丈寶藏在什麽處還見麽如今坐立儼然見聞不昧光輝溢目寂爾無垠盡凡聖情脫知見縛長河爲酥酪大地變黃金從自己胷襟流出一句作麽生道今古長如白練飛一條界破青山色下座

指方丈云衲僧家魔宮虎穴尚乃安居何況利生接物處所還知此室麽諸天擁護諸聖證明其善知識端居此中與人解黏去縛既有如是勝相山僧於中如何施設不入驚人浪難尋稱意魚作麽生是入門句水歸巨海波濤靜雲到蒼梧氣象閑便入方丈

開堂拈疏示衆云靈山單傳密旨曹溪嫡嗣正音盡在箇裏請表白拈出

指法座云三世諸佛於此轉法輪歷代宗師於此提祖印欲行千里一步爲初不免起模畫樣去也遂陞座拈香云奉爲今上皇帝祝嚴聖壽萬歲萬歲萬萬歲又拈香云奉爲判府内翰諸位勲貴又拈香云此一瓣香不從葱嶺帶來亦非胷襟流出在南中見三十餘員尊宿末後撞著箇老作家被他一槌擊碎今日對衆說破奉爲見住蘄州五祖演和尚以酬法乳保福贊和尚白槌云法筵龍象衆當觀第一義師云把斷世界還觀得也無直饒一槌未落已前薦得猶落二三且作麽生是第一義有知落處底麽出衆相見僧問釋迦說法多寶證明和尚開堂內翰臨顧半山相見即不問妙峯孤頂事如何師云瑞氣騰

空進云恁麽則片雲生谷口萬仞碧嵯峨師云能有幾人知進云聖明天子以何報答師舉拂子進云天上有星皆拱北人間無水不朝東師云且得領話問七擒七縱則不問賓主相逢事若何師云寶劍倚天光燦爛進云碧眼胡僧笑點頭師云相識滿天下進云昨夜三更明月下奪取驪珠歸去來師云誰是箇中人僧問三賢未達十聖難知如何是此宗師云無孔鐵鎚當面擲進云嚇殺人師云嚇得一箇進云也知和尚慣恁麽師云儞又作麽生僧云鷂子過新羅師云自知較一半乃云玄機獨唱截斷衆流擺撥不拘更無回互直饒釋迦彌勒不敢當頭著眼倚天長劍凜凜神威杲日當空澄澄光彩無物不爲妙用無法不是真乘控佛祖大機廓人天正眼當陽曉示只貴知歸纔涉思量白雲萬里是故先聖道我此法印爲欲利益世間故説在所遊方勿妄宣傳今日人天普集對衆分明剖露舉拂示衆云大衆見麽一處真千處百處一時真一句透千句百句一時透拈起也乾坤岌嶪放下也河海晏清不拈不放又作麽生萬仞峯頭高著眼大千沙界一浮漚遂舉法燈云山僧本欲深棲巖竇隱遁過時蓋緣清涼老人有未了底公案出來爲諸人了却時有僧問如何是未了公案法燈便打云祖禰不了殃及兒孫僧云過在什麽處法燈云過在儞殃及我師云法燈縱域中殺活握閫外威權直得氣槩驚群風標獨立山僧早志本亦如斯今日出來正緣五祖老師有箇見成公案對衆舉揚有不惜性命底試出挨

拶看如無不免自拈自弄去也喝一喝以拂子擊禪牀下座

上堂僧問言無展事語不投機時如何委悉師云未問已前百雜碎進云恁麽則只許老胡知也師云摸索不著進云千聖出來也摸索不著師云眼睛突出乃云不是目前法亦非心外機直下絶承當當陽無向背一處明去千處百處光輝一言通時千言百言透脱非心非佛拈向一邊舉古舉今撥致一處只諸人分上還證據得麽若證據得三世諸佛於中成道神通變化於中流出大地山河於中發現九類四生於中長育且作麽生是誸羅萬有一句來年更有新條在惱亂春風卒未休下座

上堂僧問祖意教意是同是別師云兩輪交互照進云恁麽則疋上不足也師云又被風吹別調中問如何是涅槃心師云萬派悉歸源進云如何是差別智師云千差俱不動進云都來不消得去也師云儞放寳劒在什麽處僧云高著眼師云話作兩橛乃云遠問近對萬世如今舉東明西千途一轍無事上演事無爲處作爲非色非聲青黄順逆非心非佛賓主交參全承此箇威光不在別處流轉且道此箇是什麽若唤作佛頭上安頭若唤作法無繩自縛祖師巴鼻是抱贓叫屈向上機關是揚聲止響直得總不恁麽始較些子且道既總不恁麽因什麽却較些子莫怪從前多意氣他家曾謁聖明君下座

上堂云獨掌不浪鳴獨樹不成林建法幢立宗旨須是互爲賓主安貼家邦所以道我若

坐時爾須立我若立時爾須坐我若孤峯獨宿爾須偃息干戈我若天上人間爾須三頭六臂然後可以光揚佛日且道浩浩之中如何辨主是處是慈氏無門無善財下座

上堂僧問掬沙獻佛果感輪王法寶今開有何利益師云千重百帀進云過往生天見存獲益去也師云不用闍梨重註脚問向上一路請師直指師云一棒打破虛空進云過在什麽處師云不識痛癢漢進云此猶是德山底師云山僧從來借路經過乃云眨上眉毛蹉過大似開眼尿牀見成公案放行正是點兒落節恁麽不恁麽總得曳尾靈龜不是心不是佛不是物虛空釘橛進得許多閑門破戶猶是死水藏龍傾湫倒嶽一句作麽生道巨靈擡手無多子分破華山千萬重下座

上堂云覺即了不施功麗天杲日印長空淨五眼得五力帀地清風有何極途中受用底似虎靠山世諦流布底如蛾投焰且道放行爲人好把住爲人好横按鏌鎁全正令太平寰宇斬癡頑下座

上堂云化育之本物我同途祖佛之源古今不易靈然獨露透聲色無遺廓爾見前拘動寂不得坐却意見截却語言根塵中不隔絲毫聲色外去來無際恁麽透得古今生死頭出頭没悉皆坐斷苟或未然有寒暑兮促君壽有鬼神兮妬君福下座

上堂云法界不容身佛眼覷不見聖智離言説海口莫能宣直截當陽已成階級轉身吐氣轉見周遮明明無覆藏明明絕點翳寬若太虛清如古鏡若以眼見文殊横身若以耳

聞觀音彰用若以心知普賢當堂且道毗盧遮那在什麼處貶上眉毛下座

上堂云一毫穿衆穴大地没遮欄徧界不曾藏古今無向背剎剎爾塵塵爾句句爾念念爾還明得麼若明得去不費纖毫力直入解脫門絶承當一句作麼生道喝一喝下座

上堂云機輪未轉大地黒漫漫古鏡當軒沙界淨躶躶坐却意根無動轉處塞却咽喉無吐氣處却是箇真實底人提得即天上人間撥著便氷消瓦解正當命脉上如何點八月秋何處熱下座

上堂云一即一切實際理地一切即一本來無物拈起也吒吒沙沙放下也綿綿密密三界長時獨露十方無處容身孤峯頂上倒行十字街頭横卧目視雲霄則且致魚行酒肆一句作麼生道放憨作麼下座

改昭覺寺爲崇寧勑黄到開堂師拈勑黄示衆云帀地普天皆承恩力九州四海悉禀威靈百千法門中殊特法門無量妙義中真實勝義如今從天降下不在眼目定動唇吻合開驗在目前一時薦取宣勑罷

指法座云大衆者一條路千聖共知徐行踏斷流水聲縱觀寫出飛禽跡且道如何進步要提無相毗盧印須向千峯頂上行

陞座拈香示衆云光吞萬象氣絶諸塵始從撥草瞻風以至入鄽垂手等閑不欲全彰切恐驚群動衆今日拈來奉爲今上皇帝祝嚴聖壽次拈香云奉爲判府尚書諸衙勳貴次拈香云十年淮甸受盡辛勤一道清虚親蒙印可不敢孤負奉爲五祖老師以酬法乳正

法和尚白槌師乃云駕千鈞弩一擊便行射透鐵圍不容擬議一言之下煞活全彰寸機之中包括群象直須當頭點破可以千眼頓開更若四顧躊躇便見撈天摸地有構得底出衆相見僧問三通鼓罷四衆臨筵學人上來請師說法師云天晴日出進云莫只者是爲復別有師云且只了一頭進云兩頭時如何師云看儞承當不得問百華競秀妙德家風一亘晴空普賢境界去此二途請師指示師云石笋抽條長一丈進云莫便是和尚爲人處也無師云者邊那裏兩頭垂進云請師拈出師云猶自不知進云恁麼則騎牛穿市過師云終是詧訛問有一語全規矩今日開堂有何祥瑞師云乾坤廓落無邊際杲日當空宇宙明進云一點水墨兩處成龍去也師云說什麼兩處僧問語默涉離微如何通不犯師云天知地知進云恁麼則驗在目前去也師云儞見什麼進云日月光天德山河壯帝居師云却較些子乃云全機大用觸處見成滋目清光貫通今古一塵含法界一念徧十方盡大地是真實人總剎海爲大解脫只在當人略回光相自著眼看可以克證無生頓超方便是故諸佛出世爲一大事因緣祖師西來亦不出見性成佛只如今日奉皇帝勑建大伽藍賜額度僧祝嚴聖壽一場佛事耀古騰今判府旌旆光臨群賢車蓋畢集四衆瞻仰萬姓歌謠爲國開堂舉揚宗教山僧不敢囊藏被蓋其有諸佛說不盡底祖師提不起處對衆八字打開去也遂舉拂子云大衆還見麼擊禪牀云還聞麼見處透脫聞處

精明一念返本還源即具頂門三眼萬里更無纖翳千聖齊立下風坐斷報化佛頭直得壁立千仞且道是什麽人境界鵰弓已掛狼煙息萬里歌謡賀太平下座

上堂云通身是眼見不及通身是耳聞不徹通身是口說不著通身是心鑑不出直饒盡大地明得無絲毫透漏猶在半途據令全提且道如何展演域中日月縱横掛一亘晴空萬古春下座

上堂云當陽有路祖佛共知覿面相呈見聞不隔萬象不能藏覆千聖無以等階活鱍鱍絶承當淨躶躶無回互直饒棒如雨點喝似奔雷猶未動著向上關捩在如何是向上關捩瞎却諸聖眼瘂却山僧口日午打三更面南看北斗下座

聞五祖訃上堂云大庾嶺頭笑却成哭崇寧門下哭却成笑何故喫泉水貴地脉且要正眼流通宗風不墜所謂無常生死法與我不相干若能如是見不用哭蒼天既不用哭蒼天如何通信請大衆拈香兩彩一賽下座

上堂云般若流運四象遷移正眼密弘一陽來復昆蟲動植悉禀此恩履地奉天咸知慶賀且道無陰陽地上還有者箇消息也無日南長至晷運推移錯下座

上堂云大人具大見大智得大用胷中懷六合袖裏掛金鎚高提祖印據寰中萬里孤光長溢目直得清風帀地兩灑長空截斷兩頭歸家穩坐所以道映眼時若千日萬象不能逃影質凡夫只是未曾覿何得自輕而退屈只如盡華藏世界海窮虚空邊際都盧是箇

金剛眼且作麽生覿揲石渡頭風浪静三三兩兩釣魚船下座

上堂僧問一大藏教那箇是頭師云如是我聞進云此是阿難底如何是和尚底師云山僧用得甚快乃云一言道合隨處皆真一句無私全彰寶印問得也善不問甚奇烜赫光明本無向背所以道無邊刹海自他不隔於毫端十世古今始終不移於當念不隔處總十方爲真境不移處貫十世於目前淨躶躶脫塵情赤灑灑無蓋覆直得千聖同躔萬機頓赴還會麽竿頭絲線從君弄不犯清波意自殊下座

上堂僧問如何是教外别傳一句師云問取燈籠進云謝師答話師云自領出去進云却是禪外别傳也師云三千里外過崖州問學人不恁麽時如何師云莫亂統進云趙州庭前栢崇寧庭前楠是同是别師云莫眼華進云一種没絃琴惟師彈得妙師云山僧亦不承當乃云在天成象在地成形日月爲照臨四時作寒暑居谷盈谷處坑滿坑有情則動轉施爲無情則森羅顯煥如今在山僧拄杖頭上指山山崩指海海竭點鐵成金點金成鐵攪長河爲酥酪化酥酪爲長河見諸人不會變作無邊身菩薩十方六趣悉皆普現去也還見麽鴛鴦綉出從君看不把金針度與人以拄杖擊禪牀下座

上堂僧問如何是正主師云萬派皆歸海千山必仰宗進云見成公案去也師云脚下黑如漆進云莫謾學人好師云具行脚眼未僧云和尚道什麽師云墮坑落塹乃云智光洞

照十方萬有全歸一念寬濶非外寂寥非内鬧市裏天子百草頭老僧物物頭頭全身塵塵刹刹大用不落巳見外縁一句作麽生道禹力不到處河聲流向西下座

上堂僧問入門一句作麽生道師云引得一箇上鈎來進云爭奈吞却萬象師云無孔鐵鎚進云學人今日失利師云三點兩點愁殺人乃云覿面見得在聖猶虧纔涉關津白雲萬里諦實處不思議綿密處同真際把斷世界無絲毫透漏脫灑一句作麽生道萬仞峯頭獨足行下座

上堂孤迥峭巍巍始終活鱍鱍喚作禪道祖佛眼中著屑不喚作禪道祖佛掘地覓天還有得入者麽從他千古萬古黒漫漫填溝塞壑無人會下座

上堂云點即不到一大藏教錦上鋪華到即不點祖師西來金聲玉振且道祖意教意是同是別碧潭雲外不相關下座

上堂云三轉法輪於大千其輪本來常清淨一切諸佛皆恁麽轉若向下去三乘五性頓漸偏圓若向上去不唯覔下口處不得臨濟德山目瞪口呿且道不落上下又作麽生誰是出頭人下座

上堂云僧云直待金星現燒然始到頭學人金星在手時如何師云點進云恁麽則不到頭也師云亂走衲僧進云爭奈金星何師云蹉過了也僧問祖師也恁麽道天下老和尚也恁麽道未審崇寧作麽生道師云山僧不恁麽道進云撞著磕著去也師云撞著箇什麽進云禪客相逢只彈指師云兩頭三面進

云殺活臨時師云脚頭脚底師云入荒田不揀三千里外黑漫漫牛頭没馬頭回百億萬劫没交涉拈一放一節外生枝舉古舉今無風起浪山僧今日一時坐斷且道還有爲人處也無千峯勢到嶽邊止萬派聲歸海上消下座

上堂僧問譬如擲劒揮空有一人劒亦無虚空亦不捍時如何師云大衆見爾敗闕進云學人只管推出和尚何不放行師云莫謗崇寧好進云爲什麼不肯承當師云藏身露影進云今日捉敗師云果然問牛頭未見四祖時如何師云天地莫能知進云見後如何師云古今成牓樣進云仁義只從貧處斷去也師云鬼窟裏出頭來乃云青鬱鬱碧湛湛百草頭上泄天機華簇簇錦簇簇鬧市堆邊露真智金聲玉振擲地風光電轉星飛通天作用不與萬法爲侶則且致針眼魚吞却嘉州大像時如何噁下座

上堂問如何是塵塵三昧師云點滴不施進云是一是二師云毫端寶剎進云兩彩一賽去也師云痛領一問僧云蒼天蒼天師云未領在問世尊拈華迦葉微笑和尚說法有何指示師云一物也無進云爲什麼一物也無師云爲爾無眼進云爭柰學人何師云一任踍跳乃云目前絶對待萬境森然物外有玄機當陽卓犖棒喝照用拈向一邊語路縱横放過一著爾諸人向者裏撥得一線路去直下孤危倘未撥得鼻孔盡在山僧手裏拈拄杖云穿却了也擊禪牀下座

上堂僧問團團無縫罅因甚麼得恁奇特師

云七華八裂進云言中有響去也師云且緩緩問長至一陽生君子道長時如何師云衲僧門下無許多事進云萬法是心光又作麽生師云却好高著眼進云直下承當去也師云利劒揮空乃云離相離名絶塵絶跡一回拈出一回新一度用著一度快横該萬有竪透金輪内没纖毫外無點綴若能不作聖情凡解擔荷展演得去入鄽垂手著著有出身之機退處孤峯處處歷刹塵之境恁麽中不恁麽不恁麽中却恁麽全提一句作麽生道撥開向上一竅千聖齊立下風下座

上堂僧問去歳今朝今日去今年年是去年年如何是物不還師云眉毛在眼上進云恁麽則改故換新去也師云莫錯認進云如何是不錯認底師云好看取進云劫火洞然毫末盡青山依舊白雲中師云轉得回來不直錢問萬物維新之際一人納慶之辰如何是新年頭佛法師云孟春猶寒進云恁麽則法不孤起師云坐却主人翁什麽處出氣進云長空有月千門照師云隨人脚跟轉乃云一法若有毗盧墮在凡夫萬法若無普賢失其境界一法萬法若有若無毗盧普賢凡夫法界盡在箇裏好不資一毫醜不資一毫帀地普天内外包括未有天地世界已早見成及乎萬彙資彰凝然不變若向一氣未兆已前著得眼去落第二頭更於萬物見成之際信得及去轉没交涉新年舊歳歷歷分明一句作麽生道日日香華夜夜燈下座

上堂僧問十五日即不問如何是和尚分明爲人一句師云當陽見定無毫髮擬議尋思

隔萬山問正當上元水牯牛在什麽處師云鐵棒打著瘡痕露乃云撥塵見佛未免眼裏撒沙聞聲悟道亦是耳中著水直得生佛無階級空界悉等平淨躶躶絶思惟赤灑灑没可把猶未離者邊事在更須揮金剛寶劒斬斷聱訛拈殺活拄杖打破得失亦未明向上一竅在儻或具大丈夫意氣有烹佛祖鉗鎚直下向那邊承當得却來者裏橫三竪四坐一走七荷負宗乘提持祖印有時放行同彼同此見隨類身和光順物有時把住莫道佛眼覷不見設使盡大地草木悉變爲千百億身放無數光明也照不著且道即今作麽生若不藍田射石虎幾乎悞殺李將軍下座

上堂僧問橫穿碧落倒卓須彌未審是什麽人分上事師云入地獄人分上事進云却是他安身立命處師云瓦解氷消進云此心能有幾人知師云只恐不知乃云終日相逢無半面剛然千里有知音不須格外論奇特只此全機耀古今傾蓋如舊白頭如新兩鏡相照不隔纖塵徧界未甞示相毫端普現色身止猶谷神動若行雲相見又無事不來還憶君下座

上堂云禪非意想立意乖宗道絶功勳建功失旨聞清聲外句莫向意中求轉照用機關柄佛祖鉗鎚有佛處互爲賔主無佛處風颯颯地心寧意泰響順聲和似恁麽人且道向什麽處安著披蓑側立千峯外引水澆蔬五老前下座

上堂云本來是佛無成不成正體湛然離出不出本分事上直得萬里無片雲猶未可放

過更說什麼諸餘其或隨機且論箇出世不出世所以道淨法界身本無出没大悲願力示現受生且道釋迦老子即今在什麼處只知事逐眼前過不覺老從頭上來下座

上堂僧問了了見無一物未審如何師云好箇消息進云功不浪施去也師云只恐脚不點地進云回頭看㵎眼特地一場愁師云果然浪走僧問學人不起一念時如何師云自傷已命進云因誰致得師云莫換崇寧舌頭好問妙體本來無處所時如何師云腦後拔楔問如何是玄中玄師云玄殺儞進云石人暗點頭師云言猶在耳乃云舉無遺照十方剎海目前觀五體堂堂大千同一真如性各守本位去山是山水是水互換投機去星辰易位祖佛潛蹤兩處絶謷訛二邊純莫立無可不可忝得安居隨時應緣凝然湛寂且道長養聖胎一句作麼生道不起纖毫修學心無相光中常自在下座

上堂僧問如何是平展之機師云縱横十字進云且得没交涉師云什麼處没交涉僧云腦後拔箭師云拶問父母非我親誰是最親者師云吾常於此切進云諸佛非我道誰是最道者師云須是有轉身處始得僧云欲行千里一步爲初師云信受奉行乃云國無定亂之劒四海晏清門無白澤之圖全家吉慶若道有承恩力處正是土上加泥更或削跡吞聲亦乃將南作北到者裏縱横十字未免謷訛據位投機猶較些子且作麼生是據位底句寒山逢拾得撫掌笑呵呵下座

上堂僧問江邊臨水者盡是採魚人錦鱗紅

尾作麽生取師云莫妄想進云不妄想時如何師云不計工程得便休進云碧潭深萬丈直下取魚歸也師云更須退步問一塵含法界時如何師云暗裏髑髏明世界乃云祖祖相傳傳底事佛佛授手不唯他若存情識論知解耳裏塵沙眼内華所以道見聞覺知是法法離見聞覺知不著佛法僧求呼喚不回籠羅不住更須知棒喝交馳照用同時向上一竅始得且作麽生是向上一竅鶴有九皐難翥馬無千里謾追風下座

上堂僧問一雨普滋還有佛法也無師云全承他力進云頭上漫漫脚下漫漫去也師云也須乾剥剥始得進云盡大地總是教學人如何趣入師云和頭没却進云恁麽則兩重相見師云料掉没交涉乃云牛頭没馬頭回千聖不知前三三後三三河沙莫筭低低處平之有餘高高處觀之不足東勝身洲走馬南贍部洲著撲扇子踍跳上天東海鯉魚發怒直得雨似盆傾大千沙界悉已瀰漫且道是牛頭没馬頭回是前三三後三三海神知貴不知價留向人間光照夜下座

上堂云棒頭取證撒土撒沙喝下承當承虚接響向上向下轉更顢頇說妙談玄和泥合水者一片田地分付來多時也平白欺人盡大地撮來如粟米粒大掉棒打月佛祖凡聖拈向一邊總不依倚時如何紅霞穿碧落白日遶須彌下座

上堂僧問生死交謝寒暑迭遷未審無位真人還有寒暑也無師云汗流似雨進云分明在目前也師云莫向目前作窠窟進云爭柰

即今何師云鈍置阿師乃云暑氣蒸人如墮甑四肢流汗似澆湯頼他白羽全施力引得清飈一襲涼諸人還覺寒毛卓竪麽劄下座

上堂僧問須彌山意旨如何師云推不向前約不退後進云未審還有過也無師云坐却舌頭問法不孤起仗境方生提坐具云者箇是境如何是法師云却被闍梨奪却槍進云和尚今日爲什麽退巳讓人師云只有先鋒無殿後進云未審如何是殿後師云還我話頭來乃云田地穩密底擡脚不起探頭太過神通妙用底放脚不下收身未轉直饒十字縱横朝打三千猶較些子耳道謦欬在什麽處若知有去始見全提半提儻或未知布袋裏老鵶雖活如死下座

上堂僧問南泉斬猫兒意旨如何師云殺活臨時進云趙州戴草鞋又作麽生師云是他屋裏事進云打鼓弄琵琶去也師云且莫詐明頭乃云有佛處羅籠不住無佛處荒草尋人放行也觸處光新把住也乾坤陡變且道向上人來時如何他家自有通霄路下座

上堂云休夏自恣海衆常規秋色澄清乾坤肅殺般若流運動靜一如時節不相饒炎涼倏改變無生曲調韻出清霄至寶當軒光吞萬象古今不覆蓋見在没遮欄一念不落諸縁證取自家境界何必靈山覔佛少林問祖會麽解開布袋無拘束切更勤看水牯牛下座

上堂云一言截斷千聖消聲一劒當前横屍萬里所以道有時句到意不到有時意到句不到句能剗意意能剗句意句交馳衲僧巴

鼻若能恁麼轉去青天也須喫棒且道憑箇什麼可憐無限弄潮人畢竟還落潮中死下座

上堂云殺人刀活人劒上古之風規亦是今時之樞要言句上作解會泥裏洗土塊不向言句上會方木逗圓孔未擬議已蹉過正擬議隔關山擊石火閃電光搆得搆不得未免喪身失命且道此理如何苦瓠連根苦甜苽徹蔕甜下座

上堂云雲騰致雨世界索然日照天臨乾坤廓爾文殊堂裏萬菩薩縱然顯現晴是晴雨是雨山是山水是水阿那箇是萬菩薩風暖鳥聲碎日高華影重下座

上堂云定乾坤句包古括今透生死關超聲越色鬼窟活計百千萬劫難出頭截斷衆流一片虛凝没依倚設使乾坤倒覆大海翻騰草木叢林悉皆化爲刀槍矛盾也動他一點不得且道憑箇什麼恁麼地手執夜明符幾箇知天曉下座

上堂云貶上眉毛早蹉過塞却眼更形言語轉周遮合取口盡大地都爲一塵佛眼覷不見一大藏都爲一句海口莫能宣也未提得一半在忽然踏破化城時如何行到水窮處坐看雲起時下座

上堂云風清戶牖明明古鏡高懸光射斗牛凜凜太阿横按外魔臨之膽慴妖邪擬之魂亡千聖拱手歸降十方居然坐斷外絶四維内絶理事直下便是諸人還見麼不離當處常湛然覓則知君不可見下座

退院歸辭衆上堂云未有長行而不住未有

長住而不行爲無爲盖無益梯航三有津濟四生是衲僧家本分事雖然時節到來一刀兩段要且鼻孔不在別人手裏所以道動若行雲止猶谷神既無心於彼此亦無象於去來如是則去來不以象動靜不以形豈不綽綽然有餘裕哉且道臨行一句作麽生道本是林下人却歸林下去下座

圓悟佛果禪師語録卷第一

音釋

瞎許鎋切目盲也　霹靂霹匹歷切靂郎狄切雷之急激者爲霹靂　雹白各切雨冰也　鵓蒲没切鳩鴿屬　踍跳踍蒲没切跳他弔切　鑼郎何切金銅器也　謷訛謷五高切訛吾禾切謷訛謬戾也　焱卑揺切　蝸古華切蝸牛負殻蜒蚰也　鏌鋣鏌音莫鋣音耶鏌鋣劒名　脛胡定切脚脛也

爍式灼切的爍光也　跟古痕切足踵也　嚇呼格切謼也　岌嶪岌魚及切嶪逆各切岌嶪高聳貌　挨拶挨英皆切拶子括切挨拶推逼也　釘橛釘丁定切釘之也橛其月切木段也　湫即由切龍池也　眨側合切目動也　躶郎果切赤體也　憨呼甘切愚癡甚也　覿亭歷切見也　鱍北末切鱍鱍活動貌　捩郎計切　賽先代切報也　晷居洧切日景也　烜況遠切烜赫光明也　躔呈延切居也　撞直降切衝撞也　磕克合切石相築也　鏬呼詡切孔隙也　彙于貴切類也　翥章庶切舉也　顢頇顢莫安切頇許安切　陡當口切頓也　覷七慮切視也　慴質涉切怖也

圓悟佛果禪師語録卷第二

宋平江府虎丘山門人紹隆等編

住夾山師在公安天寧受請拈帖示衆云百草頭上薦取爭如箇裏承當旣然符到奉行豈可當爐避火若也見得坐斷一切人舌頭苟或未然却請維那剖露

師指法座云毗耶借座燈王萬壽燈王借座且道是同是別還委悉麼幸自可憐生應須高著眼

陞座示衆云鉤頭有餌句裏無私已泛扁舟放行綸線還有衝浪錦鱗麼僧出云有師云高著眼僧擬議師云著問錦官罷釣澤國重遊方爲萬壽之賔又作碧巖之主流水下山即不問白雲歸洞意如何師云舊店新開進云好音在耳人皆聳一句無私亘古今師云大家在者裏進云萬丈白雲藏不得一輪光透照無私師云到家一句作麼生道僧擬議師云了師乃云目前無異草徧界絶遮欄域中日月斬新方外乾坤獨露直得龍天釋梵動地雨華妙德空生目瞪口呿行棒行喝拈向一邊雲月溪山放過一著一處透脫千處百處該通一機洞明千機萬機圓轉碧巖不離此處此處不離碧巖攝大千於毫端融芥塵於刹海啣華鳥過抱子猿歸湛寂凝然應真不借則且致只如無陰陽地上成得箇什麼邊事萬卉正資和氣力碧巖先發一枝春復舉馬大師問藥山子在此許多時本分事作麼生山云皮膚脫落盡唯有一真實祖云據汝所見可謂協於心體而布四肢何不將三條篾束取肚皮隨處住山去山云某甲何

人敢言住山祖云不然未有長行而不住未有長住而不行欲益無所益欲爲無所爲宜作舟航由是住山師云大衆古人得意之後不忘利生直入深山提持宗要山僧暗昧豈敢仰攀如是則更不用篾束肚皮劫有箇折脚鐺子與方來共守寂寥若信得及不在忉忉或未諳詳聽取箇末後句高峯突兀倚天門青嶂虚閑可堘跟折脚鐺兒幸然在不妨携去隱深雲雖然如是也須是大家出一隻手始得且道畢竟如何妙舞應須誇徧拍三臺須是大家催

師入院指方丈云箇是毗耶據坐處正同摩竭令行時夾山頂顊通一竅放出天彭老古錐既放伊出頭且道作得箇什麽伎倆衝浪錦鱗來入罟漫天網舉不饒伊

師指法座云大衆還識寶華王麽更不落二落三便敷座云野猿抱子歸青嶂幽鳥啣華過碧巖此地昔時曾作客今兹爲主愧無慙衆中還有辯得賓主底衲僧麽僧問雨細柳施金線風和華綻錦屏雲月溪山即不問到家一句若爲論師云坐斷天下人舌頭進云只如尖新底事又作麽生師云儞還識得舌頭麽進云雲到碧巖千仞翠月當青嶂萬溪春師云更進一步始得進云莫便是摩竭令也無師云放儞三十棒師乃云門外青山潑黛途中細雨如膏靈雲陌上妙華處處芳菲溢目香嚴巖畔翠竹時時撼影摇風直得一擊忘所知一見絶疑惑不免尚留觀聽未透聲色若能見無見之色聞無聞之聲撥轉路頭踏翻關捩句句超佛越祖塵塵耀古騰今

處處離色絶名箇箇斬釘截鐵心外無法法外無心用王庫刀發千鈞弩壁立萬仞坐斷十方可以入大解脱門傳正法眼藏向堯時舜日共樂昇平鼓復謳歌歸家穩坐且到家一句作麽生道但願春風齊著力一時吹入我門來復云昔傳明有通天作略跨海神機使無舌人説無義語收洛浦接青峯辨石霜賞佛日險崖句峻陷虎機深電激星飛珠回玉轉建玆寶刹風範具存而山僧庶事不才何以繼其高躅既辭讓不及轉透無門不免借一條路向無言處演言無事處生事無佛處現佛無祖處示祖且貴始末相符頭正尾正敢問諸人還見夾山老子麽莫從百草巔頭薦覷面無私亘古今

豊州權郡張朝散請師就香積院開堂師於權府手中接得疏示衆云言言錦繡句句珠璣讃無上乘顯正法眼應須未舉已前薦取文彩之外承當苟或未然却請宣過

師指法座云大衆見麽寶華王座列祖共登車不横推理無曲斷便陞座拈香云此一瓣香奉爲今上皇帝祝嚴聖壽萬歲萬歲萬萬歲伏願睿筭等乾坤聖明逾日月龍圖鳳曆彌億萬年王葉金枝亘百千劫次拈香奉爲權府通判朝請檢法在坐尊官諸衙勳貴伏願高遷禄位永固壽基又拈香云此一瓣香准向昔年酬價錦官舊日曽拈如今海衆要知不免分明説破奉爲蘄州五祖山第十二代故演禪師爇向爐中與天下衲僧出氣遂敷坐洛浦和尚白槌云法筵龍象衆當觀第一義師云早是第二了也若論勝義諦中真

勝義文彩未兆一槌未落把斷要津不通凡聖不於言下薦不向意中求既然草偃風行不免隨波逐浪還有共相證據者麼師乃云爍迦羅眼頂上放大光明摩醯首羅面門現奇特相一言含衆象一句逗群機何止猛虎穴裏横身萬仞峯頭側足所以道顯大機明大用得失俱喪是非沓忘絶塵絶跡透色透聲重重無盡事事圓融又如華嚴法界無邊香水海不可説浮幢王刹盡向者裏一時開現即此現成即此受用不以眼見不以耳聞不以口談不以心知還證得麼若也證得不必覺城東際初見文殊樓閣門開方叅慈氏敢問大衆且道即今是什麼人境界舉拂子云盧舍本身全體現當機直下没纖毫

到洛浦上堂云萬木榮紆一逕遥遥躭躭古屋枕山腰今朝喜到深深處幾度飛書辱見招爍爍山桃似火絲絲溪柳拖金日暖風和鶯吟燕語所以不離普光殿不出菩提場徧遊華藏海無邊刹境左穿右穴重重無盡一一交羅且作麼生是洛浦深深處覿面若無宗正眼回頭只見翠山巖

留首座上堂古路坦然真規不墜紀綱得所表帥得人内肅外寧安家樂業以大千界爲一真境以十方佛同一舍那文殊普賢交光相羅觀音彌勒彈拳合掌臨濟德山互相賛成白牯狸奴了無向背可以演無生曲唱太平歌且超情離見一句作麼生道木人把板雲中拍石女含笙井底吹

上堂云三春已過九夏方新聚玄徒雲間扇真風世外不促一念不涉三祇當人隨處見

成箇箇頂門有眼若便恁麼承當得去放行把住全不由他出没縱横更非外物若使上流覿見正在半途明眼相逢難爲透脱山僧雖無金剛寶劒衲僧向上鉗鎚昔在五祖白雲拾得數箇金剛圈一籃栗棘蓬九夏之中與諸人共相切磋遂舉拂子云大衆還見麼且道者箇是金剛圈是栗棘蓬不容淺見衲僧會唯許通方作者知

上堂云丁一卓二本分鉗鎚捏聚放開作家受用灰頭土面處壁立千仞壁立千仞處土面灰頭自然雙放雙收到處爲祥爲瑞還委悉麼掬水月在手弄華香滿衣

上堂云太虚寥廓萬彙森然正眼洞明纖毫不立孤峻處祖師莫近坦夷處人天共知擊開大解脱門識取無面目底且作麼生是無面目底芍藥華開菩薩臉椶櫚葉現夜叉頭

解夏上堂云圓覺伽藍豁開户牖華嚴刹海大座當軒促百千億劫爲一念豈止百二十日長期延一念作百千億劫寧論此世來生始見流金爍石俄然玉露垂珠時節不相饒物理有變復當時結夏普天帀地一時結此時解制普天帀地一時解結時初不相著解時初不相離到者裏通一線曉一機去儞爲儞我爲我長底長短底短清者自清濁者自濁於中也無去來亦無動轉浩然太均同歸一致然後放收擒縱得大解脱更唤什麼作儞作我作長作短一時截斷且自恣一句作麼生道雲在嶺頭閑不徹水流澗下太忙生

謝維那直歲上堂云烹金琢玉須資作者鉗鎚荷教扶宗必仗本分兄弟交爲肘臂互作

主賓便可以顯大機發大用布慈雲灑甘露駕慈航觀斷岸超生死越涅槃令他天下衲僧頂門上放光脚跟下歷落箇箇如龍如虎人人王轉珠回非唯扶竪叢林亦乃流通正眼豈不是奇特事敢問大衆奇特一句作麽生道妙舞更須誇徧拍三臺須是大家催

開爐上堂僧問古者道敲空作響擊木無聲如何是敲空作響師云釋迦老子來也師乃云三世諸佛向火焰裏轉大法輪熱發作什麽火焰爲三世諸佛說法三世諸佛立地聽也須煞顧眉毛若是聊聞徹骨徹髓信得及見得徹直下與三世諸佛同生同死與火焰同起同滅當處解脫得大安隱衲被蒙頭便是箇清涼世界苟或未然只知事逐眼前過不覺老從頭上來

上堂云一向不恁麽目視雲漢不徇人情一向恁麽灰頭土面帶水拖泥恁麽中不恁麽就下平高不恁麽中却恁麽從空放下或有箇恁麽不恁麽總不管亦無明亦無暗亦不放亦不收且道如何到頭霜夜月任運落前溪

上堂云天寒人寒大家在箇裏滴水滴凍無者閑工夫庭際之人驀地覓心不得衲衣下事誰諳野火燒山千重百帀沒遮攔漢去胡來絕回換且作麽生是不離當處底一句鶴飛千尺雪龍起一潭氷

上堂云雪竇道義出豐年儉生不孝於衲僧門下是放行是把住若人道得老僧分半院與伊住師云雪竇病多諳藥性經効始二人箇中或有知豐知儉知放行知把住底亦何

必分半院與伊住燒香發願只圖他早有箇院子住使嘗些滋味且免得窮廝煎餓廝炒

上堂云滿天和氣帀地韶光柳眼迸開桑條憋破華枝似錦鳥語如簧八穴七穿篆不離之心印百頭千緒演不說之妙門物物上明頭頭上現當處截得斷去死火不重燃直下信得及去枯荄生物外不涉程途則且置和泥合水一句作麼生道還家盡是兒孫事祖父從來不出門

上堂云韶華二月半漏逗渾莫筭米少食無塩釘菜崖空飯吞底栗棘蓬跳底金剛圈分外展家風秦時轆轢鑽

請首座上堂合千差包萬有齊往來印今古混有無一生死舉不犯之令行不言之教齊不齊平不平於此建立於此辨明於此紀綱於此表帥何法不容何事不成何德不圓何心不契且風行草偃一句作麼生道爲山登九仞捻土定千鈞

上堂云牙上生牙角上生角機上生機巧上生巧毒蛇鼻頭揩癢飢鷹爪下奪肉千尺井底施籌略百尺竿頭作伎倆納須彌於芥子擲大千於方外奇則甚奇妙則甚妙子細檢點將來爭如向者裏直下似桶底脱去三界平沉得箇休歇過去自過去未來由未來只今見成坐斷天下人舌頭還委悉麼簷聲不斷前旬雨電影還連後夜雷

上堂云鬱蒸無處避覿體通同薰風自南來披襟獨得衆熱不到衆苦無餘須知佛祖閫域之中有轉物回天之用是故雪竇道茫茫普熱紛紛下雪倒流四河載發枯枿且道正

當恁麽時如何蟬聲時到耳鴈影忽迎眸
上堂云華開世界起達者先知葉落即驚秋
賢明早悟而況鴈連湘浦影蟲作促織吟明
明節換時移歷歷星馳電急正當恁麽時機
關脫落底萬法本閑尚留見聞底長安正閙
若能善觀時節把斷要津堂堂越聖超凡一
一騎聲蓋色當處平和一句作麽生道志士
惜日短愁人知夜長
解制上堂云尋常一味無過朴實頭坐斷千
差史須高著眼壁立萬仞處淨躶躶平田淺
草裏峭危危當處平和拖泥帶水深挑痛劄
犯手傷鋒欲得兩不相妨各請休機罷釣且
九夏賞勞一句作麽生道險處豈嘗忘顧鑑
縱行平地索隄防
上堂云突出難辨久叅未免躊躇信手拈來
後學那知端的金風扇物玉露垂珠鴈過長
空蛩吟幽砌一一七穿八穴明明百帀千重
何必棒喝交馳方論照用直下懸崖撒手便
可承當還有恁麽人麽見義不爲非勇士臨
危不變始驚群
看藏經上堂祥煙繚繞瑞氣氤氲公案見成
有誰扣擊乃云塵中大經卷莫測津涯聰慧
淨眼人始能拈出直得義天性海若帝網交
羅智照神光如洪爐猛焰今日幸遇皇風蕩
蕩帝道平平有大心檀越爲汝發機使諸人
各各八字打開直得霞條展處玉牒舒時文
彩已彰各宜薦取且不落文墨一句作麽生
道一堂風冷淡千古意分明
上堂云一塵入正受盡大地冷湫湫諸塵三
昧起徧十方闊浩浩分身百億未足爲多端

坐虗堂未甞言靜到者裏卷舒收放擒縱殺活以金剛寶劒截斷疑情將衲僧巴鼻脫生死關坐斷要津不通凡聖千人萬人羅籠不住百千境界轉變不得始能為如來使普現色身且道正當恁麼時如何日用無回互當機有卷舒

上堂云萬機不到千聖不携截斷葛藤掀翻路布若也從苗辨地因語識人猶落第二機在若論第一機上實無如是事且道第一機上還著得計較麽著得向上向下麽著得佛祖麽到者裏直須恁麽超然地把斷要津不通凡聖若未薦得不免放一線道向第二義門無言處演言無相中現相直下似十五夜月澄湛孤圓一室千燈交光相照始終一貫前後無差也須是箇同道者方知同得者方證且那箇是同得同證底一言才契證未悟已先知

知縣入山上堂拈香示衆信手拈來光明烜赫結而為蓋散而為雲爇向爐中莊嚴知縣宣德姸智道人伏願道心堅固種智圓明遂敷座適來錦上鋪華如今鋪華錦上還有明眼底解拈得探得麽試出來擊揚看師乃云心不是佛認心乖宗智不是道立智失旨道本無為佛亦無相於無相無為處辨得去一切諸相悉皆是佛一切所為悉皆是道拈起也天回地轉放下也草偃風行若是向上更不落二落三直下單刀直入其或尚存光彩猶滯皮膚不免向者裏談妙談玄演事演理行棒行喝舉古舉今且道山僧畢竟將什麽為人不住舊時無相貎外尋知識也非真

上堂云山頭鼓浪井底揚塵眼聽似震雷霆耳觀如張錦繡三百六十骨節一一現無邊妙身八萬四千毛端頭頭彰寶王剎海不是神通妙用亦非法爾如然苟能千眼頓開直下十方坐斷且超然獨脫一句作麽生道試玉須經火求珠不離泥

上堂云風吹風動無二種水洗水濕豈兩般淺聞深悟底錦上鋪華深聞不悟底生鐵鑄就春盡羣芳已歇夏初百穀方滋時節不相饒乾坤得自在且不涉迷悟一句作麽生道薰風自南來殿閣生微涼

王待制生日請上堂示衆云當陽一句直截根源不昧時機出衆相見師云靈機廓爾豈有階梯智照洞然本無迷暗一切處作奇特事不動絲毫脚跟下亘堅密身徧塵沙界坐斷千差路突出四威儀何假七步周行十種祥瑞明明絕滲漏歷歷無覆藏包古今齊物我平得失混去來分明直下現成是箇本來面目只如透出形聲且道如何通信還委悉麽一塵才舉處全體現優曇

上堂云第一句下薦得祖師乞命第二句下薦得人天膽落第三句下薦得虎口裏橫身不是循途守轍亦非華轍移途透得則六臂三頭未透亦人間天上且道三句外一句作麽生道生涯只在絲綸上明月扁舟泛五湖

住道林語錄師在夾山受請拈帖示衆云大衆湖外有知音千里通消息透出威音王誰解知端的還知麽箇裏辨取苟或未然却請對衆宣過

陞座云數載碧巖藏拙訥幽深頗愜再南心

業緣苦死相驅逼隨順還須過道林二途俱不涉底出來道看僧問天得一以清地得一以寧衲僧得一時如何師云藏身無路進云兵隨印轉去也師云一句合頭語進云意氣不從天地得英雄豈待四時推師云瞻之仰之進云只如跡中道本來真性不減不增隨處道場無罣無礙和尚爲什麼不住夾山却赴道林師云只爲現成公案進云恁麼則慈悲不等去也師云什麼處不等進云驗在目前師云蹉過也不知進云承師有言湖外有知音千里通消息未審是什麼消息師云高著眼進云還許學人說道理也無師云啐啄即不堪師乃云孤峯頂上眠雲孤負先聖十字街頭垂手埋沒宗風不擇地而安失却正眼揀所在而住理涉多端若是本色衲僧直下一刀劃斷無彼無此離去離住明如杲日寛若太虛隨處作主遇緣即行且應物利生一句作麼生道渠儂無向背一鏃破三關師復云雲縱卷舒豈有彼此谷神靜應那列高低融通萬有而混成坐斷要津而一致塵中經卷長時轉大法輪句下分身是處光輝烜赫箇是衲僧家尋常受用或撮大地如粟米粒大拋向面前摑須彌踍跳上三十三天且道是雲縱卷舒谷神靜應還會麼行船須是把梢人

到梁山上堂云擊布鼓於龍門曜螢火於太陽到者裏直得藏身無路還有忍俊不禁底麼師乃云無生師子窟哮吼驚群不二栴檀林香風帀座直得言超象外句演真乘道出古今用過佛祖山僧到者裏如何啓口所謂

見所未見聞所未聞雖然借路經過不免逢場作戲乃古乃今無彼無此適來覺海舉夾山道太陽溢目萬里不掛片雲清清之水遊魚自迷目前無闍梨此間無老僧若能知雲月是同溪山各異便見但知作佛愁什麽衆生如此則三玄三要八字打開五位君臣一筆勾下諸人還見麽出頭天外看須是箇中人

到德山上堂云高懸古鏡列萬象於臺前横按鏌鎁截群機於句下開作家爐鞴奮佛祖鉗鎚演見性之真風紹圓明之宗範直得如天普蓋似地普擎頭頭物物明明了了要津坐斷選佛場開到者裏豈可飲氣吞聲不免借華獻水大衆當年見性禪師據一條白棒佛來也打至於隔江揺扇斫木傳心巖頭雪峯唱末後句洞山龍牙明殺活機今古流傳叢林龜鑑而今堂頭繼此真風截斷衆流不存涓滴山僧幸獲覩光敢問人境相稱一句作麽生道五溪清不盡千古美無虧

入院至方丈云摩竭陀親行此令毗耶離巳現神通而今總不重拈出坐斷千差繼祖風且坐斷一句作麽生道巳在言前

陞座云炎炎伏暑離青嶂肅肅清秋渡碧湘古殿耽耽松檜密無塵金地足清涼既到者裏還有本色衲僧麽出來共相證明僧問黄檗因裴相國美譽彌高大顛得韓文公佳聲逾遠未審和尚恩歸何人師云那將魚目比明珠進云若然者從此希聲天下聞師云退身有分進云今日和尚添得一重光彩師云什麽處是添得進云虎頭帶角出荒草師云

切忌合頭語師乃云法無住相著相乖宗道
不虛行隨行得路須知住中無住行中無行
寬若太虛明如杲日萬象不能藏覆千聖豈
可擬倫一塵飛而翳天一芥墮而覆地一華
開而見佛一葉落而知秋物物頭頭明明歷
歷事有千差理歸一揆須是通方作者始解
證明不見道盡乾坤都盧是沙門一隻眼又
道盡大地撮來如粟米粒大非是神通妙用
亦非本體如然到者裏遇緣即宗隨處應機
且到山一句作麽生道古殿倚巖腹新徑繞
雲根復云諸佛不出世四十九年說威音已
前没交涉祖師不西來少林有妙訣達磨一
宗掃土淨盡若人識祖佛渠無面目甚處識
渠當處便超越前是三門佛殿後是方丈寢
堂左右廚庫僧堂作麽生說當處超越還委
悉麽撒手到家人不識更無一物獻尊堂
八月一日於天寧寺開堂師拈䟽云大衆見
麽箇裏薦得正法眼藏明明無覆藏大事因
緣歷歷生光彩其或未然却請表白對衆宣
過宣䟽罷
師指法座云大衆借座燈王昔人模範當陽
定奪此日機鋒要明佛祖淵源須踏毗盧頂
上遂陞座拈香云此一瓣香奉爲祝嚴今上
皇帝聖壽伏願金輪長御極寶祚永昌隆拱
北極以稱尊空芥城而彌固第二瓣香奉爲
判府安撫侍講運使中大運判檢討提學删
定提舉大夫承受奉御兩廳通判大夫在座
勲貴伏願爲風后力牧作稷卨夔皐副具瞻
則八座三台簡帝心乃鹽梅霖雨第三瓣香
千佛出興何人酬價威音那畔誰辨端倪昔

年白雲一句下承當今日潭城第三回拈出奉爲蘄州五祖山第十二代故演禪師以酬法乳乃攝衣趺坐天寧和尚白槌云法筵龍象衆當觀第一義師云好箇第一義直得八面玲瓏如印印空如印印泥如印印水恁麼說話早是落二落三了也莫有具透關眼底便請出來激揚看僧問透白雲關佩黃梅印握楊岐正令恢慈明舊里臨濟三玄即不問妙峯孤頂事如何師云覿面相呈無向背進云善財七日不逢則且致文殊爲什麼百刧摸𢱢不著師云你什麼處見文殊進云一句迥超千聖外滿筵目擊盡知音師云高高處觀之不足低低處平之有餘進云恁麼則瀟湘江上月照破碧巖秋師云也須急著眼始得進云只如侍講昔日有詩道解語乃無舌老僧非此間正當恁麼時如何師云知心有幾人進云令人轉憶龐居士天上人間不可陪師云却被闍黎道著師乃云大道無向背至理絕言詮迥出三乘高超十地萬法不到處特地光輝生佛未分時靈源獨曜不落聞見不隨色聲直下無一絲毫頭徧界全彰奇特事直饒棒頭取證喝下承當猶是曲爲今時更或光境俱忘契心平等畢竟亦非的旨所以道向上一路千聖不傳學者勞形如猿捉影到者裏理絕事絕行絕照絕用絕權絕實絕直似倚天長劒凜凜神威如鐵牛之機羅籠不住今日幸對明眼人前不敢被蓋囊藏八字打開去也拈拂子云還委悉麼耀古騰今活鱍鱍大千沙界露全身復云大衆昔日雪峯拈拄杖示衆云我者箇爲中下機人

時有僧出問云忽遇上上機人來時如何峯拈却拄杖雲門云我不似雪峯打破者葛藤乃拈拄杖云我者箇爲中下機人時有僧問忽遇上上機人來時如何雲門便打師拈云大凡扶宗立教須是頂門上具眼肘臂下有符看他二老宿縱横殺活出没卷舒甚生奇特子細點檢將來猶是節外生枝若據山僧見處乃拈拄杖云山僧只將者箇普爲一切人無論上中下若要擎展一任擎展若要承當一任承當處處把斷要津箇箇壁立千仞且道忽遇其中人來時如何萬國醉心肯大鼎相逢携手上高臺

謝監寺上堂云滴水氷生百了千當鐵作脊梁骨金鑄堅實心荷負叢林贊弼知識典刑可法直下朴實頭底且道是什麽人相逢相見呵呵笑更有春風春又春

運判請上堂示衆云驚群敵勝乃英靈佛祖當機貴見成幸遇通人爲證據何妨出衆決疑情僧問龐居士圓機如疾焰過風馬祖大師捷辯如奔流度刃二人酬唱還有優劣也無師云通身是徧身是進云一槌擊碎去也師云且莫錯認進云不與萬法爲侶者是什麽人師云問從何來進云好箇消息師云道什麽進云只如一口吸盡西江水又作麽生師云杲日麗天進云將爲有多少奇特師云儞又作麽生進云覿面相呈師云貶上眉毛師乃云明明不退轉歷歷無生忍彌綸萬有含吐十虛離見絶聞超聲越色若謂即心即佛正如頭上安頭更言非佛非心大似撥漚覓火超出二見不墮中間淨躶躶無遺赤灑

灑全露是故古人道靈源不昧萬古徹猷入此門來莫有知解到者裏纖毫不立徧界不藏萬派朝宗千差同轍直得威音已前乃至窮未來際不移易一絲毫用處靚體全真拈來當機直截只如今日開選佛場演最上乘且道薦嚴一句作麽生道内宫慈氏當臺見徧界全彰淨妙身復舉乾峯示衆云舉一不得舉二放過一著落在第二雲門大師出衆云昨日有人從天台來却往徑山去峯云典座來日不得普請師云閃電光中著眼擊石火裏横身乾峯既鐵樹生華雲門亦紅爐鼓浪拳踢相應唱拍相隨所請要明恁麽事須是恁麽人若是恁麽人須解恁麽事只如今日大明普照上根圓證作殊勝緣現奇特事且道與雲門乾峯是同是别不逢别者不開拳一遇知音便分付

上堂云樹凋葉落頭頭體露金風海闊天高處處月圓秋夜佛祖提不起棒喝用不著清奇水石玲瓏心印全彰瀟灑巖崖峭拔門庭成見安家樂業則且止海衆雲臻時如何豁開户牖相延諾淡飯麤羹守寂寥

上堂云深深處無物堪比倫淺淺箇兩手相分付以一統萬穿衆穴於毫端補短裁長握秤尺於掌内換却髑髏裏底且致把將靴鞋袋來一句作麽生道意氣不從天地得英雄豈藉四時推

周侍御請上堂云祝一人無窮之壽開十方選佛之場建殊勝緣作奇特事須是作家漢共相激揚始得僧問秋去冬來忽忽過流年日月信無多決去玄沙三種病趙州茶盞事

如何師云放去收來進云須信天真佛與悲幾萬般師云一點水墨進云直得微甘回齒頰已輸崖蜜十分甜師云却須透得趙州關進云不煩魏帝一九藥去也師云天下衲僧取則進云趙州老漢猶是入泥入水未審道林門下作麽生爲人師云截鐵斬釘進云可謂是一句當機迅若雷爍迦羅眼頂門開師云分明記取師乃云玄機透脫融萬象於目前至理高明會千差於物表一明一切明一見一切見一用一切用一說一切說直截根源當陽顯露若能於此洞達去自已脚跟下一段大事明如杲日寬如太虛可以修身可以見性可以祝一人上壽可以種未來勝因是故靈山拈華迦葉微笑少林面壁神光傳心於是中間如擊石火似閃電光須是奇特人方明本分事要知本分事還他奇特人只如今日奇特本分底一句作麽生道葵藿同傾仰高祝萬年春

上堂云玄玄玄太顴頂了了了没邊表有生有滅特地乖張無去無來轉見漏逗不起滅盡定而現諸威儀不捨凡夫法而修諸勝行且道是放行是把住隨流認得性無喜亦無憂

上堂云葉落知秋動絃别曲定光招手智者點頭承當於文彩未生前相照向是非得失外不涉廉纖如何通信萬景徒有象孤雲本無心

檀越請上堂僧問教云初日分中日分後日分皆以恒河沙等身布施如何是初日分恒河沙等身布施師云大海若不納百川應倒

流進云如何是中日分恒河沙等身布施師云見成公案進云如何是後日分恒河沙等身布施師云盡未來際一時收師乃云日面月面珠回玉轉有句無句絲來線去如來禪父母未生前祖師意井底紅塵起透得者權實句下雙明透未得者葛藤窠裏埋沒透得透不得總不恁麼時如何薰風自南來殿閣生微涼

結夏上堂云高超十地不歷僧祇物我一如身心平等不與萬法爲侶不與千聖同途歷歷常光現前處處壁立萬仞直饒透出威音已前猶是者邊事在及乎理隨事變應物應機或現十種他受用身或現三尺一丈六有時孤峯頂上目視雲霄有時淺草平田橫三竪四亦只是者邊事只如不動步而廓周沙界不起念而周徧十虛底人且道九旬三月還結夏也無雲在嶺頭閑不徹水流澗下太忙生

上堂云月圓月望月旦月朔斬釘截鐵堆山積嶽小乘錢貫大乘井索有漏笊籬無漏木杓定龍蛇句全殺活散向諸方任貶剥叅

鄧樞密奏到紫衣師名上堂云此一瓣香奉爲祝嚴今上皇帝伏願帝基永久寶祚彌昌億萬斯年永隆聖壽次拈香奉爲兩府樞密相公伏願長居三事永處巖廊壽筭等喬松福禄深巨海陞座僧問師名遠賜全提佛祖大機椹服初披獨露人天正眼百帀千重則且置孤峯頂顊事如何師云優鉢羅華火裏開進云只如朕兆未分已前是何面目師云渠無面目進云龍得水時添意氣虎逢山勢

長威獰師云誰不恁麽進云空生若解巖中坐爭得天華動地來師云却被闍黎勘破進云聖明天子未審將何報答師云此心心外更無心進云還許學人轉身吐氣也無師云儞作麽生著力進云三事衲衣青嶂外一爐沉水白雲中師云大家讚歎師乃云大道絶遮攔其誰趣向虚空無背面何處雕鐫逈出威音王高超毗盧頂直得絶塵絶跡離相離名海口莫能宣佛眼覷不見其柰巖中宴坐諸天雨華淨室掩關梵音慰諭遠稟一人洪造特賫宰輔陶鎔椹服師名荐臻巖穴既爾從天降下理應直下承當泉石光輝林巒增秀風行草偃水到渠成由是擊開解脱門顯示正法眼調無生曲唱太平歌樂無爲之化去也還委悉麽優鉢羅華開馥著無香氣名自樞密府恩從九天至草木生光輝麟龍不爲瑞誓奮鐵石心仰答丘山恵

舉泰首座立僧上堂云大人具大見大智得大用一飛六月息一諾千金重滔天必江海崔嵬必山嶽先知覺未知先覺覺後覺打開無盡藏運出無價珎不依倚一物顯示本來人

浴佛上堂云一手指天一手指地末上一機衲僧巴鼻步步蓮華金盆澡洗西天東土共流傳至今處處澆香水良久云車不横推理不曲斷下座

劉提舉請上堂云般若智光破生死昏衢之暗金剛寶劒截結使纏縛之憂透脱處一念無多受用處通身具眼直得如天普蓋似地普擎如日普照如風普涼一絲不移纖塵不

翳所以道一切法不生一切法不滅若能如是解諸佛常現前又道求達境唯心起種種分别達境唯心巳分别即不生於分别不生法中認取不變不移無窮無盡清淨本然周徧法界本來自性若了得去於天地未分生佛未立乃至刼火洞然大千俱壞於中無一絲毫動揺無一絲毫起滅無一絲毫增減無一絲毫榮悴若能恁麽始知提舉朝議未嘗滅未嘗虧未嘗移未嘗去且獨超物外一句作麽生道九蓮開合處百寶自莊嚴久立珍重

解夏上堂云妙淨明心本無延促金剛正眼豈有開遮絲毫不移古今獨露理隨事變事逐理融隨所作心應所知量便有春夏秋冬生住異滅從無住本立一切法用無功用成一切事且隨縁不變一句作麽生道秋風吹八極木落露千山下座

上堂云古佛有通津當陽亘古今懸崖能撒手一語直千金叅

上堂云行棒行喝拽石搬土象骨輥毬禾山打鼓溈嶺牧牛玄沙見虎喫茶趙州面壁魯祖爭似老雲門臘月二十五叅

圓悟佛果禪師語録卷第二

音釋

瞪澄應切直視也　呿丘加切口張貌　篾莫結切析竹也　顊乃挺切頂顊也　慗四歲切急速貌　䡾轢鑽䡾徒洛切轢音洛鑽祖算切　捻奴協切指捻也　椕才葛切木斫髡而復生曰椕　爇儒劣切燒也　劃忽麥切截斷也　鏃作木切矢鏑也　摑古獲切批打也　韛步拜切吹火韋囊也　卨私列切高辛之千殷之先也　椹食枕切椹服紫衣也　陶鎔陶徒刀切甄陶也鎔餘封切鑄也　拽羊列切拖也　輥毬輥公混切毬渠尤切

圓悟佛果禪師語録卷第三

宋平江府虎丘山門人紹隆等編

住建康府蔣山師在潭州道林受請拈勑黄示衆云龍蟠鳳翥鐵畫銀鈎出自九重從天降下大衆瞻仰請爲敷宣拈香祝聖云大衆見麽祖佛同根本人天共讃揚結成寶蓋祥雲共祝南山聖壽奉爲今上皇帝萬歲萬萬歲伏願道超盤古德冠羲軒位永固於金輪壽彌堅於刼石遂陞座云大衆時平道泰天清地寧一人高拱無爲萬物各得其所普天率土無不承恩航海梯山均蒙陶鑄直得塵塵刹刹物物頭頭放大寶光開正法眼運般若力復太古風知恩報恩一句作麽生道萬靈莫測無爲化處處全開五葉華

道林辭衆上堂云十虛同一漚寧分彼此大千同一塵豈有去來若能各人明見本心顯發妙用通天作略動靜一如帀地風光彼此無二住也浮雲凝於幽谷去也虛舟泛於長江去住本自圓成解脱更無異路如是則全起全滅全動全靜全去全來全收全放且出門一句作麽生道頭頭物物皆成現正眼當陽廓太虛復云三年承乏幸忝陪道業荒虛愧不材赴詔直從天外去何時相與復徘徊入院至方丈云達磨面壁維摩默然有條攀條豈可形言雖然如是脱體宏開不二門只要解黏兼去縛

陞座云道不虛行如風偃草縁不虛應似鏡臨形若能於心無心於已無已於彼無彼於我無我蕩蕩廓周沙界皆非外物縱歷盡乾坤際悉在目前法隨法行法幢隨處建立理

亦如是事亦如是況實公道場衆時示化舒王福地聖世重興宏開選佛場宣唱大般若於其中間且作麽生是於心無心於已無巳坐斷要津不通凡聖底一句三山半落青天外二水中分白鷺洲

結夏上堂云一塵含法界無邊子細點檢猶有空缺處在百億毛頭師子百億毛頭一時現著實論量未是極則之談若論本分事大人具大見大智得大用設使盡無邊香水海越不可說不可說世界都盧是自已安居處舉一念超越無邊刹海猶未是衲僧行履處不犯鋒鋩不拘得失不落二見不在中間正當恁麽時如何山中九十日雲外幾千年

上堂云法無二相道豈多途彼此絶功勳古今不變易有依倚底碧落青霄無依倚底銀山鐵壁設使神通妙用百帀千重爭如息見忘機家堂穩坐且不涉二途一句作麽生道他家自有通霄路罷却干戈百草頭

五月初二日開堂於知府手中接得疏呈示大衆云字字演無量義句句如優曇華佛祖鉗鎚人天標牓當陽拈出文彩巳彰錦上鋪華請重宣過

指法座云高高無外深深無際更不作禮須彌燈步步堦梯全體是且道是箇什麽看看

拈香云大衆還見麽熏五分法身結五雲瑞彩爇向爐中奉爲祝嚴今上皇帝聖壽萬歲萬歲萬萬歲伏願道齊堯舜德冠羲軒南山壽逾億萬年北極尊亘河沙劫第二辦香奉爲判府尚書諸衙勳貴伏願膺一人簡在副四海具瞻爲周邵甫申作臯夔益卨第三辦

香云昔年白雲堆裏最初一句截流今日人天衆前箇是四回拈出奉爲蘄州五祖山第十二代演禪師爇向爐中以酬法乳之恩乃攝衣敷座天禧和尚白槌云法筵龍象衆當觀第一義師云一槌便成光輝溢目要津把斷誰是唱酬還有能觀第一義底出來相見師乃云曠刧來事只在如今威音那邊全歸掌握頭頭物物成現明明了了無差獨用宏機全提祖印設使奮逸群作略施竭世樞機未免節外生枝水中捉月所以諸佛出世罕遇作家祖師西來承虛接響向上一路千聖不傳學者勞形如猿捉影到者裏不拘格式不躡前蹤不昧當機如何舉唱明眼漢没窠臼本分事絶羅籠幸遇帝道平平皇風蕩蕩祝嚴聖壽爲國開堂台旆光臨皇華作證鍾山頂上寶公塔前八字打開分明顯示去遂拈起拄杖云還見麼諸佛搆不著祖師提不起千日並照萬鏡臨臺不隔纖毫當陽薦取且不涉諸縁一句作麼生道八方霡霂無爲化萬國謳謡樂太平

上堂云不滅不生亘古亘今圓融無際應用無差佛祖由茲圓成人天因其發現至於千聖萬聖出來移易一絲毫不得要識文殊普賢釋迦彌勒觀音勢至盡在者裏不起纖毫凡聖情念不拘得失是非境界直下全真更非他物且薦嚴一句作麼生道還委悉麼彌陀非外得徧界是西方

上堂云一切無収攝觸處圓成應用絶參差莫窮形相向千聖頂顊上有時露出祖佛莫窮底機關於一毫端中有時演出主賔互换

底文彩經天緯地玉轉珠回即且置舉拂子作點勢云者一點落在什麽處海神知貴不知價留與人間光照夜

上堂云至真非内大千非外表裏一如含融法界月印寒潭珠沉滄海樹彫葉落無在不在萬法本通同從來無向背要是箇中人始終無變改且作麽生是無變改雪後始知松栢操事難方見丈夫心

上堂云格外真乘當陽正眼騎聲蓋色離見絶聞非三賢十聖所知非神通變化所測撥開向上一竅威音已前把斷封疆直饒達磨西來也無措手足處到者裏更説心説境説得説失得麽掀知有什麽交涉若是利根漢一刀截斷不落第二見不落第二機直下便承當豈不省要乃至若行若住若坐若卧一香一華一瞻一禮無不皆從自己流出無不皆從本有道場中來以此坐斷報化佛頭不妨隨時著衣喫飯三世諸佛只言自知祖師西來全提不起一大藏教詮註不及且道到者裏作麽生説預作津梁底道理還委悉麽片雲點太清已落第二見

報寧民和尚受帖上堂云一向孤峯獨宿目視雲霄雖則不埋没宗風無乃太高生一向十字路口土面灰頭利物應機雖則埋没自己無乃太屈辱生況明悟之士頂門具眼肘下有符出没卷舒得大自在動若行雲止猶谷神可以或孤峯獨宿不礙土面灰頭或土面灰頭不礙孤峯獨宿恁麽中有不恁麽不恁麽中却有恁麽且應時應節一句作麽生道良久云瑞氣逢嘉運靈苗觸處春

受季善友爲僧上堂云三界無安四生拘促欲脱愛網超步大方正應披忍辱鎧操智慧刀運上品心發殊勝志與蘊魔煩惱魔死魔共戰滅三毒破魔網始是大丈夫漢豈不見教中道三界無安猶如火宅衆苦充滿甚可怖畏又道是舍唯有一門而復狹小雖然狹小過去諸佛現在諸佛未來諸佛盡從箇裏出去且道必竟如何良久云何似生遼天鶻萬里雲只一突

上堂云千聖不同轍正體獨露萬象無所覆妙用常真法隨法行無處不徧心隨心用無處不周若能上絶攀仰下絶已躬放出人人常光目前各各獨露便可以於一塵中現寶王刹坐毛端裏轉大法輪以無轉而轉即一切皆轉以無身現身一切處無不是身亘古亘今凝然寂照所以道唯一堅密身一切塵中現雖居塵中而塵中收他不得雖居四相而四相羅籠不住雖一切處覓其纖毫形相了不可得然而要用便用要行便行亦不於一塵中覓塵亦不尋其纖毫形相謂之無生法忍且只如截斷兩頭一句作麼生道死生同一際萬化悉皆如

解夏上堂云毫端寶刹寛闊優游十世隣虚古今瀰邈洞視不見徹聽不聞到者裏非止善財七日斂念設使文殊百劫運大智力起無邊神用亦不能覷見只如諸人九十日間各各於中全體遊歷出没卷舒縱横收放八穴七穿東涌西没儻忽於此知得諦當去不妨步步踏著實地心心契證平常苟或未然今日布袋口開還委悉麼良久云勿謂清秋

多勝致低回且復按雲頭
八月一日上堂云撥正三界窠窟放出無位真人透過荆棘叢林便居常寂光土非如非異耀古騰今非色非心超宗越格淨躶躶絶承當赤灑灑没回互只如今在諸人頂門貫通一切若能各各返照内觀即坐自己家堂所以祖師道有一物上拄天下拄地常在動用中動用中收不得謂之本源佛性顯成知解宗徒更云説似一物即不中亦不免涉三寸路直得不墮常情不拘格式諸人若能於此定當得更不在指東劃西若定當不得不免重重指注去也不見道有物先天地無形本寂寥能爲萬象主不逐四時彫既不逐四時彫又能爲萬象主且當陽截斷路頭如何趣向還委悉麽八月秋何處熱復云抖擻自精神搆取自家底如斬一綟絲不分前後際力刃既雙行一斬截一切倘能劒刃上承當一口吸盡西江水一開爐上堂云乾茆近火理合先燋滴水氷生事不相涉倘或透生死明寒暑融動静一去來直得意遣情忘如癡似兀然後乃可飢則喫飯健則經行熱則乘涼寒則向火雖然如是趙州道我在南方三十年有箇無賓主句直至如今無人舉得且無賓主話火爐頭如何舉得還委悉麽衲被幪頭萬事休此時山僧都不會
褒山珪禪師爲佛眼和尚設齋請上堂云還有助哀者麽僧問明鏡當臺舉無遺照只如佛眼和尚還化向什麽處去師云妙喜世界藏不得蓮華影裏現全身進云和尚只道得一半師云儞全道底又作麽生進云煩惱海

中爲雨露無明山上作雲雷師云天地懸隔進云誰人知此意令我憶南泉師云且莫詐明頭問臨濟滅却正法眼三聖直下便承當盤山會裏要傳真普化當時翻筋斗未審此意如何師云跳出金剛圈吞過栗棘蓬進云萬里神光頂後相只明者一段時節去也師云方木逗圓孔進云學人是直截根源師云一任跨跳師乃云此方緣盡他方顯化此界身殁他界出現大善知識以無邊虚空爲正體以香水海不可説塵刹爲化境以日月爲明燭以形骸爲逆旅以死生爲晝夜其來也電光晃耀其去也石火星飛雖示世人有去有來極其本體不動不變所以南泉和尚昔爲馬大師作齋問大衆云今日爲先師設齋且道先師來麽有底道合取鉢盂有者道真堂前更添一分食蓋明此箇不動不變至靈至妙各有奇特處要且只見錐頭利不見鑿頭方今日褒山珪公長老爲佛眼和尚設齋敢問大衆佛眼和尚還來麽有道得底試出來道看若無不消一箇普同供養何故詹頭水滴滴相承五葉華葉葉相付且道綿綿不斷一句作麽生道祖月凌空圓勝智何山松栢不青青

檀越請陞座僧問祖師門下水泄不通明眼人前固難啓口未審和尚如何爲人師云無孔鐵鎚當面擲進云劒閣路雖險夜行人更多師云捉敗者漢進云收得安南又憂塞北師云腦後添一隻問聲前一句非聖不傳未曾親近如隔大千如何是聲前一句師云咭嘹舌頭進云如大火聚近之燎却面門又如

何親近師云只得瞻之仰之進云爭柰推倒嘉州大像倒騎陜府鐵牛師云孟八郎漢師乃云心不是佛心與佛俱非智不是道智與道俱遣到者裏金屑雖貴落眼成翳珍食雖美難中飽人若是向上人須知向上事若於向上提持去也威音巳前空劫那畔不恁麽至於毗婆尸佛娑竭陀國不恁麽靈山拈華迦葉微笑亦不恁麽少林面壁神光斷臂亦不恁麽何故若使恁麽彼此相鈍置既不恁麽又且如何舉唱所以道諸佛不出世四十九年說祖師不西來少林有妙訣若人識祖佛當處便超越上根利智千里同風一刀兩段聊聞舉著徹骨徹髓剔起便行隨處作主遇緣即宗草偃風行全機獨露正當恁麽時不依倚一物一句作麽生道萬象之中長獨露千峰頂上現全身

僧復披剃謝恩罷陞座云天中之天聖中之聖處域中之大超方外之尊執寶籙以臨民覆金輪而御極廓清六合停毒萬方聿降綸言重興佛法遂使普天釋子復換僧儀歸本笏於裴相公納冠簪於傅大士重圓應真頂相再披屈眴田衣俄頃之間追還舊觀皇恩崇重倍萬丘山草木之微云何圖報輒傾肝膽少出毫芒大衆先佛有頂𩑶一機如擊石火似閃電光祖師有末後一句吞栗棘蓬跳金剛圈可以敵聖驚群可以轉凡成聖騰今現古蓋色騎聲如今對衆拈來不犯從前露布還委悉麽洪鈞妙力先天地覆載恩歸大聖人

上堂僧問選佛場開上根圓證不昧當機如

何指示師云一超直入如來地進云龐居士道不昧本來人請師高著眼馬大師因什麽直下覷師云頂門上有進云居士道一種没絃琴唯師彈得妙馬大師直上覷未審意旨如何師云暗裏能抽骨進云直上覷底是直下覷底是師云莫謗馬大師進云爭奈龍袖拂開全體現象王行處絶狐蹤師云有龐居士證明師乃云真妄窠窟生死根株論其汗漫則千差擲其趣向則一致起唯法起滅唯法滅起滅全真了無二致所以道三界唯心萬法唯識離心之外無别識境楊岐又道群靈一源假名爲佛體竭形消而不變金流朴散而常存如此則亘古亘今不生不滅羅籠不住呼喚不回古聖不安排至今無處所且始終不變一句作麽生道還委悉麽不從千聖中傳得透出威音更那邊

楊安撫請上堂僧問白雲生滿座瑞氣擁禪堂少室真消息當機願舉揚師云一舉千差同一照進云一音清迅生潮舌萬類聊聞道眼開師云風行草偃進云只如蘊定乾坤謀略有蓋世英雄具殺人刀秉活人劒還有佛法道理也無師云有進云如何是佛法道理師云直是天下無敵師乃云十虚融攝正眼洞明八表昇平圓機獨運萬象不能藏覆千聖無以擬倫明明絶承當歷歷無回互見成是箇大解脱門有超宗越格底眼具離見絶情底機出没於中往復同用直得拈起也天回地轉應須拱手歸降放下也草偃風行必合全身遠害可以集衆福可以滅諸殃可以報君親可以安邦國全明一道神光不落見

聞知覺正當恁麽時收因結果一句作麽生道萬里江河歸有道凱歌齊唱賀郎回

劉宣教請上堂僧問劔輪頂上飛大寶光虎眼峯前豁開宗要旣是向上人須明向上事如何是向上事師云坐却舌頭進云此猶是向下事師云果然轉不得進云直得蓋天蓋地底來和尚向甚處出頭師云且向千里外立進云爭柰覿面相呈毫髮無間師云已遭點額也師乃云生平唯以此相知促榻論心到極微轉眼奄然今五載人間空只想形儀祖佛知見生死根源萬世不移易一絲毫千聖莫能窮趣向其生也電光石火舉必全真其滅也玉轉珠回通身無影所以道群靈一源假名爲佛體竭形消而不滅金流朴散而常存於一現一切而普該於一切現一而無剎不徧同古同今契物契我正體一如非生非滅所以道生滅去來本如來藏妙真如性夫如是則生未嘗生滅未嘗滅去未嘗去來未嘗來都盧是箇如來藏體真如正性敢問提舉中奉即今在什麽處還委悉麽無生無住著處處是全身

上堂僧問單拈獨弄只貴眼辨手親正按傍提須是作家手段棒喝交馳則且置頂門一句事如何師云倒行此令進云蔣山門下不爲分外師云分身兩處看進云學人更向上行時如何師云且只向下問進云任大也須從地起更高爭柰有天何師云過師乃云目擊塵塵剎剎同居華藏海中頂門密密堂堂渾是無生法忍拈一莖草現丈六身吹一布毛傳正法眼離無離有絶聖絶凡八字打開

分明顯示了也若委悉得去遂舉拂子云東方妙喜世界不離箇裏西方極樂世界亦不離箇裏上方兜率世界亦不離箇裏如是則一處通千處百處一時通一處圓千處百處一時圓且不離本有一句作麼生道閻浮樹下親修處九品蓮中妙果圓

開聖節上堂云頂天履地共荷皇恩含齒戴髮均承帝力神霄降慶眞主示生傾萬國丹心祝一人聖壽當陽有路萬派朝宗一句無私輙輸肝膽還委悉麼大明齊北極聖壽等南山

散聖節上堂云神霄眞人降駕長生帝君御極神靈開旦夷夏欽風萬瑞咸臻千靈擁祐布義軒無私之政追盤媧太古之風萬國赤子歌謡八表昆蟲鼓舞福流千界慶集一人林下禪人如何圖報共持清淨無爲化仰祝吾皇億萬春

寶公生日上堂云悲智種中圓證四生海裏橫身圓如明月珠快似金剛劒一句恁麼去千人萬人乃至無窮億人羅籠他不住及至恁麼來千人萬人乃至無窮億人盡承他麻廕賑濟四生舒卷九有或現十二面或現百億身鷹爪中露受生機屈膝處示涅槃相此猶是應機接物隨方逐圓時節若論本分提持坐斷異同不通凡聖直得釋迦彌勒飲氣呑聲文殊普賢亡鋒結舌且利物應機一句作麼生道杖頭湧出金剛劒四生九有示津梁

上堂云壁立千仞處攢華簇錦平田淺草裏劒戟縱橫欲提持向上那邊事直下無啓口

處始欲捲而懷之又乃文彩已彰正當恁麼時如何要識他家全意氣三千里外絕誵訛

上堂云薩怛阿竭二千年前費分踈摩醯首羅一眼頂門先漏逗有轉變識機宜到者裏如虎戴角骨碌錐守窠臼於箇中似龜負圖直須自悟自修切忌依他作解所以道有一句子堪與祖佛爲師有一句子堪與人天爲師有一句子自救不了只如截斷衆流不落三句又且如何還委悉麼言下未開千聖眼鋒前已泄法王機

錢運使請上堂僧問北山天下呼禪窟大冶洪爐烹祖佛玲瓏八面有誰知一句當機露風骨忽遇其中人來時如何師云倚著一邊去進云恁麼則五鳳樓前聽玉漏須彌頂上擊金鐘師云足下雲生進云低低處平之有餘高高處觀之不足師云胷襟流出一句作麼生道進云覿面相逢更無回互師云朝議與儞作證師乃云祖佛頂𩕳上單提本分宗乘萬機不到處宣布正法眼藏明明絕回互歷歷無邊表一句坐斷千差一言朝宗萬派是佛非佛向上向下權實照用卷舒擒縱一時拈却直得淨躶躶赤灑灑人人常光現前處處壁立萬仞所以道一切法不生一切法不滅若能如是解諸佛常現前不唯諸佛現前乃至一切有情無情盡無邊香水海過現未來湛然凝寂不變不異交光相羅如寶絲網諸人還見麼須知此一段事有如是奇特相有如是解脫力敢問大衆且過徃八孺人承箇什麼功力還委悉麼國土動搖迎勢至寶華彌滿送觀音

三月望日上堂云華殘雨過巳度韶光風暖雲凝將臨夏景不逐四時凋變隨例七八五分更或削跡吞聲未免牽藤引蔓百草頭上則且置脚下泥深一句作麼生道春日晴黄鸎鳴

結夏上堂云築著磕著立卓縱横或纖或洪徧界十身調御不踐青草豈冒紅塵且放下一句作麼生道拗折拄杖子高掛舊瓶盂復云塵塵刹刹自家風不在瞻甞聽齅中旣爾結將布袋口直須牢把主人公

結夏請上堂云豁開戶牖當軒者誰無面目可見徧界不藏無形相可覩全機獨用以無面目而諸相歷然以無形相而十身具足解脫門廣啓選佛場宏開作不可思議功勳成無量殊勝奇特直得一爲無量無量爲一小中現大大中現小坐微塵裏轉大法輪猶未是衲僧本分事於中若得桶底子脫五色線斷目前無法心外無機則圓融一切無有所爲成就諸法全體顯現且正當恁麼時不落功勳一句作麼生道三尺龍泉光照膽萬人叢裏奪高標

峽州東山馳法嗣書到上堂云靈山會上千葉騰芳少室峯前一枝獨秀生佛未具巳見蟠根空劫那邊轉彰文彩渾崙擘不破撲鼻更馨香八面玲瓏通身轉綿密箭鋒相拄針芥相投則且置獨脫一句作麼生道倏爾風雲會廓然天地春復云坐見東山振古風頂門眼正有全功操持臨濟金剛劒倜儻揚岐栗棘蓬鐵壁銀山須作用魔宮虎穴亦流通攝將香水無邊刹併入鉗鎚爐鞴中

八月旦上堂云秋光清淺明明不退轉群木蕭踈一一解脱道不出陰界可以徧歷浮幢王不立纖塵可以具足金剛智何況園裏菜青田中禾熟豈非歲稔時和心融境寂且不離向背一句作麼生道星河秋一鴈砧杵夜千家

住東京天寧寺宣和六年四月十九日於當寺爲國開堂師拈疏云現成公案未言時文彩巳彰洞徹根源才舉處重重漏泄儻或尚留觀聽却請對衆敷揚

指法座云柔和忍辱衣諸法空爲座既披此衣必據此座況佛佛祖祖藉此爲梯爲航見麼有條攀條無條攀例遂陞座拈香云此一瓣香恭爲今上皇帝祝嚴聖壽萬歲萬萬歲伏願聖明逾日月睿筭等乾坤空芥城而有餘拂劫石而彌固次云此一瓣香奉爲中宫天眷宰執諸王少師相公節使太尉闔朝文武在筵勳貴伏願高扶聖日永佐堯明壽筭等松椿福禄齊江海拈第三瓣香云大衆還見麼昔日白雲堆裏當風一句全提今朝萬壽堂前次第五回拈出奉爲蘄州五祖山真惠禪院第十二代演禪師爇向爐中以酬法乳智海和尚白槌云法筵龍象衆當觀第一義云明明無覆藏一一絶滲漏初無第一第二豈復言觀到者裏草偃風行渠成水到還有共相證明底麼僧問時雍道泰樂升平萬里山河舜日明妙唱以資天子壽爐煙爲瑞國風清未審和尚如何舉唱師云萬壽堂前增瑞氣一人有慶等乾坤進云師將萬古靈山事祝讃當今有道君師云傾盡此時心進

云如是則金枝永茂天庭秀玉葉長芳内苑
春師云誰人不仰此時風進云祝聖已蒙師
指示向上宗乘事若何師云七十三八十四
進云德基永固金剛界萬國來朝賀聖明師
云風前一句超調御進云須知此道真機妙
應用隨方得卷舒師云更須抖擻眼中塵師
乃云問話且止大衆祕密妙嚴深機莫能考
究淨圓超證諸聖無以擬倫靈山單傳正音
少室密付的旨洞明如杲日寬曠若虚空把
斷諸法無遺蔭覆群靈有作頂門上如如不
動脚跟下了了常知今朝幸遇祝聖開堂對
衆分明剖露遂拈拄杖卓一下云大衆還知
落處麽諸佛心髓祖師淵源十成八字打開
偏界全彰勝相纖洪長短黒白方圓一一絶
羅籠處處無回互澄澄湛湛密密堂堂無深
可深無妙可妙是故佛佛授手唯授此心祖
祖相傳唯傳此妙上根種智略請回光可以
千眼頓開可以萬縁透脱豈不見阿難問迦
葉世尊傳金襴外更傳何物迦葉召阿難阿
難應喏迦葉云倒却門前刹竿著三要印開
十方通透直得王舍城裏萬壽堂前瑞氣凝
九重祥光朝鳳闕一一發輝正法眼藏傳持
涅槃妙心了也且當陽不昧一句作麽生道
太平瑞氣無邊表航海梯山仰聖朝以此開
堂一毫善利上祝今上皇帝聖壽伏願金輪
永固寶祚殊昌四海樂文明萬邦陶至化復
舉昔有僧問投子如何是一大事因縁投子
云尹司空與老僧開堂師云投子古佛叢林
中推其得逸群之辯得朴實頭道用看其等
閑拈掇不妨世法佛法打成一片雖然如是

惜其不甚寬廓今日忽有人問天寧如何是一大事因縁即對他道手握金輪淸四海聖躬彌億萬斯年

師在蔣山受勑拈示衆云大衆見麽龍飛鳳舞降自九重佛祖綱宗盡在裏許却請維那對衆宣讀

陞座僧問承師有言龍飛鳳舞降自九重此意如何師云無人不仰最深恩進云好音在耳人皆聳去也師云水到渠成是一家進云直得樵夫舞袖野老謳歌去也師云誰不恁麽進云莊野春林與天華而合彩師云一枝別是太和春進云爭柰雲本無心自有從龍之勢師云却得闍黎出氣進云只如寶公還肯放和尚去也無師云放來久矣進云從教猿鶴怨且副一人心師云是處是彌勒無門無善財師乃云寒巖枯木白雲堆散質何能中巨林豈爲虛聲徹淸禁紫微聖詔九天來既然事出意外要須直下承當所貴正眼流通仰祝無疆睿筭直得昆蟲草木悉仰動地風光大地生靈咸霑唐虞睿澤處處和風徧野人人喜氣盈眸感覆燾無疆之恩荷一人生成之德正當恁麽時還委悉麽碧桃冉冉凝朝露紅杏蒙蒙映彩霞

入院詣方丈坐云摩竭陀國三七日内口呀呀毗耶城中八萬人衆眼瞎瞎雖然一期拈掇未免犯手傷鋒爭似者箇八面玲瓏四方洞達上賴一人庥廕傍賛聖化無窮一句截流萬機寢削還委悉麽識取鈎頭意莫認定盤星

指法座云三萬二千師子座爭及此箇曲录

木坐斷報化佛不涉聞見知揭起鷲嶺髙風
仰祝南山睿筭還見麽看取令行時
上堂拈香此一辦香祝嚴今上皇帝聖壽無
疆萬歲萬歲萬萬歲師乃云入門便見更不
容擬議尋思開口便說亦不復周由者也假
使善財入彌勒樓閣尚資歛念普眼入普賢
妙境亦借威神只如今直得八穴七穿四通
五達一處透千處萬處通明一光明千光萬
光普照且到家一句作麽生道風前有路超
調御鼓腹謳歌樂太平復有頌云本是山中
人無能唯守拙豈謂有虚名遠達丹鳳闕降
勑住天寧竹輿星夜發今朝親到來一句無
言說別別金色頭陀曾漏泄

圓悟佛果禪師語録卷第三

音釋

霡霂（霡莫白切霂音木霡霂周徧霑濡也）綀（練結切絲絞也）幪（謨蓬切蓋也）咭嘹（咭巨吉切嘹音聊）屈眴（梵語也此云大細布眴音舜）賑（之刃切賙也）諸訛（諸胡茅切訛五戈切）滲（所禁切漉也）呀（虚加切張口貌）

圓悟佛果禪師語録卷第四

宋平江府虎丘山門人紹隆等編

東京天寧寺語喬貴妃請上堂云一句全提千差併會一華開現萬福來臻往復無間而有源動靜不移而常寂處處是佛頭頭是道若也深信得及更不假他人餘力直似壯士屈伸臂頃全出此機若動若靜若出若處殊勝中現殊勝奇特中現奇特更非外緣全承渠德所以道天人群生類皆承此恩力若識此恩動止作爲百千變現悉不落虚正當恁麼時一句作麼生道當陽徧界無回互千重百帀轉光輝

祖師會上堂僧問少林首傳於頓旨五葉爲芳葱嶺遂別於衆流千燈續照門庭雖異五家般若同歸地位如何是五家宗派師云吒吒沙沙歷歷落落進云若不借問爭達本源師云一筆勾下進云趯倒淨瓶不留活計兩口無舌正是吾宗如何是潙仰宗師云天下人跳他圓相不出進云三回喫棒猶若蒿枝末後瞎驢人天正眼如何是臨濟宗師云敲唱俱行進云休去歇去古廟香爐枯木生華祖佛心要如何是曹洞宗師云兩兩不成雙進云對機餬餅本自天然一鏃遼空三句可辨如何是雲門宗師云當面蹉過進云色空明暗觸處光輝刹刹塵塵頭頭顯露如何是法眼宗師云點進云祖師心印狀似鐵牛之機去即印住住即印破只如無鼻孔衲僧作麼生印師云便是闍黎進云天下祖師鼻孔盡被和尚一串穿却未審和尚鼻孔被什麼人穿師云莫謗佛果好師乃云千聖頂𩕳上

可容刹海衲僧命脉中不許真機更通一線路以佛現祖從祖證佛印印無差機機圓證靈山拈華示衆建立此箇宗風金色頭陀曽承妙旨以至西天四七此土二三自曹溪散席已來數百年間列刹相望各各握靈蛇珠人人抱荆山璧有照有用有權有實提振向上宗風傳持正法眼藏要且百川異流同歸大海千重百帀無出一源所以道西天二十八祖也恁麽唐土六祖也恁麽天下列刹相望諸老宿也恁麽山僧也恁麽且道恁麽事作麽生商量還提掇得出麽還緇素得明麽山僧不惜兩莖眉毛與諸人點破遂拈拄杖云還見麽三世諸佛歷代祖師天下老和尚盡在拄杖頭上放大光明現權現實現機現境列五位君臣開三玄宗要機境相投箭鋒相拄一字三句同源圓相境致殊别若也於此委悉百草頭上罷却平生事根株亦不留聞清聲外句莫向句中求儻或未然山僧不免又拖泥涉水也達磨不來東土二祖不往西天人人壁立萬仞箇箇常光現前卓拄杖一下下座

蓮華會上堂僧問菡萏叢中選佛場法筵大啓一爐香靈山萬古拈華事今日憑師爲舉揚師云不是苦心人不知進云恁麽則法法已隨諸法住分明露出白蓮機師云即今覿面已相呈進云妙性海中爲雨露菩提場裏起清風師云猶落第二頭進云學人只如此師意又如何師云頂門三千腦後八百師乃云毗婆尸已前千華現瑞天中天正地優曇呈祥直得徧界不曾藏通身無影像現大蓮

華王周帀千華座一葉一釋迦一鬚一彌勒塵塵爾刹刹爾處處爾念念爾一塵舉大地收一華開世界起可謂殊勝中最殊勝奇特中倍奇特感慈塔前凝瑞氣羅漢洞邊顯真容法會儼然人天普集到者裏合談何事說玄說妙得麽說佛說祖得麽舉古舉今得麽顯作顯用得麽盡是從前已後大宗師拈出了也即今不如總不動著只呈一箇現成公案若也薦得人人心華發明處處照十方刹正當恁麽時推功歸本一句作麽生道還委悉麽萬方有慶歸明聖願見黄河百度清

喬貴妃娘子請爲法真和尚病起上堂師云鷲峯單提向上機千靈不謀而會合少室密傳正法眼萬象不融而圓通契印相投緣因相入神功如天地之覆載妙智若日月之照臨沙界等平略無向背有大解脫士證大解脫道闢大解脫門示大觧脫事現古人攢簇不得底病直教千聖覔起處不見諸佛衆生皆有是病諸佛若病即非衆生衆生若病即非諸佛是故以衆生病故示有此疾由茲王舍城人各各禀頂上光悉來問病而是大士隨求顯示令其萬仞壁立以至衆生病盡大解脫士亦安既安之後有大檀越作大法施建大法幢演大法義兩大法兩一一交羅重重無盡正當恁麽時應時應節一句作麽生道還委悉麽靈苗增秀氣瑞草發祥光復成一偈示病維摩元不病問疾文殊初不來建大法幢啓大施頓令千眼一時開

喬貴妃設千佛會上堂云千華顯瑞應萬善積靈臺廣闢解脫門大開無價藏舉揚正法

眼表示千佛因直得徧界絶籠羅當陽無取捨透聲透色亘古亘今有具大信根修菩薩行發難思願力啓清淨莊嚴建大道場具列珍羞一香一華一茶一果同法性等太虚塵塵剎剎千佛放光如理如事十方普應所以道大匠無繩墨良材無曲直紅輪爍太虚徧界皆輝赫一華開一佛出世一塵舉一佛成道主伴交參森羅顯煥集無涯福禄祝睿筭無疆正當恁麽時作麽生道室内千燈相照耀天邊寶月更清圓

鄆國大王請上堂僧問如何是第一句師云豈容聲相從君見進云半夜碧雲籠古殿天明海岸迸金烏師云肘臂有符人共看進云如何是第二句師云真金須向爐中煆進云倒騎鐵馬上須彌踏斷曹溪流水聲師云正在半途間進云如何是第三句師云出草入草要求人進云妙喜剎中爲雨露無明山上起雲雷師云分明垂手處子細好生觀師乃云至理自調然千華曾現瑞無在無不在十方即目前若是利根上智一舉便解承當旣能截斷衆流可以超今冠古以如是智以如是力以如是心以如是願明同杲日寛若太虚所以道譬如虚空體非群相而不拒彼諸相發揮又道若人欲了知三世一切佛應觀法界性一切唯心造蓋此清淨本元離去離來離聲離色若以真實正見契寂如如雖二六時中不思不量無作無爲至於動靜語默覺夢之間無不皆是本地風光本來面目現諸祥瑞現諸奇特皆是從無量無邊劫海薰習種智從清淨微妙根習如是應現正當恁

麼時如何無相光中千佛現一道清虛亘古今復舉釋迦老子靈山會上說大般若舍利弗於佛前問須菩提夢中說六波羅蜜與覺時是同是別須菩提云此義幽深吾不能說此會中有彌勒大士次補佛處可往問之彌勒云誰爲彌勒誰是彌勒者師拈云還委悉麼一句當機萬緣寢削更聽一頌夢中說法覺無殊妙用神通不出渠誰是誰名總彌勒祥光起處現心珠

本然居士請上堂云寸絲不掛猶有赤骨律在萬里無片雲處猶有青天在若乃不盡去未免者也周由直饒一切坐斷已落佛祖圈繢到者裏作麼生舉揚作麼生提持雖然如是從上來有箇現成公案不免提持去也古者道吾有大病非世所醫僧後問曹山未審是什麼病山云攢簇不得底病僧云未審一切衆生還有此病也無山云衆生若病即非衆生僧云只如和尚還有麼山云正見起處不得大衆此病即非世所醫須要本分作家以金剛錐與他頂上一劄正見起處不得也與一服直教祖病佛病玄妙之病機緣境界悉灑灑落落脫然解脫不住解脫機到者裏羅籠不肯住呼喚不回頭古聖不安排至今無處所只者無處所早是處所了也直須千峯萬峯那邊承當得去好等閑拈一機舉一句盡與人抽釘拔楔解黏去縛更說什麼直指人心更覓什麼見性成佛正當恁麼時如何不假纖毫力碎佛祖窠窟

少保張丞相忌日請上堂僧問維摩大士去何從千古令人望莫窮不二法門今正問夜

來明月上高峯只如維摩一默意旨如何師云逼塞虚空進云恁麼則當陽無向背覿體露全機師云無你揷觜處進云爭柰前三三後三三師云也是犟縣茶瓶進云只如文殊道我於一切處無言無説與他一默是同是別師云落在第二頭進云爭柰斬釘截鐵師云橫按鏌鎁進云只如無盡居士與和尚平昔道契相知且道即今何在師云爲你説了也進云學人今日小出大遇師云你將什麼報恩進云萬古碧潭空界月師云閑言語師乃云大衆握佛祖鉗鎚控作家爐韛烹煅古今驗證衲僧唯用向上一機金剛王寶劒臨濟祖師傳黄蘗馬祖此箇機要向大河之北獨振正宗一喝分賓主照用一時行坐斷天下人舌頭奔走四海雲水以至乃子乃孫傳此正見用此真機若非大解脱人安能當陽證驗憶昔無盡大居士生平以此箇事爲務徧寰海宗師無不咨叅到兜率山下逢見老衲論末後句始得脱體全真言解道理一時脱却遂作偈云鼓寂鐘停托鉢回巖頭一撥語如雷果然只得三年活莫是遭他授記來鏗金戛玉虎驟龍驤不妨具大機得大用以此正印印天下叢林善知識山僧昔在湖北相見與伊電卷星馳一言契證表裏一如居士功業書於竹帛遺德在於生民後來當此之日撒手那邊行止且道無盡居士向什麼處去還委悉麼大千沙界諸佛土剎剎塵塵現勝身復云盛德在生民四方共欽仰三教大宗師秤頭有銖兩七十九歲佛齊年是日霜風亘霄壤一聲振忽雷前星墮雲帳麒麟

掣斷黄金鎖一躍直歸梵天上萬載千秋著遺想

上堂一二三四五六七今朝此月當初一昨霄大火還西流金風動地聲蕭瑟聲蕭瑟圓通門大啓便請直截入還委悉麼有念盡爲煩惱鎖無心端是水晶宫

月旦上堂云本來無形段那復有唇觜特地廣稱揚替他説道理且道他是誰參

上堂云月生一室生白月生二產靈異月生三萬回憨格外無蹤跡風前強指南頭頭無向背一一絶廉纖拈華特地生風草令人長笑老瞿曇

李典御作年齋上堂云大衆如來涅槃心菩薩大解脱祖師正法眼衲子金剛鎚有照有用有權有實有縱有擒有殺有活尚在向上關捩子上是個人向個裏出没向個裏拈提終未能全機剔脱若也全機剔脱去變大地作黄金攪長河爲酥酪攺禾莖爲粟柄易短壽作長年不爲分外何故提向上綱宗用作家鼻孔回歲旦於今朝用慶年於此日正當恁麼時如何萬人叢裏插高標錦上鋪華轉光彩　冬朔上堂云日日劈箭急朝朝暮暮轉滄溟箇是人間好消息力囝吒更須高著眼免使頭虛白

鄭太師請上堂僧問萬機休罷時如何師云坐斷毗盧頂進云可謂風前一句超調御擬問如何歷劫迷師云只得拱手讚歎師乃云靈光未兆萬彙含太虛一氣既彰華開世界起過去諸佛現在諸佛未來諸佛皆同箇中出現若天若人若群生無不從是中流出以

一處明百處千處光輝一機轉千機萬機歷落所以道淨法界身本無出沒大悲願力示現受生然而此悲此願此力若是宿禀靈根具超脱種智則才生下時已作師子吼已具大神通至於若行若住若坐若卧或放行或把住無不皆從諸聖頂𩕳上縱横十字乃至享福享壽享富貴多子孫悉承渠儂威力正當恁麼時一句作麼生道重重彰瑞氣一一湧金蓮復頌云威音已前靈苗秀到今光彩轉新鮮萬卉芬芳風景麗壽山高到大椿年

大内慶國夫人請上堂僧問空劫中還有佛法也無師云遍塞虚空僧云未審學人向什麼處安身立命師云蹉過也僧云和尚喚什麼作虚空師云闍黎問從何來僧云三際斷時凡聖盡十身圓處刹塵空師云爭柰你踏不著師乃云處處真無回互塵塵爾有鑑覺萬象以不見而見萬法以不聞而聞不見見其見遍塞虚空不聞聞其聞包含萬有離却見不見聞不聞别有一段奇特事要須是箇大解脱機大解脱用然後方能歷落起處全真豈不見僧問雲門如何是塵塵三昧門云鉢裏飯桶裏水又僧問如何是諸佛出身處門云東山水上行一等是箇時節朴實頭處直是朴實頭孤危峭峻處直是孤危峭峻正當恁麼時將箇什麼提持將箇什麼眼目辨别還委悉麼試王須經火求珠不離泥復頌云此心含法界明契本來人千祥如霧集萬善若雲臻

大悲生辰鄆國大王請上堂僧問聞聲悟道見色明心盡大地是色那箇是心師云觀世

音菩薩來也進云可謂掬水月在手弄華香滿衣師云爲什麼却是饅頭進云只如雲門恁麼道意作麼生師云重引重退輕引輕退進云畢竟水朝滄海去到頭雲自覓山歸師云也須是頂門上具觀音眼始得師乃云當年此日大悲生千臂莊嚴千眼明世出世間殊勝事神通無不總圓成恁麼去步步踏佛階梯恁麼來處處現身現土於六根得深圓通於解脫得普門智所以無剎不現無處不真或爲寶公十二面或作達磨傳心印或向泗洲運神通或向香山發妙身周旋往返或證三真實得二殊勝四不思議十四無畏三十二應向娑婆世界獨有大緣說無說無窮妙呪現無身寶王妙身隨類示悲應機赴感求饒益得饒益應求男女得男女應求如意得如意應此猶是觀世音方便之力敢問大衆作麼生是觀世音諦當之處不見一法即如來方得名爲觀自在

十月一日上堂云無邊剎海廓同太虛昨宵秋盡今日冬初曾無變易豈有親踈直下歇去蘇嚕蘇嚕

上堂云我我我渠渠渠千聖頂顙乃蘧廬不是心不是物一口吞盡三世佛浮幢王香水海拈起擲向他方外淨躶躶赤灑灑萬象森羅無縫罅平懷的實鎮巍然飢來喫飯困來眠

大禮令節上堂七日來復各歸至盡之本一陽生起聿見天地之心徹底闢重玄當陽闢正眼直得萬國共慶四海同歡福聚一人位隆無極有箇奇特應時應節因緣舉似大衆

還委悉麼皇帝有勑大赦天下
今上皇帝在藩邸時請陞座僧問一月在天
影含衆水一佛出世各坐一華只如佛未出
世時如何師云風颸颸地進云恁麼則霧起
龍吟風生虎嘯師云猶較些子進云佛出世
後如何師云徧界不曾藏進云但存心地無
諸惡刀劒叢中也立身師云鐵石身心報國
恩進云古今無異路達者共同途師云要得
瞻之仰之大家讚歎師乃云金剛心真華藏
界闊一佛出世千佛擁衛一華開敷萬華周
帀現殊勝因作奇特事可以保安家國可以
入聖超凡唯仗不思議神通難思微妙作用
車不橫推理不曲斷豈不見昔日波斯匿王
問釋迦老子聖義諦中還有世俗諦否若言
其有智不應一若言其無智不應二一二之
義其事云何釋迦老子道大王汝於龍光王
佛時曾問此義吾今無說汝亦無聞無說無
聞是真聖義諦是名一理二義一二之義其
事如是釋迦老子頂顊放光肘下懸符於百
千萬億境界中提起當陽一著諸人還證據
得麼若證據得按頭獲勑如證據不得伏聽
處分正當恁麼時如何放開一線道觸處現
神通復舉昔日有一王者往見西天祖師既
相見已遂命祖師說法祖師云大王來時好
道去如來時師拈云佛法即是世法世法即
是佛法以真道而行風行草偃山僧有箇小
頌至簡至易最尊最貴往還千聖頂顊頭世
出世間不思議彈指圓成八萬門一超直入
如來地
莘王請陞座僧問普光明殿在人間凡聖交

羅絶往還若向一塵覰得見舒光照處奉慈顏正當恁麽時毗盧遮那在什麽處師云在你頂顐上進云學人爲什麽撞不著師云只爲你不是銅頭鐵額進云大小天寧和尚語脉裏轉却師云大小禪客隨人脚跟走進云須知同途不同轍師云也不是者箇道理進云天共白雲曉水和明月流師云蝦跳不出斗進云昔日趙州端居丈室侍者報云大王來也州云大王萬福此理如何師云頂顐金剛眼放光進云雖然入草求人爭柰拖泥帶水師云莫謗趙州好進云忽然華國大王今日親臨又且如何師云八字打開説法了也師乃云大衆以佛見佛無異見以法説法無別説佛法聞見總現成當陽直下全超越當陽一著非佛非法非見非説非有非無非異非如寛若太虛明如杲日所以三世如來於此示生於此修行於此悟道於此成佛全不由他獨承渠力即如今千聖頂顐上拈出了也不以眼見不以耳聞不以口宣不以心知正當恁麽時須是箇人始得所以道大人具大見大智得大用舉一明三告往知來正當恁麽時不涉夤緣一句作麽生道還委悉麽楚澤蓂開五百歲蟠桃暗長一千年復頌云一塵纔舉一刹現一華開時一佛生克證金剛得長壽六根晝夜放光明濟王請陞座以無漏根作奇特事以解脱智種金剛緣不於他處現身長在頂門獨露非心非佛非異非如等閑拈一莖草作丈六金身等閑説一句可以當金剛寳劒人人皆禀此用各各悉禀此心若能返照迴光便是毗

盧正體豈不見波斯匿王問釋迦老子云我昔未承佛誨見迦旃延咸言此身死後斷滅我雖值佛心猶狐疑此身念念遷變不知有不變者於是釋迦世尊謂波斯匿王言爾雖知遷變不停還知身中有不變者否王合掌白佛云我實不知佛言大王汝年幾歲時見恒河水王言我生三歲時見佛言如今云何王云經今六十二年見與三歲時無異佛言大王汝面雖皺皺者爲變而此見精性未曾變變者受滅不變者元無生滅釋迦老子向千聖頂𩕳萬仞峯頭指出金剛性不變不易湛寂凝然堂堂顯露由是波斯匿王識其本心敢問大衆只如今一切人皆見山僧陞堂且道此見從何而得與威音已前空劫那畔是同是別若見得無異無別則見現前正當恁麽時一句作麽生道覿面擊開無盡藏頭頭湧出夜明珠復云濟國大王具大根器有上乘種性生爲帝子身極貴榮不忘諸佛付囑知有此大因縁垂神教典深識果因凡所施爲心源洞照所以此之作善因縁行陰隲保其富貴長久福禄彌隆有福修福若大海之納衆流唯利根種智之人具如是作用只此便是普光殿無相身爲盧舍那萬行因華圓果海福源洪注溢天河

圓悟佛果禪師語録卷第四

音釋

菡萏（菡户感切萏徒感切菡萏芙蓉未發者）鄆（禹愠切州名）煆（都玩切煆煉也）驤（息良切騰躍也）剔（他歷切解也）蘧（求於切蘧廬寄舍也）

圏繢（圏丘圓切繢丘胃切紐繢也）

圓悟佛果禪師語録卷第五

宋平江府虎丘山門人紹隆等編

東京天寧寺語王貴妃請上堂僧問如天普蓋長見日月光輝似地普擎萬古山河永固正當恁麼時承誰恩力師云千華叢裏一華春進云可謂野老既知堯舜力歌謡此日樂升平師云也須知此恩始得進云誰人不瞻仰師云速禮三拜師乃云突出難辨只貶得眼閃電提持衲僧無湊泊處放一線道轉見聱訛不落階梯猶形唇吻到者裏如何即是車不橫推理不曲斷千華現相萬古一春處處顯奇特頭頭彰殊勝莫是新年頭佛法麼要且挨旁他不得莫是向上提持麼要且議論他不出莫是應機境一時此令時麼未免拖泥涉水莫是一筆勾下壁立萬仞麼要且望空啓告所謂法隨法行法幢隨處建立遇奇人則拈出逢奇機則提持且一人光隆萬劫次闢九有悉仰威光一言一句示機示境一出一没一拶一挨悉是大解脱中流出且道畢竟承箇什麼便得恁麼奇特若知有去不假形言其或未然露箇消息去也淨智莊嚴功德聚祝融峯頂萬年松復成頌曰大道虚玄天地先昆蟲草木悉陶埏神功巳極三千界睿筭仍過億萬年

衆道友爲李道山披剃上堂云頂門闡金剛正眼始辨大機殺人不貶眼底漢立地成佛方明大用直得如此猶只是吾門建法幢立宗旨趣向在且向上還有事也無若知有向上事去設使盡乾坤大地草木叢林一一現千百億釋迦身不消一揑至於傾懸河辯用

嶮崖機盡四聖六凡一時軒豁提得將來不消一撈且道據箇什麼便恁麼所謂大人具大見大智得大用向無明窟子裏便放無量寶光向衆生境界中便作不思議事如丹霞相似才方舉起便知落處更不涉唇吻更不落言詮始似過他一箇拳頭便乃十分領略只如未剗草時在什麼處既要剗草與說戒兩手掩耳又落在什麼處過量人有過量事只如當機一句作麼生道數聲清磬是非外一箇閑人天地間復頌云丹霞剗草燒木佛宮使捨緣吹布毛驚群敵勝真師子一釣須連十二鰲

知省太尉請上堂一句當陽顯赫徧界已絕羅籠不從諸佛心髓中流亦非乾坤未生時立只如今凜凜孤危澄澄絕照若是具超方眼有格外機未彰文彩已前已是十分勘破及乎彰言句立機境形問答作彼此直得千重百帀百帀千重和中下機一時收拾在者裏還有當處證明直下解脫底麼試出來通箇消息看如無威音已前活鱍鱍直至如今淨躶躶復成頌云法界廣包含開敷優鉢曇普熏般若力萬善自莊嚴

大内貴妃請上堂云一句子出於千聖頂門一妙機發於無盡寶藏迥無依倚杳絕端倪非色非心非如非異盡虛空窮法界都盧是箇大解脫門你諸人浩浩地於中出入還覺寒毛卓竪麼若向脚跟下一念不生全體顯露則淨躶躶活鱍鱍要行即行要住即住要用即用要休即休不指第二頭不落第二見到者裏亘古亘今凝然寂照若踏著去透脫

生死是甚閑事能以無漏根力建法幢立宗旨衣被一切群靈盡未來際無有窮盡正當恁麽時且道承誰恩力還委悉麽五藴山頭無相佛放光動地廓周沙頌云一心無住著徧界法王家崇成無漏福端坐寶蓮華

坦然居士爲貢沙彌作齋上堂僧問達磨未傳心地印釋迦未解髻中珠有人若問西來意還有西來意也無師云庭前石獅子進云若然者歷劫坦然無異色呼爲心印早虛言師云一點也入不得進云爭柰今古應無墜分明在目前師云你試舉目前底看進云一點也瞞和尚不得師云爭柰大衆何師云舉步越東勝身退身入西瞿耶回首望北鬱單捻拳觸南閻浮淨地裏看是箇没量大人以正眼觀來猶是麻滓麴末須知四維上下無邊香水海不可說浮幢王刹捏爲微塵一一塵中現無邊身說無量法猶只是順機應教看孔儱著楔而況提向上鉗鎚用作家爐鞴便是徧界徳山有棒無下手處徧界臨濟有喝無啓口處徧界金色頭陀有定力無容身處正當恁麽時驀然有箇承當得擔荷得趣向得行履得且道向什麽處著渠山僧有箇著處擬待說又恐成路布擬不說又却孤負當機說與不說一時拈却最後一句放開話會去也長松下明窻内玉殿珠樓未爲對衲被蒙頭萬事休此時山僧都不會還委悉麽天台華頂秀南嶽石橋高昨夜磨盤生八角驚將露柱笑咍咍引得門前石獅子倒緣蘿壁上天台

退院上堂建大厦非一木之能濟巨川非一

人之力而况長空絶跡大道體寛了之由人斷之在已或出或處或語或默虎穴魔宮穢邦淨土山林城市荆棘叢中若能著著有出身之機處處有超情之見無可不可把定也祖佛不能窺放行也同生復同死且道放行爲人好把定爲人好還委悉麼披蓑側立千峯外引水澆蔬五老前幻軀將逼縱心年懶汨塵勞久世間憑仗護身箇符子强扶衰疾且歸山

住金山龍游語録師在高郵乾明受勑拈起示衆云見麼拈時十日並照舉處千界光輝九重天上降來宰輔手中親付更不敢囊藏被蓋請僧正一爲敷宣次拈疏云毫端寳刹闠外威權有卷有舒有照有用字字珠回玉轉一一草偃風行雖然文彩已彰更請重新拈出指法座云竿木隨身逢場作戲須彌燈王只今見在目前更不須作禮還信得及麼千聖不傳微妙訣妙峯孤頂有人行

陞座云正令已行十方同應獻華借水全藉傍人還有共相證明底麼僧問唱罷御樓一曲高陞淨王孤峯未過揚子江如何道得接手句師云風不來樹不動進云只者裏何異妙峯頂師云吹毛寳劒當頭截進云忽若德雲比丘出來道箇隔和尚如何轉身師云也則摸索不著進云爭柰處處無回互頭頭不讓機師云七日何曾得見來進云設使親見也只是山上底師云苦屈之詞最難吐進云學人若也通消息只恐揚子江水逆流去師云三十棒且待别時師云大道無背面真機

有卷舒攝大地如陶家輪運大千向針鋒上
猶未是衆中正令閫外全威所以萬國仰瞻
同歸舜日靈光一道共照皇家重興佛祖道
場追還普天寶所正令全提主賔同用山僧
今日得奉一人聖詔傍資宰輔威權共建法
幢竪立宗旨揚子江心滔天輥浪妙峯孤頂
舒卷閑雲是處著眼不前頂𩕳正令全現若
是箇同得同用同殺同活底共一眼見共一
耳聞同一口宣同一音演更無異緣亦無異
見説什麼九十六種二十五有正要當頭辨
取一時列在下風且如今日應時應節事作
麼生道一句逈超今古格萬年仰祝聖明天
陛座僧問遠辭帝闕已届南徐不涉程途請
師垂示師云到此已六日進云竹密不妨流
水過山高豈礙白雲飛師云猶涉唇吻在進
云不涉唇吻請師道師云高高處有餘進云
衲僧家入林不動草入水不動波且以何爲
證師云猶較些子進云只許老胡知不許老
胡會師云且莫詐明頭師乃云三十年前曾
到此如今樓閣碧參差善財參處真消息誰
識德雲閑古錐還有識得底麼未渡瓜洲時
有一句子已與諸人道了也若以心思若以
意識若以眼見若以耳聞則没交涉直得七
佛已前威音那畔薦得猶是話會在若委悉
得更不用如之若何便請丹霄獨步茍或未
然不免落第二義門去也江心一峯樓臺相
映水面雙塔金碧交輝誠聖帝福田乃禪林
上刹爲琳宫爲佛宇爲淨土爲穢邦建立法
幢弘荷祖道若非今上皇帝睿聖文明深信
此道安能首降詔書復此寶坊以爲福地如

今所以與諸人向此古道場中各得相見既到者裏直須念德修德知恩報恩若也如此則佛法付囑有在正當恁麼時一句作麼生道銀山鐵壁無回互草偃風行得自由

開堂判府延康度疏與師師接了云斷盡現成公案擲地金聲發明古刹家風耀天光彩出自大手筆顯示最上乘正欲四海普聞便請僧正宣過

指法座云須彌燈王如來見居此座放大光明說法了也還聞麼苟或未聞旣爾當爐不避火更須撥轉上頭關遂陞座拈香云此一瓣香奉爲今上皇帝祝嚴聖壽恭願文明齊二曜睿筭等乾坤奪少康復禹跡之功成宣光與漢室之業萬邦歸聖化八表偃干戈此一瓣香奉爲判府安撫延康通判學士合郡文武官僚伏願位隆磐石功濟維城居方面則魯衛晉齊陟巖廊則臯夔稷卨此一瓣香佛眼也覷不見江淮十載受盡辛懃一旦白雲打破漆桶六處忝領大刹七回拈出此香奉爲蘄州五祖山真慧禪院第十二代演禪師以酬法乳遂斂衣陞座焦山和尚白椎云法筵龍象衆當觀第一義師乃云適來未陞此座第一義已自現成如今槌下分踈知他是第幾義也還有打成一片解觀得底麼試出來對衆舉看僧問目視雲漢德雲不下妙高峯至化難逃金山且過一線路報恩一句請和尚道師云萬年長祝聖明君進云可謂帝力丘山重君恩宇宙寬師云愈令心似鐵進云金枝永茂千年秀玉葉長芳萬古春師云又得闍黎共證明進云昔日裴相公入寺

石霜借笏垂慈今日台斾親臨未審如何相見師云只了箇見成公案進云瑞氣直從天上降祥雲元自日邊來師云高著眼進云只如和尚六處開堂爲人說法還有人相肯也無師云一時不肯進云爲什麽不肯師云獨許師乃云大道絶中邊至真離言説諸佛莫能提祖師莫能傳透聲透色絶遮攔蓋地蓋天無向背豈止棒頭取證喝下承當直饒千眼頓開未免依草附木到者裏要須是針劄不入風吹不倒把斷要津不通凡聖底始得是故靈山會上廣額屠兒放下屠刀云我是千佛一數大集會中大力魔王云待一切衆生盡皆成佛了然後發菩提心豈不是龍象蹴蹹師子嚬呻敵勝鷲群蘊大丈夫意氣始可承當擔荷所以道殺人不眨眼底立地成佛立地成佛底殺人不眨眼還他過量人提持過量智發明過量機展演過量用正當恁麽時向過量境界中作麽生道還知麽仰祝聖君無量壽河清海晏樂升平

上堂云大衆赤肉團上人人古佛家風毗盧頂門處處祖師巴鼻拈一機千機萬機通透用一句千句萬句流通不假他人全彰已用若也人人恁麽返照則亘古亘今凝然寂照一段光明非中非外非色非心行棒也打他不著行喝也喝他不得直得淨躶躶赤灑灑是箇無生法忍不退轉輪截斷兩頭歸家穩坐正當恁麽時不須他處覓只此是西方

秦魯國大長公主降香請陞座拈香云此一瓣香奉爲秦魯國大長公主今辰修設祝嚴今上皇帝聖壽無疆師乃云天高無極無極

有尊地厚無垠無垠有主鏡萬象方寸懷六合胷中發大機顯大用是故乃祖乃佛或拈華或面壁或行棒或行喝或詞辯縱横或寂寥無説周旋往返只明此箇無爲宗旨所以人人分上各各壁立萬仞無一絲毫移易虧欠豈不見道譬如帝力不棄一民不謂不知而不容不謂知之而含育到箇裏唘無爲之化行不言之教各各頂天履地飲泉水貴地脉正當恁麽時還委悉麽一穗寶香天上降金輪皇億萬斯年

錢二學士請陞座云透生死關出有無見脫佛祖機超格則量須是利根上智一聞千悟直下承當始得撒手那邊更無餘事所以道幾回生幾回死達者悠悠無定止自從頓悟了無生於諸榮辱何憂喜諸人還識無生麽劫火洞然毫末盡青山依舊白雲中

陞座云蓋天蓋地觸處逢渠亘古亘今全彰正體法無異相不落生滅時無異緣不涉春秋所以道處生死流驪珠獨耀於滄海踞涅槃岸桂輪孤朗於碧天如是則人人脚跟下輝騰今古迥絶見知六處惹絆不住三界收攝不得唯當陽直截承當便見透脫分曉正當恁麽時如何天上有星皆拱北人間無水不朝東

上堂云法身無相應機現形法眼無瑕隨照鑑物安排不得處是天真佛受用不及處乃向上機若能上絶攀仰下絶已躬鼻孔摩觸家風髑髏常干世界則一爲無量無量爲一小中現大大中現小更討甚麽生死去來地水火風聲香味觸都盧是箇真實人體還有

人向箇裏承當得麼識取摩尼無價珠當來受用無窮極

黄運使請上堂云大衆一句截流鐵壁銀山莫湊泊萬縁俱透照地照天絶羅籠明明無覆藏歷歷非照用三世諸佛出興唯此一事歷代祖師傳持亦此一心所以般若如大火聚般若如無盡藏般若如泛海舟檝般若如照夜明燈若向下委曲提持則敲牀竪拂瞬目揚眉或語或默説有説無若向上提掇如擊石火似閃電光有時行棒有時行喝有時箭鋒相拄有時佛眼覷不見雖然如是猶有向上向下忽遇其中人却没許多般事只是見成所以道山是山水是水天是天地是地不移易一絲毫正當恁麼時還委悉麼萬邦有道歸皇化偃息干戈樂太平

鄭龍學請上堂云相逢不拈出舉意便知有且道此意作麼生舉知有箇什麼若論佛論祖論玄論妙論機論境論棒論喝盡是末邊事上頭還著得麼若著得去盡十方世界香水海向一毫頭上見得物物頭頭初無變易若向一毫端蹉過設使用得七穿八穴亦没交涉只如有交涉一句你作麼生道咭嘹舌頭三千里壺中日月自分明

吕左丞請上堂云一句語全規矩應出毗盧印一種機截衆流透過祖師關若是明眼人已透過三千里其或尚留觀聽猶滯皮膚未免向第二義門重話會去也所以道知幻即離不作方便離幻即覺亦無漸次釋迦老子三世諸佛心髓一時頓現便恁麼承當全心即佛全佛即心心佛無二更疑箇什麼正當

恁麽時作麽生道千古萬古黒漫漫塡溝塞壑無人會

上堂云靈山話月語密難藏曹溪指月心真莫測倒却門前刹竿著巳落第二頭金剛堦下蹲神龜火裏走猶落第三首只如未有佛祖巳前還有恁麽時節麽到這裏不論懵底唯是俊流還委悉麽巨浪湧千尋澄波不離水

耿左丞請上堂云無佛世界是般若光百千聖賢是般若用金剛正體是般若根摧魔城壘是般若力有如是自在威神得如是解脱知見用一絲毫千里萬里盡光輝拈一絲毫無邊世界無變易全體承當如如不動所以乃佛乃祖提持此事令一切人各各於根脚下洞明正見得其光顯其用證其根獲其力正當恁麽時如何天上有星皆拱北人間無水不朝東

陳大夫請上堂云有句無句初無兩端如藤倚樹打作一片樹倒藤枯忍俊韓獹呵呵大笑金毛師子若是鐵眼銅睛當陽覰透便可以把斷要津不通凡聖終不向他語言裏作窠窟機境上受羅籠所以道言無展事語不投機承言者喪滯句者迷不落語言不立機關布漫天網打衝浪魚垂萬里鈎駐千里烏騅也須還他大達之士始得所以趙州勘破處爲方便玄沙蹉過處驗作家雪峯輥毬雲門顧鑑睦州見成俱胝一指如生鐵鑄就通上徹下只要箇本分人忽若總不恁麽又作麽生委悉麽了取平常心是道飢來喫飯困來眠復頌云即心即佛開心印非佛非心蹈

大方當處分身千百億普光明殿放毫光
趙觀察請上堂僧問有一句子從上千聖不
曾道著未審喚作什麼句師云你那裏得者
消息來僧云他千聖也不曾恁麼道師云莫
謗他千聖好僧云寧可截舌不犯國諱師云
搊破面門猶自不知僧云未審千聖密祝用
那一句師云用鼻孔上一句僧云此一句還
該一切也無師云闍黎不空缺師乃云當陽
直截不昧時機答去問來全彰奥旨直得千
古萬古只如今前佛後佛無别道寬廓無外
大千沙界箇中藏寂寥非内香水海裏浮幢
刹若能無彼無此非色非心直下坐斷要津
不通凡聖則古釋迦不先新彌勒不後只如
今人人頂門上放大寶光壁立千仞顯一切
妙用神通挺單提不思議力正當恁麼時一
句作麽生道一一山河無障礙重重樓閣應
時開

爲亡僧下火云五蘊山頭涅槃路四方八面
没遮欄通身盡是金剛眼一粒靈丹火裏燃

爲範和尚下火云忠臣不畏死故能立天下
之大事勇士不顧生故能成天下之大名衲
僧家透脱生死不懼危亡故能立佛祖之紀
綱昭覺和尚神機峭拔智辯滔天肘臂下有
符頂門上具眼奮喝散白雲底意氣操打破
虛空底鉗鎚一歸錦官兩佳雄刹闢開荆棘
路坐斷是非關接物利生光揚佛日臨岐一
著擺撥便行絶後光前頭正尾正如今既到
者裏可謂世縁畢備末後慇懃截斷路頭一
堆猛火大衆且道畢竟向什麼處去舉火炬
云烈焰亘天留不得當空寶月鎮長圓

圓悟佛果禪師語録卷第五

音釋

埏尸連切和土也　剗楚限切削也　儱力董切　楔先結切櫼也　櫼即涉切短櫂也　懵母總切闇也　獹龍都切獹犬也　騅朱惟切烏騅馬名

圓悟佛果禪師語録卷第六

宋平江府虎丘山門人紹隆等編

住南康軍雲居真如禪院師於建炎丁未歲十一月初六日在鎮江浮玉山受劄子召赴行朝至十七日朝見登對移刺奉勑住雲居次日勑下時兩府并禁從就雍熈寺請師陞座祇受勑文師拈勑示衆云九重城裏親宣賜一道神光爍太虛勝義諦中真勝義千華叢裏綻芙蕖一舉便知多少省力苟或未然更請宣過

指法座云借雍熈寶座提楊岐金圈直下現成分明薦取還委悉麼金剛正體露堂堂舉足無非大道場突立毗盧頂顊上更於何處禮燈王看看便陞座拈香云虛空世界未分超然馥郁華藏圓融已現特地氤氳戒定慧解脫知見所熏百千億無量殊勝所集爇向爐中上祝今上皇帝聖壽萬歲伏願道德邁昔五帝威靈超前百王聖壽等南山蘿圖齊北極二聖早還玉駕萬國俱賀昇平永息干戈四民樂業次拈香云左僕射相公兩府台佐合朝百辟今日臨筵洪儒碩學諸多勲貴伏願為霖為雨為檝為舟補袞乃仲山和羹即傅說僧問揚子江心停棹天子相招雲居峯頂把關佛祖不讓未離王舍城時如何師云坐斷天下人舌頭進云不必覺城東畔五衆已臻文殊善財如何分辨師云一狀領過進云恁麼則皇天無親唯德是輔師云更莫別商量進云只如舜日重明祖燈增照知恩報恩又作麼生師云一句了然超百億萬年長祝聖明君進云慇懃願祝南山壽一炷清

香滿石樓師云已在言前進云未審祖令當行如何流布師云點進云欲傳陸凱江南信折得東風第一枝師云徧界不曾藏僧問明鏡當臺時如何師云誰不照見進云萬像歷然了無回互師云盡伱神通向什麼處去進云也知和尚在裏許師云始末一時收進云只如教中道圓悟如來無上知見未審禪師與佛相去多少師云不隔一絲毫進云高高峯頂立深深海底行師云棒打石頭人礫礫論實事僧禮拜師乃云提金剛正眼闡向上宗乘報不報之恩能難能之事運臨濟金剛王寶劒喝下全彰用德山山形杖子覿面分付是則全是見則全見不落凡聖階梯直下頓彰已見既遇明眼作證又逢聖世昌時不敢被蓋囊藏直下分明舉似遂拈拄杖示衆

云豈不見僧辭歸宗宗問什麼處去僧云諸方叅五味禪去宗云我此間只有一味禪僧云如何是和尚一味禪宗便打黄蘗聞之云馬大師出八十四人善知識問著一箇箇屙轆轆地只有歸宗猶較些子師云歸宗和尚束虚空爲箇杖子向千聖頂額上全提鎔瓶盤釵釧作一金攪酥酪醍醐爲一味若不得黄蘗明辨端倪洎險勞而無功雖然如是有條攀條無條攀例今日對諸人面前分明拈出還相委悉麼朝擊三千暮八百煅烹佛祖只憑伊復舉黄蘗和尚示衆云汝等諸人盡是不著便底恁麼作略何處有今日也還知大唐國裏無禪師麼僧云只如諸方匡徒領衆又作麼生蘗云不道無禪只是無師師云黄蘗老漢能區能別能揀能擇擒虎兕定龍

蛇即不無要且只明得當時事殊不知彼一時此一時若是山僧即不然汝等諸人盡是英靈豪傑底恁麼舉止須信有奇特事還知大宋國裏有禪師麼且道禪師即今在什麼處如今迴避不及不免露箇面目去也乃云親蒙金口賜師名優鉢羅華火裏生圓悟如來無上見謳歌鼓腹樂升平

到南康軍開堂於知府手中接得䟽示衆云見麼當陽顯示直截現成百帀千重七通八達一一宗師巴鼻頭頭向上宗乘直下承當猶較些子苟或未證却請僧正重爲敷宣指法座云狻猊親踞衆寶莊嚴不從須彌燈王借來元是兜率內院本有既是快便難逢須教出一頭地高著眼便陞座拈香云此一瓣香奉爲祝嚴今上皇帝聖壽萬歲恭願位

隆劫石壽等芥城奮宣光之中興復大禹之舊跡次一瓣香奉爲判府府判運使殿撰通判大夫闔郡尊官在筵僚寀仍願乃忠乃孝爲國爲民爲聖主之股肱作明時之柱石此一瓣香得處辛懃收來劫遠廣衆中數回拈出嶽面上不敢覆藏奉爲蘄州五祖山真慧禪院第十二代演禪師爇向爐中以酬法乳便敷座歸宗和尚白槌云法筵龍象衆當觀第一義師云包融萬有聲振大千乃佛乃祖頂門開若天若人方寸闊便恁麼薦得不妨省要苟或蹉蹶落在第二義門去也還有箭鋒相拄底衲僧麼出來相共激揚僧問宗乘一唱三藏絶詮祖令當行十方坐斷報恩一句作麼生道師云天長地久無餘事萬年長祝聖明君進云恁麼則文明齊二曜睿算等

乾坤師云草偃風行得自由進云可謂金枝永茂千年秀玉葉聯芳萬古春師云闔國人證明進云古人道楖栗横擔不顧人直入千峯萬峯去未審阿那箇是他住處師云騰蛇纏足露布繞身進云朝看雲片片暮聽水潺潺師云却須截斷始得進云此回不是夢眞箇到廬山師云高著眼僧問古釋迦不先新彌勒不後正當今日佛法委付雲居千聖不借底機如何提掇師云剔起眉毛直下行進云從上來事還有分付處也無師云分付闍黎進云爭柰有向非宗旨無言絶聖凡師云還有金剛王寶劒來進云直下便是更不周由師便喝進云忽遇頂門具眼底出來道箇隔身句又作麼生師云賊過後張弓進云青山不鎻長飛勢滄海合知來處高師云分作兩段進云一舉四十九師云確師乃云以祖佛爲標準與祖佛作師以人天爲梯航與人天作眼忽若不倚一物孤逈逈峭巍巍千聖莫能知萬靈沒朕鑑截斷一切不涉廉纖把斷世界不漏絲髮人天衆前如何剖露若向箇裏上絶攀仰下絶已躬等閑如金翅鳥擘海直取龍呑似師子兒出窟妖狐絶跡當鋒略露不免道箇山是山水是水僧是僧俗是俗開慈悲方便門留通途受用底忽若轉山不是山水不是水僧不是僧俗不是俗到箇裏還有出身處麼若有出身處便可以高揖釋迦不拜彌勒坐斷毗盧頂不稟釋迦文束虛空作拄杖也打他不得合百千萬衆雷作一喝也驚他不動且道此人畢竟如何親近只如今各各當陽不背不向不立一絲毫頭

解路不作一纖塵機關正當恁麽時把斷乾坤一句作麽生道鵰弓已掛狼烟息萬國歌謳賀太平復云龍牀角頭親賜得天上雲居古道場安樂樹邊藏拙訥更無佛法可商量既無佛法却舉箇古人公案記得神鼎山諲禪師開堂示衆云山僧行脚也無正因只待向東京城裏聽一兩本經論於古寺閑房且恁麽過時不謂行到汝州葉縣被一陣業風吹到首山曲录木牀上見箇老和尚當時把不住禮却他三拜直至如今悔之不得師云者老漢叅到生鐵鑄就處窮到無絲毫解路時所以向鐵壁銀山處斬釘截鐵若不知有向上宗乘爭解與麽道然雖如是檢點將來二祖少林也禮三拜忽若水乳不分金鍮不辨有條攀條無條攀例山僧元豐末年爲疑著箇祖師西來意十數載江表逢見大善知識便投誠咨叅玄妙理性棒喝機關直是費盡工夫終無箇休歇去處及到海會遇見箇老和尚被他腦後一槌從此喪却目前機去却胷中物直至如今也分踈不下且道與古人是同是別還委悉麽羚羊掛角千峯外更有羚羊在上峯

入院至方丈云箇是天下叢林鍜佛祖大洪爐爽世宗師烹衲子鉗鎚底處所以山僧到此老老倒倒跛跛挈挈百事無能向箇裏如何施設然雖如是當爐不避火還委悉麽銅頭鐵額如龍虎看取金圈栗棘蓬

上堂云耳聞不如眼見眼辨不如手親四百州天上雲居今之日竹輿親到巖巒回合林嶺崔嵬白雲深處見樓臺恍如別造一世界

到箇裏亦不必窮玄説妙立境立機論性論
心究理究事只如今人人分上一切坐斷正
當恁麼時親到一句作麼生道祖佛妙玄窮
徹底白雲深處好安居復云賜得雲居養病
身半千衲子倍相親攀蘿直上青天上投老
依棲安樂神

四月八日留知事上堂云獨掌不浪鳴獨樹
不成林大家出隻手折脚鐺子頗堪任復云
昔日毘藍園裏今朝古佛廟前裂轉雲門關
捩且浴無垢金仙杓兒纔把處蹉過祖師禪

上堂云山僧入院得六日表裏如如十方純
靜只有一事説向諸人且道是什麼事不得
動著

散乾龍節上堂云淵聖皇帝君臨萬國比狩
未還乾龍節臨祝嚴睿算臣僧一句了無覆
藏還委悉麼佛殿裏燒香

結夏上堂云眼聲耳色不思議百草顛頭受
用時表裏洞然無一事端能保護臘人見好
日多同遇緣即照法隨法行法幢隨處建立
有世界以光明爲佛事有世界以音聲爲佛
事有世界以香飯爲佛事有世界以莊嚴爲
佛事有世界以寂默爲佛事且道雲居以何
爲佛事不惜眉毛爲諸人拈出行住坐卧動
轉施爲萬象森羅包含内外無一法不周無
一事不圓到這裏著著盡是佛事則且置佛
在什麼處還委悉麼高高峯頂無消息深深
海底没蹤由復云九十日光陰一撮子半千
人在毫端中各各包含大千界全承渠力得
雍容没築磕絶行蹤萬里雖然無寸草德雲
不下妙高峯

舉悟和尚立僧上堂云只者是大似撒沙向眼中只者不是還如注水向耳裏直下無事平地陷人別有機關墮坑落塹且畢竟作麽生祇園屈曲流泉急鷲嶺巍峩雲出遲復云雲居開大洪爐不止烹佛烹祖但有一切持來烈焰堆中辨取是則當處平和不是切宜退步煆出金剛眼睛直得乾坤獨露雖然到者田地須知向上一路還委悉麽放將三聖瞎驢踢殺大雄猛虎

天申節開啓上堂五月天申節真人降中天萬國傾葵藿處處啓法筵雲居古道場共爇一炷烟龍圖鳳曆等乾坤睿筭彌隆億萬年

下座

上堂云古者道結夏得十一日也寒山子作麽生又道結夏得十一日也水牯牛作麽生山僧即不然結夏得十一日也燈籠露柱作麽生若透得燈籠露柱即識水牯牛若識得水牯牛即見寒山子忽若擬議老僧在你脚底

上堂僧問鏡清諸方只具啐啄同時眼不具啐啄同時用如何是啐啄同時眼師云打破千年野狐窟進云如何是啐啄同時用師云掀翻驪龍頷下物進云南院道作家不啐啄啐啄同時失又作麽生師云隨他語言走向草窠裏打輥進云忽被學人掀翻禪牀時如何師云我且問你見箇什麽道理僧禮拜云仁義道中放過一著師云倒退三千師乃云平旦清晨五月一吹起少林無孔笛十方沙界坦然平大地山河印印出二祖曾不往西天達磨曾不到梁國大家共賀太平歌摩訶

般若波羅蜜復云孤逈逈峭巍巍面前按山子昔聞弘覺言今朝親到此有時生層雲有時霈微雨逗到大晴明依前突兀地且道是心耶是境耶爲復在心内爲復在心外鴛鴦綉出從君看不把金針度與人

上堂云五月五日天中節萬祟千妖俱殄滅眼裏拈却須彌山耳裏拔出釘根楔鍾馗小妹舞三臺八臂那吒嚼生鐵剟攝截急急如律令

上堂舉僧慧超問法眼益和尚如何是佛法眼云汝是慧超師云還委悉麼病遇良醫飢逢王饍醬裏得壚雪中送炭

上堂云昨日風今日風陣陣不從他發十日雨五日雨點點不落別處大方無外大象無形盡世界撮如粟米粒總虛空乃掌中葉可以拽新羅國與占波國鬬額直得東勝身洲射箭西瞿耶尼中垛所以道髑髏常干世界鼻孔摩觸家風若是未出陰界尚滯見知聞恁麼說話一似鴨聽雷鳴隔靴抓癢直饒脫却根塵去却機境尚餘一線路在且二途不涉一句作麼生道還委悉麼佛殿堦前石獅子大洋海底鐵崑崙

散天申節上堂云天上古佛人間至尊五月下降閻浮五月君臨萬國奮中興業清四海塵永固龍圖長堅鳳曆遥瞻北闕仰祝南山一句全提當機顯露還委悉麼建炎天子天申節聖壽彌隆億萬年

上堂僧問百丈問溈山併却咽喉唇吻作麼生道山云却請和尚道此理如何師云傍觀者哂進云百丈云不辭向汝道恐已後喪我

兒孫爲復是答他話爲他説師云老婆心切進云五峯道和尚也須併却意旨如何師云一箭中紅心進云百丈道無人處斫額望汝是肯他不肯他師云萬人叢裏奪高標進云雲巖道和尚有也未又作麽生師云拖泥涉水兩三重進云未審雲巖會了恁麽道不會了恁麽道師云與闍黎一般進云忽有人問和尚併却咽喉唇吻作麽生道師云合取進云恁麽則與雲巖一般去也師云直截根源人不識忙忙業識幾時休師乃云萬仞懸崖撒手要須其人千鈞之弩發機豈爲鼷鼠雲門睦州當面蹉過德山臨濟誑謼閭閻自餘立境立機作窠作窟故是滅胡種族且獨脱一句作麽生道萬緣遷變渾閑事五月山房冷似冰

上堂僧問臨濟三玄驗作家如何是體中玄師云迅雷霹靂更驚群進云如何是句中玄師云切忌向三寸上辨進云如何是玄中玄師云棒頭有眼明如日進云如何是一印印泥師云脚跟下爛骨董地進云如何是一印印水師云没觜浸却進云如何是一印印空師云腦後圓光萬丈長進云爲復一理爲復二義師云且鑽龜打瓦師乃云禪非意想以意想參禪則乖道絶功勳以功勳學道則失直須絶却意想喚什麽作禪脚跟下廓爾無禪之禪謂之真禪如兎子懷胎絶却功勳喚什麽作道頂門上照耀無道之道謂之真道似蚌含明月到箇裏實際理地既明金剛正體全現然後山是山水是水僧是僧俗是俗萬法樅然初無向背乃呵呵大笑云山僧恁

麽說話大似無夢說夢無事生事若是明眼人覷見一場敗闕且離意想絕功勳一句作麽生道八臂夜叉擎鐵柱忿怒那吒撲帝鐘

上堂壁立萬仞處透得閙市裏可以横身閙市裏透得壁立萬仞處可以倒退何也根本若真正眼洞明則七穿八穴根本若不明正眼若爊麻則皮穿骨露故德山入門便棒臨濟入門便喝睦州見僧便道現成公案資福道隔江見刹竿便去脚跟下好與三十棒豈不是壁立萬仞處透得大丈夫漢一等是踏破草鞋何不向祖佛提不起處承當天人著眼不及處擔荷然後即心即佛非色非心以一重去一重以一句脫一句豈不是閙市裏透得向箇裏直得壁立萬仞然後似鶻提鳩所以古人道垂手還同萬仞崖正偏何必在安排然後與麽也得不與麽也得與麽不與麽總得似虎靠山忽若與麽也不得不與麽也不得與麽不與麽總不得如銀山横路許他是具眼底向箇裏雙照雙遮同生同死全明全暗全殺全活正與麽時且作麽生杖頭點出金剛王鐵壁銀山百雜碎復云聖凡情解初無相一法真時法法真萬仞崖頭能撒手千峯頂上現全身

上堂舉古者道動是誑寂是謗動寂向上有事在老僧口門窄不能與汝說師云是則是只道得一橛若是山僧則不然語是誑默是謗語默向上有事在老僧舌頭短不能與你說還委悉麽兩刃金剛寶劒一對無孔鐵鎚

上堂云十五日已前千牛拽不迴十五日已後俊鷂趂不及正當十五日天平地平同明

同暗大千沙界不出當處可以舍吐十虚進一步超越不可說不可說香水海退一步坐斷千里萬里白雲不進不退莫道闍黎老僧也無開口處遂舉拂云正當恁麼時如何有時拈在千峯頂劃斷天雲不放高

祈雨上堂僧問萬里不掛片雲時如何師云老僧也怪伊進云青天也須喫棒又作麼生師云行遣早遲也進云未審過在什麼處師云彼此住山人更不重註破進云好雨下時却不下不天晴處却天晴師云你適來向什麼處去來進云乍卷乍舒去也師云脚跟下更與一棒直得雨似盆傾進云總不與麼時如何師云挨轉鼻孔進云忽若應時應節又作麼生師云山前禾麥熟共唱太平歌師乃云曹溪路上天高地厚少室峯前土曠人稀

孤然危坐泠蕭蕭大野横身風颭颭眼見則瞎耳聽則聾口說則啞雖然不出一毫端舍吐十虚無向背既然有恁麼神通具恁麼作用爲什麼乾燥燥地東海鯉魚打一棒忙忙帀地便爲霖

上堂云釋迦慳彌勒富八字打開無盡庫拄杖子化爲龍赫日光中吐雲霧徧界霶霈注甘雨卓拄杖下座

七月旦上堂一二三四五六七眼裏瞳人吹篳篥七六五四三二一石人木人眼淚出七通八達舉著便知尚在見聞隔靴抓癢陝府鐵牛吞嘉州大像則且置佛殿堦前狗尿天五臺山上雲蒸飯一句作麼生道風來樹影動葉落便知秋

上堂云知幻即離不作方便眼裏拈却須彌

山離幻即覺亦無漸次耳裏除却四大海不見而見鐘鳴鼓響玲瓏不聞而聞大地山河歷落無生田地有種有收般若梯航有津有濟離一切相即且致威音王已前一向作麽生道雲中生石笋火裏出青蓮

解夏上堂僧問混沌未分時如何露柱懷胎此意如何師云突出難辨進云分後如何片雲點太清是何宗旨師云高著眼進云未審太清還受點也無靈雲爲什麽不對師云識法者恐進云恁麽則舍生不來也又不對爲復是理合如此爲復是難爲酬對師云生鐵鑄就進云直得純清絶點時如何猶是真常流注又作麽生師云若能轉物即同如來進云如何是真常流注似鏡常明意旨如何師云也是一向合頭語進云大地山河爲自已

燈籠露柱亦非他師云莫妄想進云渾無用去時如何師云却較些子進云向上更有事也無云打破鏡來與汝相見未審意在什麽處師云分付拄杖子進云陋巷不騎金色馬回來却著破襴衫師云他家得自由師乃云秋光清淺秋露虚凝秋風颼颼秋色澄淨乃釋迦護生之功已畢實衲僧結制之法周圓若能内忘已見外了法空内外一如虚凝澄寂則全心即佛全佛即心與諸佛把手共行與祖師同得同用到箇裹更説什麽結更説什麽解二六時中淨躶躶赤灑灑終日著衣不曾掛一縷絲終日喫飯不曾咬一粒米所謂動若行雲止猶谷神豈有心於彼此那有像於去來觸處逢渠全機獨脱正恁麽時如何白雲本是無心物等閑出没太虚空復云

九十日功圓此日不須更驗蠟人來雖然萬里無寸草袋口今朝已解開
上堂僧問趙州訪一菴主云有麼有麼主竪起拳頭州云水淺不是泊船處意旨如何師云據欵結案進云只如又訪一菴主亦竪起拳頭州却讚歎禮拜師云兩重公案進云問答一般爲什麼肯一箇不肯一箇師云大有人到此一似撞著鐵壁進云忽有人問和尚有麼有麼如何祇對師云劈脊便棒進云恩大難酬師便打乃云當陽顯正眼包括三千大千渠儂無舌頭演出龍宮海藏現成受用觸處逢原徧界家風取之左右若非同道者何能提綱宗既是恁麼人須明恁麼事還委悉麼大地撮來粟米粒十方剎海掌中觀
八月一日上堂僧問不歷化城便登寶所時如何師云滿眼本非色滿耳本非聲進云親到寶山空手回又作麼生師云入荒田不揀師乃云何物高於天生天者是何物厚於地育地者是何物寬於虛空包虛空者是何物超越佛祖植佛祖者是六合之外惟道存而勿論若據本分事未道得一半還知盡大地撮來盡在諸人眉毛眼睫上化作天大將軍現無邊神通若也見得轉凡成聖若也不見切忌躊躕撥轉上頭關捩子分身百億化無邊
請長蘆覺禪師上堂多子塔前分半座截斷衆流少林端拱歷九年壁立萬仞奮作家爐鞴施向上鉗鎚顯大用大機全生全殺與一切人抽釘拔楔解黏去縛令大地人各各如獅子兒奮迅吒沙踞地返躑所以道法王法

力超群生常以法財施一切久積淨業稱無量導衆以寂故稽首夫如是則向萬仞懸崖垂手敲唱倶行百尺竿頭進步主賓互換正當恁麽時如何龍吟長霧起虎嘯乃風生復云撞著道伴交肩過一生參學事已畢今朝幸遇大導師寶華王座爲拈出

上堂僧問離四句絶百非請師直指西來意馬大師爲什麽不與他説師云闍黎不妨具眼進云智藏道問取海兄去又作麽生師云爛泥裏有刺百丈道我到者裏却不會意旨如何師云烏龜鑚破壁進云馬祖道藏頭白海頭黑又作麽生師云塞外將軍令進云只如三員尊宿是答他話是爲他説師云一狀領過進云語帶玄而不露口欲談而辭喪師云猶有者葛藤在進云忽若截斷衆流言詮不渉又作麽生師云待我上山採拄杖進云者老和尚一點也瞞他不得師云放過一著師乃云好日多同數彩一賽錦上鋪華全通内外若是知音更不話會大衆三世諸佛在火焰裏轉大法輪墻壁瓦礫在諸人眼睛裏轉大法輪拄杖子在千聖頂𩕳上轉大法輪只有露柱燈籠却較些子何故東行不見西行利一葉落知天下秋

中秋上堂僧問黄龍三關即不問如何是楊岐栗棘蓬師云天下人呑不得進云和尚還呑得也無師云老僧是第一箇呑不得底進云既是呑不得將何爲人師云終不敢孤負楊岐進云如何是金剛圈師云闍黎盡伎倆百年透不出進云忽遇箇漢出來道盡是閑言語又作麽生師云一任跱跳進云者老和

尚今日稍有些子相爲師云且莫冬瓜印子師乃云秋半西風急當空月正圓蕭蕭木葉落湛湛露珠懸嘹唳衝雲鴈淒清抱樹蟬頭頭渾漏泄切忌覓幽玄

出城中退院回上堂大衆幸自無一星兒事剛然平地起骨堆費盡工夫只者是步隨流水却歸來恁麽也不得不恁麽也不得恁麽不恁麽總不得然後没交涉正是此箇時節雖然如是他家自有通霄路高高南嶽與天台復云八臂那吒擘鐵柱翻身直入滄溟去逡巡忿怒撲帝鐘過犯彌天無雪處無雪處不免依前安舊所且正當恁麽時如何一文偷不得虗作没量人

謝監院上堂舉藥山一日語雲巖云與我喚沙彌來巖云和尚喚他作什麽山云我有箇折脚鐺子要伊提上挈下巖云恁麽則與和尚共出一隻手也師云道頭知尾舉一明三山僧有箇小頌一步闊一步一著高一著提折脚鐺兒施阿伽陀藥須彌土一撮滄溟水半杓快意唱巴歌過屠門大嚼

上堂云大衆仲冬嚴寒千山萬山滴水滴凍成塊成團凍得達磨板齒落冰得金烏觜團圝明鏡當臺幽洞側更看雙鳳舞孤鸞復云金毛獅子一滴乳迸散驢兒乳十斛活却死人平地上似地擘山石舍玉

舉杲首座立僧上堂云鶻兒未出窠巳有摩霄志虎子未絶乳巳有食牛氣況復羽翼成況復爪牙備奮迅即驚群八面清風起一條脊梁硬似鐵一條白棒掀天地相與建法幢展衲僧巴鼻

上堂云不登泰山不知天之高不涉滄海不知海之闊此區中之論也若是其中人天在一粒粟中海在一毫頭上浮幢王華藏界盡在眉毛眼睫間且道此箇人在什麼處安身立命還委悉麼無邊虛空盛不受直透威音更那邊

上堂云三界無法霜天皎月何處求心山高水深四大本空不辨西東佛依何住乾坤獨露透得脫見得徹正在半途逡巡擊碎鐵門關拔脫無根樹便見掌擎日月背負須彌引手過越一百一十城翻身獨立十方華藏界到箇裏也無佛也無祖不立照不立用不立權不立實不行棒不行喝正當恁麼時如何憑仗阿伽陀妙藥點取金剛正眼開

上堂云十方同聚會本來身不昧箇箇學無爲頂上用鉗鎚此是選佛場深廣莫能量心空及第歸利劒不如錐龐居士舌拄梵天口包四海有時將一莖草作丈六金身有時將丈六金身作一莖草甚是奇特雖然要且不曾動著向上關如何是向上關鑄印築高壇

韓觀察請上堂大衆日沉沉風颯颯萬世只如今雲靉靉水潺潺當處全體現黏皮著骨底未免論性論心越格超宗底便道拖泥涉水殊不知人人有坐斷天下人舌頭分箇箇具有金剛正眼若能未擧先知未言先契則路逢達道人不將語默對到箇裏似金博金如水入水便乃全憑此箇恩力去也且正恁麼時如何是全提一句還委悉麼知恩方解報深恩

歲旦上堂元正啓祚打開門户萬物維新天

地同春應時納祐不落窠臼罄無不宜萬世一時孟春猶寒伏惟首座大衆起居萬福乞火和烟得擔泉帶月歸復云新年頭有佛法正是土上加泥新年頭無佛法又成當面蹉過到箇裏佛法世法有無新舊一時拈向一邊且不落夤緣一句作麼生道還委悉麼乾坤一合地餬餅日月兩輪天氣毬

施主捨法衣上堂云迦葉携坐鷄足峯老盧持過大庾嶺如今披向寶華座孤光逈逈高峯頂且道是同是別錦衣公子貴林下道人高

上堂云大衆衆手共淘金人人皆有得霜風襲四圍天華滿衣祴大賞不論功虛空長逼塞分身千百億彌勒真彌勒復云入水須斬蛟入山須擒虎才方撲帝鐘便擊塗毒鼓一箭落九烏一捻千鈞土諸聖和不齊臘月二十五

舒禪師周祥上堂大衆去年今日一語翁泥牛入海無消息今年今日鐵斧老優曇鉢華現籌室油雲出沒太虛空動靜去來那有跡須信雪晴天地春金烏依舊從東出

上堂大衆天上月圓萬像歷然地下月半觸途成現見不見包褁十虛尚餘半闔不闔透脫圓通徹本根玉漏銅壺催不得乾坤大地一枝燈一處圓融一切處無邊剎海更崚層

上堂云透脫祖師關不知物遷變一念可萬年一條真白練千差眼底親萬化鏡中現驀要入三門等閑騎佛殿復云夜雨漬深春莓苔色染人溪邊芳草碧華與柳條所氣味濃於酒風光軟勝烟靈雲覓不得何處悟天真

上堂云日面月面胡來漢現有時放行有時把斷世法佛法打成一片若作一片會遇貴即賤不作一片會麥裏有麵復云三世諸佛不知有一一面南看北斗貍奴白牯却知有戴角擎頭獅子吼四稜蹋地又團圝八角磨盤空裏走擬推尋髈脊摟拈得鼻孔失却口爲問普化一頭驢何似紫胡一隻狗

上堂云有句無句超宗越格如藤倚樹銀山鐵壁及至樹倒藤枯多少人失却鼻孔直饒收拾得來已是千里萬里只如未有與麼消息時還透得麼風暖鳥聲碎日高華影重

上堂云大衆久雨不晴今日晴乾坤大地放光明墻壁瓦礫說佛法露柱燈籠著眼聽敢問諸人作麼生聽得乃云親復云釋迦老子道知幻即離橫身萬里不作方便十分成現離幻即覺須彌倒卓亦無漸次眼中出刺忽若盡大地撮來如粟米粒大且作麼生知扇子踍跳上三十三天且作麼生覺正恁麼時還委悉麼十方刹海金剛座萬煆爐中鐵蒺藜

上堂僧問日面佛月面佛意旨如何師云翻來覆去看進云金烏急玉兎速又作麼生兩重公案進云只如道三世諸佛六代祖師同一舌說未審同那一舌說師云便是同也截斷了也進云未審將什麼截師云將無舌底進云草賊大敗師云點師乃云大衆月生一快鷹俊鷂趂不及月生二德山臨濟失巴鼻月生三文殊普賢特地忿怒那吒把須彌一擘百雜碎折脚鐺子撞破無底籃兒大悲千手一隻手中一隻眼也提不起無言童子

却解道前三三後三三還委悉麼萬仞峯頭都放却多年破衲太襤毵

上堂云大衆傳大士道須彌芥子父芥子須彌爺山水坦然平敲冰來煮茶曾聞傳大士乃彌勒大士化身看他通箇消息不妨著實山僧今日土上加泥亦有箇頌子須彌納芥不容易芥納須彌匹似鬧長河攪著成酥酪輕輕擊透祖師關

舉丹霞裕長老爲人入室上堂云大衆摩醯首羅揭示頂門正眼摩竭陀國全提向上鉗鎚壁立萬仞絶承當孤光爍破四天下所以道殺人刀活人劍將錯就錯上古之風規亦是今時之樞要和泥合水若論殺人刀不存毫末活人劒橫屍萬里須知殺中有活擒縱人天活中有殺權衡佛祖直饒說得殺活倜儻分明山僧更問你覔劒在正恁麼時見麼萬仞懸崖垂隻手高峯共唱太平歌復云趙州道趙州南石橋北觀音院裏有彌勒祖師留下一隻履直至如今覔不得諸人要知落處麼問取丹霞和尚

結制上堂二千年前佛制諸方遵行爲例九旬之内安閑共作兒家活計且如何是兒家活計猢猻入布袋復云九旬結袋口安居解脫道水乳自和同萬緣無所撓栗棘蓬快呑金剛圈猛跳共透衲僧家頂𩕳上一竅

上堂金色頭陀衣糞掃毱多尊者運神通火星迸入新羅國大象牽藏藕竅中

五月旦日上堂云鐵樹鬅鬆石牛哮吼火雲亘天長萬丈金烏普照大光明直得東海鯉魚振鬛揚鱗南國波斯呈橈舞棹文殊普賢

不敢說理說事德山臨濟不敢行棒行喝正恁麼時會麼拄杖擬吞三世佛燈籠百斛瀉明珠復云釋迦老子道若有一人發真歸源十方虛空悉皆消殞五祖和尚又云一人發真歸源十方虛空築著磕著山僧即不然若有一人發真歸源十方虛空錦上鋪華

上堂云新月如鈎輕雲映火山前麥熟筐裏蠶繰田夫戢戢栽苗柳岸垂垂挺線風調雨順盜賊消禳我輩林下之人一餉非常慶快纔作此語驀地有箇符使出來道山前諸處五瘟行疫病太甚欲就和尚覓箇神符往前驅逐山僧遂以拄杖畫一圓相與之瞥然不見逡巡却來道五瘟疫鬼已驅向他方世界去也只有一事待請益和尚此靈驗神符從何處得來山僧劈脊便打當下滅跡消聲因行掉臂成箇頌子五月五日天中節赤口毒舌盡消滅五月五日午時書放下蛇頭捋虎鬚

上堂云迥無依倚超宗越格非佛非心萬仞壁立桑樹上著箭柳樹上汁出

上堂云粥足飯足飽柴飽水廬陵米價高山前麥熟未盡乾坤剎海都盧是箇自已撮向眉毛眼睫間直得放光動地不是如來禪亦非第一義更說甚衲僧巴鼻爭如撒手懸崖去却藥忌且唱箇囉囉哩哩叅

上堂一二三四五六七七六五四三二一旋風車上定盤星百尺竿頭吹篳栗咦復舉雲門一日示衆云和尚子莫妄想山是山水是水僧是僧俗是俗時有僧出云學人見山是山見水是水時如何雲門以手劃一劃云佛

殿爲什麼從者裏去師拈云似地擎山如石含玉透得過者盡在無盡藏中透不過者未免摶量只如雲門以手劃一劃云佛殿因什麼從者裏去又且如何一葉落知天下秋

蔣運使寄雲居山三大字仍請陞座云法法圓融心心虛寂大包無外文彩巳彰細入無間眼莫能覷所以道萬法是心光諸緣唯性曉本無迷悟人只要今日了今日便與麼坐斷報化佛頭喚什麼作心喚什麼作性恁麼說話巳是截斷諸根了也且作麼生是截斷諸根處放一線道通箇消息還委悉麼大旱得甘雨大熱得清涼復有頌云衆峯盤屈屋耽耽天上泓澄雨碧潭渴驥怒猊三大字高蹤千古振名藍

圓悟佛果禪師語録卷第六

音釋

⿰石暴俗音剥　屙於何切　轆盧谷切　狻猊狻蘇官切猊研奚切狻猊獸名　踼大浪切　掀虛言切以手舉也　祟雖遂切神禍也　垜杜果切箭堋也　抓癢抓側交切爪搔也癢以兩切膚欲搔也　唬虛訝切嚇也　颼飀颼蘇鳩切飀力求切颼飀高風也　⿺毛監毿⿺毛監音藍毿蘇含切⿺毛監毿猶毶毿也　逡七倫切逡巡却退貌　睫即涉切目旁毛也

圓悟佛果禪師語録卷第七

宋平江府虎丘山門人紹隆等編

住南康軍雲居真如禪院送化主上堂云火不待日而熱性相類風不待月而涼氣相合獨樹不成林單絲不成線建大厦非一木之能濟巨川非一棹之力所以道衆毛成毬聚鐵成斧要須内外相應賓主和容自然氣類相同羽毛相似正與麼時如何八萬四千非鳳毛三十三人入虎穴復有頌云三十餘員雲水客諸方分化力行持山門庶事渾依賴正是金毛奮迅時

上堂云有句無句已絶誵訛非色非心直超露布到箇裏有啓口分也無莫道是勤上座口似匾檐設使三世諸佛歷代祖師出來辯似懸河機如掣電未免亡鋒結舌何故只爲風頭太硬然雖如此若向箇裏直下承當得去如龍得水似虎靠山有丈夫志氣具絶羅籠手段所以道殺人刀活人劒則者邊那邊向上向下有事無事佛界魔界一時坐斷忽有人問未審刀劒在什麼處委悉麼從前汗馬無人識只要重論蓋代功復擧僧問雲門樹凋葉落時如何雲門云體露金風師云雲門眼似流星機如掣電拈得將來不妨奇特如今忽有人問山僧樹凋葉落時如何只向伊道千山雲霧卷一望見前村

上堂云十方同聚會箇箇學無爲此是選佛場心空及第歸大丈夫具決烈志氣慷慨英靈踏破化城直截承當外不見有一切境界内不見有自己上不見有諸聖下不見有凡愚淨躶躶赤灑灑一念不生桶底剔脱豈不

是心空到箇裏還容棒喝麼還容玄妙理性麼還容彼我是非麼直下如紅爐上一點雪相似豈不是選佛場中擎頭戴角雖然如此子細檢點將來猶涉階梯且不涉階梯一句作麼生道還委悉麼千聖不留無朕跡萬人叢裏奪高標復有頌云住山只貴衆和諧表裏通明應整齊折脚鐺兒幸無恙相憑出手共提携

上堂云清秋晴色苗稼豐登四海晏清萬民樂業林下之士歌意休心直下當陽坐斷報化飢飡渴飲倦卧閑行無事無爲得大自在當陽一句不可重宣迴避不行直須漏泄還委悉麼八月秋何處熱復云昨夜夢登樓驀然得箇時節因緣今朝舉似大衆四野迥澄澄端如坐少林雲籠高嶽頂月在碧波心

中秋上堂云只恁麼透得已是涉泥水何堪更廉纖没頭又没觜到箇裏也須是箇似大死底人却活始得還委悉麼棒頭能取證喝下絕承當復云光景急如梭賢明争柰何千林凋敗葉一鴈度秋河風急砧聲遠山高月色多誰當此時節解唱紫芝歌

退院上堂云七處住持三十載今朝方作地行仙上蒙聖主從卑願亭毒之恩遠似天見可而進知難而退權柄在手舒放非他住既無心動亦非我所以二六時中與他同得同證同出同入豈有心於彼此何有象於去來所以道欲識佛性義當觀時節因緣時節若至其理自彰正當與麼時還委悉麼林間蕭散處世外一閑人復有頌云禪月昔年曾有語山僧師範作良謀如斯標致雖清拙大丈

天見合自由

示張持滿朝奉

克勤自出峽止訥堂唯念茲在茲相從者多不吝倦所謂利他乃自利也要須根本明徹理地精至純一無雜纔有是非紛然失心若踏正脉諸天捧華無路魔外潛覷不見深深海底行高高峯頂立始得不驚群動衆謂之平常心本源天真自性也雖居千萬人中如無一人相似此豈麤浮識想利智聰慧所能測哉示諭綿密無間寂照同時歲月悠久打成一片而根本愈牢密密作用誠無出此應當當處全真則彼我遐邇觸處皆渠刹刹塵塵皆在自已大圓鏡中愈綿愈密則愈能轉換也故雲門道直得乾坤大地無纖毫過患猶爲轉句不見一色始是半提直得如此更須知有全提時節始得所以德山棒臨濟喝皆徹證無生透頂透底融通自在到大用現前處方能出沒欲人全身擔荷外退守文殊普賢大人境界巖頭道他得底人只守閑閑地二六時中無欲無依自然超諸三昧德山亦云汝但無事於心於心無事則虛而靈寂而照若毫端許言本末者皆爲自欺此既已明當須履踐但只退步愈退愈明愈不會愈有力量異念纔起擬心纔生即猛自割斷令不相續則智照洞然步步踏實地豈有高低憎愛違順揀擇於其間哉無明習氣旋起旋消悠久間自無力能擾人也

古人以牧牛爲喻誠哉所謂要久長人爾直截省要最是先忘我見使虛靜恬和任運騰騰騰騰任運於一切法皆無取捨向根根塵

塵應時脱然自處孤逕獨照照體獨立物我一如直下徹底無照可立如斬一綟絲一斬一切斷便自會作活計去也佛見法見尚不令起則塵勞業識自當冰消瓦解養得成實如癡似兀而峭措祖佛位中收攝不得那肯入驢胎馬腹裏也

趙州道我見千百億箇盡是覓作佛漢子於中覓箇無心底難得又云我在南方三十年除粥飯二時是雜用心處香林四十年方成一片湧泉四十年尚自走作南泉十八上解作活計信知從上古人無不皆如此密密履踐安可計得失長短取捨是非知解也同學之中唯龍門智海昔常熟與究明但逢緣遇境莫不管帶何止此生而已窮未來際證無量聖身也未是他泊頭處但一味退步切莫作限量也

示呉教授

佛祖以神道設教唯務明心達本况人人具足各各圓成但以迷妄背此本心流轉諸趣枉受輪迴而其根本初無增減諸佛以爲一大事因緣而出蓋爲此也祖師以單傳密印而來亦以此也若是宿昔蘊大根利智便能於脚跟直下承當不從他得了然自悟廓徹靈明廣大虛寂從無始來亦未曾間斷清淨無爲妙圓真心不爲諸塵作對不與萬法爲侶長如十日並照離見超情截却生死浮幻如金剛王堅固不動乃謂之即心即佛更不外求唯了自性應時與佛祖契合到無疑之地把得住作得主可不是徑截大解脱耶探究此事要透死生豈是小緣應當猛利誠

志信重如救頭然始有少分相應多見叅問之士世智聰明只圖資談柄廣聲譽以為高上趣向務以勝人但增益我見如以油投火其炎益熾直到臘月三十日茫然繆亂殊不得纖毫力良由最初已無正因所以末後勞而無功是故古德勸人叅涅槃堂裏禪誠有旨也生死之際處之良不易唯大達超證之士奮利根勇猛一徑截斷則無難然此段雖由自已根力亦假方便於常時些小境界中轉得行打得徹不存解不立見凛然全體現成踐履將去養得純熟到緣謝之時自然無怖畏只有清虛瑩徹無一法當情如懸崖撒手棄捨得無留戀一念萬年萬年一念覓生了不可得豈有死也是故古德坐脫立亡行化倒蜕能得勇徤皆是平昔淘汰得淨潔香林四十年得成一片湧泉四十年尚有走作石霜勸人休去歇去如古廟裏香爐去永嘉云體即無生了本無速蓋業業兢兢念兹在兹方得無礙自在旣捨生之後得意生身隨自意趣後報悉以理遣不由業牽所謂透脫生死耶

報緣未謝於人間世上有如許叅涉交互應須處之使綽綽然有餘裕始得人生各隨緣分不必厭喧求靜但令中虛外順雖在閙市沸湯中亦恬然安穩才有纖毫見刺則打不過也

示許庭龜奉議

此箇事在利根上智之人一聞千悟不為難要須根脚牢實諦當徹信把得定作得主於一切違順境界差別因緣打成一片如太虛

空無纖毫障隔湛湛虚明無有轉變雖百劫千生始終一如方可平穩多見聰俊明敏根浮脚淺便向言語上認得轉變即以世間無可過上遂增長見刺逞能逞解逞言語快利將謂佛法只如此及至境界緣生透脱不行因成進退良可痛惜是故古人直是千魔萬難悉皆甞徧雖七處割截亦不動念一往操心猶如鐵石以至透脱生死渾不費力豈不是大丈夫超詣慷慨所存也

在家菩薩修出家行如火中出蓮蓋名位權勢意氣卒難調伏而況火宅煩擾煎熬百端千緒除非自已直下明悟本真妙圓到大寂定休歇之場尤能放下廓爾平常徹證無心觀一切法如夢幻泡空豁豁地隨時應節消遣將去即與維摩詰傅大士龐居士裴相國楊内翰諸在家勝士同其正因隨自已力量轉化未悟同入無爲無事法性海中則出來南閻浮提打一遭不爲折本矣

示隆知藏

有祖已來唯務單傳直指不喜帶水拖泥打露布立窠窟鈍置人蓋釋迦老子三百餘會對機設教立世垂範大段周遮是故最後徑截省要接最上機雖自迦葉二十八世少示機關多顯理致至於付受之際靡不直面提持如倒刹竿盌水投針示圓光相執赤旛把明鑑説如鐵橛子傳法偈達磨破六宗與外道立義天下太平翻轉我天爾狗皆神機迅捷非擬議思惟所測洎到梁遊魏尤復顯言教外别行單傳心印六代傳衣所指顯著逮曹溪大鑑詳示説通宗通歷涉既久具正眼

大解脱宗師變革通塗俾不滯名相不墮理性言說放出活卓卓地脱灑自由妙機遂見行棒行喝以言遣言以機奪機以毒攻毒以用破用所以流傳七百來年枝分派别各擅家風浩浩轟轟莫知紀極然鞠其歸著無出直指人心心地既明無絲毫隔礙脱去勝負彼我是非知見解會透到大休大歇安穩之場豈有二致哉所謂百川異流同歸于海要須是箇向上根器具高識遠見有紹隆佛祖志氣然後能深入閫奥徹底信得及直下把得住始可印證堪爲種草捨此切宜寶祕慎詞勿作容易放行也

五祖老師平生孤峻少許可人乾曝曝地壁立只靠此一著常自云如倚一座須彌山豈可落虚弄滑頭謾人把箇没滋味鐵酸餡劈頭拈似學者令咬嚼須待渠桶底子脱喪却如許惡知惡見胷次不掛絲毫透得淨盡始可下手鍛煉方禁得拳踢然後示以金剛王寶劒度其果能踐履負荷淨然無一事山是山水是水更應轉向那邊千聖籠羅不住處便契乃祖已來所證傳持正法眼藏及至應用爲物仍當驅耕夫牛奪飢人食證驗得十成無滲漏即是本家道流也

摩竭陀國親行此令少林面壁全提正宗而時流錯認遂尚泯默以爲無縫罅無摸索壁立萬仞殊不知本分事恣情識摶量便爲高見此大病也從上來事本不如是巖頭云只露目前些子箇如擊石火閃電光若搆不得不用疑著此是向上人行履處除非知有莫能知之趙州喫茶去祕魔巖擎杈雪峯輥毬

禾山打鼓俱胝一指歸宗拽石玄沙未徹德山棒臨濟喝並是透頂透底直截剪斷葛藤大機大用千差萬别會歸一源可以與人解黏去縛若隨語作解即須與本分草料譬如七斛驢乳只以一滴師子乳滴悉皆迸散要脚下傳持相繼綿遠直須不徇人情勿使容易乃端的也末後一句始到牢關誠哉是言透脱死生提持正印全是此箇時節唯踏著上頭關捩子底便諳悉也

隆公知藏湖湘投機還往北山十餘年真探賾精通本色衲子遂舉分席訓徒已三載矛被睿旨移都下天寧欲得法語以表道契因爲出此數段宣和六年十二月中佛果老僧書

示華藏明首座

祖師門下直截指示豈有如許多蹊徑只貴向上人聊聞舉著剔起便行明眼覷來只是鈍置古者道舉一隅不以三隅反者吾不與也箇箇須是舉一明三目機銖兩阿轆轆地踈通峻快始稱提持豈不見良遂見麻谷第一番才見便歸方丈閉却門及至第二次見谷驟歩向菜園渠便嚽地乃謂谷曰和尚莫謾良遂良遂若不來見和尚洎被十二本經論賺過一生看渠恁地不妨省力既歸謂徒黨曰諸人知處良遂總知良遂知處諸人不知信知渠知處有不通風諸人卒未搆得可謂真師子兒要作他家種草直須更出他一頭地始得

達磨遊梁入魏落草尋人向少林冷坐九年深雪之中覓得一箇及至最後問得箇什麽

却只禮三拜依位而立遂有得髓之言至令守株待兔之流競以無言禮拜依位爲得髓深致殊不知劒去久矣爾方刻舟豈曾夢見祖師若是本色真正道流要須超情離見別有生涯終不向死水裏作活計方承紹得他家基業到此須知有向上事所謂善學柳下惠終不師其跡是故古人道一句合頭語萬劫繫驢橛誠哉

破有法王出現世間隨衆生欲種種說法將知所説皆爲方便只爲破執破疑破解路破我見若無許多惡覺惡見佛亦不必出現而況説種種法耶古人得旨之後向深山茆茨石室折脚鐺子煑飯喫十年二十年大忘人世永謝塵寰今時不敢望如此但只韜名晦跡守本分作箇骨律錐老衲以自契所證隨己力量受用消遣舊業融通宿習或有餘力推以及人結般若緣鍊磨自己脚根純熟正如荒草裏撥剔一箇半箇同知有共脱生死轉益未來以報佛祖深恩抑不得已霜露果熟推將出世應緣順適開拓人天終不操心於有求何況依倚貴勢作流俗阿師舉止欺凡罔聖苟利圖名作無間業縱無機緣只恁度世亦無業果真出塵羅漢耶

此門嘗脱契證即是素來不曾經人壞持拍盲百不知一但以利根種性孟八郎便透直下承當要用便用要行即行無如許般心行純熟頓放著所在便得休歇安樂終日飽齁齁地不妨真正最難整理是半前落後認得瞻視光影聽聞不隨聲守寂湛之性便爲至寶懷在胷中終日昭昭靈靈雜知雜解自擔

負我亦有見處曾得宗師印證惟只增長我見便雌黄古今印證佛祖輕毁一切問著即作伎倆黏作一堆殊不知末上便錯認定盤星了也及至與渠作方便解黏去縛便謂移換人捩轉人作恁麽心行似此有甚救處除是驀地自解知非却將來須放得下作善知識遇著此等須是大脚手與烹鍊救得一箇半箇得徹不妨翻邪成正將來却是箇没量大人何故只爲病多諳藥性

得底人心機泯絶照用已忘渾無領覽只守閑閑地而諸天捧華無路魔外潛覷不見深深海底行漏盡意解所作平常似三家村裏無異直下放懷養到恁麽處亦未肯住在才有纖毫便覺如泰山似礙塞人便即擺撥雖純是理地亦無可取若取即是見刺所以云道無心合人人無心合道豈肯自衒我是得底人原他深不欲人知喚作絶學無爲與古人爲儔真道人也

他參活句不參死句活句下薦得永劫不忘死句下薦得自救不了若要與佛祖爲師須明取活句韶陽出一句如利刀剪却臨濟亦云吹毛用了急須磨此豈陰界中事亦非世智辯聰所及直是深徹本源打落從前依他作解明昧順逆以金剛正印印定揮金剛王寶劒用本分手段所以道殺人須是殺人刀活人須是活人劒既殺得人須活得既活得須殺得若只孤單則偏墜也垂手之際却看方便勿使傷鋒犯手著著有出身之路八面玲瓏照破他方與下刃亦須緊容始得稍寛緩即落七落八也只自己等閑尚不留毫髮

許設有亦斬作三段何況此宗門中從上牙爪遇其中人才拈出若投機則共用不投機則剗却以是爲要無不了底事切在力行之

示光禪人

欲得親切第一不用求求而得之巳落解會況此大寶藏亘古亘今歷歷虛明從無始劫來爲自巳根本舉動施爲全承他力唯是休歇到一念不生處即是透脫不墮情塵不居意想逈然超絶則徧界不藏物物頭頭渾成大用一一皆從自巳胷襟流出古人謂之運出家財一得永得受用豈有窮極耶但患體究處根脚不牢不能徹證直須猛截諸緣令無纖毫依倚放身捨命直下承當無第二箇縱使千聖出來亦不移易隨時任運喫飯著衣長養聖胎不存知解可不是省要徑截殊勝法門耶

示民禪人

先聖一麻一麥古德攻苦食淡潔志於此廢寢忘飡體究専確要求實證豈計所謂四事豐饒者哉及至道不及古便有法輪未轉食輪先轉之義由是叢林呼長老爲粥飯頭得非與古人一倍相反耶然入隨緣變異門且行第二段北山延接方來道人唯仰南畝今秋適會大稔覺民禪客覻收刈臨行乞言因示以前段因緣貴崇本搆末乃爲兼利並照圓悟通達之人本分事也勉行之百草頭上有祖師夾山指出令人薦覔平田中有大義百丈展手要人知若能顆粒圓成即是單傳心印更或彌望坦然便證第一聖諦且出草一句作麽生道滿船明月載將歸

示世祥禪人

立志辦道之士於二六時中自照自了念茲在茲知有自巳脚跟下一段因縁處聖不增居凡不減獨脱根塵迥超物表凡所作爲不立方所湛寂凝然唯萬變千化初無動揺應縁而彰遇事便發靡不圓成唯要虚靜一切超然主本既明無幽不燭萬年一念一念萬年透頂透底全機大用譬如壯士屈伸臂頃不借他力則生死幻翳氷消金剛正體獨露一得永得無有間斷古今言教機縁公案問答作用並全明此若脱灑履踐得日久歲深自然左右逢源打成一片豈不見法燈道入荒田不揀信手拈來草觸目未嘗無臨機何不道無根兮得活離地兮不倒日用尚不知更向何處討切宜消息之

示諫長老

趙州云我在南方三十年除粥飯二時是雜用心處將知古德爲此箇事不將作等閑直是鄭重所以操修覷捕到徹底分明於一機一境一句一言悉不落虚是致世法佛法打成一片今時要湊泊著實須是猛利奮發倒腸換肚莫取惡知惡見莫雜毒食一味純正真淨妙明直下踏著本地風光到安穩大解脱之地坐斷報化佛頭凛凛孤危風吹不入水灑不著正體現成日用有力量聞聲見色不生取捨著著有出身之路豈不見僧問九峯見説和尚親見延壽是否峯云山前麥熟也未識得渠親切用處便見衲僧巴鼻所謂殺人刀活人劒但請長時自著眼看到出格時自然知落處也

示禪人

達磨西來不立文字語句唯直指人心若論直指只人人本有無明殼子裏全體應現與從上諸聖不移易一絲毫許所謂天真自性本淨妙明含吐十方獨脱根塵一片田地唯離念絶情逈超常格大根大智以本分力量直下就自巳根脚下承當如萬仞懸崖撒手放身更無顧藉教知見解礙倒底脱去似大死人巳絶氣息到本分地上大休大歇口鼻眼耳初無相知手足項背各不相到然後向寒灰死火上頭頭上明枯木朽株間物物斯照乃契合孤逈逈峭巍巍更不須覔心覔佛築著磕著無非外得古來悟達百種千端只者便是心不必更求心是佛何勞更覔佛儻於言句上作露布境物上生解會則墮在骨董袋中卒摸不著忘懷絶照真諦境界也不與萬法爲侶者是什麼人回光自照看待汝一口吸盡西江水即向汝道八角磨盤空裏走叅得透目前萬法平沉無始妄想蕩盡德山隔江揺手便有人承當鳥窠吹布毛尋有人省悟得非此段大因縁時至根苗自生也亦機感相投有地也亦當人宻運無間借師門發揮何峭絶如此之難而超證如此之易古人以輥芥投鍼爲況良不虚矣末後一句都通穿過有言無言向上向下權實照用卷舒與奪不消箇勘破了也誰識趙州者巴鼻須是吾家種草始得

圓悟佛果禪師語録卷第七

音釋

匾檐匾補典切檐都濫切蛻輸芮切化也淘汰淘徒刀切汰他蓋切淘汰猶洗濯也盌烏管切小盂也曝北角切餕餡俗音酸檻賺直陷切錯也齁呼侯切單息也

圓悟佛果禪師語録卷第八

宋平江府虎丘山門人紹隆等編

示尼修道者

學道之士初無信向厭世煩溷長恐不能得箇入路既逢師指或因自己直下發明從本已來元自具足妙圓眞心觸境遇縁自知落著便乃守住患不能出得遂作窠臼向機境上立照立用下咄下拍努眼揚眉一場特地更遇本色宗匠盡與拈却如許知解直下契證本來無爲無事無心境界然後識羞慚知休歇一向冥然諸聖尚覓他起念處不得況其餘耶所以巖頭道他得底人只守閑閑地二六時中無欲無依可不是安樂法門昔灌溪住末山山問近離甚處溪云路口山云何不蓋却溪無語次日致問如何是末山境山云不露頂如何是境中人云無男女等相溪云何不變去山云不是神不是鬼變箇什麼如此豈不脚踏實地到壁立萬仞處所以道末後一句始到牢關把斷要津不通凡聖古人既爾今人豈少欠耶幸有金剛王寶劒當須遇著知音可以拈出

示良爐頭

金色頭陀論劫打坐達磨少林面壁九年曹溪四會縣看獵大溈深山卓庵十載大梅一住絶人迹無業閱大藏古聖翹足七晝夜讚底沙常啼經月鬻心肝長慶坐破七蒲團是皆爲此一段大因縁其志可尚終古作後昆標準便使致身在長連床上亦不過冥心體究但令心念澄靜紛紛擾擾處正好作工夫當作工夫時透頂透底無絲毫遺漏全體現

成更不自他處起唯此一大機阿轆轆轉更說甚世諦佛法一樣平持日久歲深自然脚跟下實確確地只是箇良上座直下契證如水入水如金博金平等一如湛然眞純是解作活計但一念不生放教玲瓏才有是非彼我得失勿隨他去乃是終日竟夜親叅自家眞善知識何憂此事不辦切須自看

示諧知浴

此箇大法三世諸佛同證六代祖師共傳一印印定直指人心見性成佛不立文字語句謂之教外別行單傳心印若涉言詮露布立堦立梯論量格内格外則失却本宗辜負先聖要須最初入作便遇本分人直截根源退步就已以鐵石心將從前妄想見解世智辯聰彼我得失到底一時放却直下如枯木死灰情盡見除到淨躶躶赤灑灑處豁然契證與從上諸聖不移易一絲毫許諦信得及明見得徹此始爲入理之門更須教一念萬年萬年一念二六時中純一無雜才有纖塵起滅則落二十五有無出離之期抵死謾生咬教斷然後田地穩密聖凡位中收攝不得始是如鳥出籠自休自了處得座披衣眞金百煉舉動施爲等閑蕩蕩地根塵生死境智玄妙如湯沃雪遂自知時更無分外底名爲無心道人以此自修轉開未悟令如是履踐豈不爲要道哉

示印禪人

道由悟達立志爲先自博地具縛凡夫便欲跂步超證直入聖域豈小因緣哉固宜操鐵石心截生死流承當本來正性不見纖塵中

外有法使胷次蕩然了無罣礙施爲作用悉根本中出根本既牢實能轉一切物是謂金剛正體一得永得豈假外求是故古德云此宗難得其妙當須子細用心可中頓悟正因便是出塵階漸古德隔江招扇吹布毛便有發機處至於驀口塞劈脊棒亦解桶底子脫蓋緣專一久之一日瞥地此豈外得之皆由自證自悟

示信侍者

學道之要在深根固蔕於二六時中照了自已根脚當未起念百不干懷時圓融無際脫體虛凝一切所爲曾無疑間謂之現成本分事及至纔起一毫頭見解欲承當作主宰便落在陰界裏被見聞覺知得失是非籠罩半醉半醒打疊不辦約實而論但於鬧鬨鬨處管帶得行如無一事相似透頂透底直下圓成了無形相不癈功用不妨作爲語默起倒終不是別人稍覺纖毫滯礙悉是妄想直教灑灑落落如太虛空如明鏡當臺如杲日麗天一動一靜一去一來不從外得放教自由自在不被法縛不求法脫盡始盡終打成一片何處離佛法外別有世法離世法外別有佛法是故祖師直指人心金剛般若貴人離相譬如壯士屈伸臂頃不借他力如此省要好長時自退步體究令有箇落著諦實證悟之地即是念念徧叅無邊無量大善知識也切切諦信勉力作工夫乃善也

示材知莊

俱胝凡見僧來及答問唯竪一指蓋通上徹下契證無疑差病不假驢駞藥也後代不諳

來脉隨例竪箇指頭謾人不分皂白大似將醍醐作毒藥良可憐愍若是真的見透底始知鄭重終不將作等閑所謂千鈞之弩不爲鼷鼠而發機是故須具頂𩕳上眼方可入作後來玄沙拈曰俱胝承當處莽鹵只認得一機一境有般拍盲底隨語生解便抑屈俱胝以謂實然殊不知焦塼打著連底凍到這裏直須子細切忌顢頇只如俱胝臨遷化去自云得天龍一指頭禪一生受用不盡豈徒然哉

曹溪大鑒微時新州一樵夫也碌碌無所發明已數十歲一旦聞客誦經激其本願遂致毋出鄉謁黃梅大滿才見數語間投機隱碓坊八箇月既聞秀偈始露鋒鋩五祖舉衣鉢授之是時羣衆競趍逐欲奪取而蒙山道人最先及之於大庾嶺頭知不勝始悟此衣非可以力爭稽首求法大鑒以不思善惡本初面目歛念知歸盧老以時緣未穩復遁迹四會縣獵人中久之尋抵番禺吐風旛不動動自於心之語印宗伸弟子之禮爲之削髮登具由是開大法要總二千餘衆聲徹九重遣貴近降紫泥召之確然不應度龍象若讓師清源永嘉南陽荷澤司空數十人皆大宗師何其趯𡿺唯聖賢示化進退存亡了然先照然考其步驟從微至著不斷世緣而示妙規百世之下無與爲等到今數百載充徧寰海列剎相望皆其法孫欽仰洪範欲擬其毫末竭誠罄力終莫髣髴惟望後昆有力量者勉旃聊述梗槩爾

示覺民知庫

圓湛虚凝道體也展縮殺活妙用也善游刃能操守如珠走盤如盤走珠無頃刻落虚亦不分世法佛法直下打成一片所謂觸處逢渠出没縱横初無外物淨躶躶阿轆轆以本分事印定頭頭上明物物上了何處更有得失是非好惡長短來但恐自已正眼未得洞明是致落在二邊則没交涉也豈不見永嘉道上士一決一切了中下多聞多不信

佛祖言教筌罤爾藉之以爲入理之門既廓然明悟承當得則正體上一切圓具觀佛祖言教皆影響邊事終不向頂顊上戴却近世叅學多不本其宗猷唯務持擇言句論親踈辯得失浮漚上作實解誇善淘汰得多少公案解問諸方五家宗派語一向没溺情識迷却正體良可憐愍有眞正宗師不惜眉毛勸令離却如上惡知惡見却返謂之心行移換擺撼煅煉展轉入荆棘林中所謂打頭不遇作家到老只成骨董

省要處不消一劄皮下有血自知落處苟或躊躕則失却鼻頭也七佛已前便與麽直須硬糾糾緊著頭皮分明歷落薦取者一片田地穩密長時乃自會退步終不道我有見處我有妙解何故箇中若立一絲毫能所見刺則重過山嶽從上來决不相許是故釋迦文於然燈佛以無法得受記盧老於黄梅以本來無物親付衣鉢至於生死之際才自擔荷則如靈龜脱殼應須淨穢二邊都不依怙有心無心有見無見似紅爐著一點雪二六時中透頂透底灑灑落落遊此千聖不同途處直下令純熟自然成就得箇絶學無爲千人

萬人羅籠不住底箇真實人也

送圓首座西歸

得道之士立處既孤危峭絶不與一法作對行時不動纖塵豈止入林不動草入水不動波蓋中已虛寂外絶照功脩然自得徹證無心雖萬機頓赴豈能撓其神千難殊對而不干其慮哉平時只守閑閑地如癡似兀及至臨事爲物初不作伎倆准擬剸割風旋電轉靡不當機豈非素有所守也是故古德道如人學射久久方中悟則剎那履踐工夫須資長遠如鵝鳩兒初生下來赤骨歷地養來餧去日久時深羽毛既就便解高飛遠舉所以悟明透底正要調伏只如諸塵境界常流於中室礙到得底人分上無不虛通全是自家大解脫門終日作爲未甞作爲了無欣厭亦無倦怠度盡一切而無能所况生厭惶耶苟性質偏枯尤當增益所不能放教圓通以漚和力攝化開權俯仰應接俾高低遠近略無差悞行常不輕行學忍辱仙遵先佛軌儀成就三十七品助道法堅固四攝行到大用現前喧寂一等如下水船不勞篙棹混融含攝圓證普賢行願乃世出世間大善知識也古德云三家村裏須自箇叢林蓋無叢林處雖有志之士亦喜自便到恁麽尤宜執守唯在强勉以不倦終至於喧靜亦復爾喧處周旋應變於中虛寂靜處能不被靜縛則隨所至處皆我活計唯中虛外順有根本者能然大凡爲善知識應當慈悲柔和善順接物以平等無諍自處彼以惡來及以惡聲名色加我非理相干訕謗毀辱但退步自照於己無

慊一切勿與較量亦不動念嗔恨只與直下坐斷如初不聞不見久久魔孽自銷爾若與之校則惡聲相返豈有了期又不表顯自己力量與常流何以異切力行之自然無思不服
槌拂之下開發人天俾透脱生死豈小因緣應恬和詞色當機接引勘對辯其由來驗其蹲坐攻其所偏墜奪其所執著直截指示令見佛性到大休大歇安樂之場所謂抽釘拔楔解黏去縛切不可將實法繫綴人令如是住如是執勿受别人移倒此毒藥也令渠喫著一生擔板賺悞豈有利益耶
佛祖出興特唱此段大因緣謂之單傳心印不立文字語句接最上機只貴一聞千悟直下承當了修行不求名聞利養唯務透脱生死今既作其兒孫須存他種草看他古來有道之士動是降龍伏虎與神明受戒攻苦食淡大忘人世永謝塵寰三二十年折脚鐺煑飯喫遁跡埋名徃徃坐脱立亡於中一箇半箇諸聖推出建立宗風無不禀高行務報佛恩流通大法始出一言半句抑不得已明知是接引入理之門敲門瓦子其體裁力用不妨爲後昆模範當宜師法之轉相勉勵追復古風切忌希名苟利茲深祝也
示樞禪人
解語非干舌能言不在詞明知舌頭語言不是倚仗處則古人一言半句其意唯要人直下契證本來大事因緣所以修多羅教如標月指知是般事便休行履處綿密受用時寛通日久歲深不移易拈弃收放得熟小小境

界悉能照破斷割不留眹迹及至死生之際
結角羅紋不相叅雜湛然不動翛然出離此
臘月三十日涅槃堂裏禪也
示裕書記
踏著實地到安穩處時中無虛棄底工夫綿
綿不漏絲毫湛寂凝然佛祖莫能知魔外無
捉摸是自住無所住大解脱雖歷無窮劫亦
只如如地況復諸縁邪安住是中方可建立
與人抽釘拔楔亦只令渠無住著去此謂之
大事因緣
如來有密語迦葉不覆藏迦葉不覆藏乃如
來真密語也當不覆藏即密當密即不覆藏
此豈可與繫情量立得失存窠窟作解會者
舉耶透脱到實證之地向出格超宗頂顊上
領始得既已領畧應當將護遇上根大器方
可印受也
秉拂據位稱宗師若無本分作家手段未免
賺悞方來引他入草窠裏打骨董去也若具
金剛正眼須灑灑落落唯以本分事接之直
饒見與佛齊猶有佛地障在是故從上來行
棒行喝一機一境一言一句意在鈎頭只貴
獨脱勿使依草附木所謂驅耕夫之牛奪飢
人之食若不如是盡是弄泥團漢
方來衲子有夙根作工夫驀地得入者不遇
真正宗師返引他作露布墮在機境中無繩
自縛半前落後似是不是最難整理要須識
其病脉辯其落著徵其所偏墜而發起之俾
捨執著住滯然後示以本分正宗使無疑惑
了然得大解脱居大寶宅自然趂亦不去可
以洪濟大法傳續祖燈堪報不報之恩也

黄龍老南禪師昔未見石霜會一肚皮禪翠巖惻之勸謁慈明只窮究玄沙語靈雲未徹處應時瓦解氷消遂受印可三十年只以此印抬諸方解路瘥病不假驢馳藥緊要處豈有如許多佛法也大宗師爲人雖不立窠臼露布久之學徒妄認亦成窠臼露布也蓋以無窠臼爲窠臼無露布作露布應須及之令盡無令守株待兔認指爲月鑒在機先風塵草動亦照其端倪況應酬擾擾哉非胷次虛靜無一法當情安能圓應無差先機照物耶此皆那伽在定之効也

臨濟金剛王寶劒德山末後句藥嶠一句子祕魔杈俱胝指雪峯輥毬禾山打鼓趙州喫茶楊岐栗棘蓬金剛圈皆一致爾契證得直下省力一切祖師言教無不通達唯在當人善自護持爾

佛智裕公久參徧歷一言相契從前證解併脫去卓然超絕遂分座訓徒傳持流通此大法印因書法語以贈

示粲禪人

趙州和尚見僧喚云近前來僧近前州云去多少省力若薦得乃是十成完全若作如之若何則知見生也

唐朝古德因禪師微時事田運槌擊塊見一大塊戲以槌猛擊之應時粉碎驀地大悟自此散誕爲不測人頗彰神異有老宿拈云山河大地被者僧一擊百雜碎獻佛不假香多誠哉是言

示泉禪人

參問要見性悟理直下忘情絕照胷襟蕩然

如癡似兀不校得失不爭勝劣凡有順違悉皆截斷令不相續悠久自然到無爲無事處才毫髪要無事早是事生也一波才動萬波隨豈有了期他時生死到來脚忙手亂只爲不脱灑但以此爲確實自然鬧市裏亦淨如水豈憂巳事不辦耶

才有是非紛然失心直者一句驚動多少人做計較若承當得坐得斷透出威音王那畔若隨此語轉特地紛然自回光返照始得如來禪祖師禪豈有兩種未免諳含各分皂白特地乖張事理機鋒一時坐斷是打淨潔毬子還知諦當著實處麽放下看取

示傑禪人

行脚叅請既依附知識於大叢林陪清髙雅衆久矣一旦親緑須著落歸動是箇千里遠行要須以自巳力量不忘踐履直須行處不生塵況此段事不道在善知識邊便有居鄉井時便無也所謂暫時不在如同死人正當在時亦不起模畫樣雖則平常而滴水滴凍卓然絶識成箇無爲無事無心事業表裏洞然無際不與萬法爲侣不與千聖同途深根固蔕只守閑閑地養來養去不憂不徹但盡凡情作自巳工夫勿管外緑勿逐名利起我見競勝負是故古德道任運猶如癡兀人他家自有通人愛傑知莊倏來告别求警策因書此語授之

示成修造

蔣山門下無禪可說無道可傳雖聚半千衲子唯以箇金剛圈栗棘蓬跳者著力跳吞者用意吞莫怪無滋味太嶮峻或若驀地體得

如畫錦還鄉千人萬人只仰羨得要且覓他所從來不得所謂人人本分事也才生心動念承當擔荷早不本分了也直得萬機休罷千聖不携亦猶有依倚在快須擺撥透脱那邊去始得所以道但有纖毫即是塵舉意便遭魔所撓

成就一切總只由他破壞一切亦只由他奇特殊勝緣恒沙功德藏無量妙莊嚴超世希有事皆所成就慳貪憎妬情識執著有爲有漏垢染雜亂解路名相知見妄想皆所破壞也唯他能轉一切物一切物不能轉他雖無形段面目而包括十虚含凡育聖若有取之即墮見刺卒摸索不著

諸佛開示祖師直指唯心妙性徑截承當不起一念透頂透底無不現成於現成際不勞心力任運逍遥了無取舍乃眞密印也

示杲書記

臨濟正宗自馬師黄檗闡大機大用脱羅籠出窠臼虎驟龍馳星飛電激卷舒擒縱皆據本分綿綿的的到興化風穴唱愈高機愈峻西河弄師子霜華奮金剛王非深入閫奥親受印記皆莫知端倪徒自名邈只益戲論大抵負冲天氣宇格外提持不戰屈人兵殺人不眨眼尚未髣髴其趣向況移星換斗轉天輪囬地軸耶是故示三玄三要四料簡四主賓金剛王寶劒踞地師子一喝不作一喝用探竿影草一喝分賓主照用一時行許多落索多少學家摶量注解殊不知我王庫内無如是刀弄將出來看底只眨得眼須是他上流契證驗認正按旁提須還本分種草豈假

梯媒只如寶壽開堂三聖推出一僧壽便打聖云你恁麽爲人非獨瞎却者僧眼瞎却鎮州一城人眼去在壽擲下拄杖便歸方丈興化見同叅來便喝僧亦喝化又喝僧復喝化云你看者瞎漢僧擬議直打出法堂侍者問有何相觸悞化云是他也有權也有實我將手向伊面前横兩遭却不會似此瞎漢不打更待何時看他本色宗風逈然殊絶不貴作畧只欽他眼正要扶荷正宗提持宗眼須是透頂透底徹骨徹髓不涉廉纖逈然獨脱然後的的相承可以起此大法幢然此大法炬繼他馬祖百丈首山楊岐不爲忝竊爾

示韓朝議

乃佛乃祖直指此大法於人人脚跟下洞照如千日並出但趣外奔逸久不能自信有如是大威德光明唯務作聰明立知見向業惑中以謂出乎等夷衒耀自得向人間世所習古今博究廣覧謂窮極底藴殊不知螢火之光豈比太陽所以古之奇傑之士頴脱之性就近而論如裴相國楊大年之儔投誠放下就宗師决擇剗去浮塵知見大徹大悟始能超軼與老禪碩德抗行履踐到臨合殺結角頭自解撒手克證大解脱豈小事哉今既明敏不減前輩平時學業才力邁往於世路久之雖知宗門有此段因縁謂不出我所宗尚殊不著意以夙昔大縁相值歐峯經年會聚一聞舉揚即起深信迴光返照顧人間如夢如幻隨大化變滅乃虛妄爾唯此千劫不壞不移易一切聖賢根本乃造物之淵源印定自已若一發明七通八達何往不自得哉是

知宿世亦曾薫炙遇縁而彰見於行事豈非自性耶然能自撿點二六時中學佛法已是雜用心則去却佛法乃眞淨界中行履矣但請依此一切不雜即純一洞然無愛憎離取捨不分彼我不作得失一切法坦然皆我家不思議處淨妙圓明受用之物爾須令此心長時現前不墮沉昏不生聰慧入平等安閑寂靜境界那有惡作業縁識情干撓得此本妙光明也只恐臨境界面前都盧忘失依前紛亂則不堪也古之修行亦只以自所證入時中照了截斷塵勞教活卓卓地悠久三二十年純熟超出生死不爲難著力在行處不只空高談說之而已古云說得一丈不如行得一尺蓋定慧之力回轉業縁正要惺惺地勇猛果决千百生中當受用其餘古人機縁語句不必盡要會之但一著分明則著著如此千變萬化豈移變得渠力用哉内心既虚外縁亦寂著衣喫飯本自天眞不勞雕琢若或立勝見負我能即禍事也切須照管勿作此態由是可入無我眞實平等如如不動不變淨妙清凉穩密田地矣誌公云不起纖毫修學心無相光中常自在

示曾待制

禪非意想道絶功勲若以意想叅禪如鑽冰求火掘地覓天只益勞神若以功勲學道如土上加泥眼裏撒沙轉見困頓儻歇却意識息却妄想則禪河浪止定水波澄去却功用休却營爲則大道坦然七通八達是故僧問石頭如何是禪頭云碌磚僧云如何是道頭云木頭此豈意想功勲所能辯哉除非直下

頓領截流便透則禪道歷然才擬作解則千里萬里要是向來世智辯聰頓然放却消遣令盡自然於此至實之地自證自悟而不留證悟之迹倏然亡虛通達乃善馬大師嘗舉楞伽經以佛語心爲宗無門爲法門乃云諸人要識佛語心麼只你如今語便是心心便是佛故云佛語心乃是宗也此宗無門乃是法門古人太煞老婆拖泥涉水若一舉便透猶較些子或窮研義理卒摸索不著

圓悟佛果禪師語録卷第八

音釋

圂胡困切溷也　翹祈堯切舉也　鬻余六切賣買也　轆盧谷切轆轆圓轉也　確克角切堅也　躶郎果切赤體也　壍七豔切坑也　驀莫白切　堲側六切塞也　劈匹歷切破也　蔕丁計切根蔕也　閧胡貢切鬪聲也　鼷弦雞切小鼠也　莽鹵莽莫補切鹵郎古切莽鹵苟且貌　顢頇顢莫安切頇許安切　碌盧谷切碌碌不自異也　趂丑刃切逐也　番禺番鋪官切禺元俱切番禺南海縣名　韙羽鬼切美之之意　梗槩梗古杏切槩居大切梗槩大畧也　髣髴髣妃兩切髴敷勿切髣髴猶依稀也　筌罤筌且緣切魚笱也罤杜兮切兔網也　擺撼擺補買切排而振之撼户感切揺動也　躊躕躊直留切躕直朱切躊躕猶豫也　糾吉黝切絞急也　殻克角切皮甲也　伎倆伎巨綺切倆良奬切　剸朱緣切截也　餧於偽切飤也　窒陟栗切塞也　慊苦簟切恨也　孽魚結切妖孽也　楔先結切木楔也　黏尼占切相著也　綴株衛切聯綴也　賺直陷切錯也　鐺楚耕切鼎屬也　眹直忍切幾微萌兆也　倏思邀切　瘥楚懈切病瘳也　輥毬輥古混切毬渠九切　圈驅圓切　諳烏含切　闇奥闇苦本切奥於到切　眨側洽切目動也　剗楚限切削也　軼弋質切過也

圓悟佛果禪師語録卷第九

宋平江府虎丘山門人紹隆等編

示智祖禪德

世尊拈華迦葉微笑二祖禮拜達磨傳心豈有他哉箭鋒相拄也當其神契理御非言思所測唯知有向上宗風者證之雖千萬億載猶旦暮爾是故乃佛乃祖求人初不草草要是純剛打就利根上智然後提其要擊其節如膠投漆舉一明三阿轆轆地無窠窟絶滲漏底始可首肯更須淘煉到盤錯交加人所不能窮詰辨别處綽綽然游刃有餘當受用時浸淫露手段有超宗越格不傍師旨獨出胷襟壁立千仞驚羣敵勝方堪付授法既不輕道亦尊嚴所謂源深流長也從上古德動盡平生或三十二十年靠箇入處期徹頭徹尾去志既有力用心堅確是以成就得來擲地金聲大丈夫兒攀上景仰不得不然彼既能爾我豈不能耶況透脱死生窮未來際一得永得當深固根本根本既固枝葉不得不鬱茂但於一切時令長在勿使走作湛湛澄澄吞爍羣象四大六根皆家具爾況知見語言解會耶一時倒底放下到至實平常大安穩處了無纖芥可得只恁隨處輕安眞無心道人也保任此無心究竟佛亦不存喚甚作衆生菩提亦不立喚甚作煩惱脩然永脱應時納祐遇茶喫茶遇飯喫飯縱處闤闠如山林初無二種見假使致之蓮華座上亦不生忻抑之九泉之下亦不起厭隨處建立又是贏得邊事何有於我哉大迦葉云法法本來法無法無非法何於一法中有

法有不法古人得旨之後多深藏不欲人知恐生事也抑不得已被人捉出亦不牢讓蓋無心矣至於垂慈示方便亦只隨家豐儉如俱胝一指打地唯打地祕魔擎叉無業莫妄想面壁降魔舞笏骨剉初不拘格轍勝負唯務要人各知歸休歇不起見刺向鬼窟裏弄精魂卓卓叮嚀到脱體安隱之地乃妙旨也伶利漢脚跟須點地脊梁要硬似鐵遊人間世幻視萬緣把住作主不徇人情截斷人我脱去知解直下以見性成佛直指妙心爲堦梯及至作用應緣不落窠臼辦一片長久守寂淡身心於塵勞中透脱去乃善之又善者也

示諸禪人

道本無言法本不生以無言言顯不生法更無第二頭才擬追捕已蹉過也是故祖師西來特唱此事只貴言外體取機外薦取自非上上根器何能驀爾承當得然有志於是者豈計程限要須立處孤危辦得一刀兩段猛利身心放下複子靠著箇似咬猪狗惡手段底盡情將從前學解露布黏皮貼肉知見一倒打撲却使胷次空勞勞地巳思不露一物不爲便能徹底契證與從上來不移易一毫髮許直得如此更須知有向上超師作略始得所以古者問佛向上答非佛又答方便呼爲佛則見性成佛乃筌蹄爾是中云何指東畫西直須密契自能將護方得灑灑落落更説甚證涅槃契生死皆增語也雖然只山僧恁麽道也未可取爲極則始免佛病祖病大丈夫漢圖心要叅豈可立限剤耶但辦却深

信一往向前未有不脚踏著實地者日新日新日日新日損日損日日損退步到底便是也至了是亦不立此正是作工夫處

示蔣待制

襄陽郡王常侍叅溈山大圓得旨有僧從溈山來常侍問山頭老漢有何言句僧云人問如何是祖師西來意山竪拂子常侍云山中如何領解僧云山中商量即色明心附物顯理常侍云會便會著甚死急汝速去侍有書與老師僧馳書回溈山折見畫一圓相於中書箇日字溈山呵呵大笑云誰知吾千里外有箇知音仰山云也只未在溈山云子又作麽生仰山於地上作一圓相書箇日字以脚抹之而去看他得底人步驟趣向豈守窠窟耶箇裏若善觀其變則能原其心既能原其心則有自由分既有自由分則不隨他去也既不隨他去何往而不自得哉

每接士大夫多言塵事縈絆未暇及此待稍撥剔了然後存心體究此雖誠實之言只以塵勞爲務頭出頭没爛骨董地熟了只喚作塵事更待撥却塵緣方可趣入其所謂終日行而未嘗行終日用而未嘗用豈是塵勞之外別有此段大因緣耶殊不知大寶聚上放大寶光輝天焯地不自省悟承當更去外求轉益辛勤豈爲至要若具大根器不必看古人言句公案但只從朝起正却念靜却心凡所指呼作爲一番作爲一番再更提起審詳看從何處起是箇甚物作爲得如許多當塵緣中一透一切諸緣靡不皆是何待撥剔即此便可超宗越格於三界火宅之中便化成

清淨無爲清凉大道場也法華經云佛子住此地即是佛受用經行及坐卧常在於其中

示張國太

即心即佛已是八字打開非心非佛重向當陽點破不尋其言一直便透方見古人赤心片片若也躊躇則當面蹉過也不與萬法爲侶底是什麼人待你一口吸盡西江水即向汝道多少徑截何不便與麽承當更入他語句中則求不透脱多見學者只言卜度下語要求合頭此豈是要透生死要透生死除非心地開通此箇公案乃是開心地鑰匙子只要明了言外領旨始到此無疑之地矣

昔修山主要見地藏自陳此畨來見和尚經涉許多山川極是辛苦地藏指云許多山川於汝也不惡渠便桶底子脱去似此豈假多言道途之間也須保任始得

示方清老道友

老達磨來自竺乾豈嘗持一物及遊梁歷魏面壁少林無人識渠獨可祖劾勤立雪斷臂始略垂慈由此印心若謂無言從何而入如謂有言向伊道甚將知須是箇人始十分領畧乃無滲漏所以入此門來要是根器猛利能疾速棄捨從前知見解路使胷次空勞勞不留毫髮洞然虚凝言思路絶直契本源泯然無際自得本有無得妙智方號信及見徹猶有無量無邊莫測莫量大機大用在儻留此能所墮在緣塵則卒急未便相應是故古德勸人直下休去歇去此段譬如快鷹快鶻揞雲突日迷風透青掀騰直截不容擬議苟

或躊躕乃蹉過也其爲教外別行則可知矣既有志於是放下著覿體承當一切現成則初祖不曾來自巳亦無得

示李嘉仲賢良

全心即佛全佛即人人佛無異始爲道矣此諦實之言也但心眞則人佛俱眞是故祖師直指人心俾見性成佛然此心雖人人具足從無始來清淨無染初不取著寂照凝然了無能所十成圓陁陁地只緣不守自性妄動一念遂起無邊知見漂流諸有脚跟下恒常佩此本光未常靈昧而於根塵枉受纏縛若能蘊宿根本從諸佛祖師直截指示處便倒底脫却炙脂衲襖赤條條淨躶躶直下承當不從外來不從內出當下廓然明證此性更說甚人佛心如烘爐上著一點雪何處更有如許多忉怛也是故此宗不立文字語句唯許最上乘根器如飄風疾雷電激星飛脫體契證截生死根破無明殼了無疑惑直下頓明二六時中轉一切事緣皆成無上妙智豈假猒喧求靜棄彼取此一眞一切眞一了一切了總萬有於此心握權機於方外而應物現形無法不圓何有於我哉要須先定自巳著落立處既硬糾糾地自然風行草偃所以王老師十八上便解作活計香林四十年乃成一片塵勞之儔爲如來種只在當人善自看風使帆念念相續心心不住向此長生路上行履即與佛祖同得同體同作同證況百里之政柄在手頭安民利物即是自安萬化同此一機千差並此一照盡塵沙法界可以融通何況人佛無異耶

示遠猷奉議

從上徑截一路直拔超昇無出直指人心見性成佛但此心淵奧脫去聖凡階級只貴利根上智於無明具縛窠窟中不動纖毫直下頓契廓徹靈明與有情無情有性無性同體與大法相應發起作用透古超今騎聲蓋色虚而靈寂而照無量無涯不思議大解脫一一七穿八穴了無回互便識落著所以乃佛乃祖謂之單傳密付如印印空如印印水如印印泥萬德昭然十方坐斷獨證獨超初無依倚若起見作相則没交涉也今時大有具種性之士能始末覷破幻緣幻境勇猛奮志向箇邊來亦有久存誠探賾者然患鈌方便力止以知見解會爲明了殊不知全坐了但是識心縱解到佛邊窮到修證盡頭處不出指蹤在是故古來作家宗師不貴人作解會唯許人捨知見胷中不曾留毫髮許蕩然如太虚空悠久長養純熟此即是本地風光本來面目也到此亘古亘今之地脫離生死有甚難也如裴相國龐居士様直以信得及便得力受用自在塵緣幻境豈從别處生若脚下諦實二六時中能轉一切物而無能相等閑空牢牢地不生心動念隨自天眞平懐常實便是從宦遊幹幹悉皆照透承那箇恩力既識渠如下水船相似畧左右照顧扶持將去自然速疾與般若相應此禪流所謂自做工夫觸處無有虚棄底時節綿綿相續辦長久不退轉心不必盡棄世間有漏有爲然後入無爲無事當知元非兩般若懐去取則打作兩橛也一切時一切處唯以此爲實在力

行之當截斷衆流得大安樂矣

示宗覺大師

佛語心爲宗宗通說亦通既謂之宗門豈可支離去本逐末隨言語機境作窠窟要須徑截超證透出心性玄妙勝淨境界直徹綿密穩當向上大解脫大休大歇之場等閑雖似空豁豁地而力用圓證不拘限量千人萬人羅籠不住所以迦文老人久默斯要三百餘會畧不明破但隨機救拔候時節到來乃於靈山露面皮拈出獨有金色頭陀上他釣釣謂之教外别行若諳此旨則威音已前漏逗了也點化將來雖隨類化身千般伎倆萬種機緣無不皆是箇一著子此豈單見淺聞存知解隨機括者所可測量是故從上來行棒行喝輥毬擎叉喫茶打鼓揷鍬牧牛彰境智據坐掩門喚回叱咄與掌下踏莫不皆本此唯本色衲子自既了悟透徹又復遇大宗師惡手段淘汰煅煉到師子咬人不隨藥忌直截斬豁處方可一舉便知落處如師子入窟出窟踞地返擲何人可測量哉此門不論拖泥涉水草裏輥打葛藤眼麻眯三搭不回者唯是八面受敵未舉先知未言先契自然水乳相合得坐披衣養得純熟待霜露果熟出頭來便與麽用始合祖先本因地發行一周佛事所以道要窮恁麽事須是恁麽人若是恁麽人不愁恁麽事

示一書記

英靈衲子蘊卓識奇姿慷慨隮冠視身世聲名如游塵浮雲谷響以夙昔大根器知有此段超生出死絕聖越凡乃三世如來所證金

剛正體歷代祖師單傳妙心跂步蹴踏作香象金翅要馳驟飛騰於億千萬類之上截流摩霄豈肯爲鴻鵠燕雀局促於高低勝負較目前電光石火間瞥轉利害耶是故古之大達不記細故不圖淺近發片志欲高超佛祖荷擔一切所不能承當之重任普津濟四生九類拔苦與安破障道愚昧折無明顛狂毒箭拈出法眼見刺使本地風光澄霽空劫已前面目明顯悉心竭力不憚寒暑廢寢忘餐刻意尚行潔清三業向三條椽下死却心猿殺却意馬直使如枯木朽株頑石頭相類驀地穿透豈從他得哉發大伏藏然暗室明炬擬艨艟於要津證大解脫不起一念頓成正覺且通箇入理之門然後升普光明場據無漏清淨殊勝偉特法空之座口海瀾翻奮無礙四辯才立一機垂一句現一勝相普使凡聖有情無情俱仰威光同受庥廕尚未是絕功勳處更轉那頭千聖羅籠不住萬靈景仰無門諸天無路捧華魔外那能傍覷放却知見卸却玄妙颺却作用唯飢餐渴飲而已初不知有心無心得念失念何況更戀著從前學解諦句奇言理性分劑名相桎梏佛見法見動地掀天世智辯聰自纏自縛入海算沙有何所靠耶等是大丈夫應務敵勝驚羣滿自己本志願乃爲本分大心大見大解脫無爲無事真道人也

示勝首座

釋迦老多子塔前分半座已密授此印爾後拈華是第二重公案至於付金襴雞足山中候彌勒是多少節文也達磨迢迢自西竺遊

梁歷魏冷坐少林深雪之中有箇斷臂老子解覰破不免漏泄分付伊謂之單傳密記子細究之一場敗闕自此便喧傳西來旨意世間隨流將錯就錯滿地流行分五家七宗遮立門戸提唱就實窮之端的成得甚麼邊事是故從來達人不喫者般茶飯且如何却是諦當將知六合外著得眼早自別也況無邊香水海浮幢王刹表下視底乃少知落著所以道此大丈夫事撲迭掀豁步驟作略唯同風契證始善弘荷終不撒沙撒土遂與釋迦金色碧眼神光共一坐具等閑垂手殺人活人初無窠窟只貴緊峭萬苦千辛至嶮至毒下得斷命手脚然後不虛印授也白雲師翁云神仙祕訣父子不傳

示無住道人

維摩經依無住本立一切法金剛經應無所住而生其心古德云一切無心無住著世出世法莫不皆爾使有住則膠固豈復能變通耶日月住則無晝夜四時住則失歲功唯其無住乃所以流於無窮是故住於無所住所以轉凡成聖即無作無爲無住妙用於萬有中得大解脱既達此意見此道唯力行不倦乃眞道人也

示元長禪人

佛語心爲宗達磨傳此者矣而馬師爲蛇畫足慈悲落草乃云諸人欲識佛語心麼已是漏逗了也更言只如今語便是佛語此語出於自心便是佛心若舉揚正宗作如是話會如何出得作家八十四人耶是故從上來行正令底視之如將惡水澆潑人成甚模樣應

知者老子太煞屈曲事不獲已然今學者尚看他底不破只管落語言執解會認光影做窠窟好不性燥也可中有箇生鐵鑄就手裏握得頑石粉碎眼目定動擬議不來一綽便透更說甚佛語心如之若何直饒千佛萬祖躬親動地放光如雲如雨行棒行喝雷奔電激不消箇熱不采等閑凡不收聖不管更喚甚作生死菩提涅槃煩惱不如飢來喫飯困來打眠此乃稍稍類他家種草也所以地藏道你南方佛法浩浩地爭如我種田博飯喫十成是以此爲事徹到無事如斬一綟絲一斬一切斷把斷世界不漏絲毫諸見不生了無滲漏以長歲月不動不退靠之自然成辦香林四十年方打成一片溈山三十載牧一頭水牯牛既有此志深宜長久乃能堪報不報之恩是眞出家大解脫衲子也

示超然居士趙判監

曹山辭悟本問向甚處去云不變異處去復徵不變異處豈有去耶答云去亦不變異自非踏著實地安能透徹如此豈以語言機思所可測量哉蓋履踐深極到無滲漏之致然後羅籠不住學道之士立志外形骸一死生混古今絶去來要須攀上流造詣至眞諦實淵奥閫域打辦自已脫白露淨無絲毫意想噇在塵緣直下心如枯木朽株如大死人無些氣息心心無知念念無住千聖出來移換不得乃可以向枯木上生華發大機起大用興慈運悲乃無功之功無作之作豈落得失是非哉纔留一毫毛則抵捂於生死界自已未能度安可度人維摩大士不住金粟住入

酒肆婬坊作大解脱佛事龐老子補處應身不住兜率陀棄却珍寶漢江織笊籬與大宗師擊揚與奪此段從上體裁莫不皆爾要須滴水滴凍不拘朝野陶冶煅煉如曹山摩詰老龐乃可以不廢悲願不亦宜乎自餘人間世紛紜塵坌何足致胷次哉

貴妃喬氏求法語

當人脚跟下一段事本來圓湛不曾動摇威音佛前直至如今廓徹靈明如如平等只為起見生心分别執著便有情塵煩惱擾攘若以利根勇猛身心直下頓休到一念不生之處即是本來面目所以古人道一念不生全體現六根纔動被雲遮多見聰明之人以妄心了了放此妄心不下逗到歇至不動處不肯自承當本性便喚作空豁豁地却擬棄有著空是大病若有心棄一邊便是知解不能徹底見性此性非有不須棄此性非空不須著要當離却棄著有無直下貼貼地圓湛虚凝翛然安穩便自能信此眞淨妙心餉間被世縁牽拖便能覺得不隨他去直須長時虚閑自做工夫消遣諸妄使有箇自家省悟之處始得古人云不離當處常湛然覓則知君不可見

示丹霞佛智裕禪師

祖師宗風步驟闊遠迥出教乘單提正印靈山拈華而飲光笑領龍猛示圓相而提婆中的少林覓心而二祖超證盧老說偈而大滿付衣鉢人皆以為密傳鞫其端倪乃是納敗豈道妙深極之旨止如是而已要須如天之高地之厚海之淵虚空之廣尚未髣髴信過

量大解脫人回天轉地吸海枯竭喝散虛空奮大機顯大用於無邊香水海浮幢刹外斬魔外見網摧佛祖化權揭示不可示拈提不可提之奧尚未爲的則雪峯鼇山得道雲巖始終不知有乃戲論爾應須生鐵鑄就心肝殺人不眨眼手段乃可略露風規貴慧命流於無窮差可人意耳

與耿龍學書

妙喜示來教見砣砣於此意況甚濃眞不忘悲願也而以宗正眼照破義路情解透見肝膽何明眼如此正宗久寂寥後昆習窠臼守箕裘轉相鈍致舉世莫覺其非大家隨語生解祖道或幾乎息矣不有超卓穎悟之士何以規正哉此眞正念乃眞外護也時節擾擾山居領衆亦未可保全尚未有可乘之便爲轉身之計爾杲佛日一夏遣叅徒踏逐山後古雲門高頂欲誅茅隱遁其志甚可尚今令謙去山叟爲書數語及跳頭亦與輟長財成之可取一覩也渠欲奉鋤正在高裁也

示楊無咎居士

佛祖出興于世以大悲願力起無緣慈唯務引接利智上根具大器量堪委任大解脫上上勝妙玄機作人所不能爲超羣絕衆可以彈指證無生可以立地越果海眼觀東西意在南北如快鷹俊鶻戛戛騰空迷風曜日捎玉兔拂金鷄英靈掀豁乃拈當頭末上一著子似電閃星飛不容擬議待伊全體脫去羅籠直下不費一毫指點遂乃披襟透頂透底領略即兩手分付是故體裁步驟如獰龍之得水似猛虎之靠山雲突突風颭颭傾人肝

膽耀人心目方可謂之本家種草所以維摩大士大集會魔王現首楞嚴定魔界行不汙菩薩之儔與夫文殊普賢金色頭陁之類皆離倫拔萃而一旦舉華密傳豈常事哉以至達磨西來神光瞥地自爾多没量大人特達精通只向動用瞬揚語默舒卷縱擒與奪顯發底事長時已思不露等閑兀兀地若百不知百不會底人及乎挨撥著便見驚羣動衆雖然鞠其至趣初無如許多事唯直下明妙一切無心而已苟能棄去學解執著放教閑閑地聖諦亦不爲自然契合從上來綱宗便可入此選佛場中轉度未度轉化未化得不是再來人間世不依倚一物無爲絕學眞正出格大道人耶詔使觀察楊公無欲高識遠見慱學多能而於祖道尤深造詣智鑑機警未舉先知未言先透在都下日獲叅陪茲沿帝命使宣撫司再會錦官特辱道照臨還索葛藤因出此納敗缺云

破妄傳達磨胎息論

西方大聖人出迦維羅作無邊量妙用顯發刹塵莫數難思議殊特勝因以啓迪羣靈其方便順逆開遮餘言餘典盈溢寶藏及至下梢始露一實消息謂之教外別行單傳心印金色老子以來的的綿綿只論直指人心見性成佛不立階梯不生知見利根上智向無明窟子裏瞥破煩惱根株中活脱應時超證得大解脱是故竺乾四七東土二三皆龍象蹴踏師勝資強機境言句動用語默有上上乘器格外領畧當下業障氷消直截承荷於餘時自能管帶打成一片度世絕流頓契佛

地尚不肯向死水裏浸却唱出透玄妙越佛祖削去機緣剗斷露布如按太阿凛凛神威阿誰敢近作家漢確實論量才有向上向下勝妙性理作用纖毫即叱之不是從來種草直下十成煅煉得熟踐履得實始與畧放過猶恐異時落草負累人瞎却正法眼嗟見一流拍盲野狐種族自不曾夢見祖師却妄傳達磨以胎息傳人謂之傳法救迷情以至引從上最年高宗師如安國師趙州之類皆行此氣及誇初祖隻履普化空棺皆謂此術有驗遂至渾身脫去謂之形神俱妙而人間厚愛此身怕臘月三十日慞惶競傳歸真之法除夜望影喚主人翁以卜日月聽樓鼓驗王池覘眼光以為脫生死法真誑謼閭閻捏偽造窠貽高人嗤鄙復有一等假託初祖胎息說趙州十二時別歌龐居士轉河車須遞互指授密傳行持以圖長年及全身脫去或希三五百歲殊不知此真是妄想愛見本是善因不覺墮在荒草而豪傑俊穎之士高談大辯下視祖師者往往信之豈知失顛步畫虎成狸遭有識大達明眼覷破居常衆中唯黙觀憫憐豈釋迦文與列祖體裁止如是耶曾不自回照始末則居然可知矣海內學此道者如稻麻竹葦其高識遠見自不因循恐乍發意未深入閫奧揭志雖專跂步雖遠遇增上慢導入此邪見林末上一錯亦没回轉其流浸廣莫之能遏因出此顯言庶有志願於大解脫大總持可以辯之而同入無生大薩婆若海泛小舟濟接羣品俾真正道妙流於無窮豈不快哉

示成都府雷公悅居士
如今照了本心圓融無際色聲諸塵那可作對迥迥獨脫虛淨明妙要須徹底提持匆令浮淺直下高而無上廣不可極淨躶躶圓埰埰無漏無爲千聖依之作根本萬有由之建立應須斗頓回光自照令絶形段分明圓證萬變千化無改無移謂之金剛王謂之透法身餉間行住坐卧無不透徹物物頭頭靡有間隔喚作乾白露淨單明自心不可只麽守之守住便落窠窟却須猛割猛斷十分棄捨轉捨轉明轉遠轉近抵死打疊令斷却命去始是絶氣息人方解向上行履若論向上行履唯已自知知亦不立釋迦彌勒文殊普賢德山臨濟不敢正眼覷著豈不是奇特士一棒上一喝下一句一言若細若麤若色若香一時穿透方稱無心境界養得如嬰兒相似純和沖淡雖在塵勞中塵勞不染雖居淨妙處淨妙收他不住隨性任緣飢餐渴飲善尚不起念惡豈可復爲所以道隨緣消舊業更不造新殃

又示
道貴無心禪絶名理唯忘懷泯絶乃可趣向回光内燭脫體通透更不容擬議直下桶底子脫入此大圓寂照勝妙解脫門一了一切了只守閑閑地初不分彼我勝負纔有毫芒見刺即痛剗之放教八達七通自由自在長養綿密千聖亦覷不見自已尚似寃家只求得遠離不隈傍翛然澄淨虛而靈寂而照勇猛斷割徹底無纖毫撓胷次王老師謂之作活計趙州除粥飯二時是雜用心悠久踐履

使純熟乃合從上來無心體道密密作用自見工夫到下梢結角頭自然如懸崖撒手豈不快哉

圓悟佛果禪師語録卷第九

音釋

詰 契吉切問也
綽 尺約切寛也
鬱 紆勿切草木叢生也
爍 式灼切銷爍也
轍 直列切車轍也
焯 職畧切明也
覿 亭歷切見也
覷 七慮切私視也
賾 土革切深也
橛 其月切木段也
眯 莫禮切物蔽目不明也
慷慨 慷口浪切慨口溉切慷慨豁達也
隳 翾規切毀也
蹴踏 蹴子六切踏達合切
鶻 胡沃切黄鶻也
艨艟 艨莫紅切艟昌容切艨艟戰船也
颺 余章切風飛物也
桎梏 桎職日切足械也梏姑沃切手械也
綟 郎結切紾也
餉 式亮切饋也
矻 苦骨切矻矻勞極也
輟長 輟陟劣切長直亮切餘剩也
戛 訖黠切
颭 職琰切風蕩激也
瞬 輸閏切目動也
挨拶 挨乙皆切拶子括切
覘 敕豔切闚視也
誑諕 誑古況切欺也諕虛訝切嚇也

圓悟佛果禪師語録卷第十

宋平江府虎丘山門人紹隆等編

住成都府天寧寺小叅師示衆云正令已行十方坐斷千聖出來亡鋒結舌雖然如是事無一向還有同生同死底衲僧麼時有僧問勿謂無心便是道無心猶隔一重關如何是一重關師云十重也有進云如何是關中主師云放過一著進云作何面目師便喝師乃云只恁麼早多事也如今直饒舉一則語盡古今言教一時明得正是和泥合水拈一件物盡大地一時見透亦是好肉上剜瘡看他從上得底人口如臘月扇直得醭生心如枯木縱逢春夏未曾變動不是強爲任運如此豈要你舉古明今抛沙撒土今夜事不獲已將錯就錯與諸人打葛藤去也還知此事麼盡十方界窮虛空際無絲毫透漏是箇金剛眼睛更無外物所以尋常與兄弟道你纔觀色早塞却眼纔聽聲早塞却耳纔嗅香早塞却鼻纔吐氣早塞咽喉纔動轉早塞却身纔起念早塞却意六根門頭淨躶躶赤灑灑只是不肯回光返照看他古人於先德言下契證通箇消息也不妨親切水潦被馬祖一踏起來呵呵大笑云百千法門無量妙義只向一毫頭上識得根源去豈不快哉臨濟在黄檗三度設問喫六十棒及至大愚面前不覺道元來黄檗佛法無多子似此得處豈不驚群諸公還曾消息麼若也翻覆叅詳實是得箇入處始知二六時中行住坐卧動轉施爲一一超古越今無間無斷與他從上祖佛把手共行尋常只守閑閑地不起毫髮凡聖情

量更有什麽得失可疑生死可出似此説話可謂對諸公面前無夢説夢無事生事忽有箇忍俊不禁出來喝散大衆拽下繩床痛打一頓也怪他不得然雖如是也須是實到者箇田地始得如今還有恁麽人麽山僧甘喫一頓且要與此人相見有麽有麽如無山僧今夜失利

示衆云祖師心印直截當機凛若劒鋒明如皎日當臺輝赫縱爾現前還有互相平展底麽僧問世尊久默斯要及至末後為什麽獨召飲光密傳法眼師云正是龍頭蛇尾進云一點水墨兩處成龍師云帶累山僧進云苦瓠連根苦甜瓜徹蔕甜師云灼然進云也是烏龜喫生菜師云取性乃云欲知佛性義當觀時節因縁時節若至其理自彰苟或時節未至理地未明便乃業識茫茫無本可據敢問諸公即今是什麽時節莫是黄昏時節麽莫是小參時節麽莫是坐立儼然時節麽莫是説禪説道時節麽莫是萬像交參時節麽莫是心境一如時節麽若與麽儱侗且喜没交渉今夜諸公在此權立片時山僧不惜眉毛確實評論者一段時節去也只如諸人在此聽山僧鼓兩片皮用作時節正隨常情須知山僧不曾説一字諸人不曾聞一言諸人與山僧各各有一段大事輝騰今古迥絶知見淨躶躶赤灑灑各不相知各不相到透聲透色超佛越祖若能退步就己脱却情塵意想記持分别露布言詮聞見覺知是非得失直下豁然瞥地便與古佛同一知見同一語言同一手作同一體相非唯與諸聖同亦乃

與歷代宗師天下老和尚同下至四生六道醯鷄蠛蠓無不皆同不被前塵所惑知解所撓不畏生死不愛涅槃放曠平常隨時任運動靜施爲無非解脱能轉一切境界能使一切語言非唯諸人分上如此至於古人無不皆由此箇時節得入豈不見趙州初叅南泉悟平常心是道後來有問西來意便對道庭前栢樹子以至鎮州出大蘿蔔頭我在青州作一領布衫重七斤非唯趙州德山得此時節入門便打臨濟得此時節入門便喝睦州得此時節便道現成公案放你三十棒俱胝一指頭上用此時節鳥窠吹布毛處見此時節以要言之古來宗師無不皆用此箇時節只如法眼曾舉叅同契云竺土大仙心遂云無過此語也向下中間也只是應時應節說話至最後謹白叅玄人光陰莫虛度乃云住住恩大難酬設使粉骨碎身亦報此恩不得豈不是知此時節方恁麼說如今若未有發明處去只虛度光陰若叅得徹底分明去二六時中管取無絲毫許落虛非唯二六時中下至百千億劫盡未來際悉不落虛只如山僧說恁麼時節還得諦當也未復云夢也未曾夢見在且道還有爲人處也無若善叅詳只者一句亦不虛設有箇山頌舉似大衆秋深天氣爽萬象共沉沉月瑩池塘靜風清松檜陰頭頭非外物一一本來心直下便薦取切莫更沉吟

示衆云當軒有路直下坦平慣戰作家便請單刀直入有麼有麼良久云諸人既是藏鋒山僧不免作一場獨弄雜劇去也未恁麼前

是第二頭正恁麽時是第三首餉間恁麽去只是隨波逐浪如今且向隨波逐浪處與諸人商量還蓋覆得麽還有一法與他爲伴侶麽所以道他能成就一切法能出生一切法一切諸佛依之出世一切有情因他建立六道四生以他爲本只如諸人即今在此坐立悉皆在他光中顯現還見得他麽若也見得直下無一絲髮隔礙無一絲髮道理更有什麽見聞覺知爲縁爲對但恐自家不能返照所以生疑尋常不是向諸人道千言萬言但只識取一言千句萬句但只識取一句千法萬法但只識取一法識得一萬事畢透得一無阻隔直下脱却情塵意想放教身心空勞勞地於一切時遇茶喫茶遇飯喫飯天但喚作天地但喚作地露柱但喚作露柱燈籠但喚作燈籠一切亦然二六時中只麽平常無一星事雖然如是若有箇無事懷在胷中亦未得自在有箇有事亦未得自在直須有事也無無事也無無二亦無猶在半途若是聊聞舉著入骨入髓信得及底人聞恁麽説話大似熱椀鳴聲尋常聞説箇禪字便去河邊洗耳等閑地不著便偶然道著箇佛字也須漱口三日寧可生身入地獄永劫受沉輪向鑊湯鑪炭裏煮爍終不肯將佛法作解會亦終不起佛見法見佛見法見尚自不起何况更起世間情想分別妄縁諸業且作麽生見得此人作麽生親近得此人有具眼底麽出來道看如無待三二十年後山僧換却骨頭別與諸公通箇消息

示衆云大道本來無向背擬心湊泊已差池

吒呀卓朔能哮吼即是金毛師子見還有恁麽底出衆相見僧問如何是定乾坤句師云唯我獨尊進云横身當宇宙去也師云好與三十棒僧云便請師云許你大膽進云是何言歟師云直待雨淋頭便打乃云眹兆未分巳成露布言詮纔立特地乖張雖然第二義門且不是和泥合水大衆還知此事麽坐斷千差路不立一纖塵巍巍堂堂暐暐曄曄蓋天蓋地應聲應色不與千聖同途不與萬法爲侶卷舒自在無執無拘若也見得可以向百草頭上縱横聲色堆裏坐卧言詮莫能及比況莫能得知不可知識不可識不是心不是佛不是物不是聖不是凡不是有不是無不是是不是非不是得不是失恁麽也不得不恁麽也不得到者裏如何稱提如何舉唱山僧直得口似匾檐無理可伸無詞可説然雖如是官不容針私通車馬放一線道有箇商量豎起拳云還見麽諸佛以之出世祖師以之西來歷代宗師以之接物利生天下老師以之鉗鎚衲子其把定也乾坤失色日月無光盡大地人喪身失命其放行也巖谷生光森羅顯焕隨長隨短隨有隨無處處皆真頭頭露現且道把住好放行好三十年後逢人不得錯舉

示衆云獨棹扁舟泛五湖鈎頭時復得嘉魚如今四海清如鏡還有金鱗上釣無買命者出衆相見僧問過去佛也恁麽見在佛也恁麽未來佛也恁麽未審和尚如何師云恁麽是箇什麽僧云正是恁麽師云蝦跳不出斗進云請和尚道出斗底句師云扁舟已過洞

庭湖乃云動則影現覺則氷生不動不覺死水裏平沉既動既覺未免傷鋒犯手到者裏且作麽生舉唱且作麽生爲人然雖如是盡法無民古者道者一片田地分付來多時也我立地待你構去還知落處麽威音已前空劫那畔這一片田地巍然不動及乎四生浩浩萬象騰騰世界遷流死生變化這一片田地亦巍然不動以至三灾劫壞毗嵐風起吹散大地猶如微塵者一片田地亦巍然不動諸佛出世祖師西來正爲發明者一片田地從上宗師天下老宿千方百計施設方便無不盡力提持者一片田地雖然如是終未有人解當頭道著還構得麽八面坦平四方清肅萬法不能蓋覆千聖不敢當前若構得去一了一切了一成一切成一見一切見一得一切得所以道一塵纔舉大地全收一毛頭師子百億毛頭一時現但爲妄情執著無透脱期甘處凡流不能徑截苟或放得下無一法當情無一物附心蕩蕩無拘自然如水上按葫蘆相似觸著便轉捺著便動拘牵不回惹絆不得動靜語黙蓋天蓋地明眼漢没窠臼却物爲上逐物爲下若論戰也箇箇力在轉處更有什麽高低可疑是非可畏上門上户咬人火急豈不是英靈特達底漢衆中還有恁麽底麽出來證據令人長憶李將軍萬里天邊飛一鶚

示衆云道無方所明之在人法離見聞斷之在智若能頓捨從來妄想執著於一念頃頓悟自心頓明自性不涂諸塵不落有無自然法法成見然雖此事不可造次須會須是發

大丈夫慷慨特達之志不顧危亡不拘得失存箇長久鐵石身心逢境遇緣不變不異時時著眼體究不論歲月以悟爲期祖師門下不比教家只要直截根源於一言下領取與諸聖同體同用大解脱任運施爲無不見性至於雜亂狂慧思量分別有一絲毫斬不斷則無趣入之期教中尚道是法非思量分別之所能解又云以有思惟心測度如來圓覺境界如取螢火燒須彌山終不能著祖師道但盡凡情別無聖量凡情盡處聖量見前直須頓歇妄緣無念無爲放教虛靜千聖萬聖未有不從此門而得入者只在存誠堅固努力向前但辦肯心必不相賺珍重

示衆云大凡學道須是用作事始得莫只等閑但二六時中如欠却人家二三百萬貫債負憂怕還他不徹如此存誠不憂不到是故古者道大事未辦如喪考妣又有一喻學道之士如鷄抱卵須是暖氣相接方可生成若中間間隔暖氣不接便抱十年終不得生龍牙亦云學道如鑽火逢烟未可休直待金星現燒燃始到頭況此大事三世諸佛爲之出世自已透脱生死豈可因循如存若亡却請努力向前以悟爲則各希取信珍重

示衆云具足凡夫法凡夫不知具足聖人法聖人不會聖人若會即是凡夫凡夫若知即是聖人此事一語兩當還委悉麼要識聖人凡夫凡夫聖人長者長法身短者短法身大小青黄一切法悉皆如如渾是箇大解脱門更無別異但得情亡意遣一念眞正隨處遇緣皆爲妙用所以古人道處處眞處處眞塵

塵盡是本來人真實説時聲不見正體堂堂沒却身至於天堂地獄草芥人畜六類四生纖洪近遠無不皆真但爲未徹根源底居常生心動念皆在塵勞業識中流轉未曾回光返照所以枉受輪迴不得受用若能發慷慨心啓特達志頓歇諸緣直下了得徹底分明心地了了可謂行亦禪坐亦禪語默動靜皆爲正體是故雲門道和尚子莫妄想山是山水是水僧是僧俗是俗又道見拄杖子但喚作拄杖子見屋但喚作屋謂之覿體全真有般人取一邊捨一邊見處偏枯不能著實便乃得失居懷被物所轉無自由分看他從上古人得大受用利物垂慈全身擔荷或出或沒或隱或顯或順或逆開建化門示徑截路無不教人究本明宗離諸執著豈不見稜道者叅雪峯靈雲玄沙來往十五年坐破七箇蒲團念茲在茲後因捲簾忽然大悟有頌云也大差也大差捲起簾來見天下有人問我意何如拈取拂子劈口打及乎住長慶示衆云撞著道伴交肩過一生叅學事畢似此稱提若不知有爭解恁麽道可謂從自已胷襟流出蓋天蓋地又有問如何是合聖之言對云大小長慶被闍黎一問直得口似匾檐若善叅詳可以丹霄獨步自在縱橫大衆還知落處麽若也未知爲諸人拈出白雲盡處是青山行人更在青山外

示衆云德山小叅不答話打鎖敲枷趙州小叅要答話將杖探水崇寧今夜也不管答話亦不管不答話偶然向衣單下拾得箇千年桃核舉似大衆乃橫拄杖云爾諸人若也恁

麽坐斷天下人舌頭復以拄杖卓地云爾諸人若也恁麽入地獄如箭射且道利害在什麽處若不同牀卧焉知被底穿

夾山寺入院小叅師云收光攝彩信天眞事事圓成物物新內既無心外無相更於何處覓通津還有透得趙州關底麽試出衆相見問承師有言透得趙州關如何是夾山關師云退身三百步進云恁麽則九天雲静鶴飛高師云豈干闍黎事進云共相證據也何妨師云持聾作啞師乃云牛頭沒馬頭回全彰照用金烏急玉兔速略露權衡透得過底似虎靠山如龍得水透不過底聞恁麽道似鴨聽雷鳴蓋未諳悉元由一向情存知解山僧今夜向作家面前不惜眉毛放行去也但能上無攀仰下絶己躬外不見大地山河内不立聞見覺知直下擺脫情識一念不生證本地風光見本來面目然後山是山水是水僧是僧俗是俗雖然莫錯認定盤星更須知有解黏去縛向上機關始得且道作麽生是向上事鵰弓已掛狼烟息萬里歌謠賀太平

結夏小叅師云大衆見成公案觸處圓成雖然老病躘鍾尚可開旗展陣還有匹馬單鎗久戰沙場底麽出來相共證據僧問九旬禁足三月護生只如華猫取斷南泉分身兩段斑蛇適會赤眼就地一鋤未審是持是犯師云破戒也不知進云大用不拘今古楷模師云依舊分身兩段進云若然者玉筋撑開虎眼睛金鞭擊斷那吒臂師云你向什麽處見南泉歸宗進云只在目前師云重言不當吃問西天以蠟人爲驗未審此間以何爲驗師

云以眉毛爲驗進云還許學人出得麼師云更眨上看進云只恐覷不著師云短底短長底長有什麼覷不著師乃云全提單拈斬釘截鐵呵佛罵祖大用大機猶未稱衲僧本分事何況立問立答立賓立主涉語涉言説玄説妙無事生事平地上起波瀾雖然如是事無一向理出多途雖然看風使帆不免相席打令豈不見古人道欲識佛性義當觀時節因緣時節若至其理自彰只如今夜與明朝乃是二千年前釋迦老子立起模範九旬禁足三月護生時節天下叢林悉皆依禀既是此箇時節到來還有識得此理底麼若識得此理去隨處作主遇緣即宗二六時中無内無外無得無失全體恁麼亦無生可護亦無蠓人可持其或未然應憐鵝護雪直使蠓人氷師復云大衆釋迦老子道以大圓覺爲我伽藍身心安居平等性智諸人既欲安居還識得平等性智麼若識得去人人具足箇箇圓成乃至動静施爲悉皆在大伽藍中與他諸聖把手共行與他諸聖同作佛事且作麼生識得去三條椽下七尺單前各宜照管久立

結制小參僧問護生須是殺殺盡始安居未審殺箇什麼師云大有人疑著進云學人到者裏直得歩歩絶行蹤時如何師云未有金剛王寶劒在進云斬釘截鐵本分宗師眹兆未分請師速道師云咭嘹舌頭三千里進云恩深轉無語懷抱自分明師云且莫詐明頭問一大藏教是拭不淨紙只如德山爲什麼擔疏鈔行脚師云放下著進云周金剛被婆

子一問直得亡鋒結舌又作麼生師云腦後拔箭師乃云絶彼我混虛空透聲色無面目終日喫飯不曾嚼一粒米終日著衣未嘗掛一縷絲總虛空華藏刹海列向下風過現未來諸聖倒退千里舉一步越不可說世界向香水海那邊猶有去處拈一塵混一切無量無數十方上下一切諸佛祖師七穿八穴猶有餘地且道此人向什麼處安居向什麼處禁足若知此人落處始知本地風光始見本來面目便能攝順逆於一塵中規行矩步現威儀於一念頃不越常程至於以大圓覺爲我伽藍猶是小段在若能恁麼見恁麼用恁麼信恁麼透管取無邊刹海自他不隔於毫端十世古今始終不移於當念九旬禁足三月護生於一念一步一塵一芥中見成受用且道此人畢竟在什麼處還委悉麼披蓑側立千峯外引水澆蔬五老前

解制小叅師云收因結果慎末護初一段因緣此時周備聖賢窠窟生死根株一鎚擊碎一刀截斷若是通方作者舉著知歸後進初機如何湊泊秖如生佛未分空劫已前威音王那邊還有結制解制也無雖然到者裏直饒千聖出頭來也須目瞪口呿那邊即且致只如今燈燭交光坐立儼然高者是天厚者是地山是山水是水有是有無是無長是長短是短正當恁麼時與威音王已前空劫那畔是同是别若向箇裏倜儻分明目前無法胷中無心上不見諸聖下不見凡夫外不見一切境界内不見眼耳鼻舌身意便能通同一切說什麼結制解制一鎚擊碎聖賢窠窟

一刀截斷生死根株設使臨濟德山文殊普賢乃至無量無邊具大解脱有大威神無數河沙浩浩地來不消一捏且憑箇什麽若不藍田射石虎幾乎誤殺李將軍

郡中出隊衆請小參師云蘭城道友集如雲選佛場開不二門光飾碧巖無舌老小參佳會四方聞聞者爭如見底見底爭如激揚酬唱底還有作家禪客麽僧問三世諸佛只言自知歷代祖師全提不起一大藏教詮註不及未審和尚如何師云夾山到者裏口似匾檐進云捉敗者老漢師云且喜没交涉進云恁麽則天下人鼻孔被和尚穿却了也師云你且道夾山鼻孔在什麽處僧便喝師云也須穿却進云明眼宗師天然有在師云猶是落二落三師乃云闢佛祖鑪鞴用向上鉗鎚擬議不來則千里萬里當鋒薦得則坐斷要津此猶是化門之説若確實而論山僧有口無説處諸人有耳無側聆處乃至日月未足爲明虚空未足爲廣乾坤未足爲大萬象未足爲衆到者裏一搓一捺一挨一拶要見本分事且問如何是本分事大千沙界海中漚一切聖賢如電拂

師示衆云舉不顧即差互擬思量何劫悟且道舉箇什麽直饒解顧也是方木逗圓孔何况更涉思量計較道理轉没交涉著實而論有什麽事直下無一絲毫事亦無一絲毫見聞玄妙道理得失到者裏便是千聖出來要舉揚也無下口處要作用亦無動轉處所以雲門云向你道直下無事早是相埋没了也且道什麽處是埋没處灼然能有幾人到此

此是文殊普賢大人境界豈是尋常涉道理計校得失思量底還知麼須是絕情識絕玄妙千聖只言自知亦無窠臼照用淨躶躶赤灑灑巖頭道只露目前些子如擊石火此是向上人行履若覰不見切不得疑著若無恁麼事達磨西來經六百年亦不傳至今日爲有恁麼事至今天下列刹相望一一眞善知識踞師子座各各爲人天師牙如利劒口似血盆其餘有窠臼有依倚黏皮著骨有得有失有傳授盡打入弄泥團處去若是石頭馬師百丈黃檗臨濟雲門玄沙巖頭法眼潙仰曹洞此等之流皆是向上宗師動靜施爲皆在此中行履譬如師子捉象皆全其力至於捉兎亦全其力如僧問雲居弘覺師子捉兎捉象亦全其力未審全什麼力雲居云不欺之力要須一一與他本分草料且那箇是本分草料豈不見長沙道我若一向舉揚宗教法堂前須草深一丈事不獲已向你道盡大地是般若光光未發時無佛無衆生消息向什麼處得來恁麼說話早是葛藤了也所以尋常向兄弟道須是打疊情塵得失計較淨盡驀地一場汗出自然活鱍鱍天下人不奈何幸有如是威風有如是自在若隨人脚跟轉見人涎唾喫則没交涉且如仰山問同叅道近日見處如何對曰實無一法可當情山云師弟解猶在境問何故仰山云汝豈無能知一法可當情者他直得無一法可當情尚遭仰山點檢到者裏無能所知無一法無無一法也須是箇人始得所以喚作無事人方始說本來無事既是本來無事只如目前萬

境縱然六凡四聖那裏得來直須超達始得且作麽生是超達底句莫恠從前多意氣他家曾踏上頭關

道林寺解夏小叅示衆云凉夜群動寂禪庭正清虚明月印空闊白雲任卷舒當陽好定奪還有作家無僧問一塵舉大地收一葉落天下秋衲僧分上成得箇什麽師云前不迭村後不迭店進云大小道林話頭也不識師云切忌虚空裏鵮啄進云和尚恁麽道那師云作麽生是你著實處僧擬進語師云了進云爭奈落霞與孤鶩齊飛秋水共長天一色師云賊過後張弓師乃云於内無心於外無相於上無佛祖可仰於下無衆生可悲慳貪嫉妬俱除慈悲喜捨併却兩頭坐斷中道不拘淨躶躶絶承當赤灑灑無回互擊之不濁揚之不清撥之不動攬之不轉直下坐斷萬法頭上孤危不立於此安居隨處解脱更說什麽長期百二十中期百日下期八十日且功成一句作麽生道不憐鵝護雪且喜蠟人氷

冬夜小叅師云佛祖大機人天正眼眹兆未分時無許多事及至一氣已分便有生住異滅春夏秋冬若隨波逐浪去種種建立觸處圓融若截斷衆流去把住要津不通凡聖若也二途不涉脚跟下灑灑落落豈不是本分衲僧且道無陰陽地上如何通信直待明年三月盡莫言冬後雪霜寒

小叅僧問猿抱子歸青嶂後鳥啣花落碧巖前此是和尚舊時安身立命處如何是道林境師云寺門高開洞庭野殿脚挿入赤沙湖

進云如何是境中人師云僧實人人滄海珠進云此是杜工部底作麽生是和尚底師云且莫亂統進云如何是奪人不奪境師云山僧有眼不曾見進云如何是奪境不奪人師云闍黎問得自然親進云如何是人境俱奪師云收進云如何是人境俱不奪師云放進云人境已蒙師指示向上還有事也無師云不可土上更加泥師乃云恁麽恁麽如虎帶角不恁麽不恁麽似兔無角恁麽又却不恁麽暗隔兩重關不恁麽又却恁麽全行向上路此四句若排著四邊則爲禍爲祟若一時劃斷則爲祥爲瑞何故他從上來本無許多事只爲群機有利鈍所悟有淺深是故勞他諸聖出來應物現形隨機逗教便有權有實有照有用有殺有活有賓有主有問有答萬別千差只如正當恁麽時可中若有箇漢牙如劒樹口似血盆一棒打不回頭出來掀翻露布截斷葛藤天是天地是地山是山水是水長是長短是短方是方圓是圓一絲毫不得動著直下承當便能丹霄獨步與他諸聖把手共行有佛世界互爲賓主接物利生無佛世界風颯颯地坐斷要津不通凡聖然雖恁麽若是於中端的恁麽來底且道與他作麽生商量待老僧上山斫棒來

小叅僧問玄沙不過嶺保壽不渡河未審意旨如何師云直超物外進云雪峯三度到投子九度上洞山是同是別師云別是一家春進云恁麽則春色無高下華枝自短長師云一任卜度師乃云大道坦然更無回互同證者識同道者知若有實法繫綴羅籠人入地

獄如箭射所以諸佛出世祖師西來實無一法與人只要諸人休歇若實到休歇田地二六時中如天普蓋似地普擎更不剩一絲毫亦不欠一絲毫淨裸裸赤灑灑見成公案若更躊躕四顧説有説無論得論失有會有不會有得有不得落二落三去也所以上古尊宿天下老和尚拂子邊拄杖頭現無量神通其實與你諸人解黏去縛抽釘拔楔令汝直下到安閑之地也無證也無得亦無周由者也七十三八十四若也未到不免搽糊去也一切境界一切有無一切法門但於一言下一念頃脱得情塵去塵塵剎剎廓周沙界大小長短方圓青黃赤白全是本心於見處淨裸裸於聞處八面玲瓏無得失是非無長短好惡山是山水是水僧是僧俗是俗無異無別若能實頭到者箇田地離情塵絶露布不落勝妙更須知有一塵中含一切境界一切境界入一塵中悉皆含攝於一毫端現無邊剎海直得恁麼更須知有大用現前時節始得且作麼生是大用現前底時節畢竟水須朝海去到頭雲定覓山歸

冬夜小參有作思惟從有心起一輪生滅行無間道修無漏業萬古超然拈一放一半開半合未免在窠窟裏殊不知往復無間動靜一如融大千沙界於一塵會十世古今於一念去來起滅甚處安排春夏秋冬如何理論到者裏淨裸裸赤灑灑没可把東西不辨南北不分底則故是未知落處久參先德脚踏實地且道正當恁麼時如何還委悉麼群陰消剥盡來日是書雲

除夜小叅樹凋葉落瓦解氷消歲暮年窮家殘戸破以世諦觀之是不稱意境界以道眼觀之却是好箇消息豈不見香嚴道去年貧未是貧今年貧始是貧去年貧有卓錐之地今年貧錐也無卓又有古德道富實即易貧窮即難本分人打得徹信得及見得透物物頭頭俱爲妙用塵塵刹刹悉是眞乘若便恁麽歇去敢保老兄未徹在那堪更說漸說頓說玄說妙說理說事却須放却玄妙放却理性打破向上向下截斷佛印祖機直得東西不辨南北不分懞懞懂懂遇飯喫飯不知是飯遇茶喫茶不知是茶到者裏猶只得箇衲僧門下潔白露淨底是故洞山道見佛與祖是生寃家始有叅學分正當恁麽時全體現成佛界不收魔界不管且道向什麽處行履若識得去便成年窮歲盡相續不斷相續不斷歲盡年窮正當恁麽時一句作麽生道今歲今宵盡來年來日新

解夏小叅云年豐歲稔道泰時清唱太平歌樂無爲化護生既滿蠟人愈氷秋色澄澄金風拂拂正當恁麽時說什麽釋迦彌勒文殊普賢德山臨濟向上向下有事無事直下一時坐斷直得風颼颼地人人分上壁立千仞各各面前飛大寶光且不落賔緣一句作麽生道麓峯頭倒卓石笋暗抽枝

圓悟佛果禪師語録卷第十

音釋

剜（烏歡切刻也）醭（普木切白醭也）潦（魯皓切）樅（七容切叢起意）瓠（胡故切匏也）蠛蠓（蠛莫結切蠓母總切蠛蠓小飛蟲也）煠（土洽切熻也）鍵（巨偃切）嵐（盧含切）鶚（逆各切大鵬也）鵰（丁聊切鷙鳥也）躘（盧容切躘鍾潦倒也）縷（隴主切線也）瞪（澄應切直視貌）呿（丘加切張口貌）倜儻（倜他歷切儻他曩切倜儻卓異也）鑪韛（鑪龍都切韛步拜切鑪韛吹火韋囊也）鱍（北末切鱍鱍動搖貌）鵮（苦咸切鳥啄物曰鵮）祟（雖遂切神禍也）劃（忽麥切截止也）颯（悉合切風聲也）懞瞳（懞母總切瞳正作懂多動切懞懂不慧也）麓（盧谷切）

圓悟佛果禪師語録卷第十一

宋平江府虎邱山門人紹隆等編

道林寺小叅云四海共叅尋十方同聚會路逢達道人不將語默對還有共相酬唱底麼僧問千尺絲綸直下垂一波纔動萬波隨夜靜水寒魚不食滿船空載月明歸未審此理如何師云離鈎三寸高著眼進云恁麼則自是不歸歸便得五湖烟浪有誰爭師云乾坤大地一時收進云只如垂鈎四海只釣獰龍格外談玄爲尋知識誰是知識者師云赤心片片進云巨浪湧千尋澄波不離水師云寒山逢拾得撫掌笑呵呵問云路逢達道人不將語默對既不將語默對將何祇對師云吞聲削跡進云一言難啓口千古意分明師云且須急著眼進云有句無句如藤倚樹如何得透脱師云倚天長劒逼人寒進云只如樹倒藤枯溈山爲什麼呵呵大笑師云愛他底著他底進云忽被學人掀倒禪牀拗折拄杖又得箇什麼伎倆師云也是賊過後張弓師乃云不與一法作對正體迢然萬象不能覆藏神機歷掌望州亭烏石嶺僧堂前相見巳涉誵訛不是心不是佛不是物已拖泥帶水到者裏上根利智剔起便行不落言詮不拘機境直下向文彩未彰已前一時坐斷可謂如天普蓋似地普擎如虛空寛廣如日月普照無處不圓無處不遍所以道向上人見處把斷世界不漏絲毫無得失是非離見聞知覺如壺公瓢中自有天地日月至於一語一默一跬一步一挨一拶坐斷千差路頭不許天下衲僧正眼覷著所以道須是恁麼人方

解恁麽事只如今坐立儼然頭頭物物悉皆全體現成處且道如何照了萬古碧潭空界月再三撈摝始應知下座

小叅僧問古者道釋迦彌勒猶是他奴且道他是什麽人師云三家村裏孟八郎進云恁麽則曾襟流出師云更是阿誰進云正是他奴師云坐却舌頭進云情知老漢弓折箭盡師云是進云自領出去師云看你作麽生折合進云只如隔身句又作麽生師云離四句絶百非進云掀倒禪牀師云未信你在師乃云明頭合暗頭合手執夜明符日面佛月面佛提取金剛劒有向上鉗鎚具作家眼目千聖羅籠他不住萬法繫綴他不得等閑不掛一絲毫坐斷十方淨躶躶所以道大丈夫秉慧劒般若鋒兮金剛焰非但能摧外道心早曾落却天魔膽只如今神威凜凜霜刃堂堂頂顙上正用此機脚跟下切須薦取若也薦得坐斷報化佛頭不落古今不拘得失若薦未得往往頭上漫漫脚下漫漫且涉流轉物一句作麽生道巨浪湧千尋澄波不離水下座

小叅僧問春風浩浩烘天地是處山藏烟靄裏無位眞人不可尋落華又見隨流水如何是無位眞人師云剔起眉毛向上看進云恁麽則獨據千峯上全威百草頭師云我行荒草裏汝又入深村進云自知較一半師云你還知麽進云知師云也較一半進云只如臨濟道無位眞人是什麽乾屎橛又作麽生師云未得衲僧一半氣息進云爲什麽如此師云只爲他頂門具眼進云可謂一回拈出一

回新一度用來一度快師云七十二棒翻成一百五十師乃云劒輪頂上全機獨露於孤峯石火光中利刃横施於百草説權説實立照立用行棒行喝説事説理大似把髻投衙直下不説權不説實不立照不立用不行棒不行喝不論事不論理也是擔枷過狀設使恁麼中不恁麼不恁麼中却恁麼正是曳尾靈龜到者裏佛祖也摸索不著若是透得底須知其中有一條通天大路把斷要津凡聖迹絶若也挨得一線開立得一機出則千聖萬聖羅籠他不住千人萬人尋覓他不著不懺罪而罪已消不集福而福已集不立絲毫行門而普賢行門遍滿十虚不立絲毫機智而文殊大用廓周沙界所謂戢玄機於未兆釋迦彌勒攢眉藏寘運於即化德山臨濟却步且不墮功勲一句作麼生道鑊湯爐炭吹教滅劒樹刀山喝使摧

蔣山寺小衆師云相逢不拈出舉意便知有萬人衆前顯瞞頇不是目前機亦非目前事三千里外納敗闕直得盡乾坤大地無絲毫法可當情靜悄悄地絶諸訛千聖不敢擬議致之諸佛頂顊上到者裏更説什麼行棒行喝論正論偏有語有黙絶玄絶妙雙放雙收同死同生向窠窟裏作活計正當恁麼時且作麼生衆究且作麼生捉摸作麼生拈弄作麼生證入若有一絲頭伎倆去便乃見神見鬼更不作一絲頭伎倆未免墮在無事界裏箇事如壺公瓢中自有天地日月所以雪峯和尚道盡大地撮來如粟米粒大又道盡大地是沙門一隻眼鹽官又道虚空爲鼓須彌

爲椎什麼人打得南泉道王老師不打者破
鼓法眼道王老師不打立沙道深山巖崖千
年萬年無人到處還有佛法也無雲門大師
道日裏來去日裏辨人忽然教夜中取箇物
無日月燈不曾到處作麼生取似此若不通
透有纖毫隔礙則如山如嶽或若盡情透得
要行便行更疑什麼雖然如此直須是眞實
到者箇田地始得向萬丈懸崖處撒手百尺
竿頭進步且道此事畢竟如何委悉撞著道
伴交肩過君向瀟湘我向秦下座
師云一舉便知落處已是第八頭未跨船舷
三十棒也是第九首直饒空劫已前威音那
畔一時坐斷大似釘椿摇櫓膠柱調弦直饒
顯目前機用目前事一問一答一挨一拶一
出一入正如開眼屎牀立地作夢若是明眼
漢須知不恁麼所以從上來事只要箇奇特
人直下承當得坐斷天下人舌頭還有恁麼
人麼如無不免合水和泥向荊棘林中出手
去也遂舉拂子云還見麼三世諸佛六代祖
師天下老和尚總在者裏至於萬象森羅日
月星辰四聖六凡盡無邊香水海醯雞蠛蠓
一切含情總在者裏以至諸人於日用中亦
在者裏唯有山僧不在者裏且道爲什麼如
此同途不同轍同死不同生衆中忽若有箇
漢也不恁麼許你具一隻眼正當恁麼時如
何定光金地遥招手智者江陵暗點頭下座
師云言中有響句裏呈機告往知來拈頭會
尾須是恁麼人始解恁麼事且如諸人適來
鐘未鳴鼓未響未到此間時還有如許多事
麼還有一問一答道理麼若是箇漢未舉先

知未言先透及乎理隨事變事逐理圓鐘已鳴鼓已響大衆簇簇恁麽上來有問有答有賓有主且道於中還有恁麽事麽若有恁麽端的底道理便是對面相謾實無如是事既無如是事又且是箇什麽須知萬里無片雲萬里無寸草所以道欲得親切莫將問來問有時問在答處有時答在問處雖然如是要且問不在答處答不在問處又道闍黎不是不將來山僧不是不分付於中具金剛眼向本分田地上承當乃無可無不可敢問大衆著實底一句作麽生道未明心地印難透趙州關下座

師云當陽舉唱直截根源貫古通今超情離見恁麽恁麽二竅俱明不恁麽不恁麽雙遮普照恁麽中有不恁麽不恁麽中有恁麽草窠裏突出焦尾大蟲若能離此三句外撥轉向上機即知諸人脚跟下有此一段大事輝騰今古逈絶知見祖師雖西來諸佛雖出世不曾加一絲毫諸佛不出世祖師不西來亦不曾減一絲毫淨躶躶赤灑灑如印印空如印印水如印印泥也須是不依倚一物不墮聞見知覺不處是非得失直饒恁麽猶落他祖師指處在所以道有祖以來若將祖師言教爲人師範却成賺人去他只說無法本是道又道佛說一切法爲度一切心我無一切心何用一切法既無一切心不用一切法則者裹八字打開還知落處麽山僧露箇消息去也須知過量人契此過量事下座

師云當軒正坐覿面無私離相絶名當機有準露箇形相通一線道起箇面目示少津梁

如隔山見烟早知是火隔墻見角早知是牛若要只管隨數逐名求玄覓妙則喪却自巳脚跟下大事埋没從上來佛祖家風只如今不依倚一物不顯箇消息還有共相證據底麼若證據得把斷要津不通凡聖不向二千年前釋迦老子起模畫樣處各自點𦆵何故大丈夫兒他人住處我不住他人用處我不用祖師階梯是第二頭超佛越祖是第三首淨躶躶赤灑灑當陽獨露是第八解所以道末後一句始到牢關把斷要津不通凡聖若是上流之士不將祖師言敎爲人師範如龜負圖自取喪身之兆鳳縈金網趨霄漢以何期今夜與諸人一時拈却敢問大衆不落祖師言敎一句作麼生道萬緣不到無心處至了渾如井覻驢下座

師云一向據令而行呵佛罵祖截斷衆流直得釋迦彌勒文殊普賢退身無路臨濟德山趙州睦州目瞪口呿千里萬里無片雲擬議不來三十棒恁麼舉唱本色衲僧愈生光彩後學初機無摸索處一向垂慈落草立問立答存主存賔有始有末三玄戈甲中論誵訛四種料簡裏别皂白絲來線去照用雙行各各脚跟下只推明一箇大機唯此一事更無餘事恁麼舉唱後學初機通一線道其奈取笑衲僧恁麼中有不恁麼不恁麼中有恁麼權實雙運照用並行佛祖誵訛離名絶相不守窠窟單明向上一路猶是尋常茶飯更或打翻許多露布則上是天下是地山是山水是水僧是僧俗是俗都無許多得失玄妙又落在無事甲裏四種爲人向此時爲諸人都

拈却且道畢竟如何所以道欲識佛性義當觀時節因縁時節若至其理自彰只如即今時節大檀越設齋已了陞堂已了懺罪已了薦亡已了更教山僧說箇什麽若能不以眼見不以耳聞不以意想不以口說則千里萬里見諸訛千句萬句都穿却恁麽會得可以通徹古今更須知有向上事始得敢問大衆作麽生是向上事萬古碧潭空界月再三撈摝始應知下座

師云諸佛不出世那裏得者箇消息祖師不西來免見累及後代正當恁麽時天之自高地之自厚日月星辰之昭昭人物境界之浩浩不曾移易一絲毫何不向者裏薦取若向者裏薦得去管取是一員無事道人及至諸佛出世提持一大事因縁祖師西來傳持箇正法眼藏令一切聞者見者生希有心起難遭想各各依佛依祖歴堦梯超地位證無爲登聖果若恁麽薦得亦是一員無事道人更有箇具大闡提不起信根逢佛叱佛遇祖罵祖乃至滅却佛滅却祖令人不見佛不聞法淨躶躶赤灑灑全體只是箇真實人若向箇裏薦得亦是一員無事道人有箇信得及把得住依佛行而不著佛依祖證而不著祖善建法幢能立宗旨讃佛讃祖如錦上鋪華乃至天上天下如金如玉若向箇裏薦得亦是一員無事道人此四員無事道人中要選一人爲師且道選那一人爲師若道得試出來道看若道不得山僧不免露箇消息去也拔簑側立千峯外引水澆蔬五老前下座

師云離言離相總無許多不妨靜悄悄只恐

墮在死水裏去示相顯言如錦上鋪華不妨鬧浩浩只恐入荊棘林去於此二途猶是時人昇降處不落時人昇降不住此二途且如何顯示還知箇裏麽有通天路有絶聖機向猛虎口裏横身毒蛇頭上揩痒是尋常茶飯所以道威音王已前無師自悟則得何故許他有超師之作威音王已後須是因師打發何故恐落天魔外道去所以道有時一句可與祖佛爲師有時一句堪與人天爲師透得過信得及見得徹把得住方始契得古人豈不見道見過於師方堪傳授見與師齊減師半德只如今釋迦老子豈不是師達磨大師豈不是師還有見過釋迦老子達磨大師底麽試出來露箇消息看也要見從上來種草有麽有麽如無若不藍田射石虎幾乎誤殺李將軍

師云有句無句如藤倚樹鈎頭香餌最誵訛至道無難唯嫌揀擇時人窠窟無摸索若是具頂門上眼底衲僧三千里外別端倪有作家鑪鞴底宗師未跨船舷已分付所以道箇裏是八十翁翁入場屋不是小兒戲箇箇須是具金剛正眼漢始得明眼漢没窠臼只露目前些子咬去咬住有時一向不去有時一向不住若論戰也箇箇力在轉處更説什麽佛説什麽祖説什麽心説什麽性説什麽玄説什麽妙説什麽有説什麽無一筆勾下只有一劒劒下有分身之意亦有出身之路然於中若有箇脱情解去藥忌識機宜別休咎底試出來對衆道看也要大家知有然雖恁麽也須實到者箇田地始得敢問諸人是時

人窠窟是鈎頭香餌還委悉麽目前己脱常流見格外須知作者名

師云只恁麽坐斷天下人舌頭不恁麽穿却本色衲僧鼻孔恁麽中不恁麽要辨龍蛇不恁麽中却恁麽要擒虎兕離却四句外更有什麽事也許具一隻眼何故雙收雙放雙暗雙明同死同生同得同失也未爲分外雖然如是猶是建立邊事若據衲僧家自受用中要且不然只如衲僧家自受用處還有人明得麽若明不得佛法無靈驗若明得平欺一切人去今夜不妨向荒草裏合水和泥和泥合水與諸人商量豈不見南泉道祖佛不知有狸奴白牯却知有又道你當哆哆和和何不自家究取直待多知多解却來與老和尚作頭抵又道喚作如如早是變了也今時人直得向異類中行又道學道者如癡似兀難得趙州道我見千百億箇漢子盡是覓作佛底人中間求箇無心道人不可得雲門大師道和尚子莫妄想山是山水是水僧是僧俗是俗見拄杖子但喚作拄杖子見燈籠但喚作燈籠此謂之覿體全眞只如恁麽處還容人作得失解會麽灼然論實不論虚直得如狸奴白牯相似直得如枯木朽株絶氣息憨憨癡癡瞢瞢懂懂千佛出世他也不知目覩瞿曇如黄蘗相似方始是生鐵鑄就千人萬人羅籠他不住只如獨脱一句作麽生道莫謂無心云是道無心猶隔一重關

檀越請小叅師云盡大地是箇解脱門頭頭物物皆證入無邊刹海如來藏綿綿密密悉包容舉處峭巍巍用時淨躶躶譬如猛火聚

近之則燎却面門又如太阿劒擬之則神驚膽戰若是知有恁麽徹骨徹髓承當不勞鴿啄其或尚留觀聽猶滯皮膚須是透出金剛圈呑却栗棘蓬若透得一圈則百千億圈一時透過若呑得一蓬則無數億蓬一時呑得可以作奇特因可以現殊勝相無罪可懺而罪垢消除無寃可解而寃家解釋顯現一切難思議作爲無邊殊勝業只消箇一道清虚更不用周由者也正當恁麽時當機一句作麽生道聲前突出金剛眼彈指圓成八萬門頌云懺罪滌垢解寃釋結似日鎔霜如湯沃雪雲散長空一輪皎潔感應道交綿綿瓜瓞

師云昨夜鐘鳴時諸人盡來此已是剌腦入膠盆今夜鐘鳴時復來有何事兩重三重已落節若是知有底聊聞舉著徹骨入髓踢起便行坐斷報化佛頭不落語默聲色却校些子如或準前只守寃窟山僧不免向無事處生事無言處顯言無葛藤處説葛藤無荊棘處立荊棘去也一塵纔舉大地全收四方八面淨躶躶華開世界起浮幢王刹明歷歷直得無情有情齊成佛道有説無説俱轉法輪此猶是法性海邊拈掇在若向衲僧門下直饒一棒打破虚空一喝喝散白雲釋迦彌勒猶爲走使德山臨濟目瞪口呿也未當本分氣宇在所以道坐却舌頭别生見解他絫活句不絫死句活句下薦得永劫不忘死句下薦得自救不了只如諸人即今作麽生會他活句莫是即心即佛是活句麽没交涉莫是非心非佛是活句麽没交涉不是心不是佛不是物是活句麽没交涉莫是入門便棒是

活句麽没交涉入門便喝是活句麽没交涉但有一切語言盡是死句作麽生是活句還會麽萬仞峯頭獨足立四方八面黒漫漫復云一口吸盡西江栗棘蓬殺老龐當陽若也吞得管取海内無雙

鄧朝議請小𠫭云宏機獨唱千聖潛蹤一句當陽十方坐斷有亦不管無亦不拘聖亦不收凡亦不立明明無覆藏明明無滲漏頂門眼照山河大地全彰肘後符開萬象森羅頓現有如是奇特相有如是殊勝門只求向上作家要接大乘根器所以道垂鈎四海只釣獰龍格外玄機爲尋知識若是利根種智具大解脱性一聞一切聞一了一切了一見一切見一證一切證淨躶躶赤灑灑只如今還有道得底麽試出衆露箇消息看若道未得山僧者裏八字打開去也還委悉得麽利根上智須圓證十聖三賢一念超復頌云無對毘耶彼上人頂門有眼耀乾坤只憑一箇無言説遍界全開不二門

滁州太平寺知山請小𠫭云祖佛提掇不起處正好作工夫魔外潛覷不見處猶宜猛著力直得通身是眼也照他未了直得通身是口也説他不著深深處有回互密密處有誵訛到者裏德山有棒不論佛來祖來一例行遣臨濟有喝不論佛來祖來一例施呈若向棒下見未免瞞盱若向喝下薦更是漏逗須知向上人有換骨換髓透色透聲透聖透凡透聞透見底肘後符子所以道你若坐我則立你若立我則坐若也同坐同立二俱瞎漢到者裏還説心説性得麽説玄説妙得麽説

理說事得麼說得說失得麼若有恁麼盡是依草附木精靈且獨脱一句作麼生道須彌頂上翻身處百尺竿頭撒手時復頌云昔歲依投蒙重顧今春還沐渡江來同風更話同風事千手通身正眼開

文倫二上人薦安華嚴請小叅僧問如何是理法界師云不動一絲毫進云如何是事法界師云縱橫十字進云如何是理事無礙法界師云銅頭鐵額鐵額銅頭進云如何是事事無礙法界師云重重無有盡處處現眞身師乃云言發非聲高高峯頂立色前不物深深海底行全機轉處没承當覿面呈時絶回互離心意識非見聞覺知須明徹法慧目離念明智然後一塵纔舉大地全收一毛頭師子百億毛頭一時現直得一爲無量無量爲一小中現大大中現小寬同法界細入隣虛無處不周無處不偹毘盧遮那大法性海中不論聖不論凡不論有情不論無情一一把斷不漏絲毫處處常光現前一一壁立千仞若說理法界事法界事理無礙法界事事無礙法界正是没交涉直饒棒頭取證喝下承當向空劫那畔識破根塵威音已前洞然明白尚未免在窠窟裏只如出窠窟一句作麼生道千峯勢到嶽邊止萬泒聲歸海上消師云天無四壁逈絶羅籠地絶八維了無障隔與虛空同體合暗合明與虛空同壽亘古亘今人人有一坐具地何用安排處處悉彌勒門開不須彈指盡是人人受用無去無來以大悲力成此勝事所以釋迦老子未離兠率已降王宮未出母胎度人已畢且道諸人

分上還有者箇消息也無若無人人具足箇箇圓成因什麽却無若有諸人即今在甚處安身立命還知落處麽若知落處不動道場而徧能含受十方刹海一塵一刹隨處受生何待九龍吐香水分手指天地作大師子吼須知未出母胎時已作大師子吼直至各各時時念念處處悉皆圓滿清淨無爲無間無斷大解脱門正當恁麽時晝夜兜率夜降閻浮其中摩尼珠爲什麽不現敢問諸人中間作麽生還委悉得麽龍袖拂開全體現象王行處絶狐蹤

師云大機圓應大用縱横不墮千聖機關不遊諸祖窠窟舉一機千機截斷拈一事萬事齊彰須是他大解脱人乃能明向上宗旨豈不見維摩不離本座移妙喜世界如針鋒持棗葉又不見大仰云拈一片木葉便是移一座仰山去是知箇事若在心機意識露布言詮上覓大似掘地覓天了没交涉若是箇生鐵鑄就不涉化城不由迷悟不拘得失然後一明一切明一了一切了一見一切見一用一切用此猶是衲僧家垂手應機爲人邊行履若使他獨照獨運乃至千聖覓他不著諸天捧華無路魔外潛觀不見周旋往返十方無礙一念普應前後際斷只如今坐立儼然燈燭熒煌且道是什麽時節若道是唯心境界正坐在荊棘林裏若道是向上時節亦未跳出金剛圈在總不恁麽又作麽生還有人道得麽若不藍田射石虎幾乎誤殺李將軍

頌曰天上人間不可陪同風千眼應時開智通居士眞奇特道照三年兩度來

師云言發非聲和言擊碎色前不物與物俱融聲色翳障全消聞見之源亦脫直得淨躶躶赤灑灑清寥寥白滴滴一片本地風光一著本來面目神通妙用底縱横十字不離田地穩密田地穩密底坐斷十方不離神通妙用雙明中有雙暗同生中有同死恁麼也不得不恁麼也不得恁麼也得不恁麼也得所以道即此見聞非見聞無餘聲色可呈君箇中若了全無事體用何妨分不分箇中見聞是體聲色是用聲色是體見聞是用分也得不分也得所以雲門道移燈籠向佛殿裏拈三門向燈籠上若以衲僧正眼覷之猶爲小事直得納須彌於芥中擲大千於方外也只是箇半提所以盡乾坤大地都無空闕處更須知有全提時節三世諸佛只堪齊立下風六代祖師只得全身遠害當機直截一句作麼生道三尺杖子攪滄波令彼魚龍知性命

結夏小參僧問馬師離四句絶百非請和尚答祖師西來意馬祖云我今日勞倦不能爲子說得問取西堂去此意如何師云三頭兩面進云僧問西堂西堂云我今日頭痛問取海兄去又作麼生師云同坑無異土進云僧問海兄海云我到者裏却不會又作麼生師云黑漆桶夜裏生光進云只如僧舉似馬祖祖云藏頭白海頭黑又作麼生師云不許外人知師乃云一粒粟中藏世界恒沙剎海始安居萬緣不到千差絶超證無生等太虛至實處不容聲至深處無回互明明蓋天蓋地歷歷亘古亘今坐斷千差壁立萬仞千聖提撕不到是衲子放下複子處千人萬人羅籠

不任是無爲無事人拗折拄杖時雖然浩浩應機要且如如不動有時魔宫虎穴轉大法輪有時荆棘林中建立梵刹有時向十字街頭壁立千仞有時向孤峯頂上合水和泥有照有用有權有實所以道以大圓覺爲我伽藍身心安居平等性智則於千人萬人羅籠不住處始能安居於千聖萬聖提撕不到處始敢複子敢問安居一句作麼生道還委悉麼但令身語常清淨夏滿何須驗蠟人

曾先生請小參云全機不動會羣像於目前覿面相呈截千差於格外動則影現覺即氷生不動不覺直下担目箇中有一條路蓋天蓋地蓋色蓋聲密密綿綿平平穩穩若是箇曹溪門下客直到解脱處更不落二落三未舉覺已前早是落二落三了也何況舉覺言詮總納敗闕所以道西天二十八祖亦如是唐土六祖亦如是天下老和尚亦如是山僧亦如是到者裏不著眼試覷看不著耳試聽看若向箇裏一時截得斷把得定作得主與千聖把手同一正因同一解脱然雖如是正當恁麼時不立階梯一句作麼生道還委悉麼聲前截斷千差路出格誰憑作者知復頌云一著當機截衆流選官選佛兩俱優相逢相見呵呵笑天上人間得自由

祖上人請小參師云生身父母居堂上從本爺娘在頂門一念頓消諸祖意堪任補報最深恩一漚未發已前滔滔流水一塵未舉之際茫茫刹塵若是具透關眼有過量見即知千聖萬聖羅籠不住若也一漚已發一塵已舉待著眼用意盡未來際窮虛空劫畢竟摸

索不著所以道盡大地是般若光光未發時無佛無衆生消息從什麼處得來正當恁麼時無佛無衆生無高無下無得無失無彼無我處還薦得麼若薦不得不免打葛藤去也道是無得麼且喜沒交涉道是有得麼轉見沒交涉道是不有不無得麼轉更沒交涉道是離四句絕百非直是沒交涉須知道一條路一種機三世諸佛依此成立一大藏教依此詮註乃至世間虛空凡聖山河大地無邊香水海不可說不可說全從他流出只今若知一漚未發已前恩德則自己脚跟下如千日並照如暗得燈如貧得寶如渡得船如民得王於一切時無一念落虛無參雜時全體恁麼來全體恁麼去只如空劫已前那畔一段事作麼生還委悉麼照開千聖頂門眼放出威音物外春復頌云父母恩深重過於蓋與載若欲圖補報碎身莫能賽唯有般若力一句截情愛凱風吹棘心二百四十歲

修道者請小參天地與我同根其根深固萬物與我一體其體虛凝萬物之根亘古亘今堅固之體包含萬有毫芒得意可以點鐵成金可以轉凡作聖如理如事即處即真一念不生前後際斷所以道不思議解脫力妙用恒沙也無極若論妙用去可以擊碎業山可以點竭苦海可以懺不懺之罪可以解不解之寃可以起必死之疾可以證無生法忍正當恁麼時不立功勳一句作麼生道還委悉麼千年暗室一燈破萬劫愆尤一句消頌云阿闍被疾投皇覺調御垂慈放月光法藥之功同佛力自然身病得清涼

小參師云一向說事說理論妙論玄談心談性墮在葛藤窠裏一向行棒行喝立照立用存捲存舒落在荆棘林中更或舉古舉今話偏話正立主立賓也是撒沙撒土忽若見山即山見水即水僧是僧俗是俗落在無事界内設使總不恁麼大似曳尾靈龜直饒獨體單明亦是狐狸戀窟若有箇出身處去似地肇山不知山之孤峻如石含玉不知玉之無瑕譬如猛火聚近之則燎却面門又如按太阿劒擬之則喪身失命便可以不須說事不須說理不行棒不行喝不立主不立賓見山不是山見水不是水全體恁麼來全體恁麼去總無許多露布葛藤聲色邊事且超然獨脱一句作麼生道還委悉麼萬丈懸崖須撒手大千沙界始全身

張戶曹請小參師云直下便是不通擬議尋思還有作家禪客麼試出衆證據看僧問如何是臨濟下事師云一刀兩段進云如何是雲門下事師云三句縱横進云如何是曹洞下事師云五位君臣没分付進云如何是潙仰下事師云進前退後絶商量進云那一句如何師云何不問法眼下事僧禮拜師乃云靈山提綱𣴑旨獨有迦葉親聞少林演妙訣唯許神光擔荷只爲機機相副箭箭相投用處聲色純眞舉時乾坤獨露綿綿意絶諸訛深深機没回互若是箇本色自由自在承當擔荷得底更不落聲前句後亦不用擬議尋思直下當陽分明領取所以道若論此事眨上眉毛早已蹉過既已蹉過何用鼓兩片皮口吧吧地豈不是當堂蹉過既若蹉過還知未

蹉過事麼若知未蹉過事雖終日説而不曾動著舌頭終日行而不曾移著一步終日喫飯不曾嚼一粒米終日著衣不曾掛一縷絲雖然如是此猶是建化門庭向下爲人處豈不見德山和尚但有問答語言向上向下盡是依草附木竹木精靈所以山僧從頭棒將去待有箇獨脱底與他商量後來浮山圓鑑道只者獨脱底也是草木之精且道還有爲人處也無山僧不惜眉毛入泥入水爲諸人平展還委悉麼但能萬法不干懷一超直入如來地

披剃小叅僧問正令當行十方坐斷宗風建立毫髮無差時節因緣願聞舉唱師云只是舊時面目進云斬新處乞師再示師云換却適來底進云法輪再轉於閻浮道光重映於千載師云誰不恁麼進云只如無邊身菩薩爲什麼不見如來頂相師云有時恁麼有時不恁麼進云如何是和尚頂相師云錯僧禮拜師云果然果然師乃云重圓僧相復方袍優鉢羅華未易遭恩重邱山何以報輒提綱要一秋毫盡十方世界若長若短若縱若横以至香水海不可説不可説無邊刹海盡在箇一秋毫有時現無邊身東涌西没南涌北没中涌邊没作無量無邊神通變化也只不出此一秋毫有時冷湫湫地如枯木朽株寒灰死火一念萬年萬年一念也只不出此一秋毫乃至作爲無量無邊殊勝奇特難行苦行轉化一切成佛作祖亦不出此一秋毫諸人還知此一秋毫麼若知去未開口已前未舉意已前生佛未兆已前空劫已前好薦取

既薦得則卷而懷之任任運運如兀如癡不妨是一箇沒量大人如或未然却須返照回光若動若靜若住若行若坐若卧須是究他根源始得父母未生已前父母既生之後六根四大三百六十骨節完具寒時知寒熱時知熱饑時知饑飽時知飽以至頂天履地含齒戴髮盡承此箇恩力且道此箇恩力如何趣向還知麽一氣不言含有象萬靈何處謝無私

蔣山辭衆云終日相逢長背面終朝背面却相逢途中不是途中事不動巍然達九重者箇消息唯許作家明暗同途主賓互用雖去似去而不去雖來似來而不來卓爾超然動靜曾無兩種所以道動若行雲止若谷神既無心於彼此亦無象於去來如是則去來不以象而確然去來動靜不以心而超然動靜在彼在此殊無間然一道清虚廓周沙界是以月上女出城舍利弗入城而舍利弗問云聖姊向什麽處去月上女云如舍利弗恁麽去舍利弗云我方入城汝已出城云何言如舍利弗恁麽去女云諸佛弟子當住何所舍利弗云諸佛弟子當住如來大解脱女云諸佛弟子既住大解脱所以我云如舍利弗恁麽去既得如來大解脱去而無去去迹入九重城裏毘贊聖化住而無住住蹤在深山白雲中坐斷天下人舌頭既住如來大解脱安有動靜去來之意正當恁麽時作麽生道九重城裏眞消息一句無私遍九垓復云憶得曹山和尚辭洞山山云向什麽處去曹山云向不變異處去洞山云不變異處豈有去耶

曹山云去亦不變異師云大凡衲僧佩肘臂下符具頂門上眼向一切萬境萬縁當頭坐斷豈不是箇無變異何故金剛正體湛寂凝然曹山雖得此意爭奈洞山憐兒不覺醜若是山僧待他道向不變異處去只向他道者漢未出門早變了也

圓悟佛果禪師語録卷第十一

音釋

跬犬蘂切半步也　撈摝撈郎刀切摝盧谷切　悄七小切靜也　諸訛諸胡茅切訛吾禾切　跨苦化切越也　椿株江切橛也　揩痒揩邱皆切痒以兩切　餌忍止切釣魚食　嫌胡兼切憎也　兕序姊切獸似牛一角　瓞徒結切小瓜也　掇都括切拾也　翳壹計切蔽也一　賽先代切報也　凱可亥切凱風南風也

圓悟佛果禪師語録卷第十二

宋平江府虎邱山門人紹隆等編

住東京天寧寺小參師云一見更不再見今已再見一說更不重說今已重說未有長行而不住途中無者箇消息未有長住而不行屋裏没此葛藤直得二途俱不涉去住得縱横其住也千人萬人羅籠不得其去也等閑坐斷一切人舌頭假使親到者箇田地更須知有照用同時人境俱奪向上一竅始得若論向上一竅佛祖不立凡聖杳絕淨裸裸没承當赤灑灑無回互正當恁麼時作麼生但願春風齊著力一時吹入此中來復頌云明珠在掌有功者賞長老新入院都盧無伎倆不立趙州關各自著槽櫪

四月八日小參直下便是已涉階梯總不恁麼猶落情識直得威音已前没交涉七佛已後没交涉向上向下總没交涉然雖如是通方作者舉著便知尚滯皮膚難脫蹊徑所以向第二義門不恁麼中有時恁麼恁麼中有時不恁麼淨法界身本無出没大悲願力示現受生雖則落草之談也須草中有通身之路敢問諸人要知本無出没底道理麼乃竪起拂子云只者是要知示現受生麼竪拂子云只者是到者裏雙收雙放全暗全明爲中下之機則得直得九龍吐水一場捏怪目視四方轉納敗闕只有雲門大師解於鐵樹上生華道我若見一棒打殺與狗子喫却雲門大師具箇什麼眼目便恁麼道諸人要見雲門大師麼山僧不惜眉毛放一線道去也還委悉麼不入千尋浪難逢稱意魚復云未離

兜率已降王宮未出母胎度人已畢一徃看來却是子細點檢將來猶滯兩邊殊不知東弗于逮走馬南贍部洲作舞西瞿耶尼作拍北鬱單越翻筋斗也無是也無非也無得也無失且道畢竟如何八角磨盤空裏走

郓王請小叅僧問無修無證乃是本覺妙明爲求佛果菩提正是有作之因去此二途請師直指師云吹毛寶劔逼人寒進云一點靈光異萬古照人間師云用一點靈光作麼進云可謂言言合聖道法法自圓成師云他亦本無言僧禮拜師乃云寬廓非外十方國土目前觀寂寥非内一毫頭上寶王剎直得無内無外絶彼絶此亘古亘今全明全暗到者裏亦須有轉身一路始能得大自在豈不見道大人具大見大智得大用發大機羣機泯息立一言衆言絶謂直得言言機機頭頭相副如金鎖連環相續不斷此猶是長生路上事所以道言鋒若差玄關萬里直得懸崖撒手自肯承當絶後再穌欺君不得非常之旨人焉廋哉既有非常之旨必藉非常之人既有非常之人必明非常之旨正當恁麼時如何側身方外看誰是箇中人復云護生之德徹坤維草木昆蟲樂聖時敵勝驚羣有奇特如何是奇特囉囉哩哩擊禪床下座

小叅目前無一法森羅萬法歷然格外立千機權實照用廓爾其權也納須彌於芥子擲大千於方外其實也上是天下是地山是山水是水僧是僧俗是俗其照也廓周沙界而無餘其用也喝似雷奔棒如雨點只如不落權實照用不落格外千機不落目前一法正

當恁麼時如何湊泊若是心機透脱得失已忘玄妙理遣有恁麼人聊聞舉著踢起便行釋迦自釋迦彌勒自彌勒解脱自解脱善財自善財其或未能便恁麼直下信得及把得定作得主却須於古人方便門建立處頭頭上明物物上顯無一絲毫蹉過無一絲毫得失淨躶躶絶承當赤灑灑無回互踏著本地風光明見本來面目正當恁麼時如何著力不起纖毫修學心無相光中常自在復頌云佛佛道同同至道心心真契契真心廓然透出威音外地久天長海更深

益國夫人請小參云目前無一法綿密有誰知格外列千差到頭須自用若自用得去政禾莖爲粟柄易短壽作長年變大地作黄金攪長河爲酥酪不爲分外且如綿密處若辨得用處即是綿密綿密即是用處所以道世尊三昧迦葉不知迦葉三昧阿難不知阿難三昧商那和修不知商那和修三昧優波毱多不知既是各各不知何故却相傳受到者裏不妨誵訛處直是誵訛綿密處直是綿密若會山僧適來答者僧問道和尚三昧什麼人得知答云山僧自知然雖如是大似把手上高山未免傍觀者哂更有一著諸人往往向知不知處作活計若道知去此人只具一隻眼若道不知去此人亦只具一隻眼離却知不知正當恁麼時如何大千沙界海中漚一切聖賢如電拂復舉外道問佛昨日說什麼法世尊云說定法外道云今日說什麼法世尊云說不定法外道云昨日定今日爲什麼不定世尊云昨日定今日不定師云大小

世尊龍頭蛇尾若是天寧即不然忽有問早朝說什麼法對云不定法即今說什麼法對云定法或云早辰不定而今爲什麼定即向他道一釣便上

小參云提向上機須向上眼指其中事要其中人若能立千聖於下風擲大千於方外脚根下硬糾糾頂門上黑漫漫坐斷要津不通凡聖亦未是向上機亦未是其中事且作麼

向上機其中事酌然將謂實有恁麼說

如將審果換苦葫蘆淘却業根俱

飯不曾咬利底人聊聞舉著便知落處

線終日說話不曾動則二六時中雖終日喫

著衣不曾掛一條

幾人到此田地何故只爲不然如是能有

識不落

淨穢邊透出威音那邊全明本元要地一棒一喝一挨一拶一出一入一問一答譬如擲劍揮空莫論及之不及斯乃空輪無迹劍刃無虧正當恁麼時著實一句作麼生道還委悉麼撒手那邊千聖外燈籠露柱放毫光頌云妙德空生讚莫窮摩醯正眼不通風大千擲在他方外作者須明向上宗

解夏小參云護生須殺雖殺無傷蠟人已氷其功歷爾可以駕鐵船入海可以飛磨盤輪空半令半開成團成塊盡出箇大圓覺不得若有出得大圓覺底便能逆順縱横殺活自在是故文殊菩薩一夏三處度夏一月日在魔宮一月日在長者家一月日在婬房既三處度夏却入世尊會中解制極爲不平所以迦葉欲白槌擯出文殊纔舉此念見會中有

無量釋迦無量文殊無量迦葉無
葉既見恁麼㝡得目瞪口
過量見有過量用
不得展手
大圓
槌迦
過量人有
到者裏縮手
時是大圓覺裏耶
作者始能證明何故
境界若參得文殊普賢
水海無量無數微塵佛刹悉
人至現無邊身處處行住坐卧亦
亦不犯手正當恁麼時若是知音者
起便知所以天寧雖與大衆九十日安居
必竟諸人還知麼諸人若透頂透底去即是
文殊普賢境界若不透頂透底去即是迦葉
境界離却文殊迦葉收因結果一句作麼生
道還委悉麼九十日功今已滿豁開布袋各
優游

小參僧問如何是主中賓師云闍黎問處帶纖塵進云如是則靈光千古秀萬法落階梯師云階下立進云如何是賓中主師云山僧不免自道取進云古佛位中無覓處深深草裏露全身師云莫來者裏呈幪袋進云如何是主中主師云坐斷舌頭無去取進云袖裏金鎚光燦爛吹毛寶劒逼人寒師云七十五棒翻成一百五十進云如何是賓中賓師云青山之外更愁人進云如是則家貧不是貧路貧愁殺人師云荒村古廟裏去進云只如不涉賓主是什麼人師便喝師乃云目擊知歸已爲分外未言先契猶涉程途須知箇中有格外機行格外用明格外道證格外心灑灑落落淨躶躶絶承當密密堂堂赤灑灑無回互壁立萬仞處千差萬别萬别千差處壁

立萬仞所以道垂鈎四海只釣獰龍格外談玄爲尋知己於中若有箇便恁麼承當得格外趣向便恁麼權衡得格外底作略時向伊道箇什麼即得説玄説妙説佛説祖説心説性已是此人棄下之增語論棒論喝論權論實論照論用亦是此人不要之長物於其中間不犯鋒鋩纖塵不立如何透脱還委悉麼大道體寛無向背當陽須是箇中人

季廸甫請小叅驀地相期全機獨證眼眼相照心心相知俱不從他處得來盡皆在胷襟流出正當恁麼時森羅萬像古佛家風碧落青霄道人活計打開自已庫藏運出自已家財與諸佛祖師同德同誠維摩龎老同拈同放與裴相國王常侍同一機用同一境照更無餘事截斷生死路頭打破煩惱窠窟不消一句子且道是那一句子還委悉麼超然亘透威音外目前無法可商量

請小叅云當陽亘截不立階梯覿面相呈全彰正體以世諦法接人去落在世諦法中以佛法接人去落在佛法中以祖佛機接人去落在祖佛機境中以向上拈提接人去落在向上拈提中以恁麼恁麼接人去落在恁麼中以不恁麼不恁麼接人去落在不恁麼不恁麼中以總不恁麼總不恁麼接人去落在總不恁麼總不恁麼中到者裏羅籠他不住處千聖出頭來也不敢正眼覰他雖是當頭脱却向那邊承當也只得箇没交涉且作麼生合殺去若有大根大器人向合殺處挨得一線便可以拈一莖草作丈六金身用有時將丈六金身作一莖草用有時拈燈籠

作露柱用有時拈露柱作燈籠用有時騎佛殿出三門放一線道拈新羅與占波國鬪額且道是何宗旨是何境界正當恁麼時當頭一句作麼生道滿目光輝無向背優鉢羅華火裏開

小參師云千差一舉舉處絶遮攔萬化一拈拈時無向背只如道上古諸佛未出世未成道未發心已前還有者箇消息也無若道有有在什麼處若道無爭得者箇來所以前賢後賢前佛後佛只是提持得他景仰得他要且未解從機境上把定處作得主山僧今夜與他作主去也諸佛未出世未發心未成道盡在山僧手裏放行教他通一口氣若不放行不消一搦搦殺所以黄檗道牛頭橫説竪説不知有向上關棙子若教他知向上關棙子祖佛亦提掇不出實爲土曠人稀相逢者少忽若有箇同死同生來與天寧相見且須容他何故他若坐山僧須下禪床山僧若坐他須側足而立直得如此雖然同途要且不同轍雖然同明要且不同暗雖然同得要且不同失且畢竟作麼生出頭天外看誰是箇中人復舉京兆蜆子和尚參洞山後居止無定不循律儀每日沿岸採掇蝦蜆以充腹夜即宿白馬廟紙錢叢中時有華嚴靜禪師聞之欲決真假先潛入紙錢中蜆子夜深歸靜把住問云如何是祖師西來意蜆子荅云神前酒臺盤靜奇之懺謝而退師云諸人若未委悉山僧下箇注脚神前酒臺盤鐵彈大如拳一擊便擊碎不直半分錢

益國夫人請小參僧問最初威音王未後樓

至佛未審威音衆見什麽人師云衆見無面目底進云只如無面目人復見阿誰師云狂狗趂塊進云爭柰拄杖子在學人手裏師云你試用看進云到者裏直得無言可説無理可伸師云只得七成進云可謂師承不立遞代相傳師云一刀截斷進云既然如是和尚何用更覓白雲師云你道威音樓至佛即今在什麽處進云一串穿却師云頂顊上更添一隻眼始得師云三世諸佛也恁麽歷代祖師也恁麽德山也恁麽臨濟也恁麽天寧豈可不恁麽所以早朝也恁麽而今也恁麽且道恁麽恁麽是箇什麽還委悉麽所以道向上一路千聖不傳學者勞形如猿捉影只如遇達者面前作麽生提掇作麽生諳悉説理性玄妙得麽喝一喝得麽劃一劃得麽口吧吧地得麽六六三十六九九八十一得麽且總不是者箇道理況此乃千聖不傳之妙者一片田地唯佛與佛乃能知之畢竟知後還傳與人不傳與人若傳得去龍頭蛇尾若傳不得千聖萬聖一箇箇到者裏若佛若祖於一切人機境不到處發明於一切人用不及處提掇一切人情識計較不得處坐斷千差路頭雖然拈一句簇錦攢華攢華簇錦可以趣向及至到那畔若也承當則没交涉到者裏有棒有喝有權有實有殺有活有擒有縱唯許諸佛知不許諸佛會既許諸佛知爲什麽不許諸佛會會則傳得去也所以要人心機絶智境忘得失遺是非一時落謝萬境縱然而無向礙可以與千聖把手共行同用同證一切處光輝一切處澄湛去抽釘拔楔解

黏去縛只如今山僧對衆恁麽說還當得千聖不傳底麽灼然當不得旣當不得又說作什麽千人萬人管取不柰何所以古人道雖然點破綱宗意在文彩未生時要一覷便透一咬便斷若也未會切不得疑著如今不惜性命向者裏與諸人通箇消息還會麽千聖共傳無底鉢大千沙界一浮漚

小叅云截斷千差路坐却是非頭報化不容身語默絶消息正當恁麽時若有祖師西來意正是撒土撒沙若無西來意大似對面相謾去此二途須知他家有出身底路大衆灼然不是目前事亦非目前機有一句子千聖覷他不見有一句子千聖出頭不得有一句子千聖同鄽共用且道此一句畢竟從什麽處流出若有識得流出去處則淨躶躶赤灑灑也不說一即三三即一不用行棒不用行喝不用道見成公案不消瞬目揚眉不用談玄說妙所以釋迦彌勒文殊普賢猶是他走使他本不作一切不爲一切坐斷一切初無動揺各各當人脚跟下圓明明照如大日輪人人回光得度也不在他處也不在已處不在内不在外不在中間然而一切奇特事因他建立一切殊勝事由他圓成如王庫寳刀如摩醯三日如圓伊三點如塗毒鼓千言萬句終說他不成說他不就正當恁麽時還委悉麽如王寳劒隨王意揮斥縱横得自由

小叅僧問波斯匿王請問世尊聖諦義中還有世俗事也無世尊云大王汝於龍光佛時曾問此義爲復答他話爲他說師云一時在裏許進云只如翠巖道大王善問不善答世

尊善答不善問未審此意如何師云拈起上頭關捩子進云忽若大王請傳此語問和尚未審如何祇對師云開口見膽師云適早已露線索如今更展家風摩醯首羅三隻眼八面通透釋迦老子百億身十方分形如印印空如印印水如印印泥初不分前後際亦不分縱横並别到者裏若深入骨髓底直下透脱不疑天下人舌頭聊聞舉著踢起便行可以坐斷十方可以乾坤獨步其或尚留覩聽猶滞皮膚直須脚跟下一一洞明各各見本來面目踏著本地風光不隨聲色不居凡聖不落見聞不涉語默淨躶躶赤灑灑所以道十方無壁落四面亦無門全體與麽來全體與麽去畢竟天人羣生類皆承此恩力若識此恩力終不落虚步步脚踏實地句句透見根源全體如如不變不動推此以及羣靈攝此普濟品彙正當恁麽時超聲越色一句作麽生道還委悉麽不須更費纖毫力呑跳金圈栗棘蓬

張國太夫人請小叅云霜風凛凛細雨微微解脱門八字打開正法眼頂門顯示還有超宗越格離見絶情底麽出來證據若也證據得去七佛已前也不恁麽七佛已後也不恁麽西天二十八祖亦不恁麽唐土六祖亦不恁麽至於歷代宗師天下老和尚亦不恁麽爲什麽不與麽只恐賺悞人去既不與麽亦不賺悞人作麽生承當到者裏平田中萬仞壁立壁立萬仞處一似平田把斷要津不通凡聖亦無語話分亦無展演分畢竟教一切人什麽處入老僧不惜眉毛通箇消息去也

遂豎起拂子云見麼又擊禪床云還聞麼若道見且得没交涉若道不見更是没交涉畢竟作麼生若教老僧只管與你説經無窮劫摸索不著不隨言解則淨躶躶赤灑灑各各坐斷報化佛頭各各氣衝宇宙設使千佛出興恰如蚊蚋相似與麼把得定作得主方始是本分作家正當恁麼時如何委悉一句迥超諸佛格坐斷天下衲僧頭復頌云雖然説破五家宗爭及曹溪一線通寶劍當陽誰殺活離名離相振高風

小參云不是如來涅槃心亦非祖師正法眼萬縁窮之不到千聖究之莫及直饒威音王那畔空劫以前正好揮金剛王寶劍何況威音王以來以至窮未來際只是打葛藤終非本分草料所以道我若一向舉揚宗教法堂前草深一丈如今事不獲已向諸人道盡大地是般若光光未發時無佛無衆生消息從甚處得來若向者裏便絶消息去此人命根未斷命根若斷墬著磕著言語説著機境投著雖然如是此猶是第二機若到第一機説甚威音已前空劫那畔設使德山臨濟喝下承當棒頭取證未免拖泥涉水不受人瞞牙如劍樹口似血盆直下承當可以籠罩古今乾坤坐斷雖然如是天寧與麼説話大似傍若無人何故佛佛道同祖祖共證一一於此承當向什麼處著紅爐上還著得一點雪麼到者裏表裏純淨中外一如雖然落草未免向上用正當恁麼時如何棒頭有眼明如日要識真金火裏看復舉龎居士問馬大師不與萬法爲侶底是什麼人馬師云待汝一口

吸盡西江水即向汝道山僧畧露箇消息爲人須爲徹殺人須見血直下便承當已落第二月且道如何是第一月咄

冬夜小叅僧問德山昔日小叅不答話趙州小叅却答話未審答底是不答底是師云總不是進云好音在耳人皆聳去也師云杓卜聽虛聲進云忽若答話中不答話不答話中却答話時如何師云葛藤窠裏出頭來進云忽若有箇漢出來不管答話不答話只麼掀倒禪牀時如何師云劈脊便棒僧云嶮師云嶮僧便喝師亦喝僧禮拜歸衆師云一場漏逗師乃云大衆截羣機於未兆坐斷天下人舌頭藏寘運於即化世諦一陽便生且道是一是二若道是一因甚麼聖諦義中有世俗諦若道是二爲甚麼世俗諦中無聖義諦到者裏若無透關眼透出機關未免瞞瞞頇頇儱儱侗侗去也還知箇裏麼直如明鏡當臺明珠在掌舉無遺照萬象歷然雖四序遷移其中有不移易一絲毫之體雖萬機齊赴其中有湛然不動之源以此撥轉路頭隨機應感諸人若也不見設使千聖出頭來也摸索不著倜儻衲子出來眼似銅鈴口似懸河也說他不得也覷他不著天寧意欲要與諸人解黏去縛拔楔抽釘到者裏伎倆一點也使不著且道爲什麼如此他家自有通霄路切忌當陽指畫伊

住雲居山結夏小叅雲居千百衆如無只緣内外絶消息箇中空洞等虛空殺活全承此恩力所以道護生須是殺殺盡始安居會得箇中意鐵船水上浮算來直得鐵船水上浮

也有什麼奇特只如護生須是殺且道殺箇什麼便有禪和子道不是殺物命只是殺無明賊是殺煩惱賊是殺六根六塵賊殺爭人爭我賊雖然一期也似要且未夢見衲僧脚跟頭既是護生須是明殺意如何是殺意嶮若向箇裏辨得出便可放一線道浩浩之中管取坐斷天下人舌頭然後始殺得盡然雖如是釋迦老子也殺不盡迦葉也殺不盡西天二十八祖也殺不盡唐土六祖也殺不盡要明不盡底須是放却從前已後見解明暗玄妙理性殊勝奇特淨潔剗除不留毫末也不到極盡處只如正淨處合作麼生還委悉麼深山大澤無人到聚頭正好共商量復云釋迦老子云以大圓覺爲我伽藍身心安居平等性智師云釋迦老人慈悲大殺怕你諸人不知與你一箇護身符子雖然如是點檢將來猶帶影在若是山僧則不然即雲居山見成伽藍九旬安居拍拍是令

如上座請小叅僧問城東老母與佛同生爲什麼不見佛師云他具大丈夫意氣進云以手掩面十指悉皆見佛爲什麼回避不得師云只爲渠儂得自由進云雪竇道他雖是女人却有丈夫之行是肯伊不肯伊師云重言不當吃師乃云情與無情一體觸目皆真佛與衆生不別當體全現隨處作主遇緣即宗有時放行則溝渠瓦礫悉生光彩有時把定則真金七寶咸皆失色所以道諸人欲識命麼流泉是命湛寂是身千波競起是文殊境界一亘晴空是普賢牀榻其次借一句子是指月於中事是話月從上來事如節度使信

旗相似如諸古德未建立許多作畧到者裏作麼生商量不假三寸試請說看不假眼試觀矚看不假耳試采聽看所以道盡十方世界都盧是箇真實人體更向什麼處著眼耳鼻舌身意所以山僧從來向諸人道塞却你眼教你覷不見塞却你耳教你聽不聞塞却你鼻教你嗅不得塞却你口教你說不得拈却你身教你不知痛痒坐却你意根教你分別不得正當恁麼時却是好箇消息且不是情塵意想分別計較得失是非境界也須是罷却機境不立知見不作道理除却解會不見有佛祖然後可以坐斷報化佛頭天下人羅籠不住是故玄沙道沙門眼目直須把定世界不漏絲毫只如把時諸人向者裏下喝得麼打一坐具得麼拂袖出去得麼從東過西從西過東得麼六六三十六九九八十一得麼都盧是自家屋裏事得麼喚作本分事得麼指露柱話燈籠得麼唯心唯性得麼若恁麼渾是紛紛紜紜俱非正見若有箇正知正見底便知有本分事既知有本分事終不作計校窠窟道理作麼生道還委悉麼振奮吒沙無向背翻身師子大家看

小參當陽一著千聖莫覷向門一機作家罔措恁麼恁麼不恁麼不恁麼拈向一邊行棒行喝擊石火閃電光放過一著正當恁麼時水泄不通乾坤坐斷有眼不可見有耳不可聞有口不可辨有心不可思任是通身是眼盡乾坤大地草木叢林纖洪長短一一交羅作無量無邊神通妙用到者裏不消一劄且道具什麼道理便恁麼奇特便恁麼直截能

恁麼坐斷淨躶躶赤灑灑全身獨露便擔荷得行透得出三世諸佛六代祖師乃至天下老和尚只得飲氣吞聲目瞪口呿雖然如是即今諸人在者裏作箇什麼山僧更據箇什麼說話即得是則是太殺不近人情不免放一線道還委悉麼四海如今清似鏡彎虹直氣透青霄

山僧二十七年開箇鋪席與一切人解黏去縛抽釘拔楔令一箇箇無窠臼無計校不作合頭語不作相似語不依倚一物與他二十八祖馬師百丈黃檗臨濟天下大宗師所爲所行全體顯露非止今日尋常不曾於寶華王座上說世諦語亦不說禪機不論生滅豈可胡說亂說作地獄業唯只憑此一著眞實處於一切人面前直截吐露承當得底眞實悟入得大受用更無凝滯山僧而今已得退居不欲更陞座小參此蓋承太夫人使君朝議通判大夫諸官員晨夕每以此道見照再三處請爲衆小參隨分應命然此一事也不難也不易若道難永嘉到六祖處一句下便能承當初至曹溪遶禪牀三帀振錫而立祖曰夫沙門者具三千威儀八萬細行大德何方而來生大我慢永嘉云生死事大無常迅速六祖開箇方便門便道何不體取無生了取無速諸人且道無生作麼生體速又作麼生了一宿覺當頭便領云體即無生了本無速如水入水水乳相同箭鋒相拄自然恰好六祖見他透得過便道子甚得無生意也只此一句也有權也有實也有照也有用是他永嘉不向死句下坐殺也不下合頭語只除

徐地道和尚無生豈有意耶奇哉奇哉而今人纔見師道子甚得無生意便謂和尚肯我印證我此恩難報第三瓣香不爲別人只是向語句裏死殺不達本源討甚麽盌及至永嘉告辭祖云返太速乎云本自非動豈有速耶祖云誰知非動云仁者自生分別當時幸有大丈夫意氣可惜放過便與搬倒禪牀不爲分外又却隨例留一宿又石頭在六祖會裏作沙彌時一日問祖云和尚遷化後某甲如何祖云尋思去及至六祖遷化後他只一味坐禪只管尋思箇無生底道理鬼窟裏作活計其時有同叅遂問你作什麽云和尚教我尋思去所以坐禪同叅云錯了也有青原師兄名思揩汝去見他石頭方省遂往青原原問甚處來云曹溪來思拈起拂子問云曹溪還有者箇麽而今兄弟被人恁麽問便下喝下語野狐精見解張眉努眼强作主宰總没交涉石頭便會答道非但曹溪西天亦無思云子莫到西天麽曰若到即有也不妨綿綿密密地語不失宗步步踏著思云未在更道石頭云和尚也須道取一半莫全靠某甲思云不辭向汝道恐已後無人承當一日又問青原和尚在曹溪時還識六祖麽思云你只今還識老僧麽云識又爭能識得衆角雖多一麟足矣自然氣類相同羽毛相似如膠如漆而今人一句東一句西有時說心說性求人印證有什麽交涉又藥山在石頭會下坐次石頭來見便問汝在此作什麽云一物不爲頭云恁麽則閑坐而今人不會便道喚什麽作閑坐又道不因和尚問某甲不知心

下黑漫漫地只管胡道他自有旨趣乃云若閑坐則爲也頭云汝道不爲不爲箇什麽曰千聖亦不識由是石頭作一讃云從來共住不知名任運相將只麽行自古上賢猶不識造次凡流豈可明且道畢竟不爲底是箇什麽何故却不識千聖既不識如何共住所以者些子事不容你思量計校近傍不得鬼神莫窺脫却千重萬重惡知惡解心眼自見若見剌不除得失是非關念則永無交涉此是山僧不得已爲諸人說禪病又與作入理深談只如玄沙令僧馳書上雪峯峯上堂開緘見三幅白紙乃呈似大衆云會麽不見道君子千里同風便下座其僧回舉似玄沙沙云山頭老漢蹉過也不知敢問大衆如何是雪峯蹉過處莫是玄沙見解過於師麽且喜沒交涉都向情塵裏會又爭會得所以眞如喆和尚有頌云玄沙封白紙雪老却同風蹉過人難會古曲調不同到者裏凡聖情盡生死關透得失是非了然不生全體如如如如亦不要然後騎佛殿出三門將新羅國與占波國鬭額搽灰抹土展鉢喫飯著衣禦寒自在優遊初無二緣亦無二相不是心不是佛全心即佛全佛即人人佛不二只者不二亦不消得所以千聖出來無你提掇處無你湊泊處如猛火聚近之則燎却面門如按太阿擬之則喪身失命到得恁麽田地方始會得自家活計所以古人道尋牛須訪跡學道貴無心跡在牛還在無心道易尋又云佛說一切法爲度一切心我無一切心何用一切法有一件共諸人商量大家有一箇心所作所爲

因甚却道無心既若無心開口動舌說話底
衆心領底却是什麼到者裏若不見徹只成
一場相謾所以二祖見達磨斷臂立雪磨云
將心與汝安二祖云覔心了不可得而今兄
弟若被問將心與汝安便孟八郎或打箇圓
相或進前三步退後三步作女人拜拍一下
喝一聲或撑眉努目或說心說性只是情塵
業識所謂學道之人不識眞只爲從前認識
神無量刼來生死本癡人喚作本來人只如
二祖豈不會作許多道理因甚麼只答道覔
心了不可得須知達磨當頭一撥二祖當下
如暗得燈如貧得寶見徹根源此中不喚作
心不喚作佛亦不是物直似紅鑪上著一點
雪相似山僧頃日問五祖和尚二祖云覔心
了不可得畢竟如何他道汝須自叅始得者

些好處別人爲汝著力不得叅來叅去忽因
舉頻呼小玉元無事只要檀郎認得聲忽然
桶底脫庭前栢樹子也透麻三斤也是玄沙
蹉過也是睦州擔板也是不落因果也是不
昧因果也是三乘十二分教二六時中眼裏
耳裏乃至鐘鳴鼓響驢鳴犬吠無非者箇消
息方省懷禪師頌云蜀魄連宵叫鵽鳿長夜
啼圓通門大啓何事隔雲泥大丈夫漢一等
是踏破草鞋放下情塵計校得失是非識得
根本一物不留絲毫不著百骸俱潰散一物
鎮長靈和一靈也不要然後依時及節著衣
喫飯而今兄弟見恁麼說便道只是虛空裏
打筋斗兄弟只者虛空也難得豈不見祖師
傳法偈云心同虛空界示等虛空法證得虛
空時無是無非法又楞嚴云十方虛空生汝

心内猶若雲點太清裏諸兄弟既是訪尋知識把生死爲念歇却心猿意馬荷擔大機大用於佛祖不爲處安穩坐地有時向高高峯頂立有時向深深海底行任運猶如癡兀人他家自有通人愛山僧十年在衆無一時異緣只是叅禪叅到第十年方打得徹旋旋知非然後穩當若有一念憎愛得失是非即是垢衣須是識得玄旨始得所以道不識玄旨徒勞念靜得失是非一時放却但莫憎愛洞然明白楊岐所謂栗棘蓬有刺而難吞金剛圈者至小而難跳勿語中有語爲人解粘去縛不是人情底事兄弟叅禪即不得邪解也須子細始得只如趙州勘一庵主入門便問有麼有麼庵主竪起拳州云水淺不是泊船處又訪一庵主云有麼有麼主亦竪起拳州云能縱能奪能殺能活且那裏是水淺不是泊船處那裏是能縱能奪能殺能活處有者道趙州先知前庵主不會所以道不是泊船處先知後庵主會所以道能殺能活有底道古頭在趙州口裏任渠與奪如斯見解總是邪徒情識卜度不得眞正宗眼便是吞跳金剛圈栗棘蓬不得也五祖和尚常云諸方叅得底禪如瑠璃瓶子相似愛護不捨第一莫教老僧見將鐵鎚一擊你底碎定也山僧初見他如此說便盡心叅他他常問有句無句如藤倚樹作麼生會山僧便喝或下語總不契他云須是情識盡淨計校都忘處會山僧明日便於無計校處胡道亂道轉没交涉後來徹悟實見實用如明鏡當臺明珠在掌得大自在釋迦老子道若有一法過於涅槃我

即說爲如幻如化此一著子亘古亘今凝然不變火不能燒水不能溺刀斧不能斫喚作根本一切有漏無漏佛界魔界淨土穢土無不眞實若悟得可以丹霄獨步不受別人處分若未到恁麼田地管取被人羅籠山僧如今已退了院彼此緣法自有時所以今日因朝議太夫人請小衆盡情説與諸人各自參究佛法本無彼此諸家總是六祖下兒孫終不説我是臨濟下人須得我家宗派盛傳寧可粉骨碎身終不作者見解復舉僧問保壽萬境來侵時如何壽云莫管他僧禮拜壽云不得動著動著打折汝腰師云大衆保壽和尚用金剛王寶劍一切逆順得失長短是非無邊境界不消一瞥者僧見機而作當時禮拜爲什麼却道不動著子細檢點大似龍頭蛇尾山僧即不然或有人問萬境來侵時如何亦對他道莫管他者僧或若便禮拜只向他道伶俐衲僧一撥便轉

圓悟佛果禪師語録卷第十二

音釋

哂 矢忍切笑也　擯 必刃切逐也　揵椎 梵語也此云磬亦云鐘隨有尢木銅鐵鳴者皆曰揵槌揵巨寒切槌正作椎音槌　搦 女角切按也　蜆 音顯　塈 側六切　磕 克盍切築也　儱侗 儱力董切侗他總切　矚 未欲切視也　窺 缺規切小視也　鵽鳭 鵽丁滑切黃雀也鳭陟交切黃鳥也　瀆 胡對切散也

圓悟佛果禪師語録卷第十三

宋平江府虎邱山門人紹隆等編

高郵乾明受勑住金山龍遊寺當晚小㕘僧問明歷歷露堂堂因什麼乾坤收不得師云金剛手裏八稜棒進云忽若一喚便回還當得活也無師云鷂子目連無奈何進云不落照不落用如何商量師云放下雲頭進云忽遇其中人時如何用師云騎佛殿出三門進云萬象不來渠獨語教誰把手上高峯師云錯下名言師乃云祖師心印狀似鐵牛之機諸佛密語正如擊塗毒鼓未擬議前先蹉過纔思量處隔千山要須眼似流星心如鐵石所以從上來提持向上綱宗只有三句有時咬去有時咬住有時一向不去有時一向不住明眼漢没窠臼若論戰也箇箇力在轉處却物爲上逐物爲下要須把斷凡聖路頭不立毫末然後舉一毫毛盡無邊香水海七迭八通説一句子窮龍宫盈海藏此猶是極則之談未是衲僧巴鼻若論衲僧受用直饒棒如雨點喝似雷奔列千聖下風立毘盧頂上擊石火閃電光俊鷂俊鷹也趕他不及要須正一切知見發明大解脱無不歷落無不透脱則在天同天在地同地物同物我同我證一切智明一切道無處不通容無機不圓證正當恁麼時諸人各各返照自已分上曾移易一絲毫許麼所謂十世圓融十分成就且道不落機緣一句作麼生道覿面要須宗正眼臨機截斷聖凡蹤

入寺小㕘金剛王寶劔截斷立機正眼摩醯光呑諸祖目機銖兩舉一明三左轉右旋七

穿八穴也須是箇風吹不入水洒不著針劄不入快活自由底漢始得若也浮逼逼地尚留觀聽猶涉形聲說妙說玄舉今舉古進前退後敲床竪拂行棒行喝則没交涉直得淨躶躶赤洒洒還有相見底麼若有須是同道人方知同道事若非同道者畢竟没來由正當恁麼時還相委悉麼十方聚會無餘事共向曹溪路上行復頌云止眼横頂門神符懸肘後幸是師子兒各作師子吼

小參僧問應眞不借時如何師云渠儂得自由進云點則不到到即不點師云同彼同此進云此猶未是學人安身立命處在師云獨有闍黎高一著進云也知和尚要用此機師云也被闍黎識破進云老老大大轉見放憨師云道什麼進云也不可放過師云却是你放憨師乃云好日多同十方盡應好本多同千差共轍直得龍吟霧起虎嘯風生八面更玲瓏一方獨峭絶此猶是人人分上知有底其餘不知有底如恒河沙數且作麼生湊泊作麼生叅詳有進步得底不用伎倆試拈出看有證據得底不用思量試剖判看若剖判得正如靈山會上龍女獻珠便得成佛女云我獻寶珠世尊納受是事疾否智積云是事甚疾龍女云以汝神力觀我成佛復速於此然雖如是猶有途轍若是本分行本分證直須更放過三千里正當恁麼時畢竟如何是著實處十方薄伽梵一路涅槃門

李從議請小叅僧問不問有言不問無言時如何師云其聲如雷進云爲什麼如此師云只爲聾人不聽聞進云爭柰五音六律甚分

明師云闍黎聞箇什麽進云某甲從來無耳朶師云更須識取口頭底師乃云一句絶諸訛千里萬里無消息一塵含法界千重百匝太周遮若是明眼人終不向目前覓何故若向目前覓此人未具眼更於句中求落在第八機既不向句中求又不向目前覓且道如何湊泊只如隔山隔嶽隔浮幢王隔香水海那邊還有恁麽事也無若道有隔許多作麽生知道有若道無佛法即有邊際若道不有不無正是半前落後直饒離却有無未免喫金山手中棒忽有衲僧出來道不恁麽如龍得水似虎靠山通身是眼也看他不見通身是舌也說他不及且道畢竟落在什麽處若不藍田射石虎幾乎誤殺李將軍

告香普說師示衆云只者箇便承當得去如天普蓋似地普擎更不欠一毫頭亦無第二見設使盡無邊香水海塵塵剎剎一時穿却鼻孔也更不落別處儻或思量擬議即没交涉所以道一念不生前後際斷即名爲佛若也涉思量作計校分能所作知解則千里萬里祖師門下直教見須實見悟須實悟證須實證諸人各各有一靈妙性確實而論才被撥著便脚忙手亂作麽生見得親信得徹桶底子脫去只爲從無始劫來妄想濃厚只在諸塵境界中元不曾踏著本地風光明見本來面目若是眞實人直下承當了知生本不生知死本不死向不生不死處千聖著眼覷不見千手大悲提不起而今兄弟若能返照更無第二人更不待山僧兩回三度不惜眉毛入泥入水何況拋沙撒土說心說性未免

落七落八當面相謾去也豈不見破竈墮和尚聞古廟作孽遂領十八弟子入山觀之全無神相唯見三間空屋一所泥竈遂以杖擊之云汝本泥土合成靈從何來聖從何起其竈乃颰颰而墮破竈墮云破也破也墮也墮也不覺紙錢後有一神人出云某甲乃竈神蒙師為説無生法已得生天禮謝而去其十八弟子乃白師云某等皆久叅侍和尚殊不蒙開示無生法今日竈神何幸和尚却為伊説破竈墮云我只向伊道汝本塼瓦泥土合成靈從何來聖從何起其徒皆作禮破竈墮云破也破也破也墮也墮也墮也其十八弟子悉皆省悟只如山僧即今舉拂子且道與破竈墮是同是别遂云破也破也墮也墮也若也見得不唯不孤負破竈墮和尚亦乃不孤負從上祖師若也不見不唯孤負破竈墮和尚亦乃孤負自己知有此事不從他得所以道靈從何來聖從何起只如諸人見今身是父母血氣成就若於中識得靈明妙性則若凡若聖覓你意根了不可得便乃内無見聞覺知外無山河大地尋常著衣喫飯更無奇特所以道我若向刀山刀山自摧折我若向地獄地獄自消滅方知有如是靈通有如是自在只如今禪僧家何不回光返照明教徹去若也未明得且向三根椽下七尺單前默默地究取不見雲門大師道你且東卜西卜忽然卜著也不定若也打開自己庫藏運出自己家財拯濟一切教無始妄想一時空索索地豈不慶快老僧往日為熱病所苦死却一日觀前路黒漫漫地都不知何往獲再甦醒遂驚

駭生死事便乃發心行脚訪尋有道知識體究此事初到大潙叅真如和尚終日面壁默坐將古人公案翻覆看及一年許忽有箇省處然只是認得箇昭昭靈靈驢前馬後只向四大身中作箇動用若被人拶著一似無見處只爲解脫坑埋却禪道滿肚於佛法上看即有於世法上看即無後到白雲老師處被他云你總無見處自此全無咬嚼分遂煩悶辭去心中疑情終不能安樂又上白雲再叅先師便令作侍者一日忽有官員問道次先師云官人你不見小艶詩道頻呼小玉元無事只要檀郎認得聲官人却未曉老僧聽得忽然打破漆桶向脚跟下親見得了元不由別人方信乾坤之内宇宙之間中有一寶祕在形山巳至諸佛出世祖師西來只教人明此一件事若也未知只管作知作解瞠眉努目元不知只是揑目生華擔枷過狀何曾得自在安樂如紅鑪上一點雪去若打破了或喝或掌一切皆得然終不作此解方可放下人我檐子千休萬歇方可生死奈何不得也須是實到此箇田地始得若實到此便能提唱大因緣建立法幢與一切人抽釘拔楔解粘去縛如是揭千人萬人如金翅鳥入海直取龍吞如諸菩薩入生死海中撈摝衆生放在菩提岸上方可一舉一切舉一了一切了有時一喝如金剛王寶劔有時一喝如踞地師子有時一喝如探竿影草有時一喝不作一喝用方可殺活自由布置臨時謂之我爲法王於法自在諸人既是挑囊負鉢遍叅知識懐中自有無價之寶方向者裏叅學先師

常云莫學瑠璃瓶子禪輕輕被人觸著便百雜碎叅時須叅皮可漏子禪任是向高峯頂上撲下亦無傷損劫火洞然我此不壞若是作家本分漢遇著咬猪狗底手脚放下複子靠將去十年二十年管取打成一片且作麼生得獨脱去須是入流人方知恁麼事
師云父母未生已前淨躶躶赤灑灑不立一絲毫及乎投胎既生之後亦淨躶躶赤灑灑不立一絲毫然生於世墮於四大五藴中多是情生翳障以身爲礙迷却自心若是明眼人明了四大空寂五藴本虚知四大五藴中有箇輝騰今古迥絶知見底一段事若能返照無第二人根脚下淨躶躶赤灑灑六根門頭亦淨躶躶赤灑灑乃至山河大地窮虚空界盡無邊香水海亦淨躶躶赤灑灑恁麼說話莫是撥有歸無麼且喜沒交涉若撥有歸無杳杳冥冥墮在豁達空撥無因果處則永劫出他地獄三塗因果不得若真實徹證到真淨明妙實際理地則四聖六凡三世諸佛天下祖師有情無情悉於是中流出顯現所以孚上座問鼓山晏國師道父母未生前鼻孔在什麼處山云即今生也在什麼處孚上座不肯云你問我來山如前問孚但摇扇大凡叅請叅須實叅見須實見用須實用父母未生前鼻孔在什麼處孚上座只揺扇子莫是弄精魂麼須知有奇特事始得只如文殊初生見十吉祥異相須菩提生室現空相善財初生湧出萬實藏皆在此一大寶光中淨躶躶赤灑灑流出若只在杳杳冥冥墮在空空寂寂處豈有如是奇特所以古人於生處

見大奇特如世尊分手指於天地自云天上天下唯吾獨尊若逢雲門大師尚不以爲奇特直行衲僧正令後來老宿云雲門知恩方解報恩既知了便以衲僧本分事向逆順境界中行且道還當得麼若是平展商量則有向上事若據衲僧本分事上不直半分何故他家自有通霄路

師云現成公案不隔一絲毫普天匝地是一箇大解脫門與日月同明與虛空等量若祖若佛無別元由乃古乃今同一正見若是利根上智不用如之若何直下壁立萬仞向自已根脚下承當可以籠罩古今坐斷報化佛頭更無纖毫滲漏威音王已前無師自悟是大解脫人威音已後因師打發不免立師立資有迷有悟雖然如是要且只是方便垂手接人所以達磨西來不立文字直指人心見性成佛後來六祖大鑑禪師尚自道只者不立兩字早是立了也何況語言機境種種知解須是一筆勾斷始得此一件事直饒三世諸佛出興以無量知見方便接引亦只有限歷代祖師天下老和尚設百千問答提持亦只有限不如向自已脚跟下究取威音王已前空劫那畔自已家珍隨處受用也須是大丈夫漢意氣方有如是作畧亦不依他言語指示不受他欺謾從朝至夜入息不居陰界出息不涉萬緣極是省要只爲各各當人自違背此事向六根門頭認光認影不得快活却云爭奈某甲疑何且道疑從什麼處來又道某甲爲什麼道不得只你者道不得底是什麼爲你不能回光直下承當祖師道自已

分上有如是靈光有如是自在一切衆生流浪情塵不能解脱假使將此一大事因縁種種垂示猶是有機有境落在情塵要會麼直是一念不生方有少分相應所以先師道直須是命根斷始得且道如何是命根斷須是打疊從前知見種種解會一似大死底人活得起來自然無諍所以道我得無諍三昧人中最爲第一不見南泉和尚道黄梅七百高僧盡是會佛法底只有盧行者一人不會佛法所以得他衣盂須是恁麼人始契恁麼事又云如聖果大可畏處蓋爲無如許聖量等事若是没量大人終不肯亂承當終不道我能我解我是禪師若如此則墮在解脱深坑不見雲門大師道平地上死人無數過得荆棘林者是好手而今平地上死人無數雲門一句道著山僧者裏則不然直饒透得荆棘林亦未是好手更須知有銀山鐵壁直須透得銀山鐵壁然後是千了百當底人方知有向上事可以分付鉢袋子更不與他情塵作對浩浩作佛法見解作禪道商量直須心境一如湛湛寂寂地無爲無事又不墮在無爲無事處到此須是向上人始得所以龍牙和尚道無端遣向墨池邊惹得身心黑似烟却向上流清處洗身心用盡亦如然德山和尚道但有文字語言皆是依草附木竹木精靈須是獨脱一路猶較些子只如今衲僧家也須著精神豢取始得千里萬里行脚一等是踏破草鞋也須是踏得破始得方且不孤負平生彼此來南閻浮提打一遭也不虚過亦不折本然後向四威儀中隨時受用亦自安

樂忽然一旦霜露果熟被人推向曲录木床上作人天師與人解粘去縛不妨奇特若未諦當切不可爲人禍事也不見德山道一似婬婦相似一向立問立答立賓立主有甚麼交涉大凡叅學人當須灑灑落落直下徹去豈不慶快

師云現成公案更不消如之若何直下一切截斷猶校些子佛法本無許多若以無心無念無事無爲無計校無分別至竟著衣至竟喫飯何曾動著一絲毫便能坐斷報化佛頭不起一絲毫佛法見解所以古人纔見僧來便云見成公案放你三十棒布漫天網打衝浪巨鱗持萬里鉤御千里烏騅馬也是事不獲已所以石室和尚纔見人來舉起拄杖云過去諸佛也恁麼見在諸佛也恁麼未來諸佛也恁麼只與你畧露些子鋒鋩若是箇人纔見恁麼道撩起便行猶較些子若是纔入思量已被漫天網罩却也如是三十年只有長沙和尚知渠落處便云和尚放下拄杖子別通箇消息來方契他意而今叅學兄弟直須是箭鋒相拄針芥相投內外絕消息始得若只尋見尋聞求知求解只成箇生死根本何不體取無生了本無速若能箇箇如是見生死路一時截斷全不動一絲毫頭所以道居千人萬人中如無一人相似只是歇得身心百無知解如無用處一般若是隨言逐句作道理滿肚皮是禪何時得脫去故南泉禪師道山僧出世只爲諸人拈却佛病祖病老僧尋常向兄弟道父母未生前還有形貌也無他教中道四大五蘊成身只因父母交感

一念染心而成此身我且問你哆哆和和時何不共人相爭及至纔長大便有爭人爭我四大一旦離散依前還復本來形貌故云菩提本無樹明鏡亦非臺本來無一物何處惹塵埃各宜勉力以悟爲期莫虛度光陰時不待人

師云此箇大事已是八字打開了直饒回頭返照早是鈍置也直是徹底信得於未發言已前一時覰透既發言之後且道作麽生承當初機之士且於脚跟下明取而今坐立儼然各各見聞不昧人人向脚跟下如印印空如印印水如印印泥初不分得失彼我是非淨躶躶赤灑灑輝騰今古迥絶知見返照回光豈有許多事然未返照時却無許多事只如尋常百不思百不管絶念忘緣時一時現成聊聞返照便作箇見聞覺知解會各各在見聞覺知處起模畫樣方恁麽時落在生死陰界中無由得出離欲明此事直須蘊藉深方可不落是非得失聞見知覺纖毫淨盡始得快活拘牽惹絆他不住所以道如人學射久久方中豈不見裴相國出鎮宛陵因遊寺見高僧像遂問僧職云高僧儀相可觀未審高僧在什麽處於時僧職莫知所措裴公云此間有禪僧麽僧職云近有一僧捨身掃地身披百衲恐是禪僧及乎請得來乃是黃檗斷際運禪師也裴公乃舉前話問之檗乃召相公公應諸檗云在什麽處裴公於此大悟諸人且道問處是答處是且道又是箇什麽禪僧家直須有省發始得莫只認聲認色所以老僧尋常道千人萬人但識取一人千句

萬句但識取一句千機萬機但明取一機畢竟且道是什麼將知洪爐大冶千煅百煉正要得人須知向一言下一明一切明一了一切了聊聞舉著透頂透底淨盡無餘且如斷際一呼之下因什麼高僧却作裴公裴公却成高僧若論此事直須是俊流始得淨盡所以道舉不顧即差互擬思量何劫悟本分衲僧不要思量分別直須求箇悟處言悟者如失一件物多年廢置而一旦得之又如傷寒病忽然得汗直是慶快也將知悟心見性非思量分別所以證入金剛正體自然亘古亘今廓周沙界水不能溺火不能燒世界壞時此箇常住爲山河大地之本六凡四聖之家而蘊在各各當人方寸之下若能方寸頴悟獨露真常於萬別千差說處終不起異見於千差萬別境上終不作別解須是打併淨盡方可全體見成如水潦問馬祖本來佛法祖與一踏倒地忽然大悟起來呵呵大笑云百千三昧無量妙義只向一毫頭一時識得根源去又呵呵大笑後來出世每陞堂自云自從一喫馬師踏直至如今笑未休復呵呵大笑且道作麼生是根源將知此箇根源若識得了說到深深密密千聖所不到處亦得若只一棒一喝盡乾坤大地一時收來如金剛王寶劒踞地師子亦得行脚人要叅禪有如是眼腦方可入作直須審細言多去道轉遠師云欲得親切第一莫將來將來不相似向你道壁立萬仞依前却來撞墻撞壁有什麼近傍處雖然如是已是落草了也不免將錯就錯於第二頭說葛藤去也還知麼直下如

當門按一口劒相似凜凜威風纔跨門來誰敢近傍若近著則喪身失命若望涯而退不是大丈夫漢須是不顧死生從他手中奪去始得所以道不入虎穴不得虎子須是當前不顧性命若奪劒在自已手中任是佛來也不放過直饒恁麼已是第二頭也不見資福道你隔江見資福刹竿便回去脚跟下好與三十棒睦州纔見僧來便云見成公案隨後云放你三十棒似此等有什麼近傍處然子細推窮來不妨勦絶免他說玄說妙說理說事說向上向下穢汙心田須知人人分上有一段事輝騰今古逈絶見知淨躶躶赤灑灑先没許多般只爲你諸人從無始時來妄想濃厚背却自已只從他覔若能回光返照無第二人終不隨他起滅若一處得脫則千處百處一時透脫莫只向人舌頭聽他處分聊聞舉著剔起便行已是三千里外没交涉若得箇中受用便乃毛羽相似作他屋裏人雖有恁麼人也須向山僧手裏飲氣吞聲始得直須按下雲頭將自已平生所知所解掇在善知識面前若是則與你證據不是則與你剗除豈不見藥山叅石頭時置箇問端云三乘十二分教某粗知誠聞南方直指人心見性成佛某甲實未明了乞師指示石頭云恁麼也不得不恁麼也不得恁麼不恁麼總不得山不契直至江西馬大師處又如前問馬師云有時教伊揚眉瞬目有時教伊不揚眉瞬目有時教伊揚眉瞬目是有時教伊揚眉瞬目不是藥山於是有省馬云你見什麼道理山云我在石頭時如蚊子上鐵牛相似今

時衆中兄弟便道石頭一向壁立萬仞所以他不會馬祖放開一線他乃悟去殊不知石頭恁麼道已是漏逗了也馬祖道處者一著尤更毒害因甚麼藥山得悟去且道因什麼如此到此須是生鐵鑄就底漢始得所以云此事不在語言上不在文字上看他置箇問頭問石頭了及至馬祖處亦如是問此人是箇鐵石身心如今若有如是心底人何憂不徹你若只覔言覔句覔玄覔妙何時得了千人萬人各說不同你用那箇句則是若見道了更用言句作麼若不用言句你作麼生見到者裏叅須實叅悟須實悟令教透頂透底亘古亘今打開自已庫藏運出自已家財拯濟莫只向外邊尋覔你若撥得一路透去便與你同叅你若只守箇昭昭靈靈下咄下喝揚眉瞬目不知者箇更是大病所以云此事隱在四大六根裏六根四大只是箇閑家具故云生如著衫死如脫袴六根四大只是箇衫袴且道著底是什麼人且道是誰著乃喝云莫便是者箇麼復云錯了也所以古人云身心一如身外無餘盡乾坤大地只是箇本來心盡山河大地只是箇一末撒子也不要既不要且道向什麼處安身立命到此須是有生機一路始得若不如是你若道佛則著佛你若道祖則著祖直須紅鑪一點雪相似始得亘去巾單下放教如寒灰死火世法佛法都不用思量莫怕他落空莫怕如土木瓦石你若怕落空只如憂落空底心是什麼何曾落空來若是果歇得到真實休歇之處佛祖也不立千聖萬聖法門一時透了豈不徑

截也
師云即恁麽便承當擔荷得去可以籠罩古今乾坤大地透頂透底淨躶躶赤灑灑要且不是你見聞覺知色聲香味觸盡乾坤大地只是箇眞實人體說什麽見聞覺知纔跨門來已是兩手分付更無纖毫遺漏須知向上一路不立文字語言旣不立文字語言如何明得所以道路逢達道人不將語默對又云相逢不拈出舉意便知有也須是徹骨徹髓信得極見得徹然後盡十方世界只在一絲毫頭上明得其或滯於知見便有佛有祖所以却入建化門中葛藤露布祖師西來不立文字直指人心見性成佛只論直指人心要須是其中人始得若立語句以至百千萬億方便其意只是與人解黏去縛令教淨躶躶地輝騰今古實無許多般計校豈不見五洩叅石頭問云一言相契即住不契即去石頭不顧五洩乃拂袖便行出至三門石頭乃喚云闍黎洩回首頭云從生至老只是者箇更回頭轉腦作什麽洩從此有省若是山僧當時不須喚他從他擔板蹉却一生只爲慈悲落草以至如此只如諸人坐立儼然從生至老只是者箇更疑什麽所以云叅禪須是鐵漢著手心頭便判直趣無上菩提一切是非莫管須是一念不生前後際斷纔戲磕便見更待他人喚作什麽直是打成一片如水入水如金博金古人旣恁麽只如向長老口上聽取且道有實法無實法若有實法則成繫綴人若無從上來立許多方便門作麽只教諸人見性若眞見自性豈干他見聞覺知思

量擬議如東寺會禪師道化荆湖有崔郡相國出鎮湖南師因目疾次崔乃問曰如何是宗乘中事師云見性成佛崔云爭柰患眼何師云見性非眼赤眼何咎且道見性既非眼且將什麼見聞性亦非耳且道將什麼聞乃至鼻嗅香舌了味身覺觸意攀緣一一皆然若向者裏明得至於一切處悉皆明得所以雪峯和尚道盡大地是箇解脫門把手拽不肯入又云盡大地撮來如粟米粒大拋向面前漆桶不會打鼓普請看更有甚玄妙見聞覺知若爾方能心境一如也無能也無所唯一自心更無他物若是得底人終不言我知我會遇飯喫飯遇茶喫茶終日只守閑閑地蓋他胷中無許多波吒計校所以道心若無事萬法一如無得無失終日只履踐此一片田地几有來問只將此事一時截斷所以道見須實見悟須實悟古人云百尺竿頭作伎倆未嶮向衲衣下不明大事失却人身始是嶮既如是豈可不明心達本一切萬緣一齊放下棄却知見解會令教如木石瓦礫相似及到大安穩休歇之地然後一波纔動萬波隨而初無動靜等相蓋他得底人終日以無所得心修無所得行行雖與人同而常與人異只爲此一片田地打揲得盡淨一切會同脫體無礙豈是小了底事直須用作事始得

師云人人具足各各圓成但向已求莫從他覔何故從他覔是他家底捨已從人去道遠矣須知自已分上有一段事輝騰今古如十日並照但以從無始劫來妄想濃厚翳障自心才回顧著則黒漫漫地却到世間知見種

種聲色纔現在前一切明得此等豈不是昔覺合塵從他求覓不能返照耶且如從上來乃佛乃祖以無量百千言句方便且道明箇什麼邊事只被你起見起念起思量作聰明作計較惑却本來自已了却立能立所立境立智立是立非擾擾紛紛不能得脫所以祖佛出世只要教你歇却知見打併教絲毫盡淨且道作麼生歇直下如懸崖撒手放身捨命捨却見聞覺知捨却菩提涅槃真如解脫若淨若穢一時捨却令教淨裸裸赤灑灑自然一聞千悟從此直下承當却來返觀佛祖用處與自已無二無別乃至鬧市之中四民浩浩經商貿易以至於風鳴鳥噪皆與自已無別然後佛與衆生爲一煩惱與菩提爲一心與境爲一明與暗爲一是與非爲一乃至千差萬别悉皆爲一方可攪長河爲酥酪變大地作黄金都盧混成一片而一亦不立然後行是行坐是坐著衣是著衣喫飯是喫飯如明鏡當臺胡來胡現漢來漢現初不作計校而隨處見成所以萬機頓赴而不撓其神千難殊對而不干其慮此豈世間麤淺知見所能測度此乃至妙因縁學道之士或十年或二十年專心一意尚透不能得或有纔聞便解或有無師自悟既自不能便悟亦障他人不得就中士大夫尤難以其從事世務勤勞家國所以悟入稍難然得底人於已分上本無殊别若是未能了底人須要根性穎利向自已脚跟下覷著一聞便了如李附馬留意祖道與楊文公爲友日夕切磋後見石門慈照禪師因爲舉唐房孺相公問徑山國一

禪師云祖師大道畢竟意旨如何徑山云此大丈夫事非將相之所能爲李聞之大悟遂作頌云學道須是鐵漢著手心頭便判直趣無上菩提一切是非莫管道得不妨奇特且如出將入相安邦定業剪除暴亂豈非丈夫耶而徑山何故却道此大丈夫事非將相之所能爲須知向上一路毫髮不容所以洞山道見佛見祖如生寃家始有条學分只如佛祖爲一切人師作一切人依止爲甚却道如生寃家你且道如何是大丈夫事直須是不取人處分不受人羅籠不聽人繫綴脫羅窠臼獨一無侶巍巍堂堂獨歩三界通明透脫無欲無依得大自在都無絲毫佛法情解如愚如癡如木如石不分南北不辨寒温昏昏默默似箇百不能百不解底相似然而肚裏直是峭措動著則眼目卓朔無有不明底事乃至千差萬別古人言句一時透徹如或不是到此田地底人須得向骨董袋裏平高就下爲他去也如昔日于頔相公出鎮襄陽酷刑慘毒忤者皆殺之因讀觀音經有疑處一日訪紫玉山道通禪師乃問曰如何是黑風吹其船舫飄墮羅刹鬼國玉乃抗聲云于頔客作漢問恁麼事作麼于聞之大怒玉乃云只者便是黑風吹其船舫飄墮羅刹鬼國于頔有省你且道他恁麼問紫玉何故恁麼荅他此乃發他根本無明現前隨手爲伊指出不妨好手然不若當時不消著後語從他斫作兩段却有些衲僧氣息及乎爲他點破也是順手摩挲大凡接人有三種機若是第一機爲人只消向他道于頔客作漢你問與麼

事作麼更無方便只是沒義理難話會若於此直下承當去更不擬議則與栢樹子麻三斤一口吸盡西江水更無差別所以道舉不顧即差互擬思量何劫悟只要教你當頭領解去若是第二機爲人即易也只是發起問端如道于頔客作漢你問與麼事作麼此乃發他根本無明令他無明現前隨手點破若是第三機爲人不免入泥入水垂下箇注脚如云于頔客作漢便是放却黑風吹其船舫于頔或作怒便是羅刹現前王云正是黑風吹其船舫豈不是觀音出現此是落草注解瞎人眼目破滅胡種若是眞正衲僧直須撥却豈不見道他絫活句不絫死句活句上薦得與祖佛爲師如李萬卷問歸宗和尚須彌納芥子則不問如何是芥子納須彌宗云你身如椰子大萬卷書著在甚處歸宗老漢尋常一條白棒打佛打祖及乎李萬卷問著不免曲順人情放開一線然他用處也只教你當頭截去後來衆中無識者便道芥子是心須彌是萬卷納之於心何所不可佛法若只如此爭到今日也又如龐居士問馬大師不與萬法爲侶者是什麼人馬大師云待汝一口吸盡西江水即向汝道居士乃大悟作頌云十方同聚會箇箇學無爲此是選佛場心空及第歸此頌與一口吸盡西江水題目豈曾相副既不説口又不説水只道心空及第歸且道作麼生是心空只教你是非得失明暗色空森羅萬象一時融會歸於一理和理一時空却然後有些趣向山僧今夜不惜眉毛爲你一時吐却了也更爲諸人説箇小偈

祖佛單傳向上機電光石火搆不徹獨許諸根穎脫人金剛寶劒當頭截

師云道由悟達法離見聞直下便承當更無第二箇此猶是就令時曲爲垂手處若是本分事又且不然所以道你未跨船舷時好與三十棒如此則千里萬里一時坐斷何故須知當人分上各有水灑不著風吹不入清寥寥白滴滴祖佛不能到魔外不能入坐斷要津不通凡聖設使盡大地草木叢林盡化爲衲僧各各置百千問難不消一劄盡教吞聲飲氣目瞪口呿而今事不獲已且無見起見無言起言與諸人且通箇時節只如各各當人分上上來下去已是十分現成欠少箇什麼更來就人覓所以玄沙道飯籮裏坐地展手問人覓飯喫只爲無始劫來抛家日久背馳此本分事向六塵境界裏妄想輪回不能回光返照甘處下流若能具上根利智返本還源知有此事輝騰今古逈絕知見坐斷十方無復輪轉始有語話分而今須是換箇骨頭了方見此一片田地若未知有此一片田地直饒解到佛祖邊事問一答十終無交涉須知諸佛出世唯證明此一片田地祖師西來亦提持此一片田地所以先師見白雲師翁一覷透了便作箇頌子道山前一片閑田地叉手叮嚀問祖翁幾度賣來還自買爲憐松竹引清風諸人還曾恁麼也未須是向此一片田地淨躶躶赤灑灑方可入作

辯偽老漢生平久歷叢席徧叅知識好窮究諸宗派雖不十成洞貫然十得八九亦通會示徒自不造次不知何人盜竊山僧該博之

名遂將此亂道為山僧所出觀之使人汗下面赤況老漢尚自未死早巳見如此狼藉請具眼衲子詳觀之勿認魚目作明珠也

圓悟佛果禪師語錄卷第十三

音釋

郵于求切地名　鶖此由切　憨呼甘切愚癡也　拯之肯切救也　甦孫徂切死而更生也　駭下楷切驚也　瞠抽庚切　勦子小切絶也　逗大透切　洩私列切　揲達協切揖也　貿莫候切易財也　酷枯沃切虐也　憯七感切酷毒也　忤五故切違逆也　挲桑何切與抄同　椰余遮切木名

圓悟佛果禪師語録卷第十四

宋平江府虎丘山門人紹隆等編

頌古舉德山小叅示衆云老僧今夜不答話問話者三十棒時有僧出禮拜德山便打僧云某甲話也未問爲什麽打某甲德山云你是甚處人僧云新羅人山云未跨船舷好與三十棒法眼云大小德山話作兩橛圓明云大小德山龍頭蛇尾雪竇云德山握閫外威權有當斷不斷不招其亂底劒要識新羅僧只是撞著露柱底瞎漢

大冶烹金忽雷驚春草木秀發光輝日新不費纖毫力擒下天麒麟全威殺活得自在千古照耀同氷輪話作兩橛句中眼活龍頭蛇尾以指喻指撞著露柱瞎衲僧塞斷咽喉無出氣擬議尋思隔萬山咭嘹舌頭三千里

舉德山挾複子到潙山上法堂從東過西從西過東潙山黙坐不顧德山云無無便下去復云也不得草草遂具威儀見潙山提起坐具云和尚潙山擬取拂子德山便喝當時背法堂著草鞋便去潙山至晚問首座適來新到在什麽處首座云當時背法堂著草鞋便去潙山云還識此子麽已後向孤峯頂上蟠結草菴呵佛罵祖去在

大用不拘今古楷模倒拈蠍尾平捋虎鬚若非深辨端倪何以坐觀成敗俊處頡脫囊錐高來卷舒方外孤峯頂上浪滔天正令當行百雜碎咄

舉南泉叅百丈涅槃和尚丈問從上諸聖還有不爲人說底法麽泉云有丈云作麽生是不爲人說底法泉云不是心不是佛不是物

丈云說了也泉云普願只恁麼未審和尚如何丈云我又不是善知識爭知有說不說泉云普願不會丈云我太煞爲你說了也

鸞膠續斷絃猊血化驢乳從來不爲人今古叅佛祖箭既離絃無返回將欲奪之必固與語時默默時語人從陳州來却往許州去

舉百丈再叅馬祖祖舉拂子丈云即此用離此用祖掛拂子於舊處侍立少頃祖云爾已後鼓兩片皮如何爲人丈取拂子舉起祖云即此用離此用丈掛拂子祖便喝丈大悟後謂黃檗云我當時被馬祖一喝直得三日耳聾

竪拂掛拂全機出沒即此離此較若畫一頂門當下轟霹靂鍼出膏肓必死疾承當一喝聾三日師子神威忩返擲百煉眞金須失色

復云有麼有麼咄

舉道吾至一家弔慰漸源撫棺問生耶死耶吾云生也不道死也不道源云爲什麼不道吾云不道不道後於石霜再舉始知落處一日將鍬子於法堂上從東過西從西過東霜云作什麼源云覔先師靈骨霜云洪波浩渺白浪滔天覔什麼靈骨源云正好著力太原孚云先師靈骨猶在

生耶死耶築著磕著不道不道藏頭露角黃金靈骨鏗鏘白浪滔天卓犖殷勤爲語透關人萬里孤光長爍爍無摸索趙州石橋成畧彴

舉靈山會上有一女子於佛前入定佛敕文殊出之文殊遶女子三遭鳴指一下女子入定儼然文殊遂運神力托至梵天撲下女子

亦復儼然佛云非但汝一人出此女子定不得設使百千萬億文殊亦出不得下界有罔明菩薩能出此定佛語未竟罔明從地湧出佛勑令出定罔明遶女子三匝鳴指一下女子遂出定老宿徵云文殊是七佛之師爲什麽出女子定不得罔明爲什麽却出得大定等虚空廓然誰辨的女子與瞿曇據令何條直師子奮迅兮摇乾蕩坤象王回旋兮不資餘力孰勝孰負誰出誰入雨散雲收青天白日君不見馬駒踏殺天下人臨濟未是曰拈賊

舉清源謂石頭云人人盡道曹溪有消息頭云有人不道曹溪有消息源云大藏小藏從何得頭云盡從者裏去

有消息太沉屈無消息轉埋没大藏小藏從兹出撒沙撒土無終極甜如蜜苦如蘗明如日黒如漆擊碎千年野狐窟填溝塞壑少人識

舉僧問雲門佛法如水中月是不門云清波無透路僧云和尚從何得門云再問復何來僧云便恁麽去時如何門云重疊關山路

徧界不藏清波澄寂互换投機箭鋒相直提起向上鉗鎚石火電光莫及便恁麽隔關山碧潭雲外不相關

舉僧問龍牙二鼠侵藤時如何牙云須知有隱身處始得僧云如何是隱身處牙云還見儂家麽堂堂成現密密難見二鼠雖黠莫逢其便藤枝透出未生前正眼當陽巧回换龍牙老機如電遇賤即貴貴即賤

舉圓覺經云以大圓覺爲我伽藍身心安居

平等性智毫髮不留縱横自由闈外乾坤廓落大方無外優游明明祖師意明明百草頭攙破狐疑網截斷愛河流縱有回天力爭如直下休四衢道中淨躶躶放出潙山水牯牛

舉僧問雪峯古澗寒泉時如何峯云瞪目不見底僧云飲者如何峯云不從口入後有僧舉似趙州州云不可從鼻孔裏入去也僧却問古澗寒泉時如何州云苦僧云飲者如何州云死雪峯聞之云趙州古佛從此不答話

趙州象骨巖舉世無倫擬共撫沒絃琴千載清人耳古澗寒泉瞪目疑然不從口入飲者忘筌重出語苦又死不答話同彼此相逢兩會家打鼓弄琵琶箇中誰是的白鳥入蘆華

舉外道問佛不問有言不問無言世尊良久外道云世尊大慈大悲開我迷雲令我得入外道既去阿難問世尊云外道有何所證世尊云如世良馬見鞭影而行

不問有無言言前立問端兩邊俱坐斷一劒倚天寒鞭影未動歴塊過都慈門既開陵有轢無遼天鼻孔須穿却誰是追風天馬駒

舉僧問六祖黄梅意旨是什麼人得祖云會佛法人得僧云和尚還得也無祖云我不得僧云爲什麼不得祖云我不會佛法

斬釘截鐵大巧若拙一句单提不會佛法儘他葉落華開不問春寒秋熱别别萬古碧潭空界月

舉太原孚上座問鼓山父母未生時鼻孔在什麼處山云即今生也鼻孔在什麼處孚不肯乃云你問我與你荅山云父母未生前鼻孔在什麼處孚乃摇扇而已

父母未生前生也只如然一般拈掇能奇特直下渾如火裏蓮輝今耀古極妙窮玄大可憐清風長滿座一念八千年

舉乾峯示衆云舉一不得舉二放過一着落在第二雲門出云昨日有一僧從天台來却往徑山去峯云典座來日不得普請

春蘭與秋菊一一各當時底處無回互怨誰分髓皮風來鳥已覺露重鶴先知爲問何能爾渠儂初不知

舉雲巖問道吾大悲菩薩用許多手眼作麽吾云如人夜間背手摸枕子相似巖云我會也吾云你作麽生會巖云遍身是手眼吾云太煞道只道得八成巖云你又作麽生吾云通身是手眼

遍身是通身是酥酪醍醐爲一味毫端湧出須彌盧芥子吸竭滄溟水十虚呑爍正眼寥廓照用同時人境俱奪棒頭喝下錯承當背手拈來也失却莫莫水是水兮山是山切忌無繩而自縛

舉洞山夏末示衆云初秋夏末直須向萬里無寸草處去衆無語僧舉似石霜霜云何不道出門便是草

新豐路坦然豈事正偏圓萬里無寸草何人可向前機不轉墮塵緣透得脱犯風烟瀏陽端的破中邊出門已是草芊綿投機儻善諳來脉兩岸俱玄一不全復云看脚下

舉定山夾山同行定山云生死中無佛則無生死夾山云生死中有佛則不迷生死二人各謂已語親切往大梅舉而質之梅云一親一踈二人下去次日夾山往問阿那箇親梅

云親者不問問者不親夾山住院後舉此謂衆云我當時失却一隻眼雪竇拈云夾山畢竟不知當時換得一隻眼

有佛不迷無佛則無大梅頂門正眼劃時已驗親踈家抱荆山璞人握靈蛇珠失却與換得同歸故殊途作家金鎚當面擲臨機俊鷂趂不及將謂赤鬚胡更有胡鬚赤

舉趙州云老僧答話去也有解問底致將一問來時有僧出禮拜州云比來拋磚引玉却引得箇墼子下座後法眼舉問覺鐵觜此意如何覺云與和尚舉箇喻如國家拜將相似問誰人去得有一人云某去得答云汝去不得法眼云我會也

千年田八百主誰當機辨來處趙州要答話拋塼引墼子覺老話端倪如拜將相似去得去不得言下分緇素箇裏髙於萬仭峯不動纖毫擒佛祖崇寧効古所作答話去也或有箇出來只向伊道了

舉馬祖百丈西堂南泉翫月次祖指月問西堂正當恁麼時如何西堂對云正好供養問百丈丈對云正好修行問南泉泉拂袖便去祖云經入藏禪歸海唯有普願獨超物外

皎皎凝虛碧沉沉發皓彩秋色共澄清永夜臨寰海修行供養逗圓機聊聞便去超方外馬駒皃端的别萬古定乾坤一言全殺活復云高著眼

舉金牛行食次問龐居士云生心受食淨名所呵去此二途居士還甘否士云當時善現豈不作家牛云豈干他事士云食到口邊被人奪却牛便行食士云不消一句子

淨名呵善現金牛勘龐老彼此不相饒峻機無處討雲行雨施雷奔電掃殺虎陷虎出草入草毘婆尸佛早留心直至如今不得妙

舉師祖問南泉摩尼珠人不識如來藏裏親收得如何是藏泉云王老師與你往來者是藏雪竇云草裏漢祖云直得不往來時如何泉云亦是藏雪竇云雪上更加霜祖云如何是珠泉云師祖祖云諾雪竇云百尺竿頭作伎倆未是嶮若向箇裏著得一隻眼賓主互換便能深入虎穴或不恁麼直饒師祖悟去也是龍頭蛇尾漢

蒼鷹逐兎驪龍翫珠透青眼不瞬照物手寧虛往來不往來草裏謾塗糊百尺竿頭入虎穴分明月上長珊瑚

舉僧問藥山如何是道中至寶山云諂曲僧云不諂曲時如何山云傾國莫換

道中有至寶濟世無倫匹藥嶠發深藏唯云莫諂曲不諂曲傾國相酬未相直壁立萬仞此心眞不必當來問彌勒

舉僧問雲門學人不起一念還有過也無門云須彌山

石筍抽條泥牛吼月誰料同舟自胡越應機湧出須彌山一念不生何處雪金剛寶劒當頭截

舉僧問投子一大藏教還有奇特事也無子云演出一大藏

頓漸偏圓權實空有釘觜鐵舌河目海口一道清虛亘古今八角磨盤空裏走

舉智門問五祖戒和尚暑往寒來則不問林下相逢事若何戒云五鳳樓前聽玉漏門云

爭奈主山高案山低戒云須彌頂上擊金鐘高高峯頂翻銀浪深深海底起紅塵金鐘玉漏相酬酢疑殺滔滔天下人茍非作者孰問關津執鞭回首四海良隣君不見仲尼温伯雪傾蓋相逢也奇絶

舉本仁示衆云尋常不欲向聲前句後鼓弄人家男女何故且聲不是聲色不是色僧問如何是聲不是聲仁云喚作色得麽僧云如何是色不是色仁云喚作聲得麽僧無語仁云且道爲汝説答汝話若人辨得許你有箇入處

聲出虛色生無聲前句後轉塗糊間不容髮安可名模堂堂圓應没錙銖巧張爐韛費分踈爭如棒下無生忍聞見馨香滿道塗

舉雲門問僧云古佛與露柱相交是第幾機僧無語門云你問我與你道僧遂問門云一條絡三十文僧云如何是一條絡三十文門云打與代前語云南山起雲北山下雨

油然南山雲霈然北山雨露柱笑呵呵燈籠超佛祖中涌邊没西天東土樓閣門開竟日閑野老不知何處去

舉教中道未離兜率已降王宮未出母胎度人已畢

大象本無形至虛包萬有末後已太過面南看北斗王宮兜率度生出胎始終一貫初無去來掃蹤滅跡除根蔕火裏蓮華處處開

舉僧問雲門生死到來如何回避門云在什麽處

針眼魚吞大千界蟭螟蟲吐妙高山太虛包括無遺漏萬彙全歸指掌間起復滅去還來

石橋踏斷通身黑那知華頂是天台

舉丹霞初見馬祖以兩手托幞頭祖云吾非汝師南嶽石頭處去霞遂至石頭如前托幞頭頭云著槽廠去霞依童行次一日石頭爲衆云今日齋後普請剗佛殿前草衆競具鋤鍬霞獨洗頭捧剃刀於石頭前胡跪頭云作什麽霞云請師剗草石頭笑爲剃髮呼與授戒霞掩耳而去却回江西馬祖院騎聖僧項衆驚報馬祖馬祖親來見乃云我子天然霞遂作禮云謝師安名祖問甚處來霞云石頭來祖云石頭路滑子莫曾踏倒麽霞云若踏倒則不來也

問一答十告往知來龍馳虎驟玉轉珠回聊聞舉著已瞥地剔起便行何俊哉剗草固奇崛安名尤突兀二老畧立黄賞茲千里骨真規鎮儼然覿面看標格騰雲一舉迷風日

舉雲門示衆云乾坤之内宇宙之間中有一寶秘在形山著燈籠向佛殿裏拈三門安燈籠上

虎豹文章麒麟頭角輝天焯地堆山積嶽撥破面門兮蓋色騎聲截斷羅籠兮解粘去縛罷却干戈百草頭萬里秋天飛一鶚

舉雪峯示衆云盡大地撮來如粟米粒大抛向面前漆桶不會打鼓普請看

疾焰過鋒奔流度刃唱拍相隨拳踢相應驀然轟起震天雷百草顛頭春色回

舉僧問馬祖如何是佛祖云即心即佛

無鬚鎖子八面玲瓏不撥自轉南北西東海神知貴不知價留向人間光照夜

舉僧問馬祖如何是佛祖云非心非佛

碧海珠荆山璧耀乾坤誰别識利刀剪却無
根樹萬疊峯巒歛烟霧
舉馬祖與百丈同遊山見野鴨子飛過祖云
是什麼丈云野鴨子祖云向什麼處去也丈
云飛過了也祖將百丈鼻孔扭丈作忍痛聲
祖云何曾飛去丈於此有省
野鴨過前溪千峯凛寒色相顧不知歸未免
資傍擊扭破疑團蕩怛消捎風直下透青霄
雲山海月渾閑事一語歸宗萬國朝
舉僧問鏡清新年頭還有佛法也無清云有
僧云如何是新年頭佛法清云元正啓祚僧
云謝師答話清云鏡清今日失利又僧問智
門明教新年頭還有佛法也無教云無僧云
年年是好年日日是好日爲什麼却無教云
張公喫酒李公醉僧云老老大大龍頭蛇尾
教云明教今日失利
穩密田地神通遊戲佛法新年頭有無俱失
利一槩等虛空豈容立巴鼻草上之風祖令
行誰知雷罷不停聲
舉僧問瑯琊清淨本然云何忽生山河大地
琊云清淨本然云何忽生山河大地其僧有
省
相罵饒你接觜相唾饒你潑水塵舉大地收
華開世界起一模脱出絶功勲句裏挨開大
施門
舉僧問長沙本來身還成佛否沙云你道大
唐天子還刈茅割稻否僧云成佛又是何人
沙云是你成佛知不知
巨嶽何曾乏土唐皇豈可刈茅禮拜近前乂
手西天十萬迢迢古佛即自巳自巳即古佛

珊瑚淡灎十洲春蟾蜍映奪驪龍窟
舉僧問百丈如何是奇特事丈云獨坐大雄
峯僧禮拜丈便打
驀裏著鹽雪中送炭纔捋虎鬚棒頭有眼怪
來獨坐大雄山他家曾踏上頭關
舉僧問香林如何是室内一盞燈林云三人
證龜成鼈
皎皎清光徧界莫藏聲抛不出色豈能彰直
下斬釘截鐵剗却古今途轍高出臨濟德山
三人證龜成鼈别别一回喫水一回噎
舉麻谷持錫見章敬遶繩床三帀振錫一下
卓然而立敬云如是如是後到南泉亦遶繩
床三帀振錫一下卓然而立泉云不是不是
谷云章敬道是和尚爲什麼却道不是泉云
章敬則是是汝不是此是風力所轉終歸敗
壞
如是不是去却藥忌擬犯封疆全軍失利杖
頭突出古菱華舉世風流屬當家
舉僧問藥山平田淺草麈鹿成羣如何射得
麈中麈山云看箭僧便放身倒山云侍者拖
出者死漢僧便起走山云弄泥團漢有什麼
數
獵人有神箭射得麈中麈箭下快承當跳出
曹溪路翻身踏著上頭關敵勝驚羣瞥爾間
是自已
舉雲門示衆云藥病相治盡大地是藥那箇
太嶢敲全殺活絶承當無摸索衆中意氣間
外籌略倒退三千里盡大地是藥錯錯利劒
七星光閃爍
舉乾峯示衆云法身有三種病二種光須是

一一透得始解穩坐雖然如是更須知有照用同時向上一竅始得雲門出衆問云只如庵内人爲什麼不見庵外事峯呵呵大笑門云猶是學人疑處在峯云子是什麼心行門云也要和尚相委悉峯云直須恁麼始解穩坐

動絃别曲聞一知十手搦手擡以膠投漆庵内不見庵外無孔鐵鎚不會人生相識貴知音水入水兮金博金

舉靈雲見桃華悟道有頌三十年來尋劒客幾回葉落又抽枝自從一見桃華後直至如今更不疑玄沙云諦當甚諦當敢保老兄未徹在

陌上笑春風枝頭漏消息紅光爍太虛豈藉陽和力學劒宗師既不疑玄沙未徹最新奇掃除學路刮肌骨格外之機如電拂

舉雲門問洞山近離甚處山云查渡門云夏在甚處山云湖南報慈門云幾時離彼中山云今年八月門云放汝三頓棒次日洞山往問昨蒙和尚放某三頓棒未審過在什麼處門云飯袋子江西湖南便恁麼去洞山大悟

見兎放鷹因行掉臂赤骨歷窮方圓富貴放三頓棒尚遲疑再挨方識利頭錐單提獨脚機關外明眼衲僧猶不會

舉三聖問雪峰透網金鱗以何爲食峰云待汝出網來向你道聖云一千五百人善知識話頭也不識峰云老僧住持事煩

百草頭出没三界外遨遊徒布漫天網虛下釣鼇鉤摇鱗振鬣撼乾坤元目昂頭洪浪噴棒雨點喝雷奔肯將爭戰定功勲

舉僧問趙州見説和尚親見南泉是否州云鎮州出大蘿蔔鎮州出大蘿蔔猛虎不食伏肉直饒眼似流星爭免持南作北老趙州逈殊絶片言本自定乾坤返使叢林閙聒聒

舉陸亘大夫謂南泉云肇法師也甚奇怪解道天地與我同根萬物與我一體泉云大夫陸應諾泉指華云時人見此一株華如夢相似

山潤石藴玉林秀淵藏珠見此一株華似夢灼然根體不同途王老師脱規模解向長安正閙處喚得悠悠陸大夫

舉雲門示衆云十五日已前則不問汝十五日已後道將一句來衆無對自代云日日是好日

破二作一分三成六著串數珠數不足南辰信手攀北斗回身觸豁開户牖正當軒玉兎金烏如轉燭傳不傳得不得那知陌上春條緑

舉僧問洞山如何是佛山云麻三斤

鐘在扣谷受響池印月鏡含像曾非展事投機豈是預搔待痒點鐵成金舉直措枉一箭鵰一雙一摑血一掌君不見踈而不漏兮恢恢天網

舉雪峰示衆云三世諸佛在火焰裏轉大法輪玄沙云火焰爲三世諸佛説法三世諸佛立地聽

將謂猴白更有猴黑互換投機神出鬼没烈焰亘天佛説法亘天烈焰法説佛風前剪斷葛藤窠一言勘破維摩詰

舉東寺問仰山甚處人山云廣州寺云我聞
廣州有鎮海明珠是否山云是寺云作何顏
色山云黑月則現白月則隱寺云子還帶得
來麼山云帶得來寺云何不呈似老僧山云
諾慧寂昨到溈山亦被索此珠直得無言可
對無理可伸寺云眞師子兒大師子吼
善撫太阿鋏決無傷手阨慣編猛虎鬚必有
全身策鎮海珠巧呈似離色離聲離名字栴
檀林裏爇栴檀師子窟中吼師子
舉趙州示衆云至道無難唯嫌揀擇但莫憎
愛洞然明白纔有言語是揀擇是明白老僧
不在明白裏汝等還護惜也無僧問既不在
明白裏未審護惜箇什麼州云我亦不知僧
云和尚既不知爲什麼道不在明白裏州云
問事則得禮拜了退
至簡至易同天同地揀擇明白云何護惜口
似錐眼似眉涉語脉蛭憐夔堪笑卞和三獻
玉縱榮刖却一雙足
舉石頭示衆云言語動用沒交涉藥山云非
言語動用亦沒交涉頭云我者裏針劄不入
山云我者裏如石上栽華
井底泥牛吼月雲間木馬嘶風把斷乾坤世
界誰分南北西東直中曲曲中直要平不平
憑秤尺
舉雪峯示衆云望州亭與諸人相見了也烏
石嶺與諸人相見了也僧堂前與諸人相見
了也後保福舉問鵝湖僧堂前則且置什麼
處是望州亭烏石嶺相見鵝湖驟步歸方丈
保福便入僧堂
藕線引鯨鼇針鋒輥芥投望州烏石嶺未唱

已先酬大唐擊鼓新羅舞覿面相呈不相覿
舉代宗皇帝問忠國師和尚百年後所須何
物國師云要箇無縫塔子帝云請師塔様國
師云會麼帝云不會國師云吾有付法弟子
耽源却諳此事請詔問之國師遷化後帝詔
耽源問此意如何耽源呈頌云湘之南潭之
北中有黄金充一國無影樹下合同船瑠璃
殿上無知識
八面自玲瓏盤空勢岌嶪表裏鎮巍然若為
分六鑿執名匿相認影迷形卧龍長怖碧潭
清合同船子開心椀日用如何不現成
舉石頭見藥山坐次問你在此作什麼山云
一物不為頭云恁麼則閑坐也山云閑坐則
為也頭云汝道不為不為箇什麼山云千聖
亦不識石頭以頌讃之從來共住不知名任
運相將只麼行自古上賢猶不識造次凡流
豈可明
擺撥佛祖縛曠然繩墨外一物亦不為縱横
得自在古鑑臨臺明辨去來金鎚影動鐵樹
華開任運相將不可陪法雲隨處作風雷
舉雲門示衆云人人盡有光明在看時不見
暗昏昏作麼生是光明衆無對自代云僧堂
佛殿厨庫三門
夜明簾外千峰秀鸞鏡臺前萬象虚掃蹤滅
跡不立錙銖誰為佛殿誰是香厨敲出鳳凰
五色髓擊碎驪龍明月珠
舉世尊生下周行七歩目顧四方一手指天
一手指地自云天上天下惟我獨尊
右脇誕金軀九龍噴香水嶷嶷歩四方周匝
運華起末上先施第一機髙風亘古鎮巍巍

當時有箇承當得等閑擒下白拈賊㖦
舉雪峰住庵有二僧到峰見以手托庵門放
身出云是什麼僧亦云是什麼峰低頭歸庵
其僧後至巖頭頭問云雪老有何言句僧舉
前話頭云雪峰道什麼僧云雪峰無語頭云
噫我悔不當初向伊道有箇末後句我若向
伊道巳後天下人不柰雪老何僧至夏末舉
此話請益頭云汝何不早問僧云不敢造次
頭云我雖與雪峰同條生不與雪峰同條死
要識末後句只者是
雙明復雙暗獨立絶殊方秉機直面提其鋒
安可當同條生兩鏡相照無能名不同條死
鐵樹華開亘今古末後句始牢關拈却門前
大案山
舉天平從漪和尚行脚在西院常云今時莫
道會佛法只覓箇舉話底人也難得一日從
西院法堂下過西院高聲喚從漪平舉首院
云錯行三兩歩院又云錯院云適來兩錯是
老僧錯是上座錯平云是從漪錯西院云錯
錯少頃西院云上座且在此度夏待與你商
量者兩錯平當時便去後住天平示衆云老
僧當年行脚被業風吹到汝州西院有箇思
明長老勘我兩錯更待留我過夏待共我商
量我不道恁麼時錯我未發足南方行脚時
早知道錯了也
把纜放船膠柱調絃遠水不救近火短綆那
汲深泉天平老太怱草爲兩頭悔行脚大地
茫茫愁殺人眼裏無筋一世貧
舉疎山平日在香嚴一日嚴上堂有僧問不
慕諸聖不重巳靈時如何嚴云萬機休罷千

聖不携踈山作嘔吐勢嚴云師叔不肯那山云不得無過嚴云過在甚處山云萬機休罷猶有物在千聖不携亦從人得嚴云師叔莫道得麼山云還我法座與你道於是嚴令陞座如前問之山云何不道肯諾不得全嚴云肯又肯箇什麼諾又諾箇什麼山云肯則肯他諸聖諾則諾於巳靈香嚴云師叔恁麼道也須倒屙三十年始得後住踈山常病返胃一日舉此問鏡清病僧肯諾不得全道者作麼生會清云全歸肯諾山云不得全又作麼生清云箇中無肯路山云始契病僧意

刀不自割指不自觸鵠白烏玄松直棘曲纔有纖塵帶影來脫體全抛無朕迹肯不存諾不立一片清光射斗牛天上人間得自由

舉趙州問南泉如何是道泉云平常心是道州云還許趣向也無泉云擬向即乖趙州云不擬安知是道泉云道不屬知不屬不知知是妄覺不知是無記若眞達不疑之道廓同太虛豈可强是非耶州於言下大悟

遇飯喫飯遇茶喫茶千重百匝四海一家解却黏去却縛言無言作無作廓然本體等虛空風從虎兮雲從龍

舉百丈每至陞座常有一老人聽法一日衆去老人獨留丈云汝是何人老人云某非人然某緣五百生前迦葉佛時曾住此山錯答學人一轉語所以五百世墮野狐身今欲舉此話請和尚爲答丈云汝試舉看老人云大修行底人還落因果也無某對云不落因果丈云汝問我與汝道老人遂問大修行底人還落因果也無丈云不昧因果老人遂悟得

脱野狐身化去
魚行水濁鳥飛毛落至鑑難逃太虛寥廓一徃迢迢五百生只縁因果大修行疾雷破山風振海百煉精金色不改

舉風穴在郢州衙内陞座示衆云祖師心印狀似鐵牛之機去即印住住即印破只如不去不住且道印即是不印則是時有盧陂長老出問某甲有鐵牛之機請師不搭印穴云慣釣鯨鯢沉巨浸却將蛙步輾泥沙陂佇思穴便喝云長老何不進語陂擬議穴打一拂子云長老還記得話頭麽試舉看陂擬開口穴又打一拂子牧主云將知佛法與王法一般穴云見箇什麽道理牧主云當斷不斷返招其亂穴便下座
列聖風規初不放過擬跨鐵牛驀頭印破盧陂當斷却沉吟電轉星飛活被擒喝下攙搶同霹靂三玄戈甲振叢林

舉僧問洞山寒暑到來如何回避山云何不向無寒暑處回避僧云如何是無寒暑處山云寒時寒殺闍黎熱時熱殺闍黎
盤走珠珠走盤偏中正正中偏羚羊掛角無蹤跡獵犬遶林空踧踖

舉金牛每至食時自携飯至僧堂前撫掌呵呵大笑云菩薩子喫飯來喫飯來後僧問長慶意旨如何云大似因齋慶讚僧問大光未審慶讚箇甚麽光作舞僧禮拜光云你作麽生會僧亦作舞光云者野狐精
絲來線去分明過與若不相諳如何驗取因齋慶讚和泥土蹈襲只言呈作舞野狐精七星利劔血長鯨

舉疎山示衆云病僧咸通年已前會法身邊事咸通年已後會法身向上事雲門出問云如何是法身邊事山云枯椿如何是法身向上事山云非枯椿問云還許學人説道理也無山云許門云只如枯椿豈不是明法身邊事山云是門云非枯椿豈不是明法身向上事山云是門云未審法身還該一切也無山云法身周遍爭得不該門指淨缾云還有法身也無山云莫向淨缾邊覔門云諾諾

眼觀東南意在西北撥轉天關掀翻地軸法身向上法身邊間氣英靈五百年膠漆相投箭相拄南山起雲北山雨

舉臺山路上有一婆子僧問臺山路向甚處去婆云驀直去僧纔行婆云好箇阿師便恁麼去前後僧問皆如此後有僧舉似趙州州云待我爲你勘破者老婆遂往問臺山路向甚處去婆云驀直去州纔行婆云好箇阿師又恁麼去州歸舉似大衆云我爲你勘破者婆子也老宿拈云什麼處是勘破處

善繫無繩約善行無轍跡不戰屈人兵直面當機疾老婆勘破五臺山有誰參透趙州關

舉雲門示衆云聞聲悟道見色明心作麼生是聞聲悟道見色明心舉手云觀世音菩薩將錢來買胡餅放下手元來却是饅頭

見色心先現聞聲道已彰掣電光中分皂白海潮音裏別宮商韶陽老慈門普發機直用千鈞弩

舉鏡清問僧門外什麼聲僧云雨滴聲清云衆生顛倒迷已逐物僧云和尚作麼生清云洎不迷已僧云意旨如何清云出身猶可易

脱體道應難　順流逆流轉物物轉良哉觀音快逢其便出身脱體句分明門外依前雨滴聲

舉南泉示衆云昨夜文殊普賢起佛見法見每人與二十棒貶向二鐵圍山去也趙州出云和尚棒教誰喫泉云王老師有什麼過州禮拜泉下座歸方丈

霧起龍吟風生虎嘯兩口一舌異音同調文殊普賢佛法見南泉趙州日月面據令而行指顧問盡情貶向鐵圍山忽有箇不憤底出來道崇寧咴只向他道果然果然

舉雪峰問僧近離甚處僧云覆船峰云生死海未渡爲什麼覆却船僧無語覆船代云渠無生死雪竇代云久響雪峰

未渡生死海不應覆却船渠本無生死超然離二邊長如杲日麗中天舒光照到雪峰前

舉僧問雲門如何是一代時敎門云對一説

海藏龍宮金文玉牒逗器觀機破關擊節三百餘會振綱宗四十九年同箇舌阿刺刺對一説諦當之言如截鐵

舉僧問雲門不是目前機亦非目前事時如何門云倒一説

是賊識賊以楔出楔鳥跡空雲鏡象水月敎兒師子迷蹤訣上樹老猫安身法活鱍鱍倒一説等閑翻却狐狸穴

舉世尊於一處九旬安居至自恣日文殊倏來迦葉問今夏在何處安居文殊云在三處安居迦葉於是白衆欲擯文殊出纔舉揵槌乃見無量佛刹一一佛所有一一文殊一一迦葉舉槌欲擯之世尊於是告迦葉云汝今

欲擯出那箇文殊
大象不遊兎徑燕雀安知鴻鵠據令宛若成風破的渾如醬鏃遍界是文殊遍界是迦葉相對各儼然舉槌何處罰好一劄金色頭陁曾落節

舉巖頭示衆云涅槃經道吾教意如塗毒鼓擊著遠近聞者皆喪僧問如何是塗毒鼓頭亞身云韓信臨朝底

天高地厚水闊山遥蕭何制律韓信臨朝塗毒鼓未擊已前冝薦取

舉文殊問菴提遮女生以何爲義女云生以不生生爲生義殊云如何是生以不生生爲生義女云若能明知地水火風四緣未曾自得有所和合而能隨其所冝以爲生義殊云死以何爲義女云死以不死死爲死義殊云如何是死以不死死爲死義女云若能明知地水火風四緣未曾自得有所離散而能隨其所冝以爲死義

生以不生生死以不死死根本豁然明應時超佛祖隨冝離散與和合十字縱横活鱍鱍金剛寶劒倚天寒外道天魔皆膽慴

舉溈山問仰山云天寒人寒仰山云大家在者裏溈山云何不直說仰山云適來也不曲和尚如何溈山云且須隨流

北風逞嚴威凜凜侵肌骨一句括人天幾曾容眹迹隨流認得本來身遍界莫非無價珍

舉歸宗示衆云吾今欲說禪諸子總近前大衆進前宗云汝聽觀音行善應諸方所僧問如何是觀音行宗彈指云諸人還聞麽僧云聞宗云一隊漢向者裏覓箇什麽以拄杖打

趂呵呵大笑歸方丈

無學彈指超圓通耳根淨透出聞不聞妙哉

觀音行棒頭指出金剛王嶮惡道中爲津梁

圓悟佛果禪師語録卷第十四

音釋

咭嚓咭許吉切嚓力弔切　蠍許竭切毒蟲也　捋盧活切摩捋也　鸞盧官切神鳥也　猊研奚切狻猊也　霹靂霹匹歷切靂郎狄切　鍼諸深切刺病也　鏗鏘鏗卯耕切鏘千羊切鏗鏘金玉聲也　犖力角切卓犖超絶也　彴職畧切畧彴横木渡水也　黠胡八切慧也　搋尺氏切拆也　轢郎狄切踐也　墼居的切土墼也　縚他刀切編絲繩也　蟭螟蟭茲消切螟莫經切　彙于貴切類也　幞防玉切帊也　噎壹結切食塞也　摑古獲切批打也　蚿胡千切百足蟲也　夔渠龜切一足獸也　刖魚厥切斷足也　嶷魚力切小兒有知貌　輾尼展切與碾同　羚盧經切　踧踖踧子六切踖資昔切　吙忍者切　齧鏃齧結切嚙也鏃作木切矢鏑也

圓悟佛果禪師語録卷第十五

宋平江府虎丘山門人紹隆等編

拈古舉百丈再叅馬祖祖見來拈拂子竪起百丈云即此用離此用祖掛拂子於舊處侍立片時祖云爾已後鼓兩片皮如何爲人丈取拂子竪起祖云即此用離此用丈掛拂子於舊處馬祖便喝百丈大悟後來謂黄檗云我當時被馬祖一喝直得三日耳聾檗聞舉不覺吐舌師云蓋天蓋地聾三日耳聾石門云若不是悟去便休説什麽三日耳聾汾州云三日耳聾爭承當得者一喝雪竇云要會三日耳聾麽大冶精金應無變色師云然則作家共相提唱不妨各有爲人眼要且只明得馬祖百丈大機未明馬祖百丈大用不惜眉毛露箇消息也要諸方檢責還知者一喝麽直似奮雷霹靂聽者喪膽亡魂要會三日耳聾正如擊塗毒鼓聞者喪身失命舉拂子云或有箇問即此用離此用和聲便打隨後與喝復云還見馬祖百丈麽

舉僧問雲門佛法如水中月是否門云清波無透路僧云和尚從何得門云再問復何來僧云便恁麽去時如何門云重疊關山路師云清波萬里湛寂凝然寶月凌虛光吞羣象者僧泛一隻船入雲門法海裏引得一陣猛風看伊把柂張帆也不易當抵及至下梢可惜輸却一籌且道是什麽處是輸處試辨看

舉翠巖示衆云一夏與兄弟東語西話看翠巖眉毛在麽師云輸機是筭人之本翠巖坐却人舌頭無鵰啄處長慶云生也因事長智保福云作賊人心虛是精識雲門云關據欵結案雖宗師競酬還截得翠巖脚跟麽不躡

前蹤試請道看
舉僧問雲門初秋夏末前程或有人問未審對他道什麽門云大衆退後僧云過在什麽處門云還我九十日飯錢來師云者僧貪觀白浪雲門見機而作雖則截鐵斬釘未是本分草料有問崇寧只對道驢事未了馬事到來待伊如何若何劈脊便棒
舉趙州云老僧答話去也解問底置將一問來僧出禮拜趙州云比來拋塼引玉却引得箇墼子後來法眼舉問覺鐵觜此意如何覺云與和尚說箇喻如國家拜將相似問云何人去得有云某甲去得答云汝去不得法眼云我會也師云諸方盡道趙州得逸羣之用一期間施設不妨自在者僧要擊節扣關電光中卒著手脚不辦覺鐵觜能近取譬不墜家聲法眼有通方鑑便知落處敢問旣是宗師爲什麽拋塼只引得箇墼子試叅詳看
舉玄紹二上座見烏臼烏臼問近離什麽處僧云江西臼便打僧云久嚮和尚有此機要臼曰汝旣不會第二箇近前其僧茫然臼亦打云同坑無異土叅堂去雪竇云宗師眼目須是恁麽如金翅鳥擘海直取龍吞有般漢眼目未辨東西拄杖不知顛倒只管說照用同時人境俱奪師云雪竇明辨古今分別邪正若不知有爭恁麽道雖然只見烏臼放行要明烏臼把住處麽直得釋迦彌勒猶爲走使據令而行盡大地人並須喫棒
舉睦州示衆云我見百丈不識好惡大衆纔集以拄杖一時趕下復召大衆衆迴首百丈云是什麽有什麽共語處黃檗和尚大衆纔

集以拄杖一時趕下復召大衆衆回首師云月似彎弓少雨多風猶較些子雪竇云說什麼猶較直是未在若是雪竇以拄杖趕下便休可中有箇無孔鐵鎚善能擔荷可以籠罩古今乾坤坐斷師云古人各出一隻手提振綱宗誘掖後進功不浪施仔細點檢將來百丈將棒喚狗未免相顧蹉䟢黃檗香餌綴鉤吞著喪身失命睦州當衆舉覺與賊過梯雪竇要人擔荷無風起浪今日總不恁麼各請歸堂

舉文殊菩薩問維摩居士云我等各自說已云何是仁者所說不二法門師云者一轉語叢林話會不少有道默然有道良久有道據坐有道不對要且摸索不著直得其聲如雷普驚羣動自古及今前聖後聖所說法門只向維摩片時之間一時顯現且道正當恁麼時作箇什麼得見維摩

舉風穴在郢州陞座云祖師心印狀似鐵牛之機去即印住住即印破只如不去不住印即是不印即是時盧陂長老出問某甲有鐵牛之機請師不搭印穴云慣釣鯨鯢沉巨浸却將蛙步驟泥沙陂佇思穴喝云長老何不進語陂擬議穴便打一拂子云長老還記得話頭麼試舉看陂擬開口穴又打一拂子牧主云將知佛法與王法一般穴云見箇什麼道理牧主云當斷不斷返招其亂穴便下座師云風穴擐三玄戈甲施四種主賓明立信旗密排陣敵及至盧陂繞跨鐵牛劃時擒下遂令牧主知歸所謂龍馳虎驟鳳翥鸞翔雖然若是崇寧待伊道有鐵牛之機劈脊便棒

殺人刀活人劒還知落處麽
舉僧問投子一大藏教還有竒特事也無投子云演出一大藏教師云差病不假驢䭾藥
舉三角示衆云若論此事貶上眉毛早已蹉過麻谷出問蹉過則不問如何是此事角云蹉過麻谷掀倒禪床三角劈脊便棒師云劒刃上顯殺活電光裏分緇素不妨眼辨手親是致箭鋒相拄雪竇云兩箇老漢眉毛也未曾貶上說什麽此事蹉過師云慣調金鏃乆歷沙塲一箭落雙鵰人前誇敏手雖然大似把手上高山未免傍觀者哂若據崇寧見處喚作此事早是好肉上剜瘡了也何况更論貶上眉毛早已蹉過麻谷雪竇賊過後張弓則故是更有一箇驀拈拄杖便下座
舉舍利弗問須菩提夢中說六波羅蜜與覺時是同是别師拈云低聲低聲須菩提云此義幽深吾不能說師拈云爛泥裏有刺會中有箇彌勒大士可往問之師拈云推過别人又爭得舍利弗遂問彌勒師拈云將錯就錯彌勒云誰爲彌勒誰是彌勒者師拈云面皮厚三寸
舉僧問五祖一大藏教是箇切脚未審切那箇字祖云鉢囉娘師云迅雷不及掩耳
舉大溈示衆云今時人只得大機不得大用仰山舉此語似塔主塔主踏翻凳子溈山聞得呵呵大笑師云須知大機中有大用大用中有大機且道雙放雙收時如何剎竿頭上仰蓮心
舉藥山謂雲巖云與我喚沙彌來巖云和尚喚他作麽山云我有箇折脚鐺子要伊提上

挐下巖云恁麼則與和尚出一隻手去也師云舉一明三是衲僧尋常行履雲巖既告往知來藥山亦不謬分付崇寧雖百醜千拙有箇没底籃子更望諸人兩手提挐何故有條攀條

舉僧問破竈墮如何是大修行人竈云擔枷抱鎖僧云如何是大作業人竈云坐禪入定復云會麼僧云不會竈云汝問我善善不從惡汝問我惡惡不從善後有僧舉似安國師安云此子會盡諸法無生師云窮善善自何生究惡惡從何起若能明見者箇田地便是諸法無生有問崇寧如何是大修行人對他道坐禪入定如何是大作業人對他道擔枷抱鎖且道是同是別

舉僧問趙州未有世界早有此性世界壞時此性不壞如何是不壞之性州云四大五蘊僧云此猶是壞底如何是不壞之性州云四大五蘊師云千尺寒潭徹底清

舉長生問靈雲混沌未分時如何靈云露柱懷胎生云分後如何靈云片雲點太清生云只如太清還受點也無靈不對生云恁麼則含生不來也靈亦不對生云直得純清絶點時如何靈云猶是真常流注生云如何是真常流注靈云如鏡常明生云未審向上還有事也無靈云有生云如何是向上事靈云打破鏡來相見師云長生善問靈雲善答膠漆相投水乳相合不見古者道身從無相中受生猶如幻出諸形相幻人心識本來無罪福皆空無所住若明此箇須便見二老宿問答始知父母未生已前既生之後全體露現且

道打破鏡來如何相見撫掌云了
舉雪峯問僧近離甚處僧云覆船峯云生死
海未渡爲什麼覆却船僧無語覆船代云渠
無生死雪竇代云父嚮雪峯師代云便與掀
倒禪床師云雪峯有驗人句覆船有透關眼
雪竇有陷虎機且道崇寧成得箇什麼邊事
舉雪峯示衆云世界闊一丈古鏡闊一丈世
界闊一尺古鏡闊一尺玄沙指火爐云且道
火爐闊多少峯云如古鏡闊沙云老和尚脚
跟未點地在師云現成公案古鏡本非火爐
打破籠羅火爐即是古鏡若非父子投機爭
見赤心片片諸人作麼生會他道者老漢脚
跟未點地在如來寶杖親蹤跡
舉雲門示衆云你若實未得箇入頭處三世
諸佛在你脚跟下一大藏教在你舌頭上且

向葛藤處會取師云崇寧土上加泥敢道直
得潙山水牯觸殺東海鯉魚陜府鐵牛吞却
嘉州大像
舉古者道者一片田地分付來多時也我立
地待你搆去法眼云者一片田地分付來多
時也我坐待你搆去師云者一片田地分付
來多時也我今日當衆慶懺
舉前寶壽問後寶壽父母未生已前那箇是
本來面目後寶壽罔措一日在市見二人相
爭有一人相勸云你得恁麼無面目壽遂大
悟師云築著磕著當頭彰本地風光應聲應
色直下無私毫透漏還會他道得恁麼無面
目麼龍袖拂開全體現
舉南泉示衆云王老師自小養得一頭水牯
牛擬向溪東牧不免食他國王水草擬向溪

西牧亦不免食他國王水草不如隨分納些些總不見得師云和光順物與世同塵不犯鋒鋩收放自在是南泉本分草料山僧自小亦養得一頭水牯牛有時孤峯獨立有時閙市縱横不論溪東溪西一向破塵破的且道即今在什麼處著眼看

舉僧問鏡清學人未達其源乞師指示清云是什麼源僧云其源清云若是其源爭受指示僧去後侍者問適來是成褫伊否清云無者云是不成褫伊否清云無者云和尚尊意如何清云一點水墨兩處成龍師云鏡清具本分鉗鎚有作家爐鞴正如明鏡當臺舉無遺照雖則赴感應機要且猶費葛藤若是山僧忽有問未達其源對他是什麼源待伊道其源劈脊便棒更有問是成褫伊否無和尚尊意若何劈脊便棒非唯截斷衆流亦乃光揚宗眼還辨得出麼

舉德山小參示衆云老僧今夜不答話問話者三十棒時有僧出禮拜山便打僧云某甲話也未問因甚打某甲山云你甚處人僧云新羅人山云未跨船舷好與三十棒師云德山大似金輪聖王寰中獨據四方八表無不順從等閑布一敇施一令直得草偃風行若不是者僧爭見殺活擒縱威德自在法眼云大小德山話作兩橛圓明云大小德山龍頭蛇尾雪竇云德山握閫外威權有當斷不斷不招其亂底劒雖則直截單提各能扶竪德山要且只扶得末後句未扶得最初句在且作麼生是德山最初句大鵬欲展摩霄翅誰顧崩騰六合雲

舉太原孚上座問鼓山父母未生已前鼻孔在什麼處山云即今生也鼻孔在什麼處孚不肯乃云你問我與你道鼓山問父母未生已前鼻孔在什麼處孚但搖扇而已師云奇特因緣須以奇特激發殊勝大事須以殊勝舉揚雖然隱顯無差其奈巧拙有異或有問崇寧父母未生已前鼻孔在什麼處只劈口便掌

舉臨濟入僧堂兩堂首座齊下喝僧問臨濟還有賓主也無濟云賓主歷然師云正勑既行諸侯避道

舉溈山普請次靜版鳴有一僧拍手呵呵大笑歸去溈山云奇哉此是觀音入理之門至晚問其僧適來你見什麼道理僧云朝來未喫飯聞版聲歡喜溈山云賺殺人鏡清云當時溈山有此一僧鼓山云當時溈山無此一僧師云者僧洪音大振直得一千五百人善知識眼目定動及乎勘證將來却打箇背翻觔斗若不是溈山爭見汗馬功高後來道有此一僧只得一半道無此一僧只得一半今日板聲鍾聲魚聲鼓聲齊振或有箇拍手呵呵大笑直向伊道觀音菩薩來也

舉道吾與漸源至一家弔慰源撫棺槻問吾云生耶死耶道吾云生也不道死也不道源云爲什麼不道吾云不道不道漸源罔測後來在一處聞誦觀音經應以比丘身得度者即現比丘身而爲說法忽然大悟師云道吾橫身爲物指出生死根源親到寶山一問當面蹉却若不是金剛正性宿植根深爭得向平田淺草驀地回光見得道吾著力相爲處

且作麽生是道吾著力相爲處試請道看

舉僧問鏡清新年頭還有佛法也無清云有僧云如何是新年頭佛法清云元正啓祚僧云謝師答話清云鏡清今日失利又僧問明教新年頭還有佛法也無教云無僧云年年是好年爲什麽却無教云張翁喫酒李翁醉僧云老老大大龍頭蛇尾教云明教今日失利師云鏡清道有也失利明教道無也失利且道誵訛在什麽處若明得去不妨識進退別休咎始知一句下有分身之意有出身之路今日崇寧忽有人問新年頭還有佛法也無對他道不在者兩頭他或道爲什麽如此崇寧今日失利且道與古人是同是別

舉靈雲見桃華悟道頌三十年來尋劒客幾回葉落又抽枝自從一見桃華後直至如今更不疑玄沙云諦當甚諦當敢保老兄未徹在師云千鈞之弩不爲鼷鼠發機靈雲既撥動天關玄沙乃掀翻地軸且道那箇是未徹處具透關眼者試請辨看

舉遵布衲在藥山浴佛次山云你浴得者箇還浴得那箇麽遵云把將那箇來師云藥山問處闇隔重關遵老答來一槌兩當不可只守者一路也或有問崇寧只浴得者箇還浴得那箇麽提起杓子向伊道何似生

舉古者道護生須是殺殺盡始安居會得箇中意鐵船水上浮師云且道殺箇什麽殺衆生物命凡夫見解殺六賊煩惱座主見解殺佛殺祖大闡提人見解衲僧分上畢竟殺箇什麽試定當看

舉世尊於一處安居至自恣日文殊在會迦

葉問文殊何處安居文殊云今夏三處安居迦葉於是集衆白椎欲擯文殊即見無量世界一一界中有一一佛一一文殊一一迦葉白椎欲擯文殊世尊謂迦葉云汝今欲擯那箇文殊迦葉茫然師云鐘不擊不響鼓不打不鳴迦葉既把斷要津文殊乃十方坐斷當時好一場佛事放過一著待釋迦老子道欲擯那箇文殊便與擊一槌看他作麼生合殺

舉石室見僧來拈起拄杖云過去諸佛也恁麼現在諸佛也恁麼未來諸佛也恁麼長沙云放下拄杖子别通箇消息來師云石室置箇問端不妨孤峻若非長沙爭得投機雖然只知恁麼不知不恁麼遂舉拄杖云過去諸佛不恁麼現在諸佛不恁麼未來諸佛不恁麼或若總道放下拄杖子我也知你只是學語之流生機處道將一句來

舉保壽開堂三聖推出一僧壽便打三聖云恁麼爲人非但瞎却者僧眼瞎却鎮州一城人眼去在保壽擲拄杖下座師云保壽大似毒龍攪海直得雨似傾盆三聖雖雷震青霄焉助得威光一半可中有箇直下承當非但瞎却鎮州一城人眼瞎却天下人眼去在

舉寶誌公云終日拈香擇火不知身是道場玄沙云終日拈香擇火不知真箇道場師云終日拈香擇火不知拈香擇火

舉僧問長慶有問有答賓主歷然無問無答時如何慶云怕爛却那僧問睦州有問有答賓主歷然無問無答時如何州云相逢盡道休官去林下何曾見一人師云若問崇寧有問有答賓主歷然無問無答時如何對他道

收得安南又憂塞北
舉睦州陞座云首座㖃答云在寺主㖃答云在維那㖃答云在州云三段不同今當第一向下文長付在來日師云一等是借路經過就中奇恠若是崇寧又且不然首座㖃在寺主㖃在維那㖃在因行不妨掉臂打草只要驚蛇若能一撥便轉免致撒土撒沙
舉長慶示衆云撞著道伴交肩過一生叅學事畢師拈云撞著道伴交肩過露柱燈籠共證明
舉南泉示衆云文殊普賢昨夜起佛見法見各與二十棒貶向二鐵圍山去也趙州出云和尚棒教誰喫泉云王老師有什麼過州禮拜南泉便歸方丈師拈云南泉動絃趙州別曲苦痛蒼天寒山拾得若是崇寧則不然燈籠露柱昨夜起佛見法見各與二十棒令歸本位去也或有箇出云和尚棒教誰喫只對他道落賔落主
舉古者道十五日已前不得住我者裏你若住我者裏我用錐錐你十五日已後不得離我者裏你若離我者裏我用鈎鈎你正當十五日且道用錐即是用鈎即是師拈云放行處把住把住處放行是則是爲人鉗鎚爭奈傷鋒犯手若是崇寧則不然十五日已前不得住我者裏你若住我者裏我放火燒你十五日已後不得離我者裏你若離我者裏我放火燒你正當十五日化爲萬斛明珠撒在大千沙界處處盡放光明各各急須著眼
舉昔日摩耶夫人聖母左手攀枝釋迦老子右脇降誕九龍吐水沐浴金軀便乃周行七

步目顧四方一手指天一手指地作大師子吼云天上天下惟我獨尊後來雲門大師道我當時若見一棒打殺與狗子喫貴圖天下太平師拈云驚羣之句須向驚羣處舉揚奇特之事須遇奇特人前拈出釋迦老子可謂驚羣雲門大師不妨奇特直下以不可測度底機輪向千聖頂顛上撥轉若能恁麼體會始知釋迦把斷要津雲門知恩解報且道落在什麼處還會麼棒頭有眼明如日要識眞金火裏看

舉外道問佛不問有言不問無言世尊良久外道禮拜讚歎云世尊大慈大悲開我迷雲令我得入外道去後阿難問佛外道有何所證而言得入世尊云如世良馬見鞭影而行師拈云外道因邪打正世尊看樓打樓阿難不善旁觀引得世尊拖泥帶水若據山僧見處待伊道不問有言不問無言和聲便打及至阿難問外道有何所證而言得入亦和聲便打何故殺人須是殺人刀活人須是活人劒

舉祖師道正説知見時知見即是心當心即知見知見即如今師拈云若明心達本知見歷然正説正行當陽顯赫且作麼生是即如今底事大家齊著力共唱太平歌

舉僧問馬祖如何是祖師西來意祖云近前來向你道僧近前祖劈耳便掌云六耳不同謀後來南禪師道古人尚六耳不同謀那堪三二百衆浩浩地商量禍事禍事師拈云南禪不妨因風吹火也未免隨語生解若有問道林如何是祖師西來意只對他道水長船

高泥多佛大

舉泰首座到洞山値喫果子洞山云有一物上拄天下拄地常在動用中動用中收不得未審過在什麼處泰云過在動用洞山云侍者掇退果卓師拈云天下衲僧盡道泰首座箭鋒不相拄所以遭洞山貶剥後來潙山眞如道此果子莫道泰首座不得喫三世諸佛也不敢正眼覷著師云宗師家正令當行十方坐斷有定乾坤句辨龍蛇眼不妨難趂當時若是英靈衲子解捋虎鬚待他道過在什麼處便拈起果子云和尚畢竟喚作什麼待他擬議劈面便擲何故有意氣時添意氣不風流處也風流

圓悟佛果禪師語録卷第十五

音釋

睚眦睚牛懈切眦士懈切睚眦舉目相忤貌　驏陟扇切馬土浴也　褫陳知切　鵬薄登切大鵬也　櫬初覲切身棺也　襯

圓悟佛果禪師語録卷第十六

宋平江府虎邱山門人紹隆等編

舉雲門示衆云結夏得數日也寒山子作麽生大溈真如道結夏得數日也水牯牛作麽生師拈云結夏得數日也諸上座作麽生復云寒山子意在鈎頭水牯牛事在函盖且道諸上座落在什麽處惜取眉毛

舉洞山與密師伯到栢巖巖問二上座在什麽處來山云湖南來巖云觀察使姓什麽山云不委他姓巖云名什麽山云不委他名巖云還理事也無山云自有廊幕在巖云還出入否山云不出入巖云豈不出入山拂袖出去巖至來日侵早入堂召二上座二人近前巖云昨日問上座話不愜老僧意一夜不安今請上座别一轉語若契老僧意便開粥飯相伴過夏山云却請和尚問巖云不出入山云太尊貴生巖乃開粥同過夏師拈云正偏回互只要圓融直截當機惟崇尊貴洞山觀機而作栢巖理長則就雖然如是曹洞門下即得若於臨濟宗中須别作箇眼目始得當時待伊道不委名便向伊道他不委你你不委他敢問合道得什麽語還有人道得麽若有山僧也不開粥只分付箇龜毛拂子若道不得且叅三十年

舉僧問趙州萬法歸一一歸何處州云我在青州作一領布衫重七斤師拈云摩醯三眼一句洞明似海朝宗千途共轍雖然如是更有一著在忽有問蔣山萬法歸一一歸何處只對他道饑來喫飯困來眠

舉道吾漸源至一家弔慰源撫棺木云生耶

死耶吾云生也不道死也不道源云爲什麽不道吾云不道不道行至中路源云請和尚爲某甲道若不道則打和尚去也吾云打即任打道即不道師拈云銀山鐵壁有什麽階昇處山僧今夜錦上鋪華八字打開商量者公案去也生也全機現死也全機現不道復不道箇中無背面直下便承當不隔一條線逼塞太虛空赤心常片片

舉南際到雪峯經月次見玄沙沙云長老唯我能知際云須知有不求知者沙云山頭老漢費許多氣力作麽師拈云玄沙放去太嶮收來太速若據金山則不然此事唯我能知須知有不求知者只向他道也知長老不分外還委悉麽一鏃破三關分明箭後路

舉僧問巴陵如何是道陵云明眼人落井僧

問石頭如何是道頭云木頭僧又問韶國師如何是道國師云四生浩浩師拈云宗師家爲人各有出身處若是通方之士一舉便知苟未相諳不免指注只如一箇問頭三人恁麽答且道是那一句親切還委悉麽一鏃破三關分明箭後路

舉僧問香林如何是衲衣下事林云臘月火燒山雪竇云臘月火燒山萬種千般翹松鶴冷踏雪人寒達磨不會大難大難師拈云大小雪竇隨婁漱不能截斷誵訛若是道林即不然臘月火燒山特地無端綿包特石鐵裹泥團

舉雪峯示衆云盡大地撮來如粟米粒大拋向面前漆桶不會打鼓普請看師拈云絶天維立地紀未足稱奇擘太華逗河源亦非敏

手若向箇裏覷得透便可以撒驪龍窟明珠噴栴檀林香氣豈不快哉山僧今日不避泥水放一線道乃拈拄杖云還見雪峯麽遂卓拄杖云劄

舉臨濟與普化一日同往施主家齋濟問毛吞巨海芥納須彌爲復是神通妙用爲復是法爾如然化踢倒飯床濟云大麤生化云者裏是什麽所在説麤説細濟休去來日又同一施主家齋濟復問今日供養何似昨日化又踢倒飯床濟云太麤生化云瞎漢佛法説甚麤細濟吐舌師拈云精金不百煉争見光輝至寶不酬價争辨真假不是臨濟不能驗他普化不是普化不能抗他臨濟所謂如水入水如金博金雖然如是放過則彼此作家點檢則二俱失利具擇法眼者試請辨看

舉昔有秀才問長沙某甲曾看千佛名經百千諸佛但見其名未審居何國土長沙召秀才才應諾沙云黄鶴樓崔顥題後秀才還曾題否才云不曾題沙云得閑題取一篇好師拈云驀刀劈面解辨者何人劈箭當胷承當者有幾若能向奔流度刃疾焰過風處見長沙横身爲物去不消一捏其或隨言詮入露布便謂問東答西裂轉話頭且作麽生是長沙端的處還委悉麽殺人刀活人劍

舉趙州訪一庵主便云有麽有麽庵主竪起拳頭州云水淺不是泊船處便去又訪一庵主亦云有麽有麽庵主亦竪起拳頭州云能縱能奪能殺能活禮拜而去師拈云佛祖命脉列聖鉗鎚換斗移星經天緯地有般漢未出窠窟只管道舌頭在趙州口裏殊不知自

已性命已屬他人若能握向上綱宗與二庵主相見便可以定龍虵別緇素正好着力還知趙州落處麽切忌顢頇

舉僧問長沙作麽生轉得山河大地歸自巳去沙云作麽生轉得自巳歸山河大地去師拈云得人一牛還人一馬

舉雲門示衆云百草頭上道將一句來衆無對自代云俱師拈云直得萬機寢削千眼頓開細如須彌大如芥子軟如鐵硬如泥雖然如是只道得一半或有問山僧只對他道收且道落在什麽處

舉興化一日上堂有一同參來纔上法堂化便喝僧亦喝僧纔行三兩步化又喝僧亦喝僧擬進前化拈棒僧又喝化云你看者瞎漢猶作主宰在僧擬議化便直打下法堂却歸方丈侍者便問適來僧有甚語句觸忤和尚化云他適來也有照也有用也有權也有實我將手向伊面前劃兩遭到者裏便用不得似者般漢不打更待何時師拈云辨王庫刀振塗毒鼓掣電未足以擬其迅震雷未足以方其威可謂善驅耕夫之牛能奪飢人之食只如主賔互換有照有用有權有實則且致甚處是興化將手向伊面前劃兩遭處若者裏洞明可以荷負臨濟正法眼藏如或泥水未分未免瞎驢隨大隊

舉仰山坐次大禪佛到翹一足云西天二十八祖亦如是唐土六祖亦如是和尚亦如是某甲亦如是仰山下禪牀打四藤條師拈云師資會遇衮芥投針一期借路經過不免互相鈍置雪竇道藤條未到折因甚只打四下

師云餬餅討什麼汁雪竇云須是箇斬釘截鐵漢始得師云大似隨邪逐惡大禪佛後到霍山自云集雲峰下四藤條天下大禪佛叅霍山云維那打鐘著禪便走師拈云者漢擔仰山一箇冬瓜印子向人前賣弄若不是霍山幾被塗糊雖然可惜令行一半當時不用喚維那好與擒住更打四藤條且聽者漢疑

三十年

舉雪峯會下有一僧辭去在山中卓庵多時不剃頭自作一柄木杓溪邉舀水喫時有僧見問如何是祖師西來意主竪起杓子云溪深杓柄長僧歸舉似雪峯峯云也甚奇恠峯一日與侍者將剃刀去纔相見便問道得即不剃汝頭主便取水洗頭峯便與伊剃却師拈云庵主雖生鐵鑄就雪峯朶是本分鉗鎚

當初若一向顛頇爭見驚天動地還委悉麼金鏃慣調曽百戰鐵鞭多力恨無酬

舉僧問保福雪峯平生有何言句得似羚羊掛角時福云我不可作雪峯弟子不得那師拈云翡翠羽毛麒麟頭角重重光彩的的相承要明陷虎之機須施嶮崖之句雖然如是只知與麼來不知與麼去或有問山僧五祖平生有何言句得似羚羊掛角時只對道不敢孤負先師委悉麼山高豈礙白雲飛

舉玄沙和尚到莆田縣衆以百戲迎之次日玄沙遂問小塘長老昨日許多喧鬧向什麼處去小塘提起袈裟角示之沙云料掉沒交涉大溈真如拈云大溈即不然或有問昨日許多喧閙向什麼處去遂鳴指一下或有箇衲僧出云料掉没交涉大溈却肯伊何故大

丈夫漢捋虎鬚也是本分且道利害在什麽處師拈云二老宿雖是提振綱宗要且貪觀天上月而今或有箇出問道林適來許多喧閙向什麽處去只對他道又是從頭起他若道料掉沒交涉劈脊便棒何故曹溪波浪如相似無限平人被陸沉

舉僧問投子如何是一大事因緣子云尹司空與老僧開堂師拈云人道投子實頭不妨忒煞淳樸若是山僧即不然或有問如何是一大事因緣只對他道弄潮須是弄潮人

舉藥山一夜無燈燭示衆云我有一句子待特牛生兒即向汝道時有僧出云特牛生兒也自是和尚不道山云把燈來其僧便歸衆洞山云者僧會則會只是不肯禮拜法燈云當時不要索燈但問他道生底是特牛兒特牛兒又代云雙生也師拈云藥山垂鈎意在鯤鯨者僧吞鈎三千浪激洞山眼正千里同風法燈重整鎗旗再裝甲胄雖然如是山僧即不然夾山有一句子威音王巳前與諸人道了也或有問明頭合暗頭合只對他道龍得水時添意氣虎逢山勢長威獰

舉巖頭㕘德山入門便問是凡是聖山便喝頭禮拜洞山云若不是奯公大難承當巖頭聞云洞山老漢不識好惡錯下名言殊不知我當時一手擡一手搦師拈云德山據令而行只得一半洞山通方有眼千里同風巖頭既善據虎頭又能收虎尾大似作家戰將臨陣扣敵七事俱全不妨奇特敢問那箇是一手擡一手搦處謂言侵早起更有夜行人

舉僧問曹山恁麽熱向什麽處回避山云鑊

湯爐炭裏回避僧云鑊湯爐炭裏作麽生回避山云衆苦不能到師拈云回機轉位宛爾通方直下似臘月蓮華雖然如是斬釘截鐵更饒一路或有問碧巖恁麽熱向什麽處回避只向他道鑊湯爐炭裏回避他若云鑊湯爐炭裏如何回避只向他道熱殺也何妨且道還有爲人處也無

舉陸亘大夫問南泉肇法師道天地與我同根萬物與我一體也甚奇恠南泉指庭前華召大夫云時人見此一株華如夢相似師拈云陸亘手攀金鎖南泉八字打開直得七珍八寶羅列目前乃竪起拂子云天地一指萬物一馬通身是眼分踈不下

舉興化示衆云今日不用如之若何便請單刀直入興化與你證明時有旻德長老出衆禮拜起便喝化亦喝德又喝化亦喝德便禮拜化云旻德今日却校興化二十棒若是別人一棒也少不得何故盖爲他旻德會一喝不作一喝用師拈云作家相見須是恁麽機如掣電眼似流星原始要終扶頭接尾所謂羽毛相似言氣相合只如兩家互換相喝且作麽生辨得一喝不作一喝用要承當臨濟正法眼藏須明取二老宿意且道意作麽生百尺竿頭須進步紫羅帳裏撒眞珠

舉僧問雲門如何是清淨法身門云六不收師拈云只道得一半若問道林只對他道一不立遂成頌一不立六不收突然那更有蹤由無限青山留不住落華流水太悠悠

舉僧問長慶如何是合聖之言長慶云山僧被闍梨一問直得口似匾檐師拈云是則是

應機無差爭奈大驚小恠或有問道林如何是合聖之言只對他道誌公不是閑和尚剪刀只在卧床頭

舉臨濟道一喝分賔主照用一時行師喝一喝云且道是賔是主是照是用還委悉麼千峯勢到嶽邊止萬派聲歸海上消

舉玄沙見鼓山來作一圓相山云人人出者箇不得沙云情知汝向驢胎馬腹裏作活計山云和尚又作麼生沙云人人出者箇不得山云和尚與麼道得某甲却與麼道不得沙云我得汝不得師拈云灼然者一條路作者方知直得窮天地亘萬古而不移消劫石空芥城而不盡便是透關底也須急著眼始得一等是與麼時節爲什麼我得汝不得切忌向驢胎馬腹裏作活計

舉休静在洞山作維那一日普請白槌云上間鋤地下間搬柴首座遂問云聖僧作箇什麼静云當堂不正坐那赴兩頭機師拈云珠鑽九曲休静可謂神功玊解連環山僧更資一路或有問聖僧作箇什麼只對他道廓如明鏡當堂照不動形聲應萬緣

舉僧問馬大師離四句絶百非請師直指某甲西來意大師云我今日勞倦不能爲汝説問取智藏去師著語云錯僧問智藏藏云我今日頭痛不能爲汝説問取海兄師著語云錯僧問海海云我到者裏却不會師著語云錯僧回舉似馬大師大師云藏頭白海頭黒師著語云錯錯師拈云若是明眼漢一舉便知落處白雲師翁道者僧擔一擔懞懂換得箇不安樂馬大師道藏頭白海頭黒白雲拈

云風后先生只知其一不知其二只如山僧下五箇錯且道落在什麼處莫將閑學解埋沒祖師心

舉僧問雲門如何是法身向上事門云向上與汝道即不難作麼生會法身僧云請和尚鑑門云鑑則且致你作麼生會法身僧云與麼與麼門云者箇是長連床上學得底我問你法身還喫飯也無僧無語雪竇云將成九仞之山不進一簣之土保福云欠他一粒也不得又古德云喚什麼作飯師拈云雲門可謂驅耕夫牛奪饑人食權衡佛祖龜鑑宗乘所以後來尊宿各出眼目扶立宗風雖然如是只明得法身邉事未明得法身向上事且如何是法身向上事域中無向背閫外有權衡

舉保壽開堂三聖推出一僧壽便打聖云恁麼爲人非但瞎却者僧眼瞎却鎮州一城人眼去在壽便歸方丈師拈云保壽全機擔荷不妨奇特要且只得一邉當時若善發明臨濟正法眼藏待三聖道恁麼爲人非但瞎却者僧眼瞎却鎮州一城人眼去在便與本分草料何故一不做二不休

舉金牛行食次問龐居士生心受食淨名已呵去此二途居士還甘否士云當時善現豈不作家牛云豈干他事士云食到口邉被人奪却金牛便行食士云不消一句子師拈云善現作家金牛奇特盡被龐居士一時領過了也只如龐居士道不消一句子且道是那一句端坐受供養施主常安樂

舉僧問石門年窮歲盡時如何門云東村王

老夜燒錢師拈云可謂神通妙用僧復問開先暹和尚年窮歲盡時如何暹云依舊孟春猶寒師拈云不妨田地穩密忽有問道林年窮歲盡時如何只對他道定盤星上轉風車

舉三聖道我逢人則出出則不爲人與化道我逢人則不出出則便爲人師拈云一人在孤峯頂上土面灰頭一人在十字街頭斬釘截鐵有頭有尾同死同生且道出則不爲人底是出則便爲人底是竪起拂子云萬古碧潭空界月再三撈摝始應知

舉龍牙問翠微如何是祖師西來意微云與我過禪版來牙取禪版與翠微微接得便打牙云打則任打要且無祖師西來意牙又問臨濟如何是祖師西來意濟云與我過蒲團來牙取蒲團與臨濟濟接得便打牙云打即任打要且無祖師西來意住院後僧問和尚當年見二尊宿是肯伊不肯伊牙云肯即肯要且無祖師西來意師拈云者漢叅來莽鹵學處顢頇雖然顧後瞻前爭奈藏身露影既是無祖師西來意用肯作麼若向箇裏辨得山僧與你拄杖子若辨不得和鼻孔一時失却

舉僧問雲門樹彫葉落時如何門云體露金風師拈云雲門善巧方便可謂即事即理即隱即顯三句可辨一鏃遼空雖然猶是粘皮著骨若有問蔣山樹彫葉落時如何只對他道撐天拄地且道是三句是一鏃試玉須經火求珠不離泥

舉懶瓚和尚云吾有一言絶慮忘緣巧說不得只要心傳師拈云者老漢魚行水濁漏逗

不少雖然如是箇中或有解忘縁能絶慮者出來道作麽生是心傳若也會得已傳了也若會不得心即且置畢竟是那箇一言歸堂歇去

舉雪竇云乾坤之内宇宙之間中有一寶掛在壁上達磨九年面壁不敢正眼覷著如今衲僧要見劈脊便打師拈云雪竇妙中之妙奇中之奇向佛祖頭上提持衲僧頂門鑿竅不妨自在要且只見錐頭利不見鑿頭方若是蔣山則不然乾坤之内宇宙之間中有一寶豎起拄杖子云在拄杖頭上拈起也天回地轉放下也草偃風行有時八臂三頭有時壁立千仞如今莫道衲僧要見直饒千聖出來列祖齊至並須倒退三千里敢問大衆且道什麽人合得受用分付天台木上座突出南山鼈鼻蛇攛拄杖下座

舉僧問大梅如何是祖師西來意梅云西來無意僧舉似鹽官官云一箇棺木兩箇死漢雪竇云三箇也有師拈云一串穿却

舉靈雲頌云三十年來尋劍客幾回葉落又抽枝自從一見桃華後直至如今更不疑玄沙云諦當甚諦當敢保老兄未徹在師拈云唱彌高和彌寡雪曲陽春殺人刀活人劍利物之要有般底尚拘聞見隨語作解便説相謾誰不知日下孤燈已失先照畢竟什麽處是未徹處壺中日月長

舉玄沙問僧近離甚處僧云瑞巖沙云瑞巖有何言句僧云長喚主人公自云喏喏惺惺著他日莫受人謾沙云一等是弄精魂也甚奇恠復云何不且在彼中住僧云瑞巖遷化

了也沙云如今還喚得應麼僧無語雪竇云蒼天蒼天師拈云萬丈寒潭徹底月在當心千尺巖松倚天風生幽谷直得凜凜孤標澄澄風彩及至月離碧嶂影落雲衢遂乃當面蹉却當時者僧若是箇漢待伊道即今還喚得應麼當下便喝非唯把定玄沙要津亦與瑞巖老子出氣

舉僧問風穴九夏賞勞請師言薦穴云一把香匙拈未暇六鐶金錫響搖空師拈云風穴用得當陽事不妨風流儒雅要且只道得途中句或有問道林九夏賞勞請師言薦只對他道四絕堂邊呈瑞氣三湘江畔奪高標

舉舍利弗一日入城見月上女出城舍利弗問云什麼處去女云如舍利弗恁麼去舍利弗云我方入城汝方出城何言如舍利弗恁麼去女云諸佛弟子當住何處弗云諸佛弟子當住大涅槃女云諸佛弟子既住大涅槃我如舍利弗恁麼去師拈云住無所住行無所行見無所見用無所用各人脚跟下廓同太虛如十日並照觸處光輝苟知恁麼則與月上女同證無生得不退轉隨去來處無不皆在大解脫中三世諸佛鼻孔一時穿却說什麼如舍利弗恁麼去

舉師祖問南泉云摩尼珠人不識如來藏裏親收得如何是藏泉云王老師與汝往來者是祖云直得不往來時如何泉云亦是藏祖云如何是珠泉云師祖祖應喏泉云去汝不會我語師拈云南泉一期垂手收放擒縱則不無要且未見向上事在只如盡大地是如來藏向什麼處著珠盡大地是摩尼珠喚什

麽作藏若明得有轉身處許他只具一隻眼
舉僧問香林如何是衲衣下事林云臘月火
燒山師拈云舉一明三衲僧孔竅千差一轍
本分鉗鎚雖然如是或有問道林如何是衲
衣下事只對他道綿包特石
舉南泉問僧昨夜好風僧云昨夜好風泉云
吹折門前一株松僧亦云吹折門前一株松
南泉又見僧問昨夜好風僧云是什麽風泉
云吹折門前一株松僧云是什麽松泉云一
得一失師拈云大凡酬唱隨機著眼辨龍蛇
別緇素所謂打鼓弄琵琶相逢兩會家只如
南泉道一得一失敢問阿那箇得阿那箇失
到者裏須是向上人始得還委悉麽鵝王擇
乳素非鴨類
舉修山主頌云二破不成一一法鎮長存若
人一二解永劫受沉淪師拈云直似倚天長
劒凜凜神威向平坦坦處壁立千仞壁立千
仞處平坦坦雖然只道得一半道林即不然
二破不成一一法亦不存不作一二解永劫
受沉淪
舉道吾問雲巖脱却殼漏子向什麽處相見
去巖云向不生不滅處相見師拈云太周遮
生道吾云何不道非不生不滅處相見師拈
云太孤峻生大凡善知識舉一語垂一機要
明生死根源令一切人明心見性去豈不快
哉或有問道林脱却殼漏子向什麽處相見
只對他道何處不逢渠
舉修山主頌云欲識解脱道諸法不相到眼
耳絶見聞聲色鬧浩浩師拈云聲不到耳色
不到眼聲色交叅萬法成現且道還踏著解

脱道也無不省者箇意修行徒苦辛

舉僧問石鞏生死到來如何回避鞏云者的無生死師拈云還識者的麽俊鶻捎空去懵鳥泊籬頭

舉古者道生死中有佛則不迷生死又有道生死中無佛則無生死師拈云是則是兩口金剛寶劒要且拂掠虛空金山則不然生死爲諸佛根基諸佛乃生死爐韛若解嶮絶承當即證六通八解

圓悟佛果禪師語録卷第十六

音釋

愜詰叶切快也　翹渠堯切　擘博厄切分擘也　顥胡老切　舀以沼切行也　特徒得切牡牛也　牸疾置切牝牛也　鯤公渾切大魚也　奯呼括切　蕢求位切土籠也　遲思康切　瓚在早切　攛取亂切擲也　鞏居竦切

圓悟佛果禪師語録卷第十七

宋平江府虎丘山門人紹隆等編

高宗在藩邸三次請陞座說偈

善因招善果種粟不生豆大福德人修大福德人受

八萬四千波羅蜜一毫頭上已圓成棒頭喝下承當得高步毘盧頂上行

至簡至易至尊至貴往還千聖頂顙頭世出世間不思議彈指圓成八萬門一超直入如來地

頌月上女因緣

本來正體徹根源出入同途只此門已住如來大解脫掌中至寶耀乾坤

示丹霞佛智裕禪師

二三四七初無間顯大威光示的傳把斷關津勿輕放草深誰顧法堂前

寓言

昔聞沉巨浸一舉十二鼇持此淨華宿曾未及秋毫濛濛大象中出沒安可逃只自且循緣著意真徒勞

和靈源瞌睡歌

懵懵懂懂無巴無鼻兀兀陶陶絕忌諱任信流光動地遷不論冬夏唯瞌睡箇中滋味佛不知空咄蚌蛤與螺師放身不管卧水底與發長挨布袋兒鼻息如雷誰顧得尋常少見有醒時沒醒時良有以要明瞌睡中宗旨從來一覺到天明佛來不解擡身起縱使舒光遍大千終難換我無憂底校踈親渾打失瞌睡根靈莫窮詰有人契會便同条睡著須知更綿密

修道者若虛庵銘
修禪道人隨身卓庵取名於佛果老子因與名之若虛乃會三爲一也而不出本分事及禪教永嘉云體若虛空沒涯岸佛經云佛真法身猶若虛空混元云深藏若虛宣尼云實若虛云一滴滴水一滴滴涷只麼平常表裏空洞根塵絕偶六門互用快住此庵十八不共要覷鏬隙灼然無縫應物非緣誰爲幻夢

因示衆
辦道應須辦自心　心真觸處是通津直明格外無生忍端作區中解脫人吸盡西江龎老口摶將妙喜淨名身八風五欲莫能轉解向塵中轉法輪

佛鑑和尚忌辰示衆
去年正今日泥牛鬬入海今年正今日徧界舒光彩虛空無相身佛鑑儼然在非色亦非心不小復不大刼石可移動箇中無變改要知佛鑑恩各人明主宰一句逗群機　志心常頂戴且道是那一句喫飯咬著沙

送梵思禪老皖山住庵
脫去羈羅徹轡銜了無毫末可容叅馬駒兒踏誰禁得皖伯臺前去住庵

頌黃龍三關
我手何似佛手隨分拈華折柳忽然摸著蚰頭未免遭他一口
我脚何似驢脚趙州石橋畧彴忽若築起皮毬崩倒三山五嶽
人人有箇生緣蹲身無地鑽研忽若眼皮迸破慮他桶底踢穿

送慧恭先馳之平江

一句單提越祖佛痛劄針錐窮徹骨出門便
作獅子兒敵勝驚群資返擲平江古來豪俠
窟去去先通箇消息此行不作等閑來入面
清風起衣祴
送景元先馳之毘陵
當陽提起截千差誰信風流出當家要入壥
中通一線等閑開取鉢曇華善專對不辱命
乃見摩醯三眼正引著群靈使共行明明直
截曹溪徑
示擇言禪人三偈
叅禪叅到無叅處窮玄窮徹玄盡頭渴飲饑
飡只恁麼世間出世没蹤由
機關並是閑家具玄妙渾成破草鞋鐵額銅
頭超佛祖横拈倒捉一坑埋
紅壥有底論成道寒谷無人可作春苟識拈
華微笑意一番拈弄一番新
送修道者
不下笠子勘俱胝一句擊出一古佛如今歸
去舊雲庵叅徧諸方善知識卓卓頂門眼輝
騰如杲日勉力傳持無盡燈繼取末山舊蹤
跡
三毒頌
溝壑難充一念欲泥犂永刼苦何堪悟將萬
法皆如幻慎勿容心瞥起貪
未見世間爲大患焚燒功德莫過嗔頭頭違
順須容却喜捨慈悲出六壥
羅刹無明徹底癡翳他正體發狂機猛操般
若金剛劍未斷渠儂撒手歸
妄起渾由三箇漢牽拖六道四生中倏然調
伏無功用端與毘盧性海通

送達侍者之武陵
臨濟昔遣將驗德嶠行令接住與一送果別
探竿影國師三度喚聲聲無不領負汝負吾
機直透千聖頂古人曾侍香根器如此譬爾
數載巾瓶已合得正命今復自帝都直遊武
陵境打辦俊精神也要識禪病截斷風前句
奪取佛祖柄歸來大誇詫强將果然猛
衆生本來是佛
放憨放癡貪世味閑情誰管真如地有時得
片好風光十字街頭恣遊戲
送智祖禪德
一句當機領千差路絶攀去來長若鑑喧寂
鎮如山百草顛頭峻孤雲世外閑行行牢把
著宜闡上頭關
楊無咎觀察
昔在皇都忝會底與今豈復有差殊等閑秉
興重拈似鬨堂捧腹一軒渠
佛祖命門提在手放開捏聚更非他已到懸
崖撤手處從來關捩子無多
示若平禪人
賛弼住山功已立荷擔長久志彌堅雲門庵
刱壓歐阜天上高天更有天追復古來清淨
刹他時會見美聲傳賓主相投膠漆合相與
弘持臨濟禪
示善友
此段本來無向背要須堅猛力行持金剛正
眼通身是萬境來侵莫管伊
送諸化士
豁達靈明印脚跟用來了不隔纖塵歷遊華
藏毘盧界把住牟尼百億身八寶七珍皆我

有左穿右穴與誰隣勞生袞袞堪垂手乃是通方自在人

皎皎林間月悠悠天際雲去來非有累圓缺本無根逗水光常淨爲霖意不群溪山千萬里同異許誰論

迦葉剎竿頭此老曾饒舌全體解承當祖祖何曾别要明箇段事須善觀時節遇著與麼人眼中爲出屑底見北山門戢戢皆雲衲妙手廣施呈翻却驪龍穴

千聖頂顊頭有破天大路唯是無心人始能闊著步恰如履平地日行千百度要引滿世間一齊與麼去爾垂手入鄽應須善回互開閮處相逢當機宜把住似過金剛圈請盡情分付歸來善法堂撾取大法鼓

覿面豁開三要印全機直明正法藏持去江西顯本宗三日耳聾無伎倆要須撒手向孤峯選甚懸崖千萬丈欲知稱意得錦鱗騰身快入驚人浪

四料四賓主三玄及三要擊石火電光乃臨濟垂範既叅臨濟禪亦須自點檢照用喝下奇殺活杖頭驗以此入郊鄽大奮姜維膽光榮作鳳輝七珍只一覽

無位真人赤肉團面門出入若爲看棒頭按正風前令喝下逼將肝膽寒不立階梯那事佛有真規矩得心安横身百草顛頭用插手驪龍窟裏翻要見衲僧全意氣如麻萬境莫能干大緣唖手間能辦未信人生行路難

撥轉千差向上機攙旗奪鼓不饒伊翻身踞地全生殺始是金毛師子兒

吸盡西江匹似閑作家豈復尚機關放教性

地平如砥成佛功歸一晌間

舉民公充座元有偈曰

休誇四分罷楞嚴按下雲頭徹底叅莫學亮公親馬祖還如德嶠訪龍潭七年往返遊昭覺三載翺翔上碧巖今日煩充第一座百華叢裏現優曇

送安首座回德山

使乎不辱命臨機貴專對安禪捋虎鬚著著超方外不惟明窗下安排掇向禪床掇嶮崖拈槌豎拂奮雄辯金聲玉振猶奔雷九旬落落提綱宗衲子濟濟長趍風解黏去縛手段辣驅耕奪食尤雍容夏滿思山要歸去了却武陵一段事勃窣理窟乃胸中行行不患無知巳臨行索我送行篇栗棘蓬裏金剛圈短歌須要數十丈長句只消三兩言金毛師子解翻身箇是叢林傑出人不日孤峯大哮吼五葉一華天地春

真讃

睦州和尚

辛辛辣辣啀啀喍喍識濟北爲大樹撥雲門墮嶮崖機峻莫借言如枯柴夫是之謂陳蒲鞋

死心和尚舍利

箇是黄龍老大蟲火後晶熒真舍利萬年如日出世間與善知識作儀軌平生斥佛呵祖口於斯乃驗著實底留將法子法孫傳觸處放光常動地

六祖大師

稽首曹溪真古佛八十生爲善知識示現不識世文書信口成章徹法窟葉落歸根數百

秋堅固之身鎮韶石皎如赫日照長空煥若驪珠光太極定慧圓明擴等慈所求響應猶空谷河沙可數德莫量併出渠儂悲願力

楊岐和尚

三脚驢子弄蹄行解道鉢盂口向天荷擔他一百二十斤重擔子牽犂拽杷無端壞却慈明禪

白雲端和尚

楊岐腦後眼豈親透得金塵能幾人扶持臨濟一拳拳倒黄鶴樓華擘二祖鼻孔依前搭上唇

五祖演和尚

山前一片閑田地松竹引風長襲人説心説性老僧箇裏是惡口偏提賤賣擔版貼秤麻三斤

真如喆和尚

叢林老作世無儔凛凛威光四百州一擊鐵關如粉碎恩大難將雨露酬

丹霞佛智裕長老請讃

奮雷霹靂赤肉團壁立星飛電擊臨濟命脉渠儂突出驀地面門撥出初無一物三玄三要輝赫分付佛智碎却人窠窟與祖宗雪屈

咄

華藏民長老請讃

臨濟正法眼從者瞎驢滅父子不相傳神仙有秘訣豈顧殃及兒孫且圖眼中出屑逢人好一劄切忌向渠説

道洙首座請讃

紫羅帳裏撒真珠夜明簾外提巴鼻句下三要三玄何人親得的旨面門無位真人放渠

出一頭地

梵思維那請讃

單提臨濟正法眼當機密付要瞎驢無位真人乾屎橛棒頭喝下絶名模當年海會大蟲咬今日毆峯舉似渠圓悟不惜兩莖眉洪爐熖裏綻芙蕖

惟祖知藏請讃

掃蕩佛祖不存性命鐵樹華開神駒十影圓悟傳來臨濟禪忽雷驀震千峯頂

法一書記請讃

化城踏破寶所非留當陽截斷機關透出百草顛頭揮臨濟之吹毛駕慈明之巨舟頭角相似氣類相投全機一喝分賓主須信渠儂得自由

子文監寺請讃

威如猛虎出深林皎若銀蟾轉太清望之儼如即之也温闍摩醯正眼於頂顊突無位真人於面門有誰領此豈可顯言分付子文

道元禪客請讃

臨濟正法眼藏突出三頭六臂忿怒驀撲帝鐘謾且神通遊戲圓悟當胷一拳鎖斷衲僧巴鼻

德珂禪人請讃

眼裏有瞳子頂門亞一指放出金剛圈舉世提不起箇中領畧要渠儂鐵作脊梁金作齒恁麽便行喪兒孫不恁麽行校些子滅却正眼瞎驢邊圓悟風光動天地

景元侍者請讃

生平只說聱頭禪撞著聱頭如鐵壁脫却羅籠截脚根大地撮來墨漆黑晚年轉復没㤄

屻奮金剛鎚碎窠窟他時要識圜悟面一爲
渠儂併拈出
法昭維那請讃
大包無外細入毫芒現寶華王隨處道塲建
立掃蕩正體堂堂一語壁立濟濟鏘鏘渠儂
此面目何人解提將圜悟栗棘蓬覷體沒商
量克賓話欛擋諸方
韓朝議請讃
撥轉上頭關千聖須却步唯許箇中人要逼
一線路具茨脱諸緣投誠信此事誓無雜用
心長時箭相拄觀出山野姿踞不蔭高樹按
杖正令行提持那一句善財鞠躬前風神全
體露氣類自相同美哉名父子
惟表知藏請讃
此著千聖頂顊上臨濟建立大法幢萬丈懸
崖解放身可以一口吸西江石火電光猶是
鈍虎肩揷翅定無雙
勝居禪人請讃
夜明符燭天吹毛劍照雪神威冷森森紅光
阿剌剌未啓口時當頭截欲入門來劈面喝
體裁相似可克家此地不容通水泄
若平禪老請讃
高擁毳袍横按拄杖作意提綱截斷伎倆放
出向上一機千聖魂亡膽喪於此有人承當
便見千了百當圜悟杖頭一滴禪西江十八
灘俱漲
曇玩禪德住頭陀巖庵請讃
盤陁石上横按拄杖睟質儼然曾無伎倆不
施栗棘金圏不愛起模畫樣頭陀巖頂偶行
拳打著渠儂也沒量

懐祖知殿請讃
瘦而精健老有餘韻鼓兩片皮説法無吝掃
併情識不留纎朕七處道場恰如一瞬有箇
不顧危亡僧剛地要來衝雪刃咄
文皓禪人請讃
岷峨濯秀屹西南氣象盤回鬱翠藍英傑間
生從古罕豈容湊膿輙相叅自不將領拈問
里賴有舌本操玄談得請居閑皓目擊持歸
先爲結茅庵
藴遇小師請讃
日面月面並現印空印水雙彰機先不留朕
跡格外亦絶承當父子至親路别各各頂有
圓光切恐與人明破此門豈可商量
禪人寫真求讃
泡幻中出枯木朽株頂鈌神骨額無圜珠曾
遭海會毒龍咬快意追風天馬駒施設千種
巧其實一物無若憑者箇見至了不識渠混
沌未分時無此箇面孔泡幻既張皇乃具足
十種罔次不立纎塵口角波濤洶湧唯有一
件長愛打破漆桶
乍嗔乍喜渾只由你最愛謾人摇唇弄觜忍
草徧地生何曾澆法水傾倒心肝一句禪箇
些兒子猶呈瑞
模子中脱出佛果老古錐萬縁休歇處端坐
不言時移刻定動奮迅全威爲人到徹骨不
惜兩莖眉
挐挐似紅藥跛跛如雲門殊無二老實空藴
二老文放下會事索破沙盆寳鑑一塵秋空
片雲
一見便見了本來面敏手丹青應縁而現漸

近縱心愈見强健唯用金圏栗蓬要須千煅
百煉撒手萬仞崖頂門廓正眼
幻出成相真藴其中挺然骨目四座生風傳
不可傳之心振不可振之宗老出皇都晚住
殿峯只者没回互領畧在渠儂咄
句中没禪格外無玄當面不見斷莫可傳似
玉温潤如月孤圓氣婣川源光流大千
衲衣逋峭活卓卓片段殘雲籠巨嶽壁立萬
仞近不得無佛無祖無棒喝一口吸盡西江
水箇是圓悟當頭著
相現無相心出非心如印印空逈絶古今入
師子窟遊栴檀林脱去羈韁履薄臨深要識
圓悟立處孤峯萬仞嶔岑
紅爐焰裏著點雪夜明簾外剔金燈萬丈寒
潭氷徹底妙高峯頂玉稜層等是渠儂遊歷
處萬機普應初不曾圓悟老來垂隻手爲問
何人似我能
利刃斬虚空神箭穿紅日用呑十方口吹此
無孔笛如斯三十年不費纖毫力信彩直鈎
頭也有錦鱗食有眼自承當慎勿從渠覓大
機要頓發大用要直截馬師老百丈無端巳
漏泄臨濟喚火來坐斷天下舌此老據胡床
也要恁麽説説不説萬里青天一輪月
危坐盤陀風神峻整横楖櫪䈂廓千聖頂誰
是仙陀未言先領一片風光奪人奪境圓悟
晚來益深沉華陰山頭百尺井
立地可成佛殺人不眨眼碎生死窠窟要箇
倜儻漢圓悟從來提此著風前白雲曾喝散
當家種草可相從利劍七星光燦爛
句裏有出身突在千聖頂當機絶籠羅透徹

無邊境生平秉此金剛王四喝三玄格外領
面門撥却太周遮誰是瞎驢傳性命
覿面全真不計踈親虎頭燕頷未盡渠神把
斷關津不放過無邊刹海乃比隣
太虛寥廓憑誰悟翻身背擲真師子透頂透
底沒遮攔千峯峭絶轟一句畧開圓悟上頭
關浮幢刹海闊著步
道不在丹青禪不在面相强自貌將來讃之
作何狀且就箇現成爲汝說一上赤水求神
珠得之由罔象圓悟老古錐老來沒伎倆英
禪把將去滔天衮白浪
本無箇面目突出六十七今汝强圖貌頂門
欠三隻七處入鬧藍近來稍寧謐若更打葛
藤豈有休歇日三十年後與人看圓悟從前
沒窠窟

太清之雲明鏡之塵於無相中驀現此身考
實究妙以何爲真不出者箇一著最親透得
剔脫與古爲隣
道絶形相名存至公對現色身本體全空要
求巴鼻不西不東月映澄潭風摇古松十成
圓悟誰識渠儂
通身無影像溢目生光彩動用峭於山語默
深於海曠刼正如如箇中無變改跳得圓悟
金剛圈須信大功元不宰
真如禪人請讃
只者觜面見一乃萬要是箇中人手親即眼
辨佛果應縁圓悟成現如如觸處得逢渠一
道神光本無間
真了禪人請讃
丹青有神貌活圓悟據坐儼如風光全露捺

騰聳身擡眸直顧毆峯頂上把要津一任青
寘轉烏兎

小佛事爲佛眼和尚舉哀

三十年行道海上第一人颯然恁麼去誰是不酸辛雖然如是須知佛眼未曾生未曾死未曾去未曾來正與麼時如何乃指龕云我與雪峯同條生不與雪峯同條死要知末後句分明普請大衆齊聲舉乃云哀哀

爲佛眼和尚下火

如來涅槃日娑羅雙樹間放出三昧火闍維金色身有條攀條無條攀例故褒山佛眼禪師道播四海名聞九州二十年間三據大刹退席褒嶺宴坐鍾山以平生所受用栗棘蓬驅耕夫之牛以楊岐所付囑金剛圈奪饑人之食傳持一大事提振向上機衲子雲從諸方景慕豈謂一彈指頃坐斷報化佛頭談笑之間遽失人天正眼今則乾坤廓落人境蕭條雪映高山風清大野圓頂後相放萬里神光大衆正與麼時還委悉麼看取亘天紅焰裏華發優曇大地春

爲智海法真和尚入龕

釋迦雙樹示寂偃卧吉祥法真智海告終端坐行上四十年道價七十一生緣德播寰中聲馳海外人天敬仰朝野傾崇比望永作梯航長光佛祖豈期忙中縮手鬧裏抽身最後皇都大作佛事今則未埋玉樹先入雲龕公案現成須至一决大衆因行不妨掉臂伎倆不如帳様爲瑞爲祥無邊無量請老和尚且出方丈

爲妙禪人下火

昨日一箇正可憐今朝一箇更凄然翻身踏著曹溪路妙體堂堂没變遷妙師愛忝禪祖佛要齊肩索然恁麽去一朶火中蓮生也浮雲突出死也空華倏没頂後圓同太虛畢竟非心非佛大衆看取一道紅光爍破無生窠窟

爲佛真大師下火

觸目菩提真解脱頂門正眼耀乾坤透得生死關廓然無起滅佛真大師生平滴水滴凍勇猛截鐵斬釘舉世重其爲人聞見莫不欽歎内侍叢中跳出衲僧隊裏修行淵聖錫徽名皇后賜度牒驚群伏衆絶類離倫將謂萬里前程豈期百年頃刻今則翻身長往透出金圜栗棘蓬頂後圓光應現無生大火聚佛真佛真急著眼保雲程一炬紅光繞舉處毘盧頂上任縱横

圓悟佛果禪師語録卷第十七

音釋

瞌（苦合切眼瞌也）蚌蛤（蚌白項切蛤古沓切）罅隙（罅虛訝切孔隙也隙乞逆切）皖（胡管切）羈（居宜切絡頭也）轡（兵媚切馬韁也）裓（古得切衣前裾也）攙（初銜切搶也）辣（郎葛切辛也）啀喍（啀五佳切喍士佳切犬鬭聲）毳（充芮切細毛也）睟（雖遂切清和潤澤貌）挈（詰結切）跛（補火切）挺（他鼎切直也）繮（居良切馬紲也）嶔岑（嶔驅音切岑鋤簪切嶔岑山高貌）楖標（楖資悉切標力質切）

輔教編

宋藤州鐔津東山沙門釋契嵩撰

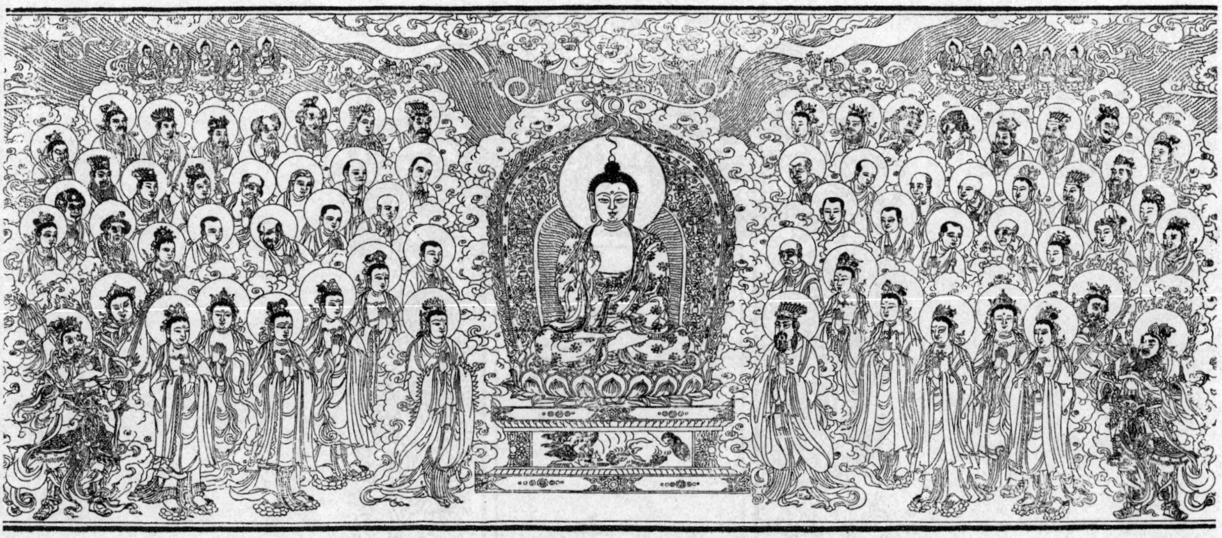

清刻龍藏佛說法變相圖

輔教編卷上

宋藤州鐔津東山沙門釋契嵩撰

原教
勸書

原教

萬物有性情古今有死生然而死生性情未始不相因而有之死固因於生生固因於情情固因於性使萬物而浮沉於生死者情爲其累也有聖人者大觀乃推其因於生之前示其所以來也指其成於死之後教其所以修也故以其道導天下排情僞于方今資必成乎將來夫生也既有前後而以今相與不亦爲三世乎以將來之善成由今之所以修則方今窮通由其已往之所習斷可見矣情也者發於性皆情也苟情習有善惡方其化

也則冥然與其類相感而成其所成情習有薄者焉有篤者焉機器有大者焉有小者焉聖人宜之故陳其法爲五乘者爲三藏者别乎五乘又岐出其繁然殆不可勝數上極成其聖道下極世俗之爲農者商者牧者醫者百工之鄙事皆示其所以然然與五乘者皆統之於三藏舉其大者則五乘首之其一曰人乘次二曰天乘次三曰聲聞乘次四曰緣覺乘次五曰菩薩乘後之三乘云者蓋導其徒超然之出世者也使其大潔情汙直趣乎真際神而通之世不可得而窺之前之二乘云者以世情膠甚而其欲不可輙去就其情而制之曰人乘者五戒之謂也一曰不殺謂當愛生不可以己輙暴一物不止不食其肉也二曰不盜謂不義不取不止不攘他物也

三曰不邪淫謂不亂非其匹偶也四曰不妄語謂不以言欺人五曰不飲酒謂不以醉亂其修心曰天乘者廣於五戒謂之十善也一曰不殺二曰不盜三曰不邪淫四曰不妄語是四者其義與五戒同也五曰不綺語謂不爲飾非言六曰不兩舌謂語人不背面七曰不惡口謂不罵亦曰不道不義八曰不嫉謂無所妬忌九曰不恚謂不以忿恨宿於心十曰不癡謂不昧善惡然謂兼修其十者報之所以生天也修前五者資之所以爲人也脱天下皆以此各修假令非生天而人人足成善人人皆善而世不治未之有也昔宋文帝謂其臣何尚之曰適見顔延之宗炳著論發明佛法甚爲明理並是開獎人意若使率土之濵皆感此化朕則垂拱坐致太平矣夫復

何事尚之因進曰夫百家之鄉十人持五戒即十人淳謹千室之邑百人修十善則百人和睦持此風教以周寰區編户億千則仁人百萬夫能行一善則去一惡去一惡則息一刑一刑息於家萬刑息於國則陛下之言坐致太平是也斯言得之矣以儒校之則與其所謂五常仁義者異號而一體耳夫仁義者先王一世之治迹也以跡議之而未始不異也以理推之而未始不同也跡出於理而理祖乎跡跡末也理本也君子求本而措末可也語曰視其所以觀其所由察其所安人焉廋哉人焉廋哉孟子曰不揣其本而齊其末方寸之木可使高於岑樓謂事必揣量其本而齊等其末而後語之苟以其一世之跡而責其三世之謂何異乎以十步之履而詰其百步之履曰而何其跡之紛紛也曷不爲我之鮮乎是豈知其所適之遠近所步之多少也然聖人爲教而恢張異宜言乎一世也則當順其人情爲治其形生之間言乎三世也則當正其人神指緣業乎死生之外神農誌百藥雖異而同於療病也后稷標百穀雖殊而同於養人也聖人爲教不同而同於爲善也曰佛之道其治三世非耳目之所接子何以而明之曰吾謂人死而其神不死此其驗矣神之在人猶火之在薪也前薪雖與火相燼今所以火者曷嘗燼乎曰神理冥眇其形既謝而孰能御其所適果爲人邪果爲飛潛異類乎曰斯可通也苟以其情習之業推之則其報也不差子豈不聞洪範五福六極之謂乎五福者謂人以其心合乎皇極而天用

是五者應以嚮勸之六極者謂人不以其心合乎皇極而天用是六者應以威沮之夫其形存而善惡之應已然其神往則善惡之報豈不然乎佛經曰一切諸法以意生形此之謂也曰謂佛道絶情而所爲也如此豈非情乎佛亦有情耶曰形象者舉有情佛獨無情耶佛行情而不情耳曰佛之爲者旣類夫仁義而仁義烏得亦謂之情乎曰仁者何惠愛之謂也義者何適宜之謂也宜與愛皆起於性而形乎用非情何乎就其情而言之則仁義乃情之善者也情而爲之而其勢近權不情而爲之而其勢近理性相同也情相異也異焉而天下鮮不競同焉而天下鮮不安聖人欲引之其所安所以推性而同羣生聖人欲息之其所競所以推懷而在萬物謂物也

無昆蟲無動植佛皆槩而惠之不敢損之謂生也無貴賤無賢鄙佛皆一而導之使自求之推其性而自同羣生豈不謂大誠乎推其懷而盡在萬物豈不謂大慈乎大慈故其感人也深大誠故其化物也易故夫中國之内四夷八蠻之外其人聞佛之言爲善有福爲惡有罪而鮮不測然收其惡心歡然舉其善意守其説拳拳不敢失之若尚之所謂五戒十善云者里巷何嘗不相化而爲之自鄉之邑自邑之州自州之國朝廷之士天子之宫掖其修之至也不殺必仁不盜必廉不淫必正不妄必信不醉不亂不綺語必誠不兩舌不讒不惡口不辱不恚不讎不嫉不爭不癡不昧有一于此足以誠於身而加於人况五戒十善之全也豈有爲人弟者而不悌其兄

爲人子者而不孝其親爲人室者而不敬其夫爲人友者而不以善相致爲人臣者而不忠其君爲人君者而不仁其民是天下之無有也爲之者唯恐其過與不及爲癖耳佛豈苟癖於人焉如此者佛之道豈一人之私爲乎抑亦有意於天下國家矣何嘗不存其君臣父子耶豈妨人所生養之道耶但其所出不自吏而張之亦其化之理隱而難見故世不得而盡信易曰默而成之不言而信存乎德行孟子曰民日遷善而不知爲之者豈不然乎人之惑於情久矣情之甚幾至乎澈薄古聖人憂之爲其法交相爲治謂之帝謂之王雖其道多方而猶不暇救之以仁恩之以義教之賞欲進其善罰欲沮其惡雖罰日益勞賞日益費而世俗益薄苟聞有不以賞罰

而得民遷善而遠惡雖聖如堯舜必歡然喜而致之豈曰斯人不因吾道而爲善吾不取其善必吾道而爲善乃可善之若是是聖人私其道也安有聖人之道而私哉夫游龍振於江海而雲氣油然四起暴虎聲於山林而飈風飋飋而來蓋其類自相應也故善人非親而善人同之惡人非恩而惡人容之舜好問而好察邇言隱惡而揚善及聞一善言見一善行若決江河沛然莫之能禦也禹聞善言則拜孔子嘗謂善人吾不得而見之得見有常者斯可矣又曰三人行必有我師焉擇其善者而從之其不善者而改之顏子得一善則拳拳服膺不敢失之孟子謂好善優於天下又謂誠身有道不明乎善不誠其身矣此五君子者古之大樂善人也以其善類固

類於佛苟其不死見乎吾道之傳是必泯然從而推之噫亦後世之不幸不得其相遇而相證尚使兩家之徒猶豫而不相信噫人情莫不專已而略人是此而非彼非過則爭專過則拘君子通而已矣何必苟專君子當而已矣何必苟非飲食男女人皆能知貴而君子不貴君子之所貴貴其能知道而識理也今有大道遠理若是而余不知識余愧於人多矣嘗試論曰夫欲人心服而自修莫若感其内欲人言順而貌從莫若制其外制其外者非以人道設教則不能果致也感其内者非以神道設教則不能必化也故佛之爲道也先乎神而次乎人蓋亦感内而制外之謂也神也者人之精神之謂也非謂鬼神淫惑之事者也謂人修其精神善其履行生也則福應死也則其神清昇精神不修履行邪妄生也則非慶死也則其神受誅故天下聞之其心感動惡者沮而善者加之如此黙化而何代無有然其教之作於中國也必有以世數相宜而來應人心相感而至不然何人以其法修之天地應之鬼神效之苟其相宜之數之未盡相感之理未窮又安可以愛之而苟存惡之而苟去方之人事若王者覇者其順時應人而爲之豈不然哉況其有妙道冥權又至於人事者耶夫妙道也者清淨寂滅之謂也謂其滅盡衆累純其清淨本然者也非謂死其生取乎空荒滅絶之謂也以此至之則成乎聖神以超出其世冥權也者以道起乎不用之用之謂也謂其拯拔羣生而出乎情溺者也考其化物自化則皇道幾之者

其權用應世則無所不至言其化也固後世不能臻之言其權也默而體之則無世不得昔者聖人之將化也以其法付之王付之臣付之長者有力之人非其私已而苟尊於人也蓋欲因其道而爲道因其善而爲善佛之經固亦多方矣後世之徒不能以宜而授人致其信者過信令君有佞善輙欲捐國爲奴隷之下俗有淺悟遽欲棄業專勝僧之高此非謂用佛心而爲道也經豈不曰諸佛隨宜說法意趣難解故爲佛者不止緇其服剪其髮而已矣然佛之爲心也如此豈小通哉此有欲以如楊墨而譏之夫楊墨者滯一而拘俗以之方佛不亦甚乎世不探佛理而詳之徒謟謟然誕佛謂其說之不典佛之見出於人遠矣烏可以已不見而方人之見謂佛之言多劫也誕耶世固有積月而成歲積歲而成世又安知其積世而不成劫耶苟以其事遠耳目不接而謂之不然則六藝所道上世之事今非承其傳而孰親視之此可謂誕乎謂佛言大也誕耶世固有遊心凌空而往雖四隅上下窅然曷嘗有涯方之佛謂其世界無窮何不然乎謂佛言化也誕耶世固有夢中而夢者方其夢時而其所遇事與身世與適夢或其同或其異莫不類之夢之中既夢又安知其死之中不有化耶佛之見既遠而其知故亦多故聖人廣其教以教多類欲其無所適而不化也今曰佛西方聖人也其法宜夷而不宜中國斯亦先儒未之思也聖人者蓋大有道者之稱也豈有大有道而不得曰聖人亦安有聖人之道而所至不可行乎

苟以其人所出於夷而然也若舜東夷之人文王西夷之人而其道相接紹行于中國可夷其人而拒其道乎況佛之所出非夷也或曰佛止言性性則易與中庸云矣而無用佛爲是又不然如吾佛之言性與世書一也是聖人同其性矣同者却之而異者何以處之水多得其同則深爲河海土多得其同則積爲山嶽大人多得其同則廣爲道德烏呼余烏能多得其同人同誠其心同齋戒其身同推德于人以福吾親以資吾君之康天下也曰而何甚不厭耶子輩雜然盈乎天下不籍四民徒張其布施報應以衣食於人不爲困天下亦已幸矣又何能補治其世而致福於君親乎曰固哉居吾語汝汝亦知先王之門論德義而不計工力耶夫先王之制民也恐世敝民混而易亂遂爲之防故四其民使各屬其屬豈謂禁民不得以利而與人爲惠若今佛者默則誠語則善所至則以其道勸人舍惡而趨善其一衣食待人之餘非黷也苟不能然自其人之罪豈佛之法謬乎孟子曰於此有人焉入則孝出則悌守先王之道以待後之學者而不得食於子子何尊梓匠輪輿而輕爲仁義者哉儒豈不然耶堯舜已前其民未四當此其人豈盡農且工未聞其食用之不足周平之世井田之制尚舉而民已匱且敝及秦廢王制而天下益擾當是時也佛老皆未之作豈亦二教加於四民而爲癘然耶人生天地中其食用恐素有分子亦爲世之憂太過爲人之計大約報應者儒言休證咎證積善有慶積惡有殃亦已明矣若布

施之云者佛以其人欲有所施惠必出於善心心之果善方乎休證則可不應之孰為虛張耶夫舍惠誠人情之難能也斯苟能其難能其為善也不亦至乎語曰如有博施於民而能濟衆何如可謂仁乎子曰何事於仁必也聖乎堯舜其猶病諸蓋言聖人難之亦恐其未能為也佛必以是而勸之者意亦釋人貪悋而廓其善心耳世宜視其與人為施者公私如何哉不當傲其所以為施也禮將有事於天地鬼神雖一日祭必數日齋蓋欲人誠其心而潔其身也所以祈必有福于世今佛者其為心則長誠齋戒則終身比其修齋戒之數日福亦至矣豈盡無所資乎曰男有室女有家全其髮膚以奉父母之遺體人倫之道也而子輩反此自為其修超然欲高天下然修之又幾何哉混然何足辨之曰為佛者齋戒修心義利不取雖名亦忘至之遂通於神明其為德也抑亦至矣推其道於人則無物不欲善之其為道也抑亦大矣以道報恩何恩不報以德嗣德何德不嗣已雖不娶而以其德資父母形雖外毀而以其道濟乎親泰伯豈不虧形耶而聖人德之伯夷叔齊豈不不娶長往於山林乎而聖人賢之孟子則推之曰伯夷聖之清者也不聞以虧形不娶而少之子獨過吾徒耶夫世之不軌道久矣雖賢父兄如堯舜周公尚不能必制其子弟今去佛世逾遠教亦將季烏得無邪人寄我以偷安耶雖法將如之何大林中固有不材之木大畝中固有不實之苗直之可也不可以人廢道曰而言而之教若詳可尚也然

則三教之說皆張於方今較之孰爲優乎曰叟愚也若三者皆聖人之教小子何敢輙議然佛吾道也儒亦竊嘗聞之若老氏則未頗存意不已而言之三教也亦猶同水以涉而厲揭有深淺儒者聖人之治世者也佛者聖人之治出世者也

勸書第一 并叙

余五書出未逾月客有踵門而謂曰僕粗聞大道適視若廣原教可謂涉道之深矣勸書者蓋其警世之漸也大凡學者必先淺而後深欲其不煩而易就也若今先廣教而後勸書僕不識其何謂也曰此吾無他義例第以茲原教廣原教相因而作故以其相次而列之耳客曰僕固欲公擢勸書於前而排廣教於後使夫觀之者先後有序沿淺而及奧不亦善乎余然之矣而客又請之曰若五書雖各有其目也未若統而名之俾其流百世而不相離不亦益善乎余從而謝其客曰今夫縉紳先生猒吾道者殷矣而子獨好以助之子可謂篤道而公於爲善矣即爲其命工移易乎二說增爲三帙總五書而名之曰輔教編

潛子爲勸書或曰何以勸乎曰勸夫君子者自信其心然後事其名爲然也古之聖人有曰佛者先得乎人心之至正者乃欲推此與天下同之而天下學者反不能自信其心之然遂毅然相與排佛之說以務其名吾嘗爲其悲之夫人生名孰誠於心今忽其誠說而徇乎區區之名惑亦甚矣夫心也者聖人道義之本也名也者聖人勸善之權也務其權

而其本不審其爲善果善乎其爲道義果義乎今學者以適義爲理以行義爲道此但外事中節之道理也未預乎聖人之大道也大理也夫大理也者固常道之主也凡物不自其主而爲爲之果當乎漢人有號牟子者嘗著書以諭佛道曰道之爲物也居家可以事親宰國可以治民獨立可以治身履而行之則充乎天地此蓋言乎世道者資佛道而爲其根本者也夫君子治世之書頗嘗知其心之然乎知之而苟排之是乃自欺其心也然此不直人心之然也天地之心亦然鬼神異類之心皆然而天地鬼神益不可以此而欺之也然此雖槩見百家之書而百家者未始盡之佛乃窮深極微以究乎死生之變以通乎神明之往來乃至於大妙故世俗以其法

事於天地而天地應之以其書要於鬼神而鬼神順之至乎四海之人以其説而舍惡從善者不待爵賞之勸斐然趨以自化此無他也蓋推其大誠與天地萬物同而天人鬼神自然相感而然也曰此吾知之矣姑從吾名教乃爾也曰夫欲其名勸之但誠於爲善則爲聖人之徒固已至矣何必資斥佛乃賢耶今有人日爲善物於此爲之既專及寢則夢其所爲宛然當爾則其人以名夢乎以魂夢耶是必以魂而夢之也如此則善惡常與心相親奈何徒以名夸世俗而不顧其心魄乎君子自重輕果如何哉昔韓子以佛法獨盛而惡時俗奉之不以其方雖以書抑之至其道本而韓亦頗推之故其送高閑序曰今閑師浮圖氏一死生解外膠是其心必泊然無

於所起其於世必澹然無於所嗜稱乎大顛則曰頗聰明識道理又曰實能外形骸以理自勝不為事物侵亂韓氏之心於佛亦有所善乎而大顛禪書亦謂韓子嘗相問其法此必然也逮其為絳州刺史馬府君行狀乃曰司徒公之薨也刺臂出血書佛經千餘言期以報德又曰其居喪有過人行又曰掇其大者為行狀託立言之君子而圖其不朽焉是豈盡非乎為佛之事者耶韓子賢人也臨事制變當自有權道方其讓老氏則曰其見小也坐井觀天曰天小者非天罪也又曰聖人無常師萇弘師襄老聃郯子之徒其賢不及孔子孔子三人行則必有我師是亦謂孔子而師老聃也與夫曾子問司馬遷所謂孔子問禮於老聃類也然老子固薄禮者也豈專言禮乎是亦在其道也驗太史公之書則孔子聞道於老子詳矣昔孟子故擯夫為楊墨者而韓子則與墨曰孔子必用墨子墨子必用孔子不相用不足為孔墨儒者不尚說乎死生鬼神之事而韓子原鬼稱乎羅池柳子厚之神奇而不疑韓子何嘗膠於一端而不自通耶韓謂聖賢也豈其是非不定而言之反覆蓋鑑在其心抑之揚之或時而然也後世當求之韓心不必隨其語也曰吾於吾儒之書見其心亦久矣及見李氏復性之說益自發明無取於佛也曰止渴不必東井而飲充飢不必擇庖而食得子審其心為善不亂可也豈抑人必從於我不然也他書雖見乎性命之說大較恐亦有所未盡者也吾視本朝所撰高僧傳謂李習之嘗聞法於道人惟

儼及取李之書詳之其微旨誠若得於佛經但其文字與援引爲異耳然佛亦稍資諸君之發明乎曰雖然子盡盡子之道歟曰於此吾且欲諸君之易曉耳遽盡吾道則恐世誕吾言而益不信也勿已幸視吾書曰廣原教者可詳也

勸書第二

天下之教化者善而已矣佛之法非善乎而諸君必排之是必以其與已教不同而然也此豈非莊子所謂人同於已則可不同於已雖善不善謂之矜吾欲諸君爲公而不爲矜也語曰多聞擇其善者而從之又曰君子之於天下也無適也無莫也義之與比聖人抑亦酌其善而取之何甞以與已不同而棄人之善也自三代其政既衰而世俗之惡滋甚禮義將不暇獨治而佛之法乃播於諸夏遂與儒並勸而世亦翕然化之其遷善遠罪者有矣自得以正乎性命者有矣而民至於今賴之故吾謂三教者乃相資而善世也但在冥數自然人不可得而輙見以理而陰校之無不然也故佛之法爲益於天下抑亦至矣今曰佛爲害於中國斯言甚矣君子何未之思也大凡害事無大小者不誅於人必誅於天鮮得久存於世也今佛法入中國垂千年矣果爲害則天人安能久容之如此也若其三廢於中國而三益起之是亦可疑其必有大合乎天人者也君子謂其廢天常而不近人情而惡之然其遺情當絶有陰德乎君親者也而其意甚遠不可遽說且以天道而與子質之父子夫婦固天常也今佛導人割常

情而務其修潔者蓋反常而合道也夫大道亦恐其有所至於常情耳不然則天猒之久矣若古之聖賢之人事於佛而相賛之者繁乎此不可悉數姑以唐而明其大略夫爲天下而至於王道者孰與太宗當玄奘出其衆經而太宗父子文之曰大唐聖教序相天下而最賢者孰與房杜姚宋耶若房梁公玄齡則相與玄奘譯經杜萊公如晦則以法尊於京兆玄琬逮其垂薨乃命琬爲世世之師宋丞相璟則以佛法師於曇一裴晉公勲業於唐爲高丞相崔羣德重當時天下服其爲人而天下孰賢於二公裴則執弟子禮於徑山法欽崔則師於道人如會惟儼抱大節忠於國家天下死而不變者孰如顔魯公魯公嘗以戒稱弟子於湖州慧明問道於江西嚴峻純孝而清正孰與於魯山元紫芝紫芝以毋喪則剌血寫佛之經像（已上之事見於劉煦唐書及本朝所撰高僧傳）自太宗逮乎元德秀者皆其君臣之甚聖賢者也借使佛之法不正而善惑亦烏能必惑乎如此之聖賢耶至乃儒者文者若隋之文中子若唐之元結李華梁肅若權文公若裴相國休若柳子厚李元賔此八君子者但不詬佛爲不賢耳不可謂其盡不知古今治亂成敗與其邪正之是非也而八君子亦未始謂佛爲非是而不推之如此諸君益宜思之今吾人之所以爲人者特資乎神明而然也神明之傳於人亦猶人之移易其屋廬耳舊説羊祜前爲李氏之子崔咸乃盧老後身若斯之類古今頗有諸君故亦嘗聞之也以此而推之則諸君之賢豪出當治世是亦乘

昔之神明而致然也又烏知其昔不以佛之法而治乎神明耶於此吾益欲諸君審其形始而姑求其中不必徒以外物而自繆今爲書而必欲勸之者非直爲其法也重與諸君皆稟靈爲人殊貴於萬物之中而萬物變化芒乎紛綸唯人爲難得諸君人傑愈難得也然此亦死生鬼神之惚恍不足擅以爲諭請即以人事而言之幸諸君少取焉夫立言者所以勸善而沮惡也及其善之惡之當與不當則損益歸乎陰德今閭巷之人欲以言而辱人必亦思之曰彼福德人也不可辱之辱則折吾福矣然佛縱不足預世聖賢豈不若其閭巷之福德人耶今詆訶一出則後生末學百世效之其損益陰德亦少宜慎思之昔韓退之不肯爲史蓋懼其褒貶不當而損乎陰德也故與書乎劉生曰不有人禍則有天刑又曰若有鬼神將不福人彼史氏之褒貶但在乎世人耳若佛者其道德神奇恐不啻於世之人也此又未可多貶也列禦寇稱孔子嘗曰丘聞西方之有大聖人不治而不亂不言而自信不化而自行蕩蕩乎民無能名焉使列子妄言即已如其稱誠則聖人固不可侮也

勸書第三

余嘗見本朝楊文公之書其意自謂少時銳於仕進望望常若有物礙於胷中及學釋氏之法其物朦然破散無復蔽礙而其心泰然故楊文公資此終爲良臣孝子而天下謂其有大節抑又聞謝大夫泌與查道待制甚通吾道故其爲人能仁賢其爲政尚清淨而所

治皆有名跡及謝大夫之亡也沐浴儼其衣冠無疾正坐而盡昔尹待制師魯死於南陽其神不亂士君子皆善師魯死得其正吾亦然之也及會朱從事炎於錢唐聞其所以然益詳朱君善方脉當師魯疾革而范資政命朱夜往候之尹待制即謂朱曰吾死生如何朱君曰脉不可也而師魯亦謂朱曰吾亦自知吾命已矣因說其素學佛於禪師法昭者吾乃今資此也及其夕三鼓屏人遂隱几而終余晚見尹氏退說與其送迥光之序驗朱從事之言是也然佛之法益人之生也若彼益人之死也如此孰謂佛無益於天下乎而天下人人默自得之若此四君子者何限至乃以其五戒十善陰自修者而父益其善子益其孝夫婦兄弟益其和抑亦衆矣余昔見潯陽之民曰周懷義者舉家稍以十善慈孝仁惠稱於隣里鄉人無相害之意雖街童市竪見周氏父子必曰此善人也皆不忍欺之吾嘗謂使天下皆如周氏之家豈不爲至德之世乎夫先儒不甚推性命於世者蓋以其幽奧非衆人之易及者也未可以救民之弊姑以禮義統乎人情而制之若其性與神道恐獨待乎賢者耳語曰回也庶幾乎屢空不其然乎今曰三代時人未有夫佛法之說豈不以其心而爲人乎曰何必三代如三皇時未有夫孔氏老子之言其人豈不以心而爲君臣父子夫婦乎夫君子於道當精麁淺深之不宜如此之混說也佛豈直爲世不以其心而爲人耶蓋欲其愈至而愈正也泰山有烏巢於嶒崖木末而弋者不及千仞之淵有

魚潛於深泉幽穴而筌者不得蓋其所託愈高而所棲愈安所潛愈深而所生愈適孟子曰孔子登東山而小魯登泰山而小天下此言喻道至矣吾昔與人論此而其人以名矜以氣抗雖心然之而語不即從夫抗與矜人情而心固至妙烏可任人情而忽乎至妙之心其亦昧矣諸君賢達無爲彼已昧者也

輔教編卷上

音釋

鐔徐心切鐔津地名 窺欽規切小視也 膠居肴切膠泥不通也 攘如羊切竊也 廋疏鳩切匿也 揣楚委切度量也 療力照切治病也 膳時戰切具食也 燼徐刃切火餘也 眇彌笑切與妙同 槩居代切大槩也猶一槩也 掖夷益切宮傍舍也 恚於避切恨怒也 癖匹亦切偏痾疾也 颷卑揺

切旋風也 飂蓮條切風聲也 詾許拱切詾詾喧戾之聲也 黷徒谷切慁濁也 厲揭厲力制切揭去例切謂揭褰衣涉水也自帶以上曰厲由膝以下曰揭 擢直角切拔也 殺魚厥切有決也 掇都括切採也 萇仲良切 聃都含切 郯徒南切國名 璟居永切 煦呼句切 惚恍惚呼骨切 恍呼廣切惚恍不明貌 [illegible]音剝皮破散也 泌音祕又簿必切

輔教編卷中

宋藤州鐔津東山沙門釋契嵩撰

廣原教并叙二十六篇

叙曰余昔以五戒十善通儒之五常爲原教急欲解當世儒者之訾佛若吾聖人爲教之大本雖槩見而未暇盡言意待別爲書廣之原教傳之七年會丹邱長吉遺書勸余成之雖屬草以所論未至焚之適就其書幾得乎聖人之心始余爲原教師華嚴經先列乎菩薩乘蓋取其所謂依本起末門者也師智度論而離合乎五戒十善者也然立言自有體裁其人不知頗相誚訶當時或爲其改之今書乃先列乎人天乘亦從華嚴之所謂攝末歸本門者也旨哉五戒十善則不復出其名數吾所以爲二書者蓋欲發明先聖設教之大統以諭夫世儒之不知佛者故其言欲文其理欲簡其勢不可枝辭蔓説若曲辨乎衆經之教義則章句者存焉知余識余其原教廣原教乎廣原教凡二十五篇總八千三百餘言是歲丙申也振筆于靈隱永安山舍

惟心之謂道闡道之謂教教也者聖人之垂跡也道也者衆生之大本也甚乎羣生之謬其本也久矣聖人不作而萬物終昧聖人所以與萬物大明也心無有外道無不中故物無不預道聖人不私道不棄物道之所存聖人皆與是故其爲教也通幽通明通世出世無不通也通者統也統以正之欲其必與聖人同德廣大靈明莫至乎道神德妙用莫至乎心徇妄縳業莫甚乎迷本流蕩諸趣莫甚乎死生知衆生之過患莫善乎聖人與萬物

正本莫善乎設教正固明明固妙妙固其道凝焉是故教也者聖人明道救世之大端也夫教也者聖人乘時應機不思議之大用也是故其機大者頓之其機小者漸之漸也者言乎權也頓也者言乎實也實者謂之大乘權者謂之小乘聖人以大小衍攬乎羣機而幽明盡矣頓頓而聞漸漸而聞頓是又聖人之妙乎天人而天人不測也聖人示權所以趨實也聖人顯實所以藉權也故權實偏圓而未始不相顧權也者有顯權有冥權聖人顯權之則爲淺教爲小道與夫信者爲其小息之所也聖人冥權之則爲異道爲他教爲與善惡同其事與夫不信者預爲其得道之遠緣也顯權可見而冥權不測也實也者至實也至實則物我一也物我一故聖人以羣生而成之也語夫聖人之權也則周天下之善徧百家之道其救世濟物之大權乎語夫聖人之實也則旁礴法界與萬物皆極其天下窮理盡性之大道乎聖人者聖人之聖者也以非死生而示死示生與人同然而莫覩其所以然豈古神靈叡智博大盛備之聖人乎故其爲教有神道也有人道也有常德也有奇德也不可以一槩求不以世道擬議得在於心通失在於跡較

治人治大莫善乎五戒十善修夫小小聖小聖莫盛乎四諦十二緣修大大聖以趨乎大大聖莫盛乎六度萬行夫五戒十善者離之所以致天合之所以資人語其成功則有勝有劣語其所以然則天人之道一也夫四諦十二緣者離之則在乎小聖合之則在乎小

小聖語其成功則有降殺語其乘之則小聖小小聖同道也夫六度也者首萬行廣萬行者也大聖與乎大大聖其所乘雖稍分之及其以萬行超極則與夫大大之聖人一也萬行也者萬善之謂也聖人之善蓋神而爲之適變乘化無所而不在也是故聖人預天人之事而天人不測也夫神也者妙也事也者麤也麤者唯人知之妙者唯聖人知之天下以彼我競以儒佛之事相是非而天下之知者儒佛之事豈知其埏埴乎佛儒者耶夫含靈者溥天溥地徧幽徧明徧乎夷狄禽獸非以神道彌綸而古今殆有棄物聖人重同靈懼遺物也是故聖人以神道作

心必至至必變變者識也至者如也如者妙萬物者也識者紛萬物異萬物者也變也者動之幾也至也者妙之本也天下無不本天下無不動故萬物出于變入于變萬物起于至復于至萬物之變見乎情天下之至存乎性以情可以辨萬物之變化以性可以觀天下之大妙善夫情性可以語聖人之教道也萬物同靈之謂心聖人所履之謂道道有大者焉有小者焉心有善者焉有惡者焉善惡有厚薄大小有漸奥故有大聖有次聖有小聖有天有人有須倫有鬼神有介羽之屬有地道羣生者一心之所出也聖人者一道之所離也聖人之大小之端不可不審也羣生之善惡之故不可不慎也夫心與道豈異乎哉以聖人羣生姑區以別之曰道曰心也心乎大哉至也矣幽過乎鬼神明過乎日月博大包乎天地精微貫乎鄰虛幽而不幽故至

幽明而不明故至明大而不大故絕大微而不微故至微精日精月靈鬼靈神而妙乎天地三才若有乎若無乎若不有不無若不不有若不不無是可以言語狀及乎不可以絕待玄解諭得之在乎瞬息差之在乎毫釐者是可以與至者知不可與學者語聖人以此難明難至也乃爲諸教言之義之諭之正之雖夥然多端是皆欲人之不繆也而學者猶昧今夫天下混謂乎心者言之而不詳知之而不審茍認意識謂與聖人同得其趣道也不亦遠乎

性出乎情情隱乎性性隱則至實之道息矣是故聖人以性爲教而教人天下之動生於情萬物之惑正於性情性之善惡天下可不審乎知善惡而不知夫善惡之終始其至知乎知其終而不知其始其至知乎唯聖人之至知知始知終知微知亡見其貫死生幽明而成象成形天地至遠而起於情宇宙至大而內於性故萬物莫盛乎情性者也情也者有之初也有有則有愛有愛則有嗜欲有嗜欲則男女萬物生死焉死生之感則善惡以類變始之終之循死生而未始休性也者無之至也至無則未始而無出乎生入乎死而非死非生聖人之道所以寂焉明然唯感所適夫情也爲僞爲識得之則爲愛爲惠爲親親爲踈踈爲或善爲或惡失之則爲欺爲狡爲兇爲不遜爲貪爲溺嗜欲爲喪心爲滅性夫性也爲真爲如爲至爲無邪爲清爲靜近之則爲賢爲正人遠之則爲聖神爲大聖人聖人以性爲教教人而不以情此其蘊也情

性之在物常然宂然探之不得决之不絶天地有窮性靈不竭五趣迭改情累不釋是故情性之謂天下不可不柬也夫以情教人其在生死之間乎以性教人其出夫死生之外乎情教其近也性教其遠也誕乎死生之外而罔之其昧天理而絶乎生生之源也小知不及大知醯雞之局乎甕瓿之間不亦然乎

心動曰業會業曰感感也者通内外之謂也天下之心孰不動萬物之業孰不感業之爲理也幽感之爲勢也遠故民不睹而不懼聖人之教謹乎業欲其人之必警也欲其心之慎動也内感之謂召外感之謂應召爲其因應爲其果因果形像者皆頑也夫心動有逆順故善惡之情生焉善惡之情已發故禍福之應至焉情之有淺深報之有輕重輕乎可以遷重乎不可却善惡有先後禍福有遲速雖十世萬世而相感者不逸豈一世而已乎夫善惡不驗乎一世而疑之是亦昧乎因果者也報施不以夫因果正則天下何以勸善人樹不見其長而日茂礪不見其銷而日無業之在人也如此可不慎乎

物有性物有命物好生物惡死有血氣之屬皆然也聖人所以欲生而不欲殺夫生殺有因果善惡有感應其因善其果善其因惡其果惡夫好生之心善好殺之心惡善惡之感可不慎乎人食物物給人昔相負而冥相償業之致然也人與物而不覺謂物自然天生以養人天何頗邪害性命以育性命天道至仁豈然乎哉夫相償之理冥而難言也宰殺之勢積而難休也故古之法使不暴天物不

合圍不掩羣也子釣而不綱弋不射宿其止殺之漸乎佛教教人可生而不可殺可不思耶諒哉

大信近也小信遠也近反遠遠反近情蔽而然也天下莫近乎心天下莫遠乎物人夫不信其心而信其物不亦近反遠遠反近乎不亦迷繆倒錯乎心也者聰明叡智之源也不得其源而所發能不繆乎聖人所以欲人自信其心也信其心而正之則爲誠常爲誠善爲誠孝爲誠忠爲誠仁爲誠慈爲誠和爲誠順爲誠明誠明則感天地振鬼神更死生變化而獨得是不直感天地動鬼神而已矣將又致乎聖人之大道者也是故聖人以信其心爲大也夫聖人博說之約說之直示之巧示之皆所以正人心而與人信也人而不信聖人之言乃不信其心耳自棄也自惑也豈謂明乎哉賢乎哉

修多羅藏者何謂也合理也經也經也者常也貫也攝也顯乎前聖後聖所說皆然莫善乎常也持義理而不亡莫善乎貫也總羣生而教之莫善乎攝也阿毗曇藏者何謂也對法也論也論也者判也辨也發明乎聖人之宗趣莫善乎辨指其道之淺深莫善乎判毗尼藏者何謂也戒也律也律也者制也啟衆善遮衆惡莫善乎制也人天乘者何謂也漸之漸也導世俗莫盛乎至漸聲聞乘者何謂也權也漸也小道也緣覺乘者何謂也亦小道也從其器而宜之莫盛乎權與其進而不與其退莫盛乎漸菩薩乘者何謂也實也頓也大道也即大心而授大道莫盛乎菩薩乘

也其乘與妙覺通其殆庶幾者也四輪者何謂也曰風也曰水也曰金也曰地也四輪也者天地之所以成形也觀乎四輪則天地之終始可知也三界者何謂也曰欲也曰色也曰無色也三界也者有情者之所依也觀乎三界則六合之內外可詳而不疑也六道者何謂也曰地獄也曰畜生也曰餓鬼也曰修羅也曰人也曰天也六道也者善惡心之所感也觀乎六道則可以慎其爲心也四生者何謂也曰胎也曰卵也曰濕也曰化也四生也者情之所成也觀乎四生則可以知形命之所以然也何家無教何書無道道近而不道遠天下何以知遠乎教人而不教他類物其有所遺乎夫幽者遠者固人耳目之所不及也惚恍者飛潛者固人力之不能卹也人之不能及宜聖人能及之人之不能卹宜聖人能卹之聖人不能及天下其終昧夫幽遠者耶聖人不能卹含靈者將淪而無所拯乎是故聖人之教遠近幽時無所不被無所不著天下其廣大悉備者孰有如吾聖人之教者

天之至高地之至遠鬼神之至幽修吾聖人之法則天地應之舉吾聖人之言則鬼神順之天地與聖人同心鬼神與聖人同靈蓋以其類相感而然也情不同則人睽類不同則物反非其道則孺子不從令夫感天地振鬼神得乎百姓夷狄更古今而其心不離則吾聖人之道其大通大至斷可見矣

佛者何謂也正乎一者也人者何謂也預乎一者也佛與人一而已矣萬物之謂者名也

至理之謂者實也執名而昧實天下其知至乎道在乎人謂之因道在乎佛謂之果因也者言乎未至也果也者言乎至也至則正矣正則無所居而不自得焉佛乎豈必形其形跡其跡形跡者乃存其教耳教也者爲其正之之資也别萬物莫盛乎名同萬物莫盛乎實聖人以實教人欲人之大同也聖人以遺名而勸人防人之大異也觀夫聖人之所以教（或無以字）則名實之至斷可見矣何人無心何心無妙何教無道何道無中槩言乎中則天下不趨其至道混言其妙則天下不求其至心不盡乎至心至道則僞者狂者矜者慢者由此而不修也生者死者因循變化由此而不警也妙有妙有大妙中有事中有理中夫事中也者萬事之制中者也理中也者性理之至正者也夫妙也者妙之者也大妙也者妙之又妙者也妙者百家者皆言而未始及其大妙也大妙者唯吾聖人推之極乎衆妙者也夫事中者百家者皆然吾亦然矣理中者百家者雖預中而未始至中唯吾聖人正其中以驗其無不中也曰心曰道名焉耳曰中曰妙語焉耳名與言雖異而至靈一也一即萬萬即一一復一萬復萬轉之展之交相融攝而浩然不窮大妙重玄其如此也矣夫故其擲大千於方外納須彌於芥子而至人不疑曰妙而已矣曰中而已矣又何以加焉曰海固深矣而九淵深於海夷谿之子豈諒於戲

教不可泥道不可罔泥教淫跡罔道棄本泥也者過也罔也者不及也過與不及其爲患

一也聖人所以爲理必誠爲事必權而事與理皆以大中得也夫事有宜理有至從其宜而宜之所以爲聖人之教也即其至而至之所以爲聖人之道也梁齊二帝（梁武齊文宣也）反其宜而事教不亦泥乎魏周二君（魏武周武）泯其至而預道不亦罔乎夫聖人之教善而已矣夫聖人之道正而已矣其人正人之其事善事之不必僧不必儒不必彼不必此彼此者情也僧儒者跡也聖人垂跡所以存本也聖人行情所以順性也存本而不滯跡可以語夫權也順性而不溺情可以語夫實也昔者石虎以柄國殺罰自疑其事佛無祐而佛圖澄乃謂石虎曰王者當心體大順動合三寳如其兇愚不爲教化所遷安得不誅但刑其可刑罰其可罰者脫刑罰不中雖傾財奉佛何以益乎昔宋文帝謂求那跋摩曰孤媿身徇國事雖欲齋戒不殺安得如法也跋摩曰帝王與匹夫所修當異帝王者但正其出言發令使乎人神悅和人神悅和則風雨順風雨順則萬物遂其所生也以此持齋齋亦至矣以此不殺德亦大矣何必輟半日之餐全一禽之命爲之修乎帝撫机稱之曰俗迷遠理僧滯近教若公之言真所謂天下之達道可以論夫天人之際矣圖澄跋摩古之至人也可謂知權乎

聖人以五戒之導世俗也教人修人以種人修之則在其身種之則在其神一爲而兩得故感人心而天下化之與人順理之謂善從善無跡之謂化善之故人慕而自勸化之故在人而不顯故天下不可得以校其功天下

不可得以議其德然天下鮮惡孰知非因是而損之天下多善孰知非因是而益之有謂佛無所助夫王者之治天下者此不睹乎理者也

善不修則人道絶矣性不明則神道滅矣天地之生生者神也萬物之靈族者人也其神暗生生者所以異也其人失靈族者所以衰也聖人重人道所以推善而益之也聖人重神道所以推性而嗣之也人者天者聖人者孰不自性而出也聖人者天者人者孰不自善而成也所出者固其本也所成者固其致也衆成之大成者也萬本之大本者也聖人以性嗣蓋與天下厚其大本也聖人以善益蓋與天下務其大成也父母之本者次本也父母之成者次成也次本次成能形人而不能使其必人也必人必神必先其大本大成也而然後及其次本次成是謂知本也夫天下以父子夫婦爲人道者是見人道之緣而不見其因也緣者近也因者遠也夫天下知以變化自然爲乎神道者是見其然而不見其所以然也然者顯也所以然者幽也是故聖人推其所以然者以盡神道之幽明也推其遠而略其近者以驗人道之因果也聖人其與天下之終始乎聖人不自續其族舉人族而續之其爲族不爲大族乎哉聖人不自嗣其嗣舉性本而與天下嗣之其爲嗣不亦大嗣乎哉

教謂布施何謂也布施吾原教雖論而未盡此盡之也布施也者聖人之欲人爲福也夫福豈有象耶在其爲心之善不善耳貪婪慳

惓者心之不善者也濟人惠物者心之善者也善心感之則爲福不善心感之則爲極福極之理存乎儒氏之皇極矣皇極者蓋論而不議者也夫布施之云爲者聖人欲人發其感福之心也其發之者有優劣則應之者有厚薄以佛事而發其施心者優也以世事而發其施心者劣也聖人欲人之福必厚故先優而後劣劣者謂之卑優者謂之勝儒曰福者備也備者百物之名也無所不順之謂備此道其緣而不道其因非因則天下不知其所以爲福也所種之地薄則所成之物不茂所種之地嘉則所成之物必碩也矣是故聖人示人之勝劣豈有所苟乎如以財而施人者其福可量也以法而施人者其福不可量也可量者弃世而言之也不可量者以出世而言之也

教必尊僧何謂也僧也者以佛爲性以如來爲家以法爲身以慧爲命以禪悅爲食故不恃俗氏不營世家不修形骸不貪生不懼死不溽乎五味其防身有戒攝心有定辨明有慧語其戒也潔清三惑而畢身不汙語其定也恬思慮正神明而終日不亂語其慧也崇德辨惑而必然以此修之之謂因以此成之之謂果其於物也有慈有悲有大誓有大惠慈也者常欲安萬物悲也者常欲拯衆苦誓也者誓與天下見真諦惠也者惠羣生以正法神而通之天地不能揜密而行之鬼神不能測其演法也辯說不滯其護法也奮不顧身能忍人之不可忍能行人之不能行其正命也丐食而食而不爲耻其寡欲也糞衣綴

鉢而不爲貧其無爭也可辱而不可輕其無怨也可同而不可損以實相待物以至慈修已故其於天下也能必和能普敬其語無妄故其爲信也至其法無我故其爲讓也誠有威可敬（敬或作警）有儀可則天人望而儼然能福於世能導於俗其忘形也委禽獸而不恡其讀誦也冐寒暑而不廢以法而出也遊人間徧聚落視名若谷響視利若遊塵視物色若陽豔煦嫗貧病瓦合輿儓而不爲卑以道而處也雖深山窮谷草其衣木其食晏然自得不可以利誘不可以勢屈謝天子諸侯而不爲高其獨立也以道自勝雖形影相弔而不爲孤其羣居也以法爲屬會四海之人而不爲混其可學也雖三藏十二部百家異道之書無不知也他方殊俗之言無不通也祖述其法則有文有章也行其中道則不空不有也其絕學也離念清淨純真一如不復有所分別也僧乎其爲人至其爲心溥其爲德偹其爲道大其爲賢非世之所謂賢也其爲聖非世之所謂聖也出世殊勝之賢聖也僧也如此可不尊乎

以世法籍僧何謂也籍僧者非古也其暴周之意耳僧也者遠塵離俗其本處乎四民之外籍僧乃民畜僧也吾聖人之世國有僧以僧法治國有俗以俗法治各以其法而治之也未始聞以世法而檢僧也豈非聖人既隱其道大衰其徒汙雜太甚輔法不勝其人而然乎羽嘉生應龍應龍生鳳凰鳳凰生衆鳥物久乃變其勢之自然也既變則不可不制也制乎在於區之別之邪正曲直不可槩視

也石有玉草有蘭人乎豈謂無其聖賢耶旌一善則天下勸善禮一賢則天下慕賢近古之高僧者見天子不名預制書則曰師曰公鍾山僧遠鑾輿及門而牀坐不迎虎溪慧遠天子臨潯陽而詔不出山當世待其人尊其德是故其聖人之道振其徒尚德儒曰貴德何爲也爲其近於道也儒豈不然哉後世之慕其高僧者交卿大夫尚不得預下士之禮其出其處不若庸人之自得也况如僧遠之見天子乎况如慧遠之自若乎望吾道之興吾人之修其可得乎存其教而不須其人存諸何以益乎惟此未嘗不涕下

教謂住持者何謂也住持也者謂籍人持其法使之永住而不泯也夫戒定慧者持法之具也僧園物務者持法之資也法也者大聖之道也資與具待其人而後舉善其具而不善其資不可也善其資而不善其具不可也皆善則可以持而住之也昔靈山住持以大迦葉統之竹林住持以身子尸之故聖人之教盛聖人之法長存聖人既隱其世數相法茫然乆乎吾人儌倖乃以住持名之勢之利之天下相習沓爲紛然幾乎成風成俗也聖人不復出其孰爲之正外衛者不視不擇欲吾聖人之風不衰望聖人之法益昌不可得也悲夫吾何望也

僧置正而秩比侍中何謂也置正非古也其姚秦之所始也置正可也置秩不可也僧也者委榮利以勝德高世者也豈預寵禄乎與僧比秩不亦造端引後世之競勢乎道䂮不亦不知室其漸道䂮之過也夫僧也者出於

戒定慧者也夫正也者出於誠明者也僧非誠明孰能誠戒誠定誠慧也不誠乎戒定慧則吾不知其所以爲正也宋齊梁陳四代亦沿秦而置正二魏高齊後周革秦之制而置統隋承乎周亦置之統唐革隨則罷統而置録國朝沿唐之制二京則置録列郡則置正夫古今沿革雖異而所尸一也天下難於得人而古今皆然果得其正則吾人庶幾無邪也慎之乎慎之乎難其人乎

有形出無形無形出有形故至神之道不可以有尋不可以無測不可以動失不可以靜得聖人之道空乎則生生奚來聖人之道不空乎則生孰不泯善體乎空不空於聖人之道其庶幾乎夫驗空莫若審有形審有形莫若知無形知無形則可以窺神明窺神明始可以語道也道也者神之蘊也識之所自出也識也者大患之源也謂聖人之道空此乃溺乎混茫之空也病益病矣天下其孰能治之乎哉

天下不信性爲聖人之因天下不信性爲聖人之果天下惑性而不知修性天下言性而不知見性不信性與聖人同因自昧也不信性與聖人同果自棄也不修性而性溺惑也不見性而其言性非審也（或無上二而字）是故指修莫若乎因尅成莫若乎果全性莫若乎修審性莫若乎證因也者修性之表也果也者成性之效也修也者治性之具也證也者見性之驗也天下其心方散之亂之惰之慢之謂不必因而罔其表者則天下何以勸其修性而趨其成乎天下之心方疑之惑之而不定

也謂不必果而罔其效者則天下何以示其成性而顯其果有所至乎謂不必修而罔其具者則天下其性能不蔽而果明乎天下之有見無見斷見常見其説方紛然相糅而不辨謂不必證而罔其驗者則天下何以別其見性之正乎邪乎至哉不至哉百家者言性而不事乎因焉果焉修焉證焉其於性也果效白乎諸子務性而不求乎因也果也修也證也其於性果能至之乎是故吾之聖人道性必先夫因果修證者也旨哉天下可以思之矣

聖人之教存乎道聖人之道存乎覺覺則明不覺則不明不明則羣靈所以與聖人相間也覺也者非漸覺也極覺也極覺乃聖人之能事畢矣覺之之謂佛况之之謂乘覺之以成乎聖人之道乘之以至乎聖人之域前聖也後聖也孰不然乎哉稽聖人之所覺在乎羣生之常覺也衆生曰覺而未始覺覺猶夢曉猶昧是故聖人振而示之欲其求之引而趨之欲其至之夫謂佛何拒而訕之爲家而投珍蹈路而捨地惑亦盛矣覺也者以言乎近則息塵勞靖神明正本以修末以言乎遠則了大僞外死生至寂而常明開開與聖人同德覺之效也如此大哉至乎不可以言盡不可以智得神而明之存乎其人

吾聖人之作當周之盛世也瑞氣見乎昭王而周書不書避異也化人自西極而至將穆王以神游聖人其兆於諸夏也十八異僧如秦而始皇怪之佛法其東播之漸也夢於漢而聲教遂振其寘數之當興也出於彼而不

出於此何也以彼一天下之大中也將表其心其權其道之大中乎聖人以道作以權適宜以所出示跡夫道也者聖人之理中也權也者聖人之事中也所出也者聖人之示中也示中則聖人之心可知也理中則聖人之道之至也事中則聖人之事之得也傳謂彼一天下其所統者若中國之所謂其天下者殆有百數而中國者以吾聖人非出中國而夷之豈其所見之未博乎春秋以徐伐莒不義乃夷狄之以狄人與齊人盟于邢得義乃中國之春秋固儒者聖人之法也豈必以所出而議其人乎然類不足以盡人跡不足以盡道以類而求夫聖人不亦繆乎以跡而議夫聖人之道不亦妄乎聖人見乎五帝三王之後而不見乎五帝三王之先何謂也聖人非茍見也聖人以人心所感而見也五帝三王之前羣生之心不感而聖人不來也五帝三王之後羣生之心感聖人之跡所以至也道在衆生之謂因道在聖人之謂緣因緣有稔焉有未稔焉因緣稔矣雖羣生不求而聖人必至因緣未稔雖羣生求之而聖人不應是知聖人與衆生蓋以道而自然相感非若世之有所爲者以情而取之以情而舍之也聖人之知遠至遠也聖人之先覺至覺也是故其教推索乎太極之前却道乎天地之更始故其書爲博爲多爲不約浩浩乎不可以一往求不可以一日盡治其書之謂學學其教之謂審審其道之謂至天下非至無本非教無明非書無知是故研聖人之道者不可捨其教也探聖人之教者不可捐其書也今

辨其道而拒其教校其教而不顧其書不亦妄乎儒曰雖有嘉肴弗食不知其旨也雖有至道弗學不知其善也不其然哉謂其道不足法排巳道以辨之謂其書不足詳援巳書以較之夫與鄉人訟而引家人證當乎必也不當矣道也者天下之本也書也者天下之跡也事也者天下之異也理也者天下之同也以理而質事天下之公也尋跡以驗本天下之當也夫委書而辨道舍理而斷事天下若此而爲之者公乎當耶

古之有聖人焉曰佛曰老曰儒其心則一其跡則異夫一焉者其皆欲人爲善者也異焉者分家而各爲其教者也聖人各爲其教故其教人爲善之方有淺有奥有近有遠及乎絕惡而人不相擾則其德同焉中古之後其世大濶三者其教相望而出相資以廣天下之爲善其天意乎其聖人之爲乎不測也方天下不可無儒不可無老不可無佛虧一教則損天下之一善道損一善道則天下之惡加多矣夫教也者聖人之跡也爲之者（或無之字）聖人之心也見其心則天下無有不是循其跡則天下無有不非是故賢者貴知夫聖人之心文中子曰觀皇極讜議知三教可以一矣王氏殆見聖人之心也

輔教編卷中　音釋

旁礴（礴白各切旁礴廣被也）夥（胡果切盛多貌）醯鷄（醯馨兮切醯鷄蠛蠓也）礪（力制切砥石也）卹（雪律切愍卹也）睽（傾畦切乖也）机（居里切机作几）婪（盧含切貪也）丐（居太切乞也）嫗（委羽切嫗煦也以氣曰煦以體曰嫗）儓（堂來切輿儓庸賤之稱）儌倖（儌堅堯切倖下耿切謂不當得而得曰儌倖）沓（達合切重也）窒（陟栗切塞也）䂮（力灼切）糅（女又切雜也）

輔教編卷下

宋藤州鐔津東山沙門釋契嵩撰

孝論

壇經賛

真諦無聖論元在嘉祐集中

孝論并叙一十三篇

叙曰夫孝三教皆尊之而佛教殊尊也雖然其說不甚著明於天下蓋亦吾徒不能張之而吾嘗慨然甚媿念七齡之時吾先子方啓手足即命之出家稍長諸兄以孺子可教將奪其志獨吾母曰此父命不可易也逮攝衣將訪道于四方族人留之亦吾母曰汝巳從佛務其道宜也豈以愛滯汝汝其行矣嗚呼生我父母也育我父母也吾母又成我之道也昊天罔極何以報其大德自去故鄉凡二十七載未始不欲南還墳壠修法爲父母之冥賛猶不果然辛卯其年自以弘法嬰難而明年鄉邑亦嬰於大盜吾父母之墳廬得不爲其剽暴望之漣然泣下又明年會事益有所感故著孝論一十二章示其心也其發明吾聖人大孝之奥理密意會夫儒者之說殆亦盡矣吾徒之後學亦可以視之也

明孝章第一

二三子祝髮方事於吾道逮其父母命之以佛子辭而不往吾嘗語之曰佛子情可正而親不可遺也子亦聞吾先聖人其始振也爲大戒即曰孝名爲戒蓋以孝而爲戒之端也子與戒而欲亡孝非戒也夫孝也者大戒之所先也戒也者衆善之所以生也爲善微戒善何生耶爲戒微孝戒何自耶故經曰使我

疾成於無上正真之道者由孝德也

孝本章第二

天下之有爲者莫盛於生也吾資父母以生故先於父母也天下之明德者莫善於教也吾資師以教故先於師也天下之妙事者莫妙於道也吾資道以用故先於道也夫道也者神用之本也師也者教誥之本也父母也者形生之本也是三本者天下之大本也白刃可冒也飲食可無也此不可忘也吾之前聖也後聖也其成道樹教未始不先此三本者也大戒曰孝順父母師僧孝順至道之法不其然哉不其然哉

原孝章第三

孝有可見也有不可見也不可見者孝之理也可見者孝之行也理也者孝之所以出也行也者孝之所以形容也修其形容而其中不修則事父母不篤惠人不誠修其中而形容亦修豈唯事父母而惠人是亦振天地而感鬼神也天地與孝同理也鬼神與孝同靈也故天地鬼神不可以不孝求不可以詐孝欺佛曰孝順至道之法儒曰夫孝置之而塞乎天地溥之而橫乎四海施之後世而無朝夕故曰夫孝天之經也地之義也民之行也至哉大矣孝之爲道也夫是故吾之聖人欲人爲善也必先誠其性而然後發諸其行也孝行者養親之謂也行不以誠則其養有時而匱也夫以誠而孝之其事親也全其惠人卹物也均孝也者效也誠也者成也成者成其道也效者效其孝也爲孝而無效非孝也爲誠而無成非誠也是故聖人之孝以誠爲

貴也儒不曰乎君子誠之爲貴

評孝章第四

聖人以精神乘變化而交爲人畜更古今混然芒乎而世俗未始自覺故其視今牛羊唯恐其是昔之父母精神之所來也故戒於殺不使暴一微物篤於懷親也諭今父母則必於其道唯恐其更生而陷神乎異類也故其追父母於既往則遠乎七世爲父母慮其未然則遠乎更生雖譎然該世而在道然也天下苟以其不殺勸則好生惡殺之訓猶可以移風易俗也天下苟以其陷神爲父母慮猶可以廣乎孝子慎終追遠之心也况其於變化而得其實者也校夫世之謂孝者局一世而暗玄覽求於人而不求於神是不爲遠而孰爲遠乎是不爲大而孰爲大乎經曰應生孝順心愛護一切衆生斯之謂也

必孝章第五

聖人之道以善爲用聖人之善以孝爲端爲善而不先其端無善也爲道而不在其用無道也用所以驗道也端所以行善也行善而其善未行乎父母能溥善乎驗道而不見其道之溥善能爲道乎是故聖人之爲道也無所不善聖人之爲善也未始遺親親也者形生之大本也人道之大恩也唯大聖人爲能重其大本也報其大恩也今夫天下之爲道者孰與於聖人夫聖人之道大臻巍巍乎獨尊於人天不可得而生也不可得而死也及其應物示同乎天人尚必順乎人道而不敢忘其母之既死不敢拒其父之見命故方其成道之初而登天先以其道諭其母氏三月

復歸乎世應命還其故國示父於道而其國皆化逮其喪父也而聖人躬與諸釋舁其棺以趨葬聖人可謂與人道而大順也今夫方爲其徒於聖人則晚路末學耳乃欲不務爲孝謂我出家專道則吾豈敢也是豈見出家之心乎夫出家者將以道而溥善也溥善而不善其父母豈曰道耶不惟不見其心抑亦辜於聖人之法也經謂父母與一生補處菩薩等故當承事供養故律教其弟子得減衣鉢之資而養其父母父母之正信者可恣與之其無信者可稍與之有所訓也矣

廣孝章第六

天下以儒爲孝而不以佛爲孝曰既孝矣又何以加焉噫是見儒而未見佛也佛也極焉以儒守之以佛廣之以儒人之以佛神之孝其至且大矣水固趨下也溢而決之其所至不亦速乎火固炎上也噓而鼓之其所舉不亦遠乎元德秀唐之賢人也喪其母哀甚不能自効刺肌瀝血繪佛之像書佛之經而史氏稱之李觀唐之聞人也居父之憂刺血寫金剛般若布諸其人以資其父之冥遽有奇香發其舍郁然連日及之其鄰夫善固有其大者也固有其小者也夫道固有其淺者也固有其奥者也奥道妙乎死生變化也大善徹乎天地神明也佛之善其大善者乎佛之道其奥道者乎君子必志其大者奥者焉語不曰乎多聞擇其善者而從之

戒孝章第七

五戒始一曰不殺次二曰不盜次三曰不邪婬次四曰不妄言次五曰不飲酒夫不殺仁

也不盜義也不邪婬禮也不飲酒智也不妄言信也是五者修則成其人顯其親不亦孝乎是五者有一不修則棄其身辱其親不亦不孝乎夫五戒有孝之蘊而世俗不睹忽之而未始諒也故天下福不臻而孝不勸也大戒曰孝名爲戒蓋存乎此也今夫天下欲福不若篤孝篤孝不若修戒戒也者大聖人之正勝法也以清淨意守之其福若取諸左右也儒者其禮豈不曰我戰則克祭則受福蓋得其道矣其詩豈不曰愷悌君子求福不回是皆言以其正也夫世之正者猶然況其出世之正者乎

孝出章第八

孝出於善而人皆有善心不以佛道廣之則爲善不大而爲孝小也佛之爲道也視人之親猶已之親也衛物之生猶已之生也故其爲善則昆蟲悉懷爲孝則鬼神皆勸資其孝而處世則與世和平而亡忿爭也資其善而出世則與世大慈而勸其世也是故君子之務道不可不辨也君子之務善不可無品也中庸曰苟不至德至道不凝焉如此之謂也

德報章第九

養不足以報父母而聖人以德報之德不足以達父母而聖人以道達之道也者非世之所謂道也妙神明出死生聖人之至道者也德也者非世之所謂德也備萬善被幽被明聖人之至德者也儒不曰乎君子之所謂孝者先意承志諭父母於道參直養者也安能爲孝乎曰君子之所謂孝也國人稱願然曰幸哉有子如此所謂孝也已雖然蓋意同而

義異也夫天下之報恩者吾聖人可謂至報恩者也天下之爲孝者吾聖人可謂純孝者也經曰不如以三尊之教度其一世二親書曰黍稷非馨明德惟馨不其然哉吾從聖人之後而其德不修其道不明吾徒負父母而媿於聖人也夫

孝略章第十

善天下道爲大顯其親德爲優告則不得其道德不告則得道而成德是故聖人輒遁于山林逮其以道而返也德被乎上下而天下稱之曰有子若此尊其父母曰大聖人之父母也聖人可謂略始而圖終善行權也古之君子有所爲而如此者吳泰伯其人也必大志可以張大義必大潔可以持大正聖人推勝德於人天顯至正於九嚮故聖人之法不顧乎世嗣古之君子有所爲而如此者伯夷叔齊其人也道固尊於人故道雖在子而父母可以拜之冠義近之矣禮曰已冠而字之成人之道也見於母母拜之俗固本於真其真已修則雖僧可以與王侯抗禮也而武事近之矣禮曰介者不拜爲其拜而蓌拜也不拜重節也母拜重禮也禮節而先王猶重之大道烏可不重乎俗曰聖人無父固哉小人之好毀也彼眈然而豈見聖人爲孝之深淵也哉

孝行章第十一

道紀事其母也母游必以身荷之或與之助而道紀必曰吾母非君母也其形骸之累乃吾事也烏可以勞君耶是可謂篤於親也大鑑始鬻薪以養其母將從師患無以爲母儲

殆欲爲傭以取資及還而其母已殂慨不得以道見之遂寺其家以善之終亦歸死于是也故曰葉落歸根大鑑至人也豈測其異德猶示人而不忘其本也道丕會其世之亂乃負母逃於華陰山中丐食以爲養父死於事而丕往求其遺骸既至而亂骨不辨道丕即祝之遽有髑髏躍至其前蓋其父之骸也道丕可謂全孝也智藏古僧之勁直者也事師恭於事父師沒則心喪三年也常超事師中禮及其沒也奉之如存故燕人美其孝悌焉故律制佛子必減其衣盂之資以養父母也然此諸公不遺其親於聖人之意得之矣智藏常超謹於奉師蓋亦合於其起教之大戒者也可法也矣

終孝章第十二

父母之喪亦哀縗絰則非其所宜以僧服大布可也凡處必與俗之子異位過斂則以時往其家送葬或扶或導三年必心喪靜居修我法贊父母之冥過喪期唯父母忌日盂秋之既望必營齋講誦如蘭盆法是可謂孝之終也昔者天竺之古皇先生居父之喪則肅容立其喪之前如以心喪而略其哭踊也大聖人也夫及其送之或舁或導大聖人也夫目犍連喪母哭之慟致饋於鬼神目犍連亦聖人也尚不能泯情吾徒其欲無情耶故佛子在父母之喪哀慕可如目犍連也心喪可酌大聖人也居師之喪必如喪其父母而十師之喪期則有降殺也唯禀法得戒之師心喪三年可也法雲在父母之憂哀慕殊甚飲食不入口累日法雲古之高僧也慧約殆至

人乎其父母垂死與訣皆號泣若不能自存然喪制哭泣雖我教略之蓋欲其泯愛惡而趣清淨也苟愛惡未忘遊心於物臨喪而弗哀亦人之安忍也故泥洹之時其衆撫膺大叫而血現若波羅奢華蓋其不忍也律宗曰不展哀苦者亦道俗之同恥也吾徒臨喪可不哀乎

壇經贊（稱經者自後人尊其法而非六祖之意也今從其舊不敢改易亦可謂經則論在其本經下卷之末）

贊者告也發經而溥告也壇經者至人之所以宣其心也何心耶佛所傳之妙心也大哉心乎資始變化而清淨常若凡然聖然幽然顯然無所處而不自得之聖言乎明凡言乎昧昧也者變也明也者復也變復雖殊而妙心一也始釋迦文殊以是而傳之大龜氏大龜氏相傳之三十三世者傳諸大鑑（六祖諡號大鑑禪師）大鑑傳之而益傳也說之者抑亦多端固有名同而實異者也固有義多而心一者也曰血肉心者曰緣慮心者曰集起心者曰堅實心者若心所之心益多也是所謂名同而實異者也曰真如心者曰生滅心者曰煩惱心者曰菩提心者諸修多羅其類此者殆不可勝數是所謂義多而心一者也義有覺義有不覺義心有真心有妄心皆所以別其正心也方壇經之所謂心者亦義之覺義心之實心也昔者聖人之將隱也乃命乎龜氏教外以傳法之要意其人滯跡而忘返固欲後世者提本而正末也故涅槃曰我有無上正法悉已付囑摩訶迦葉矣天之道存乎易地之道存乎簡聖人之道存乎要要也者至妙

之謂也聖人之道以要則爲法界門之樞機爲無量義之所會爲大乘之椎輪法華豈不曰當知是妙法諸佛之祕要華嚴豈不曰以少方便疾成菩提要乎其於聖人之道利而大矣哉是故壇經之宗尊其心要也心乎若明若冥若空若靈若寂若惺有物乎無物乎謂之一物固彌於萬物謂之萬物固統於一物一物猶萬物也萬物猶一物也此謂可思議也及其不可思也不可議也天下謂之玄解謂之神會謂之絶待謂之黙體謂之冥通一皆離之遣之遣之又遣亦烏能至之微其果然獨得與夫至人之相似者孰能諒乎推而廣之則無往不可也探而裁之則無所不當也施於證性則所見至親施於修心則所詣至正施於崇德辯惑則真妄易顯施於出世則佛道速成施於救世則塵勞易歇此壇經之宗所以旁行天下而不厭彼謂即心即佛淺者何其不知量也以折錐探地而淺地以屋漏窺天而小天豈天地之然耶然百家者雖苟勝之弗如也而聖人通而貫之合乎羣經斷可見矣至人變而通之非預名字不可測也故其顯說之有倫有義密說之無首無尾天機利者得其深天機鈍者得其淺可擬乎可議乎不得已況之則圓頓教也最上乘也如來之清淨禪也菩薩藏之正宗也論者謂之玄學不亦詳乎天下謂之宗門不亦宜乎壇經曰定慧爲本者趣道之始也定也者靜也慧也者明也明以觀之靜以安之安其心可以體心也觀其道可以語道也一行三昧者法界一相之謂也謂萬善雖殊皆正

於一行者也無相爲體者尊大戒也無念爲宗者尊大定也無住爲本者尊大慧也夫戒定慧者三乘之達道也夫妙心者戒定慧之大資也以一妙心而統乎三法故曰大也無相戒者戒其必正覺也四弘願者願度度苦也願斷斷集也願學學道也願成成寂滅也滅無所滅故無所不斷也道無所道故無所不度也無相懺者懺非所懺也三歸戒者歸其一也一也者三寶之所以出也說摩訶般若者謂其心之至中也般若也者聖人之方便也聖人之大智也固能寂之明之權之實之天下以其寂可以泯衆惡也天下以其明可以集衆善也天下以其權可以大有爲也天下以其實可以大無爲也至矣哉般若也聖人之道非夫般若不明也不成也天下之務非夫般若不宜也不當也至人之爲以般若振不亦遠乎我法爲上上根人說者宜之也輕物重用則不勝大方小授則過也從來默傳分付者密說之謂也密也者非不言而暗證也真而密之也不解此法而輒謗毀謂百劫千生斷佛種性者防天下亡其心也偉乎壇經之作也其本正其跡効其因真其果不謬前聖也後聖也如此起之如此示之如此復之浩然沛乎若大川之注也若虛空之通也若日月之明也若形影之無礙也若鴻漸之有序也妙而得之之謂本推而用之之謂跡以其非始者始之之謂因以其非成者成之之謂果果不異乎因謂之正果也因不異乎果謂之正因也跡必顧乎本謂之大用也本必顧乎跡謂之大乘也乘也者聖人之

喻道也用也者聖人之起教也夫聖人之道莫至乎心聖人之教莫至乎修調神入道莫至乎一相止觀執善成德莫至乎一行三昧資一切戒莫至乎無相正一切定莫至乎無念通一切智莫至乎無住生善滅惡莫至乎無相戒篤道推德莫至乎四弘願善觀過莫至乎無相懺正所趣莫至乎三歸戒正大體裁大用莫至乎大般若發大信務大道莫至乎大志天下之窮理盡性莫至乎默傳欲心無過莫善乎不謗定慧爲始道之基也一行三昧德之端也無念之宗解脫之謂也無住之本般若之謂也無相之體法身之謂也無相戒戒之最也四弘願願之極也無相懺懺之至也三歸戒真所歸也摩訶智慧聖凡之大範也爲上上根人說直說也默傳傳之至也戒謗戒之當也夫妙心者非修所成也非證所明也本成也本明也以迷明者復明所以證也以背成者復成所以修也以非修而修之故曰正修也以非明而明之故曰正證也至人暗然不見其威儀而成德爲行藹如也至人頹然若無所持而道顯於天下也蓋以正修而修之也以正證而證之也于此乃曰罔修罔證罔因罔果穿鑿叢脞競爲其說繆乎至人之意焉噫放戒定慧而必趨乎混茫之空則吾未如之何也甚乎含識溺心而浮識識與業相乘循諸麤而未始息也象之形之人與物偕生紛然乎天地之間可勝數耶得其形於人者固萬萬之一耳人而能覺幾其鮮矣聖人懷此雖以多義發之而天下猶有所不明者也聖人救此雖以多方治之

而天下猶有所不醒者也賢者以智亂不肖者以愚壅平平之人以無記惛及其感物而發喜之怒之哀之樂之益蔽者萬端曖然若夜行而不知其所至承於聖人之言則計之傳之若蒙霧而望遠謂有也謂無也謂非有也謂非無也謂亦有也謂亦無也以不見而却蔽固終身而不得其審焉海所以在水也魚龍死生在海而不見乎水道所以在心也其人終日說道而不見乎心悲夫心固微妙幽遠難明難湊其如此也矣聖人既隱天下百世雖以書傳而莫得其明驗故壇經之宗舉乃直示其心而天下方知即正乎性命也若排雲霧而頓見太清若登泰山而所視廓如也王氏以方乎世書曰齊一變至於魯魯一變至於道斯言近之矣涅槃曰始從鹿野苑終至跋提河中間五十年未曾說一字者示法非文字也防以文字而求其所謂也曰依法不依人者以法真而人假也曰依義不依語者以義實而語假也曰依智不依識者以智至而識妄也曰依了義經不依不了義經者以了義經盡理也而菩薩所謂即是宣說大涅槃者謂自說與經同也聖人所謂四人出世（即四依也）護持正法應當證知者應當證知故至人推本以正其末也自說與經同故至人說經如經也依義依了義經故至人顯說而合義也合經也依法依智故至人密說變之通之而不苟滯也示法非文字故至人之宗尚乎默傳也聖人如春陶陶而發之也至人如秋濯濯而成之也聖人命之而至人効之也至人固聖人之門之奇德殊勳者也

夫至人者始起於微自謂不識世俗文字及其成至也方一席之説而顯道救世與乎大聖人之云爲者若合符契也固其玄德上智生而知之將自表其法而示其不識乎死殆四百年法流四海而不息帝王者聖賢者更三十世求其道而益敬非至乎大聖人之所至天且厭之久矣烏能若此也予固豈盡其道幸蚊虻飲海亦預其味敢稽首布之以遺後學者也

真諦無聖論

真諦者何極妙絶待之謂也聖人者何神智有爲之謂也有爲則以言乎權絶待則以詣乎實實之所以全心而泯跡權之所以攝末而趨本然則真諦也者豈容擬議於其間哉聊試寓言以明其藴耳夫真諦者羣生之元心也衆聖之實際也如也非如也非非如也隱羣心而不昧現聖智而不曜神明不能測巧歴不能窮故般若曰第一真諦無成無得言其體而存之則清淨空廓聖凡泯然言其照而用之則彌綸萬有鼓舞羣動然則體而存之若其本乎照而用之似其末乎當其心寘於至本也黙乎清淨而絶聖棄智是亦宜爾所謂第一義諦廓然空寂無有聖人孰爲繆乎而秦人以爲大甚徑庭不近人情若無聖人而知無者誰歟是亦未諭其微旨也若夫凡聖智覺者真諦之影響妄心之攀縁耳存乎影響即凝滯於名數以乎攀縁則眩惑於分別是則非聖而聖而聖人所以大聖無知而知其真知所以徧知昔人有問於昔人曰云何是第一義諦應曰廓然無聖問者或

曰對朕者誰應曰不識然斯人也非昧聖而固不識也蓋不欲人以形言而求乎真諦者也而問人不悟乃復云云刻舟求劒遠亦遠矣以指標月其指所以在月以言喻道其言所以在道顧言而不顧其道非知道也眎指而不眎其月非識月也所以至人常妙悟於言象之表而獨得于形骸之外淨名默爾而文殊稱善空生以無說而說天帝以無聞而聞不其然乎

輔教編卷下

音釋

剽匹妙切刼也　漣陵延切泣貌　譎古穴切詐也　溥滂五切徧也　瀝郎狄切浚也　蓌祖卧切蓌拜謂甲冑在身枝拄不利屈伸也　䀮呼光切目不明也　縗經縗倉回切衰服也經徒結切麻在首在腰皆曰經　踊余隴切跳也　舁羊諸切共舉也　揵乾音　錐朱惟切器如鑚者　叢脞脞取果切叢脞細碎無大畧也　惛呼昆切心不明也　曖於代切晻曖不明貌　慱音團揣度也　湊千候切趣也　陶徒刀切　眩熒絹切目無常主也

翻譯名義集

宋姑蘇景德寺普潤大師法雲編

清刻龍藏佛說法變相圖

翻譯名義序

宋　唯心居士荆谿周　敦義述

余閲大藏嘗有意效崇文總目撮取諸經要義以爲内典總目見諸經中每用梵語必搜檢經教具所譯音義表而出之别爲一編然未及竟而顯親深老示余平江景德寺普潤大師法雲所編翻譯名義余一見而喜曰是余意也他日總目成别録可置矣已而過平江雲遂來見顒求敘引余謂此書不惟有功於讀佛經者亦可護謗法人意根唐奘法師論五種不翻一秘密故如陀羅尼二含多義故如薄伽梵具六義三此無故如閻浮樹中夏實無此木四順古故如阿耨菩提非不可翻而摩騰以來常存梵音五生善故如般若尊重智慧輕淺而七迷之作乃謂釋迦牟尼

此名能仁能仁之義位甲周孔阿耨菩提名正徧知此土老子之教先有無上正眞之道無以爲異菩提薩埵名大道心衆生其名下劣皆掩而不翻夫三寶尊稱譯人存其本名而肆爲謗毁之言使見此書將無所容其喙矣然佛法入中國經論日以加多自晉道安法師至唐智昇作爲目録圖經蓋十餘家今大藏諸經猶以昇法師開元釋教録爲準後人但增宗鑑録法苑珠林於下藏之外如四卷金光明經摩訶衍論及此土證道歌尚多有不入藏者我

國家嘗命宰輔爲譯經潤文使所以流通佛法至矣特未有一人繼昇之後翻譯久遠流傳散亡眞贋相乘無所攷據可重歎也雲雖老矣尚勉之哉紹興丁丑重午日序

翻譯名義集目録

翻譯名義集目録終

雪山大士求半偈而施身法愛梵志敬四句而拼骨久沉苦海今遇慈舟秉志竭誠采經集論宜安像前焼香禮拜息塵勞之雜念游般若之法林終卷掩帙攝心靜坐照元明之本體復常寂之性原雖萬有以施爲然一無而亦絶

無機子　法雲　奉勉

翻譯名義集卷第一

宋姑蘇景德寺普潤大師法雲編

夫翻譯者謂翻梵天之語轉成漢地之言音雖似別義則大同宋僧傳云如翻錦繡背面俱華但左右不同耳譯之言易也謂以所有易其所無故以此方之經而顯彼土之法周禮掌四方之語各有其官東方曰寄南方曰象西方曰狄鞮北方曰譯今通西言而云譯者蓋漢世多事北方而譯官兼善西語故摩騰始至而譯四十二章因稱譯也言名義者能詮曰名所以爲義能詮之名胡梵音別自漢至隋皆指西域以爲胡國唐有彥琮法師獨分胡梵葱嶺已西並屬梵種鐵門之左皆曰胡鄉言梵音者劫初廓然光音天神降爲人祖宣流梵音故西域記云詳其文字梵天所制原始垂則四十七言寓物合成隨事轉用流演枝派其源浸廣因地隨人微有改變語其大較未異本源而中印度特爲詳正辭調和雅與天音同氣韻清亮爲人軌則

或問玄奘三藏義淨法師西游梵國東譯華言指其古翻證曰舊訛豈可初地龍樹論梵音而不親如以耆闍名鷲堀名頭奘云訛也合云姑栗羅矩吒三賢羅什譯秦言而未正什譯羅睺羅爲覆障奘譯羅怙羅爲執日既皆紕繆安得感通澤及古今福資幽顯今試釋曰秦楚之國筆聿名殊殷夏之時文質體別況其五印度別千載日遙時移俗化言變名遷遂致梁唐之新傳乃殊秦晉之舊譯苟能曉意何必封言設筌雖殊得魚安別法雲十歲無知三衣濫服後學聖教殊昧梵言由

是思義思類隨見隨録但經論文散疏記義廣前後添削時將二紀編成七卷六十四篇十號三身居然列目四洲七趣爍爾在掌免撿閱之勞資誠證之美但媿義天彌廣管見奚周教海幽深蠡測烏盡其諸鈌疑傾俟博達者也時大宋紹興十三年歲次癸亥仲秋晦日居彌陀院扶病云爾

十種通號

諸佛別名

通別三身

釋尊姓字

三乘通號

菩薩別名

度五比丘

十種通號篇第一

福田論敘三寶曰功成妙智道登圓覺佛也玄理幽微正教精誠法也禁戒守真威儀出俗僧也皆是四生導首六趣舟航故名爲寶無機子問曰如涅槃云諸佛所師所謂法也則應立教舉法爲初何緣垂訓佛居先耶釋曰人能弘道非道弘人佛有能演之功法無自顯之力猶若伏藏藉人指出故初稱佛然後示法佛有無量德亦有無量名故今此集先列十號言十號者一倣同先跡號二堪爲福田號三徧知法界號四果顯因德號五妙往菩提號六達僞通眞號七攝化從道號八應機授法號九覺悟歸眞號十三界獨尊號

梵語○**多陀阿伽陀**亦云怛闥阿竭後秦翻爲如來金剛經云無所從來亦無所去故名如來此以法身釋轉法輪論云第一義諦名

如正覺名來此以報身釋成實論云乘如實道來成正覺故名如來此約應身釋○**阿羅訶**秦云應供大論云應受一切天地衆生供養亦翻殺賊又翻不生觀經疏云天竺三名相近阿羅訶翻應供阿羅漢翻無生阿盧漢翻殺賊○**三藐三佛陀**亦云三耶三菩秦言正徧知大論云是言正徧知一切法什師言正徧覺也言法無差故言正智無不周故言徧出生死夢故言覺妙宗云此之三號即名三德今就所觀義當三諦正徧知即般若眞諦也應供即解脫俗諦也如來即法身中諦也故維摩云阿難若我廣說此三句義汝以劫壽不能盡受○**鞞侈遮羅那三般那**秦言明行足大論云宿命天眼漏盡名爲三明三乘雖得三明明不滿足佛悉滿足是爲異也

具足三明及六神通智論云一如意二天眼三天耳四他心五識宿命通六無漏通言神通者易曰陰陽不測之謂神寂然不動感而遂通瓔珞云神名天心通名慧性天然之慧徹照無礙故名神通一如意者有三種能到轉變聖如意能到復四一身飛行如鳥無礙二移遠令近不往而到三此沒彼出四一念能至轉變者大能作小小能作大一能作多多能作一種種諸物皆能轉變外道輩轉極久不過七日諸佛及弟子轉變自在無有久近聖如意者外六塵中不可愛不淨物能觀令淨可愛淨物能觀令不淨是聖如意法唯佛獨有天眼通者於眼得色界四大造清淨色是名天眼天眼所見自地及下地六道衆生諸物若近若遠若麤若細諸色無不能照

是天眼有二種一從報得二從修得是五道中天眼從修得非報得何以故常憶念種種光明得故云云天耳通者於耳得色界四大造清淨色能聞一切聲天聲人聲三惡道聲云何得天耳通修得常憶念種種聲是名天耳通識宿命通者本事常憶念日月年歲至胎中乃至過去世中一世十世百世千萬億世乃至大阿羅漢辟支佛知八萬大劫諸大菩薩及佛知無量劫是名識宿命通知他心通者知他心若有垢若無垢自觀心生住滅時常憶念故得復次觀他人喜相嗔相怖相畏相見此相已然後知心是爲他心智無漏通者如來莊嚴入一切佛境界經云言無漏者謂離四漏謂欲漏有漏無明漏見漏以不取彼四種漏故乃名遠離諸漏智論問神通與明有何等異答直知過去宿命事名通知過云因緣行業名明宿命直知死此生彼名通知行因緣際會不失名明天眼直盡結使不知更生不生名通若知漏盡更不復生名明無漏○

修伽陀秦言好去大論云於種種諸深三摩提無量智慧中去或名修伽度此云善逝菩薩地持經云第一上升永不復還故名善逝○

路伽憊大論云是名知世間知二種世間一衆生二非衆生及如實相知世間果世間因出世間滅出世間道地持經云知世間衆生界一切種煩惱及清淨名世間解○

阿耨多羅秦云無上大論云如諸法中涅槃無上衆生中佛亦無上地持經云唯一丈夫名無上士大經云有所斷者名有上士無所斷者名無上士○

富樓沙曇藐婆羅提秦云可化

丈夫調御師大論云佛以大慈大智故有時輭美語有時苦切語有時雜語令不失道若言佛爲女人調御師爲不尊重若説丈夫一切都攝○**舍多提婆魔㝹舍喃**此云天人教師大論云佛示導是應作是不應作是善是不善是人隨教行又云度餘道衆生者少度天人衆生者多○**佛陀**大論云秦言知者知過去未來現在衆生非衆生數有常無常等一切諸法菩提樹下了了覺知故名佛陀後漢郊祀志云漢言覺也覺具三義一者自覺悟性眞常了惑虚妄二者覺他運無緣慈度有情界三者覺行圓滿窮源極底行滿果圓故華嚴云一切諸法性無生亦無滅竒哉大導師自覺能覺他肇師云生死長寢莫能自覺自覺覺彼者其唯佛也妙樂記云此云知者覺者對迷名知對愚説覺佛地論云具一切智一切種智離煩惱障及所知障於一切法一切種相能自開覺亦能開覺一切有情如睡夢覺如蓮華開故名爲佛肇曰佛者何也蓋窮理盡性大覺之稱也其道虚玄固已妙絶常境心不可以智知形不可以像測同萬物之爲而居不爲之域處言數之内而止無言之鄉非有而不可爲無非無而不可爲有寂寞虚曠物莫能測不知所以名故強謂之覺其爲至也亦以極矣何則夫同於得者得亦得之同於失者失亦失之是以則眞者同眞法僞者同僞如來冥照靈諳一彼實相實相之相即如來相無機子敘六即佛曰○癡禪任性濫上聖以矜高狂慧隨情居下凡而自屈由是天台智者祖師明六即佛破二

種見揀其太過六分因果之事殊收彼不收即顯聖凡之理等沉生死海如寶在暗而不失升涅槃山猶金出鑛以非得不一不異其道融通無是無非此智圓妙今述鄙頌式讃大猷庶幾見聞咸得開悟云爾一頌理即佛動靜理全是行藏事盡非冥冥隨物去杳杳不知歸二頌名字即佛方聽無生曲始聞不死歌今知當體是翻恨自蹉跎三頌觀行即佛念念照常理心心息幻塵徧觀諸法性無假亦無眞四頌相似即佛四住雖先脫六塵未盡空眼中猶有翳空裡見花紅五頌分眞即佛豁爾心開悟湛然一切通窮源猶未盡尚見月朦朧六頌究竟即佛從來眞是妄今日妄皆眞但復本時性更無一法新○**路迦那他**大論云翻世尊成論云具上九號爲物欽重故曰世尊天上人間所共尊故此十號義若總畧釋無虛妄名如來良福田名應供知法界名正徧知具三明名明行足不還來名善逝知衆生國土名世間解無與等名無上士調他心名調御丈夫爲衆生眼名天人師知三聚名佛具茲十德名世間尊涅槃疏云阿含及成論合無上士與調御丈夫爲一號故至世尊十數方滿涅槃及大論開無上士與調御丈夫爲兩號而輔行云大論合無上士調御丈夫以爲一句此文誤也學者詳之○**婆伽婆**應法師云薄伽梵總衆德至尚之名也大論云一名有德二名巧分別諸法三名有名聲無有得名聲如佛者四能破婬怒癡新云薄伽梵名具六義佛地論曰薄伽梵聲依六義轉一自在二熾盛三端嚴四名

稱五吉祥六尊貴頌曰自在熾盛與端嚴名稱吉祥及尊貴如是六德義圓滿是故彰名薄伽梵其義云何謂如來永不繫屬諸煩惱故具自在義猛焰智火所燒煉故具熾盛義妙三十二大士相等所莊飾故具端嚴義一切殊勝功德圓滿無不知故具名稱義一切世間親近供養咸稱讚故具吉祥義具一切德常起方便利益安樂一切有情無懈廢故具尊貴義唐奘法師明五種不翻一祕密故不翻陀羅尼是二多含故不翻如薄伽梵含六義故三此無故不翻如閻浮樹四順古故不翻如阿耨菩提實可翻之但摩騰已來存梵音故五生善故不翻如般若尊重智慧輕淺令人生敬是故不翻

諸佛别名篇第二

仰則真法俯立俗號名雖各異義亦互通故法苑云如釋迦翻能仁豈有一佛非能仁也阿彌陀云無量壽豈有一佛非長壽也但以逗機設化隨世建立題名則功能雖殊顯義乃力用齊等方知三世無量之名具顯諸佛無量之德也○**釋迦文**淨名疏云天竺語釋迦爲能文爲儒義名能儒大論云釋迦文佛先世作瓦師名大光明爾時有佛名釋迦文弟子名舍利弗目伽連阿難佛與弟子俱到瓦師舍一宿爾時瓦師布施草座燈明石蜜漿便發願言我於當來作佛如今佛名弟子名字亦如今佛優婆塞戒經云我於釋迦最初發心於迦葉佛滿三僧祇須知三祇正滿在於勝觀今言迦葉兼百劫故大論云初阿僧祇中心不自知我當作佛不作佛二阿僧

祇中心雖能知我心作佛而口不稱我當作佛三阿僧祇中了知得佛口自發言無所畏難我於來世當得作佛從過去釋迦文佛到刺那尸棄佛爲初阿僧祇是中菩薩永離女人身從刺那尸棄佛至燃燈佛爲二阿僧祇是時菩薩七枝青蓮華供養燃燈佛敷鹿皮衣布髮掩泥便授其記汝當作佛名釋迦牟尼從燃燈佛至毗婆尸爲三僧祇過二僧祇種三十二相業○罽那尸棄名出俱舍大論則名刺那尸棄此云寶髻亦云寶頂吾佛世尊初僧祇滿時值此佛與七佛中第二尸棄隔二僧祇先達謂同故今辯異○提洹竭或云提和竭羅此云燃燈大論云太子生時一切身邊光如燈故故云燃燈以至成佛亦名燃燈鐙字說文從金徐鉉云錠中置燭故謂之燈聲類云有足曰錠無足曰燈故瑞應經翻爲錠光摭華云錠音定燈屬也古來翻譯廻文不同或云燃燈或云錠光語異義同故須從金釋尊修行名儒童時二僧祇滿遇燃燈佛得受記別○毗婆尸亦名維衛此云勝觀俱舍云三無數劫滿逆次逢勝觀燃燈寶髻佛初釋迦牟尼此由釋尊於勝觀佛初種相好故毗婆尸爲七佛首以讚弗沙精進力故超九大劫故至於今過九十一大劫也○尸棄亦名式棄大論翻火依佛名經過三十劫○毗舍浮翻徧一切自在藥王藥上經云莊嚴劫中最後一佛○俱留孫此云所應斷又翻作用莊嚴賢劫第九減六萬歲出成佛道爲千佛首○拘那含牟尼此云金寂大論名迦那迦牟尼秦言金仙人四萬歲時出現

閻浮○**迦葉波**此云飲光二萬歲時出成正覺至百歲時釋迦牟尼居兜率天四種觀世故大論云一者觀時人壽百歲佛出時到二觀土地諸國常在中國生故三觀種姓刹利種姓勢力大婆羅門種智慧大隨時所貴佛於中生四觀生處何等母人能懷那羅延力菩薩亦能自護淨戒如是觀竟唯中國迦毘羅婆淨飯王后能懷菩薩如是思惟已於兜率天下不失正慧入於母胎○**彌勒**西域記云梅呾麗耶唐云慈氏即姓也舊曰彌勒訛也什曰姓也阿逸多字也南天竺婆羅門子淨名疏云有言從姓立名今謂非姓恐是名也何者彌勒此翻慈氏過去爲王名曇摩流支慈育國人自尒至今常名慈氏姓阿逸多此云無能勝有言阿逸多是名既不親見正文未可定執觀下生經云時修梵摩即與子立字名曰彌勒○**袍休蘭羅**漢言大寶即多寶佛出薩曇分陀利經○**弗沙**正名富沙清涼云亦云勃沙此云增盛明達勝義故也亦云底沙亦云提舍此翻明又云說度說法度人也什師解弗沙菩薩云二十八宿中鬼星名也生時相應鬼宿因以爲名或名沸星或名孛星○**樓夷亘羅**清淨平等覺經翻世饒王無量壽經翻世自在王○**曇摩迦**此翻法藏比丘乃無量壽行因時名○**阿彌陀**清淨平等覺經翻無量清淨佛無量壽經翻無量壽佛稱讚淨土經云其中世尊名無量壽及無量光智論云無量有二一者實無量諸聖人所不能量如虛空涅槃衆生性是不可量二者有法可量但力劣者不能量如須弥山

大海水斤兩滴數多少諸佛菩薩能知諸天世人所不能知故言無量是故天台乃立四句實有量而言無量彌陀是也實無量而言量如此品及金光明是也實無量而言無量如涅槃云唯佛與佛其壽無量是也實有量而言量如八十唱滅是也又以三身對凡立四句故法華疏云復次法身非量非無量報身金剛前有量金剛後無量應身隨緣則有量應用不斷則無量通途詮量三句在聖一句屬凡有量無常都非佛義○堅濕弗羅䟦那此翻自在大聲○迦羅鳩村䭾此翻所應斷已斷○阿閦淨名經云有國名妙喜佛號無動疏云阿之言無閦之言動○剌那那伽羅此云寶積以無漏根力覺道等法寶集故名爲寶積問若爾一切佛皆應號寶積答但此佛卽以此寶爲名○樓至此翻啼泣又名盧遮亦名魯支此翻愛樂○鞞恕婆附大論云秦言一切勝○提和羅耶晉言天人王佛授調達作佛之號○須扇多亦云須肩頭此云甚淨弟子未熟便入涅槃留化佛一劫

通別三身篇第三 別標釋迦 通貫諸佛

萬彙沉迷居三道而流轉十力超悟證三身以圓通由是三諦一境合名法身此彰一性也三智一心合名報身三脫一體合名應身此顯二修也以斯定慧互嚴致使法身圓顯境智冥合應物現形三身明矣○毘盧遮那輔行曰此云徧一切處煩惱體淨衆德悉備身土相稱徧一切處唯識論云一自性身謂諸如來真淨法界受用變化平等所依離相寂然絶諸戲論具無邊際眞實功德是一切

法平等實性即此自性亦名法身光明玄云法名可軌諸佛軌之而得成佛故經言諸佛所師所謂法也摩訶衍論云尅其法身真實自體湛湛絶慮寂寂名斷能爲色相作所依止今問寂寂名斷安名法身答法實無名爲機詮辯名寂寂體強稱法身問湛湛之體當同太虚答凡所有相皆是非相覺五音如谷響知實無聲了萬物如夢形見皆非色空有不二中道昭然不可聞無謂空斷絶〇**盧舍那**賢首梵網疏云梵本盧舍那此云光明徧照照有二義一内以智光照真法界此約自受用義二外以身光照應大機此約他受用義淨覺雜編云盧舍那寶梁經翻爲淨滿以諸惡都盡故云淨衆德悉圓故云滿此多從自受用報得名或翻光明徧照此多從他受用報爲自若論色心皆得淨滿身智俱有光明則二名並通自他受用也唯識論云二受用身此有三種一自受用身謂諸如來三無數劫修習無量福德資粮所起無邊真實功德又極圓淨常徧色身相續湛然盡未來際常自受用廣大法樂二他受用身由平等智示現妙淨功德身居純淨土爲住十地菩薩現大神通轉正法輪决衆疑網令彼受用大乘法樂合此二身名曰報身摩訶衍云所言報身者具勝妙因受極樂果自然自在决定安樂遠離苦相故名爲報〇**釋迦牟尼**摭華云此云能仁寂默寂默故不住生死能仁故不住涅槃悲智兼運立此嘉稱發軫云本起經翻釋迦爲能仁本行經譯牟尼爲寂默能仁是姓寂默是字姓從慈悲利物字取智慧

冥理以利物故不住涅槃以冥理故不住生死長水云寂者現相無相默者示說無說此則卽眞之應也能仁是姓者長阿含云昔有輪王姓甘蔗氏聽次妃之譖擯四太子至雪山北自立城居以德歸人不數年間鬱爲強國父王悔憶遣使往名四子辭過不還父王三歎我子釋迦因此命氏又云住直樹林又號釋迦旣於林立國卽以林爲姓此以釋迦翻爲直林寂默是字者本行經云又諸釋種立性憍慢多言及見太子悉皆默然王云宜字牟尼稱讚淨土經名釋迦寂靜又釋迦牟尼翻度沃焦如舊華嚴名字品及十住婆沙所列大海有石其名曰焦萬流沃之至石皆竭所以大海水不增長衆生流轉猶如焦石五欲沃之而無猒足唯佛能度故此爲名釋迦牟尼屬應身也摩訶衍云所言應者隨順根機而不相違隨時隨處隨趣出現非安樂相故名爲應而此應身周帀千華上復現千釋迦一華百億國一國一釋迦故名釋迦牟尼名千百億化身也唯識論云三變化身謂諸如來由成事智變現無量隨類化身居淨穢土爲未來登地菩薩及二乘異生稱彼機宜現通說法若就應身開出變化則成四身以現同始終名應無而欻有名化然此三身之法或執卽義名失三身或執離義相乖一體今約三義通而辯之一者體用智與體冥能起大用自報上冥法性體名眞身他報下赴機緣用名應身故光明云佛眞法身猶如虛空應物現形如水中月而觀世音普門示現令無涯人獲乎冥顯兩種利益者由此二

身也二者權實權名權暫實謂實録以施權故從勝起劣三佛離明以顯實故從劣起勝秖是一身故曰吾今此身即是法身又云微妙淨法身具相三十二是知順機則權設三身就應乃實唯一佛也三者事理觀經疏云佛本無身無壽亦無於量隨順世間而論三身是則仰觀至理本實無形俯隨物機迹垂化事猶明鏡也像體本虛若水月馬影元非實苟於迹事而起封執則同癡猴墮井而死學出世法宜誡之哉

釋尊姓字篇第四

世本云言姓即在上言氏即在下西域記云姓者所以繫統百世使不別也氏者所以別子孫之所出也族姓殊者有四流焉一婆羅門淨行也守道居貞潔白其操二刹帝利王種也奕世君臨仁恕爲志三吠奢商賈也貿遷有無逐利遠近四戍陀羅農人也肆力疇壠勤身稼穡智度論云隨時所尚佛生其中釋迦出剛強之世托王種以振威迦葉生善順之時居淨行以標德故佛諸文姓有六種一瞿曇二甘蔗三日種四釋迦五舍夷六刹利今具釋之○【瞿曇】或憍曇彌或俱譚西域記云喬答摩舊云瞿曇訛略也古翻甘蔗泥土等南山曰非也瞿曇是名從星立稱至于後代改姓釋迦慈恩云釋迦之羣望也文句曰瞿曇此云純淑應法師翻爲地最勝謂除天外人類中此族最勝如十二游經明阿僧祇時大茅草王捨位付臣師婆羅門遂受其姓名小瞿曇仁賢劫初識神託生立瞿曇姓故知瞿曇遠從過去近自民主二姓甘蔗者

菩薩本行經云大茅草王得成王仙壽命極長老不能行時諸弟子出求飲食以籠盛仙懸樹枝上獵師遥見謂鳥便射滴血于地生二甘蔗日炙開剖一出童男一出童女占相師立男名善生卽灌其頂名甘蔗王女名善賢爲第一妃三姓日種者本行經云又以日炙甘蔗出故亦名日種四姓釋迦具三身篇

○**舍夷** 文句云舍夷者貴姓也此名訛略正云奢夷耆耶本行經云以住釋迦大樹蓊鬱枝條之林是故名爲奢夷耆耶此以其處而立於姓故國名舍夷

○**剎帝利** 肇曰王種也秦言田主劫初人食地味轉食自然粳米後人情漸僞各有封殖遂立有德處平分田此王者之始也故相承爲名爲其尊貴自在強暴快意不能忍和也什曰梵音中含二義一言忍辱二言能瞋言此人有大力勢能大瞋恚忍受苦痛剛強難伏因以爲姓

○**薩婆悉達** 唐言頓吉太子生時諸吉祥瑞悉皆具故大論翻爲成利西域記云薩婆曷剌他悉陀唐言一切義成舊云悉達訛也此乃世尊小字耳

○**摩納縛迦** 或號摩那婆瑞應翻爲儒童本行翻爲雲童又云善慧又翻年少淨行燃燈佛時爲菩薩號今問瑞應明昔爲摩納獻燃燈華諸文引此證二僧祇何故妙玄證伏惑故無比法忍故證通教而諸文中證二通行因耶答經中旣云得不起法忍三藏由僧祇者以瑞應是三藏故淨名疏中義以初祇爲伏二三祇爲順百劫爲無生三十四心爲寂滅故諸文中證二僧祇發軫問若通別圓妙玄何故判爲通教荅非但通二亦通三

藏隨教所説淺深不同一往瑞應多屬通議以得忍故異前三藏不説行因不思議相異後別圓况復若判屬通必兼後二又云餘經説遇燃燈是八地正是通教辟支佛地

翻譯名義集卷第一

音釋

贋五晏切不眞也　庢者止與蚳同　[口圼]奴結切

翻譯名義集卷第二

宋姑蘇景德寺普潤大師法雲編

三乘通號篇第五

佛教詮理化轉物心超越凡倫升入聖域其或知苦常懷厭離斷集永息潤生證滅高契無為修道唯求自度此聲聞乘也其或觀無明是妄始知諸行為幻源斷二因之牽連滅五果之纏縛此緣覺乘也其或等觀一子普濟羣萌秉四弘之誓心運六度之梵行此菩薩乘也語其渡河雖象馬兎之有殊論乎出宅實羊鹿牛之無別矣

○**菩薩** 肇曰正音云菩提薩埵菩提佛道名也薩埵秦言大心衆生有大心入佛道名菩提薩埵無正名譯也安師云開士始士荆溪釋云心初開故始發心故淨名疏云古本翻為高士既異翻不定須留梵音但諸佛翻譯不同今依大論釋菩提名佛道薩埵名成衆生天台解云用諸佛道成就衆生故名菩提薩埵又菩提是自行薩埵是化他自修佛道又化他故賢首云菩提此謂之覺薩埵此曰衆生以智上求菩提用悲下救衆生

○**鳩摩羅伽** 或云鳩摩羅馱或名究磨羅浮多此云童真亦云毫童亦云童子熏聞云內證真常而無取著如世童子心無染愛即法王子之號也大論曰復次又如王子名鳩摩羅伽佛為法王菩薩入法正位乃至十地故悉名王子皆任為佛如文殊師利十力四無所畏等悉具佛事故住鳩摩羅伽地佛地論云從世尊口正法所生紹繼佛身不斷絕故名法王子觀經疏云以法化人名法王子什注淨名

云妙德以法身遊方莫知其所生又來補佛處故言法王子荆溪問曰經稱文殊爲法王子其諸菩薩何人不是法王之子答有二義一於王子中德推文殊二諸經中文殊爲菩薩衆首○**辟支迦羅**孤山云此翻緣覺觀十二緣而悟道故亦翻獨覺出無佛世無師自悟故今楞嚴云復有無量辟支者將非他方無佛之土大權引實而來此會乎霅川云或佛知此衆當獲大益威神攝至不亦可乎獨覺稱麟喻者名出俱舍名爲犀角出大集經槜李云獨覺亦觀十二因緣亦可名爲緣覺但約根有利鈍值佛不值佛之殊分二類也○**畢勒支底迦**此云各各獨行音義云獨覺正得其義也義鈔中問獨覺爲有戒耶解云亦得雖出無佛世緣於別等得脫亦得別解脫也若爾此戒佛世有既出無佛世云何得有戒答別解脫有二一在家諸戒二出家別解脫又善見云五戒十戒一切時有乃至無佛出世辟支輪王等亦有教受妙玄云今明三藏三乘無別衆不得別有菩薩緣覺之戒也○**須陀洹**金剛疏云此翻入流又曰逆流斷三法者約逆而言即四流中逆見流也得果證者約入流而說即入入聖道之流也今經云名爲入流又云不入色聲香等不亦二義乎四教義翻修習無漏刋正釋云初見眞理故○**斯陀含**此云一徃來金剛疏云是人從此死一徃天上一來人間得盡衆苦大論云息忌伽彌息忌名一伽彌名來是名一來四教義翻云薄前斷巳多其所未斷少故名薄○**阿那含**此云不來金剛疏云是人欲界

中死生色無色界於彼漏盡不復來生大論名阿那伽彌阿那名不伽彌名來四教義翻云不還○阿羅漢大論云阿羅名賊漢名破一切煩惱賊破復次阿羅漢一切漏盡故應得一切世間諸天人供養又阿名不羅漢名生後世中更不生是名阿羅漢法華疏云阿颰(音跋)經云應眞瑞應云眞人悉是無生釋羅漢也或云無翻名含三義無明糠脫後世田中不受生死果報故云不生九十八使煩惱盡故名殺賊具智斷功德堪爲人天福田故言應供含此三義故存梵名○摩訶那伽大論云那伽或名龍或名象是五千阿羅漢諸羅漢中最大力以是故言如龍如象水行中龍力最大陸行中象力大中阿含經佛告鄔陀夷若沙門等從人至天不以身口意害我説彼是龍象淨名疏云羅漢若得超越名摩阿那伽心調柔輭三乘事定齊此爲極記云如涅槃歎德云人中之龍也○阿離野此翻聖者亦云出苦者孔氏傳云於事無不通謂之聖孔子對魯哀公云所謂聖人者智通大道應變不窮測物之情性者也商太宰嚭(四鄙切)問孔子曰夫子聖者歟曰丘博識强記非聖人也三王聖者歟曰三王善用智勇聖非丘所知五帝聖者歟曰五帝善用仁信聖非丘所知三皇聖者歟曰三皇善用時政聖非丘所知太宰大駭曰然則孰爲聖人乎夫子有間動容而對曰西方有聖者焉不治而不亂不言而自信不化而自行蕩蕩乎人無能名焉

菩薩別名篇第六

○文殊師利此云妙德大經云了了見佛性猶如妙德等淨名疏云若見佛性即具三德不縱不橫故名妙德無行經名滿殊尸師利或翻妙首觀察三昧經并大淨法門經名普首阿目佉經普超經名濡首無量門微密經名敬首西域記云曼殊室利唐言妙吉祥首楞嚴經說是過去無量阿僧祇劫有佛號龍種上尊王佛鴦掘經說是現在北方常喜世界歡喜藏摩尼寶積佛慈恩上生經疏引經云未來成佛名曰普現○邲輸跋陀邲蒲必切或云三曼跋陁此云普賢悲華云我行要當勝諸菩薩寶藏佛言以是因緣今改汝是名曰普賢文句云今明伏道之頂其因周徧曰普斷道之後隣于極聖曰賢檇音醉李云行彌法界曰普位隣極聖曰賢請觀音經疏云跋陀云賢首等覺是衆賢位極故佛聖首極故觀經大論並翻徧吉圓覺略疏云一約自體體性周徧曰普隨緣成德曰賢二約諸位曲濟無遺曰普隣極亞聖曰賢三約當位德無不周曰普調柔善順曰賢表於理行清涼國師制華嚴三聖圓融觀中先明二聖三對表法一普賢即所信如來藏理趣般若云一切衆生皆如來藏普賢菩薩自體徧故初會即入如來藏身三昧故也文殊即能信之心佛名經說一切諸佛皆因文殊而發心故善財始見發大心故二普賢表所起萬行上下經文皆云普賢行故文殊表能起之解慈氏云汝先得見諸善知識聞菩薩行入解脫門皆文殊力也三普賢表證出纏法界經云身相如虛空故善財入其身故善財見之即得智波羅蜜者依體起用故也文殊表能證大智本所事佛名不動智故常爲諸佛母故再見文殊方見普賢者顯其有智方證理故古德名後文殊爲智照無二相也然此二聖各相融攝謂依體起行行能顯理故三普賢

而是一體信若無解信是無明解若無信解是邪見信解眞正方了本源成其極智極智返照不異初心故三文殊亦是一體又二聖亦互相融二而不二沒同果海即是毘盧遮那是爲三聖故此菩薩常爲一對○**阿那婆婁吉低輸**文句名婆婁吉低稅别行云此云觀世音能所圓融有無兼暢照窮正性察其本末故稱觀也世音者是所觀之境也萬象流動隔别不同類音殊唱俱蒙離苦菩薩弘慈一時普救皆令解脫故曰觀世音應法師云阿婆盧吉低舍婆羅此云觀世自在雪山已來經本云娑婆羅則譯爲音無量清淨平等覺經名盧烏合切樓亘此云光世音西域記云阿縛盧枳多伊濕伐羅唐言觀自在合字連聲梵語如上分大散音即阿縛盧枳多譯曰觀伊濕伐羅譯曰自在舊譯爲光世音或世自在皆訛謬也唐奘三藏云觀有不住有觀空不住空聞名不惑於名見相不沒於相心不能動境不能隨動隨不亂其眞可謂無礙智慧也○**摩訶那鉢**此云大勢至思益云我投足之處震動三千大千世界及魔宮殿故名大勢至觀經云以智慧光普照一切令離三塗得無上力是故號此菩薩名大勢至○**維摩羅詰**什曰秦言淨名垂裕記云淨即眞身名即應身眞即所證之理應即所現之身生曰此云無垢稱其晦迹五欲超然無染清名遐布故致斯號大經云威德無垢稱王優婆塞西域記毘摩羅詰唐言無垢稱舊曰淨名然淨則無垢名則是稱義雖取同名乃有異舊曰維摩詰者訛也○**純陀**舊云本名

純陀後大衆稱德號爲妙義補注云不應名德兩分純陀是西音妙義乃此語

○**阿迦雲**此云藥王觀藥王藥上菩薩經云過去有佛號瑠璃光照滅度之後時有比丘名爲日藏宣布正法時有長者名星宿光聞說法故持呵梨勒及諸雜藥奉上日藏幷諸大衆因此立名藥王後當作佛名爲淨眼星宿光弟名電光明聞說法故以其醍醐上妙之藥而用供養因此立名名爲藥上後當作佛名爲淨藏文句云若推此義星光應在喜見之後從捨藥發誓已來名藥王故本草序云醫王子姓韋名古字老師元是踈勒國得道人也身被毳袍腰懸數百葫蘆頂戴紗巾手持藜杖常以一黑犬同行壽年五百餘歲洎開元中孟夏之月有人疾患稍多疼困師發願心存目想遂普施藥餌無不痊平覩之者便愈後乃圖形供養皇帝敬禮爲藥王菩薩又神仙傳云昔堯舜之時殷湯之際周秦已後大漢至唐凡五度化身來救貧病其犬化爲黑龍背負老師冲天而去

○**颰陀羅**（颰蒲活切）大論翻云善守思益云若衆生聞名者畢竟得三菩提故云善守孤山云賢守自守護賢德復守護衆生或云賢首以位居等覺爲衆賢之首亦名跋陀和此云賢護妙藥云善即賢也王城在家菩薩

○**薩陀波崙**大論云秦言常啼是菩薩求佛故憂愁啼哭七日七夜故號常啼具如智論

○**鬱伽陁達磨**大論云鬱伽陀秦言盛達磨秦言法故號法盛

○**尸梨伽那**大論此云厚德

○**和須蜜多**亦云婆須蜜多西域記云伐蘇蜜呾多唐言世友舊曰和須

寠多訛也觀法師云亦翻天友隨世人天方便化故○乾陀訶提此云不休息念念流入薩婆若海初無休息○瞿沙西域記云此云音○瞿師此云美音○提婆達多亦名調達亦名提婆達兜法苑云本起經提婆達多齊云天熱以其生時人天等衆心皆驚熱無性攝論云唐云天授亦云天與謂從天乞得故入大乘論問彼提婆達多世世爲佛怨云何而言是大菩薩答若是怨者云何而得世世相值如二人行東西各去步步轉遠豈得爲伴又云是賓伽羅菩薩○商莫迦此云善西域記云舊曰睒摩菩薩訛○阿差末此云無盡意天台云知一切法性無盡故菩薩發心無盡○般若拘羅此云智積淨名疏云觀於實相智慧積聚○跋陁婆羅賒塞迦下生經曰秦言善教○那羅延維摩經那羅延菩薩涅槃疏翻爲金剛

度五比丘篇第七

法華云即趣波羅奈爲五比丘說原其由也太子入山父王思念乃命家族三人謂阿鞞跋提拘利舅氏二人謂陳如迦葉尋訪住止隨侍動靜二人著五欲太子初食麻麥遽爾退席三人著苦行太子後受乳糜亦復遠去洎成佛果念誰堪度初思二仙空言已死復念五人當往先度故至波羅奈一夏調根初爲陳如說四諦得道次爲阿鞞跋提說布施生天福樂同時證果三爲迦葉拘利亦如前說皆得聖道是爲三番度五比丘既先入道故首列之○阿若憍陳如亦名俱隣法華疏云何若名也此翻已知或言無知無知者非

無所知乃是知無耳又翻爲解楞嚴云我初稱解等具云解本際孤山云以第一解法者也憍陳如姓也此翻火器婆羅門種其先事火從此命族亦名憍陣那○【頞鞞】亦阿說示此云馬勝亦云馬師亦云阿輸波踰祇此云馬星○【跋提】亦云婆提本行集云跋提梨迦此云小賢文句亦名摩訶男若五分律及本行集則跋提與摩訶男兩别○【十力迦葉】亦名婆敷○【拘利太子】若涅槃疏則摩訶男與拘利是一

十大弟子篇第八

舍利弗智慧目揵連神通大迦葉頭陀阿那律天眼須菩提解空富樓那說法迦旃延論義優波離持律羅睺羅密行阿難陀多聞淨名疏云今十弟子各執一法者人以類聚物以羣分隨其樂欲名一法門攝爲眷屬雖各掌一法何曾不具十德自有偏長故稱第一又增一阿含明一百比丘各有偏好爲善不同例亦如此○【舍利弗】大論云有婆羅論義師名婆陀羅王云云婦生一女眼似舍利鳥眼即名此女爲舍利云云衆人以其舍利所生皆共名之爲舍利弗弗秦言子也涅槃云如舍利弗母名舍利因母立字故名舍利弗又翻身子文句云此女好形身身之所生故言身子亦云鶖子母眼明淨如鶖七由切鷺來故切眼○【大目揵連】揵巨焉切什曰目連婆羅門姓也名拘律陀拘律陀樹名禱樹神得子因以爲名垂裕記問大經云目揵連即姓也因姓立名目連何故名拘律陀耶答本自有名但時人多召其姓故大經云耳淨名疏云文殊問經

翻茱(音羅)茯(蒲北切)根父母好食以標子名眞諦三藏云勿伽羅此翻胡豆緑色豆也上古仙人好食於此仍以爲姓正云摩阿沒特伽羅新翻采菽氏菽亦豆也西域記云沒特伽羅舊曰目揵連訛略也○摩訶迦葉波文句此翻大龜氏其先代學道靈龜負仙圖而應從德命族故云龜氏時人多以姓召之其實有名名畢鉢羅父母禱樹神而生子故名畢鉢羅言大者若約所表或因智大德大心大故稱大迦葉若約事釋者佛弟子中多名迦葉如十力三迦葉等於同姓中尊者最長故標大以簡之迦葉或翻飲光文句云迦葉身光亦能映物眞諦翻光波古仙人身光炎涌能映餘光○阿那律或云阿那律陀此云無滅昔施食福人天受樂于今不滅淨名疏云或

云阿泥盧豆或阿(音過)㝹(乃侯切)樓馱(唐賀切)如楚夏不同耳此云如意或云無貧過去餓世曾以稗飯施辟支佛九十一劫天人之中受如意樂故名如意爾來無所乏斷故名無貧佛之從弟西域記云阿泥律(虛骨切)陀舊曰阿那律者訛也○須菩提淨名疏云此云善吉亦云善業亦云空生其生之日家室皆空父母驚異請問相師相師占云此是吉相因名善吉禀性慈善不與物諍及其出家見空得道兼修慈心得無諍三昧是以常能將護物心故名善業以生時家宅皆空因名空生家宅皆空即表其長成解空之相生曰無諍三昧者解空無致論處爲諍也西域記云蘇部底唐言善現舊曰須扶提或云須菩提譯曰善吉皆訛熏聞云應知善相不唯空物亦能感

物故譬喻經云舍衛國長者名鳩留產子小字須菩提有自然福報食器皆空所欲皆滿然則空非斷無表妙有之不亡也眞諦云是東方青龍陀佛又增一阿含云喜著好衣行本清淨所謂天須菩提是知釋門有二須菩提○**富樓那彌多羅尼子** 文句云富樓那翻滿願彌多羅翻慈尼女也父於滿江禱梵天求子正值江滿又夢七寶器盛滿中寶入母懷母懷子父願獲從諸遂願故言滿願彌多羅尼翻慈行亦云知識四韋陀有此品其母誦之以此為名或名彌室(音質)子翻善知識支謙譯度無極經名滿祝子謂父於滿江禱梵天而得其子西域記云布剌拏梅呾麗衍尼弗呾羅唐言滿慈子舊訛畧云彌多羅尼子

○**摩訶迦旃延** 什曰南天竺婆羅門姓善解契經者淨名疏云此翻不定有云扇繩有云文飾未知孰正或曰此云離有無破我慢心

○**鄔波離**(鄔安古切) 有翻化生或翻上首以其持律為衆紀綱故名優波釐或翻近執以佛為太子時彼為親近執事之臣古人云佛之家人非也訛云優波離

○**羅睺羅** 什曰阿修羅食月時名羅睺羅秦言覆障謂障月明也羅睺羅六年處母胎所覆障故因以為名西域記云羅怙羅舊曰羅睺羅又曰羅云皆訛略也此云執日淨名疏曰有翻宮生太子出家太妃在宮何得有娠佛共淨飯王於後證是太子之子親是宮之所生因名宮生

○**阿難** 大論秦言歡喜佛成道時斛飯王家使來白淨飯王言貴弟生男王心歡喜言今日大吉語來使言是男當字為阿難舉國欣慶又名

慶喜亦翻無染雖殘思未盡隨佛入天人龍宮見女心無染著故玄云持三藏教〇**阿難跋陀**此云喜賢玄云持通教〇**阿難迦羅**此云喜海玄云持圓教付法藏有三一阿難此云慶喜傳聲聞藏二阿難跋陀此云喜賢持緣覺藏三阿難迦羅此云喜海持菩薩藏圓覺略疏云略是一人隨德名別

總諸聲聞篇第九

法華論明四種聲聞一決定聲聞定入無餘故二增上慢聲聞未證謂證故三退菩提聲聞退大取小故四應化聲聞內祕外現故論自釋云後二與記前兩不記根鈍未熟故天台加佛道聲聞準經以佛道聲令一切聞約義據新入者又以決定聲聞及退菩提名為住果荊溪據三種逢值第三但論遇小不論遇大名元住小故聲聞義浩然非一也**賓頭盧**翻不動字也**頗羅墮**姓也眞諦云捷疾亦云利根或廣語本行集翻重幢婆羅門凡十八姓此居其一或云賓度羅跋羅墮闍感通傳云今時有作賓頭盧聖僧像立房供養亦是一途然須別施空座前置椀鉢至僧食時令大僧為受不得以僧家盤盂設之以凡聖雖殊俱不觸僧食器若是俗家則隨俗所設恐僧不知附此編出〇**薄拘羅**文句此翻善容色貌端正故準賢愚經應翻重姓中阿含異學又問汝於八十年起欲想否答不應作如是問我八十年未曾起欲想尚未曾起一念貢高未曾受居士衣未曾割截衣未曾倩他衣未曾針縫衣未曾受請未曾從大家乞食未曾倚壁未曾視女人面未曾入尼房未

曾與尼相問訊乃至道路亦不共語八十年坐荊溪云弘法之徒覩斯龜鏡○難陀文句云亦云放牛難陀此翻善歡喜亦翻欣樂文句記云從初慕道爲名歡喜中勝故云善也

○離婆多離呂知切正言頡賢結切隸伐多亦云離越此翻星宿或室宿從星辰乞子

○摩訶拘絺羅絺丑夷切大論云秦言大膝摩陀羅次生一子膝骨麁大故名拘絺羅舍利弗舅與姊舍利論義不如俱絺羅思惟念言非姊力也必懷智人寄言母口未生乃爾及生長大當如之何故出家作梵志入南天竺誓不剪爪讀十八種經

○憍梵鉢提或云憍梵波提伽梵婆提笈房鉢底此翻牛呞法華疏云昔五百世曾爲牛王牛若食後常事虛哨餘報未夷時人稱爲牛呞楞嚴云於過去世輕弄沙門世世生生有牛呞病爾雅作齝與呞同郭璞云食之已久復出嚼之亦翻牛王又翻牛相

○畢陵伽婆蹉蹉七何切此云餘習五百世爲婆羅門餘氣猶高過恒水叱小婢駐流非彼實心蓋習氣也或名畢蘭進呂切陀筏蹉此云餘習五百生惡性麁言今得餘習

○孫陀羅難陀孫陀羅此云好愛妻名也或云孫陀羅利此云善妙難陀云歡喜已號也簡放牛難陀故標其妻

○優樓頻螺迦葉文句翻云木瓜林近此林居故孤山云此云本瓜癃音隆脊前有癃如木瓜故又云禱此林神而生故得名也

○伽耶迦葉孤山云伽耶山名即象頭山也文句翻城近此山故家在王舍城南七由句

○那提迦葉那提翻河西域記云捺地迦葉波舊曰那提迦葉訛也緝諸迦葉例無波

字此亦略也毘婆尸佛時共樹刹柱緣是爲兄弟○劫賓那此云房宿音秀父母禱房星感子舊云金毘羅此翻威如王○諾矩羅此云鼠狼山○提婆犀那西域記云唐言天軍○憂婆提舍大論云憂婆秦言豕提舍星名即舍利弗父字也○優波斯那本行集云隋云最征上將○嗢呾羅嗢烏沒切西域記云唐言上○阿折羅西域記云唐言所行○迦留陀夷此云黑光亦云麁黑顏色黑光故○優陀夷此云出現日出時生故○優波尼沙陀資中此云塵性以觀塵性空而得道故亦名優波尼殺曇○周陀或云周利此云大路邊生佛本行經云其母是長者之女隨夫他國久而有孕垂產思歸行至中路即誕其子如是二度凡生二子乃以大小而區別之大即周陀小即莎伽陀○莎伽陀莎先戈切或云槃陀伽此云小路邊生又翻繼道以其弟生繼於路邊故名繼道○波濕縛西域記云唐言脇由自誓曰我若不通三藏理不斷三界欲得六神通具八解脫終不以脇而至席故號脇尊者○須跋陀羅此翻好賢西域記云唐言善賢舊曰蘇跋陀羅訛也鳩尸那城梵志年一百二十歲泥洹經云須跋聰明多智誦四毘陀經一切書論無不通達爲一切人之所崇敬聞佛涅槃方往佛所聞八聖道心意開解遂得初果從佛出家又爲廣說四諦即成羅漢○迦多演尼子西域記云迦陀衍那佛滅度後三百年出造發智論舊訛云迦旃延○末田地亦名摩田地亦名摩田提此云中阿難化五百仙人在河中得戒故曰摩田地西域

記云達麗羅川中大伽藍側有刻木慈氏菩薩像通高百餘尺末田底迦羅漢携引匠人升覩史多天親觀妙相往來三返爾乃功畢○優波毱多或名優波掘多此云大護或云笈（其劫切）多佛滅百年出得無學果西域記云烏波毱多唐言近護秣（音末）兎羅國城東五六里巖間有石室高二十餘尺廣三十餘尺四寸細籌塡積其内尊者近護說法化導夫妻俱證羅漢果者乃下一籌異室别族雖證不記○室縷多頻設底俱胝（縷力主切　胝丁尼切）西域記云唐言聞二百億舊譯曰億耳謬也長者豪富晩有繼嗣時有報者輒賜金錢二百億因名其子曰聞二百億洎乎成立未曾履地故其足跖（音隻）毛長尺餘光潤細輭又西域記云富一億財一洛叉便耳著珠墜人知富也或云耳有珠環價直一億○摩訶波闍波提此云大生主又云大愛道亦云憍曇彌此翻衆主西域記云鉢邏闍鉢底唐言生主舊云波闍波提者訛也○耶輸陀羅此云華色亦云名聞悉達次妃天人知識出家爲尼衆之主

宗釋論主篇第十

羣生昏寢長夜冥冥先覺警世慧日爀爀故西域記明四日照世東有馬鳴南有提婆西有龍猛北有童受或有宗乎衆典或别釋於一經既分照乎四方乃俱破於羣翳故今此集列論主焉○阿濕縛寠沙（寠瞿庚切）或名阿濕矩沙西域記云唐言馬鳴摩訶衍論曰若匏其本大光明佛若論其因第八地内住位菩薩西天竺誕生盧伽爲父瞿那爲母同生利益過去世中有一大王名曰輪陀有千白鳥

皆悉好聲若鳥出聲大王增德若不出聲大王損德如是諸鳥若見白馬則其出聲若不見時常不出聲爾時大王徧求白馬終日不得作如是言若外道衆此鳥鳴者都破佛教獨尊獨信若佛弟子此鳥鳴者都破外道獨尊獨信爾時菩薩用神通力現千白馬鳴千白鳥紹隆正法令不斷絕是故世尊名曰馬鳴律宗統要鈔引緣異此學者須撿○**那伽**（是龍）**曷樹那**義翻爲猛此出龍樹勸誡王頌彩字函西域記云那伽閼（音遏）刺那此云龍猛舊曰龍樹訛也什曰本傳云其母樹下生之因自阿周那阿周那者樹名也以龍成其道故以龍字號曰龍樹輔行云樹學廣通天下無敵欲謗佛經而自作法表我無師龍接入宮一夏但誦七佛經目知佛法妙因而出家降伏國王制諸外道外道現通化爲花池坐蓮花上龍樹爲象拔蓮花撲外道作三種論一大方便論明天文地理作寶作藥饒益世間二大莊嚴論明修一切功德法門三大無畏論明第一義中觀論者是其一品大乘入楞伽云大慧汝應知善逝涅槃後未來世當有持於我法者南天竺國中大明德比丘厥號爲龍樹能破有無宗世間中顯我無上大乘法得初歡喜地往生安樂國○**提婆**此云天龍樹弟子波吒釐城僧屈外道經十二年不擊揵（巨寒切）椎（音槌）提婆重聲摧伏異道提婆因入大自在廟廟金爲像像高六丈瑠璃爲眼大有神驗求願必得怒目動睛提婆語曰神則神矣本以精靈訓物而假以黃金瑠璃咸炫（音縣）於世何斯鄙哉便登梯鑿神眼衆人咸

云神被屈辱婆曰欲知神智本無慢心神知我心復何屈辱夜營厚供明日祭神神爲肉身而無左眼臨祭歎曰能此施設眞爲希有而我無眼何不施眼提婆即剜(於烜切)已眼施之隨剜隨出凡施萬眼神大歡喜問求何願婆曰我辭不假他但未信受神曰如願即沒不現神理交通咸皆信伏○**鳩摩羅邏多**西域記翻童受○**室利邏多**西域記唐言勝受起信論疏明五日論師以此論主照北印度○**訶梨跋摩**宋言師子鎧(苦亥切)佛涅槃後九百年出中天竺國婆羅門子初依薩婆多部出家造成實論○**阿僧伽**西域記唐言無著是初地菩薩天親之兄佛滅千年從彌沙塞部出家三藏傳云夜升覩史陀天於慈氏所受瑜伽師地論莊嚴大乘論中邊分別論晝則下天爲衆說法○**婆藪盤豆**(藪蘇后切)西域記云伐蘇畔度唐言世親舊曰婆藪盤豆譯曰天親訛謬言天親者菩薩乃是毘紐天親故云天親於說一切有部出家受業本自北印度至於此也無著命其門人令往迎候至此伽藍遇而會見無著弟子止戶牖外夜分之後誦十地經世親聞已感悟追悔甚深妙法昔所未聞毀謗之愆源發於舌舌爲罪本令宜斷除即執銛(息廉切)刀將自斷舌乃見無著住立告曰夫大乘教者至眞之理也諸佛所讚衆聖攸宗言欲誨汝爾今自悟悟其時矣何善如之諸佛聖教斷舌非悔昔以舌悔大乘今以舌讚大乘補過自新猶爲善矣杜口絕言其利安在作是語已忽復不見世親承命遂不斷舌旦詣無著諮受大乘於是研精

覃思製大乘論凡百餘部並盛宣行○**佛陀僧訶**西域記云唐言師子覺無著弟子密行莫測高才有聞二三賢哲每相謂曰凡修行業願覲慈氏若先捨壽得遂宿心當相報語以知其至其師子覺先捨壽命三年不報世親菩薩尋亦捨壽時經六月亦無報命時諸異學咸皆譏誚以爲流轉惡趣遂無靈鑒其後無著菩薩於夜初分方爲門人教受定法燈光忽翳空中大明有一大仙乘虛下降即進堦庭敬禮無言無著云爾來何暮今至何謂對曰從此捨壽往覩史多天慈氏内衆蓮華中生蓮華纔開慈氏讚言善來廣慧旋遶纔周即來報命無著曰師子覺者今在何處曰我纔旋遶時見師子覺在外衆中躭著五欲無暇相顧無著曰慈氏何相演説何法曰慈氏相好言不能宣演説妙法義不異此然菩薩妙音清暢和雅聞者忘惓○**陳那**西域記云唐言童授妙吉祥菩薩指誨傳授如慈恩云因明論者元唯佛説文廣義散備在衆經故地持論云菩薩求法當於何求當於一切五明處求求因明者爲破邪論安立正道劫初題目創標眞似爰暨世親再陳軌式雖紀綱已列而幽致未分故使賓主對揚猶疑破立之則有陳那菩薩是稱命世賢劫千佛之一也匿跡巖藪栖戀等持觀述作之利害審文義之繁約于時巖谷震吼雲霞變彩山神捧菩薩足高數百尺唱言佛説因明論道願請重弘菩薩乃放神光照燭機感時彼南印土按達羅國王見放光明疑入金剛喻定請證無學果菩薩曰入定觀察將釋深經心

期大覺非願小果王言無學果者諸聖攸仰請尊速證菩薩撫之欲遂王請妙吉祥菩薩因彈指警曰何捨大心方與小志爲廣利益者當轉慈氏所說瑜伽匡正頹綱可製因明重成規矩陳那敬受指誨奉以周旋於是覃思研精乃作因明正理門論又輔行云迦毘羅仙恐身死往自在天問天令往頻陀山取餘甘子食可延壽食已於林中化爲石牀大有不逮者書偈問石後爲陳那菩薩斥之書偈石裂○**賓伽羅**中論序云天竺諸國敢預學者之流無不翫味斯論以爲喉襟其染翰申釋者甚亦不少今所出者是天竺梵志名賓伽羅秦言青目之所釋也其人雖信解深法而辭亦雅中其間乖僻繁重者法師皆裁而裨之○**波毘吠伽**西域記唐言清辯靜而

思曰非慈氏成佛誰決我疑遂於觀音菩薩像前誦隨心陀羅尼經涉三年菩薩現身謂論師曰何所志乎對曰願留此身待見慈氏菩薩曰人命難保宜修勝善生覩史天乃見慈氏對曰志不可奪也菩薩又曰若其然者宜往馱那羯磔國城南山巖執金剛神所志誠誦持執金剛陀羅尼者當遂此願論師於是往而誦焉三載之後神出問云伊何所願論師對曰願留此身待見慈氏神又謂曰此巖石内有修羅宮如法行請石壁當開開即入中可以見也神又謂曰慈氏出世我當相報矣論師受命專精誦持又經三載乃咒芥子以擊石壁石壁乃開論師乃與六人入石壁裏入已石壁仍復如故○**達磨波羅**西域記云唐言護法神負遠遁因即出家清辯論

師外示僧佉之服內弘龍猛之學聞護法菩薩在菩提樹宣揚法教乃命門人往問訊曰仰德虛心爲日久矣然以宿願未果遂乖禮謁菩提樹者誓不空見見當有證稱天人師護法菩薩謂其使曰人世如幻身命若浮未遑談議竟不會見○瞿拏鉢頻婆西域記云唐言德光作辯眞等論凡百餘部論主本習大乘未窮玄奧因覽毘婆沙論退業而學小乘作數十部論破大乘綱紀成小乘執著研精雖久疑情未除時有提婆犀那羅漢往來覩史多天德光願見慈氏決疑請益天軍以神通力接上天宮既見慈氏長揖不禮天軍謂曰慈氏菩薩次紹佛位何乃自高敢不致敬方欲受業如何不屈德光對曰尊者此言誠爲指誨然我具戒苾(頻必切)蒭(丑朱切)出家弟子慈氏菩薩受天福樂非出家之侶而欲作禮恐非所宜菩薩知其我慢心故非是法器往來三返不得請疑○達磨怛邏多(怛莊呂切)西域記云唐言法救舊曰達磨多羅訛也○伊濕伐邏西域記云唐言自在○佛地羅西域記云唐言覺取○布剌拏西域記云唐言圓滿○僧伽跋陀羅西域記云唐言衆賢○佛陀馱娑西域記云唐言覺使○尸羅跋陀羅西域記云唐言戒賢唐奘三藏親承經論○瞿那末底西域記云唐言德慧○跋羅縷攴西域記云唐言賢愛西印度人妙極因明摧大慢婆羅門生陷地獄○愼那弗呾羅西域記云唐言最勝子製瑜伽師地釋論○末笯曷剌他(笯乃胡切)西域記云唐言如意即婆沙論師○般若羯羅奘傳云唐言慧生○達摩畢

利　奘傳云唐言法愛○達摩鴦羅奘傳云唐言法性○阿黎耶馱娑奘傳云唐言聖使○阿黎斯那奘傳云唐言聖軍○阿黎耶伐摩奘傳云唐言聖胄○秣奴若瞿沙奘傳云唐言如意聲○達摩鬱多羅此云法尚佛滅八百年出造雜毘曇

翻譯名義集卷第二

翻譯名義集卷第三

宋姑蘇景德寺普潤大師法雲編

宗翻譯主篇第十一

彥琮法師云夫預翻譯有八備十條一誠心受法志在益人二將踐勝場先牢戒足三文詮三藏義貫五乘四傍涉文史工綴典詞不過魯拙五襟抱平恕器量虛融不好專執六沉於道術淡於名利不欲高衒七要識梵言不墜彼學八傳閱蒼雅粗諳篆隸不昧此文十條者一句韻二問荅三名義四經論五歌頌六呪功七品題八專業九字部十字聲宋僧傳云譯場經館設官分職可得聞乎曰此務所司先宗譯主即賫葉書之三藏明練顯密二教者是也次則筆受者必言通華梵學綜有空相問委知然後下筆西晉僞秦已來立此員者即沙門道含玄賾姚嵩聶女涉切承遠父子至于帝王執翰即與梁武太后中宗又謂之綴文也次則度語正云譯語亦名傳語傳度轉令生解矣如翻顯識論沙門戰陀譯語是也次則證梵本者求其量果密以證短能詮不差所顯無謬矣如居士伊舍羅證譯毗奈耶梵本是也至有立證梵義一員乃明西義得失貴令華語下不失梵義也復立證禪義一員沙門大通曾充之次則潤文一位員數不恒令通內外學者充之良以筆受在其油素文言豈無俚俗儻不失於佛意何妨刋而正之故義淨譯場李嶠韋嗣立盧藏用等二十餘人次文潤色也次則證義一位蓋證已譯之文所詮之義也如譯婆沙論慧嵩道郎等三百人考證文義唐復禮累場充

其任焉次有梵唄者法筵肇啓梵唄前興用作先容令生物善唐永泰中方聞此位也次有校勘清隨彥琮覆疏文義蓋重慎之至也次有監護大使後周平高公侯壽爲總監檢校唐房梁公爲奘師監護相次觀楊慎交杜行顗等充之或用僧員則隋以明穆曇遷等十人監掌翻譯事詮定宗旨也譯經圖紀云惟孝明皇帝永平三年歲次庚申帝夢金人項有日光飛來殿庭上問群臣太史傅毅對曰臣聞西域有神號之爲佛陛下所夢其必是乎至七年歲次甲子帝勅郎中蔡愔挹淫切中郎將秦景博士王遵等一十八人西尋佛法至印度國請迦葉摩騰竺法蘭用白馬馱經并將畫釋迦佛像以永平十年歲次丁卯至于洛陽帝悅造白馬寺譯四十二章經至十四年正月一日五岳道士褚善信等負情不悅因朝正之次表請較試勅遣尚書令宋庠引入長樂宮帝曰此月十五日大集白馬寺南門爾日信等以靈寶諸經置道東壇上帝以經像舍利置道西七寶行殿上信等遶壇涕泣啓請天尊詞情懇切以栴檀柴等燒經與經無損並爲灰燼先時升天入火履水隱形皆不復能善禁咒者呼策不應時太傅張衍語信曰所試無驗即是虛妄宜就西域真法時南岳道士費叔才等慙恨自感而死時佛舍利光明五色直上空中旋環如蓋徧覆大衆映蔽日輪摩騰先是阿羅漢即以神足游空飛行坐臥神化自在時天雨寶華及奏衆樂感動人情摩騰復坐法蘭說法時衆咸喜得未曾有時後宮陰夫人王婕音接妤以諸

切等一百九十人出家司空楊城侯劉善峻等二百六十人出家四岳道士呂慧通等六百二十人出家京都張子尚等三百九十一人出家帝親與群官爲出家者剃髮給施供養經三十日造寺城外七所安僧城内三寺安尼具如漢明法本内傳道家尹文操序法本内傳是羅什門僧妄造通慧辨云明帝夢金人事出後漢紀此若虛妄豈名信史耶又吳書闞澤對吳主云褚善信費叔才自感而死豈是羅什門徒所造○**譯師**唐太宗焚經臺詩門徑蕭蕭長綠苔一回登此一徘徊青牛謾說函關去白馬親從印土來確實是非憑烈熖要分真僞築高臺春風也解嫌狼藉吹盡當年道教灰唐義淨三藏題取經詩曰晉宋齊梁唐代閒高僧求法離長安去人成百歸無十後者安知前者難路遠碧天唯冷結砂河遮日力疲殫後賢如未諳斯旨往

往將經容易看○**迦葉摩騰**中印度人婆羅門種幼而敏悟兼有風姿博學多聞特明經律思力精拔採賾鈎深敷文析理義出神表嘗游西印度有一小國請騰講金光明經俄而隣國興師來將踐境輙有事礙兵不能進彼國兵衆疑有異術密遣使覘敕廉切但見君臣安然共聽其所講經明地神王護國之法於是彼國覩斯神驗請和求法時蔡愔等殷請於騰騰與愔等俱來見帝終於洛陽○**竺法蘭**中印度人少而機悟淹雅博愛多通禪思妙窮毘尼誦經百餘萬言學徒千餘居不求安常懷弘利戒軌嚴峻衆莫能窺遇愔求請便有輕舉之志而國主不聽密與騰同來閒行後至共譯四十二章騰卒自譯五經○**曇摩迦羅**此云法時印度人也幼而才敏質

像傀公回切偉善四韋陀妙五明論圖讖運變靡所不該自謂在世無過於已嘗入僧坊遇見法勝毘曇殷勤尋省莫知旨趣乃深歎曰佛法鈎深因即出家誦大小乘游化許洛事鈔云自漢明夜夢之始迦竺傳法已來迄至曹魏之初僧徒極盛未禀歸戒止以剪落殊俗設復齋懺事同祀祠後有中天竺曇摩迦羅誦諸部毘尼以魏嘉平至雒陽立羯磨受法中夏戒律始也準用十僧大行佛法改先妄習出僧祇戒心又有安息國沙門曇諦亦善律學出曇無德羯磨即大僧受法之初也○康僧鎧印度人廣學群經義暢幽旨嘉平四年於洛陽白馬寺譯無量壽經○支謙月氏國優婆塞也漢末游洛該覽經籍及諸伎藝善諸國語細長黑瘦白眼黃睛時人語曰支即眼中黃形軀雖細是智囊武烈皇帝以其才慧拜爲博士謙譯經典深得義旨○維祇難此云障礙印度人學通三藏妙善四含游化爲業武昌譯經○康僧會康居國大丞相之長子世居印度年未齒學俱喪二親至性篤孝服畢入道厲行清高弘雅有量解通三藏慧貫五明辯於樞機頗屬文翰以吳初染佛法大化未全欲使江左興立圖寺赤烏四年仗錫建康楊都譯經○竺曇摩羅察此云法護月氏國人甚有識量天性純懿操行精苦篤志好學萬里尋師届茲未久博覽六經游心七籍解三十六種書詁訓音義無不備識日誦萬言過目咸記先居燉煌後處青門大周目錄云太康七年譯正法華○尸利密多羅此云吉友西域太子以國讓弟遂爲

沙門天姿高朗風神俊邁儀貌卓然出於物表晉元帝世來遊建康王公雅重世號高座法師譯灌頂等經○瞿曇僧伽提婆或名提和此云衆天罽賓國人風采可範樞機有彰沉慮四禪研心三藏初於符秦帝國譯阿毘曇八揵度等○卑摩羅叉此云無垢眼罽賓國人澄靜有志履道苦節世號青目律師羅什師事改譯什公十誦○佛馱跋陀羅此云覺賢大乘三果人甘露飯王之苗裔於此與羅什相見什所有疑多就咨决東晉義熈十四年於謝司空寺譯華嚴六十卷堂前池内有二童子常從池出捧香散華○法顯姓龔平陽武陽人常慨經律舛缺誓志尋求以晉安帝隆安三年歲次巳亥游歷印度義熈元年歲次乙巳汎海而還楊都譯經○曇摩耶舍此云法稱罽賓國人少而好學長而彌篤神爽高雅該覽經律陶思八禪游心七覺明悟出群幽鑒物表欲苦節求果天神語云何不觀方弘化而獨守小善於是歷游諸國譯差摩等經○鳩摩羅什婆此云童壽祖印度人父以聰敏見稱龜兹王聞以女妻之而生於什什居胎日母增辯慧七歲出家日誦千偈義旨亦通至年九歲與外道論義辯挫邪鋒咸皆愧伏年十二有羅漢奇之謂其母曰常守護之若年三十五不破戒者當大興佛法度無數人又習五明四韋陀典陰陽星筭必窮其妙後轉習大乘敷破外道近遠諸國咸謂神異母生什後亦即出家聰扳衆尼得第三果什既受具母謂之曰方等深教應大闡秦都於汝自身無利如何什曰菩薩之行

利物亡軀大化必行鑪鑊無悢從此巳後廣誦大乘洞其秘奥西域諸王請什講説必長跪座側命什蹈登符堅建元九年太史奏云有德星現外國當有大德智人入輔中國堅曰朕聞西域有羅什襄陽有道安將非此耶後遣將軍吕光等率兵七萬西伐龜兹光與什同來什在道數言應變光盡用之光據西涼亦請什留至姚秦弘始三年興滅西吕方入長安秦主與厚加禮之延入西明閣及逍遥園别館安置勑僧䂮(音畧)等八百沙門諮受什旨興卑萬乘之心尊三寶之教於草堂寺共三千僧手執舊經而衆定之莫不精究洞其深旨時有僧叡興甚嘉焉什所譯經叡並衆正然什詞喻婉約出言成章神情鑒徹傲岸出群應機領會鮮有其匹且篤性仁厚汎愛爲心虚巳善誘終日無倦南山律師嘗問天人陸玄暢云什師一代所翻之經至今若新受持轉盛何耶荅云其人聰明善解大乘巳下諸人並皆俊乂一代之寶也絶後光前仰之所不及故其所譯以悟達爲先得佛遺寄之意也又從毘婆尸佛巳來譯經又云什師位階三賢文殊指授令其删定○**佛馱耶舍**此云覺明罽賓國人操行貞白戒節堅固儀止祥淑視瞻不凡五明四韋之論三藏十二之典特悟深致流辯無滯以姚秦弘始年達于姑臧什先師之勸興往邀與即勑迎并有贈遺笑不受曰明旨既降便應載馳檀越待士既厚脱如羅什見處未敢聞命重使敦喻方至長安興自出迎别立新省於逍遥園四事供養並皆不受時至分衛一食而巳耶

舍赤髭時人號爲赤髭毘婆沙與凡所供給衣服卧具滿三間屋不以關心興爲貨之造寺○曇摩讖或曇無讖此云法豐中印度人日誦萬言初學小乘五明諸論後遇白頭禪師教以大乘十日交諍方悟大旨讖明解呪術所向皆驗西域號爲大神呪師以北涼沮渠玄始元年至姑臧齎涅槃經前分十卷并菩薩戒止於傳舍慮失經本枕之而卧夜有神人牽讖墮地讖謂爲盜如是三夕乃聞空中聲曰此是如來解脱之藏何爲枕之讖聞慚寤乃安高處盜者夜捉提舉不能明旦讖持不以爲重盜謂聖人悉來拜謝遜聞讖名厚遇請譯○佛馱斯那此翻覺軍天才聰朗誦半億偈經明了禪法西方諸國號爲人中師子口誦梵本北涼譯經○浮陀跋摩此云覺鎧西域人志操明直聰悟出群雖復徧集三藏偏善毘婆沙論常誦此部用爲心要○智猛雍州人禀性端厲明行清白少襲法服修業專誠志度宏邈情深佛法西尋靈迹北涼永和年中西還翻譯○曇摩密多此云法秀罽賓國人生而連眉沉邃慧鑒常有善神潛形密護每之國境神夢告王去亦如之宋文元嘉建業翻譯○畺梁耶舍此云時稱西域人性剛直寡嗜欲深善三藏多所諳知尤工禪思宋文元嘉元年鐘山翻譯僧含筆受○伊葉波羅此云自在西域人善通三藏解貫四含宋文元嘉彭城翻譯○智嚴涼州人道化所被幽顯咸伏未出家前曾犯五戒後受僧具疑不得戒遂泛海至印度咨問羅漢亦不能决爲詢彌勒慈氏答云得戒嚴甚喜

馬得經梵本宋文元嘉楊都翻譯○【求那跋摩】宋云功德鎧罽賓王之少子洞明九部博曉四含深達律品妙入禪要誦經百餘萬言罽賓王薨衆請紹位恐爲戒障遂林栖谷飲孤行山野遁跡人世形儀感物見者發心宋文元嘉達于建業帝曰弟子常欲齋戒不殺迫以身徇於物不獲從志法師何以教之對曰夫道在心不在事法由己非由人且帝王與匹夫所修各異匹夫身賤名劣言令不威若不克己苦躬將何爲用帝王以四海爲家兆民爲子出一嘉言士女咸悅布一善政人神以和固當形不夭命役無勞力則使風雨適時寒暖應節百穀滋繁桑麻鬱茂如此持齋齋亦大矣如此不殺德亦衆矣寧在缺半日之飡全一禽之命然後方爲弘濟耶帝大悅曰法師所言眞謂開悟人心明達物理談盡於人天之際矣事鈔云宋元嘉七年至楊州譯善戒等經爲比丘尼受具初緣又後有師子國尼八人來至云宋地未經有尼何得二衆受戒摩云尼不作本法者得戒得罪尋佛制意法出大僧但使僧法成就自然得戒所以先令作本法者正欲生其信心爲受戒方便耳至於得戒在大僧羯磨時生也諸尼苦求更受答曰善哉夫戒定慧品從微至著若欲增明甚相隨喜且令西尼學語更往中國請尼令足十數至元嘉十年有僧伽跋摩者此云衆鎧解律雜心自涉流沙至楊州初求那許尼重受未備而終俄而師子國尼鐵索羅等三人至京足前十數便請衆鎧爲師於檀上爲尼重受○【寶雲】證第二果西涼州

人自少出家精勤碩學志韻剛潔不偶世群求法懇惻忘身徇道以晉隆安年初西尋靈迹經羅剎之野聞天鼓之音禮釋迦影迹受羅漢之語歷遊西方善梵書語印度字音訓釋詞句悉皆備解後來長安復至江左○**求那跋陀羅**此云功德賢中印度人幼學五明四韋陀論志性明敏度量該博後遇雜心莫測涯際方悟佛法崇深投簪落髮專精志業博通三藏慈和恭恪事師盡禮捨小學大深悟幽旨宋文勑住祇洹荊州刺史南譙王劉義宣請講華嚴經跋陀自愧未善宋言旦夕禮懺求觀世音忽夢有人白服持劍擎一人頭來謂陀曰何故憂耶陀以意對荅曰不須多憂即便以劍易於陀首更安新頭問曰得無痛耶荅曰不痛既寤心神喜悅於是就講辯注若流後還楊都屬帝宴會王公畢集帝欲試其機辯并解人意不帝見其白首而謂曰師今日不負遠來之意自外知何唯有一在賢即答言慕化遠來天子恩遇垂三十載今年七十一唯一死在帝大悅○**曇無竭**此云法勇亦云法上姓李黃龍人幼爲沙彌勤修苦行持戒誦經爲師所重嘗聞法顯躬踐佛國慨然有忘身之誓以武帝永初年招集同志僧猛等二十五人共遊西域二十餘年自餘並死唯竭獨還於罽賓得梵經本楊都翻譯○**功德直**西域人道契既廣善誘日新宋大明年到荊州爲釋玄暢翻譯暢刊正文義詞旨婉密舒手出香掌中流水莫之測也○**達摩摩提**此云法意西域人悟物情深隨方啓喻齊武永明譯提婆達多品○**求那**

毘地此云德進中印度人誦大小乘二十萬言陰陽圖讖莫不窮究執錫戒塗威儀端肅齊武永明翻譯○**曇摩流支**此云法希亦曰法樂南印度人偏以律藏傳名弘道爲務感物而動遊魏洛陽○**菩提流支**此名覺希北印度人徧通三藏妙入總持志在弘法廣流視聽魏宣武帝洛陽翻譯○**勒那摩提**或云婆提此言寶意中印度人誦一億偈博贍之富理事兼通光明禪法魏宣武帝請講華嚴詞義開悟忽於高座見大官執笏云天帝請師講華嚴意曰今法席未終經訖從命然法不獨資都講香火維那梵唄請亦定之使如其言講將了見前使來迎果與都講等五人俱於座終道俗咸覩○**曼陀羅**此言弱聲亦云弘弱扶南國人神解超悟幽明畢觀無憚夷險志存弘化梁武揚都翻譯○**波羅末陀**此云真諦亦云拘那羅陀此曰親依西印度優禪尼國人景行澄明器宇清肅風神爽拔悠然自遠群藏廣部罔不措懷藝術異解徧素諳練梁武泰清於寶雲殿譯經屬侯景紛紜乃適豫章始興南康等雖復栖惶譯業無輟即汎舶西歸業風賦命飄還廣州住制止寺翻譯訖陳泰建譯五十部○**闍那崛多**此言志德北印度人刹帝利種少懷遠量長垂清範遊涉行化來達兹境周武帝世譯普門重頌○**達摩笈多**隋言法密南賢豆國人開皇十年來屆瓜州文帝延入京寺義理允正稱經微旨然而慈恕立身恭和成性心非道外行在說前戒地夷而靜定水幽而潔經洞字原論探聲意容儀祥正勲節高猛誦響繼昏

晨法言通內外好端居而簡務貴寡欲而息求無倦誨人有踰利已至煬帝定鼎東都置翻譯舘○波羅頗迦羅唐言作明知識或云波頗此云智光中印度人剎帝利種識度通敏器宇冲邃博窮內外研精大小誓傳法化不憚艱危遠涉葱河貞觀屆此○玄奘河南洛陽人俗姓陳氏潁川陳仲弓之後鳩車之齡落髮竹馬之齒通玄墻仭千霄風神朗月京洛名德咸用器之戒具云畢偏肆毘尼儀止祥淑妙式群範閱筌蹄乎九部探幽吉于八藏常慨教缺傳匠理翳譯人遂使如意之寶不全雪山之偈猶半於是杖錫裹足履險若夷既戾梵境籌諮無倦五明四含之典三藏十二之筌七例八轉之音三聲六釋之句皆盡其微畢究其妙法師討論一十七周遊覽百有餘國貞觀十九年迴鞔布訝切上京勅弘福寺翻譯已上多出靜邁法師譯經圖紀○迦梵達摩智昇續譯經圖紀云唐云尊法西印度人譯大悲經○阿地瞿多唐言無極高中印度人學窮滿字行潔圓珠精練五明妙通三藏天皇永徽長安翻譯○那提唐言福生具依梵言則云布如馬伐耶此但訛畧而云那提也本中印度人慈恩翻譯○地婆訶羅唐言日照中印度人洞明八藏博曉四含戒行清高學業優贍尤工呪術兼洞五明志在利生來譯弘福○佛陀多羅唐云覺救罽賓人也於白馬寺譯圓覺經○佛陀波利唐云覺護罽賓國人忘身徇道遍觀靈跡聞文殊在清涼山遠涉流沙躬來禮謁天皇儀鳳元年杖錫五臺虔禮聖容倐見一翁從山

出來作婆羅門語謂波利曰師何所求波利答曰聞文殊隱山來欲瞻禮翁曰師將佛頂尊勝陀羅尼經來不此土衆生多造諸罪佛頂呪除罪秘方若不將經徒來無益縱見文殊何必能識可還西國取經傳此弟子當示文殊所在波利便禮舉頭不見老人遂返本國取得經來狀奏天皇遂令杜行顗及日照三藏於内共譯經留在内波利泣奏志在利人請布流行帝愍專志遂留所譯之經還其梵本波利將向西明與僧順貞共譯佛頂尊勝陀羅尼經所願已畢持經梵本入於五臺于今不出○**實叉難陀**唐言學喜于闐國人智度弘曠利物爲心善大小乘兼異學論天后明揚佛日敬重大乘以華嚴舊經處會未備遠聞于闐有斯梵本發使迎請實叉與經同來赴洛重譯○**義淨**齊州人俗姓張字文明髫齔之年辝榮落髮徧詢名匠廣採群籍内外通曉今古偏知年有十五志遊西域徧師名匠學大小乘所爲事周還歸故里凡所遊歷三十餘國往來問道出二十年天后證聖河洛翻譯○**達摩流支**唐言法希天后改爲菩提流志唐云覺愛南印度人婆羅門種姓迦葉氏聰叡絶倫風神爽異生年十二外道出家年登耳順自謂孤行撩僧論議[貝爲]居委切以身事時有耶舍瞿沙知其根熟遂與交論未越機關詞理俱屈始知佛日高明匪螢燈並照法海深廣豈涓滴等潤投身敬事專學佛乘未越五年通達三藏天皇遠聞雅譽遣使往邀未及使還白雲遽駕暨天后御極赴京翻譯至和帝龍興譯寶積經此經玄奘

昔翻數行乃歎此土群生未有緣矣余氣力衰竭因而遂輟和帝命志續其餘功遂譯于世○般剌密帝唐云極量中印度人懷道觀方隨緣濟度展轉遊化達我支那乃於廣州制旨道場譯首楞嚴自漢至唐翻譯儒釋總有二百九十二人今畧編集現行經人苟欲具知當披新舊譯經圖紀○釋迦彌多羅此云能支師子國長壽沙門三果聖人唐高宗敬重○彌伽釋迦說題云釋迦稍訛正云鑠佉此曰雲峯璿云此云能降伏

七衆弟子篇第十一

大論云佛弟子七衆一比丘二比丘尼三學戒尼四沙彌五沙彌尼六優婆塞七優婆夷然諸經中標四衆者自古皆以比丘比丘尼優婆塞優婆夷爲四衆天台乃立發起當機影嚮結緣以爲四衆是則七衆雖別四衆咸通七四共成二十八衆○室灑舊翻弟子新云所教南山曰學在我後名弟解從師生名子天台云師有匠成之能學者具資禀之德資則捨父從師敬師如父師之謙讓處資如弟故夫子云回也處余如父余也處回如弟律云和尚於弟子當生兒想弟子於和尚當生父想司馬彪曰徒弟子謂門徒弟子老子云善人不善人之師不善人善人之資也南山云佛法增益廣大實由師資相攝互相敦遇財法兩濟日益業深行久德固皆賴此矣比真教陵遲慧風掩扇俗懷侮慢道出非法並由師無率誘之心資缺奉行之志二彼相捨妄流鄙境欲令道光焉可得乎○比丘大論云比丘名乞士清淨活命故復次比名破

丘名煩惱能破煩惱故復次比名怖丘名能能怖魔王及魔人民淨名疏云或言有翻或言無翻言有翻者翻云除饉衆生薄福在因無法自資得報多所饉乏出家戒行是良福田能生物善除因果之饉乏也言無翻者名含三義智論云一破惡二怖魔三乞士一破惡者如初得戒即言比丘以三羯磨發善律儀破惡律儀故言破惡若通就行解戒防形非定除心亂慧悟想虛能破見思之惡故名破惡二怖魔者既能破惡魔羅念言此人非但出我界域或有傳燈化我眷屬空我宮殿故生驚怖通而言之三魔亦怖三名乞士者乞是乞求之名士是清雅之稱出家之人內修清雅之德必須遠離四邪淨命自居福利衆生破憍慢心謙下自卑告求資身以成清雅之德故名乞士又云此具三義一殺賊從破惡以得名二不生從怖魔而受稱三應供因乞士以成德涅槃說四種比丘一者畢竟道（無學）二者示道（初二三果）三者受道（通內外凡）四者汙道犯四重者善見論云善來得戒三衣及瓦鉢貫著左肩上鉢色如青欝鉢羅華袈裟鮮明如赤蓮華針線斧子漉囊備具

○**比丘尼**

善見云尼者女也文句云通稱女爲尼智論云尼得無量律儀故應次比丘佛以儀法不便故在沙門後比丘尼稱阿姨師姨者通慧指歸云阿平聲即無過音盖阿音轉爲過也有人云以愛道尼是佛姨故傚喚阿姨今詳梵云阿梨夷此云尊者或翻聖者今言阿姨略也僧祇云阿梨耶僧聽是也事鈔尼衆篇云善見佛初不度女人出家爲滅正法五百

年後爲説八敬聽出家依教行故還得千年今時不行隨處法滅會正記云佛成道後十四年姨毋求出家佛不許度阿難爲陳三請佛令慶喜傳八敬向説若能行者聽汝出家彼云頂戴持言八敬者一者百歲比丘尼見初受戒比丘當起迎送禮拜問訊請令坐二者比丘尼不得罵謗比丘三者不得舉比丘罪説其過失比丘得説尼過四者式义摩那已學於戒應從衆僧求受大戒五者尼犯僧殘應半月在二部僧中行摩那埵六者尼半月内當於僧中求教授人七者不應在無比丘處夏安居八者夏訖當詣僧中求自恣人如此八法應尊重恭敬讚歎盡形不應違今述頌曰禮不罵謗不舉過從僧受戒行摩那半月僧中求教授安居近僧請自恣○**式义摩那**此云學法女四分十八童女應二歲學戒又云小年曾嫁年十歳者與六法十誦中六法練心也能持六法方與受具二年者練身也可知有胎無胎事鈔云式义尼具學三法一學根本謂四重是二學六法即羯磨所謂染心相觸盜人四錢斷畜生命小妄語非時食飲酒也三學行法謂一切大尼戒行並須學之若學法中犯者更與二年羯磨僧祇云在大尼下沙彌尼上坐今述頌曰染心相觸盜四錢斷畜生命小妄語戒非時食及飲酒是名式义學六法○**沙彌**南山沙彌別行篇云此翻息慈謂息世染之情以慈濟群生也又云初入佛法多存俗情故須息惡行慈也音義云沙彌二字古訛畧也唐三藏云室利摩拏路迦此翻勤策男寄歸傳云授十戒

已名室羅末尼譯爲求寂最下七歲至年十三者皆名駈烏沙彌若年十四至十九名應法沙彌若年二十已上皆號名字沙彌○**沙彌尼**奘三藏云室利摩拏理迦此云勤策女○**優婆塞**○**優婆夷**肇曰義名信士男信士女淨名䟽云此云清淨士清淨女亦云善宿男善宿女雖在居家持五戒男女不同宿故云善宿此未可定用荊溪云依餘經文但云近佛得善宿名不可定云男女不同宿也涅槃䟽云一日一夜受八戒者名爲善宿優婆塞西域記云鄔波索迦唐言近事男舊曰伊蒲塞又曰優婆塞皆訛也鄔波斯迦唐言近事女舊優婆斯又曰優婆夷皆訛也言近事者親近承事諸佛法故後漢書名伊蒲塞注云即優婆塞也中華翻爲近住言受戒行堪近僧住也或名檀那者要覽曰梵語陀那鉢底唐言施主今稱檀那訛陀爲檀去鉢底留那也思大乘論云能破慳悋嫉妬及貧窮下賤苦故稱陀後得大富及能引福德資粮故稱那又稱檀越者檀即施也此人行施越貧窮海

翻譯名義集卷第三

翻譯名義集卷第四

宋姑蘇景德寺普潤大師法雲編

釋氏衆名篇第十三

古者出家從師命氏如帛法祖笁道生之流也東晉安法師受業佛圖澄乃謂師莫過佛宜通稱釋氏後增一阿含流傳此土經叙佛告諸比丘有四姓出家者無復本姓但言沙門釋子（是釋子非沙門乃王種也是沙門非釋子婆羅門也是沙門是釋子乃比丘也非沙門非釋子二賤姓也）所以然者生由我生成由法成其猶四大河皆從阿耨泉出又彌沙塞云汝等比丘雜類出家皆捨本姓稱釋子沙門又長阿含云彌勒弟子皆稱慈子自非大權應迹豈能立姓與經懸合故天神稱爲印手菩薩然淨名云夫出家者爲無爲法天台釋云若見佛性出二死家方眞出家應具四句一形心俱不出二形出心不出三形不出心出即是觀行出家（什曰若發無上道心心超三界形雖有繫乃眞出家）四者形心俱出故南山云眞誠出家者怖四怨之多苦厭三界之無常辭六親之至愛捨五欲之深著能如是者名眞出家則可紹隆三寶度脫四生利益甚深功德無量其衆名號今列翻譯○**僧伽**大論秦言衆多比丘一處和合是名僧伽譬如大樹叢林是名爲林淨名疏云律名四人已上皆名衆律鈔曰此云和合衆和合有二義一理和謂同證擇滅故二事和別有六義戒和同脩見和同解身和同住利和同均口和無諍意和同悅什師云欲令衆和要由六法一以慈心起身業二以慈心起口業三以慈心起意業四若得食時減鉢中飯供養上座一人下座一人五持

戒清淨六漏盡智慧肇曰非眞心無以具六法非六法無以和群衆如衆不和非敬順之道也又僧名良福田者報恩經云衆僧者出三界之福田謂比丘具有戒體戒爲萬善之根是故世人歸信供養種福如沃壤之田能生嘉苗故號良福田大論云是僧四種一有羞僧持戒不破身口清淨能別好醜未得道二無羞僧破戒身口不淨無惡不作三啞羊僧雖不破戒根鈍無慧不別好醜不知輕重不知有罪無罪若有僧事二人共諍不能斷决默然無言如白羊人殺不能作聲四實僧若學無學住四果中行四向道是名實僧唐太宗嘗問玄奘三藏欲樹功德何最饒益法師對曰衆生寢惑非慧莫啓慧芽抽植法爲其資弘法由人即度僧爲最○

【沙門】或云桑門或名沙迦懣(門字上聲)曩皆訛正言室摩那拏或舍羅磨拏此言功勞言脩道有多勞也什師云佛法及外道凡出家者皆名沙門肇云出家之都名也秦言義訓勤行勤行取涅槃阿含經云捨離恩愛出家修道攝御諸根不染外欲慈心一切無所傷害遇樂不欣逢苦不戚能忍如地故號沙門後漢書郊祀志云沙門漢言息心削髮去家絶情洗欲而歸於無爲也瑞應云息心達本源故號爲沙門或云具名沙門那此云乏道以爲良福田故能斷衆生饉乏以修八正道故能斷一切邪道故迦葉品云沙門那者即八正道沙門果者從道畢竟永斷一切貪嗔癡等(云云)世言沙門名乏那者名道如是道者斷一切乏斷一切邪道以是義故名八正道爲沙門那從是道

中獲得果故名沙門果或以沙門翻勤息垂裕記云謂勤行衆善止息諸惡息界内惡者藏通沙門次第息界内外惡者別教沙門一心徧息内外諸惡者圓融沙門瑜伽論云有四沙門一勝道沙門即佛等二説道沙門謂説正法者三活道沙門謂修諸善品者四汙道沙門謂諸邪行者○苾芻古師云含五義一體性柔軟喻出家人能折伏身語麤獷故二引蔓旁布喻出家人傳法度人連延不絶故三馨香遠聞喻出家人戒德芬馥爲衆所聞四能療疼痛喻出家人能斷煩惱毒害故五不背日光喻出家人常向佛日故智論云出家多修智慧智慧是鮮脱因緣俗人多修福德福德是樂因緣僧祇云供養舍利造塔寺非我等事彼國王居士樂福之人自當供養比丘事者所謂結集三藏勿令佛法速滅○和尚或和闍羯磨疏云自古翻譯多雜蕃胡胡傳天語不得聲實故有訛僻傳云和尚梵本正名鄔波遮迦傳至于闐翻爲和尚傳到此土什師翻名力生舍利弗問經云夫出家者捨其父母生死之家入法門中受微妙法蓋師之力生長法身出功德財養智慧命功莫大馬又和尚亦翻近誦以弟子年少不離於師常逐常近受經而誦善見云和尚外國語漢言知有罪知無罪也明了論本云優波陀訶翻爲依學依此人學戒定慧故即和尚也義淨云鄔波陀耶此云親教師由能教離出世業故故和尚有二種一正教即受業也二依止即稟學也毘奈耶云弟子門人纔見師時即須起立若見親教即捨依止○闍

【黎】或阿祇利寄歸傳云梵語阿遮梨耶唐言軌範今稱闍梨訛畧菩提資糧論云阿遮梨夜隋言正行南山鈔云能糾正弟子行故四分律明五種阿闍梨一出家阿闍黎所依得出家者二受戒阿闍梨受戒作羯磨者三教授阿闍梨教授威儀者四受經阿闍梨所從受經若說義乃至四句偈五依止阿闍梨乃至依住一宿者和尚及依止多已十夏者爲之上四師皆多已五夏者爲之○【頭陀】新云杜多此云抖擻亦云修治亦云洮汰垂裕記云抖擻煩惱故也善住意天子經云頭陀者抖擻貪欲嗔恚愚癡三界內外六入若不取不捨不修不著我說彼人名爲杜多今訛稱頭陀大品云須菩提說法者受十二頭陀一作阿蘭若二常乞食三納衣四一坐食五節量食六中後不飲漿七塚間住八樹下九露地住十常坐不臥十一次第乞食十二但三衣大論六十七云十二頭陀不名爲戒能行則戒莊嚴不能行不犯戒然論但依經次第廣釋不分部位諸文引用多誤故此點出南山律鈔位分爲四衣二一納衣二但三衣食四一乞食二不作餘食法三一坐四一摶徒端切摶者雜也一和雜者不以種種盛貯名一摶食處五一蘭若二塚間三樹下四露坐五隨坐威儀一常坐此無次第乞食處加隨坐通源記引南山云季世佛法崇尚官榮僥倖之夫妄生朋翼庶因斯語自省厥躬至若謂利養如引繩視朱門爲蓬戶尚思曳尾猶被輿嘲況乎以咳唾爲恩眄睞成餙潛通惠好强事趨馳縱假寵於一時終受嗤於群口榮不補辱夫何誤哉○【娑】

檀陀大論秦言大德毘奈耶律云佛言從今日後小下苾芻於長宿處應喚大德〇體毘履此云老宿他毗利此云宿德〇悉替那此云上座五分律佛言上更無人名上座道宣勑爲西明寺上座列寺主維那之上毘尼母云從無夏至九夏是下座自十夏至十九夏是中座自二十夏至四十夏是上座五十夏已上一切沙門之所尊敬名耆宿毘婆沙論云有三上座一生年上座即尊長者具舊戒名眞生故二世俗上座即知法富貴大財大位大族大力大眷屬雖年二十皆應和合推爲上座三法性上座即阿羅漢律云瓶沙王稱佛弟子爲上人大品經佛言若菩薩一心行阿耨多羅三藐三菩提心不散亂是名上人瑜伽論云無自利利他行者名下士有自利無利他名中士有二利名上士〇摩摩帝或云毘呵羅莎弭名婢切此云寺主僧史畧云詳其寺主起乎東漢白馬寺也寺既爰處人必主之于時雖無寺主之名而有知事之者東晉以來此職方盛故梁武造光宅寺召法雲爲寺主創立僧制〇維那南山云聲論翻爲次第謂知僧事之次第寄歸傳云華梵兼舉也維是綱維華言也那是梵語删去羯磨陀三字也僧史畧云梵語羯磨陀那譯爲事知亦云悅衆謂知其事悅其衆也稽其佛世飲光統衆於靈鷲身子涖事於竹林音義指歸云僧如網假有德之人爲網繩也隋智琳潤州刺史李海游命琳爲斷事綱維邇後寺立三綱上座維那典座也〇釋昌攞寄歸傳云唐言小師毘奈耶云難陀比丘呼十夏比

丘爲小師如僧敵謂僧導云君當爲萬人法主豈可對揚小師乎○**阿夷恬**此云新學亦云新發意

八部篇第十四

一天二龍三夜叉四乾闥婆五阿修羅六迦樓羅七緊那羅八摩睺羅伽

原夫佛垂化也道濟百靈法傳世也慈育萬有出則釋天前引入乃梵王後隨左輔大將由滅惡以成功右弼（房審切）金剛用生善而爲德三乘賢聖既肅爾以歸投八部鬼神故森然而翊衛今此纂集宜應徧録○**提婆**此云天法華疏云天者天然自然勝樂勝身勝故論云清淨光潔最勝最尊故名爲天苟非最勝之因豈生最勝之處言最勝因者所謂十善身三語四及意三行由其三業防止過非有順理義即名十善以茲十善運出五道故此十戒名曰天乘若單修習上品十善乃生欲界一四天王天二忉利天若修十善坐未到定乃生三夜摩天四兜率天五化樂天六他化自在天由禪定力故使四天皆悉居空不依于地言未到定者亦云未至由其未入根本定故如止觀云若端坐攝身調和氣息泯然澄靜身如雲影虚豁清淨而猶見有身心之相是則名爲欲界定也從此已去忽然不見欲界定中身首衣服牀鋪等事猶如虚空同同（戶頂切）安隱身是事障事障未來障去身空未來得發如是名爲未到定相是爲欲界六天因果若修根本四禪離欲麤散則生色界然此色果依薩婆多但十六處俱舍疏云除大梵天謂梵輔天中有高樓閣名大梵

天一主所居更無別地除無想天謂廣果天中有高勝處名無想天非別有地若依經部立十七天故頌釋云謂大梵王與梵輔等處雖不別身形壽量皆不等故別立大梵若上座部謂無想廣果因果別故立十八天分爲四禪初禪三天一梵衆乃所統之民也二梵輔輔弼梵王之臣佐也三大梵得中間禪爲世界主刼初先生刼盡後沒威德既勝褒(博毛切)美稱大二禪三天一少光於二禪中光最少故二無量光光明轉增無限量故三光音口絕言音光當語故梵語廅(安合切)天晉云有光壽亦云少光天梵云廅波摩那此云無量光梵語阿波會此云光音三禪三天一少淨意地樂受離喜貪故少分清淨二無量淨淨勝於前不可量故三徧淨梵云首訶既那樂受最勝淨周普故四禪九天一無雲下之三禪皆依雲住至此四禪方在空居二福生具勝福力方得往生三廣果異生果報此最勝故梵云惟于頗羅而此三天是凡夫住四無想天外道所居計爲涅槃但是一期心想不行故名無想五無煩無於見思煩惱雜故六無熱意樂調柔離熱惱故七善見梵語須蔕(丑計切)天定障漸微見極明徹八善現形色轉勝善能變現九色究竟色法最極是究竟處無煩等天那含所居呼此五天名五那含若厭色籠修四空定生四空天名無色界一空處禪門云此定最初離三種色心緣虛空既與無色相應故名虛空定二識處禪門云捨空緣識以識爲處正從所緣處受名三無所有處禪門名不用處修此定時不用一切內

外境界外境名空內境名心捨此二境因初修時故言不用處四非有想非無想禪門云有解云前觀識處是有想不用處是無想今雙除上非想亦有解言約凡夫說言非有想約佛法中說言非無想合而論之故言非有想非無想然此四空大小乘教論其無色其義碩異且小乘教如俱舍云無色無身依同分命根轉令心相續不相應行有二十四種一得二命根三衆同分跳釋曰獲成就者名之爲得第八識種令色心不斷名爲命根或種實命假業爲命類相似故名衆同分又世品云無色界都無處所以非色法無方所故謂於是處得彼定者命終即於是處生故又成實論云色是無教不至無色今謂若云都無處所華嚴安云菩薩鼻根聞無色界宮殿之香若大衆部乃云但無麤色非無細色故阿含說舍利弗入涅槃時無色界天空中淚下如春細雨故知無色非無細色此是小乘宗計兩殊若大乘教如楞嚴經云是四空天身心滅盡定性現前無業果色也孤山釋云非業果色者顯有定果色也俱舍纂云無業果色非異熟身如輔行云曾聞有一比丘得無色定定起摸空人問何求荅覔我身旁人語言身在牀上於此得定尚不見身驗知四空無業果色而言顯有定果色者顯揚論名定自在所生色謂勝定力故於一切色皆得自在即以定變起五塵境故論云變身萬億共立毛端空量地界中陰經云無色諸天禮拜世尊楞嚴亦云無色稽首仁王經說無色界天雨諸香華香如須彌華如車輪然涅槃云非想等天若無色者云何得有去來進止如是之義諸佛境界非聲聞緣

覺所知以聲聞經說所證空遂謂極處悉皆無色大乘實說界外尚受法性之色豈此四天唯空空然故斥二乘非所知也淨名䟽云若不了義教明無色界無色若了義教明無色界有色然大論云諸天命欲終時五死相現一華冠萎二腋下汗出三蠅來著身四見更有天坐已坐處五自不樂本座諸天見是死相念惜天樂見當生惡處心即憂毒又俱舍論明其五衰有小大異小五衰者一衣服嚴具出非愛聲二自身光明忽然昧劣三於沐浴位水滴著身四本性囂(許嬌切)馳今滯一境五眼本凝寂今數瞬(舒閏切)動此五相現非定命終遇勝善緣猶可轉故復有五種大衰相現一衣染塵埃二華鬘萎悴三兩腋汗出四臭氣入身五不樂本座此五相現必定當死又大論明天通辨四種一名天二生天三淨天四淨生天一名天者如今國王名天子二生天者從四天王至非有想非無想天三淨天者人中生諸聖人四淨生天者三界天中生諸聖又涅槃亦明四天一者世間天如諸國王二者生天從四天王至非非想三者淨天謂四果支佛四者義天謂十住菩薩以見一切法是空義故如是諸天名廣義豈當區別矣○**提和越**漢言天地易曰天地設位而易行乎其中矣繫詞云易與天地準故能彌綸天地之道仰以觀於天文俯以察其地理白虎通曰天之爲言鎮也居高理下爲人鎮也地者易也言生萬物懷任交易變化也

○**提多羅吒**(吒陟駕切)大論云秦言治國主乾闥婆及毘舍闍光明䟽云上升之元首下界之

初天居半須彌東黄金埵王名提頭賴吒此云持國又翻安民○**毘流離**大論云秦言增長主弓槃茶及薜荔多光明疏云南瑠璃埵王名毗留勒义亦翻免離○**毘流波义**大論云秦言雜語主諸龍及富樓多那光明疏云西白銀埵王名毗留博义又翻非好報又翻惡眼亦翻廣目○**鞞沙門**鞞部迷切大論云秦言多聞主夜义及羅刹光明疏云北水精埵王名毘沙門索隱云福德之名聞四方故亦翻普聞佛令掌擎古佛舍利塔僧史畧云唐天寶元年西蕃五國來寇安西二月十一日奏請兵解援發師萬里累月方到近臣奏且詔不空三藏入内持念玄宗秉香鑪不空誦仁王護國陀羅尼方二七遍帝忽見神人五百員帶甲荷戈在殿前帝問不空對曰此毗沙門天王第二子獨健副陛下心往救安西其年四月奏二月十一日巳時後城東北三十里雲霧冥晦中有神可長丈餘皆被金甲至酉時鼓角大鳴地動山摇經二日蕃寇奔潰斯須城樓上有光明天王現形謹圖様隨表進呈因勅諸道州府於西北隅居置天王形像此四天王居須彌腹故俱舍云妙高層有四相去各十千傍出十六千八四二千量堅首及持鬘常憍大王衆如次居四級亦住餘七山此四名曰四王八部或標二十八部者一云一方有四部六方則成二十四部四維各一合爲二十八部一云一方有五部謂地水火風空四方成二十部并四王所領八部爲二十八部感通傳天人費氏云一王之下有八將軍四王三十二將周四天下往還護

助諸出家人四天下中北天一洲少有佛法餘三天下佛法大弘然出家人多犯禁戒少有如法東西天下少有黠慧煩惱難化南方一洲雖多犯罪化令從善心易調伏佛臨涅槃親受付囑並令守護不使魔撓若不守護如是破戒誰有行我之法教者故佛垂誡不敢不行雖見毀禁愍而護之見行一善萬過不咎事等忘瑕不存往失韋將軍三十二將之中最存弘護多有魔子魔女輕弄比丘道力微者並爲惑亂將軍恓惶奔赴應機除翦故有事至須往四王所時王見皆起爲韋將軍修童眞行護正法故○**迦留波陀天**此言象跡自有十處○**質多羅**此翻雜地○**摩偷**此翻美地此三天名皆居須彌四埵○**忉利**應法師云梵音訛畧正言多羅夜登陵舍此云三十三俱舍頌云妙高頂八萬三十三天居四角有四峰金剛手所住中宮名善現周萬踰繕那高一半金城中有殊勝殿周千踰繕那○**釋提桓因**大論云釋迦秦言能提婆秦言天因提秦言主合而言之云釋提婆那民或云釋迦提婆因陀羅今畧云帝釋蓋華梵雙舉也雜阿含云有一比丘問佛何故名釋提桓因答本爲人時行於頓施堪能作主故名釋提桓因瓔珞經云汝今天帝釋功德衆行至千佛兄弟過無復賢劫名中間永曠絕二十四中劫後乃有佛出剎土名普忍彼佛壽七劫遺法亦七劫其法巳沒盡曠絕經五劫汝於彼剎土當紹如來位號名無著尊淨名疏云若此間帝釋是昔迦葉佛滅有一女人發心修塔復有三十二人發心助修修

塔功德爲忉利天主其助修者而作輔臣君臣合之名三十三天○**須夜摩**此云善時分又翻妙善新云須燄摩此云時分時時唱快樂故或云受五欲境知時分故○**兜率陀**此云妙足新云覩史陀此云知足西域記云覩史多舊曰兜率陀兜術陀訛也於五欲知止足故佛地論名憙足謂後身菩薩於中教化多修憙足故○**須涅密陀**或尼摩羅大論云秦言化自樂自化五塵而自娛樂故言化自樂楞嚴名樂變化天○**婆舍跋提**或波羅尼密大論云秦言他化自在此天奪他所化而自娛樂故言他化自在亦名化應聲天别行疏云是欲界頂天假他所作以成已樂即魔王也○**大梵**經音義梵迦夷此言淨身初禪梵天淨名疏云梵是西音此云離欲或云淨行法華疏云除下地繫上升色界故名離欲亦稱高淨淨名疏云梵王是娑婆世界主住初禪中間即中間禪也在初禪二禪兩楹之中毘曇云二禪已上無言語法故不立王法瓔珞禪禪皆有梵王今謂但加修無量心報勝爲王無統御也初禪有覺觀言語則有主領故作世主次第禪門云佛於仁王經說十八梵亦應有民主之異又云四禪中有大靜王而佛於三藏中但說初禪有大梵天王者以初禪内有覺觀心則有語言法主領下地衆生爲便證眞云劫初成時梵王先生獨住一劫未有梵侶後起念云願諸有情來生此處作是念已梵子即生外道不測便執梵王是常梵子無常○**尸棄**大論云秦言火或翻火首法華疏云外國喚火爲樹提尸棄此王

本修火定破欲界惑從德立名又云經標梵王復舉尸棄似如兩人依大論正以尸棄爲王今舉位顯名恐目一人耳肇曰尸棄梵王名秦言頂髻○梵富樓此云前益天在梵前行恒思梵天利益亦名梵輔○首陀婆大論云秦言淨居天通五淨居○阿迦尼吒竹嫁切正名阿迦抳女几切瑟摭勑隹切或云阿迦尼沙此云質礙究竟即色究竟天○摩醯首羅大論此云大自在正名摩訶莫醯伊濕伐羅八臂三眼騎白牛普門疏云樓炭稱爲阿迦尼吒華嚴稱爲色究竟或有人以爲第六天而諸經論多稱大自在是色界頂釋論云過淨居天有十住菩薩號大自在大千界主十住經云大自在天光明勝一切衆生涅槃獻供大自在天最勝故非第六天也灌頂云字威

靈帝○摩利支此云陽炎在日前行○散脂修摩此翻云密謂名行理智四皆密故天台釋天大將軍乃云金光明以散脂爲大將大經云八臂健提天中力士大論又稱鳩摩羅伽此云童子騎孔雀擎雞持鐸捉赤幡復有韋紐此云徧聞四臂捉貝持輪持金翅鳥皆是諸天大將未知此大將軍定是何等光明疏云二十八部巡游世間賞善罰惡皆爲散脂所管○跋闍羅波膩梁云金剛應法師云跋闍羅此云金剛波膩此云手謂手執金剛杵以立名正法念云昔有國王夫人生千子欲試當來成佛之次第故俱留孫探得第一籌釋迦當第四籌乃至樓至當千籌第二夫人生二子一願爲梵王請千兄轉法輪次願爲密跡金剛神應法師云梵語散那譯云密主知佛三密功德故也梵本

都無迹義以示迹爲神譯者義立故云客迹護千兒教法世傳樓至化身非也乃法意王子據經唯一人令狀於伽藍之門而爲二像夫應變無方多亦無咎出索隱記○**訶利帝南**光明云訶利帝南此標梵語鬼子母等此顯涼言名雖有二人祇是一故律中明鬼子母後總結云時王舍人衆皆稱爲訶離帝母神寄歸傳云西方施主請僧齋日初置聖僧供次行衆僧食後於行末安一盤以供訶利帝母○**毘首羯磨**正理論音云毗濕縛羯磨此云種種工業西土工巧者多祭此天○**別他那**梁言圍亦云吠率怒天○**耆婆天**長水云耆婆此云命西國風俗皆事長命天神此說未知所出準法華疏云耆域此翻故活生忉利天目連弟子病乘通往問值諸天出園游戲耆域乘車不下但合掌而已目連駐之域云諸天受樂忽遽不暇相看尊者欲何所求具說來意答云斷食爲要目連放之車乃得去據此者婆天即是醫師耆域也○**蘇利耶**或蘇梨耶或修利此云日神日者說文云實也太陽之精起世經云日天宮殿縱廣正等五十一由旬上下亦爾○**蘇摩**上上聲此云月神釋名云月者缺也言滿而復缺淮南子云月者太陰之精起世經云月天宮殿縱廣正等四十九由旬問何故月輪初後時缺答如涅槃云月性常圓實無增減因須彌山故有盈虧又俱舍云近日自影覆故見月輪缺世施設足論云以月宮行近日輪光所侵照餘邊發影自覆月缺輪故於爾時見不圓滿然一日月普照四洲者長阿含云閻浮提日中弗婆提日沒瞿

耶尼日出欝單越夜半經文次第四方徧說此二名出大孔雀呪王經○盎哦囉迦此翻火星○部引陁此翻水星○勿哩訶娑跛底此翻木星○賒乃以室折囉此翻土星○戍羯羅此云金星○那伽此云龍別行疏云龍有四種一守天宮殿持令不落人間屋上作龍像之爾二興雲致雨益人間者三地龍決江開瀆四伏藏守轉輪王大福人藏也龍有四生俱舍云卵生金翅鳥能食四生龍罵意經云墮龍中有四因緣一多布施二嗔恚三輕傷(以豉切)人四自貢高華嚴云龍王降雨不從身出不從心出無有積集而非不見但以龍王心念力故霈然洪霆周徧天下如是境界不可思議○難陀跋難陀文句云難陀此云歡喜跋此翻善兄弟常護摩竭提國雨澤以時國無饑年缾沙王年爲一會百姓聞皆歡喜從此得名慈恩云第一名喜次名賢喜此二兄弟善應人心風不鳴條雨不破塊初令人喜後性復賢令喜又賢故以爲名大論云有龍王兄弟一名姞(巨乙切)利二名阿伽和羅降雨以時○娑伽羅從海標名如下所出○和修吉此云多頭○德叉迦此云現毒亦云多舌○阿那婆達多此云無熱從池得名池中有五柱堂○摩那斯此云大身或云大意或云大力○漚鉢羅亦云優鉢亦云優波陀此云黛色蓮華又青蓮華龍依此住從海得名○伊羅鉢闍義鈔云亦云伊羅跋羅伊羅樹名此云臭氣跋羅此云極謂此龍往昔由損此極臭樹葉故致頭上生此臭樹因即爲名○迦梨迦又名加羅加此云黑龍○夜

叉此云勇健亦云暴惡舊云閱叉西域記云藥叉舊訛曰夜叉能飛騰空中什曰秦言貴人亦言輕健有三種一在地二在虛空三天夜叉地夜叉但以財施故不能飛空天夜叉以車馬施故能飛行肇曰天夜叉居下二天守天城池門閣○**和夷羅洹閱叉**即執金剛神○**羅叉**此云速疾鬼又云可畏亦云暴惡或羅叉娑此云護士若女則名囉叉斯○**跋陀波羅賒塞迦**下生經云秦言善教此護彌勒城夜叉○**乾闥婆**或揵陀羅淨名疏此云香陰亦云陵空之神不噉酒肉唯香資陰是天主幢倒樂神在須彌南金剛窟住什曰天樂神也處地十寶山中天欲作樂時此神身有異相出然後上天新云尋香行應法師云齅香○**童籠磨**大論秦言樹是乾闥婆名○

阿脩羅舊翻無端正男醜女端正新翻非天淨名疏云此神果報最勝鄰次諸天而非天也新婆沙論云梵本正音名素洛素洛是天彼非天故名阿素洛又素洛名端正彼非端正名阿素洛西域記云阿素洛舊曰阿脩羅阿須倫阿須羅皆訛也什曰秦言不飲酒不飲酒因緣出雜寶藏法華疏云阿脩羅採四天下華醞於大海龍魚業力其味不變嗔妬誓斷故言無酒大論云佛去久遠經法流傳五百年後多有別異或言五道或言六道觀諸經義應有六道以善有上中下故有三善道惡有上中下故有三惡道若不爾者惡有三果報而善二果報是事相違若有六道於義無違故此脩羅在因之時懷猜忌心雖行五常欲勝他故作下品十善感此道身華嚴

云如羅睺阿脩羅王本身長七百由旬化形長十六萬八千由旬於大海中出其半身與須彌山而正齊等楞嚴經云復有四種阿脩羅類若於鬼道以護法力乘通入空此阿脩羅從卵而生鬼趣所攝若於天中降德貶(悲歛切)墜其所卜居鄰於日月此阿脩羅從胎而出人趣所攝有阿脩羅執持世界力洞無畏能與梵王及天帝釋四天爭權此阿脩羅因變化有天趣所攝別有一分下劣脩羅生大海心沉水穴口旦遊虛空暮歸水宿此阿脩羅因濕氣有畜生趣攝淨覺問此四阿脩羅既爲四趣所攝應無別報同分之處耶荅雖屬四趣非無別報今云卜居鄰於日月等即同分之處也又長阿含云南洲有金剛山中有脩羅宮所治六千由旬欄楯行樹等然一日一夜三時受苦苦具來入其宮中起世經云脩羅所居宮殿城郭器用降地居天一等亦有婚姻男女法式略如人間正法念經云阿脩羅畧有二種一者鬼道所攝魔身餓鬼有神通力二者畜生所攝住大海底須彌山側問法華所列四種脩羅與楞嚴四爲同爲異荅資中云同淨覺云彼四秖可攝在此四之中不可次第分屬其類荊溪師云法華四種皆與帝釋鬪戰一往觀之但同今經第三類耳○【婆稚】正名跋稚迦此云團圓今誤譯云被縛或云五處被縛或云五惡物繫頸不得脫爲帝釋所縛經音義云居脩羅前鋒爲帝釋所縛因誓得脫故以名焉○【佉羅騫馱】文句此云廣肩胛亦云惡陰涌海水者○【毘摩質多】文句此云淨心亦云種種疑即舍脂

父也○**羅睺**文句此云障持化身長八萬四千由旬舉手掌障日月世言日月蝕釋名云日月虧曰蝕稍小侵虧如蟲食草木之葉也京房易傳云日月赤黄爲薄或曰不交而食曰薄韋昭云氣往薄之爲薄虧毀曰食成論云譬如天日月其性本明淨煙雲塵霧等五翳則不現等取脩羅故佛誡云脩羅脩羅汝莫吞月月能破暗能除衆熱○**迦樓羅**文句此云金翅翅翮金色兩翅相去三百三十六萬里頸有如意珠以龍爲食肇曰金翅鳥神○**緊那羅**文句亦名眞陀羅此云疑神什曰秦言人非人似人而頭上有角人見之言人耶非人耶因以名之亦天伎神也小不及乾闥婆新云歌神是諸天絲竹之神○**摩睺羅伽**亦云摩呼羅伽此云大腹行什曰是地龍而腹行也肇曰大蟒神腹行也淨名疏云即世間廟神受人酒肉悉入蟒腹毀戒邪諂多嗔少施貪嗜酒肉戒緩墮鬼神多嗔蟲入其身而唼食之亦名莫呼洛諸經云人非人者天台云此乃結八部數爾

四魔篇第十五

大論云魔有四種煩惱魔五衆魔死魔天子魔煩惱魔者所謂百八煩惱等分別八萬四千諸煩惱五衆魔者是煩惱業和合因緣量是身四大及四大造色眼根等是名色衆百八煩惱等諸受和合名爲受衆小大無量無所有想分別和合名爲想衆因好醜心發能起貪欲嗔恚等心相應不相應法名爲行衆六情六塵和合故生六識是六識分別和合無量無邊心是名識衆死魔者無常因緣故

破相續五衆壽命盡離三法識斷壽故名爲死魔天子魔者欲界主深著世間樂用有所得故生邪見憎嫉一切賢聖涅槃道法是名天子魔瑜伽論云由蘊魔徧一切隨逐義天魔障礙義死魔煩惱魔能與生死衆生作苦器故今謂煩惱魔是生死因也五陰魔死魔是生死果也天魔是生死緣也又罵意經有五魔一天魔二罪魔三行魔四惱魔五死魔輔行云苦空無常無我四是界外魔煩惱五陰死天子四是界內魔淨名疏云降魔即破愛論摧外即破見論但愛見有二界內即波旬六師之徒界外即二乘及通菩薩大品云須菩提菩薩摩訶薩成就二法魔不能壞何等爲二觀一切法空不捨一切衆生須菩提菩薩成就此二法魔不能壞大經四依品四依驅逐魔云天魔波旬若便來者當以五繫繫縛於汝章安疏云繫有二種一者五屍繫二者繫五處五屍繫者如不淨觀治於愛魔五處如理治於見魔五屍表五種不淨觀五繫表五觀門○**魔羅**大論云秦言能奪命死魔實能奪命餘者能作奪命因緣亦能奪智慧命是故名殺者又翻爲障能爲脩道作障礙故或言惡者多愛欲故垂裕云能殺害出世善根第六天上別有魔羅所居天他化天攝輔行云古譯經論魔字從石自梁武來謂魔能惱人字宜從鬼○**波旬**訛也正言波卑夜此云惡釋迦出世魔王名也什曰秦言殺者常欲斷人慧命故亦名惡中惡惡有三種一曰惡若以惡加己還以惡報是名爲惡二曰大惡若人不侵己無故加害是名大惡三

曰惡中惡若人來供養恭敬不念報恩而反害之是名惡中惡魔王最甚也諸佛常欲令衆生安隱而反壞亂故言甚也肇曰秦言或名殺者或云極惡斷人善因名殺者違佛亂僧罪莫之大故名極惡也涅槃疏云依於佛法而得善利不念報恩反欲加毀故云極惡亦名波旬踰此云惡也常有惡意成惡法故○鴦窶利魔羅（寠瞿庚切）西域記云唐言指鬘舊曰央掘摩羅訛也殺人取指冠首爲鬘鴦崛摩鬘經云師教殺人限至于百各貫一指以鬘其頭又翻一切世間現○魔登伽長水云義翻本性楞嚴云性比丘尼是也又過去爲婆羅門女名爲本性今從昔號故曰性比丘尼孤山云以初見性淨明體乃立嘉名淨覺云名爲本性出摩登伽經據摩鄧女經女之母名摩鄧耳又云摩登皆梵音奢切應法師云摩登伽具云阿徙多摩登祇旃陀羅摩登祇女之總名阿徙多女之別名此女卑賤常掃市爲業用給衣食○頭師此云惡嗔迦葉佛時魔名○室利毱多西域記云唐言勝密以火坑毒飲請佛欲害

翻譯名義集卷第四

翻譯名義集卷第五

宋姑蘇景德寺普潤大師法雲編

仙趣篇第十六

楞嚴云復有從人不依正覺修三摩地別修妄念存想固形游於山林人不及處有十種仙梵語茂泥此云仙釋名云老而不死曰仙仙遷也遷入山也故制字人傍山也莊子云千歲厭世去而上仙抱朴子云求仙者要當以忠孝和順仁信爲本若德不修而但務方術終不得長生也高僧傳云純陀西域人年六百歲不衰唐代宗從之求留年之道陀曰心神好靜今爲塵境汨之何從㝠寂乎若離簡靜外欲望留年如登木采芙蓉其可得耶陛下欲長年由簡潔安神神安則壽永寡欲則身安衛斯已往貧道所不知也而言趣者婆沙毗曇皆云趣者到義乃仙人所到之處也○【阿斯陀】或云阿夷此翻無比又翻端正大論云阿私陀仙白淨飯王言我以天耳聞諸天鬼神説淨飯王生子有佛身相故來請見王大歡喜勑諸侍人將太子出侍人荅王太子小睡時阿私陀言聖王常警一切施以甘露不應睡也即從座起詣太子所抱著臂上上下相之相已涕零不能自勝王大不悦問相師曰有何不祥涕泣如是仙人荅言假使天雨金剛大山不能動其一毛豈有不祥太子必當作佛我今年暮當生無色天上不得見佛不聞其法故自悲傷耳○【羼提】此云忍辱仙西域記云瞢揭釐城東有大窣堵波是忍辱仙被歌利王割截之處發軫問輔行引此明三藏忍度滿相金剛所説其義云何

荅劄截是同但隨藏衍説恐爲異藏謂伏惑正修事忍行謂斷惑達事即空亦猶儒童見燃燈佛通於四教行因之相〇阿羅羅迦摩羅亦名羅勒迦藍〇鬱陀羅羅摩子亦云鬱頭藍弗此云猛喜又云極喜中阿含羅摩經云我爲童子時年二十九往阿羅羅迦摩羅所問言依汝法行梵行可不荅言無不可云何此法自知證仙言我度識處得無所有處即往遠離處修證得巳更往仙所述巳所得仙問汝巳證無所有處耶我之所得汝亦得耶即共領衆又自念此法不趣智慧不趣涅槃寧可更求安隱處耶是故更往鬱陀羅羅摩子所云我欲於汝法中學彼荅無不可問曰自知證耶荅我度無所有處得非想定我乆證得便修得之乃至領衆等復念言此法不至涅槃即往象頭山鞞羅梵志村泥連禪河邊誓不起座即得無上安隱涅槃〇婆藪方等陀羅尼經云爾時婆藪從地獄出將九十二億罪人來詣娑婆世界十方亦然于時文殊師利語舍利弗此諸罪人佛未出時造不善行經於地獄因於華聚放大光明承光而出云云婆者言天藪言慧云何天慧之人地獄受苦又婆言廣藪言通又婆言高藪言妙又婆言斷藪言智又婆言剛藪言柔又婆言慈藪言悲〇佉盧虱吒隋言驢脣此乃大仙人名〇殊致阿羅婆隋言光味般若燈論云聲聞菩薩等亦名仙佛於中最尊上故巳有一切波羅蜜多功德善根彼岸故名大仙

人倫篇第十七

天界著樂四趣沉苦故此五道非成佛器由

是諸佛唯出人間如智論云若菩薩行般若者從初發心終不墮三惡道常作轉輪聖王多生欲界何以故以無色界無色故不可教化色界中多味著禪定樂無厭惡心故亦不生欲天妙五欲多故在人中世世以四事攝衆生等故論誡曰三惡道衆生不得修道業既得此人身當勉自利益覽此集者宜警覺焉

○摩㝹舍喃（女函切）大論此云人法苑云人者忍也於世違順情能安忍孔子曰人者仁也禮記曰人者天地之心五行之端周書云惟人萬物之靈孔安國云天地所生惟人爲貴今謂若無善因奚感美報言善因者謂五戒也一不殺戒常念有情皆惜身命恕已慜彼以慎傷暴二不盜戒不與私取是爲偷盜義既非宜故止攘（汝陽切）竊三不邪婬女有三護法亦禁約守禮自防故止羅欲四不妄語覆實言虛誑他欺自端心質直所說誠實五不飲酒昏神亂性酒毒頗甚增長愚癡故今絕飲原佛五戒本化人倫與儒五常其義不異不殺即仁不盜即義不婬即禮不妄語即信不飲酒即智故梵摩喻經曰爲清信士守仁不殺知足不盜貞潔不婬執信不欺盡孝不醉當以意解勿執名別又四分律明受五戒分四種異但受三歸名無分優婆塞或受一戒名少分優婆塞受二三四名多分優婆塞具受五戒名滿分優婆塞其如五戒全缺則人間之路終不復生以此五戒是大小乘尸羅根本故經云五戒者天下大禁忌若犯五戒在天違五星在地違五岳在方違五帝在身違五臟故佛成道未轉法輪先爲提謂

授五戒法號曰人乘居五乘首由茲五戒超出三塗取運載義以立乘名古師通漫稱人天教天台謂無詮理破惑之功不得名爲教矣嵩輔教編罔究名義立二種教一曰世教二出世教指人天乘名曰世教斯恣胥聽而戾祖教今謂三教立名義意各異且儒宗名教者元命包云教之爲言倣也上行之下倣之此以下所法倣名教道家名教者老子云處無爲之事行不言之教此寄教名而顯無爲釋氏名教者四教義云說能詮理化轉物心故言教也化轉有三義一轉惡爲善二轉迷成解三轉凡成聖所言詮理者藏通二教詮真諦理别圓二教詮中道理良以如來依理而立言遂令群生修行而證理故佛聖教是出世法不可妄立世教之名問所詮中道爲指何法荅如輔教云夫大理者固常道之至謂此大理是本始二覺也今評本始二覺雖理智圓融既名爲覺正從智立所以經云本覺明妙又本始二覺分别言之屬生滅門故起信云是心生滅因緣相能示摩訶衍自體相用故所詮之理屬真如門故起信云是心真如相即示摩訶衍體故此乃對事揀理若約即事說理理性無體全依無明無明無體全依法性就此相即之義則指無明爲所詮理由茲教理是吾宗之剛紀故寄人乘辨梗槩也○**摩㝹賒**文句此云意昔頂生王初化諸有所作當善思惟善憶念即如王教諸有所作先思惟憶念故名爲意又人能息意能修道得達分又人名慢五道中多慢毗曇論云何故人道名摩㝹沙此有八義一聰明

二爲勝三意微細四正覺五智慧增一六能別虛實七聖道正器八聰明業所生故○**補特伽羅**或福伽羅或富特伽羅此云數取趣謂諸有情起惑造業即爲能取當來五趣名之爲趣古譯爲趣向中陰有情趣往前生故倶舍云未至應至處應至處即六趣也又論云死生二有中五蘊名中有故謂爲趣涅槃云中有五陰非肉眼見天眼所見瑜伽論説八種人執第六名補特伽羅謂數數取諸趣故或死於此能生於彼正能生者即是人執又翻有情又翻人大毗婆沙論佛言有二補特伽羅能住持正法謂説者行者若持教者相續不滅能令世俗正法久住若持證者相續不滅能令勝義正法久住持正法人有二一持教法者謂讀誦解説經律論等二持正法者謂能修證無漏聖道○**僕呼繕那**或薩多婆或禪(是戰切)豆或禪兜此云衆生摩訶衍云謂意及意識一切衆染合集而生故名衆生而別自體唯依心爲體同性經佛言衆生者衆緣和合名曰衆生所謂地水火風空識名色六入因緣生楞伽云王言世尊彼衆生者以何爲本依何而住以何爲因佛言此衆生者無明爲本依愛而住以業爲因楞伽云王言世尊業有幾種佛言業有三種何等爲三謂身口意業又釋論明衆生有三聚一者正定必入涅槃二者邪定必入惡道三者不定能破顛倒者名正定不能破顛倒者名邪定得因緣能破不得則不能破是名不定漢書中衆生去呼釋氏相承平呼也○**逋沙**(逋博孤切)或富樓沙正言富盧沙此云丈夫大戴禮

云丈者長也夫者扶也言長制萬物以道扶接也孟子曰富貴不能淫貧賤不能移威武不能屈此之謂大丈夫又翻士夫傳云通古今辨然否謂之士數始於一終於十孔子曰推一合十爲士詩傳云士事也白虎通曰士者任事之稱也周禮天子有元士中士下士涅槃云是大乘典有丈夫相所謂佛性若人不知是佛性者則無男相皆名女人○**迦羅越** 大品經中居士是也楞嚴云愛談名言清淨自居普門疏以多積財貨居業豐盈謂之居士鄭康成云道藝處士○**婆羅** 隋言毛道謂行心不定猶如輕毛隨風東西魏金剛云毛道凡夫應法師云梵語嚩羅此云毛婆羅此云愚梵音相近譯人致謬正言婆羅必栗託仡那此翻愚異生愚癡闇冥無有智慧但起我見不生無漏亦名嬰愚凡夫凡夫者義譯也梵言婆羅必利他伽闍那此云小兒別生以癡如小兒不同聖生也○**鄔波弟鑠** 鄔安古切 此云父母楊子云父母子之天地與無天何以生無地何以形撫華云天懸象地載形父受氣母化成詩曰哀哀父母生我劬勞無父何怙無母何恃出則銜恤入則靡至父兮生我母兮鞠我拊我育我長我畜我顧我復我出入腹我欲報之恩昊天罔極梵網經云孝順父母師僧三寶○**阿摩** 此翻云女母○**耨弗室利** 室竹栗切 此云善女○**波帝** 此云夫主大論云一切女身無所繫屬則受惡名女人之體幼則從父母少則從夫老則從子○**婆梨耶** 此云婦說文婦與已齊者婦服也從女持帚洒掃也或稱命婦婦者夫尊於朝妻榮於

室○【阿那他】此云非正使人帝王略論曰習與正人居不能無正猶生長齊地不能不齊言也習與不正人居不能無不正猶生長楚地不能不楚言也易曰君子以常德行習教事譙子曰夫交人之道猶素之白也染之以朱則赤染之以藍則青大戴禮曰與君子游如入芝蘭之室久而不聞其香則與之化矣與不善人居如入鮑魚之肆久而不知其臭與之變矣○【鴆那羅】此云惡人亦云不好人蜀先主臨終謂太子曰勿以惡小而爲之勿以善小而不爲孔子云見善如不及見惡如探湯尚書曰彰善癉(徒丹切)惡樹之風聲曾子云人之好善福雖未至去禍遠矣人之爲惡凶雖未至去福近矣辨魔書云見善養育如雨露之被草木遇惡勦絕若鷹鸇之逐鳥雀

罵意經云人所作善惡有四神知之一者地神二者天神三者旁人四者自意涅槃經明十六種惡一爲利餧食羔羊肥已轉賣二爲利買已屠殺三爲利餧養猪豚肥已轉賣四爲利買已屠殺五爲利餧養牛犢肥已轉賣六爲利買已屠殺七爲利養雞令肥肥已轉賣八爲利買已屠殺九釣魚十獵師十一劫奪十二魁膾十三網捕飛鳥十四兩舌十五獄卒十六呪龍○【究磨羅浮多】應法師云是彼八歲已上乃至未娶之者惣名○【拘摩羅】西域記云唐言童子釋名云十五曰童故禮有陽童牛羊之無角曰童山無草木曰童言人未冠者似之云耳○【般吒】應言般荼迦此云黃門○【扇搋】(勑皆切)或扇荼此云生天然生者男根不滿○【留拏】此云犍(居言切)或作劇以

刀去勢也○伊梨沙掌拏此云妬因見他婬方有妬心婬起○半擇迦此云變今生變作○博叉此云半月能男半月不能男此依四分律出○扇提羅此云石女無男女根故○槃太子此出楞伽若大乘入楞伽則云石女兒○馱索迦此云奴說文云男入罪曰奴女入罪曰婢風俗通云古制無奴婢即犯事贓(則郎切)者被贓罪沒入官爲奴婢獲者逃亡獲(音迯)得爲奴婢○旃陀羅此云屠者正言旃荼(音途)羅此云嚴熾謂惡業自嚴行時搖鈴持竹爲幖(音標)幟(尺志切通俗文云幑號曰幖私記曰幖幟謂以絳帛書著背上曰幑廣雅云幡也)故若不爾者王必罪之法顯傳云名爲惡人與人別居入城市則擊竹自異人則避之或帶之人皆怖畏○捿田此翻云愛力士名也○譚婆(譚徒紺切)此云食狗肉人○揭恥那此云煮狗人○薩拘盧梯(徒帝切)此云賣姓也○揵拔翻續那羅翻上伎戲

帝王篇第十八

帝王略論曰夫帝王者必立德立功可大可久經之以仁義緯之以文武深根固蔕貽厥子孫一言一行以爲軌範垂之萬代爲不可易所以域中四大王居其一帝力可以鎮萬邦王威可以伏兆庶故金口之遺囑鶴林之顧命慮四衆以微弱恐三寶而衰墜託國之威風藉王之勢力故委寄於帝王仗勅以流通也○因陀羅此云帝正翻天主以帝代之謚法曰德象天地稱帝仁義所生稱王漢制天子稱皇帝其嫡嗣稱皇太子諸侯王之嫡嗣稱世子白虎通曰皇者天之揔美大之稱也煌煌人莫違也不煩一夫不擾一士故爲

皇太昊伏羲氏炎帝神農氏黃帝有熊氏此號三皇少昊金天氏顓頊高陽氏帝嚳高辛氏帝堯陶唐氏帝舜有虞氏此名五帝桓子曰三皇以道治五帝爲德化三皇由仁義五霸用權智王肅云王者雖號稱帝而不得稱天帝而曰天子乃天之子子之與父尊卑相去遠矣金光明經云以天護故復稱天子莊子云夫帝王之德以天地爲宗以道德爲主以無爲爲常逸士傳曰帝堯之時有老人擊壤於路曰吾日出而作日入而息鑿井而飲耕田而食帝何力於我哉○遮闍那或云曷囉闍此云王薩遮經云王者民之父母以法攝護衆生令安樂故白虎通曰王者往也天下所歸往洪範曰無偏無黨王道蕩蕩無黨無偏王道平平孔氏傳曰辯治也吳楚之君僭號稱王仲尼正名以周天子爲天王故春秋云天王狩于河陽韓詩外傳曰君者群也能群天下萬物而除其害者謂之君也班固曰其君天下也炎之如日威之如神涵之如海養之如春譬猶草木之植山林鳥魚之毓川澤叅天地而施化豈云人事之厚薄哉釋氏以自在名王妙玄云轉輪聖王四域自在○斫迦羅伐辢底曷羅闍或遮迦越羅此云轉輪王俱舍云從此洲人壽無量歲乃至八萬歲有轉輪王生減八萬時有情富樂壽量損減衆惡漸盛非大人器故無輪王由輪旋轉應導威伏一切名轉輪王施設足說有四種金銀銅鐵輪應別如其次第勝上中下逆次能王領一二三四洲云云契經從勝但說金輪故契經言若王生在刹帝利種紹灌頂位

於十五日受齋戒時沐浴首身受勝齋戒升高臺殿臣僚輔翼東方忽有金輪寶現其輪千輻具足轂輞衆相圓淨如巧匠成舒妙光明來應王所此王定是轉金輪王轉餘輪王應知亦爾四種輪王威定諸方亦有差別謂金輪者諸小國王各自來迎作如是說我等國土寬廣豐饒安隱富樂多諸人衆惟願天尊親垂教勑我等皆是天尊翼從若銀輪王自往彼土威嚴近至彼方臣伏若銅輪王至彼國已宣威競德彼方推勝若鐵輪王亦至彼國現威列陣剋勝便止一切輪王皆無傷害令伏得勝各安其所勸化令修十善業道故輪王死定得生天慈恩云金輪望風順化銀輪遣使方降銅輪震威乃服鐵輪奮戈始定○摩訶三摩曷羅闍 此云大平等王劫初民主○首圖馱那 或名閱頭檀此云淨飯或翻真淨或云白淨○途盧檀那 此云斛飯○薩縛達 西域記云唐言一切施是如來昔修菩薩行時號避敵棄國潛行至此摩訶伐那伽藍唐言大林遇貧婆羅門方來乞丐遂令羈縛擒往敵王冀以賞財回爲惠施○尸毗迦 西域記云唐言與舊曰尸毗略也○歌利 或名迦利或名迦藍浮此云惡世又云惡生又云無道西域記云羯利王唐言鬬諍舊云歌利訛也○頻婆娑羅 或名瓶沙王此云摸實身摸充實又翻形牢亦云影堅影謂形影皆取體分强壯之義頻婆或云頻毗此翻顏色娑羅此云端正或翻色像殊妙王○波斯匿 或名不黎先尼此云和悅西域記云正名鉢邏斯那侍多唐言勝軍仁王經云是波斯

匿王已於過去十千劫龍光王佛法中爲四地菩薩〇**優填**西域記云訛也正名鄔陀衍那王唐言出愛〇**毗盧釋迦**西域記云舊曰毗流離王訛也〇**鞞羅羡那**秦言勇軍〇**阿闍世**此云未生怨妙樂云母懷之日已有惡心於瓶沙王未生已惡故因爲名或呼婆羅留支此云無指妙樂云初生相者云凶王令升樓撲之不死但損一指故爲名也内人將護呼爲善見〇**阿育**或阿輸迦或阿輸柯此云無憂王〇**補剌拏伐摩**西域記云唐言滿冑無憂王末孫〇**尸羅阿迭多**西域記云唐言戒日愛育四生興崇三寶象馬飲水漉而後飼在位五十餘年野獸狎人〇**僚佉王**（僚汝陽切）亦云霜佉此翻云貝乃珂貝耳〇**邏闍伐彈那**西域記云唐言王增〇**摩訶因陀羅**西域記云唐言大帝無憂王弟寛刑六日獲果出家〇**祇陀**或云祇洹此云戰勝生時父波斯匿戰勝外國西域記云逝多唐言勝林舊曰祇陀訛也諸經言祇樹者西域記云時給孤獨願建精舍佛命舍利子隨瞻揆焉唯太子逝多園地爽塏（口亥切）尋詣太子具以情告太子戲言金徧乃賣善施聞之心豁如也即出金藏隨言布地有少未滿太子請留曰佛誠良田宜植善種即於空地建立精舍世尊即告阿難曰自今已來應謂此地爲逝多樹給孤獨園〇**提黎拏太子**大論秦言好愛西域記云蘇達拏唐言善牙亦云善與〇**闍釋迦**西域記云舊曰車匿訛也亦釋種太子出家令車匿牽揵陟揵陟馬名正云建他歌譯云納經音義云車匿本是守馬奴名淨名疏

云其自恃王種輕諸比丘僧法事時輕笑言如似落葉旋風所吹聚在一處何所評論佛去世後猶自不改佛令作梵壇謂默擯也亦云彼梵天治罪法別立一壇其犯法者令入此壇諸梵不得共語

后妃篇第十九

周禮云天子后立六宮周氏注云前一宮後五宮也五者后一宮三夫人一宮九嬪一宮二十七世婦一宮八十一御妻一宮后正位宮闈體同天座毛詩云關關雎鳩在河之洲窈窕淑女君子好逑作此關雎之詩蓋與文王后妃之德也后妃有關雎之德是幽閑貞專之女宜爲君子之好匹也○**摩訶摩耶**西域記云唐言大術或云大幻晉華嚴摩耶夫人荅善財言我已成就大願智幻法門得此法門故爲盧舍那如來母於閻浮提迦毘羅城淨飯王宮從右脇生悉達太子顯現不可思議自在神力本行經云爾時太子誕生適滿七日其太子母摩耶夫人遂便命終因果經云太子姨母摩訶波闍波提乳養太子如母無异○**瞿夷**此云明女五夢經云是舍夷長者女長者名水光其婦名餘明婦居近城生女之時日將欲沒餘明照其家内皆明因立字云瞿夷即是太子第一妃也第二妃生羅云名耶檀亦名耶輸其父名移施長者第三妃名鹿野其父名釋長者太子以三妃故白淨飯王爲立三時殿大論云釋迦文菩薩有二夫人一名瞿毘耶二名耶輸陀羅羅睺羅母也瞿毗耶是寶女故不孕子○**韋提希**此云思惟觀經云惟願世尊教我思惟教我

正受〇摩利或云末利此云鬘匿王之后西域記譯爲柰因施柰得報也女名勝鬘爲踰闍王妃〇半尸迦此云女十誦云有好善容評堪直半尸迦國爲人欲抄斷故令遣使僧中代受戒

長者篇第二十

西土之豪族也冨商大賈積財鉅萬咸稱長者此方則不然葢有德之稱也風俗通云春秋末鄭有賢人著一篇號鄭長者謂年耆德艾事長於人以之爲長者韓子云重厚自居曰長者天台文句云長者十德一姓貴姓則三皇五帝之裔左貂都寮切右插之家二位高位則輔弼丞相塩梅阿衡三大富富則銅陵金谷豐饒侈靡四威猛威則嚴霜隆重不肅而成五智深智則胷如武庫權奇超抜六年耆年則蒼蒼稜稜物儀所伏七行淨行則白珪無玷所行如言八禮備禮則節度庠序世所式瞻九上歎上則一人所敬十下歸下則四海所歸淨名疏云國內勝人稱爲長者必是貴族雖是貴族爵位卑微不稱姓望雖是高位貧無財德世所不重雖財充積無寵不威物不敬畏雖有大勢神用暗短智人所輕雖有神解明鑒而年在幼物情不揖雖年耆貌皓内行厮音斯惡人所鄙怪雖操行無瑕而外缺禮儀無可瞻愛雖進止容與若上人不睦名不徹遠雖豪貴歌詠無恩及下物所不崇故具十德方稱長者〇須達多亦云修達多或婆須達多西域記云唐言善施或名樂施舊曰須達訛也正名蘇達多勝軍王大臣仁而聰敏積而能散賑乏濟貧哀孤卹老時

美其德號給孤獨孟子曰老而無妻曰鰥(古頑切)老而無夫曰寡老而無子曰獨幼而無父曰孤此四者天下之窮民而無告者今此長者給濟孤獨之人名給孤獨○**邠坻**(邠彼貧切坻直尼切)正云阿那他擯荼陀揭利呵跛底阿那他云無依亦名孤獨擯荼陀此云團施好施孤獨因以爲名○**耆婆**或云耆域或名時縛迦此云能活又云故活影堅王之子善見庶兄奈女所生出胎即持針筒藥囊其母惡之即以白衣裹之棄于巷中時無畏王乘車遥見乃問之有人荅曰此小兒也又問死活耶荅云故活王即勑人乳而養之後還其母四分律云耆婆初詣得叉尸羅國姓阿提棃宇賓迦羅而學醫道經于七年其師即使以一籠器及掘草之具令其於得叉尸羅國面一由旬求覔諸草有不是藥者持來耆婆如教即於國內面一由旬周竟求覔所見草木盡皆分別無有草木非是藥者師言汝今可去醫道已成我若死後次即有汝耆婆經云耆婆童子於貨柴人所大柴束中見有一木光明徹照名爲藥王倚病人身照見身中一切諸病○**瞿史羅**此云守護心舊曰瞿師羅此譯美音○**郁伽**此云威德○**珊檀那**此云護彌

外道篇第二十一

俱舍玄義云學乖諦理隨自妄情不返內覺稱爲外道均聖論云蔽理之徒封著外教辯正論曰九十五種騰翥(之庶切)於西戎三十六部淆亂於東國垂裕云準九十六外道經於中一道是正即佛也九十五皆邪華嚴大論九十六皆邪者以大斥小故百論云順聲聞

道者皆悉是邪○【婆羅門】普門疏云此云淨行劫初種族山野自閑故人以淨行稱之肇曰泰言外意其種別有經書世世相承以道學爲業或在家或出家多恃已道術我慢人也應法師云此訛略也具云婆羅賀磨拏義云承習梵天法者其人種類自云從梵天口生四姓中勝獨取梵名唯五天竺有餘國即無諸經中梵志即同此名正翻淨裔稱是梵天苗裔也○【一闡提】大衆所問品純陀問佛一闡提者其義云何佛告純陀若有比丘及比丘尼優婆塞優婆夷發麁惡言誹謗正法造是重業永不改悔心無慚愧如是等人名爲趣向一闡提道若犯四重作五逆罪自知定犯如是重事而心初無怖畏慚愧不肯發露於佛正法無護惜建立之心毀呰輕賤言多過咎如是等人亦名趣向一闡提道若復說言無佛法衆如是等人亦名趣向一闡提道梵行品云一闡提者不信因果無有慚愧不信業報不見現在及未來世不親善友不隨諸佛所說教誡如是之人名一闡提德王品云一闡名信提名不具信不具故名一闡提入楞伽經曰一闡提有二種一者焚燒一切善根二者憐愍一切衆生作盡一切衆生界願大慧云何焚燒一切善根謂謗菩薩藏作如是言彼非隨順修多羅毗尼解脫說捨諸善根是故不得涅槃大慧憐愍衆生作盡衆生界願者是爲菩薩菩薩方便作願若諸衆生不入涅槃者我亦不入涅槃又梵語闡底迦此云多貪阿闡底迦此云無欲阿顛底迦此云極惡唯識樞要云一名一闡底迦是

樂欲義樂生死故二名阿闡底迦是不樂欲義不樂涅槃故三名阿顛底迦名爲畢竟以畢竟無涅槃性故他謂一闡底迦即焚燒一切善根二阿闡底迦即菩薩大悲二阿顛底迦即無性闡提故樞要云瑜伽唯識説於無性一種闡提又云無種性者現當畢竟二俱不成(此依相宗)○娑毘迦羅亦云劫毗羅此云金頭或云黄髪食米臍外道應法師云舊言食米屑也外道修苦行合手大指及第三指以物縛之往至人家舂穀簸(補過切)米處以彼縛指拾取米屑聚至掌中隨得多少去以爲食若全粒者即不取之亦名鵄(音浮)鳩行外道拾米如鵄鳩行也○瞿伽離亦名瞿波利或名俱迦利此云惡時者調達弟子因謗身子目連梵王與佛訶之不受身瘡即死入大地獄縁出大論十三○蘇氣怛羅此云善星羅云庶兄佛之堂弟庶皃故説爲子佛與迦葉往善星所善星遥見生惡邪心生身陷入至阿鼻獄○離車翻爲皮薄又云同皮或名彌戾車此翻仙族王又云邊地主又云傳集國政其國義讓五百長者遞爲國主故云傳集國政出外爲邊地主又云邊夷無所知者西記云名栗呫(昌栗切)婆子舊訛云離車○彌戾車興福曰惡見也資中曰應是邊邪不正見死墮邊地下賤也長水曰此樂垢穢人亦名蔑戾車彌離車○演若達多此云祠授證真曰此人從神祠乞得故名祠授○迦毘羅梁言青色亦名劫畢羅翻黄色輔行曰此云黄頭頭如金色又云頭面俱如金色造僧佉論具如下出○跋闍此云避善見律云毗舍離王

及夫人未登位時共牧牛兒出門游戲乃以脚蹋牧牛人兒其兒泣向父母說云此無父母子脚蹋我等父母荅云汝等各自避去因此戲處名爲跋闍故翻爲避滅後百年跋闍比丘擅行十事舍那迦那白於七百徃毗舍離重結毗尼舉跋闍過○薩遮尼乾此云離繫自餓外道尼乾亦翻不繫拔髮露形無所貯畜○先尼亦云西儞迦此翻有軍外道

六師篇第二十二

什師云三種六師合十八部第一自稱一切智四教義云邪心見理發於邪智辯才無礙第二得五神通四教義云得世間禪發五神通亦有慈悲忍力刀割香塗心無憎愛第三誦四韋陀經四教義云博學多聞通四韋陀十八大經世間吉凶天文地理醫方卜相無所不知淨名疏將此三種約六師一師有三三六十八種外道師也輔行云六師元祖是迦毘羅支流分異遂爲六宗故今此集列六師焉○富蘭那迦葉什曰迦葉母姓也富蘭那字也其人起邪見謂一切法無所有如虛空不生滅也肇曰其人起邪見謂一切法斷滅性空無君臣父子忠孝之道也事鈔云色空外道以外道用色破欲有以空破色有謂空至極○末伽黎拘賒黎末伽黎此云不見道什曰末伽黎字也拘賒黎是其母也肇曰其人起見謂衆生苦樂不因行得皆自然耳淨覺謂計自然者亦是斷滅自然然是也自如是也婆沙云法應爾不可改易不可徵詰是法爾義自然與法爾同○刪闍夜毘羅胝竹尼切刪闍夜此云正勝毗羅胝此云不作什

曰删闍夜字也毗羅胝母名也其人起見謂要义逕生死彌歷劫數然後自盡苦際也肇曰其人謂道不須求經生死劫數苦盡自得如轉縷力主切圓於高山縷盡自止何假求也疏又云八萬劫滿自然得道○**阿耆多翅舍欽婆羅**什曰阿耆多翅舍字也欽婆羅麄衣也其人起計非因計因著麄皮衣及拔髮煙熏鼻等以諸苦行爲道也肇曰翅舍欽婆羅麄弊衣名也其人著弊衣自拔髮五熱炙身以苦行爲道謂今身併受苦後身常樂○**迦羅鳩馱迦旃延**迦羅鳩馱此云牛領迦旃延此云翦髮肇曰姓迦旃延字迦羅鳩馱其人謂諸法亦有相亦無相○**尼犍陀若提子等**尼犍此翻離繫肇曰尼犍陀其出家揔名也如佛法出家名沙門若提母名也其人謂罪福苦樂本自有定因要當必受非行道所能斷也輔行引什肇注與涅槃經以辨同異後學詳覽天台四念處云阿毗曇中明三種念處謂性共緣對破此三外道有人釋性念處謂觀無生淺名爲相深細觀無生見細法皆生死苦諦名性念處有人專用慧數緣無生空理發真斷結得慧解脫羅漢對破邪因緣無因緣顛倒執性一切智外道也共念處者以禪定助道正助合修亦名事理共觀發得無漏三明六通成俱解脫羅漢對破根本愛慢得五神通外道也緣念處者緣佛三藏十二部文言及一切世間名字所緣處廣非如支佛出無佛世不稟聲教但以神通以悅衆生不能說法緣念處人了達根性善知四辯堪集法藏成無礙大羅漢對破世間韋陀外

道

時分篇第二十三

西域記云時極短者謂刹那也百二十刹那爲一呾刹那六十呾刹那爲一臘縛三十臘縛爲一牟呼栗多五十牟呼栗多爲一時六時合成一日一夜夜三晝三居俗日夜分爲八時晝四夜四月盈至滿謂之白分月虧至晦謂之黑分或十四日或十五日月有大小故也黑前白後合爲一月六月合爲一行日游在内北行也日游在外南行也摠此二行合爲一歲又分一歲以爲六時正月十六日至三月十五日漸熱也三月十六日至五月十五日盛熱也五月十六日至七月十五日雨時也七月十六日至九月十五日茂時也九月十六日至十一月十五日漸寒也十一月十六日至正月十五日盛寒也如來聖教歲爲三時正月十六日至五月十五日熱時也五月十六日至九月十五日雨時也九月十六日至正月十五日寒時也或爲四時春夏秋冬也春三月謂制呾邏月吠舍佉月逝瑟吒月當此從正月十五日至四月十五日夏三月謂頞沙茶月室羅伐拏月婆達羅鉢陀月當此從四月十六日至七月十五日秋三月謂頞濕縛庾闍月迦剌底迦月末伽始羅月當此從七月十六日至十月十五日冬三謂報月磨祛月頗勒窶拏月當此從十月十六日至正月十五日又東夏明時如爾雅云夏曰歲商曰祀周曰年唐虞曰載注曰歲取歲星行一次祀取四時祭祀一訖年取年穀一熟載取物終更始也尚書太傅云夏以

十三月爲正色尚黑以平旦爲朔殷以十二月爲正色尚白以鷄鳴爲朔周以十一月爲正色尚赤以夜半爲朔白虎通曰正朔有三者本天有三統謂三微之月也三微者陽氣始施黃泉萬物微動而未著也十一月之時陽氣始養根株黃泉之下萬物皆赤赤者盛陽之氣故周爲天正色尚赤也十二月之時萬物始芽而白白者陰陽氣故殷爲地正色尚白也十三月之時萬物始建孚甲而出皆黑人得加功故夏爲人正色尚黑也○**颰陀**

劫簸劫簸大論秦言分別時節颰陀秦言善有千萬劫過去空無有佛是一劫中有千佛興淨居諸天歡喜故名善劫此一劫內有四中劫成住壞空義如余撰劫波圖出大論問曰菩薩幾時能種三十二相荅極遲百劫極疾九十一劫此約大劫也然種相好須明四義一種相處準大論云在欲界中非色無色於欲界五道在人道中於四天下閻浮提中於男子身非女人種佛出世時種佛滅不種緣佛身種餘不得種二種相業準大論云用意業種非身口業何以故意業利故問意業有六識爲是何識荅是意識非五識五識不能分別故三種相初有言足安立相先種有言紺青眼相初種大論云雖有是語不必爾也若相因緣和合時便言初種四種相福一切人破正見一人能教令得淨戒正見如是等爲一福具足百福乃成一相○**刹那**楞伽云刹那時不住名爲刹那俱舍云壯士一彈指頃六十五刹那仁王云一念中有九十刹那一刹那經九百生滅毗曇翻爲一念日藏

云我今復說刹那之數一千六百刹那名一
迦羅六十迦羅名模呼律多三十模呼律多
爲一日夜俱舍云時之極少名刹那時之極
長名爲劫通明極少凡有三種俱舍頌曰極
微字刹那色名時極少釋曰分析諸色至一
極微爲色極少分析諸名及時至一字一刹
那爲名極少時極少○**怛刹那**毗曇翻一瞬
僧祇云二十念爲一瞬二十瞬名一彈指○
摩睺羅毗曇翻爲須臾一日一夜共有三十
須臾僧祇云二十羅預名一須臾頌云百二
十刹那爲怛刹那量臘縛此六十此三十須
臾此三十晝夜三十晝夜月十二月爲年於
中減半夜○**迦羅**刊正記云即實時謂毗尼
中識內弟子聽時食遮非時食則實有其時
也故大論云毗尼結戒是世界中實非第一
義中實論又問云若非時食時藥時衣皆迦
羅何以不說三摩耶荅此毗尼中說白衣不
得聞外道何由得聞而生邪見餘經通皆得
聞是故說三摩耶令其不生邪見○**三摩耶**
刊正記云名假時亦名短時長時論云除邪
見故說三摩耶不言迦羅復次有人言一切
天地好醜皆以時爲因論中廣約三世無相
是故時法無實是故說三摩耶令其不生邪
見三摩耶說名時亦是假名時亦名長時短
時者不同外人定執蓋是假說長短而無其
實故若短若長悉名三摩耶見陰界入生滅
假名爲時○**阿留那**或阿樓那或云薩埵漢
言明相明了論云東方已赤通慧指歸云此
方約日未出前二刻爲曉此爲明相也以觀
見掌文爲限是四分明又別宗名地了時謂

見地色分了故又云日出映閻浮樹色名明
相虚空藏經云是初行菩薩明星出時從座
而起向於明星說如是言南無阿嘍那成就
大悲今者初出閻浮提願以大悲覆護我以
言說白大悲虚空藏菩薩於夜夢中示我方
便以是縁故得悔所犯根本重罪

翻譯名義集卷第五

翻譯名義集卷第六

宋姑蘇景德寺普潤大師法雲編

鬼神篇第二十四

鄭玄云聖人之精氣謂之神賢人之精氣謂之鬼尸子云天神曰靈地神曰祇人神曰鬼鬼者歸也故古人以死人爲歸人婆沙云鬼者畏也謂虛怯多畏又威也能令他畏其威也又希求名鬼謂彼餓鬼恒從他人希求飲食以活性命光明疏云神者能也大力者能移山填海小力者能隱顯變化肇師云神受善惡雜報見形勝人劣天身輕微難見淨名疏云皆鬼道也正理論說鬼有三種一無財鬼亦無福德不得食故二少財鬼少得淨妙飲食故三多財鬼多得淨妙飲食故此三種中復各有三初無財三者一炬口鬼謂火炬炎熾常從口出二針咽鬼腹大如山咽如針孔三臭口鬼口中腐臭自惡受苦少財三者一針毛鬼毛利如針行便自刺二臭毛鬼毛利而臭三大癭(於郢切)鬼咽垂大癭自決噉膿多財三者一得棄鬼常得祭祀所棄食故二得失鬼常得巷陌所遺食故三勢力鬼夜叉羅刹毗舍闍等所受富樂類於人天正理論云諸鬼本處琰魔王界從此展轉散趣餘方長阿含云一切人民所居舍宅一切街巷四衢道中屠兒市肆及丘塚間皆有鬼神無有空者凡諸鬼神皆隨所依即以爲名依人名人依村名村乃至依河名河一切樹木極小如車軸者皆有鬼神依止世品云鬼以人間一月爲一日乘此成月歲彼壽五百年由諂誑心作下品五逆十惡感此道身○【琰魔】(琰以

冉切或云琰羅此翻靜息以能靜息造惡者不善業故或翻遮謂遮令不造惡故或閻磨羅經音義應云夜磨盧迦此云雙世鬼官之揔司也亦云閻羅燄魔聲之轉也亦云閻魔羅社此云雙王兄及妹皆作地獄主兄治男事妹治女事故曰雙王或翻苦樂並受故云雙也婆沙顯揚并正法念皆言鬼趣所收瑜伽地獄趣收又瑜伽論問燄摩王爲能損害爲能饒益名法王答由饒益衆生故若諸衆生執到王所令憶念故遂爲現彼相似之身告言汝等自作當受其果由感那落迦新業更不積集故業盡已脫那落迦是故燄摩由能饒益諸衆生故名法王論云此贍部洲下過五百踰繕那有琰魔王國縱廣亦爾○**閃多**此云鬼立世論云鬼道名閃多爲閻摩羅王

名閃多故其生與王同類故名閃多○**闍黎哆**此云祖父文句云衆生最初生彼道名祖父後生者亦名祖父妙樂云亦是後生者之祖父也○**薜荔多**應法師云正言閉麗多此云祖父鬼或言餓鬼餓鬼劣者孔雀經作俾卑寐切禮多○**富單那**此云臭餓鬼主熱病鬼也亦名富多羅○**迦吒富單那**此翻云奇臭餓鬼○**鳩槃茶**亦云槃查亦云俱槃茶此云甕形舊云冬瓜此神陰如冬瓜行置肩上坐便踞之即厭魅鬼梵語烏蘇慢此云厭字苑云厭眠内不祥也蒼頡篇云伏合人心曰厭論衡曰卧厭不寤者也字本作厭後人加鬼○**毗舍闍**亦云毗舍遮又云畢舍遮又云毗舍支又臂舍柘此云噉精氣噉人及五穀之精氣梁言顛鬼○**毗舍佉**或鼻舍佉此云别

枝即是氐宿以生日所值宿爲名○彌栗頭韋陀羅此云妙善主厭禱鬼○彌栗頭虔伽他此云善品主蠱毒也左傳云血蟲爲蠱說文云腹中蟲也○遮文荼舊云嫉妬女又曰怒神即役使鬼也○烏芻瑟摩資中此云火頭此力士觀火性得道故以名也○頻那夜迦舊云頻那是猪頭夜迦是象鼻此二使者○惡祁尼或名些蘇計切吉利多耶尼此云火神書云爆萬物者莫熯乎火然蘊木中古者不知至燧人氏鑽木作火以教天下變生爲熟○婆庾此云風神書云撓萬物者莫疾乎風俱舍云安立器世間風輪最居下則知世界依風而住此二神名出孔雀經○尸利夜神此翻吉祥○諾健那此云露形神即執金剛力士也○鉢健提此云堅固○婆里旱渠

云力士又梵云末羅此云力言力士者梵本無文譯人義立○那羅延翻鉤鎖力士或翻堅固○摩尼跋陀翻威伏行○富那跋陀翻集至成○金毗羅翻威如王○賓頭盧伽翻立不動○車鉢羅婆翻忍得脱○曇摩跋羅翻學帝王○摩竭羅婆翻除曲心○繡利蜜多翻有功勳○勒那翅奢翻調和平○劒摩舍帝翻伏衆根○奢羅蜜帝翻獨處快○薩多琦梨翻大力天○波利羅睺翻勇猛進○毗摩質多此云高遠○琰摩利子眣失冉切翻英雄德○波訶梨子翻威武盛○佉羅騫馱翻吼如雷○鳩羅檀提翻戰無敵○醯摩跋陀翻應舍主○地珂梁云長義淨譯本云地嘌伽此云長大○修涅多羅梁言善眼亦云蘇泥怛羅此云妙目○分那柯梁言滿○設覩嚕或

名爍覩唬此云怨家○僨起羅亦云商金羅此云螺○訶利亦云嘅里此云師子○訶利枳舍亦云歇里鷄舍此云師子髮○波羅赴亦云鉢唎部此翻自在○陀羅那梁言持亦云喇拏此云能持○舜若多沇(音兗)疏云未見誠釋應是主空神入楞伽云利尼迦者名之爲空或呿(丘庻切)提秦云虛空纂要云但無麁相之身亦有微妙之色故云如來光中映令暫見又涅槃明虛空喻乃立三義一無變易亘古騰今時移俗化唯此虛空常無變易故南本三十三云虛空無故非三世攝佛性常故非三世攝善男子如來已得三菩提所有佛性一切佛法常無變易以是義故非三世攝二無邊際物分表裏空無內外故無邊際三十二云我爲衆生得開解故說言佛性非內非外何以故凡夫衆生或言佛性住五陰中如器中有果或言離陰而有猶如虛空是故如來說於中道衆生佛性非內六入非外六入內外合故名爲中道三無罣礙物體質礙空性虛通故三十三云如世間中無罣礙處名爲虛空如來得三菩提已於一切法無有罣礙故言佛性猶如虛空無著云喻虛空者有三因緣一徧一切處謂於住不住相中福生生故二寬廣高大殊勝故三無盡究竟不窮故淨覺云應以徧喻於假寬喻於空無盡喻中又楞嚴云縱令虛空亦有名貌虛空是名顯色是貌孤山釋曰如涅槃說空有四名謂虛空無所有不動無礙也貌謂體貌如雜集論說空一顯色沇疏釋曰小乘以明暗爲體大乘以空一顯色及極逈色爲體(上見空名)

顯色下見空明迴色維摩疏問此虛空譬豈有但空不可得空之殊答空尚不一何得有二若約緣盡相顯非不有殊如大乘經論有破虛空之義即可以譬但空顯不可得空記釋緣盡等者謂雲霧暗緣盡虛空明相顯時或見萬象或但見空可以喻但不但二種真也今問虛空空界二名同異答顯宗論云內外竅隙名空界光暗竅隙顯色差別名虛空界經言虛空無色無見無對當何所依然藉光明顯了又說於色得離染時斷虛空界俱舍云竅隙名空界謂人身中諸骨節間腹藏諸孔穴之空也成實論云四大圍空有識在中故名爲人此以能依身中空名空界所依境內空名虛空問虛空無邊徧一切處光明安云虛空分界尚可盡邊答如楞嚴云當知虛空生汝心內猶如片雲點太清裏是則衆生計乎妄想太虛絕於靈照既迷妄以成空故背覺而有限如天親說有分別及無分別皆名爲識有分別名識識無分別名似塵識如楞嚴想澄成國土即似塵識知覺乃衆生即是識識今述頌曰虛空生我心我心廣無際咄哉迷中人云何自拘繫○**阿羅難陀**梁言歡喜○**鬱庾伽波羅**梁言勤守亦云溫獨伽波羅此云勇進勤護○**吉蔗**或名吉遮正言訖栗著比云所作文句云起尸鬼若人若夜叉俱有此鬼○**侘真**侘徒損切此云神人

畜生篇第二十五

切以乂蘊愚情夭沉慧性資種植於田野受驅策於邊疆錦臆翠毛飛騰碧漢金鱗赬尾游泳清波形分萬殊類徧五道今示旁生令

修正行○**底栗車**此云畜生畜(褚六切)即六畜也禮記注云牛馬羊犬豕鷄輔行云攝趣不盡以五道中皆徧有故又翻畜(許六切)生婆沙云畜謂畜養謂彼横生稟性愚癡不能自立爲他畜養故名畜生○**帝利耶瞿揄泥伽**此云旁行此道衆生多覆身行婆沙云其形旁故其行亦旁刋正云行行不正受果報旁負天而行故云旁行○**那伽**秦云龍說文云龍鱗蟲之長能幽能明能大能小能長能短春分而登天秋分而入地順也廣雅云有鱗曰蛟龍有翼曰應龍有角曰虯(渠幽切)龍無角曰螭龍未升天曰蟠龍本行集經稱佛爲龍者謂世間有愛皆遠離之繫縛解脱諸漏已盡故名爲龍故曰那伽常在定無有不定時智論云如菩薩本身曾爲大力毒龍若衆生在前身力弱者眼視便死身力强者氣噓(音虚)乃死此龍受一日一夜戒出家求靜入於林樹間思惟坐久疲怠而眠龍法若睡形狀如蛇身有文章七寶雜色獵者見之便驚喜言如此希有難得之皮獻上國王以爲莊飾不亦宜乎便以杖按其頭以刀剥皮龍自思惟我力如意傾覆此國其如反掌此人小物豈能困我我今以持戒故不計此身當從佛語於是自忍眠目不視閉氣絶息憐愍此人一心受剥不生悔意既失其皮赤肉在地時日大熱踠轉土中欲趣大水見諸小蟲來食其身爲護戒故復不敢動自思惟言我今此身以施諸蟲爲佛道故今以肉施用充其身後成佛時當以法施以益其心如是誓已身乾命終生忉利天爾時毒龍釋迦文佛是是時獵

師令調達等六師是也諸小蟲者初轉法輪八萬諸天得道者是○宮毗羅此云蛟有鱗曰蛟龍抱朴子曰母龍曰蛟子曰虬山海經蛟似蛇而四脚小頭細頸○叔叔邏此云虬符瑞圖云黃帝時有虬龍黑身無鱗甲背有名字○僧伽彼或㘈(詞孕切)多此云師子大論云如師子王清淨種中生深山大谷中住方頰大骨身肉肥滿頭大眼長光澤明淨眉高而廣牙利白淨口鼻方大厚實堅齒密齊利吐赤白舌雙耳高上髦髮光潤上身廣大膚肉堅著脩脊細腰其腹不現長尾利爪其足安立以身力大從住處出優脊嚬申以口扣地現大威勢食不過時顯晨朝相表師子王力又大論明佛說本事有師子至佛言是師子鞞婆尸佛時作婆羅門師見佛說法來至佛所爾時大衆以聽法故無共語者即生惡念發惡罵言此諸禿輩畜生何異不別好人不知言語以是業故從毗婆尸佛至今九十一劫常墮畜生中此人爾時即應得道以愚癡故自作生死長久今於佛所心清淨故當得解脫新華嚴云譬如大師子吼小師子聞悉皆勇健一切禽獸遠避竄伏佛師子吼諸菩薩等若聞讃歎菩提心聲長養法身妄見衆生慚伏退散法界次第云師子奮迅者借譬以顯法也如世師子奮迅爲二事故一爲奮却塵土二能前走却走捷疾異於諸獸此三昧亦爾一則奮除障定微細無知之惑二能入出捷疾無間廣雅奮振也又梵云嘶(先奚切)字如師子形相也○鄔波僧訶或云優婆僧伽梁云小師子又云狻猊爾雅曰狻猊如

虓(在奸切)猫食虎豹注云即師子出西域大論問何以名師子座答是號名師子非實師子佛爲人中師子佛所生處若牀若地皆名師子座○**伽耶**或那伽或那先此云象異物誌象之爲獸形體特詭(過委切)身倍數牛目不踰豕鼻爲口役望頭若尾馴良承教聽言則跪(渠委切)素牙玉潔載籍所美服重致遠唐奘三藏傳云西域有伽藍以沙彌知寺任相傳昔有苾蒭招命同學遠來禮拜見野象銜花安置塔前復以牙芟(音衫)草以鼻洒水衆見感歎有一苾芻便捨大戒願留供養謂衆人曰象是畜生猶知敬塔我居人類豈覩荒殘而不供事遂結宇疏地種花植果雖涉寒暑不以爲勞隣國聞之共建伽藍即屈知僧務乃爲故事大論云如象王視若欲回身觀時舉身俱轉大人相者身心專一若有所觀身心俱廻○**堙羅那**此云香葉帝釋象王名身長九由旬高三由旬○**瞿摩帝**此云牛易曰服牛乘馬引重致遠注云稼穡之資垂裕記遲云大論曰放牛難陀問佛有幾法成熟能令牛羣蕃息有幾法不成熟令牛羣不增不得安隱佛答牧牛有十一事頌曰解色與相應二摩刷覆瘡痍二放煙并茂草二安隱及度處二時宜留取餘二將護於大牛一比丘亦如是知四大造色一善別愚智相一摩刷六情根一善覆十善相一傳所誦爲煙一四意止茂草一十二部安處一八聖道度處一莫受輕賤請名曰知時宜一知足爲留餘一敬護是將護一此十一事即小乘附事觀心譬喻經云昔二兄弟志念各異兄謂弟曰卿貪家

事以財爲貴吾好經道以慧爲珍今欲捨家歸命福田兄遂出家夙夜精進得成道果弟貪家事命終墮牛肥盛甚大客買運塩往還羸頓不能復前兄游虛空遥見其牛即以威神令弟自知遂爲牛主説其本末賈客聞之捨牛入寺兄常將養死生忉利○揭伽揭去謁切此云犀牛爾雅云南方之美者梁山之犀象注曰犀牛皮角象牙骨又曰犀似豕注云形似水牛○阿濕婆此云馬漢書西域傳云大宛國有高山其上有馬不可得因取五色母馬置其下與集生駒皆汗血因號天馬李伯樂字孫陽行至虞之山坂遇塩車至有一龍馬而人不識用駕塩車遥見伯樂乃嘶伯樂以坐下馬易之日行千里淮南子曰秦穆公與伯樂曰子有使求馬者乎答曰馬不在形容筋骨相也天下之馬若滅若沒臣之子皆下材可告天下之馬有擔纆束薪者九方堙其於馬非臣之下也求馬三月而反曰得馬矣在沙丘牡莫后切而黄及馬至則牝毗忍切而驪公謂伯樂曰子所求馬者毛色牝牡不知敗矣伯樂太息曰一至此乎堙之所覩者天機也得其精而忘其麁見其內而忘其外果千里馬也阿含佛告比丘有四馬一見鞭影即便驚悚二觸毛乃驚三觸肉始驚四徹骨方覺初合聞他聚落無常即驚二如聞已聚落無常生厭三如聞已親無常生厭四如已身病苦方厭涅槃四馬喻生老病死或名婆訶羅此云長毛○密利伽羅此云鹿○磨多此云母○䟦羅娑馱此云堂○悉伽羅此云野音夜干似狐而小形色青黄如狗羣行夜鳴

如狼郭璞云射(音夜)干能緣木廣志云巢於絕巖高木也大論云譬如野干夜半逾城深入人舍求肉不得僻處睡息不覺夜竟惶怖無計慮不自免住則畏死便自定心詐死在地衆人來見有一人云我須其耳言已截去野干自念截耳雖痛但令身在次有人言我須其尾便復截去復有人云須野干牙野干自念取者轉多儻取我頭則無活路即從地起奮其智力絕踊間關遂得自濟行者之心求脫苦難亦復如是生不修行如失其耳老不修行如失其尾病不修行如失其牙至死不修如失其頭輔行記云狐是獸一名野干多疑善聽顏師古注漢書曰狐之爲獸其性多疑每渡河冰且聽且渡故言疑者而稱狐疑述征記云北風勁河冰合要須狐行此物善聽冰下無聲然後過河說文云狐妖獸也鬼所乘有三德其色中和小前大後死則首丘郭氏玄中記曰千歲之狐爲婬婦百歲之狐爲美女然法華云狐狼野干似如三別祖庭事苑云野干形小尾大狐即形大禪經云見一野狐又見野干故知異也

○**摩斯吒**或麼(上聲)迦吒或末迦吒此云獼猴本行經云我念往昔海中有一大虬其婦懷妊思獼猴心食夫言此事甚難我居於海獼猴在山汝且容忍我當求之時虬出岸見猴在樹善言慰問結爲交友我當將汝度海彼岸別有大林花果豐饒汝可下來騎我背上猴依虬言俱下於水虬即報言我婦懷妊思食汝心故將汝來猴即誑言何不預說我心遺留婆羅樹上不持將行善友還回放我取心得已却來虬

即復岸獨猴努力跳上大樹其虬乆停告言速下猴説偈言汝虬計校雖能寛而心智慮甚狹劣汝但審諦自思忖一切衆類誰無心六度經將虬作鱉○舍舍迦此云兔韓子曰宋人耕田中有株兔走觸株折頸而死因釋耕守株冀復得之路人笑矣西域記言劫初時有狐兔猿異類相悦時天帝釋欲驗修菩薩行者降迹應化爲一老夫謂三獸曰二三子善安隱乎無驚懼耶曰涉豐草游茂林異類同歡既安且樂老夫曰聞二三子情厚意寄忘其老獘故此遠尋今正饑乏之何以饋渠位切食曰幸少留此我躬馳訪於是同心虛己分路營求狐沿水濵銜一鮮鯉猿於林野采異花果俱來至止同進老夫唯兔空還游躍左右老夫謂曰以吾觀之爾曹未和狐猿同志各能役心唯兔空還獨無相饋以此言之誠可知也兔聞譏議謂狐猿曰多聚樵蘇方有所作猿狐競馳銜草曳木既已蘊崇猛燄將熾兔曰仁者我身卑劣所求難遂敢以微軀充此一飡辭畢入火尋即致死是時老夫復帝釋身除燼收骸傷歎良乆謂狐猿曰一何至此吾感其心不泯其跡寄之月輪傳於後世○曷利拏總言麞鹿等類○迦陵頻伽此云妙聲鳥大論云如迦羅頻伽鳥在㲉口角切中未出發聲微妙勝於餘鳥正法念經云山谷曠野其中多有迦陵頻伽出妙音聲如是美音若天若人緊那羅等無能及者唯除如來音聲○迦蘭陀此云好聲鳥形如鵲羣棲竹林或言鼠名具如下出○拘耆羅或拘翅羅此云好聲鳥聲好而形醜又云鵶鴟○

【嘶那夜】此云鷹爾雅云鷹隼醜其飛也翬（音揮）注曰鼓翅翬翬然疾孔氏志怪曰楚文王少時雅好田獵天下快狗名鷹畢聚焉有人獻鷹曰非王鷹之儔俄而雲際有一物凝翔飄颻鮮白而不辨其形鷹見於是竦翮（下革切）而升矗（初六切聳上貌）若飛電須臾羽墮如雲血灑如雨良久間有一大鳥墮地而死其鳥兩翅度廣數十里喙（許穢切）邊有黃衆莫能知時博物君子曰此大鵬雛也始飛焉始爲鷹所制文王乃厚賞獻者又言隼者易曰王用射（是亦切）隼於高墉之上孔穎達云隼者貪殘之鳥鸇鷂之屬玉篇云祝鳩也顏師古云隼鷙鳥即今之鶻（胡骨切）也劉向以爲隼近異祥貪暴類也○【臊陀】（臊蘇勞切）或叔迦婆嘻此云鸚鵡說文云能言鳥也山海經曰黃山及數歷山有鳥焉其狀如鴞（五各切）青羽赤喙人舌能言名鸚鵡曲禮曰鸚鵡能言不離飛鳥猩猩能言不離禽獸人而無禮不亦禽獸之心乎雜寶藏經云過去雪山有一鸚鵡父母都盲常取華果先奉父母時有田主初種穀時願與衆生而共噉食鸚鵡於田常采其穀田主案行見撚（子踐切）穀穗便設羅網捕得鸚鵡鳥告主言先有施心故敢來采如何今者而見網捕田主問鳥取穀與誰答言有盲父母願以奉之田主報曰今後常取勿復疑難（云云）佛言爾時鸚鵡我身是也時田主者舍利弗是○【僧婆】（僧斯贈切）或亘婆唐云鴈禮記云季秋之月鴻鴈來賓詩傳云大者曰鴻小曰鴈成公賦曰上揮翮於丹霞下濯足於清泉西域記云昔此伽藍習翫小乘漸教故開三淨之食而此伽

藍遵而不墜其後三淨求不時獲有苾蒭經行忽見羣鴈飛翔戲曰今日衆僧食不充摩訶薩埵宜知是時言聲未絕一鴈退飛當其僧前投身自殪(於計切)苾蒭見已具白衆僧聞者悲感咸相謂曰如來設法導誘隨機我等守愚遵行漸教大乘者正理也宜改先執務從聖旨此鴈垂誡爲誠明導宜旌厚德建窣覩波以瘞鴈焉或名鳧鴈者爾雅云鳧鴈醜其足蹼(音卜)注云脚指閒有幕蹼屬相著古今注云鳧鴈常在海邊沙上餐沙石此非隨陽鴈也李巡曰野曰鳧家曰鶩(音木)○迦頻闍羅此云雉爾雅云雉絕有力奮最健鬬類分六種四方名異晉武庫閉甚密中忽聞雉雊張華曰必是蛇化開視側有蛇蛻焉大論云有時閻浮提人不知禮敬宿舊有德是時菩薩

作迦頻闍羅鳥有二親友象與獼猴共居畢鉢羅樹下自相問言我等不知誰應爲大象言我昔見樹在我腹下獼猴言我曾蹲地手捉樹頭鳥言我於畢鉢羅林食此樹果子隨糞出此樹得生先生宿德禮應供養即時大象背負獼猴鳥在猴上周徧游行禽獸人類見皆行敬斯乃聖人知道德仁義非禮不成故敬事長爲天下之至順也○究究羅(究居求切)此是雞聲鳩鳩吒此云雞易林曰巽爲雞雞鳴節時家樂無憂西京雜記云成帝時交趾越裳國獻長鳴雞以刻漏驗之與晷(音軌)度無差田饒夫曰夫雞戴冠文也足特距武也敵鬬勇也得食相呼義也鳴不失時信也雞有五德君猶烹而食之其所由來近也楞嚴云如雞後鳴瞻顧東方已有精色長水釋曰雞

第二鳴天將曉也孤山釋云三德涅槃名曰義天前受想盡似證尚遥如雞先鳴天色猶昧令行陰盡唯識陰在明悟非久如雞後鳴天有精色齊顔之推云梁時有人常以雞卵白和沐使髮光黑每沐輙破二三十枚臨終但聞髮中啾啾數千雞雛之聲○**斫迦邏婆**此云鴛鴦匹鳥也止則相偶飛則相雙鳥喻品云一者迦鄰提二者鴛鴦游止共俱不相捨離令師釋曰以雄喻常雌喻無常生死有性善故無常即常如二鳥在下涅槃有性惡故常即無常如二鳥高飛是則在高在下雌雄共俱雙游並息其義皆成○**耆婆耆婆迦**此翻生勝天王云生生或翻命法華云命命雜寶藏經云雪山有鳥名爲共命一身二頭識神各異同共報命故曰命命佛本行經佛言往昔雪山有二頭鳥一頭名迦嘍茶一頭名憂波迦嘍茶其憂波迦嘍茶頭一時睡眠近彼寤頭有摩頭迦樹風吹花落至彼寤頭其頭自念雖獨食花若入腹時俱得色力不令彼寤遂黙食花其睡頭寤覺腹飽滿欬噦氣出問言何處得此美食寤頭具答睡頭懷恨後時游行遇毒樹花念食此花令二頭死時憂波迦嘍茶頭語迦嘍茶頭言汝今睡眠我當寤住彼頭纔睡即食毒花其迦嘍茶寤覺毒氣悶何惡食令我不安憂波頭言食此毒花願俱取死於是彼頭即説偈言汝於昔日睡眠時我食妙花甘美味其花風吹在我邊汝返生此大嗔恚凡是癡人莫願見亦莫願與癡共居與癡共居無利益自損及以損他身佛言迦嘍茶鳥即我身是憂波鳥者提

婆達是○舍利此云春鷃黃鸝也詩曰出自幽谷遷于喬木又翻云鶖鷺（鶖七由切）玉篇云水鳥也詩曰有鶖在梁鷺（來故切）爾雅注云白鷺也頭翅背上皆有長翰毛詩云振振鷺於飛○舍羅此云百舌鳥○迦布德迦或迦逋唐言鴿西域記云昔佛於此為衆說法羅者於林網捕羽族經日不獲來至佛所揚言唱曰今日如來在此說法令我網捕都無所獲妻孥飢餓其計安在如來告曰汝今熅火當與汝食如來是時化作大鴿投火而死羅者持歸妻孥共食其後重往佛所如來方便攝化羅者聞法悔過自新捨家修學便證聖果因名所建號鴿伽藍○摩由邏此云孔雀又孔雀綷羽而翱翔俱舍云於一孔雀倫一切種因相非餘智境界唯一切智知證真釋云有情無始熏造一切界趣種子在本識中唯佛能了且舉孔雀一類尚已難知○阿梨耶此云鴟亦作鵄（同充尸切）爾雅云狂茅鴟舍人曰狂一名茅鴟喜食鼠大目也郭璞云今鵍（胡官切）鴟也似鷹而白○姞栗陀此云鷲或揭羅闍此云鵰鷲山海經曰景山多鷲說文鷲鳥黑色多子師曠云南山有鳥名曰羌鷲黃頭赤咽五色皆備西域多此鳥蒼黃目赤食死屍○毗囉拏羯車婆此云龜爾雅明十種之龜莊子曰宋元君夢人被髮曰予為清江使者河伯被漁者預且得予元君使人占之曰此神龜也乃名預且預且鉤得白龜五尺使獻之乃刳（音枯）之以卜七十鑽而無遺策仲尼曰龜能夢於元君不能避預且之網智能七十鑽而無遺策不能避刳腸之患如是則智有

以神智有所不及也法句經云昔有道人河邊學道但念六塵心無寧息龜從河出水狗將噉龜龜縮頭尾四脚藏於甲中不能得便狗去還出便得入水道人因悟我不及龜放恣六情不知死至○**摩竭**或摩伽羅此云鯨魚雄曰鯨雌曰鯢大者長十餘里大論云五百賈客入海採寶值摩竭魚王開口船去甚疾船師問樓上人何所見耶答曰見三日及大白山水流奔趣如入大坑船師云三日者一是實日二是魚目白山是魚齒水奔是入魚口我曹死矣時船中人各稱所事都無所驗中有優婆塞語衆人言吾等當共稱佛名字佛爲無上救苦厄者衆人一心共稱南無佛是魚先世曾受三戒得宿命智聞佛名字即自悔責魚便合口衆人命存莊子云吞舟之魚失水則螻蟻而能制之○**坻彌**具云帝彌祇羅此云大身魚其類有四此最小者京房易傳云海數(所角切)見巨魚邪人進賢人踈○**失收摩羅**(收或作守)善見云鰐魚長二丈餘有四足似鼉齒至利禽鹿入水齧腰即斷又翻殺子魚廣州有之○**臂卑履也**此云蟻子晉書殷仲堪父患耳聰聞牀下蟻動謂之牛鬬賢愚經云長者須達共舍利弗往圖精舍須達自手捉繩一頭舍利弗自捉一頭共經精舍時舍利弗欣然含笑須達問言尊者何笑答言汝始於此經地六欲天中宮殿已成即借道眼悉見六天嚴淨宮殿(云云)復更徙繩時舍利弗慘然憂色即問尊者何故憂色答言汝今見此地中蟻子耶對曰已見舍利弗言汝於過去毗婆尸佛亦於此地起立精舍而

此蟻子在此中生乃至七佛已來汝皆爲佛起立精舍而此蟻子亦在中生至今九十一劫受一種身不得解脱生死長遠唯福爲要不可不種爾雅云有足謂之蟲無足謂之豸(直爾切)二足而羽謂之禽四足而毛謂之獸蟲魚鳥獸種類何窮山水空陸境界無際循環荏(如枕切)苒(音染展轉也)逐物狂愚一念如明萬類俱息宜照本性勿起異意也

翻譯名義集卷第六

翻譯名義集卷第七

宋姑蘇景德寺普潤大師法雲編

地獄篇第二十六

輔行云地獄從義立名謂地下之獄名爲地獄故婆沙云贍部洲下過五百踰繕那乃有其獄然此地獄有大有小如大論云言八大獄者一活二黑繩三合會四叫喚五大叫喚六熱七大熱八阿鼻地獄如是等種種八大地獄復有十六小地獄爲眷屬八寒氷八炎火言八炎火地獄者一名炭坑二名沸屎三名燒林四名劍林五名刀道六名鐵刺林七名鹹河八名銅橛八寒氷獄者一名頞浮陀少多有孔二名尼羅浮陀無孔三名阿羅羅寒顫聲也四名阿婆婆亦患寒聲五名睺睺亦是患寒聲六名漚波羅此地獄外邊作青蓮華色七名波頭摩紅蓮華色罪人生中受苦也八摩訶波頭摩其中受苦隨其作業各有輕重其最重處作上品五逆十惡者感此道身○**那落迦**此翻惡者那落是者義迦是惡義造惡之者生彼處故此標正報也○**捺落迦**或那落迦此云不可樂亦云苦具亦云苦器此標依報也○**泥犂耶**文句云地獄此方名梵稱泥犂秦言無有無有喜樂無氣味無歡無利故云無有或言卑下或言墮落中陰倒懸諸根皆毀壞故或言無者更無赦處○**阿鼻**此云無間觀佛三昧經中阿言無鼻言救成論明五無間一趣果無間捨身生報故二受苦無間中無樂故三時無間定一劫故四命無間中不絕故五行無間如阿鼻相縱廣八萬由旬一人多人皆徧滿故五無間

業瑜伽第九云一害父二害母三害羅漢四破僧五出佛身血○頞部陀俱舍云疱寒觸身分皆悉生皰○尼剌部陀此云疱裂嚴寒所逼身疱裂也此二從相○頞哳吒臛臛婆虎虎婆義府云以寒增甚口不得開但得動舌作哳吒之聲此三約受苦聲以立名○嗢鉢羅此云青蓮華○鉢特摩此云紅蓮華○摩訶鉢特摩此云大紅蓮華此等皆是寒逼其身乃作青紅等色○賔吒羅此云集欲適入尋出雖復在中而無痛苦○阿波那伽低經音義此云惡趣有三惡趣亦名三塗言三塗者擴華云塗道也論語云遇諸塗按四解脫經云地獄名火塗道餓鬼名刀塗道畜生名血塗道塗有二義一取殘害義塗謂塗炭如尚書曰民墜塗炭二取所趣義塗謂塗道

如易云同歸而殊塗然春秋言四岳三塗應法師云春秋有三塗危險之處借此爲名通慧云有本作途非也須作塗泥之塗後人妄云畜生餓鬼地獄名三塗當知此單指地獄也然此指歸之說非但違於吾教四解脫經刀血火三之文又復誣其應師音義後學尋檢自見妄立又諸教典明八難者三惡道爲三四北洲五長壽天六佛前佛後七世智辯聰八諸根不具今述頌曰三塗北洲長壽天諸根不具并世智佛前佛後共八難受此果不得聖化故名難處或以世智辯聰名爲生邪見家淨名䟽明二種八難一者凡夫住事八難二者二乘住理八難事即界內八難理乃界外八難荊溪云若欲略明則有餘中三十心人爲三惡道住無我法名爲北洲地前

法愛如長壽天未有初地十種六根名諸根不具地前智淺如世智辯聰不窮中理如佛前後若實報中位位相望節節作之此並障於中道理也成論明菩薩說四輪摧八難一生中國輪能摧五難謂三塗北洲及長壽天二修正願輪摧世智辯聰三植善因輪摧聾盲瘖瘂四近善人輪摧佛前佛後欲摧八難當習四輪故今示之令思修耳

世界篇第二十七

楞嚴云世爲遷流界爲方位汝今當知東西南北東南西南東北西北上下爲界過去未來現在爲世世界有二種一衆生世界是正報二器世界是依報故楞嚴云由此無始衆生世界生纏縛故於器世間不能超越大論明三種世間一者五衆二者衆生三者國土間之與界名異義同間是隔別間差界是界畔分齊界有二種一者十界二者三界言十界者所謂地獄餓鬼畜生修羅人天此名六凡聲聞緣覺菩薩佛此名四聖指月鈔問十界之名有何顯據答大論云衆生九道中受記所謂三乘道六趣道是知九道即九界也受記作佛十界明矣二三界者一欲界欲有三種一飲食二睡眠三婬欲於此三事希須名欲若有情界從他化天至無間獄若器世界乃至風輪皆欲界攝二色界者形質清淨身相殊勝未出色籠故名色界三無色界者於彼界中色非有故又此三界總舉則六道別分乃二十五有荊溪頌曰四洲四惡趣六欲并梵天四禪四空處無想五那含又此三界通有三種謂小千中千大千也如俱舍云

四大洲日月須彌盧欲天梵世各一千此名小千界此小千千倍說名一中千此千倍大千皆同一成壞昔南山尊者問韋天將軍曰余聞一佛化境三千國土日月歲數或言百億或言千百億答曰如師問百億千百億者經文分明千百億化身釋迦牟尼佛一佛化一日月下何得百分秖言其一但時語訛惑略致斯爾總要言之萬億日月爲一大千熏聞云恐西天數億有大小應以一百小億爲一大億乃成百億日月如是大千皆是釋尊所化之境如法華云如來亦復如是則爲一切世間之父而生三界朽故火宅爲度衆生生老病死憂悲苦惱愚癡暗蔽三毒之火教化令得阿耨多羅三藐三菩提○【他那】此云處眞諦云住處有二一境界處游歷之境爲化在俗之流二依止處爲統出家之衆此即祇園婆沙云舉舍衛令遠人知國是總也舉祇園令近人知園是別也○【須摩題】大論云此云妙意亦好智亦好意彌陀經云阿彌陀佛所居國土名須摩題○【索訶】西域記云索訶世界三千大千國土爲一佛之化攝也舊曰娑婆又曰娑訶皆訛楞伽翻能忍悲華云何名娑婆是諸衆生忍受三毒及諸煩惱能忍斯惡故名忍土如來獨證自誓三昧經云沙訶漢言忍界眞諦三藏云劫初梵王名忍梵王是世界主故名忍土一云雜會世界長水云大千界之都名感通傳云娑婆則大千總號孤山云舉其通名非指大千也○【東弗于建】西域記云海中可居者大略有四焉東毗提訶洲舊曰弗婆提又曰弗于建訛也此

云勝勝南洲故又云前一在諸方之前也又翻爲初謂日初出處也俱舍云東毗提訶洲其相如半月身長八肘壽二百五十○閻浮提訛云剡浮此云勝金大論云閻浮樹名其林茂盛此樹於林中最大提名爲洲此洲上有此樹林林中有河底有金沙名閻浮檀金以閻浮樹故名爲閻浮洲此洲有五百小洲圍繞通名閻浮提刋正云此則河因樹立稱金因河得名長水云或云閻浮果汁點物成金因流入河染石爲金其色赤黄兼帶紫焰西域記云南贍部洲舊曰閻浮提洲又曰剡以冉切浮洲訛也藏鈔云贍部此土無相當故不翻唯西域記音中翻爲穢樹南贍部洲北廣南狹三邊量等其相如車俱舍云贍部洲人身多長三肘半人壽無定限○西瞿耶尼

此云牛貨亦翻取與藏䟽云以彼多牛以牛爲貨俱舍鈔云刧初時因髙樹下有一寶牛爲貨易故西域記云西瞿陀尼洲舊曰瞿耶尼又云劬伽尼訛俱舍云西牛貨洲壽五百歲相圓無缺長十六肘○北鬱單越或鬱怛越此云勝處亦云勝生於四洲中有情處貨皆最勝故亦云高上出餘三方故形如方座四面量等長三十二肘壽滿一千歲故俱舍云諸處有中夭除北俱盧洲以壽定故以樂極故以執堅故聖人不生八難中一若論值佛聞法南洲最上故大論云南洲三事尚勝諸天況北洲乎一能斷婬二識念力三能精進所以諸佛唯出南洲西域記云北拘盧洲舊曰鬱丹越又曰鳩樓訛也金輪王乃化被四天下銀輪王則政隔北拘盧銅輪王則除

北拘盧及西瞿陀尼鐵輪王則唯贍部洲夫輪王者將即大位隨福所感有大輪寶浮空來應感有金銀銅鐵之異

諸國篇第二十八

古之王者建國居民度天地之所合定陰陽之所和仁王經云此贍部洲十六大國五百中國十萬小國楞嚴經云此閻浮提大國凡有二千三百金光明云此閻浮提八萬四千城邑聚落然法身無像豈假地以居之應物有形故隨國而化矣所以佛生迦維衞成道摩竭提說法波羅柰入滅俱尸那故此四處建窣堵波智度論云以報生地恩故多住舍婆提一切衆生皆念生地如偈說一切論議師自愛所知法如人念生地雖出家猶諍以報法身地恩故多住王舍城諸佛皆愛法身如偈說過去未來現在諸佛皆供養法師敬尊重○**印度**西域記云天竺之稱異議糾紛舊云身篤或曰賢豆今從正音宜云印度云云印度者唐言月月有多名斯其一稱云云良以其土聖賢繼軌導凡御物如月照臨由是義故謂之印度云云五印度之境周九萬餘里三垂大海北背雪山北廣南狹形如半月劃野區分七十餘國時特暑熱地多泉濕成光子曰中天竺國東至震旦五萬八千里南至金地國西至阿拘遮國北至小香山阿耨達亦各五萬八千里則知彼爲中國矣梁傳云何承天以博物著名乃問慧嚴曰佛國將用何曆云天竺夏至之日日正中時竪晷無影所謂天中於五行土得色尚黃數尚五八寸爲尺十兩當此土十二兩建辰之月爲歲首及

討覈分至推校薄蝕顧步光影其法甚詳宿度章紀咸有條例承天無所措難後婆利國人來果同嚴說○**婆羅痆斯國**（痆女黠切）西域記云舊曰波羅柰訛也中印度境婆沙云有河名波羅柰去其不遠造立王城或翻江遶城亦云鹿苑○**迦毘羅皤窣都**迦毘羅此云黃色皤窣都此云所依處上古有仙曰黃頭依此修道西域記云劫比羅伐窣堵舊曰迦毗羅衛訛也或名迦維衛或名迦夷此云赤澤或名婆兜釋翅搜此云能仁住處音訛也竺法蘭對漢明云迦毗羅衛者大千之中也宋沙門慧嚴與南蠻校尉何承天共論華梵中邊之義乃引周公測影之法謂此土夏至之日猶有餘陰天竺則無也言測影者周公攝政四年欲求地中而營王城故以土圭測影得潁川陽城於是建都土圭長尺有五寸夏至日晝漏半立八尺之表表北得影尺有五寸影與土圭等此爲地中鄭司農云凡日影於地千里而差一寸當知陽城蓋就此土自爲中耳既有表影豈非餘陰耶況此土東垂大海三万且非由是觀之邊義彰矣○**舍婆提**西域記云室羅筏悉底舊訛云舍衛此云聞物寶物多出此城亦翻豐德一具財寶二妙五欲三饒多聞四豐解脫義淨譯金剛云名稱大城撫華云但得聞義而缺物義此乃憍薩羅國都城之號樵李證真鈔云爲簡南憍薩婆國故廢國名而標城號發軫問諸經中說佛生迦毗羅國何以論云生舍婆提耶答迦毗羅與舍婆提相隣同是中印土境故此言之○**摩竭提**此云善勝又云無惱西域

記云摩竭陁舊曰摩伽陁又曰摩竭提皆訛也中印度境文句記云此云不害刧初已來無刑害故至阿闍世截(五結切)指爲刑後自齧指痛復息此刑佛當生其地故吉兆預彰所以先置不害之名亦名無害文句曰此云天羅天羅者王名以王名國城名王舍〇**羅閱祇伽羅**西域記名曷羅闍姞(渠乙切)利呬(火利切)此云王舍城應法師云羅閱義是料理以王代之摩伽陀國中城名也大論云昔有須陁須摩王是王精進持戒常依實語晨朝乘車將諸婇女入園游戲出城門時一婆羅門來乞而語王言王是大福德人我身貧窮當見愍念賜自少多王言敬如來告當相布施須我出還作此語已入園澡浴嬉戲時兩翅王名曰鹿足空中飛來於婇女中捉王將去諸女啼哭號慟一園驚城內外搔擾悲惶鹿足負王騰躍虛空至所住處置九十九王中須陀須摩王言我不畏死自恨失信我從生來初不妄語今日晨朝出門時一婆羅門來從我乞我時許言還當布施不慮無常辜負彼心自招欺罪是故啼耳鹿足王言汝意欲尒畏此妄語聽汝還去七日布施婆羅門訖當便來還若過七日有我翅力取汝不難須陀須摩王得還本國恣意布施立太子爲王大會人民懺謝之言我智不周初治多不如法當見忠恕如我今日身非已有正尒還去舉國人民及諸親戚叩頭留之願王留意慈蔭此國勿以鹿足鬼王爲慮當設鐵舍奇兵鹿足雖神不畏之也王言不得而說偈言實語第一戒實語升天梯實語爲大人妄語入地

獄我今守實語寧棄身壽命心無有悔恨如是思惟已王即發去到鹿足所鹿足遥見歡喜而言汝是實語人不失信要一切人皆惜身命汝從死得脱還來赴信汝是大人鹿云云足又言汝好說此今相放捨九百九十九王亦布施汝隨意各還本國由此千王共居故名王舍○**拘尸那**此云角城輔行云其城三角故云角也○**毗耶離**亦名維耶離鞞舍隸吠舍離此云廣嚴西域記云吠舍離國舊訛曰毗舍離什師云毗言稻土之所宜也離耶言廣嚴其地平正莊嚴淨名略䟽云此云廣博嚴淨其國寬平名爲廣博城邑華麗故名嚴淨有師翻爲好稻出好粳粮勝於餘國故也有言好道國有道砥直砥音旨平直也有言好道其國人民好樂正道自敦仁義不須君主五百長者共行道法率土人民莫不歸悦○**伽耶**此云山城去菩提道場約二十里西域記云城甚險固城西南五六里至伽耶山谿谷杳冥峰巒危嶮印度國俗稱曰靈山自昔君王馭宇承統化洽遠大德隆前代莫不登封而告成功○**矩奢揭羅補羅城**西域記云唐言上茅宮城多出勝上吉祥香茅摩竭陁國之正中古先君王之所都○**拘蘇摩補羅城**西域記云唐言香花宮濊穀梁曰城以保民爲之華嚴寶眼城天告善財言應守護心城離生死故○**羯若鞠闍**西域記云唐言曲女城中印度境大樹仙人棲神入定經數萬歲從定而起見王百女詣宮來請唯幼稚女而充給使仙人懷怒便惡咒曰九十九女一時腰曲從是之後名曲女城○**羯伐剌拏瞿呾**

羅西域記云唐言金氏出上黃金世以女爲王因以女爲國○烏仗那奘傳唐言苑昔阿輸迦王之苑囿也舊曰烏場或曰烏茶皆訛也北印度境○憍賞彌西域記云舊云拘睒弥訛也中印度境○罽賓此云賤種西域記云迦濕弥羅舊曰罽賓訛也北印度境末田底迦既得其地立五百伽藍於諸異國買鬻(音育)賤人以充役使用供衆僧末田底迦入寂滅後彼諸賤人自立君長鄰境諸國鄙其賤種莫與交親謂之訖利多唐言買得○劫布呾那西域記云曹國○赭時西域記云唐言石國○颯秣建(秣音末)西域記云唐言康國○弭秣賀西域記云唐言米國○屈霜你迦(霜去聲呼)西域記云唐言何國○阿踰闍(踰弋朱切)此云不可戰國○喝捍西域記云唐言東安國○

捕喝或名捕揭西域記云唐言中安國○伐地西域記云唐言西安國○羯霜那西域記云唐言史國○阿耆尼西域記云舊曰烏耆訛也○屈支(屈居物切)西域記云舊曰龜茲又音丘慈○健馱邏西域記云舊曰乾陁衛訛也隋云香行國○曷部多西域記云唐言奇特○佉沙西域記云舊謂疏勒者乃稱其城號言猶訛也正音云室利訖栗多底○至那僕底西域記云唐言漢封河西蕃維質(音致)子所居因爲國號○瞿薩怛那西域記云唐言地乳王未有胤(羊晋切)禱毗沙門像額上剖出嬰兒不飲人乳神前之地忽然隆起其狀如乳神童飲吮(食飲切)遂至成立即其俗之雅言也俗語謂之渙那國匈奴謂之于遁諸胡謂之豁且印度謂之屈丹舊曰于闐訛也○薄佉

羅應是月支在雪山西北或云月氏〇**僧伽羅**西域記唐言執師子非印度境是南海路其祖擒執師子父殺應王慕王畏暴逆重賞遠放船漂寶渚遂立此國〇**震旦**或曰真丹或云旃丹琳法師云東方屬震是日出之方故云震旦華嚴音義翻爲漢地此不善華言樓炭經云葱河以東名爲震旦以日初出耀於東寓故得名也〇**脂那**婆沙二音一云支那此云文物國即讃美此方是衣冠文物之地也二云指難此云邊鄙即貶挫此方非中國也西域記云摩訶至那此曰大唐〇**伊沙那**清涼疏云此云長直謂里巷徑永表知三際故言長表知勝義故言直〇**蔑戾車**裝傳唐言邊地北印度功境皆號蔑戾車〇**乾闥婆城**大論云日初出時見城門樓櫓宮殿行人出入日轉高轉滅但可眼見而無有實名揵闥婆城静苑華嚴音義云西域云樂人爲乾闥婆彼樂人多幻作城郭須臾如故因即謂龍蜃（時忍切）所現輔行云乾城俗云蜃氣蜃大蛤也朝起海洲遠視似有近看即無

衆山篇第二十九

五岳鎮地支那之書備焉七金環山天竺之典載矣或作天龍窟宅或爲賢聖道場翻譯既傳名義當集〇**勢羅**西域記唐言山鄔波世羅翻爲小山廣雅云山産也能産萬物髙者名岳小者名邱〇**蘇迷盧**西域記云唐言妙髙舊曰須彌又曰須彌樓皆訛四寶合成在大海中據金輪上日月之所迴泊諸天之所游舍七山七海環峙環列四面各有一色東黄金南琉璃西白銀北玻瓈隨其方面水

同山色毗曇俱舍云妙高七寶所成故名妙出七金山故名高觀經疏云舉高三百三十六萬里縱廣亦爾○彌樓有人謂彌樓此云光明七金山也金色光明故若準第一義法勝經云須彌樓山則彌樓是須彌山舊譯俱舍須彌亦云彌樓是則梵音有異若據法華云内外彌樓山須彌及鐵圍是則山體亦異○柘迦羅或云灼羯羅又云斫迦羅應法師云此翻云輪山舊云鐵圍圍即輪義譯人義立○耆闍崛大論云耆闍名鷲崛名頭是山頂似鷲增一佛告諸比丘此山乆遠同名靈鷲觀經疏云諸聖仙靈依之而住西域記云宫城東北行三四里至姞（渠乞切）栗陁羅矩吒此云鷲峰亦云鷲臺舊云耆闍崛訛也既棲鷲鳥又類高臺應法師云案梵本無靈義此

鳥有靈知人死活故號靈鷲婆沙云其山三峯如仰雞足似狼之迹亦名狼迹又名普賢山白墡山仙人山負重山○目真隣陁或云目脂隣陁此云石山○鉢羅笈菩提淨名疏云此云安明垂裕云入水最深故名安出諸山上故曰明西域記云唐言前正覺山如來將證正覺先登此山○屈屈吒播陁西域記云唐言雞足山亦名窶盧播陁唐言尊足峻起三峰迦葉既入三峰歛覆三會說法之後餘有無量憍慢衆生慈氏將登此山彈指峰開迦葉授衣火化入滅○因陁羅執羅窶訶西域記云唐言帝釋窟西峰南巖間有大石室廣而不高佛常中止時天帝釋以四十二疑事書石請問佛爲演釋其迹猶在○駿迦（駿勒鄧切）西域記云僧伽羅國東南隅有駿迦山

巖谷幽峻神鬼游舍昔佛於此説駿迦經舊曰楞伽經訛也。補陀落迦或名補涅洛迦此云海島又云小白花西域記云有呾落迦山南海有石天宮觀自在菩薩游舍。優留曼陀亦云優留曼荼此云大醍醐。軻地羅軻苦賀切此譯訶空也地羅者破也名破空山。比羅娑落西域記云唐言象堅山神作象形故曰象堅。彈多落迦西域記云舊曰檀特山訛也。逾健達羅此云雙迹此山之峰有二隴道似車迹故。由乾此譯云雙。陀羅此云持名雙持山。伊沙馱羅此云持軸形如車軸故。朅地洛迦此云檐木山本樹名也。蘛達梨舍那此云善見見者稱善。頞温縛拏此云馬耳山狀如彼故。毗摩怛迦此云有障礙神山。尼民達羅此云地持山形似海中魚故。摩黎或云摩羅耶在南天竺多出栴檀。尼民陀此云持邊七金外邊護持圍繞餘六山故

諸水篇第三十

潤萬物者莫過於水形爲四大氣冠五行禪源詮云水舉名濕指體澄之則清混之則濁堰之則止決之即流今佛教中明水源流故具列之令甄別耳。阿伽此云水釋名云水準也準平物也稱讚淨土佛攝受經明八功德水一澄淨二清冷三甘美四輕軟五潤澤六安和七飲時除飢渴等一切過患八飲已定能長養諸根四大淨覺云清是色入不臭是香入輕冷軟是觸入美是味入調適是法入。阿耨達西域記云贍部洲之中地者阿那婆答多池唐言無熱惱舊曰阿耨達訛也

在香山之南大雪山北周八百里金銀銅鐵琉璃頗胝飾其岸焉金沙彌漫清波皎鏡大地菩薩以願力故化爲龍王於中潛宅出清冷水是以池東面銀牛口流出殑伽河繞池一帀入東南海池南面金象口流出信度河繞池一帀入西南海池西面琉璃馬口流出縛芻河繞池一帀入西北海池北面頗胝師子口流出徙多河繞池一帀入東北海或曰潛流地下出積石山即徙多河之流爲中國之河源孝經緩神契曰河者水之伯○**信度**舊云辛頭此云驗河○**殑伽**殑巨升切此云天堂來見從高處來故又云河神之名以爲河名西域記舊曰恒河又曰恒沙訛也章安云諸經多以恒河沙爲量者有四義故一人多識之二入者得福三八河中大四是佛生處此即四悉檀也○**縛芻**此云青河西域記云舊曰博义訛也○**徙多**此云冷河西域記云舊曰私陀訛也○**阿恃多伐底河**西域記云唐言無勝舊曰阿利羅跋提河訛也典言吚許梨切剌力葛切拏伐底河譯曰有金河是産閻浮金處梁宗法師云佛來此河邊入滅有意河流奔注若生死遄速金砂不動喻佛性常住又因地在此捨身故今至彼入滅章安云相傳熈連秖是跋提今言不尒跋提大熈連小或言廣四丈或八丈在城北跋提量在城南相去百里佛居其間熈連禪尼此云不樂着河度一切諸佛境界經佛言四流欲流有流見流無明流涅槃經說六河謂生死河涅槃河煩惱河佛性河善法河惡法河○**娑竭羅**或娑伽羅此云醎海書曰江漢朝宗于海莊

子曰溟海者天地也淮南子曰海不讓水積以成其大孫卿子曰不積細流無以成海老子曰江海所以能爲百谷王者其善下也潮有朝夕之期故吳都有朝夕之池新華嚴云譬如大海以十種相得大海名不可移奪一次第漸深二不受死屍三餘水入中皆失本名四普同一味五無量珍寶六無能至底七廣大無量八大身所居九潮不過限十普受大雨無有盈溢金剛三昧不壞不滅經云以沃燋山大海不增以金剛輪故大海不減此金剛輪隨時轉故令大海水同一鹹味華嚴云其娑竭羅龍王宮殿中水涌出入海復倍於前其所出水紺琉璃色涌出有時是故大海潮不失時大集云如閻浮提一切衆生身及與外色大海中皆有印象故名海印菩薩亦尔得大海印三昧已能分別一切衆生心行於一切法門皆得慧明華嚴云海有奇特殊勝法能爲一切平等印衆生寶物及川流普能包容無所拒無盡禪定解脱者爲平等印亦如是福德智慧諸妙行一切並修無厭足

○賀邏馱此云池停水曰池廣雅曰沼也

○提大論翻洲爾雅水中可止曰洲大品云須菩提若江河大海四邊水斷是爲洲須菩提色亦如是前後際斷大論云世間洲者如洲四邊無地色等法亦如是前後皆不可得中間亦如或言洲潬（徒亶切）者爾雅謂水內涉堆也渚者爾雅小洲曰渚大涅槃云譬如商人欲至寶渚不知道路有人示之即至寶渚乃獲諸珍大般涅槃喻之爲寶也

林木篇第三十一

毘藍名苑毋摘花而降生菩提覺場佛觀樹而行道居鹿園以説法住鶴林而涅槃既皆依於修林故宜編乎異木○**婆那**正言飯那此云林叢木曰林雜阿含佛告阿難汝遥見彼青色叢林否唯然已見是處名曰優留曼茶山如來滅後百歲有商人子名曰優波掘多當作佛事教授師中最爲第一○**菩提樹**西域記云即畢鉢羅樹也昔佛在世高數百尺屢經殘伐猶高四五丈佛坐其下成等正覺因而謂之菩提樹焉莖幹黄白枝葉青翠冬夏不凋光鮮無變每至涅槃之日葉皆凋落頃之復故法苑云釋迦道樹名阿沛多羅○**娑羅**此云堅固北遠云冬夏不改故名堅固西域記云其樹類斛而皮青白葉甚光潤四樹特高華嚴音義翻爲高遠其林森聳出於餘林也後分云娑羅林間縱廣十二由旬天人大衆皆悉徧滿尖頭針峰受無邊衆間無空缺不相障蔽大經云東方雙者喻常無常南方雙者喻樂無樂西方雙者喻我無我北方雙者喻淨不淨四方各雙故名雙樹方面皆悉一枯一榮後分云東方一雙在於佛後西方一雙在於佛前南方一雙在於佛足北方一雙在於佛首入涅槃已東西二雙合爲一樹南北二雙亦合爲一二合皆悉垂覆如來其樹慘然皆悉變白○**畢利叉**亦名畢落叉此云高顯佛於下降誕則爲高勝名顯天人故曰高顯本行經云是時摩耶夫人立地以手執波羅叉樹枝即生菩薩○**阿輸迦**或名阿輸可大論翻無憂華樹因果經云二月八日夫人往毘藍尼園見無憂華舉右手

摘從右脇出後漢法本内傳云明帝問摩騰法師曰佛生日月可知否騰曰昭王二十四年甲寅之歲四月八日於毘嵐園内波羅樹下右脇而誕故普耀云普放大光照三千界即周書異記云昭王二十四年甲寅之歲四月八日江河泉池忽然泛漲井皆溢出宫殿人舍山川大地咸悉震動其夜即有五色氣入貫太微徧於西方盡作青紅之色昭王即問太史蘇由是何祥耶蘇由曰有大聖人生於西方故現此瑞昭王曰於天下何如蘇由曰即時無他至千年外聲教被此昭王即遣鐫子泉切石記之埋在南郊天祠前周第六主穆王滿五十二年壬申之歲二月十五日佛年七十九方始滅度故涅槃經云二月十五日臨涅槃時出種種光大地震動聲至有頂光徧三千即周書異記云穆王即位五十二年壬申之歲二月十五日旦暴風忽起發損人舍傷折樹木山川大地皆悉震動午後天陰雲黑西方有白虹十二道南北通貫連夜不滅穆王問太史扈音户多曰是何徵也扈多對云西方有大聖人滅度魂相現耳魏曇謨最及唐法琳北山神清法上答高麗問朝代並同荆溪輔行亦云當此周昭王甲寅之歲第二齊王簡栖述頭陀寺記云周魯二莊親昭夜景之鑒洎隨翻經學士費長房撰開皇三寶録佛以周莊王他十年即春秋左傳云魯莊公七年歲次甲午四月八日也生相既顯故普耀云普放大光照三千界即左傳説恒星不現夜明也瑞應經云沸星下現侍太子生故左傳云星隕如雨本行經説虚空無

雲自然而雨左傳又稱與雨偕也又云成道即當第十八主惠王十九年癸亥也示滅即第二十一主匡王五年癸丑二月十五日也時年八十矣孤山注四十二章淨覺造通源記依此費氏朝代由淨名疏云周時佛興星隕如雨故也法琳評曰但據恒星爲驗而云佛生未悟恒星別由他事案文殊師利般涅槃云佛滅度後二百五十年文殊至雪山化五百仙人訖還歸本土放大光明徧照世界入於涅槃恒星之瑞即其時也又長房言佛以周惠王十九年癸亥成道者亦有大過何者按劉向古舊二録云周惠王時已漸佛教一百五十年後老子方說五千文若以惠王之時始成佛者不應經教已傳洛矣第三後周道安法師述二教論云慧光遐照莊王因覩夜明靈液方津明帝以之神夢注云春秋左傳云魯莊公七年歲次甲午四月辛卯夜恒星不現星隕如雨即周之莊王十年也莊王別傳曰遂即易筮之云西域銅色人出也所以夜明非中夏之災也又依什法師年紀及石柱銘並與春秋符同如來周桓王五年歲次乙丑生佛襄王十五年歲在甲申而滅度法琳評曰安之爲論據羅什記羅什記者承安世高安世高者以漢桓帝時在洛陽翻譯信執筆者據桓帝時但羅什秦時始來世髙漢朝先至二師相去垂三百年信彼相承依而爲記非是安論造次繆陳並由當時傳者之過又法顯傳云聖出殷世武乙二十六年甲午時生者辯正評曰雖外游諸國傳未可依年月時乖殊俗實爲河漢又像正記定

平王時戊午歲法琳評曰依像正紀罕見依憑案通慧鷲嶺聖賢録説佛生時凡有八別一夏桀時二商末武乙時三西周昭王時四穆王時五東平王時六桓王時七莊王時八趙伯休梁大周元年於廬山遇弘度律師得佛滅後衆聖黙記推當前周二十九主貞定王亮二年甲戌前後所指時既紛雜故唐貞觀十三年勅遣刑部尚書劉德威等問法琳法師何故傳述乖紊無的可依由是琳師先列其真後陳其妄遂定周昭丙寅歲生周穆壬申世尊示滅從此起筭至今紹興十三年歲次癸亥總計二千九十四年（此依贖禪師清規集筭若依文律師年譜少十三年）西域記云自佛涅槃諸部異議或云已過九百未滿千年或云一千二百餘年或云一千三百餘年或云一千五百餘年

然既古今綿遠東西杳邈不宜確（若角切）執是一非諸故南山律師問天人云此土常傳佛是殷時周昭魯莊等互說不同如何定指答曰皆有所以弟子夏桀時生天具見佛之垂化且佛有三身法報二身則非人見並化登地已上唯有化身普被三千百億天下故有百億釋迦隨人所感前後不定或在殷末或在魯莊俱在大千之中前後咸傳一化感見隨機前後法報常自湛然不足疑也辨朝代竟若論月分如浴佛經云一切佛皆四月八日生也瑞應亦云四月八生薩婆多云二月八生費長房云仲春二月八夜生神清云二月八日大聖誕于迦維洎乎示滅之辰涅槃經曰二月十五日臨涅槃時然此諸文出有異者蓋西域以寅月十六爲歲首以寅月十

五爲歲終彼分三際之殊此立四時之别加復震旦立正三代有異夏正建寅殷正建丑周正建子佛之生滅既準周書日月之數當依姬(音碁)世三寶紀定四月爲二月故北山云周之二月今十二月也而大聖在乎周年故得以十一月言正異今之世也是月也天地否閉龍蛇斯蟄微陽潛布於下泉勾萌未達於上土以茲而生者應氣運而來以茲而滅者應代謝而去然考二月涅槃屬十二月此盡美矣其定誕生亦十二月未盡善也故二教論云周以十一月爲正春秋四月即夏之二月也依天竺用正與夏同又僧史略云江表以今四月八日爲佛生日者依瑞應經也如用周正合是今二月八日今用建巳乃周之六月也詳此濫用建巳月者由聞聲便用不據實求時也又二教論云杜預用晉曆筭辛卯二月五日安共董供奉用魯曆筭即二月七日用前周曆即二月八日也又今北地尚臘八浴佛乃屬成道之節故周書異記云周穆王二年癸未二月八日佛年三十成道正當今之臘八也西域記云菩薩以吠舍佉月後半八日當此三月八日上座部則以吠舍佉月後半十五日當此三月十五日聞諸先記曰佛以生年八十吠舍佉月後半十五日入涅槃當此三月十五日也說一切有部則佛以迦剌底迦月後半八日入涅槃當此九月八日也今詳西域如奘師云建寅爲歲首二月則當建卯四月乃屬建巳況涅槃瑞應翻傳到此適當漢魏之後皆遵夏曆所以天下相傳以卯月爲涅槃以巳月爲降生者

殊有由也諸丈所載年月日異故附此集録示後世○尼拘律陀又云尼拘盧陀此云無節又云縱廣葉如此方柹葉其果名多勒如五升瓶大食除熱痰擴華云義翻楊柳以樹大子小似此方楊柳故以翻之宋僧傳云譯之言易也謂以所有譯其所無如拘律陀樹即東夏楊柳名雖不同樹體是一○多羅舊名貝多此翻岸形如此方椶（子紅切）櫚（力居切）直而且高極高長八九十尺花如黃米子有人云一多羅樹高七仞七尺曰仞是則樹高四十九尺西域記云南印建那補羅國北不遠有多羅樹林三十餘里其葉長廣其色光潤諸國書寫莫不采用○尸陀正云尸多婆那此翻寒林其林幽邃而寒也僧祇云此林多死屍人入寒畏也法顯傳名尸摩賒那漢言

棄死人墓田四分名恐畏林多論名安陀林亦名晝暗林○曳瑟知林（曳移結切）西域記唐言杖林其林修勁（居正切）被滿山谷先有婆羅門聞釋迦佛身長丈六常懷疑惑未之信也乃以丈六竹杖欲量佛身恒於丈端出過丈六如是增高莫能窮實遂投杖而去因植根焉○鞞鐸佉西域記云象堅窣堵波北山巖下有一龍泉是如來受神飯已及阿羅漢於中漱口嚼楊枝因即植根今為茂林後人於此建立伽藍名鞞鐸佉唐言嚼楊枝毘柰耶云嚼（在爵切）楊枝有五利一口不臭二口不苦三除風四除熱五除痰癊四分不嚼楊枝有五過口氣臭不善別味熱癊不消不引食眼不明○彈多抳瑟搋（抳尼倚切　搋丑皆切）彈多此云齒搋此云木謂齒木也長者十二指短者六指多

用竭陀羅木此方無故多用楊枝寄歸傳云大如小指一頭緩嚼淨刷牙關用罷擘博厄切破屈而刮古滑切舌五分嚼已應淨洗棄以蟲食死故○波吒釐西域記云舊云巴連弗邑訛也謂女㮇私呂切又音胥樹也○阿黎或云此方無故不翻其樹似蘭枝若落時必爲七分義淨譯孔雀經頭破作七分猶如蘭香蕱復自解曰梵云頞杜迦曼折利頞杜迦蘭香也曼折利蕱頭也舊云阿黎樹枝既不善本音復不識其事故致久迷然問西方元無阿梨樹也○尸利沙或云尸利灑即此間合昏樹有二種名尸利沙者葉實俱大名尸利駛者葉實俱小又舍離沙此云合歡○荃提荃謂荃草出崐崘山提謂可遷徙提挈也見經音義○伊蘭觀佛三昧海經云譬如伊蘭與栴檀生末利山中牛頭栴檀生伊蘭叢中未及長大在地下時牙莖枝葉如閻浮提竹筍衆人不知言此山中純是伊蘭無有栴檀而伊蘭臭臭若胮屍熏四十由旬其華紅色甚可愛樂若有食者發狂而死牛頭栴檀雖生此林未成就故不能發香仲秋月滿卒從地生成栴檀樹衆人皆聞牛頭栴檀上妙之香永無伊蘭臭惡之氣

翻譯名義集卷第七

翻譯名義集卷第八

宋姑蘇景德寺普潤大師法雲編

五果篇第三十二

律明五果一核果如棗杏等二膚果如棃柰是皮膚之果三殼果如椰子胡桃石榴等四檜果字書空外反麄糠皮謂之檜如松栢子五角果如大小豆等○**頗羅**此云果○**菴羅**正云菴沒羅或菴羅婆利肇注此云柰也柰女經云維耶黎國梵志園中植此柰樹樹生此女梵志收養至年十五顏色端正宣聞遠國七王爭聘梵志大懼乃置女高樓謂七王曰此非我女乃樹所生設與一王六王必怒今在樓上請王平議應得者取之非我制也其夜瓶沙王從伏竇中入登樓共宿謂女曰若生男當還我即脫手金鐶之印付女爲信便出語群臣言我已得女瓶沙軍皆稱萬歲六王罷去後女生故活至年八歲持環印見瓶沙王王以爲太子至二年會闍王生因讓曰王今嫡子生矣應襲(音習)尊嗣遂退其位肇師注云其果似桃而非桃畧疏云柰樹定非柰也又翻爲難分別其果似桃而非桃似柰而非柰此與大經意同經云如菴羅果生熟難分具有四句釋難分別一內外俱生二外熟內生三外生內熟四內外俱熟纂要云舊譯爲柰誤也此果多華子甚少其葉似柳而長一尺廣三指果形似梨而底鉤曲生熟難知可以療疾彼國名爲王樹謂在王城種之○**菴摩勒**肇曰形似檳榔食之除風冷時手執此果故即以爲喻西域記云菴沒羅果而有兩種小者生青熟黃大者始終青色○**阿**

摩勒樹葉似棗華白而小果如胡桃味酸甜可入藥○訶棃勒新云訶梨怛鷄此云天主持來此果爲藥功用至多無所不入○頻婆此云相思果色丹且潤○阿摩落迦西域記云印度藥果之名也○播囉師此云胡桃○鎮頭迦此云柹○篤迦此云栗○居嘍迦嘍音陵此云李○曷樹迦此云鬱勃○惡叉聚資中曰此云綖貫珠無始無明熏習成種種必有果子子相生熏習不斷眞際云惡叉樹名其子似沒石子生必三顆同蔕喻惑業苦三同時具足言惑業苦者惑乃煩惱道業即業道苦謂苦道而此三道通於三土故輔行云分段三道謂見思惑爲煩惱道煩惱潤業爲業道感界內生爲苦道方便三道謂塵沙惑爲煩惱道以無漏業名爲業道變易生死名爲苦道實報三道謂無明惑爲煩惱道非漏非無漏業爲業道彼土變易名爲苦道○摩那陀此云醉果

百華篇第三十三

十輪經云供養有三一利益以四事等二敬心將華表情三修行若有持說即爲供養大品云釋提桓因及三千大千世界中諸天化作華散佛菩薩摩訶薩比丘僧及須菩提上亦供養般若波羅蜜是時三千大千世界華悉周徧於虛空中化成華臺端嚴殊妙須菩提心念是天子所散華天上未曾見如是華華是化華非樹生華是諸天子所散華從心樹生非樹生華釋提桓因知須菩提心所念語須菩提言大德是華非生華亦非意樹生須菩提語釋提桓因言憍尸迦是華若非生

法不名爲華釋提桓因語須菩提言大德但是華不生色亦不生受想行識亦不生須菩提言憍尸迦非但是花不生色亦不生若不生是不名爲色受想行識亦不生若不生是不名爲受想行識以如是華供如是佛顯能所以不二彰依正以無殊號不思議法供養也○**布瑟波**此云華○**弗把提**此云天華○**須曼那**或云須末那又云蘇摩那此云善攝意又云稱意華其色黄白而極香樹不至大高三四尺下垂如蓋須曼女生於須曼花中○**那羅陀**那羅正云捺羅此云人也陀謂陁羅此云持也其華香妙人皆佩之故名人持花也○**末利**亦云摩利此云柰又云鬘華堪作鬘故善見律云廣州有其華藤生此翻黄色花花如黄金色○**巨磨**此方翻爲牛糞中生花○**闍提**此云金錢華○**波羅羅**此云重生華○**婆利師迦**亦云婆師迦又云婆使迦此云夏生華又翻雨華雨時方生故曰雨華○**那婆**此云雜華○**優曇鉢羅**此云瑞應般泥洹經云閻浮提内有尊樹王名優曇鉢有實無華優曇鉢樹有金華者世乃有佛施設論云繞贍部洲有輪王路廣一踰繕那無輪王時海水所覆無能見者若轉輪王出現於世大海水減一踰繕那此輪王路爾乃出現金沙彌布衆寶莊嚴栴檀香水以灑其上轉輪聖王巡幸洲渚與四種兵俱游此路此華方生新云烏曇鉢羅○**分陀利**此云白蓮華㲉師云未敷名屈摩羅將落名迦摩羅處中盛時名分陀利體逐時遷名隨色變故有三名○**優鉢羅**或漚鉢羅或嗢鉢羅此云青蓮

華優鉢羅盤那女生青蓮華中○鉢特摩此云紅蓮華○摩訶鉢特摩此云大紅蓮華大論問諸牀可坐何必蓮華荅牀爲世間白衣坐法又以蓮華軟淨欲現神力能坐其上令不壞故又以莊嚴妙法座故云云又如此華華臺嚴淨香妙可坐○拘勿投亦云拘勿頭此云地喜花亦云拘某陀此云黃蓮華○曼殊沙此云柔軟又云赤華○阿羅歌或阿途此云白花○曼陁羅此云適意又云白花○阿提目多伽舊云善思夷華此云苣藤苣勤似切藤音勝子胡麻也又云此方無故不翻或翻龍舐花其草形如大麻赤花青葉子堪爲油亦堪爲香宗鏡引攝論云苣藤本來是炭多時埋在地中變爲苣藤西方若欲作塗身香油先以華香取苣藤子聚爲一處淹令極爛後取苣藤壓油油遂香也○婆訶迦羅大論云赤華樹○阿樓那或阿盧那此云紅赤色香華如日出前紅赤相梵呼彼相爲阿樓那○育坻直尸切此云相應花○波羅奢華章安云此是樹名其葉青色華有三色日未出時則黑色日正照時華赤色日没時華黄色今取赤色如血義耳經音義云此華樹汁其色甚赤用染皮氎名曰紫礦古猛切○俱蘭吒此云紅色華大論云一人間蓮華十餘葉二天華百葉三菩薩華千葉

衆香篇第三十四

淨名疏云香是離穢之名而有宣芬散馥騰馨之用感通傳天人費氏云人中臭氣上熏於空四十萬里諸天清淨無不厭之但以受佛付囑令護於法佛尚與人同止諸天不敢

不來故佛法中香爲佛事如大論云天竺國熱又以身臭故以香塗身供養諸佛及僧戒德香經阿難白佛世有三種香一曰根香二曰枝香三曰華香此三品香唯能隨風不能逆風故今所列並此三也○乾陀羅耶止言健達此云香張華博物志云有西國使獻香者漢制不滿斤不得受使乃私去著香如大豆許在宮門上香聞長安四面十里經月乃歇華嚴云善法天中有香名淨莊嚴若燒一圓而以熏之普使諸天心念於佛○多阿摩羅跋陀羅多此云性阿摩羅此云無垢跋陀羅此云賢或云藿葉香或云赤銅葉○牛頭栴檀或云此方無故不翻或云義翻與藥能除病故慈恩傳云樹類白楊其質涼冷蛇多附之華嚴云摩羅耶山出旃檀香名曰牛頭若以塗身設入火坑火不能燒正法念經云此洲有山名曰高山高山之峯多有牛頭旃檀若諸天與修羅戰時爲刀所傷以牛頭栴檀塗之即愈以此山峯狀如牛頭於此峯中生旃檀樹故名牛頭大論云除摩梨山無出栴檀白檀治熱病赤檀去風腫摩梨山此云離垢在南天竺國○瞻蔔或詹波正云瞻愽迦大論翻黃華樹形高大新云苫末羅此云金色西域近海岸樹金翅鳥來即居其上○多伽羅或云多伽留此云根香大論云多伽樓木香樹也○波利質多羅此云圓生大經云三十三天有波利質多羅樹其根入地深五由旬高百由旬枝葉四布五十由旬其華開敷香氣周徧五十由旬又翻間錯莊嚴衆雜色華周帀莊嚴法華文句指此爲天樹王

也○拘鞞陀羅此翻云大游戲地樹香也○阿伽樓大論云蜜香樹○兜樓婆出鬼神國此方無故不翻或翻香草舊云白茅香也○迦箅方爾切此云藿呼郭切香○畢力迦或云即丁香○咄嚕瑟劔此云蘇合拱鈔引續漢書云出大秦國合諸香煎其汁謂之蘇合廣志亦云出大秦國或云蘇合國國人采之笮其汁以爲香膏乃賣其滓或云合諸香草煎爲蘇合非一物也○杜嚕此云薰陸南洲異物志云狀如桃膠西域記云南印度阿吒釐國熏陸香樹葉似棠梨亦出胡椒樹樹葉若蜀椒也南方草物狀曰出大秦國樹生沙中盛夏樹膠流沙上○突婆此云茅香○嗢尸羅此云茅香根○先陀婆此云石鹽其香似之因以爲名華嚴云兜率天中有香名先陀婆

於一生所繫菩薩座前燒其一圓與大香雲徧覆法界涅槃云鹽水器馬一名四實智臣善知謂洗時奉水食時奉鹽飲時奉器游時奉馬皆但云先陀婆來章安云此之四義亦與四教四門四句意同皆應次第對鹽等四○羯布羅此云龍腦香羯或作劫三藏傳云私身異葉華果亦殊初采木濕未有香乾則順理析之中有香狀如雲母白如氷雪也○莫訶婆伽此云麝○多揭羅此云零陵南越志云土人謂之鷰草芸香說文云芸草似苜莫六切蓿音叔淮南云芸可以死而復生○阿伽嚧或云惡揭嚕此云沉香華嚴云阿那婆達多池邊出沉水香名蓮華藏其香一圓如麻子大若以燒之香氣普熏閻浮提界異物誌云出日南國欲取當先斫樹壞著地積久外

朽爛其心堅者置水則沉曰沉香其次在心白之間不甚精堅者置之水中不沉不浮與水平者名曰棧香○**拙具羅**或窶具羅或求求羅此云安息○**荼矩磨**此云鬱金周禮春官鬱人釆取以鬯(音帳)酒說文云鬱金草之花遠方所貢方物鬱人合而釀之以降神也宗廟用之○**鷄舌**五馬洲出南洲異物誌曰是草萎可合香箋外國胡人說衆香共是一木華爲雞舌香○**薩闍羅婆**或薩折羅婆此翻白膠香

七寶篇第三十五

佛教七寶凡有二種一者七種珍寶二者七種王寶七種珍寶畧引四文佛地論云一金二銀三吠琉璃四頗胝迦五牟呼婆羯洛婆當硨磲也六遏濕摩揭婆當瑪瑙七赤珍珠無量壽經云金銀琉璃頗梨珊瑚瑪瑙硨磲恒水經云金銀珊瑚眞珠硨磲明月珠摩尼珠大論云有七種寶金銀毘瑠璃頗梨硨磲碼碯赤眞珠二七種王寶者晉譯華嚴經云王得道時於其正殿婇女圍繞七寶自至一金輪寶名勝自在二象寶名曰青山三紺馬寶名月勇疾風四神珠寶名光藏雲五主藏臣寶名曰大財六玉女寶名淨妙德七主兵臣寶名離垢眼得是七寶於閻浮提作轉輪王○**蘇伐羅**或云修跋拏此云金大論云金出山石沙赤銅中許愼云金有五色黃金爲長久埋不變百陶不輕眞諦釋金四義一色無變二體無染三轉作無礙四令人富以譬法身常淨我樂四德耳○**跋折羅**亦云斫迦羅大論云越闍新云縛左羅西域記云伐羅

闍此云金剛起居注云晉武帝十三年燉煌有人獻金剛寶生於金中色如紫石英狀如蕎麥百鍊不消可以切玉如泥什師云如有方寸金剛數十里内石壁之表所有形色悉於是現大經云如金剛寶置之日中色則不定金剛三昧亦復如是若在大衆色則不定大論云金剛寶者帝釋所執與修羅戰碎落閻浮薩遮尼乾經云帝釋金剛寶能滅阿脩羅智碎煩惱山能壞亦如是無常經云金剛智杵碎邪山永斷無始相纏縛○**爍迦羅**乃堅固義此同金剛○**阿路巴**或惹多此云銀大論云銀在燒石中爾雅云白金謂之銀其美者謂之鐐○**瑠璃**或作琉此云青色寶亦翻不遠謂西域有山去波羅柰城不遠山出此寶因以名焉應法師云或加吠字或加毗字或言毘頭梨從山爲名乃遠山寶也遠山即須彌山也此寶青色一切寶皆不可壞亦非煙焰所能鎔鑄唯鬼神有通力者能破壞又言金翅鳥卵殼鬼神得之出賣與人或名紺琉璃釋名云紺含也青而含赤色也古字但作流離左太冲吳都賦云致流離與珂珬皆寶名後人方加其玉○**珊瑚**珊蘇干切瑚音胡梵語鉢攞娑福羅外國傳曰大秦西南漲海中可七八百里到珊瑚洲洲底盤石珊瑚生其上人以鐵網取之任昉述異記曰珊瑚樹碧色生海底一株數十枝枝間無葉大者高五六尺小者尺餘應法師云初一年青色次年黃色三年蟲食敗也大論云珊瑚出海中石樹○**阿濕摩揭婆**此云虎珀其色紅瑩博物誌云松脂入地千年化爲茯苓茯苓千年化爲

虎珀廣誌云生地中其上及傍不生草木深者八九尺大如斛削去上皮中是琥珀○**牟娑洛揭拉婆**或云牟呼婆羯落婆此云青白色寶今名車渠尚書大傳云大貝如車之渠渠謂車輞其狀類之故名車渠渠魁也後人字加玉石○**摩羅伽隸**此云瑪瑙此寶色如馬之腦因以爲名赤白色琢成器有文如纏絲馬梵名謨薩羅揭婆謨薩羅此云杵揭婆此云藏或言胎者取馬腦堅實爲名也○**頗梨**或云塞頗胝迦此云水玉即蒼玉或云水精又云白珠刋正記云正名窣坡致迦其狀似此方水精然有赤有白大論云譬如過千歲氷化爲頗梨○**釋迦毘楞伽**此云能勝○**摩尼**或云踰摩應法師云正云末尼即珠之總名也此云離垢此寶光淨不爲垢穢所染或加梵字顯其淨也又翻增長有此寶處增長威德大品云如摩尼寶若在水中隨作一色以青物褁水色即青若黃赤白紅縹（敷沼切）物褁隨作黃赤白紅縹色又大品阿難問憍尸迦是摩尼寶爲是天上寶爲是閻浮提寶釋提桓因言是天上寶閻浮提人亦有是寶但功德相少不具足大論云有人言此寶珠從龍王腦中出人得此珠毒不能害入火不燒輔行曰亦云如意似如唐梵不同大論華嚴云如意摩尼似如並列二名若法華云摩尼珠等似如體別大莊嚴論有摩尼珠大如膝蓋大論云如意珠壯如芥粟又云如意珠出自佛舍利若法沒盡時諸舍利皆變爲如意珠觀經指如意爲摩尼天台云摩尼者如意也○**摩羅伽陀**大論云此珠金翅鳥口邊

出綠色能辟一切毒○**因陁尼羅**大論此云天赤珠○**鉢摩羅伽**大論此云赤光珠佛地論云赤蟲所出或珠體名爲赤珠智論云眞珠出魚腹中蛇腦中漢書云珠蚌中陰精隨月陰盈虛○**甄叔迦**此云赤色寶西域傳有甄叔迦樹其華色赤形大如手此寶色似此華因名之慈恩上生經疏云甄叔迦狀如延珪似赤疏璃○**摩訶尼羅**大論云此翻大青珠○**金銀生像**沙彌十戒第九不捉金銀生像南山云胡漢二彰謂胡言生像此翻金銀也善見云生色似色似即像也謂金則生是黃色銀則可染似金故云生像指歸云況於闐語與五印語不同若四分到於闐自經一番翻了經本到唐則爲重也○**吉由羅**或枳由邏此云瓔珞○**彌阿羅**此云金帶○**曷剌**

怛那羯婆此云寶臺亦云寶藏

數量篇第三十六

理非數量如虛空無丈尺事有法度猶丈尺約虛空故大品須菩提白佛無數無量無邊有何等義佛言無數者名不墮數中若有爲性中無爲性中無量者量不可得若過去若未來若現在無邊者諸法邊不可得雖性非筭數所知而相有分齊之量今附此集編出數量俱舍論五十二數皆從一增至十也謂一十百千萬洛叉(億也)度洛叉(兆也)俱胝(京也)末陀(秭也)阿庾多(垓也)大阿庾多(壤也)那庾多(溝也)大那庾多(澗也)鉢羅庾多(正也)大鉢羅庾多(載也)矜羯羅(或甄迦羅)大矜羯羅　頻婆羅(或頻跛羅)大頻婆羅　阿閦婆(或阿芻婆)大阿閦婆　毗婆訶　大毗婆訶　嗢蹭伽　大嗢蹭伽　婆喝那　大婆

喝那　地致婆　大地致婆　醯都　大醯都　羯臈縛　大羯臈縛　印達羅　大印達羅　三磨鉢躭　大三磨鉢躭　揭底　大揭底　枯筏羅闍　大枯筏羅闍　姥達羅　大姥達羅　跋藍　大跋藍　珊若　大珊若　毗步多　大毗步多　跋羅攙（士咸切）　大跋羅攙　阿僧企耶○筭經黃帝爲數法有十等億兆京秭（音姊）垓壤溝澗正載風俗通云千生萬萬生億億生兆兆生京京生秭秭生垓垓生壤壤生溝溝生澗澗生正正生載載地不能載也億分四等一以十萬爲億二以百萬爲億三以千萬爲億四以萬萬爲億虞書曰自伏犧畫八卦由數起律歷志引書曰先其筭命本起於黃鍾之數始於一而三之三積之歷十二辰之數十有七萬七千一百四十七而五數備矣（孟康曰初以子十乘三三餘則轉因其成數以三乘之歷十二辰得是積數也五行陰陽之數備矣）其筭法用竹徑一分六寸二百七十一枚而成六觚（音孤）爲一握（六觚六角也度角至角其度一寸面容一分）其數以易大衍之數五十其用四十九成陽六爻得周流六虛之象也論語周衰官失孔子陳後王之法曰謹權量（權衡嘉量）審法度修廢官舉逸民四方之政行矣漢書衡權者衡平也權重也衡所以任權而均物平輕重也其道如底（師古曰底平也）以見準之正繩之直左旋見規右折見矩其在天也佐助璇璣斟酌見指以齊七政（師古曰日月五星也）故曰玉衡權者銖兩斤鈞石也所以稱物平施知輕重也本起於黃鍾之重一龠（音藥）容千二百黍重十二銖兩之爲兩二十四銖爲兩十六兩爲斤三十斤爲鈞四鈞爲石

忖爲十八易十有八變之象也（孟康曰忖度也度其義有十八也黃鍾龠銖兩鈞斤石凡七與下十一象爲十八也）○洛义或落沙此云十萬○倶胝或拘致此云百億○那由他或云阿庾多或云術那或那術此云萬億○阿僧祇或阿僧企耶此云無央數楚詞云時猶未央王逸曰央盡也大論云僧祇秦言數阿秦言無問幾時名阿僧祇答天人中能知筭數者極數不能知是名一阿僧祇如一一名二二二名四三三名九十十名百十百名千十千名萬十萬名億千萬億名那由他千萬那由他名頻婆千萬頻婆名迦他過迦他名阿僧祇菩薩地持經云一者日月晝夜歲數無量名阿僧祇二者大劫無量名阿僧祇○優波尼沙陀清涼疏云此云近少謂微塵是色之近少分也亦翻近對謂少分相近

比對之分應法師云論中義言因果不相似也以珍寶等但得三界果報無漏善法得佛果也○歌羅分經音義云如以一毛析爲百分一分名歌羅分論以義翻名爲力勝以無漏善法勝有漏也○迦羅清涼疏此云豎析人身一毛以爲百分○褒羅那地耶（褒布刀切）此云舊第二○佉盧十佉盧爲一佉梨○佉梨此云斛律歷誌云量者龠（音藥）合（音閤）升斗斛也所以量多少也本起於黃鍾之龠用度數審其容以子穀秬（音巨）黍中者千有二百實其龠以井水準其槩（孟康曰槩欲其槪故以水平之井水清清則平也）合龠爲合十合爲升十升爲斗十斗爲斛而五量嘉矣量多少者不失圭撮（應劭云圭自然之形陰陽之始四圭曰撮三指撮之也）○婆訶此云篅（音垂）盛穀圓笆也篅受二十斛倶舍云頞部陀壽量如一婆訶

麻百年除一盡此言一篇二十斛麻百年之間除去一升除盡麻時頞部壽滿也○【迦利沙鉢拏】八十枚貝珠爲一鉢拏十六鉢拏爲迦利沙鉢拏○【踰善那】此云限量又云合應（計應合爾許度量）業疏云此無正翻乃是輪王巡狩一停之舍猶如此方館驛西域記云夫數量之稱踰繕那者舊曰由旬又曰踰闍那又曰由延皆訛畧也踰繕那者自古聖王一日軍行舊傳一踰繕那四十里印度國俗乃三十里聖教所載唯十六里大論云由旬三別大者八十里中者六十里下者四十里謂中邊山川不同致行里不等窮微之數分一踰繕那爲八拘盧舍分一拘盧舍爲五百弓分一弓爲四肘分一肘爲二十四指分一指節爲七宿麥乃至虱蟣隙塵牛毛羊毛兎毫同水次第七分以至細塵細塵七分爲極細塵極細塵者不可復析析即歸空故曰極微也俱舍頌曰極微微至水兎羊毛隙塵蟣虱麥指節後後增七倍二十四指肘四肘爲弓量五百俱盧舍此八踰繕那○【一箭道】嘉祥云二里或云取射垛一百五十步或云百三十步或云百二十步漢書律歷志曰度長短者不失毫釐（孟康曰毫兎毫也十毫曰釐）又曰度者分寸丈尺引也所以度（大各切）長短也本起黃鍾之長以子穀秬黍中者（師古曰子穀猶言穀子耳秬即黑黍先取北方爲號一黍之廣度之九十分中者不大不小言黑黍穀子大小中者率爲分寸）黃鍾之長一爲一分十分爲寸十寸爲尺十尺爲丈十丈爲引而五度審矣○【一磔手】通俗文云張申曰磔（陟各切）周尺人一尺佛二尺唐於周一寸上增二分一尺上增二寸蓋周尺八寸也

賈逵曰八寸曰咫音紙言膚寸者四指曰膚兩指曰寸言一指者佛指濶二寸○一肘人一尺八寸佛三尺六寸言一圍者莊子音云徑尺曰圍言一仭者說文云仭謂申臂一尋也史記并鄭玄皆云七尺曰仭小雅四尺謂之仭倍謂之尋尋舒兩肱或曰五尺曰尋倍尋曰常○拘盧舍此云五百弓亦云一牛吼地謂大牛鳴聲所極聞或云一鼓聲俱舍云二里雜寶藏云五里○槃陀此云二十八肘華嚴大數增至百二十五見阿僧祇品

翻譯名義集卷第八

翻譯名義集卷第九

宋姑蘇景德寺普潤大師法雲編

什物篇第三十七

經音義云什者十也聚也雜也亦會數之名也謂資生之物莊子關尹曰凡有貌象聲色者皆物也易曰天地絪(音因)縕(於云切)萬物化醇玉篇云凡生天地之間皆謂物也事也類也

○佉啁羅(啁竹交切)此云小長牀○摩偷又云窣唎翻酒大論酒有三種一者穀酒二者果酒蒲萄阿梨咤樹果如是等種種名爲果酒三者藥酒種種藥草合和米麴甘蔗汁中能變成酒同跡畜乳酒一切乳熱者可中作酒漢書酒者天之美禄所以頤養天下享祀祈福扶衰養疾陶侃(空汗切)嘗曰少時有酒失亡親見約故不敢多飲或云醞者釀也蒼頡篇云酒母也或云醪(力刀切)蒼頡篇謂有滓酒大莊嚴論云佛說身口意三業之惡行唯酒爲根本復墮惡行中○蔡指歸云那爛陀僧吉祥月云西域立表量影影梵云蔡此云影朝蔡倒西去便以脚足前後步之數足步影也新毘柰耶云佛言應作商矩法取細籌長二尺許折一頭四指竪至日中度影長短是謂商矩一說商矩二尺屈折頭轉如人脚影故人濫用○毘嵐(音婪)亦云隨藍此云迅猛風大論云八方風不能動須彌山隨嵐風至碎如腐草佛地論明八風得可意事名利失可意事名衰不現誹撥名毀不現讚美名譽現前讚美名稱現前誹撥名譏逼惱身心名苦適悅身心名樂淨名疏云行堅固慈者則心如金剛成真慈心不爲界内外八風之所毀損荆

溪云外無八相秖是違順真中不同故與內別○差羅波尼或纖羅半尼此云灰水○朱利草大論云秦言賊○阿伽陀此云普去能去衆病又翻圓藥華嚴云阿伽陀藥衆生見者衆病悉除律鈔云報命支持勿過於藥藥名乃通要分爲四一時藥者從旦至中聖教聽服事順法應不生罪累二非時藥者諸雜漿等對病而設時外開服限分無違三七日藥者約能就法盡其分齊從以日限用療深益四盡形藥者勢力既微故聽久服方能除患形有三種一盡藥形二盡病形三盡報形○薩哀煞地西域記云唐言蛇藥佛昔爲帝釋時遭飢歲疾疫流行醫療無功道殣(渠吝切左傳路死人也)相屬帝釋悲愍思所救濟乃變其形爲大蟒身殭屍川谷(死不朽也)空中徧告聞者感

慶相率奔赴隨割隨生療飢療疾○優檀那妙玄云此云印亦翻宗印是楷定不可改易釋名云印信也所以對物爲驗也說文云執政所持信○婆利或盋句奢翻曲鉤○亟縛屣或名革屣此云靴佛昔於阿畚(部本切)茶國聽著亟縛屣(所綺切)說文皮作曰履麻作曰屨(音句)○富羅正言腹羅譯云短靿(於教切)靴○舍樓伽此云藕根是也○佉勒迦此云著穀麥篇○勿伽此云胡豆即綠豆也○塞畢力迦此云苜蓿漢書云罽賓國多苜蓿○興渠訛也應法師此云少正云興宜出烏茶娑他那國彼人常所食也此方相傳爲芸臺者非也此是樹汁似桃膠西國取之以置食中今阿魏是也慈愍三藏云根如蘿蔔出土辛臭慈愍冬到彼土不見其苗蒼頡篇葷辛菜也凡

物辛臭者皆曰葷○

葷辛

葷而非辛阿魏是也辛而非葷薑芥是也是葷復是辛五辛是也梵網經云不得食五辛言五辛者一葱二薤(下戒切)三韮(音九)四蒜五興渠準楞嚴經食有五失一生過二天遠三鬼近四福消五魔集一生過者經云是五種辛熟食發婬生啖增恚二天遠者經云食辛之人縱能宣說十二部經十方天仙嫌其臭穢咸皆遠離三鬼近者經云諸餓鬼等因彼食次舐(甚爾切)其唇吻常與鬼住四福消者經云福德日消長無利益五魔集者經云是食辛人修三摩地菩薩天仙十方善神不來守護大力魔王得其方便現作佛身來爲說法誹毀禁戒讃婬怒癡命終自爲魔王眷屬受魔福盡墮無間獄又楞伽經大慧問曰彼諸菩薩等志求佛道者酒肉及與葱飲食爲云何惟願無上尊哀愍爲演說佛告大慧有無量因緣不應食肉然我今當爲汝畧說謂一切衆生從本巳來展轉因緣常爲六親以親想故不應食肉驢騾駱駝狐狗牛馬人獸等肉屠者雜賣故不應食肉不淨氣分所生長故不應食肉衆生聞氣怒主恐怖如旃陁羅及譚婆等狗見憎惡驚怖群吠故不應食肉又令修行者慈心不生故不應食肉凡愚所嗜臭穢不淨無善名稱故不應食肉令諸鬼術不成就故不應食肉以殺生者見形起識深味著故不應食肉彼食肉者諸天所棄故不應食肉令口氣臭故不應食肉多惡夢故不應食肉空閑林中虎狼聞香故不應食肉又令飲食無節量故不應食肉令修行者不生猒離故不應食肉

我常說言凡所飲食作食子肉想作服藥想故不應食肉聽食肉者無有是處復次大慧過去有王名師子蘇陁婆食種種肉遂至食人臣民不堪即便謀反斷其俸禄以食肉者有如是過故不應食肉一切肉與葱及諸韮蒜等種種放逸酒修行常遠離善見論云食大蒜咽咽得提餘細薤葱不犯西域記云菜則有薑芥苽瓠（胡護二音）葷陀菜等葱蒜雖少噉食亦希家有食者驅令出郭佛設漸化通食三種淨肉所謂一不見殺二不聞殺三不疑殺或言五淨加自死肉及鳥殘肉楞伽梵網並皆斷制○

印 大論云佛法印三種一者一切有爲法念念生滅皆無常二者一切法無我三者寂滅涅槃行者知三界皆是有爲生滅作法先有今無今有後無念念生滅相續相似生故可得見知如流水燈焰長風相似相續故人以爲一衆生於無常法中常顛倒故謂去者常住是名一切作法無常印一切法無我諸法內無主無作者無知無見無生者無造業者一切法皆屬因緣屬因緣故不自在不自在故無我我相不可得故如破我品中說是名無我印（云云）寂滅者是涅槃三毒三衰火滅故名爲寂滅印問曰寂滅印中何以但一法不多說荅曰初印中說五衆二印中說一切法皆無我第三印中說二印果是名寂滅印一切作法無常則破我所外五欲等若說無我破內我法我我所破故是寂滅涅槃論又問曰摩訶衍中說諸法不生不滅一相所謂無相此中云何說一切有爲作法無常名爲法印二法云何不相違荅曰觀無

常即是觀空因緣如觀色念念無常即知為空過去色滅壞不可見故無色相未來色不生無作無用不可見故無色相現在色亦無住不可見不可分別知故無色相無色相即是空空即是無生無滅無生無滅及生滅其實是一說有廣畧問曰過去未來色不可見故無色相現在色住時可見云何言無色相荅曰現在色亦無住時如四念處中說若法後見壞相當知初生時壞相以隨逐微細故不識如人著屐若初日新而無故後應常新不應有故若無故應是常常故無罪無福無罪無福故則道俗法亂復次生滅相常隨作法無有住時若有住時則無生滅以是故現在色無有住

顯色篇第三十八

阿毗曇論明三種色一者可見有對色即色塵一法為可所見假極微所成名為有對二者不可見有對色謂眼等五根此勝義根也聲等四塵此之九法非眼所見皆假極微所成三者不可見無對色即無表色唯識宗明第八識變三種色一唯麁非細即山河大地第二亦麁亦細内身浮塵色對山河等色即細比内身中五根即麁三唯細非麁即内五根此即大乘勝義五根以能造八法不可見有對淨色而為體性也瑜伽論及五蘊論明三種色謂顯色形色表色開顯色為十三謂青黄赤白光影明暗煙雲塵霧空一顯色開形為十謂長短方圓麁細高下若正不正開表為八謂取捨屈伸行住坐卧俱捨出無表色者謂無所表彰也涅槃出無作色者謂無

所作爲也薩婆多出無教色者謂無所教示也事鈔釋云教者作也不可教示於他業疏云此明業體一發續現不假緣辨無由教示方有成用即體任運能酬來世故云無教大論明四種色受色(受戒時得律儀)止色(惡不善業止也)用色(如衆僧受用檀越所施之物也)不用色(餘無用之色也資持云四分二非爲體體從心發然限在小宗曲於權意別立異名退非是)小進不成大宻使行人心希實道多方之義其在茲焉○俱蘭吒此云色質礙曰色○伊尼延或伊泥延此云金色正言鹥(烏奚切)尼延大論明三十二相第八名伊泥延鹿腨(乳兖切)相隨次傭(丑凶切均也直也齊等也)纖(思廉切微也細也)○蘇樓波此云妙色經云妙色湛然常安住不爲生老病死遷○尼羅此云青色東方甲乙歲星屬木○阿盧那此云赤色南方丙丁熒惑屬火○盧醯咀迦(醯馨兮切咀在呂切)西域記云唐言赤色○迦沙野此云赤色梵音呼異今具録之○叔離此云白色西方庚辛太白屬金○訖里瑟此云黑色北方壬癸辰星屬水○迦茶或迦羅此云黑色○揵陀羅(揵渠焉切)或劫賓那此云黃色中央戊己鎮星屬土○羅差或名勒乂此云紫色○氷伽羅梁言蒼色凡夫沉迷爲物所轉聽不出聲見不超色今列經論令透聲色如智論問心心數法無形故可言無邊色是有形可見云何無邊荅無處不有色不可得壽量遠近輕重如佛說四大無處不有故名爲大不可以五情得其限不可以㪷秤量其多少輕重是故言色無邊復次是色過去時初始不可得未來世中無有恒河沙劫數限當盡是故無後邊初後邊無故中亦無無復邊名

色相是色分別破散邊不可得無有本相又摩訶衍寶嚴經云譬如畫師作鬼神像即自恐懼如是迦葉諸凡夫人自造色聲香味細滑之法輪轉生死亦復如是又智論云大歡喜菩薩作是念衆生易度耳所以者何衆生所著皆是虛誑無實故譬如人有一子喜不淨中戲聚土爲穀以草木爲鳥獸而生愛著人有奪者嗔恚啼哭其父知已此子今雖愛著此事易離耳長大自休何以故此物非真故菩薩亦如是觀衆愛著不淨臭穢身及五欲是無常種種苦因如是衆生得信等五根成就時即能捨離若小兒所著實是真物雖復年至百歲著之轉深亦不能離以諸法皆空虛誑不實故得無漏清淨智慧眼時即能遠離所著大自慚愧譬如狂病所作非法醒悟之後羞慚無顏傾望後賢觀色如幻於內外境無取着焉

摠明三藏篇第三十九

一經藏二律藏三論藏經藏則刋定因果窮究性相律藏則垂範四儀嚴制三業論藏則研真顯正覈(下革切考也)僞摧邪同出一音與隨四悉用顯圓明之理式開解脫之門致立三藏之教也○**修多羅**或云修單蘭或修妬路西域記名素怛覽舊曰修多羅訛也或言無翻含五義故攟華云義味無盡故喻涌泉能生妙善故號出生楷定邪正故譬繩墨能示正理故名顯示貫穿諸法故名結鬘含此五義故不可翻(出心論)或言有翻妙玄明有五譯一翻經二翻論三翻法本四翻線五翻善語教天台定云今且據一名以爲正翻亦不使

二家有怨何者從古及今譯梵爲漢皆題爲經若餘翻是正何不改作綫契若傳譯僉然則經正明矣以此方周孔之教名爲五經故以經字翻修多羅然其衆典雖單題經諸論所指皆曰契經所謂契理契機名契經也摭華云契理則合於二諦契機則符彼三根經者訓常訓法妙玄云天魔外道不能改壞名爲教常真正不雜無能踰過名爲行常湛然不動决無異趣名爲理常又訓法者法可軌行可軌理可軌佛地論云經者貫攝爲義貫穿所應知義攝持所化衆生慈恩云爲常爲法是攝是貫常則道軌百王法乃德模萬乘攝乃集斯妙義貫乃御彼庸生庶令同出苦律終歸覺岸○**毗奈耶**或毘尼什師云毘尼秦言善治謂自治婬怒癡亦能治衆生惡也圓覺鈔云此云調伏謂調練三業制伏過非調練通於止作制伏唯明止惡就所詮之行彰名調伏之藏四教義云此翻滅謂佛說作無作戒能滅身口之惡是故云滅圓覺略鈔云滅有三義一滅業非（論第一云滅惡故名曰毘尼）二滅煩惱（律云世尊謂調伏貪嗔癡令盡故制增上戒學）三得滅果（戒經云戒淨有智慧便得第一道）南山云毘尼翻滅從功能爲名非正譯也正翻爲律律者法也從教爲名斷割重輕開遮持犯非法不定俗有九流法流居一故世律法皆約刑科道與俗違刑名乃異至於處斷必依常法谷響示以此方法律之名翻彼土柰耶之語律者詮也詮量輕重犯不犯等風俗通曰皐陶謨虞造律律訓詮訓法尚書太傳曰丕天之大律注云奉天之大法法亦律也此方律名起於舜世漢蕭何

以爲九章漸分輕重委悉也西域記云毘奈耶藏舊訛云毘那耶○阿毘曇或云阿毘達磨此云無比法謂無漏法慧爲最勝故四教義曰無比法聖人智慧分別法義也新云阿毘達磨此云對法對有二種一者對向謂向涅槃以乘無漏聖道之因感趣涅槃圓極之果二者對觀對觀四諦謂以淨慧之心觀察四諦之法故名對也法有二種一者勝義法謂擇滅涅槃云云二法相法即通四聖諦云云問若據此義合云對法藏今隱對法之名但云慧論者如何荅此乃隨方之聲也梵語奢薩怛羅此云論梵語摩怛理迦此云本母本母能生妙慧妙慧因論而生故展轉翻爲論也瑜伽論云問荅決擇諸法性相故名論奘師傳云舊曰優波提舍訛也正云鄔波第鑠後分經云摩達磨○倶舍或云比吒或云摘迦此翻爲藏即包含攝持之義非藏無以積錢財非藏無以蘊文義故攝論云何名爲藏荅由能攝故謂攝一切所應知義無令分散故名爲藏四教義云今言三名各含一切文理故名藏也阿含即定藏毘尼即戒藏阿毘曇即慧藏今問經云貪著小乘三藏學者且三藏之名既通大小二教何故法華判局小乘荅曰三藏屬小凡有二義一者小乘三藏皆佛所說如出曜經云佛在波羅奈仙人鹿野苑中告五比丘此苦原本本所未聞本所未見廣說此法爲契經藏佛在羅閱城時迦蘭陀子名須陳那出家學道最初犯律故說戒藏佛在毘舍離見跋耆子本末因緣告諸比丘諸無五畏恚恨之心者便不墮惡趣亦復

不生入地獄中廣説如阿毘曇是知小乘俱是佛説斯異大乘論藏自屬菩薩之所造也二者小乘三藏部帙各別大乘經律二藏混同是故法華判其三藏屬小乘也又大論處處以摩訶衍斥三藏法非大菩薩先德妄破天台立教此由失究經論所以問法華既云三藏學者大論安云佛在世時無三藏名荅佛滅度後阿難結集修多羅藏優波離結集毗柰耶藏迦葉結集阿毘曇藏是則法華梵本恐無此名多是譯師加三藏名顯小乘教如今經自餘諸品皆是結集者所置也問今列三藏依何詮次荅四教義云説時非行時教起之次阿含爲先修行之初木叉爲首故出曜經説教次第先經次律而後論也四教儀以論居中者以經是所解論是能釋故先經而次論然觀諸文前後非一亦各隨人不可確執茍以義局徒自矛盾(食尹切)或標四藏者大論四名雜藏或言五藏者西域記云四名雜集藏五名禁呪藏以上座部唯結三藏若大衆部別爲五藏又經音義列八藏一胎化藏二中陰藏三摩訶衍方等藏四戒律藏五十住菩薩藏六雜藏七金剛藏八佛藏

十二分教第四十

竊以理超四句教攝群機散華貫華之殊應頌孤頌之別或有請以敷演或無問而自陳本事本生談理談喻牢籠妄識統會真源病有萬殊藥無一準故教部類開十二分發軫曰長行重頌幷授記孤起無問而自説因縁譬喻及本事本生方廣未曾有論義共成十二名廣出大論三十三〇修多羅 此云契經

有通有別通則修多羅聖教之都名別則妙玄云直說法相者是別修多羅如說四諦等也所言別者雜集論云謂長行綴葺略說所應說義○**祇夜**此云重頌妙玄云重頌上直說修多羅也亦曰應頌頌長行也○**和伽那**此云授記達磨鬱多羅云聖言說與名授果為心期名記妙玄云說九道劫數當得作佛首楞嚴經明四種記一未發心記或有流轉六道徃於人間好樂佛法過百千萬億劫當發心過百千萬億阿僧祇劫行菩薩道供佛化人皆若干劫當得菩提淨名疏云雖未發心而與記也如佛祇洹林邊為鴿雀授記又云約四教位者雖是具縛凡夫及二乘方便若有四教大乘機雖未發心而記二適發心與記是人夙種善根好樂大法有慈悲心住不退地故發心與記淨名疏云現前即內凡適發心與記三密為記有菩薩未得記而行六度功德滿足天龍八部皆作是念此菩薩幾時當得菩提劫國弟子衆數如何佛斷此疑即與授記舉衆皆知此菩薩獨不知淨名疏問何故密記荅有菩薩心行未熟若聞授記心則放逸不得現前受記又云密記即三教外凡位四無生現前記於大衆中現前得無生顯露與記淨名疏云無生取三教凡真位○**伽陀**此云孤起妙玄云不重頌名孤起亦曰諷頌西域記云舊曰偈梵本略也或曰偈他梵音訛也今從正音宜云伽陀唐言頌○**優陀那**此云無問自說妙玄云如佛在舍婆提毘舍佉堂上陰地經行自說優陀那所謂無我無我所是事善哉○**尼陀那**此云因緣妙玄云修多羅中有人問故為說是事毘尼中有人犯是事故結是戒一切佛語緣起事皆名因緣○**阿波陀那**此云譬喻止觀云月隱重山舉扇喻之風

息大虛動樹訓之○伊帝目多伽此云本事妙玄云此說他事如佛將淨飯五百人歸國說三因緣之偈也○闍陀伽此云本生此說菩薩行因本曾爲事也顯揚論云本事者謂如來說聖弟子前世等事本生謂如來說菩薩本所修行相應等事○毘佛畧此云方廣妙玄云此從所表爲名方廣之理正理爲方包富名廣○阿浮達摩此云未曾有妙玄云佛現種種神力衆生怪未曾有○優婆提舍此云逐分別所說義翻論義妙玄云荅其問者釋其所以西域記云鄔波弟鑠舊訛云優波提舍今問如法華云我此九部法隨順衆生說入大乘爲本何故小教唯九部耶荅此以大教而形小宗則奪小乘義唯九部故妙玄云小乘灰斷無如意珠身故無方廣小乘根鈍說必假緣非天鼓任鳴少無問自說雖有授記記作佛少别論雖無通說亦有故妙玄云小有託前六道因果阿含亦授彌勒佛記亦有自唱善哉無問自說聲聞經以法空爲大空斯乃小乘亦通十二復次若以小教而顯大乘則彰大乘義亦唯九以無因緣譬喻論義三部故妙玄云有人云大乘根利不假此三斯亦别論通語大乘何得無此三經然此十二分經舊名十二部者妙玄云部别各有類從也新譯恐濫部帙改名爲分二教論云窮理盡性之格言出世入真之軌轍(直列切)論其文則部分十二語其旨則四種悉檀理妙域中固非名號所及化檀繫表又非情智所尋至於遣累亡筌陶神盡照近超生死遠證涅槃播闡五乘接群機之深淺該明六

道辨善惡之升沉復(休正切)期出世而法無不周遍比王化而事無不盡能博能要不質不文自非天下之至慮孰能與於斯教哉○阿含正云阿笈多此云教妙樂云此云無比法即言教也唯識論云謂諸如來所說之教長阿含序云阿含者秦言法歸所謂萬法之淵府總持之林苑也法華論解其智慧門爲說阿含義甚深涉法師云阿含此云傳所說義是則大小二教通號阿含而小乘中別開四部謂增一阿含明人天因果二長長阿含破邪見三中阿含明諸深義四雜阿含明諸禪法以四阿含爲轉法輪設教之首別得其名嵩輔教編由昧通別猶預不決其詞則枝○首楞嚴大論秦言健相分別知諸三昧行相多小深淺如大將知諸兵力多少也菩薩得

是三昧諸煩惱魔及魔人無能壞故譬如轉輪聖王主兵寶將所主至處無能壞伏故名健相三昧也大經云首楞者一切事竟嚴名堅固一切畢竟而得堅固名首楞嚴是故首楞嚴定名爲佛性慈恩翻爲金剛藏此諸菩薩證此定故以是爲名○楞伽正言駿(力鄧切)迦佛住南海濱入楞伽國摩羅耶山而說此經梵語楞伽此云不可往唯神通人方能到也阿跋多羅此云入謂入此山中而說此寶或翻無上謂此經法是無上寶○薩達磨芬陀利此云妙法蓮華天台云妙名不可思議法謂十界十如權實之法蓮華者喻權實名法也慈恩云藻宏綱之極唱旌一部之都名法含軌持縮群祥以稱妙華兼秀發總衆美而彰蓮○般若此云佛立亦名十方現在佛

悉在前立定經經云持佛威神於三昧中立者有三事持佛威神力持佛三昧力持本功德力用是三事故得見佛○**摩訶袒持**止觀翻大祕要遮惡持善祕要秪是實相輔行云顯非偏小故名爲大一切法即一法故名祕一法攝一切法故名要○**盂蘭盆**盂蘭西域之語轉此翻倒懸盆是此方貯食之器三藏云盆羅百味式貢三尊仰大衆之恩光救倒懸之窘（巨隕切）急義當救倒懸器（如孟子云當今之時萬乘之國行仁政民之悅之如解倒懸）應法師云盂蘭言訛正云烏藍婆拏此云救倒懸○**修跋拏婆頗婆欝多摩**修跋拏此言金婆頗婆此言光欝多摩此言明天台言法性之法可尊可貴名法性爲金此法性寂而常照名爲光此法性大悲能多利益名爲明此三字題玄義別釋乃立五科文雖明著人自固迷惑言從法而立號或曰單譬以爲題或文義以兩存欲利鈍而雙（所江切）濟宮商各奏冊素競舒既惑異端孰能一貫余因臨講遂輒議之觀此題之旨也依文正意唯在於法就名旁通乃該於喻所謂佛入禪那妙契原寂遂唱眞號以赴利機欲令安住於其中故從當體而立稱是以依文唯在於法雖義推譬喻無有一文而名通世象似與喻同無妨鈍根而作譬解是故就名旁通於喻雖利鈍兼攝法喻咸通佛元意故文之旨故七種立題當單法也問搜玄錄據玄義云若利根人即法作譬既云作譬豈是單法此之一難詎可通乎荅曰根鈍者以金光明爲物象之號根利者以金光明是法性之名此則即用顯體金寶是眞如乃知全

性成相真如爲金寶故云即法作譬既解即法作譬則了全事是理所以利人不假譬喻故妙玄曰利根即名解理不假譬喻但作法華而解兹意幽深遂語奚曉問遍來匠者解此經題分文義之二途定法喻之兩向人既僉允獨何不從荅文是能顯義是所詮能詮之文必召所詮之義所詮之義必應能詮之文今若抗分則成水火余不用者由過在斯問先達立隨機之義以伸此題待人問云法耶喻耶乃應之曰爲問利根爲問鈍根若問利根即是單法若問鈍根即是單譬此義通方何藉重釋荅隨機雖爾其如佛唱此名爲依法立爲作喻陳是則秖圖荅問縱横不顧釋名淆混問四明記文據經定題言從法立及乎釋義云被二根淨覺謂自語相違前後矛楯（乳尹切）未知此斥義實然乎荅曰此不可也何哉言從法立者依文之正意也云被二根者就名之旁通也秖由題旨含蘊遂致釋義通方其有瑕者但不合云順古作譬不知其喻出自題名由是輙伸管見粗述大綱欲以塵霧之微少益山海之廣遂附此集流布四方冀觀覽者塞世情焉○樓炭此翻成敗

翻譯名義集卷第九

翻譯名義集卷第十

宋姑蘇景德寺普潤大師法雲編

律分五部第四十一

世尊成道三十八年赴王舍城國王食訖令羅云洗滌失手摞(匹角蒲角二切)鉢以爲五片是日有多比丘皆白佛言鉢破五片佛言表我滅後初五百年諸惡比丘分毘尼藏爲五部也故迦葉阿難末田和修毱(渠竹切)多五師體權通道故不分教毱多有五弟子各執一見遂分如來一大律藏爲五部焉○【曇無德】亦名曇摩毱多此翻云法密隱覆即密義又翻云法藏大集云我涅槃後我諸弟子受持如來十二部經書寫讀誦顛倒宣說以倒說故隱覆法藏人名曇摩毱多法名四分天音折埵理○【薩婆多】此云一切有此部計三世有實三性悉得受戒大集云而復讀誦書寫外典受有三世及以內外破壞外道善能論義說一切性悉得受戒凡所問難悉能答對是故名爲薩婆多法名十誦○【迦葉遺】此云重空觀大集云說無有我及以受者轉諸煩惱猶如死屍是故名爲迦葉遺法名解脫此有戒本相同五分○【彌沙塞】此云不著有無觀大集云不作地相水火風相虛空識相名彌沙塞法名五分○【婆蹉富羅】婆蹉翻犢富羅翻子上古有仙染犢生子自後種姓皆名犢子此部計我非是即蘊亦不離蘊而有實我律本不來大集云皆說有我不說空相猶如小兒是故名爲婆蹉富羅○【摩訶僧祇】此云大衆大集云廣博徧覽五部經書是故名爲摩訶僧祇此有律本首疏云總別六部僧祇是

總前五是別此僧祇部衆行解虚通不生偏執徧順五見以通行故故知是總遺教三昧下卷經云佛在世時衆僧唯著死人雜衣因羅旬喻分衛空還佛知其宿行使衆僧分律爲五部服色亦五種令其日隨一部中行遂制儀則各舉所長名其服色曇無屈多迦部通達理味開導利益表發殊勝應著赤色衣非南方之赤薩婆多部博通敏達導以法化應著皁衣非北方之黒迦葉遺部精勤勇猛怢攝衆生應著木蘭色衣彌沙塞部思入玄微究暢幽密應著青色衣非東方之青摩訶僧祇部勤學衆經宣講真義以處本居中應著黄色衣非中方之色自爾之後便得大食斯以五色之衣用彰五部之相

論開八聚第四十二

○**犍度**正音婆犍啚此云法聚如八犍度以分一部爲八聚故以氣類相從之法聚爲一段一業犍度明三業二使犍度明百八煩惱三智明十智四定明八定五根明根性六大明四大七見破六十二見八雜謂小乘法大論問八犍度誰造六分阿毘曇從何處出答佛在無失滅後百年阿輸柯王會諸論師因生別部有利根者盡讀三藏欲解佛經作八犍度後諸弟子爲後人不能全解作畧毘曇其初造者即迦旃延○**瑜伽師地**此云相應謂一切乘境行果等所有諸法皆曰相應師謂三乘行者由聞思等次第習行如是瑜伽一十七地○**毘婆沙**此云廣解正云鼻婆沙此云種種説又云分分説總有三義廣説勝説異説○**毘勒**此云篋藏大論云毘勒有三

百二十萬言佛在世時大迦旃延之所造佛滅度後人壽轉減憶識力少不能廣誦諸得道人撰爲三十八萬四千言論未到此土○毘婆闍婆提此云分別論○耆多婆提此云相應論○摩得勒伽此云智母以生智故菩薩入此三昧作論申經儒家以析理精微名論釋氏申通辨論宗旨攸束所說立爲十支一畧陳名數支即百法論二粗釋體義支即五蘊論此二天親所造三總包衆義支即顯揚論四總攝大乘義支即攝大乘論皆無著造五分別名數支即雜集論六離僻處中支即辨中邊論七摧破邪山支即二十唯識論八高建法幢支即三十唯識論九莊嚴體義支即大莊嚴論十攝散歸觀支即瑜伽論以茲十義踈條諸論各有流類斷可見矣是以

宗極絶於稱謂賢聖以之冲默玄旨非言不傳釋迦以之致教約身口防之以律禁明善惡導之以契經演幽微辨之以法相此即明戒定慧之三學也

示三學法第四十三

安法師云世尊立教法有三焉一者戒律二者禪定三者智慧斯之三者至道之由户泥洹之關要戒乃斷三惡之干將也禪乃絶分散之利器也慧乃濟藥病之妙醫也今謂防非止惡曰戒息慮靜緣曰定破惑證真曰慧什法師云持戒能折伏煩惱令其勢微禪定能遮煩惱如石山斷流智慧能滅煩惱畢竟無餘故遺教云依因此戒得生諸禪定及滅苦智慧南山云但身口所發事在戒防三毒敎興要由心使今先以戒捉次以定縛後以

慧殺理次然乎通言學者所以疏神達思怡情治性聖人之上務學猶飾也器不飾則無以爲美觀人不學則無以有懿德若夫爲學日益爲道日損損之則道業踰高益之則學功踰遠故形將俗人而永隔心與世情而懸反所服唯是三衣所食未曾再飯從師則千里命駕慕法則六時精懇濯慮於八解之池怡神於七華之苑至如道安道昱慧遠慧持赤髭（即移切）法主青眼律師弘經辯論講易談詩開神悦耳析滯去疑揚名後代擅步當時或與秦主而共輦乍將晉帝而同幃遂使桓玄再拜而弗暇郗超千斛而無詞爾乃行因已正方亨餘慶四梵爭邀六天俱騁封畿顯敞（楚兩切）國土華浮寶樹瓊枝金蓮玉柄風含梵響泉流雅詠池皎若銀地平如鏡妙香分馥名華交映近感樂身遠招常命所以修學三法之用得證五分之果故五分法身前三從因而顯德後二就果以彰能盡智正習俱斷名解脱身無生智了了覺照名曰知見若欲正辯三學應以七科道品黙歸三法以廣雖三十七品畧但戒定慧三當知六度乃總舉三學是別説例如四禪八定之類也以菩薩急於化他故六度加施忍進由聲聞求於自度致三學唯戒定慧故大論以六度是爲衆生法三學是爲涅槃法又大論以六度是畧説三十七品是廣説以解六波羅蜜好學之士如理思之○**波羅提木叉**戒疏云此翻解脱如論所引道戒名解脱也事戒名別脱也隨分果德寄以明之道性虚通舉法類遺不隨緣別但名解脱事戒不爾緣別而生緣

通萬境行亦隨徧攄行凌犯即名得脫餘非未行不名解脫又律云木叉者戒也據能克果用目本因因實是戒非木叉也故經云戒是正順解脫之本故名波羅提木叉明知是果故五分說分別名句木叉者舉果目教也記云道戒名解脫者即七支無表思也由斷惑得名故若戒事名解脫者則僧尼受戒隨對殺等事不作別別無因別別無果故名別別解脫攄華曰此云別解脫謂三業七支各各防非別別解脫故○

三昧此云調直定又云正定亦云正受圭峰疏云不受諸受名爲正受遠法師云夫稱三昧者何專思寂想之謂也思專則志一不分想寂則氣虛神朗氣虛則智恬其照神朗則無幽不徹斯二乃是自然之玄符用一而致用也是故靖恭閑宇而感物通靈御心惟正動必入微此假修以凝神積功以移性云云又諸三昧名質甚多功高易進念佛爲先故天台止觀畧明四種一常坐二常行三半行半坐四非行非坐一常坐者出文殊說文殊問兩般若名爲一行三昧身開常坐遮行住卧或可處衆獨居彌善居一靜室安一繩床九十日爲一期結加正坐二常行出般舟三昧唯專行旋九十日爲期三半行半坐方等云旋百二十帀却坐思惟法華云其人若行若立讀誦此經是人若坐思惟此經四非行非坐實通行坐南岳呼爲隨自意就此爲四一約諸經二約諸善三約諸惡四約諸無記輔行云所言常坐乃至非行非坐者約身儀爲名若從法爲名者常坐名一行常行名佛立半行半坐名方等法

華非行非坐名隨自意等然此四種三昧先達以事理二觀分四三昧義亦殊途四明法師因奉先清師謂光明玄十種三法純明理觀不須附事而觀法智破曰荆溪云如常坐等或唯觀理隨自意從末從事既云純明理觀乃是三種三昧專今於識陰修十乘也此文則顯四明以上三三昧爲理觀又指要云隨自意中修唯識觀觀於起心即約變造事用而說此文則四明以第四三昧修事觀也問準妙宗云常坐一種縱直觀理餘三三昧豈不兼事據此則顯四明以餘三三昧修事觀耶今謂此文非是正分占察事理二觀蓋爲孤山定義例三種觀法皆是理觀十六觀法乃是事觀遂不以義例三種收十六觀四明遂約四種三昧無不歷事觀三諦理乃顯從行觀中尚有歷事之相此非占察事觀也問如妙宗云若常坐等直於三道之事而觀三諦不兼修善及縱惡事故受理名據此莫顯四明唯許常坐爲理觀耶今謂餘三三昧歷外境事故受事名(非占察事觀)常坐三昧唯觀內心故受理名(非占察理觀)問第四三昧橫開四科一諸經行法此須具收占察二觀何故四明定隨自意唯修事觀答占察事理二觀前三三昧既修理觀是故第四唯修事觀或云常坐是理餘三是事謂常行歷念佛事方等歷持呪事隨自意歷三性事或云上三三昧并諸經行法通理通事唯縱任三性專修事觀準荆溪云如常坐等或唯觀理則顯上三三昧通修事觀此乃由昧二觀之相遂迷四種之行或問止觀正宗法華何故行相却通

衆經答別明行相雖通衆典行者造修開歸法華故義例云是知四種三昧皆依實相實相是安樂之法四緣是安樂之行證實相已所獲依報名爲大果起教只是爲令衆生開示悟入指歸秖是歸於三軌妙法秘藏所以始末皆依法華即法華三昧之妙行也○末底秦言慧○若那秦言智智與於慧有異有同言其異者如肇師云決定審理謂之智造心分別謂之慧分別則從因立名決定乃從果立號故大論以道慧道種慧是因中總別一切智一切種智是果上總別輔行云言總別者直語道慧一切智故故名爲總各加種故故名爲別天台云善入佛法名慧巧用佛法名智肇論鈔云智則知也慧則見也此約義異若通途說智秖是慧俱通權實及以因果故梵語般若此翻智慧合爲一名不分二別今就義異以明慧學然宗鏡云我法俱空唯從識變第一心法能變有三一第八異熟識變二第七思量識變三第六了別識變以迷人空故起我見之愚受妄生死以迷法空故違現量之境障淨菩提既唯識變我法皆虛因此一空契會玄旨以我空故煩惱障斷以法空故所知障消煩惱障斷故證真解脫所知障斷故獲大菩提行滿因門心冥果海境識俱寂唯一真空

辨六度法第四十四

如法華云爲求菩薩道者說應六波羅蜜是以行施乃盡命傾財持戒則防遮護性忍辱乃猶刀割水正精進則如救頭然禪那乃四儀湛寂智慧則一念圓明大願之心普被無

作之道徧施度生死流登涅槃岸故曰六度也○**檀那**法界次第云秦言布施若内有信心外有福田有財物三事和合心生捨法能破慳貪是爲檀那布施有二種一者財施二者法施財施者所謂飲食衣服田宅六畜奴婢珍寶一切已之所有資身之具及妻子乃至身命屬他爲他財物故云捨身猶屬財施有所須者悉能施與皆名財施也法施者若從諸佛及善知識聞説世間出世間善法若從經論中聞若自以觀行故知以清淨心爲人演説皆名法施○**尸羅**此云清涼大論云秦言性善好行善道不自放逸是名尸羅經音義云此義譯也正翻止得謂止惡得善也又古師翻戒戒以防止爲義能防惡律儀無作之非止三業所起之惡故名防止大論曰云何爲戒若惡止不更作若心生若口言若從他受息身口惡是爲戒經音義梵言三婆羅此云禁戒戒疏云戒義訓警也警策三業遠離緣非明其因也優婆塞戒經云戒者名制能制一切不善法故又戒是約義訓義勒義纂要云約二百五十戒各有四威儀合爲一千循三世轉爲三千將三千威儀分配身口七支爲二萬一千復約對治三毒及等分成八萬四千○**羼提**此曰安忍法界次第云秦言忍辱内心能安忍外所辱境故名忍辱忍辱有二種一者生忍二者法忍云何名生忍生忍有二種一於恭敬供養中能忍不著則不生憍逸二於瞋罵打害中能忍則不生瞋恨怨惱是爲生忍云何名法忍法忍有二種一者非心法謂寒熱風雨饑渴老病死等

二者心法謂瞋恚憂愁疑婬欲憍慢諸邪見等菩薩於此二法能忍不動是名法忍○**毘梨耶**法界次第云秦言精進欲樂勤行善法不自放逸謂之精進精進有二種一者身精進二者心精進若身勤修善法行道禮誦講說勸助開化是爲身精進若心勤行善道心心相續是爲心精進復次勤修施戒善法是爲身精進勤修忍辱禪定智慧是爲心精進止觀引舊云精進無別體但督衆行義而推之應有別體例無明通入衆使更別有無明今且寄誦經勤策其心以疑精進晝夜不虧乃得滑利而非三昧慧唯識論云勇捍爲性疏云勇而無怯自策發也捍而無懼耐勞倦也陳氏云精其心進其志大集佛言精進有二種一始發精進二終成精進菩薩以始發精進習成一切善法以終成精進分別一切法不得自性法句經云若能心不起精進無有涯○**禪那**此云靜慮智論云秦言思惟修言禪波羅蜜一切皆攝法界次第云禪有二種一者世間禪二者出世間禪世間禪者謂根本四禪四無量心四無色定即是凡夫所行禪出世間禪復有二種一出世間禪二出世間上上禪出世間禪者謂六妙門十六特勝通明九想八念十想八背捨八勝處十一切處練禪十四變化願智頂禪無諍三昧三三昧師子奮迅超越三昧乃至三明六通如是等禪皆是出世間禪出世間上上禪者謂自性等九種大禪淨名疏云佛心智鑒圓明豈煩思惟究竟無學豈得言修又翻棄惡如來純淨之智何惡可棄故思惟等義皆是因

也楞伽經明四種禪一愚夫所行禪謂聲聞縁覺外道修行者觀人無我性自相共相骨鏁（音鎖）無常苦不淨相計著爲首如是相不異觀前後轉進想不除滅是名愚夫禪二觀察義禪謂人無我自相共相外道自他俱無性已觀法無我彼地相義漸漸增進是名觀察義禪三攀縁如禪謂妄想二無我妄想如實處不生妄想是名攀縁如禪（入楞伽名觀真如禪）四如來禪謂入如來地行自覺聖智三種樂住成辦衆生不思議事是名如來禪頌曰凡夫所行禪觀察相義禪攀縁如實禪如來清淨禪

○**般若**法界次第云秦言智慧照了一切諸法皆不可得而能通達一切無閡名爲智慧大論云般若定實相甚深極重智慧輕薄是故不能稱此生善故不翻此六度法祖引經論以辨其相共立五義一對治善戒經云謂慳惡嗔怠亂癡是所破之蔽二相生善戒經云謂捨家持戒遇辱須忍忍已精進精進已調五根根調故知法界又解深密經云能爲後後引發故謂諸佛菩薩若於身財無所顧悋便能受持清淨禁戒爲護戒故便修忍辱修忍辱已能發精進發精進已能辦靜慮辦靜慮已便能獲得出世間慧是故我説波羅蜜多如是次第三果報善戒經云富具色力壽安辯又餘經云施報富戒報善道忍報端正進報神通禪報生天智破煩惱無著論云有二種果謂未來現在未來果者檀得大福尸羅得自身具足謂釋梵等羼提得大伴助大眷屬毘黎耶得果報等不斷絶禪得生身不損壞般若得諸根猛利及多諸悅樂於天

人大衆中得自在等現在果者得一切信敬供養及現法涅槃等四互攝者彌勒頌云檀義攝於六資生無畏法是中一二三名爲修行住此檀攝六度也又菩提資糧論云既爲菩薩母亦爲諸佛母般若波羅蜜是覺初資粮覺是菩提六度是菩提資糧般若爲初耳施戒忍進定及此五之餘方便願智力皆由智度故波羅蜜所攝此乃般若攝於六度初後既爾中四例知五譬喻華嚴云菩薩摩訶薩以般若波羅蜜爲母方便善巧爲父檀波羅蜜爲乳母尸羅波羅蜜爲養母忍波羅蜜爲莊嚴具勤波羅蜜爲養育者禪波羅蜜爲浣濯人善知識爲教授師一切菩提分爲伴侶一切善法爲眷屬一切菩薩爲兄弟菩提心爲家如理修行爲家法諸地爲家處諸忍爲家族大願爲家教

滿足諸行爲順家法勸發大乘爲紹家業法水灌頂一生所繫菩薩爲王太子成就菩提爲能淨家族六分開者六度通大小十度唯在大一往亦通藏通兩教以權立三智故言十度者於禪中有願智力故開願度有神通智開出力度根本定守禪度名般若中有道種智開出方便度有一切種智開出智度一切智守本般若名什曰窮智之原故稱度梵音中有母義○

波羅蜜

大論又云阿羅蜜秦言遠離波羅蜜秦言度彼岸此二音相近義相會故以阿羅蜜釋波羅蜜天台禪門云一者諸經論中多翻到彼岸生死爲此岸涅槃爲彼岸煩惱爲中流菩薩以無相智慧乘禪定舟航從生死此岸到涅槃彼岸故知約理定以明波羅蜜二者大論別翻事究竟即是

菩薩大悲爲衆生徧修一切事行滿足故三瑞應經翻度無極通論事理悉有幽遠之義合而言之故云度無極此約事理行滿說波羅蜜○**波羅伽**大論秦言度彼岸華嚴云以波羅蜜船於生死流中不依此岸不著彼岸不住中流而度衆生無有休息

釋十二支篇第四十五

惑業互資因緣交助三世猶若環旋六道喻如輪轉凡夫沉迷色心氷執聖人超悟生死霜融剪荊棘林五因頓息斷牽連索七果咸亡故此十二支法爲中乘之達觀也

○**尼陀那**此云因緣什曰力强爲因力弱爲緣肇曰前緣相生因也現相助成緣也生曰因謂先無其事而從彼生也緣謂素有其分而從彼起也故因親而緣疎緣覺根利通觀三世有因有緣是名因緣初觀過去無明緣行言無明者不了法界邪見妄執常在闇冥故曰無明因煩惱惑起於三業造作諸法故名爲行由茲惑業感現五果識緣名色六入觸受所謂從行生心投入母腹流愛爲種納想在胎分別諸法此名曰識識但有名凝滑屬色四七漸堅故號名色六根開張名爲六入從出母胎至三四歲對緣取塵未別苦樂名之爲觸從五六歲至十二三受覺苦樂中庸三境既能了別故名爲受復從果報起愛取有三支惑業成現在因從十四五至十八九貪種種境如渴求飲故名爲愛十九已後年既長大貪欲轉盛不藉身命能有所取故名爲取愛取體同勝劣有異馳求諸境起善惡業牵生三有故名爲有由此因故感於未

來二種果報謂生老死後陰始起故名爲生住世衰變故名爲老最後敗壞故名爲死是十二法展轉能感果故名因互相由籍而有曰緣因緣相續則往還無際若了無明生死自息是爲緣覺出世之要術也

明四諦法篇第四十六

法界次第云通言諦者諦以審實爲義此四諦法正爲聲聞人從聞生解故必須籍教詮理不虛故云審實也若由因感果則應先因而後果今悉先果而後因者教門引物爲便前二諦是世間之法令知苦以斷集故先果而次因後二諦是出世間之法使爲滅以修道亦先果而次因佛滅八百年如意論主王禮爲師立先因後果義云集苦是有漏因果道滅是無漏因果外道破云汝師出世說苦集滅道何以弟子說集苦道滅有違師之過如意救曰佛在世日對不信因果人說先果後因我今順因果說亦不相違此時外道朋黨熾盛衆中無證義人王賜外道金七十兩封外道論爲金七十論如意墮負嚼(在爵切)舌而終至九百年世親披外道論果見如意墮負遂造論執論式等上王救如意論主王加珍敬賜世親金七十兩封爲勝金七十論王縛草鞭屍表外道邪宗屍爲出血故出家者宜應曉了四諦教門因果二法前後之義慎勿惑焉○**豆佉**或伊禰晉云苦法界次第云苦以逼惱爲義一切有爲心行常爲無常患累之所逼惱故名爲苦苦有三種一苦苦二壞苦三行苦今明三苦有別有通別者三苦即別對三受苦受從苦緣生情覺是苦即苦

苦也樂受樂壞時生苦即是壞苦不苦不樂受常爲無常遷動即是行苦若通論三苦則三受通有三苦所以然者三受之心即是苦通從苦緣生故通是苦苦三受之心通爲壞相所壞故通是壞苦三受之心通是起役運動不停之相故通是行苦行以遷流爲義故楞嚴云譬如瀑流波浪相續前際後際不相踰越古德頌行苦容遷云如以一睫(音接)毛置掌人不覺若安眼睛上違害極不安愚人如手掌不覺行苦遷智者如眼睛違極生厭患智論云無量衆生有三種身苦老病死二種心苦貪嗔癡三種後世苦地獄餓鬼畜生法句經云昔四比丘論世苦事一云婬慾惱人一云饑渴逼體一云瞋恚擾亂一云驚怖恐懼各執已是競謂他非佛知遂問比丘具答佛言汝等所論不究苦義身爲諸苦之本衆患之原當求寂滅此最爲樂○**三牟提耶**或彌褵晉云集法界次第云集以招聚爲義若心與結業相應未來定能招聚生死之苦故名爲集

尼樓陀或娑陀晉言滅法界次第云滅以滅無爲義結業既盡則無生死之患累故名爲滅○**末伽**或槃那晉云道法界次第云道以能通爲義道有二種一正道實觀三十七道品三解脫門緣理慧行名爲正道二助道者得解觀中種種諸對治法及諸禪定皆是助道此二相扶能通涅槃故名爲道此四華梵出賢愚經毘曇云佛爲四王作聖語說四諦二解二不解又作毘陀語一解一不解又作梨車語說四王俱解故知四諦名非一槩此四諦法若以藥病區揀苦集是世

間因果此屬於病道滅是出世間因果此當乎藥若以真俗甄(音真又居延切)别則有三義一者四諦俱真如涅槃云我昔與汝等不見四真諦是故久流轉生死大苦海二者四諦俱俗止觀云滅尚非真三諦焉是三者一真三俗勝鬘云此四聖諦三是無常一是常又云是故苦諦集諦道諦非第一義諦非常非依一苦滅諦離有相者是常又涅槃經明於四諦凡有四種一生滅四諦二無生四諦三無量四諦四無作四諦勝鬘經中亦明四種一有作四諦二有量四諦三無作四諦四無量四諦但此二經詮次少異荆溪問曰何故立此四種四諦之殊答諦本無四諦只是理理尚無一云何有四故知依如來藏同體權實大悲願力隨順物機不獲已而用之機宜不同致法差降從一實理開於權理權實二理能詮教殊故有四種差别教起三藏詮生滅通教詮無生别教詮無量圓教詮無作是故天台明四種四諦之法也

止觀三義篇第四十七

實相體寂因元靜乃稱止本覺靈照由常明故曰觀妄風俄動假妙奢摩他而止之心珠久昏須毘婆舍那而觀矣摩訶止觀釋名章中初共通三德二各開三義今依彼論分列

梵語　初標共通

○**奢摩他**　此云止涅槃經云奢摩他名爲能滅能滅一切煩惱結故又名能調能調諸根惡不善法故又曰寂靜能令三業成寂靜故又曰遠離能令衆生離五欲故又曰能清能清貪欲瞋恚愚癡三濁法故以是義故故名

定相○**毘婆舍那**此云觀涅槃云毘婆舍那名爲正見亦名了見名爲能見名曰徧見名次第見名别相見是名爲慧○**憂畢义**此云止觀平等涅槃云憂畢义者名曰平等亦名不諍又名不觀亦名不行是名爲捨止觀云若用兩字共通三德者止即是斷斷通解脱觀即是智智通般若止觀等者名爲捨相捨相即是通於法身起信論云所言止者謂止一切境界相隨順奢摩他觀義故所言觀者謂分别因緣生滅相隨順毘鉢舍那觀義故永嘉集云以奢摩他故雖寂而常照以毘婆舍那故雖照而常寂以優畢义故非照而非寂照而常寂故説俗而即真寂而常照故説真而即俗非寂而非照故杜口於毘耶長者子六過出家經佛告僧伽羅摩比丘汝當行二法止觀是也僧伽摩羅白佛言甚解世尊佛言我取要而説云何言甚解耶僧伽摩羅言止者諸結永盡觀者觀一切法佛言善哉　二明各開初列三止○**妙奢摩他**即體真止○**三摩**即方便隨緣止○**禪那**即息二邊分别止名出楞嚴資中云準圓覺經奢摩他以寂靜爲相三摩提以幻化爲相禪那俱離靜幻二相然此二經天台出時經皆未到而止觀中預立其義故止觀二字各開三義一體真止二方便隨緣止三息二邊分别止又云此三止名雖未見經論映望三觀隨義立名其相云何體無明顛倒即是實相之真名體真止如此實相徧一切處隨緣歷境安心不動名隨緣方便止生死涅槃靜散休息名息二邊止孤山釋曰今

阿難雖專請於止以即一而三故此止即觀亦即平等三一互融是以稱妙妙故方曰楞嚴大定今於一止復有三名奢摩他即體真止止於真諦翻奢摩他爲止者定之異名寂靜義也謂於染淨等境心不妄緣故三摩提亦曰三摩鉢底此云等持即方便隨緣止止於俗諦三摩提智論云一切禪定攝心皆名三摩提秦言正心行處是心從無始來常曲不端得是正心行處心則端直譬如蛇行常曲入竹筒則直翻等持者謂離沈掉曰等令心住一境性曰持禪那此云靜慮即息二邊分別止止於中道淨覺云孤山專用天台三止配今三名者得經之深也何則止屬於定觀屬於慧阿難本以多聞小慧自咎正以楞嚴大定爲請非三止而何三摩禪那顯是定名雖此定即慧而所主從别

次明三觀

○謂空假中荆溪臨終顧命衆曰一念無相謂之空無法不備謂之假不一不異謂之中章安云天台傳南岳三種止觀一漸次二不定三圓頓皆是大乘俱圓實相同名止觀漸則初淺後深如彼梯隥不定前後更互如金剛寶置之日中圓頓初後不二如通者騰空爲三根性說三法門雖曰師資相傳原本皆出佛經故次第三觀如瓔珞上云從假入空觀亦名二諦觀從空入假觀亦名平等觀因是二空觀爲方便得入中道第一義諦觀此名次第三觀又下卷云時佛頂髮放一切光復集十方百億佛土佛菩薩衆即於衆中告文殊普賢法慧功德林金剛幢金剛藏善財童子汝見是衆中敬首菩薩問三觀法界諸佛自性清淨道一切菩薩所修三觀法門不汝等各領百萬大衆皆應修學如是法門又中論云因緣所生法我說即是空亦名爲假名亦是中道義此皆一心三觀之明文也余昔

學肆有吴教授垂訪問曰經云作是觀諳者名爲正觀諳呼此二音義云何辯余即答曰觀呼去聲詮其體獨標能想之心觀呼平聲顯其用帶召所對之境故曰以觀觀昏即昏而朗然

此各開三義全異涅槃共通三德由昔混同故今分列

翻譯名義集卷第十

翻譯名義集卷第十一

宋姑蘇景德寺普潤大師法雲編

衆善行法篇第四十八

四悉破物衆善隨宜四門之路有殊一乘之果無別種種正行皆斷萬劫之愛繩一一助道盡破千生之塵網今捜梵語畧注宋言欲具乎二種莊嚴須啓於四弘誓願○**悉檀**南岳師以悉檀例大涅槃華梵兼稱悉是華言檀是梵語悉之言徧檀翻爲施佛以四法徧施衆生故名悉檀妙玄云世界悉檀歡喜益爲人悉檀生善益對治悉檀破惡益第一義悉檀入理益妙樂云則前二教及別地前但屬三悉引入今經第一義悉○**僧那**此云弘誓肇論云發僧那於始心終大悲以赴難此名字發心也仁王云十善菩薩發大心長別三界苦輪海此相似發心也華嚴云初發心時便成正覺此分證發心也言弘誓者天台云廣普之緣謂之弘自制其心謂之誓志求滿足乃稱願大士曠懐運心廣普依無作四諦之境起四種弘誓之心初依瓔珞未度苦諦令度苦諦六道受分段之苦三乘沉變易之苦當了陰入皆如無苦可捨口發言曰衆生無邊誓願度次依瓔珞未解集諦令解諦四住煩惱潤有漏業無明煩惱潤無漏業當了塵勞本淨無集可除口發言曰煩惱無數誓願斷三依瓔珞未安道諦令安道諦智慧越苦海之迅航戒定通秘藏之要道當了邊邪是中無道可修口發誓言法門無盡誓願學四依瓔珞未得滅諦令得滅諦佛陀是無上之世尊涅槃乃最勝之妙法當了生死即

是涅槃口發誓云佛道無上誓願成仰觀大覺積劫度生都無懈惓者爲滿本地之願也○僧涅一云僧那大誓僧涅自誓一云僧那言鎧僧涅言著名著大鎧亦云莊嚴故大品云大誓莊嚴正言䎸(蘇干切)那訶此云甲䎸捺陀此云被或云衣(於既切)謂被甲衣甲也○毘跋耶斯此云四念處念即是觀處即是境智論釋曰初習善法爲不失故但名念能轉相轉心故名爲想決定智無所疑故名智大經云更有新醫從遠方來曉八種術謂四枯四榮言四枯者人於五陰起四倒見於色計淨於受計樂想行計我心起常見故令修四念處破其四倒初觀身不淨一切色法名之爲身巳名內身眷屬及他名外身若巳若他名內外身此三種色大論明五種不淨一生處是身爲臭穢不從蓮華生亦不從薝蔔又不出寶山二種子不淨是身種不淨非餘妙寶物不由淨白生父母邪想有三自性不淨地水火風質能變爲不淨傾海洗此身不能令香潔四自相不淨種種不淨物充滿於身內常流出不止如漏囊盛物五究竟不淨審諦觀此身終必歸死處難御無反復背恩如小兒二觀受是苦意根受名內受五根受名外受六根受名內外受於一根有順受違受不違不順受於順生樂受於違生苦受於不違不順生不苦不樂受樂受是壞苦苦受是苦苦不苦不樂受是行苦諸受麤細無不是苦三觀心無常心王不住體性流動今日雖存明亦難保山水溜㪿石光若不及時後悔無益四觀法無我法名執則有善法惡法無記

法人皆約法計我我能行善行惡行無記此等法中求我決不可得龜毛兎角但有名字實不可得故經云起唯法起滅唯法滅但是陰法起滅無人無我衆生壽命是名無我此說別相念處總相念處者緣一境總爲四觀此中應四句料簡一境別觀別（如上別說）二境別觀總三境總觀別（此二是總相念處之方便）四境觀俱總是總相念處若作一身念處觀或總二陰乃至總五陰是名境總觀別也受心法念亦復如是阿毘曇中明三種念處謂性共緣對破三種外道四教義云一性念處智論云性念處是智慧性觀身智慧是身念處受心法亦如是解者不同有但取慧數爲智慧性即是性念處南岳師解觀五陰理性名性念處故雜心偈是身不淨相真實性常定諸受及心法亦復如是說二共念處智論云觀身爲首因緣生道若有漏若無漏受心法念處亦如是解者不同有師解云共善五陰諸善心數法合明念處若南岳師解即是九想背捨勝處諸對治觀門助正道開三解脫故名爲共念處故經云亦當念空法修心觀不淨是名諸如來甘露灌頂藥三緣念處有師解通一切所觀境界皆名緣念處觀有言十二因緣境有言慈悲所緣境若南岳師解緣佛教說所詮一切陰入界四諦事理名義言語音詞因果體用觀達無礙能生四辯於一切法心無所礙成無疑解脫是緣念處觀也（明小乘境）若依大乘以明四榮如後分云阿難如汝所問佛涅槃後依何住者阿難依四念處嚴心而住觀身性相同於虛空名身念處觀受不在

内外不住中間名受念處觀心但有名字名字性離名心念處觀法不得善法不得不善法名法念處華手經云一切諸法皆名念處何以故一切諸法常住自性無能壞故斯乃即法是心即心是法皆同一性性豈能壞乎○䟦柯摩羅阿佚多䟦毗必切此云正勤斯有四法法界次第云一已生惡法爲除斷一心精勤四念處觀時若懈怠心起五盖等諸煩惱覆心離信等五種善根時如是等惡若已生爲斷故一心勤精進方便除斷令盡也二未生惡法不令生一心勤精進四念處觀時若懈怠心及五盖等諸煩惱惡法雖未生恐後應生遮信等五種善根今爲不令生故一心勤精進方便遮止不令得生也三未生善法爲生一心勤精進四念處觀時信等五種善根未生爲令生故一心勤精進方便修習令信等善根生也四已生善法爲增長一心勤精進若四念處觀時信等五種善根已生爲令增長故一心勤精進方便修習信等善根令不退失增長成就此四通名正勤者破邪道於正道中勤行故名正勤也○摩奴[illegible]若此云如意法界次第明四如意足一欲如意足欲爲主得定斷行成就修如意足分是爲欲如意足二精進如意足精進爲主得定斷行成就修如意分是爲精進足三心如意心爲主得定斷行成就修如意足四思惟如意足思惟爲主通言如意者四念處中實智慧四正勤中正精進精進智慧增多定力小弱得四種定攝心故智定力等所願皆得故名如意足智定若等能斷結使故云斷行成就

也○沙羅此云力陰持入經云彼力應以何爲義答無能得壞爲力義有所益爲力義有膽爲力義能得依爲力義增一阿含說六種力小兒以啼爲力女人以瞋爲力沙門婆羅門以忍辱爲力阿羅漢以精進爲力(云云)又因人五力佛果十力因人五力者一信力二精進力三念力四定力五慧力(五根七覺支入正道見法界次第)大論釋曰信根得力則能決定受持不疑精進力故雖未見法一心求道不惜身命不休不息念力故常意師教善法來聽入惡法來不聽入如守門人定力故攝心一處不動以助智慧智慧力故能如實觀諸法實相佛果十力者今述頌曰是處非處二業力定根欲性至處道宿命天眼十漏盡具釋大論入十八論問佛十力者若總相說佛唯一力所謂一切種智力若別相說則千萬億種力隨法爲名今何以但說十力答佛實有無量知力但以衆生不能得不能行故不說是十力可度衆生事辦故說十力論問佛有十力菩薩有不答有何者一發一切智心堅固力二不捨衆生大慈力三具足大悲力四信一切佛法精進力五思行禪定力六除二邊智慧力七成就衆生力八觀法實相力九入三解脫門力十無礙智力○尼坻此云願志求滿足曰願智論有二種願一者可得願二者不可得願不可得願者有人欲量虛空盡其邊際及求時方邊際如小兒見水中日鏡中像如是等願皆不可得可得願者鑽(祖官切)木求火穿地得水修福得人天中生及得阿羅漢辟支佛果乃至得諸佛法王如是等皆名可

得願願有下中上下願今致今世樂因緣中願後世樂因緣上願與涅槃樂因緣智論問佛在世時衆生尚有飢餓天不降雨衆生困弊佛不能滿一切衆生之願云何菩薩能滿其願答菩薩住於十地入首楞嚴三昧於三千大千世界或時現初發意行六波羅蜜乃至或現出家成佛利益如是何況於佛而佛身有二種一者真身二者化身衆生見佛真身無願不滿智論問諸菩薩行業清淨自得淨報何以要須立願然後得之譬如田家得穀豈復待願答作福無願無所樹立願爲導御能有所成譬如銷金隨師而作金無定也又莊嚴佛界事大獨行功德不能成故要須願力譬如牛力雖能挽(無遠切音晚引也)車要須御者能有所至淨世界願亦復如是故古德曰有行無願其行必孤有願無行其願必虛○

薩婆迦摩翻樂欲好樂希須也淨名疏云根是過去欲是現在性是未來若過去善根牢固成就今生對緣則起此是因根成欲若過去善根未牢今生遇緣起欲數習成性故云性以不改爲義荊溪釋云習欲成性性在未來由性成欲性在過去智論云隨所欲說法所謂善欲隨心爲說如船順流惡欲以苦切語教如以楔出楔(先結切)是故智中佛悉徧知無能壞無能勝事鈔云凡作法事必須身心俱集方成和合設若有緣不開心集則機教莫同將何拔濟故聽傳心口應僧前事方能彼此俱辦緣此故聞與欲說云大德一心念其甲比丘如法僧事與欲清淨(使說一止)其受欲者應至僧中羯磨者言不來者說欲即具修

威儀說云大德僧聽某甲比丘我受彼欲清淨彼如法僧事與欲清淨○浮壹柔此云至誠十六觀經云發三種心即便往生何等爲三一者至誠心二者深心三者回向發願心疏釋至誠心云即實行衆生至之言專誠之言實禮記曰志之所至至者到也易注曰存其誠實故曰至誠贊天地之化書曰至治馨香感於神明黍稷非馨明德惟馨釋深心云佛果高深發心求往故云深心亦從深理生亦從厚樂善根生妙宗云今初至誠疏以專實釋之非念真如豈名專實解於深心疏雖三義而不相捨求高深果須契深理善契深理須厚樂善根此乃立行依理求果也不出彼論樂集一切諸善行也經回向發願心義當彼論大悲拔苦起信云信成就發心者畧說有三種一直心正念真如故二深心樂集一切諸善行故三大悲心欲拔一切衆生苦故○懺摩此翻悔過義淨師云懺摩西音忍義西國人誤觸身云懺摩意是請恕願勿瞋責此方誤傳久矣難可改張應法師云懺訛畧也書無懺字正言乂摩此云忍謂容恕我罪也天台光明釋懺悔品不辨華梵但直釋云懺者首也悔者伏也如世人得罪於王伏欵順從不敢違逆不逆爲伏順從爲首行人亦爾伏三寶足下正順道理不敢作非故名懺悔又懺名白法悔名黑法黑法須悔而勿作白法須企去智切望也而尚之取捨合論故言懺悔又懺名修來悔名改往往日所作不善法鄙而惡之故名爲悔往日所棄一切善法今日已去誓願勤修故名爲懺棄往求來故

名懺悔又懺名披陳衆失發露過咎不敢隱諱悔名斷相續心厭悔捨離能作所作合棄故言懺悔又懺者名慚悔者名愧慚則慚天愧則愧人人見其顯天見其冥冥細顯麄麄細皆惡故言懺悔淨名疏云今明罪滅有三一作法懺二觀相懺三觀無生懺作法懺滅違無作罪依毘尼門觀相懺滅性罪此依定門觀無生懺滅妄想罪此依慧門復次違無作罪障戒性罪障定妄想罪障慧作法懺者如律所明作法成就能滅違無作罪而性罪不滅大論云如比丘斬草害命二罪同篇作法懺二無作滅害命不滅雖違無作滅性罪未滅觀相懺者如諸方等經所明行法見罪滅相菩薩戒云若見光華種種好相罪便得滅若不見相雖懺無益若見好相無作及性二罪俱滅觀無生懺者此觀成時能除根本妄惑之罪如拔樹根枝葉自滅普賢觀云一切業障海皆從妄想生若欲懺悔者端坐念實相衆罪如霜露慧日能消除○【地底迦】此云有愧涅槃經云諸佛世尊常說是言有二白法能救衆生一慚二愧慚者自不作罪愧者不教他作慚者內自羞恥愧者發露向人雜阿含經云世間若無有慚愧二法者違越清淨道向生老病死百法疏云慚者依自法力崇重賢善爲性對治無慚止息惡行爲業愧者依世間力輕拒暴惡爲性對治無愧止息惡行爲業阿毘達磨論云慚者謂於諸過惡自羞爲體愧者於惡羞他爲體涅槃經云智者有二一者不造諸惡二者作已懺悔愚者亦二一作罪二覆藏○【波娑提伽】或云梵

摩此云清淨葛洪字苑梵潔也取其義耳大論云雖爲一切衆生是心不清淨不知已身無吾我不知取者無人無主不知所施物實性不可說一不可說異於是三事心著是爲不清淨寶性論云一自性清淨謂性淨解脫二離垢清淨謂障盡解脫大論云畢竟空即是畢竟清淨以人畏空故言清淨○【羯磨】南山引明了論疏翻爲業也所作是業亦翻所作百論云事也若以義求翻爲辦事謂施造遂法必有成濟之功焉天台禪門翻爲作法一切羯磨須具四法一法二事三人四界第一法者羯磨三種一心念法發心念境口自傳情非謂不言而辦前事二對首法謂各共面對同秉法也三衆法四人已上秉於羯磨以三羯磨通前單白故云曰四律云若作羯磨不如白法作白不如羯磨法作羯磨如是漸漸令戒毀壞以滅正法隨順文句勿令增減僧祇云非羯磨地不得行僧事○【布薩】大論秦言善宿南山此云淨住淨身口意如戒而住六卷泥洹翻云長養長養二義一清淨戒住二增長功德雜含云布薩婆陀若正本音優補陀婆優言斷補陀婆言增長國語不同律云布薩法一處名布薩揵度即說戒也應法師云此名訛畧應言鉢羅帝提舍耶寐此云我對說謂相向說罪也舊云淨住乃義翻也事鈔云若衆大聲小不聞說戒令作轉輪高座立上說之此則見而不聞也又如多人說戒何由併得見作法者面此則聞而不見也善見曰云何得知正法久住若說戒法不壞是摩得伽云布薩者捨諸惡不善法及

諸煩惱有受證得白法究竟梵行事故名也又云半月半月自觀身從前半月至今半月中間不犯戒耶若有犯者於同意所懺悔毘尼母云若犯七衆不淨人前應止不說戒即律文云犯者不得聞戒不得向犯者說等四分若說戒日無能誦者當如布薩法行籌告白差一人說法誦經餘諸教誡誦遺教亦得若全不解者律云下至一偈諸惡莫作衆善奉行自淨其意是諸佛教（阿含具解）如是作已不得不說若不解者云謹愼莫放逸便散並是佛之囑累僧祇云欲得五事利益當受持此律何等爲五一建立佛法二令正法久住三不欲有疑悔請問他人四僧尼犯罪者爲依怙五欲遊化諸方而無有礙四分持律人得五功德一戒品牢固二善勝諸怨三於衆中決斷無畏四有疑悔者能開解五善持毘尼令正法久住（明了論解云本音毘那耶略言毘尼）摩耶經云樂好衣服縱逸嬉戲奴爲比丘婢爲比丘尼不樂不淨觀毀謗毘尼袈裟變白不受染色貪用三寶物等是法滅相

○【安居】南山云形心攝靜曰安要期住此曰居靜處思微道之正軌理須假日追功策進心行隨緣託處志唯尚益不許馳散亂道妨業故律通制三時意存據道文偏約夏月情在三過一無事游行妨修出業二損傷物命違慈實深三所爲既非故招世謗以斯之過教興在茲然諸義不無指歸護命故夏中方尺之地悉並有蟲故正法念經云夏中除大小便餘則跏趺而坐事鈔問何爲但約三月者一生死待形必假資養故結前三月開後一月爲成供身衣服

故二若四月盡結則四月十六日得成若有差脫便不得結教法太急用難常準故如來順物始從十六日至後十六日開其一月續結令成今但就夏亦有三時初四月十六日是前安居十七日已去至五月十五日名中安居五月十六日名後安居故律中有三種安居謂前中後也在處須無五過一太遠聚落求須難得二太近城市妨修道業三多蚊螘(魚倚切)難或嗜(音市)齧(五結切)人踐傷彼命四無可依人其人具五德謂求聞令聞已聞令清淨能爲訣疑能令通達除邪見得正見五無施主施飲食湯藥無此五過乃可安居鈔云凡受日緣務要是三寶請喚生善滅惡者聽往若請喚爲利三寶非法破戒有難雖受不成五百問云受七日行不滿七日還本界後更行不須更受滿七日已乃復重受鈔云縱令前事唯止一日皆須七日法律云不及即日還聽受七日去夏末一日在亦作七日法對首受法應具儀對比丘言大德一心念我某甲比丘今受七日法出界外爲某事故還來此中安居三說若事是半月一月者方應羯磨(上之四卷具羯磨法)若受日者多同緣受者二人三人應一時羯磨西域記云覩貨邏國舊訛曰吐火羅國東阸(音厄限也)葱嶺西接波剌斯南大雪山北據鐵門氣序既温疾疫衆多冬末春初霖雨相繼而諸徒僧以十二月十六日入安居三月十日解安居斯乃據其多雨亦是設教隨時也又云印度僧徒依佛聖教坐雨安居或前三月或後三月前三月當此從五月十六日至八月十五日後三月當此從

六月十六日至九月十五日前代譯經律者或云坐夏或云坐臘斯皆邊裔殊俗不達中國正音或方言未融而傳譯有謬又曰印度僧徒依佛聖教皆以室羅伐拏月前半一日入雨安居當此五月十六日以額濕縛庾闍月後半十五日解雨安居當此八月十五日印度月名依星而建古今不易諸部無差良以方言未融傳譯有謬分時計月致斯乖異故以四月十六日入安居七月十五日解安居也○**鉢剌婆剌拏**音義指歸云譯爲隨意寄歸傳云凡夏罷歲終之時此日應名隨意即是隨他於三事之中任意舉發說罪除愆之義舊云自恣者是義翻然則自恣之言涉乎善惡今局善也故事鈔曰九旬修道精練身心人多迷己不自見過理宜仰憑清衆垂慈誨示縱宣己罪恣僧舉過內彰無私隱外顯有瑕疵身口託於他人故云自恣摩得勒伽論云何故令自恣使諸比丘不孤獨故各各憶罪發露悔過故以苦言調伏得清淨故自憶喜悅無罪故也所以制在夏末者若論夏初創集將同期欵九旬立要齊修出離若逆相舉發恐成怨諍遞音弟相訟及廢道亂業故制在夏末者以三月策修同住進業時竟云別各隨方詣必有惡業自不獨宣障道深過義無覆隱故須請誨良在兹焉故律聽安居竟自恣此是自言恣他舉罪非爲自恣爲惡前明時節謂有閏月者依閏安居七月十五日自恣不依閏者依摩得伽中數滿九十日自恣若閏七月者取前月自恣非前夏安居者過閏已數滿九十日自恣若修道安樂

延日自恣得至八月十五日然律中但明十四日十五日自恣及至給施衣中次第增中十六日自恣增三中三日自恣四分中云安居竟自恣則七月十六日爲定律又云僧十四日自恣尼十五日自恣此謂相依問罪故制異日及論作法三日通用克定一期十六日定若有難者如五百門中一月自恣事鈔問十五日自恣已得出界不答不得破夏離衣由夜分未盡故問此界安居餘處自恣得不答僧祇不問結罪又安居篇云四月十六日結者至七月十五日夜分盡訖名夏竟至明相出又四分云若後安居人從前安居者自恣住待日足事鈔問自恣竟得說戒不答依明了論先說戒後自恣四分云自恣即是說戒問自恣得在未受具戒人前作不答律中令至不見不聞處作羯磨自恣若不肯遜去僧自至不見聞處作之問安居竟須離本處不答安居竟不去犯罪毘尼母云比丘安居已應移餘處若有緣不得去不犯若無緣者出界一宿還來不犯大集經云我滅度後無戒比丘滿閻浮提預出家者宜警察之擯華鈔云諸經律中以七月十六日是比丘五分法身生來之歲則七月十五日是臘除也比丘出俗不以俗年爲計乃數夏臘耳增輝云臘接也謂新故之交接○**唄匿**唄蒲介切或梵唄此云止若準律文唄匿如法出要律儀云如此蘳䕸國語翻爲止斷也又云止息由是外緣已止已斷爾時寂靜任爲法事也或婆陟訶也梵音婆蒲賀切師此云讚歎梵天之音善見云聽汝作唄唄言說之詞也法苑云尋

西方之有唄猶東國之有讚讚者從文以結章唄者短偈以流頌比其事義名異實同婆沙意耳以三契聲頌所解法佛讚善哉珠林齊僧辯能作梵契等音義云契之一字猶言一節一科也弘明集頌經三契道安法師集契梵音佛道論衡云陳思王幼含珪章十歲能文每讀經文流連嗟玩以爲至道之宗極也遂製轉讀七聲昇降曲折之響世之諷誦咸憲章焉嘗游魚山忽聞空中梵天之響清颺哀婉其聲動心獨聽良久而侍御莫聞植深感神理彌悟法應乃摹（音模）其聲節爲梵唄撰文○婆闍尼娑婆啉（啉力耽切）此云聲音法界次第云音者詮理之聲謂之音佛所出聲凡有詮辯言辭清雅聞者無厭聽之無足能爲一切作與樂拔苦因緣莫若聞聲之益即是以慈修口故有八音一極好音二柔輭音三和適音四尊慧音五不女音六不誤音七深遠音八不竭音楞嚴經云此方真教體清淨在音聞欲取三摩提實以聞中入大論云菩薩音聲有恒河沙等之數佛音聲所到無有限數如密跡經中所説目連試佛音聲極至西方猶聞佛音若如對面問若爾者佛常在國土聚落説法教化而閻浮提内人不至佛邊則不得聞何以知之多有從遠方來欲聽説法者故答佛音聲有二種一爲口密音聲二爲不密音聲密音聲先已説不密音聲至佛邊乃聞是亦有二種弟子一爲出世聖人二爲世間凡夫出世聖人如目揵連等能聞微密音聲凡夫人隨其所近乃聞大論云是佛菩薩音聲有三種一者先世種善音聲因

緣故咽喉中得微妙四大能出種種妙好遠近音聲所謂一里二里三里十里百千里乃至三千大千世界音聲徧滿二者神通力故咽喉四大出聲徧滿三千大千世界及十方恒河沙世界三者佛音聲常能徧滿十方虛空問若佛音聲常能徧滿令衆生何以不得常聞答衆生無量劫以來所作惡業覆是故不聞譬如雷電霹靂聾者不聞雷聲無減佛亦如是常爲衆生説法如龍震大雷聲衆生罪故自不得聞聲有八轉一體二業三具四爲五從六屬七於八呼七轉常用呼聲用稀故但云七也西域國法欲尋讀内外典籍要解聲論八轉聲方知文義分齊一補沙此是直指陳聲如人斫樹指説其人即今體聲二補盧衫是所作業聲如所作斫樹故云業也三補盧崽(山佳切)拏是能作具聲如由斧斫故云具也四補盧沙耶是所爲聲如爲人斫故云爲也五補盧沙頞(都我切)是從聲如因人造舍等故云從也從即所因故六補盧殺婆是所屬聲如奴屬主故云屬也七補盧鎩(音戒)是所於聲如客依主故云於也於即依義八稧(初計切)補盧沙是呼召之聲故云呼也又諸呪中若一字合爲一聲名爲二合如云娑他及但多等或以三字連聲合爲一字急呼之名爲三合如敎魯奄及拘盧奢等漢書曰聲者宮商角徵羽也鈎隱圖云聲屬陽律屬陰揚子云聲生於日律生於辰也○鉢底婆此云辯才辯説也展轉無滯故辯別也分別訣了故輔行明辯有四種謂義法詞樂説也義謂顯了諸法之義法謂稱説法之名字詞謂能

説名之語言雖有此三必須樂説説前三也大品云從諸佛所聽受法教主薩婆若初不斷絶未曾離三昧時當得捷疾辯利辯不盡辯不可斷辯隨應辯義辯一切世間最上辯智論釋曰於一切法無礙故得捷疾辯有人雖能捷疾鈍根故不能深入以能深入故是利辯説諸法實相無邊無盡故名樂説無盡般若中無諸戲論故無能問難斷絶者名不可斷辯斷法愛故隨衆生所應而爲説法名隨應辯説趣涅槃利益之事故名義辯説一切世間第一之事所謂大乘是名世間最上辯梁僧傳云唱導所貴事有四焉一聲也非聲則無以警衆二辯也非辯則無以適時三才也非才則言無可采四博也非博則語無依據事鈔曰古云博學爲濟貧會正記云故往之言也僧傳云學不厭博博則通矣子曰君子博學於文約之以禮亦可以弗畔矣夫（鄭曰弗畔不違道也）苟生而貧於學者懦（奴亂切又音懦弱也）夫也死而富於道者君子也是知博學濟識見之貧思益經云於墮邪道衆生生大悲心令入正道不求恩報故名導師○**槃那寐**名出聲論或名槃談訛云和南皆翻我禮或云那謨悉羯羅此云禮拜今謂禮之與拜名有通局長短經曰禮者履也進退有度尊卑有分謂之禮禮記云禮也者猶體也體不備君子謂之不成人故孔子云非禮勿視非禮勿聽非禮勿言非禮勿動是則凡所施爲皆所合禮此顯禮名通也白虎通云人之相拜者何所以表情見意屈節卑禮尊事者也拜之言服也故周禮明九拜此顯拜名局也若依釋

氏如南山云四儀若無法潤乃名枯槁衆生故天台明四種三昧之法是知四儀法則名禮身業恭敬名拜此亦禮通拜局今此翻譯禮即是拜故大論云禮有三種一者口禮二者屈膝頭不至地三者頭至地是爲上禮一口禮者如合掌問訊也觀音義疏云此方以拱手爲恭外國以合掌爲敬手本二邊今合爲一表不散誕專至一心僧祇律云禮拜不得如瘂羊當相問訊爾雅云訊言也地持論云當安慰舒顏先語平視和色正念在前問訊善見論云比丘到佛所問訊云少病少惱安樂行不二屈膝者即互跪也音義指歸云不合云胡跪蓋梵世遺種居五竺間葱嶺之北諸戎羌胡今經律多翻互跪以三處翹(渠遥切)聳故名互跪即右膝著地也涅槃疏明三義一右膝有力跪能安久二右膝有力起止便易三右膝躁動著地令安若兩膝著地則名長跪毘奈耶云尼女體弱互跪要倒佛聽長跪三頭至地者即五體投地故大論云人之一身頭最爲上足最爲下以頭禮足恭敬之至輔行云準地持阿含皆以雙膝雙肘及頂至地名五體投地亦名五輪五處圓故又勒那三藏明七種禮一我慢禮謂依位次無恭敬心二唱和禮高聲喧雜詞句混亂三恭敬禮五輪著地捧足殷勤四無相禮深入法性離能所相(空觀)五起用禮雖無能所普運身心如影普徧禮不可禮(假觀)六内觀禮但禮身内法身真佛不向外求(中觀)七實相禮若内若外同一實相(三諦一境)西域記云致敬之式其儀九等一發言慰問二俯首示敬三舉手高揖

四合掌平拱五屈膝六長跪七手膝踞地八五輪俱屈九五體投地凡斯九等極唯一拜跪而讃德謂之盡敬舍利弗問經佛言作供養應須偏袒以便作事福田時應覆兩肩現田紋相不拜王論有五戒信士見神不禮王曰何爲不禮曰恐損神故王曰但禮信士乃禮其神形儀粉碎又迦毘色迦王受佛五戒曾神祠中禮神像自倒後守神者作佛形像在神冠中王禮不倒怪而問之曰冠中有佛像王大喜知佛最勝而恕之又感通録云唐蜀川釋寶瓉出家齋素讀誦大品本邑連比什邡（音方縣名）並是米族初不奉佛沙門不入其鄉故老女婦不識者衆瓉思拔濟待其會衆便往赴之不禮而坐道黨咸曰不禮天尊非沙門也瓉曰邪正道殊所奉各異天上禮我我何得禮老君乎衆議紛紜瓉曰吾若下禮必貽辱也即禮一拜道像連座動搖不安又禮一拜反倒狼藉在地遂合衆禮瓉一時回信梵網經云出家人法不向國王禮拜不向父母禮拜六親不敬鬼神不禮西域記云昔有德光論師天軍接見慈氏謂非出家之形長揖不理問何緣不輕比丘普禮四衆荆溪釋曰菩薩化緣法無一準唯利是務故設斯儀是衆生理與果理等故禮生禮佛其源不殊欲令衆生生慕果願果願者何我等但理彼尚故禮況證果理而不尊高又云汝等皆行菩薩道當得作佛豈非擊我令修圓因此約現在順從者也問内懷不輕之解外敬不輕之境安棄飛禽之真性而忽走獸之本源乎答人識義方可以擊發異類無知徒勞勸

信不禮之旨其在茲歟不輕禮俗謹聞命矣何故方丈僧拜維摩故彼經曰維摩居士即入三昧令此比丘自識宿命發菩提心於是諸比丘稽首禮維摩詰足天台問曰出家何以禮俗答入道恩深碎身莫報此諸比丘方行大道豈存小儀又涅槃云有知法者若老若少故應供養恭敬禮拜入大乘論云被法服菩薩方便隨順得禮白衣敬之如佛是則法非一槩可否在人有益須禮當亡身以奉法有損宜止應逆命以利君何哉赫連敦敦據有夏州兇暴無厭以殺爲樂繪像服身抑僧令拜遂爲上天雷震而死斯乃暴虐之主誠非聖明之君不遵付囑之言故違委寄之道寧知千聖立法萬古同風安以朝覲之禮而責山林之士恐後進以未知遂濡毫而錄示〇

南無或那謨或南摩此翻歸命要律儀翻恭敬善見論翻歸命覺或翻信從法華䟽云南無大有義或言度我可施衆生若佛荅諸佛度我義不便五戒經稱驚怖驚怖正可施佛也生死險難實可驚怖大品云佛言若有一人稱南無佛乃至畢苦其福不盡智論問曰云何但空稱名字便得畢苦其福不盡答是人曾聞佛功德能度人老病死苦若多若少供養及稱名字得無量福(此說稱佛功德)華嚴云寧受地獄苦得聞諸佛名不受無量樂而不聞佛名所以於往昔無數劫受苦流轉生死中不聞佛名故大品云我得阿耨多羅三藐三菩提時十方過如恒沙等世界中衆生聞我名者必得阿耨多羅三藐三菩提智論問曰有人生佛世在佛法中或墮地獄如提

婆達多倶迦梨訶多釋子等三不善法覆心故墮地獄此中云何言如恒河沙等世界但聞佛名便得道耶答有衆生福德淳熟結使心薄應當得道若聞佛名即持得道又復以佛威力故聞即得度譬如熟癰若無治者得小因縁而便自潰（胡對切）亦如果熟若無人取微風因縁便自墮落如新淨白氎易爲受色（此說聞佛名福）○彌帝隸此云慈淨覺云慈名愛念觀音玄義云以觀性德善愛樂歡喜起大慈心欲與其樂大經明慈有三種一縁衆生觀一切衆生如父母親想二縁於法見一切法皆從縁生三者無縁不住法相及衆生相智論明三種慈一生縁慈者十方五道衆生中以一慈心視之如父如母如兄弟姉妹子姪知識常求好事欲令得利益安樂如是心徧滿十方衆生中如是慈名衆生縁多在凡夫人行處或有學人未漏盡者二行法縁者諸漏盡阿羅漢辟支佛是諸聖人破吾我相滅一異相故但觀從因縁相續生諸欲心慈念衆生時從和合因縁相續生但恐五衆即是衆生念是五衆以慈念衆生不知是法空而常一心欲得樂聖人愍之令隨意得樂爲世俗法故故名爲法縁三無縁者是慈但諸佛有何以故諸佛心不住有爲無爲性中不依止過去世未來現在世知諸縁不實顛倒虛誑故心無所縁佛以衆生不知諸法實相往來五道心著諸法分別取捨以是諸法實相智慧令衆生得之是名無縁○迦樓那此云悲淨覺記云悲曰愍傷觀音玄義云以觀性德惡毒惻愴憐愍起大悲心欲拔其苦悲亦三

種名同三慈觀音玄義云若就言說爲便初慈後悲亦是就菩薩本懷欲大慈與樂既不得樂次大悲拔苦故初慈後悲若從用次第者初以大悲拔苦方以大慈與樂又就行者先脫苦後蒙樂欲先悲後慈○**阿襢**或阿捺摩此云無我說文云我施身自謂也華嚴云凡夫無智執著於我智論明二種一者邪我二者慢我言邪我者如輔行云未得禪來縱起宿習所有煩惱及因現陰起於我見仍屬鈍使初果所斷此推理見及發得見皆名邪我二慢我者如止觀云如諸蠕(音軟)動實不推理而皋螯(音敖蠏屬)張鬐(音耆)怒目自大底下凡劣何嘗執見行住坐卧恒起我心此是慢我大寶積經佛言迦葉譬如咽塞病即能斷命如是迦葉一切見中唯有我見即時能斷於智慧命地持經云世間受生皆由著我若離著我則無世間受生身處無著論云取自體相續爲我想我所取爲衆生想謂我乃至壽住爲命想展轉趣於餘趣爲人想大論云我者於陰界入計我我所若即若離人者謂於陰界入中謂我是行人衆生者於陰界入和合之中計有我生壽者於陰界入中計一期報若長若短輔行云我以計內人以計外衆生以續前爲義壽者以趣後爲能凡夫既執我倒佛爲二乘說無我法故智論號名字我如大乘入楞伽云自心所現身器世間皆是藏心之所顯現刹那相續變壞不停如河流如種子如燈焰如迅風如浮雲躁動不安如猿猴樂不淨處如飛蠅不知厭足如猛火無始虛僞習氣爲因諸有趣中流轉不息如汲井

輪種種色身威儀進止譬如死屍咒力故行亦如木人因機運動若能於此善知其相是名人無我智大論云但於五衆取相故計有人相而生我心以我心故生我所我所心生故有利益我者生貪欲違逆我者而生嗔恚此結使不從智生從狂惑生是名爲痴三毒爲一切煩惱之根本悉由吾我故作福德爲我後當得亦修助道法我當得解脫初取相故名爲想衆因吾我起結使及諸善行是名行衆是二衆則是法念處於想行衆法中求我不可得何以故是諸法皆從因緣生悉是作法而不牢固無實我法行如芭蕉葉葉求之中無有堅想如遠見野馬無水有水想但誑惑於眼我本空寂二乘既執四枯故佛於無我中而示眞我故涅槃經明八自在一能示一身多身數如微塵二以塵身滿大千界三以大身輕舉遠到四現無量類常居一國五者諸根互用六得一切法如無法想七說一偈經無量劫八身如虛空存沒隨宜不窮

○阿蘭那肇翻無諍又云寂靜坐禪三昧經云無諍者將護衆生不令起諍也什注淨名無諍有二一以三昧力將護衆生令不起諍心二隨順法性無違無諍○馱那演那此云靜慮婆沙論此定定慧平等餘定缺少不名靜慮靜即定也慮即慧也○末陀摩本經注云末者莫義陀摩者中義莫著中道也○毗怛迦此云尋○毗遮羅此云伺（相吏切）藏疏云尋謂尋求伺謂伺察心之麤性名之爲尋心之細性名之爲伺論云入三摩地有三種一有尋伺謂初禪及未至定也二無尋唯伺謂

中間禪也大梵六天即中間定力所感三無尋無伺謂二禪近分乃至非非想天尋伺亦名覺觀智論問有覺有觀爲一法爲是二法耶答二法麁心初念是名爲覺細心分別是名爲觀譬如撞鐘初聲大時名爲覺後聲細欲名爲觀問曰如何毘曇説欲界乃至初禪一心中覺觀相應今云何言麁心初念名爲覺細心分別名爲觀答曰二法雖在一心二相不俱覺時觀不明了觀時覺不明了譬如日出衆星不現一切心心數法隨時受名亦復如是○【三跋羅】此翻護即是無表思第六識相應善思也又名無表色有止惡防非功能故云護故金剛鈔明戒體克出體性即無表思一法也○【三跋致】晉言發趣或云至奏奏爲也進也○【達嚫】嚫初覲切尊婆須蜜論作檀嚫此云財施解言報施之法名曰達嚫導引福地亦名達嚫字或從手西域記正云達嚫拏者右也或云馱器尼以用右手受人所施爲其生福故肇云夫以方會人不可以一息期以財濟物不可以一時周是以會通無隅者彌綸而不漏法澤冥被者不易而普覆○【周羅】立世毘曇云閻浮人衣服莊嚴不同或有頂留一髻音計餘髻皆除名周羅髻應法師云此譯爲小謂小髻也弘明集云削髮毀容事存高素辭親割愛無趣聖方袪嗜欲於始心忘形骸於終果何能戀於三界豈留連於六道哉薩婆多云剃髮剪爪是佛所制律云半月一剃此是恒式涅槃云惡比丘相頭鬚爪髮悉皆長利是破戒之相式觀應世廣説萬行之綱目緬彌兖切遠也想契理唯唱四句之

綱要故十二年畧教戒曰諸惡莫作衆善奉行自淨其意是諸佛教妙玄釋曰諸惡即七支過罪輕重非違如是等惡戒所防止戒分性遮亦名主客又號新舊諸善乃善三業若散若靜前後方便支林功德悉是清升故稱爲善自淨其意者破諸邪倒了知世間出世因果正助法門能除心垢淨諸瑕音遐穢豈過於慧佛法曠海此三攝盡但由觀機樂欲爲善不同應物隨宜示行有異或辯根性則分信法之殊或陳行相則列別圓之異且根性信法者薩婆多云因聞入者是爲信行因思入者是爲法行曇無德云位在方便自見法少憑聞力多後時要須聞法得悟名爲信行憑聞力少自見法多後時要須思惟得悟名爲法行天台遠討根源久劫聽學久劫坐禪得爲信法種子

其次行相別圓者妙玄引涅槃明五行一聖行謂戒定慧爲自行因二梵行謂慈悲喜捨爲因中化他此二是地前修因行也垂裕記問諸文或云聖梵是因今何以梵行在果答聖梵二行並通因果對於天行以二爲因今云在果何所疑也三天行謂初地已上證第一義天天然之理由理成行故名天行垂裕記問天既是證何名爲行答從天起行故名天行故天行位在於地住四嬰兒行謂示同三乘七方便所修之行也五病行謂示同九道之身現爲三障之相此二皆是從果起應之行淨名疏云嬰兒行從大慈善根而起病行從大悲善根而起四教義云同生善邊名嬰兒行同煩惱邊名爲病行然此五行若會三諦聖行是眞諦梵行嬰兒病行是俗諦天

行是中諦又依法華釋圓五行經云如來莊嚴而自莊嚴即圓聖行如來室即圓梵行如來座即圓天行如來衣有二種柔和即圓嬰兒行忍辱即圓病行大經云復有一行是如來行所謂大乘大般涅槃此示行法之綱要也

翻譯名義集卷第十一

翻譯名義集卷第十二

宋姑蘇景德寺普潤大師法雲編

三德祕藏篇第四十九

金光明玄義云法身般若解脫是爲三常樂我淨是爲德無二生死爲常不受二邊爲樂具八自在爲我三業清淨爲淨章安疏云法身之身非色非無色非色故不可以形相見非無色故不可以心想知雖非色而色充滿十方雖非非色亦可尋求即法身德般若德者非知非字亦非不知非不字云云解脫德者非縛非脫非縛而縛非脫而脫云云哀歎品曰云何名爲祕密之藏猶如伊字三點若並則不成伊縱亦不成如摩醯首羅面上三目乃得成伊三點若別亦不成伊我亦如是解脫之法亦非涅槃如來之身亦非涅槃摩訶般若亦非涅槃三法各異亦非涅槃我今安住如是三法爲衆生故名入涅槃章安釋云若約昔教隱故名祕覆故名藏謂無常等覆於常等今常等隱名祕密藏今經開敞(昌兩切高也)如月處空清淨顯露不如昔教但以正法微妙不可思議絕名離相衆生不解名爲祕密法界包含攝一切法用不可盡名之爲藏今釋祕密藏文爲三一譬三點二譬三目三合以三德此之三文一往而言是從事入理三點是文字此約言教(見字體篇)三目是天眼此約修行(見譬喻篇)三德是佛師此即約理又是佛印印於教行凡有言說與此相應即祕密教修習相應是祕密行證得相應是祕密理從我今安住下是第四結祕密藏安住三法是結三德入大涅槃結祕密藏占察經云復次彼

心名如來藏所謂具足無量無邊不可思議無漏清淨之業以諸佛法身從無始本際來無障無礙自在不滅勝鬘經明二如來藏一空如來藏謂若離若脱若異一切煩惱藏二不空如來藏謂具過河沙不離不脱不思議佛法南岳止觀云一空如來藏以此心體平等妙絶染淨之相非直心體自性平等所起染淨等法亦復自性非有二不空如來藏所謂具有染淨二法以明不空淨法中復有二種一具足無漏性功德法二具足出障淨法染法亦二種一具足染性二具足染事淨覺説題云應知二種約在纒出纒二義分之故彼經云若於無量煩惱藏所纒如來藏不疑惑者於出無量煩惱藏法身亦無疑惑也居式圓覺疏云空如來藏即無住本不空如來藏即所立法此二釋違南岳止觀又起信云一者如實空以能究竟顯實故賢首釋云此以如實之中空無妄染非謂如實自空此則如實之空以妄空故遂能顯示真理故云顯實二者如實不空以有自體具足無漏性功德故賢首釋云此有二義一異妄無體故二異恒沙有流煩惱故故佛性論偈云由客塵空故與法界相離無上法不空與法界相隨圭峰畧點三義釋藏一隱覆名藏二含攝名藏三出生名藏又畧鈔明五種一如來藏在纒含果法故二自性清淨藏在纒不染故此二就凡位説三法身藏果位爲功德所依故四出世間上上藏出纒超過二乘菩薩故此二就聖位説五法界藏謂通因果外持一切染淨有爲故名法界内含一切恒沙性德故

名爲藏僧遁注金剛三昧經云如來藏者住自性眞如也諸佛智地名如來藏能攝一切有情在如來智内故名爲藏有情惑染煩惱無明所覆名有情境若無明惑染境空諸識不起境如故名如來智智如故即如來藏長水釋楞嚴云如來藏四義喻海一永絶百非如海甚深二色含萬有如海廣大三無德不備如海珍寶四無法不現如海現影又尼揵經云王名嚴熾有大薩遮來入其國王出遠迎乃爲王説大王當知依煩惱身觀如來身何以故此身即是如來藏故一切煩惱諸垢藏中佛性滿足如石中金木中火地中水乳中酪麻中油子中禾藏中金模中像孕中胎雲中日是故我言煩惱之中有如來藏涅槃論云身外有佛亦不容身内有佛亦不容非有非無亦不容衆生是佛故微密涅槃云如人七寶不出外用名之爲藏其人所以藏積此寶爲未來故所謂穀貴賊來侵國值遇惡王爲用贖命（準四念處乃是贖於兼通之命則圓自有常什之命故非所論）財難得時乃當出用諸佛秘藏亦復如是爲未來世諸惡比丘畜不淨物爲四衆説如來畢竟入於涅槃讀誦外典不教佛經如是等惡出現世時爲滅諸惡爲説是經是經若滅佛法則滅（神智云文有單複所言複者謂乘及戒若言不許畜八不淨此是戒門事門若説如來畢竟涅槃及遮外典此是乘門理門由無乘戒失常住命若單説者唯約戒門扶律贖命）欲令學者通達異名識自秘藏故詳叙焉

○摩訶般涅槃那此云大滅度大即法身滅即解脱度即般若大經云涅言不生槃言不滅不生不滅名大涅槃楞伽經云我所説者妄想識滅名爲涅槃摩師涅槃論曰

秦言無爲亦名滅度無爲者取其虛無寂寞妙絶於有爲滅度者言其大患永滅超度四流斯葢鏡像之所歸絶稱謂之幽宅也法華金剛皆云滅度奘三藏翻爲圓寂賢首云德無不備稱圓障無不盡稱寂圭峰正名寂滅準肇公云泥洹盡諦者豈直結盡而已則生死永寂滅故謂之盡矣或翻安樂凡聖大小皆有涅槃或名彼岸肇師云彼岸涅槃岸也彼涅槃岸豈崖岸之有以我異於彼故借我謂之耳智論云槃名爲趣涅名爲出永出諸趣故名涅槃或名泥洹如嚴佛調云佛旣泥洹微言永絶新云梵本正名波利昵縛喃此云滅度二教論云涅槃者常恒清涼無復生死心不可以智知形不可以像測莫知其所以名强謂之寂其爲至也亦以極哉縱其雙林息照而靈智常存體示闍維而法身恒在然涅槃法若辯其義應分有餘無餘之殊當揀少分究竟之異言有餘無餘者光明玄義云若三界煩惱盡證有餘涅槃焚身灰智入無餘涅槃言少分者勝鬘經云知有餘苦斷有餘集證有餘滅修有餘道是名得少分涅槃得少分涅槃者名向涅槃界究竟涅槃者大法鼓經云乃至得一切種功德一切種智大乘涅槃然後究竟法華經云不令有人獨得滅度皆以如來滅度而滅度之初發大心當期究竟故輔行云菩薩初心常觀涅槃自行初修也亦令衆生常觀涅槃化他初修也安置諸子秘密藏中化他後入也我亦不久自住其中自行後入也故知自他初心無不皆修自他後心無不皆入若欲修入當依四

法故涅槃云有四法爲涅槃近因一近善知識二聽聞正法三思惟其義四如説修行若言勤修苦行是涅槃近因緣者無有是處一近善知識者止觀釋曰大品云佛菩薩羅漢是善知識六波羅蜜三十七品是善知識法性實際是善知識佛菩薩等威光覆育即外護也六度道品入道之門即同行也法性實際諸佛所師即教授也二聽聞正法等三句即三慧也華嚴云我或爲衆生說聞慧法或爲衆生說思慧法或爲衆生說修慧法故楞嚴云從聞思修入三摩地眞諦云散心名覆器無聞慧故忘心名漏器雖得而失無思慧故倒心名穢器非而謂是無修慧故淨名疏云聞若不聽無受潤因聽而不思無深肯趣思而不修終無證理三慧若備入道不疑荆溪釋云念前聞思所依之境當如聞思而修行之應知三慧有横有竪横則名字已上位位有之竪則名字爲聞觀行爲思相似爲修三慧具足能得相似分眞之定名入秘藏

法寶衆名篇第五十

金光明玄義云至理可尊名曰法寶論曰般若是一法佛說種種名爲諸衆生類隨緣立異字如金體一似器用殊鐶釧順人之好別餅盆隨時之應殊雖千化以暫分而一性以不變故曰泥洹眞法寶衆生從種種門入也

C 達摩此翻爲法唐明濬音信云契之於心然後以之爲法在心爲法形言爲教法有自相共相教乃遮詮表詮天台明法廣有八種一教二理三智四斷五行六位七因八果畧言三義謂教行理如闡義云以約修行始終三

義收盡謂依教修行行成契理若以位分約教屬名字位人稟教生解故約行屬觀行相似依解修行故約理在初住分證本理故然於約行復須從容若論造修猶居名字的取行成方名觀行凡當辨位須知此旨若約能詮所詮但明教理二教論曰教者何也詮理之謂也理者何也教之所詮教若果異理豈得同理若必同教寧得異筌不期魚蹄不爲兎將謂名乎妙樂云教有二種詮理之教無二表行之教自分詮理之教者平等眞法界佛不度衆生表行之教者秖由忘智親踈致使迷成厚薄青龍疏云有教行證名爲正法有教有行無證名像法像者似也但有於教而無行證名爲末法行事鈔云顯理之教大分爲二一謂化教此則通於道俗二謂行教(亦名制教)唯局於內衆大乘入楞伽云教由謂故成理由教故顯當依此教理勿更餘分別○

達磨馱都 此云法界妙樂云所詮無外故名法界賢首云依生聖法故云法界清涼云法界者一切衆生身心之本體也起信云心眞如者即是一法界大總相法門體所謂心性不生不滅一切諸法唯依妄念而有差別淨名云從無住本立一切法天台釋云若迷無住則三界六道紛然而有則立世間一切諸法若解無住即是無始無明返本還源發眞成聖故有四種出世聖法普門玄云世者爲三一五陰二衆生三國土(云云)世是隔別即十法界之世亦是十種五陰乃至依報隔別不同也門是間差三十種世間差別不相謬亂故名爲間各各有因各各有果故名爲法各

各有界畔分齊故名爲界今就一法界各有十法所謂如是性相等十界即有百法十界互相有則有千法如是等法皆因緣生法六道是惑因緣生法四聖是解因緣法云云是諸因緣法即是三諦因緣所生法我說即是空亦名爲假名亦名中道義清涼新經疏云統唯一真法界謂總該萬有即是一心然心融萬有便成四種法界一事法界界是分義一一差別有分齊故二理法界界是性義無盡事法同一性故三理事無礙法界具性分義性分無礙故四事事無礙法界一切分齊事法一一如性融通重重無盡故○**阿耨多羅三藐三菩提**肇論曰秦言無上正偏知道莫之大無上也其道真正無法不知正偏知也苑師云阿此云無耨多羅翻上三藐翻正也三偏也等也菩提覺也孤山疏云極果超因故云無上正則正觀中道等則雙照二邊蓋果上三智也發軫云無上是理正等覺是智正謂正中即一切種智寂滅相也等謂平等即行類相貌如實知也裴相國云是諸佛所證最上妙道是衆生所迷根本妙源故凡夫流浪六道由不發此菩提心故今得人身起慶幸意當須秉心對佛像前燒香散華三業供養立四弘誓發成佛心故華嚴云菩提心者名爲種子能生一切諸佛法故發此心者須識其體體有二種一曰當體二曰所依體其當體者所謂悲心智心願心此三種心乃是當體所依體者自性清淨圓明妙心爲所依體性自具足號如來藏惑不能染智無所淨虛寂澄湛真覺靈明能生萬法號一大事

但由群生乆迷此性唯認攀緣六塵影像乍起乍滅虛妄之念以爲自心一迷爲心決定惑爲色身之内不知色身外洎山河虛空大地咸是妙明眞心中物此之心體如肇師云微妙無相不可爲有用之彌勤不可爲無度一切諸佛境界經文殊言菩提者無形相無爲云何無形相不可以六識識故云何無爲無生住滅故裴相國云性含萬德體絕百非如淨月輪圓滿無缺惑雲所覆不自覺知妄惑既除眞心本淨性含萬德故在聖不爲得體絕百非故居凡不爲失然欲發此心者當運慈悲而爲宗要故華嚴海雲比丘告善財言發菩提心者所謂發大悲心普救一切衆生故發大慈心等祐一切世間故一切群彙(音謂)本無生死妄風飄鼓汨(音骨)没苦海今發大願出黒暗崖下揞作明燈生死波中永爲船筏此起悲心拔衆生苦一切凡夫本性具足性淨功德今迷寶藏貧窮孤露今啓洪願揞與群萌無上佛果究竟之樂如一衆生未成佛終不於此取泥洹願舉修途之初步宜運成山之始簣(求位切)崇德廣業不倦終之(余昔住大覺時有王仁林垂訪問曰佛道若云易成經云佛道長遠久受勤苦乃可得成若云難成安云一稱南無佛皆已成佛道余即荅曰了性則見本是佛依自圓修乃易昧性則欲求作佛依他別修乃難慕圓宗者起信樂心纔舉念時已作如來眞子如回向際便成無上菩提)

○**菩提**肇師云道之極者稱曰菩提秦無言以譯之後代諸師皆譯爲道以大論翻爲佛道故今問如周易曰立人之道曰仁與義此則儒宗仁義爲道莊子曰虛靜恬淡寂寞無爲者天地之平而道德之至此則道家以虛無爲道今釋氏宗以何爲道荅曰般舟經云

諸佛從心得解脫心者清淨名無垢五道鮮潔不受色有鮮此者大道成是知吾教以心爲道心乃自性清淨心也其體湛寂其性靈照無名無相絕有絕無心不能思口不能議褒(補刀切)美稱爲第一義諦或者問曰如淨名云菩提者不可以身得不可以心得今安以心而爲道耶答究乎菩提非身心者如肇師云無爲之道豈可以身心而得乎故度一切佛境界經云菩提者不可以身覺不可以心覺何以故身是無知如草木故心者虛誑不真實故是故菩提非身心也然淨名中却云諸佛解脫當於衆生心行中求者天台釋云今觀衆生心行入本性清淨智窮衆生心源者即顯諸佛解脫之果如勸求水不得離氷寒雖結水成氷暖則釋氷爲水故華嚴云若能善用其心則獲一切勝妙功德凡夫由昧心源故隨妄念能於妄念深照性空名解大道故華嚴云體解大道發無上心此心智發能爲佛母號曰智度是故智度亦名大道故大論云智度大道佛善來如用此智修習萬行其所修法亦名大道故法華云爲滅諦故修行於道由道是心其性虛通徧一切法無非是道如金色女問文殊云何謂爲道答曰汝則爲道又喜根云婬欲即是道恚癡亦復然如此三事中無量諸佛道今問婬事穢汙佛道清淨安指穢事名爲淨道答觀婬怒癡相同水月了染淨體性如虛空遇順無著逢違不瞋於惡境界得解脫門乃行非道通達佛道是名無礙人一道出生死若趣凡見成地獄業如熱金圓取必燒手如是無爲名道

人也○【阿婆磨】大論翻云無等等佛名無等般若波羅蜜利益衆生令與佛相似故名無等等○【目帝羅】此云解脱荆溪淨名記云若正用功上可作古買切下作耻活切功成之日上應作戸賈切下應作徒活切智論云解脱知見者用是解脱知見知是二種解脱相有爲無爲解脱知諸解脱相所謂時解脱不時解脱慧解脱俱解脱壞解脱不壞解脱不可思議解脱無礙解脱等分别諸解脱相牢固是名解脱知見無減云云問曰解脱知見者但言知何以復言見答言知言見事得牢固譬如繩二合爲一則牢堅復次若但説知則不攝一切慧如阿毘曇所説慧有三種有知非見有見非知有亦知亦見有知非見者盡智無生智五識相應智有見非知者八忍世間正見五邪見有亦知亦見者餘殘諸慧若説知則不攝見若説見則不攝知是故説知見則具足肇曰縱任無礙塵累不能拘解脱也什曰亦名三昧亦名神足或令修短改度或巨細相容變化隨意於法自在解脱無礙故名解脱又曰心得自在不爲不能所縛故曰解脱淨名疏云一眞性二實慧三方便故經云諸佛菩薩有解脱名不思議若菩薩住此解脱者能以須彌之高廣内芥子中乃至種種變現莫測即是三種解脱不思議義何者諸菩薩有解脱即是眞性若菩薩住此者即是實慧能以須彌内於芥等即是方便大品云心得好解脱慧得好解脱垂裕云心脱是俱慧脱是慧○【阿惟顔】應法師引十地經謂一生補處○【阿鞞跋致】亦名阿惟越致此

云不退轉不退有三義入空位不退入假行不退入中念不退妙樂云般若是位離二死故解脱是行諸行具故法身是念證實境故智論云無生忍法即是阿鞞跋致地〇

膩地此云依法華疏云利物以慈悲入室爲首涉有忍辱爲基濟他以忘我爲本能行三法大教宣通即世間依止名爲法師垂裕記云皆言依者以内有道法可爲人天依止依者憑也於佛滅後憑此四人取解故也涅槃四依品云有四種人能護正法爲世所依初依示爲小乘内凡像故經云具煩惱性能知如來秘密之藏二依示爲須陀洹像三依示爲斯陁含阿那含像四依示爲阿羅漢像智者云涅槃四依義通别圓若作别義者如古師云地前名初依登地至三地名須陀洹五地名斯陀含是第二依七地名阿那含是第三依八地至十地名阿羅漢是第四依若作圓義者準望别教以住前爲初依十住爲二依又始終判者五品六根爲初依十住爲二依行向爲三依十地等覺爲四依四果配位例别可見此人四依二行四依律明糞掃衣長乞食樹下坐腐爛藥此四種行上根利器所依止故三法四依涅槃云依法不依人依義不依語依智不依識依了義經不依不了義經〇

摩訶衍大論云摩訶此含三義謂大多勝衍是乘也勝鬘云摩訶衍者出生一切聲聞緣覺世出世間善法世尊阿耨大池出四大河起信云摩訶衍者總説有二種一者法二者義所言法者謂衆生心是心則攝一切世間出世間法依於此心顯示摩訶衍義云云〇

陀羅尼大論秦言能持集種種善法能持令不散不失譬如好器盛水水不漏散惡不善根心生能遮令不生若欲作惡罪時持令不作是名陀羅尼肇翻總持謂持善不失持惡不生又翻遮持輔行云體遮三惑性持三智熏聞云遮二邊之惡持中道之善此從慧性立名闡義云然則陀羅尼既是梵語呪字即當華言經題華梵雙標故云陀羅尼呪若亦何故云陀羅尼翻遮持耶答古人見祕密不翻例如此土禁呪等法便以呪名往翻然亦不失遮持之義何者呪既訓願如菩薩四願一願拔苦即遮惡義二願與樂即持善義大論明三陀羅尼一聞持陀羅尼得此陀羅尼者一切語言諸法耳所聞者皆不忘失即是名持二分別知陀羅尼得是陀羅尼諸衆生諸法大小好醜分別悉知故分別陀羅尼即是義持三入音聲陀羅尼得此陀羅尼者聞一切語言音聲不喜不瞋一切衆生如恒沙等劫壽惡言罵詈心不憎恨一切衆生如恒沙等以讚歎供養其心不動不喜不著是爲入音聲陀羅尼即是行持也法華明三陀羅尼一旋陀羅尼二百千萬億旋陀羅尼三法音方便陀羅尼淨名疏釋云旋者轉也轉假入空得證真諦百千萬億者即是從空入假旋轉分別破塵沙惑顯出恒沙佛法法音方便者即是二觀方便得入中道○**薩怛多般怛羅**資中曰相傳云是白傘盖喻如來藏性本無染徧覆有情也○**蘇盧都訶**此云梵音決定毘婆尸佛説此一呪治一萬八千種病○**胡蘇多**此云除一切鬱蒸熱惱式棄佛所

説呪也〇窋奢毗此云金鼓隨葉佛所説呪
四拘留秦佛説金剛幢呪五拘那含牟尼佛
説名聲振十方呪六迦葉佛説拯濟群生呪
七釋迦世尊説金光照輝呪〇阿牟伽皤賒
此云不空羂索〇咀你也他或咀姪他此翻
所謂〇娑婆訶或莎訶此翻善説又云散去
〇薩婆若多般舟經名薩雲若大論云秦言
一切智相因名般若果名薩婆若大品云薩
婆若是聲聞辟支佛智道種智是菩薩摩訶
薩智一切種智是諸佛智經曰欲以一切智
斷煩惱習常習行般若波羅蜜論問一心中
得一切智一切種智斷煩惱習今云何言以
一切智具足得一切種智以一切種智斷煩
惱習荅實一切智一時得此中爲令人信般
若波羅蜜故次第差别品説〇爾燄或名爾

炎此云所知又云應知又云境界問如大論
云是時過意地住在智業中華嚴安云普濟
諸含識令過爾焰海荅由此能知之智照開
所知之境是則名爲過爾焰海故楞伽經第
一曰智爾焰得向此乃全由其境以成其智
名智業中〇多伽楷或多伽羅此翻根智維
摩云智度菩薩母淨名疏云智度即是實智
實智有能顯出法身力故如母能生實智亦
名如理智正觀真諦如理而知則無顛倒攝
論云順理清淨名如理智十八空論云如理
智即無分別智亦名正智又名真智又名根
本智〇漚和俱舍羅此云方便維摩云方便
以爲父肇師云方便即智之别用耳智以通
幽窮微決定法相無知而無不知謂之智也
雖達法相而能不證處有不失無在無不捨

有真空存德彼我兩濟故曰方便什曰智度雖以明照爲體成濟萬行此其功用不及方便爲父梵音中有父義方便有二種一解深空而不取相受證二以實相理深莫能信受要須方便誘引群生令其漸悟方便義深而功重故爲父也淨名疏云方便是權智權智外用能有成辦如父能營求長成所言權智亦名如量智徧觀俗諦如事數量則攝一切又云方是智所詣之徧法便是菩薩權巧用之能巧用諸法隨機利物故云方便十八空論云如量智即無分別後智亦名徧智又名俗智又名後得智佛性論云又此二智有二種相一者無著二者無礙言無著者見衆生界自性清淨是如理智相也言無礙者能通達觀無量無邊諸世界故是如量智相也又如理智爲因如量智爲果言爲因者能作生死及涅槃因言爲果者由此理故知於如來真俗等法又如理智是清淨因如量智者是圓滿因清淨因者由如理智三惑滅盡圓滿因者由如量智三德圓滿又如理智即一心之體爲因如量智即一心之用爲果二教論云釋氏之教理富權實有餘不了稱之爲權無餘了義號之爲實由此權實二智而設權實二教也北山云真道焉可以修身權道焉可以御化真道不可以暫廢故混而不滓權道不可以久立故捨而合道也荆溪云法華疏中爲顯實故分爲三釋謂法用及門并秘妙也今此廢二但取法用者門論趣入秘妙開權今未開權故缺後釋不取門者菩薩可入二乘缺之於菩薩中且約當分復置傳入

故且不云據理亦合用門一意以當分入與法用同故且唯用法用一意又通秘教亦可具足用彼三意　論法華方便品

儒詩六義以思無邪爲指歸釋教五時開佛知見是究竟誠一化之高會眞諸佛之宗極似太虛而含衆色若渤(音孛)澥(胡買切)以納群流由是管窺義天蠡(音螺)酌法海粗研味乎眞詮豈塵露于達士初辨品題次論品義初辨品題者經云諸佛法久後要當說眞實文旣斥其方便題應號爲眞實安以權名而立今品如將縣額以牓州門又佛起定即自唱言諸佛智慧甚深無量此乃雙歎權實先達遂云此花不有則已有則華果雙含此經不說則已說則權實雙辨經旣雙明權實題那單標方便由此疑與先達相繼共立七義以伸題意一權有顯實之功法王初化機緣未熟隱實施權權掩於實靈山妙唱普會權乘決了聲聞法是諸經之王彼秘被開於今成妙此權既有顯實之功故結集家號善權品二名偏義圓若標眞實則違方便今品權名雖偏其實法體圓具乃彰權實之雙美三名體俱不轉此有四句一名轉體不轉如云正直捨方便但說無上道乃至第四名體俱不轉如云我等今者眞是聲聞名不轉故名方便品四顯開權絕待法華開權顯實權外無實法用能通當體秘妙若標眞實但成相待爲彰絕待之功號方便品五彰詮迷之教祖云自非今經誰肯歎此詮迷之教由指迷染之心即是自行方便則知此權大有詮迷之力六施開一致昔時所施旣施即實之權今日所

開還開權即是實乃見施開之不二也七揀異昔經淨名報恩雖皆立方便之名既是體外之權豈同今品同體方便自昔所說不出此七先師謂舊覼（落戈切，委曲也）縷義失至當自立附文原意二義以伸品題一附文者經家立品附文旨趣揔別須分何哉五字首題法則權實揔標喻乃華果雙舉所以三周開顯本迹二門一部之文並皆不出權實之法今品若更雙立權實之目則與揔題無異二原意者言者所以在意此經開權顯實意在於權故云過去諸佛以無數方便種種因緣種種譬喻而爲衆生演說諸法是法皆爲一佛乘故非權無以明實故令機緣即以權法以曉真實故曰不指所開無由說實具述施權意在開迹故記主釋開方便門示真實相云示謂指示指其見實之處且見實之處在何在前偏權方便今日說此方便有真實相此既即實之方便乃異昔經之方便故得秘妙之名是故經家題名方便纔言方便即是真實故身子疑云何故殷勤稱歎方便則知方便真開權之總號誠顯實之大名矣或者問曰今由開權稱方便者淨名既未開權安稱方便既稱方便權何不開答彼經言方便者疏云此品正明助佛闡揚善巧權謀隨機利物令入慧起根故名方便雖言方便機緣當座烏知所證亦方便焉故昔方便之名權未開矣次論品義者吾祖預釋品題乃立法用能通秘妙三種方便今先通示然後別解且通示者此三方便初二從昔教後一屬今經初名法用者疏曰方者法也便者用也法有方

圓用有差會三權是矩是方一實是規是圓記云初約能用三教得名法是所用用是能用雖法之與用俱通四教但有方圓差會之殊故方便之稱從權立名權不即實故對昔辨成體外權非今品意文中舉圓即屬眞實相對來耳二名能通者疏云又方便者門也門名能通通於所通方便權略皆是弄引爲眞實作門眞實得顯功由方便從能顯得名記曰次第二釋權屬能通三教亦得名爲方便然雖不即以能爲圓作遠詮故所詮之圓亦帶能詮爲方便故故知並非今品意也又云今以三詮一三爲一實作詮故三名能詮是則前之三教教行人理悉爲能詮又云不破不即從權入實故得修名若於爾前二味三教利根菩薩有顯露得兩教二乘唯秘密得由得入故即稱爲門三名秘妙者疏云方者祕也便者妙也妙達於方即是眞秘點內衣裏無價之珠與王頂上唯有一珠無二無別指客作人是長者子亦無二無別如斯之言是秘是妙如經唯我知是相十方佛亦然止止不須說我法妙難思故以秘釋方以妙釋便正是今品之意記云至第三釋方乃三權即是一實指此即實之權方名今經方便又云第三釋者即今品意但前二釋於昔但得名偏名門秘而不說今開其偏門即圓行也故云秘妙顯露彰灼故云眞秘或問妙樂記云即權而實爲所依體即實而權爲當體體不審第三秘妙之名爲從所依立號爲從當體得名答此由當體即所依體故云彼秘被開於今成妙又云第上文者亦開前三非

能非所及以能通並開成所所中善巧名爲方便故妙方便異於方法及能通門又云故隔偏之圓亦有體內方便故名秘妙秘妙之名似同第三然其意則别何者第三乃以開顯爲妙此中乃以獨圓爲妙此揀今昔秘妙義異諦思吾祖崇建三釋若無初二豈彰爲蓮故華以施權苟缺第三烏顯華開蓮現而顯實體偏一化妙彰七軸非發總持誰唱斯義鑚（借官切）仰堅高嗟歎不足次别釋者若約部教初二屬昔教法用能通皆異體權後一屬今經秘妙方便名同體權定此秘妙方便破顯之相先德㬎（音夷）訓或定爲所破或執是所顯天竺一宗論同體權定爲所破一據蓮華開喻原佛出世意爲顯實由機未堪權施昔教此譬桃李華也及至法華法既純圓絶

妙遂指蓮華而立三喻一爲蓮故華譬爲實施權盖四時未説施權此名異體今無量義既言從一清淨道施出二三四收昔異體爲今同體權既從實而施故譬爲蓮故華第二華開蓮現此開初句之權華乃顯次句之蓮實故五佛章中各有開權顯實二科開權是文叙昔教以爲顯實之所故無量義經之同體爲今法華之所破第三華落蓮成此譬廢權立實都廢序分即實之權獨立正宗即權之實次憑權暫用義權名權暫用已還廢實名實録究竟指歸則知十隻之權皆爲所破如心意識既是事權豈屬所顯矣三準祖師定解如輔行云解同體之權譬與實相之明珠又義例云如引法華部唯一實文叙昔教以爲所開既云部唯一實故同體權爲所破

也(近人又謂從名雖開從義不開如圓家破即法性之無明例今品開即實之權耳)余觀先德破同體權一迷立喻二昧開權初迷立喻者爲蓮故花如大師云爲十妙故開出十麁如爲蓮故華此約法體用在於昔皆屬麁法云何一槩以爲蓮故華俱喻妙法乃見能譬立喻淆(音爻)混其次所況爲實施權始自華嚴終乎般若皆是隔歷三諦俱爲法華之實而施四時三教之權故名爲實施權若獨以此句喻無量義經則彰所喻法鈌畧矣二昧開權者四時三教體外化他機未純淑覆權言實故非究竟屬異體麁至今方指昔未真實執教偏情既遣即知當體本妙開此化他之法全是自行之權權實不二乃名同體故祖師云既顯實巳全權是實不可謂之權非究竟況祖師云誰肯以三界有漏識心

而爲佛所稱讃既佛所讃安非所顯次定所顯者南屏一宗皆謂世尊疇(音紬)昔久轉法輪所化之機既雜所施之教不一雖說三教不言此是即實之權雖演圓乘未云斯是即權之實權實各逗(音豆)大小相隔是故昔教名異體權後會靈山宣妙法華開昔隱秘之法爲今微妙之教權實圓融故名同體法既麁妙相即佛化事理俱圓若爲所破乃成開妙故記文云第三釋者即開前一非能非所及以能通並開成所可證秘妙非所開矣其如蓮華三喻輔行等文復有五師消釋義異一云對論自論有殊若約偏圓相對異體是所破同體是所顯例前三教三惑須斷圓教三惑不斷就圓自論須斷四十二品故同體權亦屬所破今謂偏圓對論前三名權圓教屬實

那得對論却以圓教名同體權不須破耶又今開權顯實開偏是圓正當偏圓對論反以蓮華三喻謂之圓教自論破同體權却顯今經都無開權之力乎二云機情佛意機情雖開異體佛意即是同體今謂誇節唯在今經佛意非適今也據此祖意對機開顯雖局法華原佛密意俱徧四時是則機情佛意正約昔說若約昔義以斷今經其猶欲至湖南面行塞北其心雖切路逾遠矣三云法本自妙麁由物情雖開異體之權其實法體本自微妙即是同體今謂如記主云但開其情理自復本又云開何所開即彼能覆既但破能覆之情奚嘗開所迷之法四云約開竟說以輔行解同體之權譬既點迹門流通之經此約已開異體成同體竟今謂安樂行品文雖在後喻乃顯前特點正宗開麁顯妙斯言無旨徒虛語耳五云同體爲所開者意彰異體亦不可破此語孟浪吾驚怖其言猶河漢而無極也今覈昔人由昧山家諸部文義致論開權詞繁理寡今鱗比諸文令水解凍釋殊塗同歸初釋喻舊辨蓮華或專喻妙或兼比麁（餘華對辨則蓮華俱妙就蓮自分華亦兼麁）今究所喻既有權實乃顯能喻亦通麁妙今先分所喻權實後辨能喻麁妙分權實者提挈綱要大有五義一因果二九一三今昔四真俗五本迹初因果分者以十界中前七如是屬因是權果報二如是爲實二九一分權實妙玄云餘花麁喻九法界十如是因果此花妙喻佛法界十如是因果三約今昔分者以昔爲權將今爲實故妙玄云一爲蓮故華譬爲實施權雖說種

種道其實爲佛乘四約真俗分者空智照真爲實假智照俗爲權中智雙照爲亦權亦實中道雙亡爲非權非實故妙樂云以對昔故須爲四句通論大綱法相雖爾别論今品唯在第三亦權一半名方便品五約本迹分者如意序云指久遠之本果喻之以蓮會不二之圓道譬之以華權實雖通五義今唯約界及與部教以論開權矣次明能喻麁妙者玄義序中蓮華一爲蓮故華譬爲實施權二華敷譬開權蓮現譬顯實三華落譬廢權蓮成譬立實當歷三喻引而伸之且夫蓮華之喻唱出今經本況妙法而天台以初爲蓮故華一句既譬爲實施權約此法體用在昔時華喻麁法故妙玄云又諸教權實未融爲權既融開權顯實爲實由昔赴機權掩於實乃名異體由是今經破此偏情乃云雖說種種道其實爲佛乘世尊既談爲實施權吾祖遂立爲蓮故華之喻據此說在今經纔唱爲實施權利根便知此權即實由無量義曾聞此權從實生故已破異體之見但未開顯鈍根須假第二句華敷譬開權蓮現譬顯實故曰開方便門示真實相記主釋曰指實爲權權掩於實名方便門閉今指權爲實於權見實名方便門開此黙法用能通俱成秘妙三華落譬廢權蓮成譬立實又云正直捨方便但說無上道此由四時三教當體秘妙開已無外麁法不存義當於廢約法雖開廢同時約喻乃先開後廢故分三句彰始終之有序二釋經云開方便門示真實相昔入引證開同體權須曉祖師二處引用疏證能通方便此取

門義從前三教能通之門入於圓所故曰開方便門記主遂云於昔但得名偏名門非謂於彼已明開門若玄義中證開權者既於方便即見眞實故以此證開權相焉三釋輔行解同體之權髻與實相之明珠由安樂行約王賞賜喻佛授道昔機與魔共戰微有其功但賜禪定解脱之法如賞田宅法華大破魔網至一切智如王解髻明珠賜之昔時權掩於實如髻覆珠就機不知是權喻異體開今經赴機指昔三教權法全是秘妙方便故決聲聞之法即是諸經之王經既以王喻佛約佛開異體時無非同體故曰解同體之權髻矣四釋義例如引法華部唯一實文叙昔教以爲所開天竺引此部唯一實證破同體今謂所叙麁法既點爲妙權實相即能所圓融故謂法華唯一實耳五釋科目五佛章門皆有開權顯實二科前四則先開權次顯實今佛乃先顯實次開權天竺乃謂開權是文叙昔教顯實乃破同體權今謂纔開權時意已顯實但約説次第開權言未顯實顯實方曉開權立言垂範遂分二科故法明講主云言無並出語不頓施殊有旨哉余慕法王之遺教學而時習之遂括古今之論以究權實之道雖不足品藻（音早）淵流庶亦無乖商搉（苦角切）編贈後賢願開佛慧

翻譯名義集卷第十二

翻譯名義集卷第十三

宋姑蘇景德寺普潤大師法雲編

四十二字篇第五十一

此錄字母法門通言門者以能通爲義妙玄明四種門一文字爲門如大品四十二字二觀行爲門釋論明脩三三昧等三智慧爲門法華云其智慧門四理爲門大品云無生法無來無去言四十二字者補注頌曰

阿囉波遮那邏陀　婆荼沙和多夜吒
迦娑磨伽他闍簸　馱奢呿乂哆若拖
婆車摩火嗟伽他　拏頗歌醝遮吒荼

大品云菩薩摩訶薩摩訶衍所謂字等語等諸字入門智論云四十二字是一切字根本因字有語因語有名因名有義若聞字因字乃至能了其義是字初阿後茶中有四十南岳釋字等者謂法慧說十住十方說十住者皆名法慧乃至金剛藏亦復如是言語等者十方諸佛說十住與法慧說等乃至十地亦復如是又一切字皆是無字能作一切字是名字等發言無二是名語等一切諸法皆互相在是名諸字入門等也前是事釋次是理解華嚴善知衆藝童子告善財言我恒唱持此之字母入般若波羅密門清涼疏曰字母爲衆藝之勝書說之本故此偏明之文殊五字經云受持此陀羅尼即入一切平等速得成就摩訶般若纔誦一遍如持一切八萬四千修多羅藏○

阿提阿耨波陀（阿上上聲 下平聲）阿提秦言初阿耨波陀秦言不生大品云阿字門一切法初不生智論云得是字阿羅尼菩薩若一切語中聞阿字即時隨義所謂一切

法從初來不生二教論曰萬化本於無生而生生者無生三才肇於無始而始始者無始然則無生無始物之性也有化有生人之聚也中論云諸法不自生亦不從他生不共不無因是故說無生止觀云若心具者心起不用緣若緣具者緣具不關心若共具者未共各無共時安有若離具者既離心離緣那忽心具今聞佛教因緣爲宗論遣共生應屬所破耶荅單真不立獨妄難成因緣和合從顛倒說今觀實相豈可順迷故曰應照理體本無四性又復自行雖離四執化他無妨四說經說自生云三界無別法唯是一心作經說他生云善知識者是大因緣或云五欲令人墮惡道或說共生云水銀和真金能塗諸色像或說離云十二因緣非佛所作其性自爾

華嚴云唱阿字時入般若波羅密門名以菩薩威力入無差別境界疏云阿者入無生義無生之理統該萬法菩薩得此無生達諸法空斷一切障○**羅闍**大論秦言垢大品云羅字門一切法離垢故華嚴經云唱多字門入無邊差別門疏云彼經第二當囉字是清淨無染離塵垢義今云多者應是譯人之誤○

波羅末陀秦言第一義大品云波字門一切法第一義故楞伽云謂第一義聖樂言說所入是第一義非言說是第一義第一義者聖智自覺所得非言說妄想覺境界是故言說妄想不顯示第一義言說者生滅動搖展轉因緣起若展轉因緣起者彼不顯示第一義又云如爲愚夫以指指物愚夫觀指不得實義如是愚夫隨言說指攝受計著至境不捨

終不能得離言說指第一實義大集經云甚深之理不可說第一義諦無聲字華嚴唱波字門名普照法界疏云諸法皆等即普照法界○遮梨夜秦言行大品云遮字門一切法終不可得故論曰若聞遮字即知一切諸行皆非行今加釋曰行始名因行終名果弘明集云纖芥之惡歷劫不亡毫釐之善積世長存福成則天堂自至罪積則地獄斯臻此乃必然之數無所容疑若造善於幽得報於顯世謂陰德人咸信矣造惡於顯得報於幽斯理灼然寧不信耶又云聖人陳福以勸善示禍以戒惡小人謂善無益而不爲謂惡無傷而不悔夫殃福蓋有其根不可無因而妄致善惡當收其報必非無應而徒已又云然則法王立法周統識心三界牢獄二科驗定一

罪二福三道罪則三毒所結繫業屬於鬼王福則四弘所成我固屬於天主道則虛通無滯據行不無明昧昧則乘分大小智涉信法明則特達理性高超空有又云福者何耶所謂感樂受以安形取歡娛以悅性也今論福者悲敬爲初悲則哀苦趣之艱辛思拔濟而出離敬則識佛法之難遇弘信仰而澄神緣境乃涉事情據理惟心爲本虛懷不繫其福必回於自他倒想未移作業有乖於事用今觀弘明所立三科其名雖美所釋三義其旨猶失以論十界淆混不分今謂十使十惡此屬乎罪名爲黑業報四惡趣五戒十善四禪四定此屬於福名曰白業報處人天三乘摩訶衍此屬乎道感報四聖此則凡聖界分因果事定以此三科收行盡矣大論云或說三

行身行口行意行身行者出入息所以者何息屬身故口行者覺觀所以者何先覺觀然後語言意行者受想所以者何受苦樂取相心發是名意行心數法有二種一者屬見二者屬愛屬愛主名爲愛屬見主名爲想以是故說是二法爲意行華嚴唱者字門名普輪斷差別疏云者字諸法無有諸行既空偏摧差別○**那**秦言不大品云那字門諸法離名性相不得不失故論曰即知一切法不得不失不來不去華嚴唱那字門名得無依門名得無依無上疏云那者諸法無有性相言說文字性相雙亡故無依能所詮泯謂無上○**邏求**秦言輕大品邏字門諸法度世門故亦愛枝因滅故論曰若聞邏字即知一切法離輕重相華嚴唱邏字門名離依止無垢疏云

邏字悟一切法離世間故○**陀摩**秦言善大品陀字門諸法善心生故亦施相故論曰即知一切法善相華嚴唱柁（輕呼）字門名不退轉方便疏云悟一切法調伏寂靜真如平等無分別故方爲不退轉方便南山云策勤三業修習戒行有善起護名之爲作作而無犯稱之曰持音義指歸云持者執也執持所受之法猶若捧珠執玉也犯者干也謂干犯所受之法略無護惜如珠落玉墮也善者順也起信云以知法性體無慳貪故隨順修行檀波羅蜜以知法性無染離五欲過隨順修行尸波羅蜜乃至以知法性體明離無明故隨順修行般若波羅蜜以善是順義積善之家必有餘慶故太戊之時桑穀生朝一暮大如栱王懼伊陟曰臣聞妖不勝德帝德有闕太戊

從而桑穀枯死殷道中興積不善之家必有餘殃故帝辛之時有雀生鳥在城之隅太史占曰以小生大國家必昌帝辛驕暴不修善政殷國遂亡經云勿謂小罪以爲無殃水滴雖微漸盈大器然或執自然之道專非報應之說蓋爲善而召禍此亦多矣爲惡以致福斯不少焉故佛名經云行善者觸事轗(音坎)軻(音可)行惡者是事諧偶致使世間愚人謂之善惡不分如堯帝德化而值洪水湯王善政而遭久亢閔損行孝以家貧顏回修仁而壽夭遂謂貴賤自因命致愚智盡由天賦妍醜本出自然貧富非是業感乃曰誰尖荆棘畫禽獸誰鑿江海與川源暴風卒起還自止萬物須知是自然不省聲和響順奚曉影真形端不了三種之報差殊焉悟萬劫之行有異故云行惡得樂爲惡未熟至其惡熟自見受苦修善遇苦爲善未熟至其善熟自見受樂故大涅槃經明三種報一順現報明主孝慈訓世則祥雲布壽星現仁君恩德及物則醴(音禮)泉涌嘉苗秀善既有徵惡亦可驗樵客指熊而臂落酒客啖(徒濫切)离(音炙)以皮穿二順生報今世雖行善惡之因次生方受苦樂之果餅沙轉報於四天有相政生於六欲三順後報因造今身報終後世伽吒七反而享餘慶那律久劫以受遠福此三種報皆名定業又涅槃云未入我法名決定業若入我法則不決定大品云菩薩行般若故所有重罪現世輕受智論釋云又如王子雖作重罪以輕罰除之以是王種中生故菩薩亦如是能行般若得實智慧故即入佛種中生雖有重罪云何

重受青龍疏云不定有三謂時定報不定報定時不定時報俱不定此中所轉是第二句何者由報定故轉重令輕由時不定故墮惡道業人間現受其餘二句一切都滅是故釋氏指虛空世界悉我自心考善惡報應皆我自業則知三界循環斯皆妄識四生磐泊並是惑心故古德云皆本一心而貫諸法也○婆陀秦言縛大品婆字門諸法婆字門離故論曰即知一切法無縛無解華嚴唱婆蒲我切字門名金剛場疏云悟一切法離縛解故方入金剛場○荼闍他秦言不熱大品荼字門諸法荼字淨故論曰即知諸法無熱相華嚴唱荼徒解切字門名曰普輪疏云悟一切法離熱矯穢德清涼故是普摧義○沙秦言六大品云沙字門諸法六自在王性清淨故論曰

即知人身六種相華嚴云唱沙史我切字門名爲海藏疏云悟一切法無罣礙如海含像○和波秦言語言大品和字門入諸法言語道斷論云知一切法離語言相故華嚴唱縛字門名普生安住疏云悟一切法言語道斷故○多他秦言如大品多字門入諸法如相不動故論云諸法在如中不動故華嚴唱哆都我切字時名圓滿光疏云悟一切法真如不動故○夜他邪秦言實大品夜字門入諸法如實不生故論云諸法入實相中不生不滅華嚴唱也以可切字時名差別積聚疏云悟如實不生故則諸乘積聚皆不可得○吒婆秦言障礙大品吒字門入諸法制伏不可得故論云知一切法無障礙相華嚴唱瑟吒字時名普光明息煩惱○迦邏秦言作者大品迦

字門入諸法作者不可得故論云知諸法中無有作者華嚴唱迦字時名無差別雲疏云作業如雲皆無差別○娑娑秦言一切法苑云一以普及爲言切以盡際爲語大品婆字門入諸法時不可得故諸法時來轉故論云即知一切法一切種不可得一切有二種一者名字一切如云一切皆懼死無不畏刀杖無色無身不畏刀杖此名字一切也二者實一切大品云一切者所謂内外法是二乗能知不能用一切道起一切種華嚴唱娑（蘇我切）字時名降霔大雨疏云即平等性○磨磨迦羅秦言我所大品磨字門入諸法我所不可得故論曰若闍磨字即知一切法離我所故肇曰我爲萬物主萬物爲我所又生公曰有我之情自外諸法皆以爲我之所有淨名疏云内心法想爲我計十法界爲所華嚴唱磨字時名大流湍（他端切）激衆峰齊峙（直里切）疏云即我所執性我慢高舉若衆峰齊峙我慢則生死長流湍馳奔激○伽陀秦言底大品伽字門入諸法去者不可得故論曰即知一切法底不可得故華嚴唱伽（上聲輕呼）字時名普安立疏云即一切法行取性○多陁阿伽陁秦言如去大品他字門入諸法處不可得故論曰即知四句如去不可得華嚴唱他（他可切）字時名真如平等藏疏云即是杜處所性○闍（音社）提闍羅秦言生大品闍字門入諸法生不可得故論曰即知諸法生老不可得闍華嚴唱社字時名入世闍海清淨疏云即能所生起○簸大品簸字門入諸法簸字不可得故論曰若闍濕波字即知一切法如濕波字不可

得濕波字無義故不釋華嚴唱鎖字時名念一切佛莊嚴疏云即安隱性○**馱摩**秦言法性大品馱字門入諸法性不可得故論曰即知一切法中法性不可得唯識論明三性一徧計所執性六七二識徧於染淨一切法上計實我法名徧計所執如繩上蛇頌曰由彼彼徧計徧計種種物此徧計所執自性無所有二依他起自性染淨諸法依他衆緣而得生起故云依他如麻上繩頌云依他起自性分別緣所生諸心心所依他起故亦如幻事非真實有爲遣執心心所外實有境故說唯有識若執唯識真實有者亦是法執三圓成實性唯一真空圓滿成實唯麻獨存唯識頌云圓成實於彼常遠離前性證真云言於彼者即於彼依他法上遠離徧計所執便名圓成實性古師摠釋云圓成是真徧計是妄依他淨分同真染分同妄頌曰白日見繩繩是麻夜間見繩繩是蛇麻上生繩猶是妄那堪繩上更生蛇性宗釋圓成云本覺真心始覺顯現圓滿成實真實常住三法皆具空有初則情有理無次則相有性無三則情無理有相無性有南岳云心體平等名真實性心體爲染淨所熏依隨染淨二名法依他性所現虛相果報名分別性唯識云即依此三性說彼三無性初則相無性次無自然性後由遠離前所執法我性故佛密意說一切法無性又云若時於所緣智都無所得（能所一如無有二相）爾時住唯識離二取相故華嚴唱馱字時名觀察揀擇一切法聚疏云即能持界性○**賒多**（都餓切）秦言寂滅大品賒字門入諸法定不可

得故論曰即知諸法寂滅相妙樂云此唱寂滅是滅生之滅非即生之滅即生之滅是不滅故如淨名云法本不然今則無滅是寂滅義華嚴唱奢(尸荷切)字時名隨順一切佛教輪光明疏云即寂靜性○

[呿]秦言虛空大品呿字門入諸法虛空不可得故華嚴唱佉字時名修因地智慧藏疏云即如虛空性○

[叉耶]秦言盡大品叉字門入諸法盡不可得華嚴云唱叉字時名息諸業海藏疏云即盡性○

[迦哆度求那]秦言是事邊得何利大品哆字門入諸法有不可得故論曰即知諸法邊得何利華嚴唱娑(蘇紇切)多(上聲)字時名蠲諸惑障開淨光明疏云即任持處非處令不動性○

[若那]或闍那秦言智大品若字門入諸法智不可得故論云即知一切法中無智相華嚴唱壤字時名作世間智慧門疏云即能所知性佛地經明四智一大圓鏡智者如依圓鏡衆像影現如是依止如來智鏡諸處境識衆像影現(佛地論云大圓鏡智離一切我我所執乃至能現能生一切境界又云此智是如來第八淨識資中云離倒圓成周鑒萬有故名大圓鏡智)二平等性智者證得一切領受緣起平等法性圓滿成故三妙觀察智者住持一切陀羅尼門三摩地門無礙辯才說諸妙法故四成所作智者勤身化業示現種種摧伏諸伎引諸衆生令入聖教成解脫故(然涅槃云依智不依識在聖名成所作智在凡名五識在聖名妙觀察智在凡名六識在聖名平等性智在凡名七識在聖名大圓鏡智在凡名八識雖聖凡體一而迷悟名異故令依智識不依識傳燈智通禪師不會二身四智遂謁六祖求解其義祖曰三身者清淨法身汝之性也圓滿報身汝之智也千百億化身汝之行也若離本性別說三身即名有身無智若悟三身無有自性即名四智菩提聽吾偈曰自性具三身發明成四智不離見聞緣超然登佛地吾今為汝說諦信永無迷莫學馳

求者終日說菩提通曰四智之義可得聞乎祖曰既會三身便明四智何更問耶若離三身別談四智此名有智無身也即此有智還成無智復說偈曰大圓鏡智性清淨平等性智心無病妙觀察智見非功成所作智同圓鏡五八六七果因轉但用名言無實性若於轉處不留性繁興永處那伽定六七因中轉五八果上轉釋籤云菴摩羅是第九本理無染以對真性阿梨耶是第八無沒無明無明之性即是智性故對般若末那識即是第七執持藏識所持諸法即此執持名爲資成以助藏識持諸法故第六但能分別諸法故與第七同爲資成是故今文不論第六若準唯識論轉於八識以成四智又束四智以成三身者則轉第八爲大圓鏡智轉第七爲平等性智轉第六爲妙觀察智轉五識爲成所作智大圓鏡智成法身平等性智成報身成所作智成化身妙觀察智徧於三身此中不取第九乃是教道一途屬對不與今同何者彼居果位三身仍別此在因位三身互融即此三身秖是三德三德據內三身約外今從初心常觀三德故與彼義不可偏同實藏論云智有三種一曰真智謂體解無物本來寂靜通達無涯淨穢不二二曰內智謂自覺無明割斷煩惱心意寂靜滅無有餘三曰外智謂分別根門識了塵境博鑒古今皆通俗事又大品明三智見薩婆若○阿施秦言義大品施字經本作施字門入諸法施字不可得故論曰若聞

他字即知一切法義不可得華嚴唱曷攞多上聲字名生死境界智慧輪疏云即執著義性執著爲生死境義即智慧輪○婆伽秦言破大品婆字入諸法破壞不可得故論曰知一切法不可得破相華嚴唱婆蒲餓切字時名一切智宮殿圓滿莊嚴疏云即可破壞性圓滿之言不空譯爲道場○伽車提秦言法大品車字門入諸法欲不可得故如影五衆亦不可得故論曰即知一切法無所去華嚴車上聲字時名修行方便藏各別圓滿疏云即欲樂覆性○阿濕麼秦言石大品魔字門入諸法魔字不可得故論曰即知諸法牢堅如金剛石華嚴唱娑蘇紇切麼字時名隨十方現見諸佛疏云即可憶念性○火夜秦言喚來大品火字門入諸法喚不可得故論曰即知一切

法無音聲相華嚴唱訶(上聲)婆(上聲)字時名觀察一切無緣衆生方便攝受令出生無礙力疏云即可呼召性無緣召令有緣故○末嗟羅秦言慳大品嗟字門入諸法嗟字不可得故論曰嗟字即知一切法無慳無施相華嚴唱縒(七可切)字時名修行趣入一切功德海疏云即勇健性○伽那秦言厚大品伽字門入諸法厚不可得故論曰即知諸法不厚不薄華嚴唱伽(上聲)字時名持一切法雲堅固海藏疏云即厚平等性○他那他(土茶切)秦言處大品他字門入諸法處不可得故論曰即知諸法無住處華嚴唱吒字時名隨願普見十方諸佛疏云即積集性○拏秦言不大品拏字門入諸法不來不去不立不坐不卧論曰衆生空法空華嚴唱拏(妳可切)字時名觀察字輪有無盡

諸億字疏云即離諸喧諍無往無來行住坐卧謂以常觀字輪故○頗羅秦言果大品頗字門入諸法徧不可得故論曰即知一切法因果空故華嚴唱娑(蘇紇切)頗字名化衆生究竟處疏云即徧滿果報○歌大秦言衆大品歌字門入諸法聚不可得論曰即知一切五衆不可得華嚴唱娑(同前)迦字名廣大藏無礙辯光明輪徧照疏云即積聚蘊性○醝醝(倉我切)大品醝字門入諸法醝字不可得故論曰即知醝字空諸法亦爾華嚴唱也(夷舸切)娑(蘇舸切)字名宣說一切佛法境界疏云即衰老性相○遮邏地秦言動大品遮字門入諸法行不可得故論曰即知一切法不動相華嚴唱室者字時名於一切衆生界法雷徧乳疏云即聚集足跡謂聚集一切衆生法雷即是足跡

〇多邏秦言岸大品咤字門入諸法驅不可得故論曰若聞多字即知一切法此彼岸不可得華嚴唱侘恥加切字時名以無我法開曉衆生疏云即相驅迫性謂無我曉之即爲驅迫〇彼茶秦言必大品茶字門入諸法邊竟處不終不生過茶無字可説論曰即知一切法必不可得華嚴唱陁字時名一切法輪差別藏疏云此究竟含藏一切法輪新譯乃是茶字大品云一字皆入四十二字四十二字亦入一字南嶽大師用表四十二位初阿字門表初住後茶字門表妙覺故曰過茶無可説字爲世執謂之法衆聖所由謂之門

名句文法篇第五十二

瑜伽云佛菩薩等是能説者語是能説相名句文身是所説相成唯識論云名詮自性句詮差別文即是字爲二所依此非色心屬不相應行名曰三假婆沙問云如是佛教以何爲體答一云語業爲體謂佛語言唱詞評論語音語論語業語表是爲佛教此語業師也二云名等爲體名身句身文身次第行列安布聯合爲名句文云何但以聲爲教體此名句師也語業師難曰名句文但顯佛教作用非是自體名句師難曰聲是色法如何得爲教體要由有名乃説爲教是故佛教體即是名名能詮義故名爲體二師異見氷執不通正理論中雙存兩義故正理鈔云案上二説各有所歸諸論皆有兩家未聞决判西方傳説具乃無虧何者若以教攝機非聲無以可聽若以詮求旨非名無以表彰故俱舍云牟尼説法蘊數有八十千彼體語或名是色行

蘊攝體即教體語即語業名謂名句言是色行蘊者由聲屬乎不可見有對色在色蘊收名句屬不相應行在行蘊攝體既通於色行則顯能詮之教聲名句文四法和合方能詮理又復須知佛世滅後二體不同若約佛世八音四辯梵音聲相此是一實名句文身乃是聲上屈曲建立此三是假若約滅後衆聖結集西域貝葉東夏竹帛書寫聖教其中所載名句文身咸屬色法此則從正別分若乃就旁通說佛世雖正屬聲旁亦通色如迦旃延撰集衆經要義呈佛印可斯乃通色滅後正雖用色旁亦通聲以假四依說方可解作此區別教體明矣瑜伽論云諸契經體略有二種一文二義文是所依義是能依十住品云文隨於義義隨於文文義相隨理無舛謬方爲真教此叙體竟○便善那此云文身慈恩疏云文身者爲名句依而顯所表顯有四義一扇二相好三根形四塩如次能顯風凉大人男女味故故名爲顯即喻此文身能顯於理若依古譯翻文爲味但是所顯非能顯也大乘入楞伽云文身者謂由於此能成名句楞伽云形身者謂顯示名句是名形身又形身者謂長短高下注曰形身即字也入楞伽云字身者謂聲長短音韻高下名爲字身今問文與於字爲異爲同荅若未改轉斯但名字若已改轉文即是字是則依類像形爲字形聲相稱曰文○那摩此云名楞伽云名身者謂依事立名是名名身○波陀秦言句句謂句逗逗止也住也大論云天竺語法衆字和合成語衆語和合成句如菩爲一字提

爲一字是二不合則無語若和合名爲菩提大乘入楞伽云句身者謂能顯義決定究竟成唯識論云句詮差別如名爲眼即詮自性若言佛眼天眼乃顯句詮差別也○阿耨窣覩婆或輸盧迦波天竺但數字滿三十二即爲一偈號阿耨窣覩婆偈○嗢駄南此云集施頌謂以少言攝集多義施他誦持○跋渠法華文句云中阿含翻品品者義類同者聚在一段故名品也或佛自唱品如梵網或結集所置如大論（大品一部結集之家本唯三品）或譯人添足如羅什（什師以類加之成九十品）○彌底此云正量相宗明三種量一現量唯約佛果起後得智見實相理有二一定位定心澄湛境皆明證故名現量現者明也二散心現量如五識緣色等時親明而取局附境體分明顯現現者親也

二比量通約凡夫至等覺比量生解如遠見煙比知有火雖不見火言非虛故三證言量諸佛經教以爲證准因明論云能立與能破及似唯悟他現量與比量及似唯自語明義有八一能立三支譬喻宗因由此譬況喻曉宗因宗者所宗所主之義因者所以義建立義世親已前宗等皆爲能立陳那已後唯以一因二喻爲能立宗是所立二能破三似能立四似能破五現量六比量七似現量八似比量因明疏云刊定法體要須二量現量則得境親明比量亦度義無謬度共相境無邪謬矣宗鏡云教無智而不圓木匪繩而靡直比之可以生誠信量之可以定真詮杜狂愚之妄說故得正法之論永轉唯識之旨廣行則事有顯理之功言有定邪之力○都羅此

云喜釋論云五塵中生樂名樂法塵求生樂名喜先求樂願令衆生得從樂因令衆生得喜又云麁樂名樂細樂名喜譬如初服藥時名樂藥發徧身時名喜智論明示教利喜示人好醜善不善應行不應行生死爲醜涅槃安隱爲好分別三乘分別六波羅蜜名示教者教言汝捨惡行善利者未得善法味故心則退沒爲說法引導令出汝莫於因時不求果汝今雖勤苦果報出時大得利益令其心利故名利喜者隨其所行而讚歎之故名爲喜以此四事莊嚴說法智論明三事具足故大歡喜一能說人清淨二所說法清淨三依法得果清淨論又問是諸羅漢已證實際無復憂喜小喜尚無况大歡喜荅羅漢離三界欲未得一切智慧故於諸甚深法中猶疑不

了是般若中了了解說斷除其疑故大歡喜

○摩訶羅　此云無知律中阿難攝衆無法迦葉訶言年少阿難言我今頭白何故名年少荅云汝不善察事同年少老年愚法豈不例之

○梵壇　此云默擯梵壇令治惡性車匿五分云梵壇法者一切七衆不來往交言若心調伏爲說那陀迦旃延經令離有無即入初果文見闡釋迦注

○唱薩　此言訛也正言娑度此云善哉

○阿呼　此云奇哉

○闍維　或耶旬正名茶毗此云焚燒西域記云涅疊槃那舊闍維訛也通慧音義云親問梵僧未聞闍維之名

○陀呵　云燒纂要云用照則暗不生用燒則物不生

○僧相慓多羅　此云有爲大品云一者有爲法相謂十八空智乃至八聖道智十力四無所畏世間法出世間法等二

者無爲法相無生無滅無住無異無垢無淨無增無減諸法自性大論釋曰有爲法相是作相先無今有已有還無故無上相違即無爲法相然此二法若約相即如般若云佛告善現不得離有爲說無爲不得離無爲說有爲（宗鏡云或事理相即亦得此理是成事之理此事是顯理之事）若約俱立如華嚴云於有爲界示無爲理不滅有爲之相（宗鏡云或理事不即亦得以全理之事非理能依非所依不壞俗諦故）於無爲界示有爲之法不壞無爲之性（宗鏡云以全事之理非事所依非能依不隱真諦故若約俱泯）不道智經云所謂一心本法非有爲故能作有爲非無爲故能作無爲○【般遮于瑟】或般遮跋利沙此云五年一大會○【般遮于旬】此云五神通人經云般遮于旬乃以其瑟歌頌佛德○【四毘舍羅】念佛三昧經云度脫五道四毘舍羅注云此或言施戒法此無慳義○【沒栗度】此云耎物柔曰耎○【麗掣毘】（掣昌制切）此云細滑○【諄那】（諄之閏切）此云碎末○【四壂】此云別住此處作法餘不相通○【嘔瑟尼沙】此云髻無上依經云欝尼沙頂骨涌起自然成髻故名肉髻○【烏瑟膩沙】此云佛頂○【母陀羅】構李曰結印手也○【迦私】或迦尸此云光能發光故釋迦世尊圓光一尋阿彌陀佛光明無量智論云無量有二種一者實無量二者有量之無量見第七卷○【舍利】新云室利羅或設利羅此云骨身又云靈骨即所遺骨分通名舍利光明云此舍利者是戒定慧之所熏修甚難可得最上福田大論云碎骨是生身舍利經卷是法身舍利法苑明三種舍利一是骨其色白也二是髮舍利其色黑也三是肉舍利其色赤也菩薩

羅漢皆有三種若佛舍利槌擊不破弟子舍利槌試即碎感通傳天人王璠言是大吳蘭臺臣也會師初達建業孫主即未許之令感希有之事爲立非常之法于時大地神祇咸加靈被於三七日遂感舍利吳主手執銅瓶傾銅盤内舍利所衝盤即破裂火燒椎試俱不能損遂興佛法又多聞長子名那吒嘗以佛牙贈宣律師

太祖皇帝疑非真牙以火煆之了然不動遂成願文

太宗皇帝聖製頌曰

功成積劫印文端　不是南山得恐難

眼覩數重金色潤　手擎一片玉光寒

鍊時百火精神透　藏處千年瑩彩完

定果熏修真祕密　正心莫作等閑看

真宗皇帝聖製偈曰

西方有聖號迦文　接物垂慈世所尊

常願進修增妙果　庶期饒益在黎元

仁宗皇帝御製贊曰

三皇掩質皆歸土　五帝潛形已化塵

夫子域中誇是聖　老君世上亦言真

埋軀秖見空遺冢　何處將身示後人

惟有吾師金骨在　曾經百鍊色長新

徽宗皇帝崇寧三年重午日當迎請釋迦佛牙入内祈求舍利感應隔水晶匣出如雨點神力如斯嘉歎何已因以偈贊

大士釋迦文　虚空等一塵　有求皆赴感

無刹不分身　玉瑩千輪在　金剛百鍊新

我今恭敬禮　普願濟群輪

○摩奴末那此云意生身楞伽經明三種意

生身山家法華玄淨名疏輔行記伸明此義其名互出後學披卷罔曉厥旨由是不揆庸淺輒開二門 初釋通號 次辯別名

原大通號意生者意謂作意此顯同居之修因生謂受生此彰方便之感果故曰安樂作空意三昧作假意自性作中意又意者如意故魏譯入楞伽經云隨意速去如念即至無有障礙名如意身又意者意憶故唐譯大乘入楞伽經(文有七卷)佛告大慧意生身者譬如意去速疾無礙名意生身此即從譬號意生身彼經兩義釋此通名初云大慧譬如心意於無量百千由旬之外憶先所見種種諸物念念相續疾詣於彼非是其身及山河石壁所能爲礙意生身者亦復如是次云如幻三昧力神通自在諸相莊嚴憶本成就衆生願故猶如意去生於一切諸聖衆中輔行釋云初云憶處次云憶願二義並是意憶生故名爲意生然此通名先達釋云生方便已憶先同居所見凡境智願熏修作意來生神通化物今謂此解遠文失旨且遠文者淨名疏云三種意生身所不能斷故生有餘受法性身是則祖師釋名從下以生上先達解義自上而來下顛倒談之遠於文矣其失旨者經中憶先所見本是喻文先賢迷之而作法解故知舊釋未善通名也然智者疏稱意生身以依宋譯楞伽故(楞伽阿跋多羅寶經文有四卷)荊溪記中名意成身以準唐譯楞伽故雖二經名殊而義歸一揆以後譯經取成就義號意成身故記主云成之與生並從果說是則意之一字乃順於因生之一字則從於果故知此名因果雙

立也次辯別名者初法華玄義一安樂法義生身此欲擬二乘人入涅槃安樂意也二三昧意生身此擬通教出假化物用神通三昧也三自性意生身此擬別教修中道自性意也今釋曰初名安樂者以舊經云安住心海識浪不生故智者立爲安樂法也此乃用經義以立名二名三昧意生身者以舊經云得如幻三昧無量相力具足莊嚴隨入佛刹故智者立爲三昧意生也然則今宗三諦俱受三昧之名此文既以神通而釋則當俗諦三昧如釋籤云若於諸知識所但得俗諦三昧但破無知名爲無明今此三昧與彼文同三曰自性者以舊經云覺一切佛法緣自得樂相故智者立爲自性意生以別教中道是諸法之自性故淨名記云若不見中則不見於

諸法自性然此玄義不用被接解釋唯約前之三教以伸者斯則順乎教旨也良以作意之名從偏教立由無照性之功遂有別修之行所以圓教無此意耳故輔行云玄文不云攝入三者以觀勝故且置不論又意生之名宜在教道二淨名疏云一三昧正受意生身恐是通教同入真空寂定之樂故涅槃云聲聞定力多故不見佛性二覺法性意生身恐是別教菩薩雖證偏真而覺知有中道法性三無作意生身此恐是圓教菩薩觀於中道無作四諦圓伏無明今釋曰初名三昧吾祖既以真空寂定而釋此則屬乎真諦三昧以此之定心寂不動故名正受位次言之如記主云若約通教七地已上或至九地此之初名全依經立經如下引二名覺法性者覺謂覺知

法性乃是但中之理以位言之如記文曰言自性者別住同通應取十行此之一名亦依經立三名無作者圓中稱性修德行亡故云無作以位言之如記主云圓教既云伏於無明即知七信也然茲疏文若約正接甄明此用通教一正以釋初名復以別圓兩接銷後二義若望玄文前則無於三藏後乃加乎圓教而此文中前無三藏者乃順教旨以界外之土小乘未詮故談意生不用三藏復加圓者此順位義以由別圓似解未發真修皆名作意然淨名疏明意生身雖指勝鬘及乎釋義全用楞伽當知勝鬘但有通名無別號矣三輔行記云一入三昧樂意成身亦云正受即三四五地心寂不動故二覺法自性意成身即八地中普入佛刹故以法爲自性三種類俱生無作意成身謂了佛證法今釋曰初之一名既指通教三地已去與前二文名義大同如唐譯經云三四五地入於三昧離種種心寂然不動心海不起轉識浪波了境心現皆無所有是名入三昧樂意成身宋譯魏譯則名三昧樂正受意生身二名覺法自性意成身者與妙玄第二名異義同然記文中既指八地入假乃以覺了如幻之法通達自在名爲覺法自性故唐譯經云謂八地中了法如幻皆無有相心轉所依住如幻定及餘三昧能現無量自在神通如華開敷速疾如意如幻如夢如影如像非造所造與造相似一切色相具足莊嚴普入佛刹了諸法性是名覺法自性意成身宋譯名覺法自性性意生身魏譯名如實覺知諸法相意生身三名種類俱生無作行意成身者種以能生爲義類從

流類立名中道之觀能生佛界故此因位與果爲類故曰種類俱生也經中亦名聖種類身言無作者別十回向了佛證法故名無作故唐譯經云了達諸法自證法相是名種類俱生無作行意成身宋魏二譯此名皆同然第三名雖三文立名俱異而同對中觀復與淨名第二之名義亦同矣然荆溪師自斷記文則云此約通教及以別接竪判次位故知輔行用通一正及別接也問曰凡作記者本扶於疏何緣此記釋意生身但用通教竪論位次有異智者二疏之義荅曰準記示云故知今判與經意同經文未攝別位爲異是知荆溪異智者者爲順本經故問曰準經判位既唯在通何緣智者用四教釋耶荅曰秖由意生之義該乎九人藏教二乘通教二乘別三十心圓十信位所以吾祖就義釋之適

時有異問曰天台頓悟法相朗然淨名疏内馬稱恐是法華玄中安言欲擬乎荅曰淨名記云皆言恐者尊重聖典兼示無執三重階降經文義含爲是何教所以立名既通解義難局或以偏圓而釋或約正接而伸不固執之乃云欲擬問曰小教不談界外二乘但謂無生何嘗要心生方便耶荅曰法性之土雖昔未聞變易之身在後當受何者期心趣果秉志修因欲出煩惱之方願入涅槃之境未亡取捨還有死生如是之懷寧逃作意歟人不曉之却云約大乘判謬之甚矣問曰是時過意地住在智業中是則大論明於實報既是智生何故淨名定於十地猶通意生耶荅曰淨名記云一者但是未極名意二帶教道挫之言意問曰寶性論云二乘於無漏界生

三種意陰未審意生意陰同異云何荅曰釋籖解云二乘在彼三中之一今通言之故云三種非謂二乘盡具三也言意陰者由意生陰名爲意陰又作意生陰名爲意陰又意即是陰名爲意陰前之兩釋從因得名後之一釋從果立號荆溪既云二乘在彼三中之一此乃當於安樂法意是則經與論文名雖小異義實大同昔因講次聊述梗槩今附此集刊助來哲

翻譯名義集卷第十三

翻譯名義集卷第十四

宋姑蘇景德寺普潤大師法雲編

增數譬喻篇第五十三

太虛水月並喻體空兎角龜毛皆況名假因動背定比舟行而岸移由妄迷眞譬雲駛而月運六道生死若朽故之火宅諸佛涅槃譬清凉之寶渚今欲開解遂集譬喻俾聞法人見月亡指冀修行者到岸捨筏故引而伸之

○**阿波陀那** 此云譬喻文句云譬者比況也喻者曉訓也至理玄微抱迷不悟妙法深奥執情奚解要假近以喻遠故借彼而況此涅槃經說喻有八種一順喻二逆喻三現喻四非喻五先喻六後喻七先後喻八徧喻順喻者天降大雨溝瀆皆滿溝瀆滿故小坑滿等如來法雨亦復如是衆生戒滿戒滿足故不悔心滿等逆喻者大海有本所謂大河大河有本所謂小河等以喻涅槃有本謂解脫等現喻者衆生心性猶如獼猴非喻者如來曾對波斯匿王說有四山從四方來欲害於人王若聞者當設何計王即答云唯當專心持戒布施四山即是生老病死常來切人故云非喻先喻者譬如有人貪著妙華欲取之時爲水所漂衆生亦然貪著五欲爲生老病死之所漂沒後喻者莫輕小惡以爲無殃水渧雖微漸盈大器先後喻者譬如芭蕉生果則死愚人得養亦如是如騾懷妊命不久全徧喻者三十三天有波利質多樹其根深入有五由旬枝葉四布葉熟則黃諸天見已心生歡喜其葉既落復生歡喜枝變色已又生歡喜等我諸弟子亦如是葉色黃者喻我弟子

念欲出家其葉落者喻我弟子剃除鬚髮等經中具說以此樹等徧喻佛弟子等故云徧喻又第五卷明分喻云面貌端正如盛滿月白象鮮潔猶如雪山滿月不可即同於面雪山不可即是白象不可以喻喻真解脫爲衆生故故作是喻雪山比象安責尾牙滿月況面豈有眉目

○**斫訖羅**此土翻輪淨名云三轉法輪於大千其輪本來常清淨言三轉一曰示轉二曰勸轉三曰證轉所云法者軌持名法軌謂軌則令物生解持謂任持不捨自體輔行云輪具二義一運轉義二摧碾義文句云轉佛心中化他之法度入他心名轉法輪輔行云以四諦輪轉度與他摧破結惑如王輪寶能壞能安法輪亦爾壞煩惱怨安住諦理智論云諸佛法輪有二種一者顯二者密顯謂顯露言顯義露號顯露教如在鹿苑顯爲五人說小密爲八萬說大密謂秘密先達釋秘乃分二種一者隱秘在昔四時權謀隱覆曰秘神用潛益曰密二者真秘在今法華昔所未說爲秘開已無外爲密今論秘密復有二種一者至理秘密阿含云甚深之理不可說第一義諦無聲字故楞伽云我於某夜成道某夜入般涅槃中間不說一字依何密語作如是說佛言依二密語謂緣自得法及本住法發軫釋云自得法者修德也本住法者性德也是則如來道場所得實智是法非思量分別之所能解亦不可以容聲矣故法華云止止不須說我法妙難思言語道斷故不須說心行處滅故妙難思所以掩舌摩竭用啟息言之津杜口毘耶以通得意之路故達磨西來少林面

壁神光往彼晨夕恭承夜遇大雪堅立不動遲明過膝師憫問曰當求何事光悲淚曰惟願和尚慈悲開甘露門師曰諸佛無上妙道曠劫精勤難行能行難忍而忍豈以小德小智輕心慢心欲冀真乘徒勞勤苦光聞師誨潛取利刀自斷左臂置於師前師知是法器乃曰諸佛最初求道爲法忘形汝今斷臂吾前求亦可在遂與易名慧可光曰諸佛法印可得聞乎師曰諸佛法印匪從人得光曰我心未寧乞師與安師曰將心來與汝安光曰覓心了不可得師曰我與汝安心竟據此達磨但爲除病道絶言說二者言詞秘密如諸神咒雖立語言詞句義密人不能解究此密談之法意在遮惡持善故陀羅尼翻爲遮持遮謂遮惡持謂持善此釋龍樹二種法輪若依天台乃辨八教頓漸秘密不定示佛設化之儀式名化儀四教藏通别圓釋佛化物之法門號化法四教方味具足應病授藥煩惱惡疾自然消伏宗鏡問達磨以心傳心不立文字何用廣引佛菩薩教借蝦爲眼無自己分答木匪繩而靡直理匪教而不圓以聖言爲定量邪僞難移用至教爲指南依憑有據圭峯云經是佛語禪是佛意諸佛心口必不相違忠國師云應依佛語一乘了義契取本源心地轉相傳授與佛道同五祖莊嚴大師一生訓徒常舉維摩曰不著世間如蓮華常善入於空寂行達諸法相無罣礙稽首如空無所依時有人問此是佛語欲得和尚自語師云佛語即我語我語即佛語願諸智者勿分别焉○一門法華云是舍唯有一門而復

狹小天台釋曰别者一謂一理一道清淨門謂正教通於所通小謂不容斷常七方便等教理寬慱則非狹小衆生不能以此理教自通將談無機故言狹小耳通者理純無雜故言一即理能通故言門微妙難知故言狹小教者十方諦求更無餘乘唯一佛乘故言一此教能通故言門○

二翼 亦喻二輪又譬二門故止觀云馳二輪而致遠喻止觀以横周鼓兩翅以高飛譬定慧之竪徹故荆溪洛左溪曰疇昔之夜夢披僧服腋二輪游大河之中左溪曰噫汝當以止觀二法度羣生於生死之淵乎大品佛告須菩提譬如有翼之鳥飛騰虛空而不墮墜雖在空中亦不住空須菩提菩薩摩訶薩亦復如是學空解脫門學無相無作解脫門亦不作證故不墮聲聞辟支佛地譬二門者智論云欲成佛道凡有二門一者福德二者智慧行施戒忍是爲福德門知一切諸法實相摩訶般若波羅蜜是爲智慧門菩薩入福德門除一切罪所願皆得若不得願者以罪垢遮故入智慧門則不厭生死不樂涅槃二事一故今欲出生摩訶般若波羅蜜要因禪定門禪定門必須大精進力此以六度合譬二門免踟蹰於小逕令優游於通衢也寶積喻二種縛一見縛二利養縛又喻二種癰瘡一者見求他過二者自覆已罪又喻二種毒箭雙射其心一邪命爲利二樂好衣鉢此三雙喻覽宜自照中繩之謂君子不中繩之謂小人焉○

三目 涅槃云如摩醯首羅面上三目章安涅槃疏云摩醯首羅居色界頂統領大千一面三目三目一面

不可單言一三縱橫若並若別能嚴天顏作世界主徹照三千不縱不橫嚴主照世一切皆成三德亦爾縱橫並別秘藏不成不縱不橫秘藏乃成天台云備說三德爲涅槃雖三點上下而無縱表裏而無橫一不相混三不相離釋籤云上一是縱義雖一點在上不同點水之縱三德亦爾法身本有不同別教爲惑所覆表裏是橫義雖二點居下不同烈火之橫三德亦爾二德修成不同別人理體具足而不相收故借縱橫之譬顯非並別之法斯可通喻十種三法如光明玄學者覽之○

四蛇金光明經云猶如四蛇同處一篋四大蚖蛇其性各異天台釋云二上升是陽二下沉是陰何故相違猶其性別性別那能和合成身故大集云昔有一人避二醉象(生死)緣藤(命根)入井(無常)有黑白二鼠(日月)嚙藤將斷旁有四蛇欲螫(四大)下有三龍吐火張爪拒之(三毒)其人仰望二象已臨井上憂惱無託忽有蜂過遺蜜滴入口(五欲)是人唼蜜全無危懼○

四喻金光明經四佛同舉山斤海滴地塵空界尚可盡邊無有能計釋尊壽命天台釋云若從信相所疑應言壽有量若從四佛釋疑應言壽無量孤山索隱未善此文執能喻之有量迷所況之無量以下三無常之數釋上三常壽之身報應淆混疑釋顛倒垂裕後昆當詳察焉○

五味聖行品云譬如從牛出乳從乳出酪從酪出生酥從生酥出熟酥從熟酥出醍醐譬從佛出十二部經從十二部經出九部修多羅從九部出方等從方等出摩訶般若從摩訶般若出大涅槃此喻一取相生次第

牛譬於佛五味譬教乳從牛出酥從乳生二酥醍醐次第不亂二喻濃淡此取一番下劣根性所謂二乘在華嚴座不信不解不變凡情故譬其乳次至鹿苑聞三藏教二乘根性依教修行轉凡成聖譬轉乳成酪次至方等聞彈斥聲聞慕大耻小得通教益如轉酪成生酥次至般若奉敕轉教心漸通泰得別教益如轉生酥成熟酥次至法華三周說法得記作佛如轉熟酥成醍醐此乃約教豎辨其如約教橫辨兼但對帶多少可知晉華嚴云譬如日出先照一切諸大山王次照一切大山次照金剛寶山然後普照一切大地又云譬如日月出現世間乃至深山幽谷無不普照此喻先照高山次照幽谷後照平地天台準涅槃五味演第三平地開爲三時方等如食時般若如禺中法華如正午釋籤問曰應還取涅槃本文何以却取華嚴文耶非但數不相當亦恐文意各別答涅槃五味轉變而秖是一乳華嚴三照不同而秖是一日今演平地之譬以對涅槃後之三味數雖不等其義宛齊又涅槃以牛譬佛乳從牛出譬佛初說大乳出已後其味轉變猶成分譬故此下文義立五味皆從牛出未若華嚴日譬於佛光譬說教日無緣慈非出而出衆機所扣非照而照故使高山幽谷平地不同同稟教光終歸等照故用兩經二義相成佛出娑婆慈濟羣彙經五十年普潤無方而此二喻粲然可觀乃使感應之道彰矣華嚴五喻別況五蘊文見心經輔中記也○

六賊原性明靜因情昏散狂心若歇眞佛自彰當知塵識是賊

止觀是兵(禪止心散觀照心昏)喻雖遣兵而討賊法要即賊以成兵如楞嚴曰眼耳鼻舌及與身心六爲賊媒自劫家寶(媒訓謀謀合二姓名媒六根能生六識令著六塵所以六根如媒人也)金光明云猶如世人馳走空聚(六根虛假如空聚落)六賊所害愚不知避(六塵污染害智慧命劫功德財故名六賊)亦名六衰妙樂云衰秖是賊能損耗故法句經云昔佛在時有人河邊樹下學道二十年但念六塵(色聲香味觸法)心無寧息佛知可度化作沙門樹下共宿其夜月明龜從河出野干欲噉龜縮其頭尾及四足藏於甲中狗不得便須臾遠去龜還入水道人見此語沙門曰龜有護命之鎧野干不能得便沙門對云世人不知此龜放恣六情外魔得便復說偈曰藏六如龜防意如城慧與魔戰勝則無患須知無爲能殺其賊故安般守意經云有

外無爲有內無爲外無爲者眼不視色(色壞我眼爲恩愛奴一角大仙因著色故頭騎婬女)耳不聽聲(鼓樂歌笑聞生惑著五百仙人聞女歌聲皆失禪定)鼻不受香(種種香氣動諸結使愛蓮華香池神訶責)口不味味(沙彌味酪爲酪中蟲何況貪食酒肉葱薤)身離細滑(智論明術婆伽欲火內發燒身爲灰)意不妄念(楞嚴云縱滅一切見聞覺知內守幽閑猶爲法塵分別影事惟無念三昧經云人生世間所以不得道者但坐思想穢念多故一善念者得善果報惡念者得惡果報如響應聲如影隨形若攝念者心不放逸)內無爲者數息相隨止觀還淨(此名六妙門一數息二隨息三止四觀五還六淨)經又問曰現有所念何以無爲答身口爲戒意向道行雖有所念本趣無爲也無行經云觀身畢竟無觀受內外空觀心無所有觀法但有名古德云見聞覺知本非因(見色聞聲覺香味觸心知六塵)當體虛玄絕妄真見相不生癡愛業洞然全是釋迦身無機子復述短頌普勸人間壽短地獄苦長惡須日息善要時

揚○六喻秦金剛云一切有爲法如夢幻泡影如露亦如電應作如是觀初俞夢者寐中神游也列子分六夢一正夢(平居自夢)二愕夢(驚愕而夢)三思夢(思念而夢)四寤夢(覺而道之而夢)五懼夢(恐懼而夢)六喜夢(喜悅而夢)周禮占六夢之吉凶善見律明四種夢一四大不和夢夢見山崩飛騰虛空或見虎狼獅子賊逐二先見故夢晝見白黑及男女相夜則夢見三天人與夢若善知識天人示善得善若惡知識示惡得惡四想心故夢前身修福今感吉夢先世造罪今感凶夢石壁法師釋夢喻云如有一人(真如一心)忽然睡著(不覺無明忽起)作夢(最初業識相)見(轉識見相)種種事(現識相)起心分別(六麤初智相)念念無間(二相續相)於其違順深生取著(三執取相)爲善爲惡是親是疎(四計名字相)於善於親則種種惠利於惡於疎則種種凌損(五起業相)或有報恩受樂或有報怨受苦(六業繫苦相)忽然覺來上事都遣(覺唯心故佛如夢覺如蓮花開)釋籤辨夢三觀云如於夢中修因得果夢事宛然即假也求夢不可得即空也夢之心性即中也止觀云若體知心性非真非假息緣真假之心名之爲正諦觀心性非空非假而不壞空假之法若能如是照了則於心性通達中道圓照三諦○二喻幻者楞伽云如工幻師依草木瓦石作種種幻起一切衆生若干形色起種種妄想釋籤云嫺幻之名通於偏圓今從圓說一心三幻淨名記云具如幻化俗同真異一俗三真指要立三種幻以性奪修幻但理隨緣幻緣生無體幻故指要云性本圓具偏發由熏以性奪修故修如幻又云然此尚非但理隨緣之幻豈同緣生無體之

幻方知如幻名同幻義各異〇三喻泡者淨名疏云上水滴下水上水爲因下水爲緣得有泡起斯須即無〇四喻影者顏氏家訓云影字當爲光景之景凡陰景者因光而生即謂影也尚書云惟景響晉葛洪字苑傍加彡於景切梵云頻婆帳此云身影淨名疏云有物遮光則有影現物異影異物動影動無明行業遮理智光則有三事報身影現業異從生至死流動非一〇五喻露者大戴禮云露陰陽之氣也夫陰氣勝則凝爲霜雪陽氣勝則散雨露朝陽纔照蘸露即晞人生處世奄忽何期〇六喻電者經律異相明四電師或云電是龍瞬眼生光五經通義曰電雷光也顧凱之曰電陰陽相觸爲雷電經取疾速之象令悟無常之法性通達者當起信志此釋六種能喻其所譬法今述頌曰

世界變成如幻化　受想行起似浮泡
法塵緣慮同觀影　身似露珠垂樹梢
過去翻思事若夢　現前如電耀荒郊
須知畢竟常空寂　自是無端與物交

〇**六輪**本業瓔珞經云鐵輪十信位銅輪十住位銀輪十行位金輪十向位琉璃輪十地摩尼輪等覺妙覺〇**七華**維摩經云無漏法林樹覺意淨妙華天台釋云覺意即七覺支一擇法二精進三喜四除五捨六定七念七覺調停生真智因華故智論云無學實覺此七能到故以爲華又云定水湛然滿布以七淨華天台釋云一戒淨是正語業命二心淨是精進念定三見淨是正見正思惟四斷疑淨是見道五分別淨六行淨是修道七涅槃淨是無學道又涅槃云譬如有人而有七子是七

子中一子遇病父母之心非不平等然於病者心則偏重章安釋云或以七方便根性爲七子謂人天二乘三教菩薩是七子中有起過者心則偏重又智論云智度大道佛善來智度大道佛窮底智度相義佛無礙稽首智度無子佛古人立四義釋無子一者無等一切衆生無與佛等二云無礙佛是法王於法自在三云無子復有二義一者就理佛能體悟無生真理名爲無子二者就事如來生死種子已盡故名無子四者無子亦有二義一者般若名爲佛母母有七子謂佛菩薩及辟支佛并四果人此七子中佛最居長故云無子二者無明蔽中無有智慧種子故云無子

○**八筏**郭璞云水中簰筏功德施論云如欲濟川先應取筏至彼岸已捨之而去智論引筏喻經云汝等若解我筏喻法是時善法宜應棄捨況不善法斯乃無所得之要術俾不凝滯於物矣故德王品曰譬如有王（智論王喻魔王）以四毒蛇盛之一篋令人瞻養若令一蛇生嗔恚我當準法戮之都市其人怖畏捨篋逃走王時復遣五旃陀羅拔刀隨後一人藏刀詐爲親善其人不信投一聚落欲自隱匿既入聚中不見人物即便坐地聞空中聲云今夜當有六大賊來其人恐怖復捨而去路值一河其水漂急即取草木爲筏截流而去既達彼岸安穩無患菩薩亦爾聞涅槃經觀身如篋四大如蛇五旃陀羅即是五陰詐親即貪愛空聚即六入六賊即外六塵河即煩惱筏即道品（智論云筏是入正道）到於常樂涅槃彼岸又喻八輪正理論云如世間輪有輻轂輞八

支聖道似彼名輪正見正思惟正勤正念似輻正語正業正命似轂正定似輞三事具足可乘轉於通衢也○**九喻**方等如來藏經佛爲金剛藏菩薩説一法九喻具有十文經云我以佛眼觀一切衆生諸煩惱中有佛智眼有如來身結加趺坐儼然不動下有九翻長行偈頌寶性論佛性論具釋圭山疏引今畧録示一偈云譬如萎變華論云貪煩惱亦覆初樂後不樂其華未開敷天眼者觀見如來身無染此法身體二云譬如巖樹蜜説一味法無量蜂圍繞論云羣蜂爲成喻嗔心嚚諸人善方便取者先除彼衆蜂三云譬如彼粳糧説種種法穅檜未除蕩論云如是癡心纏不見內堅實貧者猶賤之謂爲可棄物四云如金在不淨真如不變隱沒莫能見論云增上貪嗔癡圭山云上三種子今喻麁顯現行發身口意造一切業故云增上天眼者乃見即以告衆人五云譬如貧人家相辛無明無覆無記未有愛惡之相名無明住地內有珍寶藏法身爲萬德所依王既不知見寶復不能言六云譬如菴羅果此喻見惑內實不毀壞報化身佛性種之於大地必成大樹王七云譬如持金像出纏法身行詣於他方裹以穢弊物此喻思惑棄之於曠野八云譬如貧女人色貌甚醜陋喻八不淨地垢而懷貴相子當爲轉輪王喻成報身九云譬如大冶鑄無量真金像喻成化身愚者自外觀但見焦黑土八九十淨地諸垢又魏譯金剛云一切有爲法如星翳燈幻露泡夢電雲應作如是觀彌勒頌曰見相及於識器身受用事過去現在法亦觀未來世論釋曰譬如星宿爲日所映有而不現能見心法亦復如是此譬見分又如目有翳則見毛輪等色觀有爲法亦復如是以顛倒見故此譬相分大雲釋曰此喻若執在意見實我法此翳配在第七以常行故圭山云既在第七即知是見分毛輪喻我法我法即第七

（家相分是第八也）又如燈識亦如是依止貪愛法住故（此喻識體）又如幻所依住處亦復如是以器世間種種差別無一體實故（此譬器）又如露身亦如是以少時生故（此譬身）又如泡所受用事亦如是以受想因三法不定故（此喻受用事故）又如夢過去法亦如是以惟念故（此喻過去法）又如電現在法亦如是以刹那不住故（譬現在法）又如雲未來法亦如是以於子時阿梨耶識爲一切法爲種子根本故（此譬未來）○**十寶**光明經云我當安止住於十地十種珍寶以爲脚足天台釋云珍寶者十地因可貴諸地即是珍寶也脚足者十地是果家之基故言脚足又十度是十地之脚足於餘功德非爲不修隨力隨分正以檀爲初地之足檀足若滿得入初地乃至智度足滿得入十地又如法華十喻況勝文見彼經

半滿書籍篇第五十四

涅槃云譬如長者唯有一子心常憶念憐愛無已將詣師所欲令受學懼不速成尋便將還以愛念故晝夜殷勤教其半字而不教誨毗伽羅論何以故以其幼稚力未堪故

○**離佉**此云書釋名曰書庶也紀庶物也春秋左傳序云大事書之於策小事簡牘而已文選注云大竹名策小竹名簡木版名牘尚書序云伏羲神農黃帝之書謂之三墳言大道也少昊顓頊高辛唐虞之書謂之五典言常道也世歷明三古伏羲爲上古文王爲中古孔子爲下古司馬遷史記辨六宗一陰陽使人拘而多所畏然其序四時之大順不可失也二儒者博而寡要勞而少功是以其事

難盡從然其序君臣父子之禮不可易也三墨者儉而難遵是以其事不可徧循然其强本節用不可廢也四名者使人儉而善失真然其正名實不可不察也五法者嚴而少恩然其正君臣上下之分不可改矣六道德者使人精神專一動合無形其爲術也明陰陽之大順采儒墨之善要與時遷移應物變化立俗施事無所不宜指約而易操事少而功多班固漢書明九流一儒流順陰陽陳教化述唐虞之政宗仲尼之道焉二道流守弱自卑陳堯舜揖讓之德奉周易之謙恭也三陰陽流順天歷象敬受民時矣四法流明賞勑法以順禮制耳五名流正名列位言順事成矣六墨流清廟宗祀養老施惠也七縱横流謂受明使專對權事焉八雜流兼儒墨之銓含名法之訓知國大體事無不貫矣九農流勸勵耕桑備陳食貨耳彌天云史遷六氏道家爲先班固九流儒宗爲上○**悉曇章**西域悉曇章本是婆羅賀磨天所作自古迄今更無異書但點畫之間微有不同悉曇此云成就所生悉曇章是生字之根本說之爲半餘章文字具足說名爲滿又十二章悉名爲半自餘經書記論爲滿類如此方由三十六字母而生諸字澤州云梵章中有十二章其悉曇章以爲第一於中合五十二字悉曇兩字是題章總名餘是章體所謂惡阿乃至魯流盧樓○**毘伽羅**章安疏曰此云字本河西云世間文字之根本典籍音聲之論宣通四辯訶責世法讚出家法言詞清雅義理深遠雖是外論而無邪法將非善權大士之所爲也

故以此論喻方等經三藏傳云其音不正正云毗耶羯剌諵女咸切此翻爲聲名記論以其廣紀諸法能詮故名聲名記成劫初梵王說百萬頌住劫初帝釋畧爲十萬頌○**攝拖苾馱**此云聲明西域記云開蒙誘進先遵十二章七歲之後漸授五明大論言五明者一曰聲明釋詁訓字詮目流別二工巧明伎術機關陰陽曆數三醫方明禁呪閑邪藥石針艾四因明考定正邪研覈真僞外道言論五曰內明究暢五乘因果妙理大般若云五地菩薩覺五明此內五明也外王明者前四明同五曰符印○**韋陀**亦名吠陀此云智論知此生智即邪智論亦翻無對舊云毗陀訛也韋陀有四一阿由此云方命亦曰壽謂養生繕性二殊夜謂祭祀祈禱三婆磨謂禮儀占卜兵法軍陣四阿達婆謂異能技數禁呪醫方索隱引摩蹬伽經云初人名梵天造一韋陀次有仙名白淨變一爲四一名讀誦二名祭祀三名歌詠四名禳灾次名弗沙有二十五弟子各一韋陀能廣分別或云韋陀是符檄漢書高紀曰檄以木簡爲書長尺二寸用徵召也其有急事則加鳥羽插之示疾速也○**佉路瑟吒**或佉樓謂北方邊處人書○**僧佉論**正云僧企耶此云數術又翻數論輔行云迦毗羅說經十萬偈名僧佉論用二十五諦明因中有果計一爲宗言二十五諦者一者從冥初生覺過八萬劫前冥然不知但見最初中陰初起以宿命力恒憶想之名爲冥諦亦云世性謂世間衆生由冥初而有即世間本性也亦曰自然無所從故從此生覺亦名爲大

即中陰識也次從覺生我心者此是我慢之我非神我也即第三諦從我心生色聲香味觸從五塵生五大謂四大及空塵細大麁合塵成大故云從塵生大然此大生多少不同從聲生空大從聲觸生風大從色聲觸生火大從色聲觸味生水大五塵生地大地大籍塵多故其力最薄乃至空大籍塵少故其力最强故四輪成世界空輪最下次風次火次水次地從五大生十一根謂眼等根能覺知故故名爲根名五知根手足口大小遺根能有用故名五業根心平等根合十一根心能徧緣名平等根若五知根各用一大謂色塵成火大火大成眼根眼根還具色空塵成耳根耳根還聞聲地成鼻水成舌風成身亦如是此二十四諦即是我所皆依神我名爲主

諦能所合論即二十五〇**衛世師**正云鞞崽（所皆切）此云無勝優樓僧佉計六徧造但限根火多乃至身根風多文見金七十論輔行云傴僂僧佉此云休留仙其人晝藏山谷以造經書夜則遊行說法教化猶如彼鳥故得此名亦名服足其人在佛前八百年出世亦得五通說論十萬偈名衛世師〇**勒沙婆**此云苦行以筭數爲聖法造經十萬偈名尼乾子此三仙說無漏盡通故唯五通宗鏡云迦毗羅計因中有果僧佉計因中無果勒沙婆計因中亦有果亦無果〇**毘世**此云勝異論即六句義於實句中有九法地水火風空時方等計積極微以成器世間此外道計極微常住不滅〇**尼羅蔽荼**西域記云唐言青藏記言書事各有司存史誥總稱謂尼羅蔽荼善

惡見舉災祥備著前漢書明劉歆七略輯略輯與集同師古曰謂諸書之總要六藝略六經也諸子略詩賦略兵書略術數略占卜之書方技略醫藥之書說苑明人臣之行有六正六邪一者萌兆未現見存亡之機名爲聖臣二者進善通道功歸於君名爲大臣三者卑身進賢稱古行事以勵主意名爲忠臣四者明察早見終無憂患名爲智臣五者守文奉法飲食廉節名爲貞臣六者國家昏亂而不諛犯主嚴顏言主之過身死國安名爲直臣阮瑀論通士以四奇高人必有四難之思言多方者中難處也術饒津者要難求也意弘博者情難足也性明察者下難事也阮瑀論質士以四短遺人必有四安之報少言詞者政不煩也孟喜所以不能答郊勞也寡知見者物不擾也慶氏所以困相鼠也左傳云齊慶封來聘叔孫與慶食不敬爲賦相鼠亦不知也專一道者思不散也混濛蔑者民不備也○**路伽耶**應法師譯云順世本外道縛摩路迦也天台曰此云善論亦名師破弟子慈恩云此翻惡對答是順世者以其計執隨於世間之情計也劉虬云如此土禮義名教○**逆路伽耶陀**應師云逆路底迦此云左世天台曰此惡論亦名弟子破師慈恩云此翻惡徵問左道惑世以其所計不順世間故也劉虬云如此土莊老玄書故楊雄斥老子曰搥提仁義絕滅禮學吾無取焉斥莊子曰齊生死同富貴等貴賤其有懼乎然此半滿兩乘東夏偏弘邪正二教西域各習世尊預鑑以誡學焉故十誦云好作文誦莊嚴章句是可怖畏不得作五分云爲知差次會等學書不得爲

好廢業不聽卜相及問他吉凶四分開學誦學書及學世論爲伏外道故雜法中新學比丘開學筭法智論云習外典如以刀割泥泥無所成而刀自損言內外典者二教論云救形之教稱爲外濟神之典典號爲內智度有內外兩經仁王辨內外二論方等明內外兩律百論言內外二道通源記簡兩重內外一約域二約教約域即以世間爲內出世爲外約教即以治心爲內治身爲外是則儒道之教縱曰治心且無出世之理俱屬域內釋氏之教雖有治身亦爲出世之因俱屬域外梁陳留處士阮孝緒字士宗撰七録十二卷一經典二傳說三子兵書四文集五術伎此五名爲內篇六佛法七仙道此二名爲外篇南山以佛道爲方外之篇起於是矣莊子大宗師孔子曰彼游方之外者也而丘游方之內者也通源記問彼既以道爲外今何判屬內耶答彼且以神仙道德之說非如周孔治世之教名爲外篇今以佛教望之其實域內之談耳言儒教者范曄云碩德爲儒楊雄云通天地人曰儒孔子姓孔名丘字仲尼魯國鄒邑平昌闕里人爲魯司寇自衛反魯刪詩書定禮樂修春秋贊易道以六經爲教也言道教者隨書經籍志云蓋萬物之奧聖人之賾也老子姓李名耳字伯陽謚曰聃楚苦縣厲鄉曲仁里人爲周守藏室之吏西入流沙爲函谷關吏尹喜說五千言即道德二經爲教也言釋教者老子西昇經云吾師化游天竺善入泥洹符子云老子之師名釋迦文釋迦所說之法謂之釋教後漢郊祀志云佛教以

修善慈心爲主不殺生類專務清尚又以人死精神不滅隨復受形所行善惡後生皆有報應所貴行善以練其精神練而不已以至無生而得爲佛也有經書數千卷以虛無爲宗包羅精粗(七胡切)無所不統善爲宏濶勝大之言所求在一體之内所明在視聽之表玄微深遠難得而測故王公大人觀生死報應之際無不懅然自失也寶王論曰三教之理名未始異理未始同且夫子四絶中一無我者謙光之義爲無我也道無我者長而不宰爲無我也佛無我者觀五蘊空爲無我也上二教門都不明五蘊孰辨其四諦六度萬行聖賢階級箎然無聞但和光同塵保雌守靜既慈且儉不敢爲天下先各一聖也安用商搉其淺深歟三教無我明矣弘明集云秦景西使摩騰東來道暢皇漢之朝訓敷永平之祀竺法蘭之入洛康僧會之游吳顯舍利於南國起招提於東都南山云自教法東漸亟涉窊(烏瓜切)隆三被屏除五遭拜伏此非休明之代乃是暴虐之君故使布令非經國之謨乖常致良史之誚事理難反還習舊津初東晋成帝咸康六年庾氷輔政帝在幼冲爲帝出詔令僧致拜時尚書令何充謝廣等建議不合拜徃反三議當時遂寢安帝元初中太尉桓玄上書令拜尚書令桓謙中書王謐等抗諫曰今沙門雖意深於敬不以形屈爲禮迹充率土而趣超方内是以外國之君莫不降禮良以道在則貴不以人爲輕重尋大法東流爲日諒久雖風移政變而弘之不易豈不以獨絶之化有日用於陶

漸清約之風無時害於隆平者乎玄又致書遠法師遠著沙門不敬王者論五篇其事由息及安帝返政還崇信奉

有宋劉氏雖孝武大明六年暫制拜君尋依先政○中原元魏太武真君七年道士寇謙司徒崔皓纔於佛法帝然之遂滅佛法逃僧梟斬後延曇始頂禮悔過廢經五載帝被癘疾遂誅崔氏還興佛法○自晉失御中原國分十六斯諸僞政信法不虧唯赫連勃勃據有夏州兇暴無厭以殺爲樂背像背上令僧禮之後爲天震而死及葬又震出之其子昌襲位破長安滅佛法逢僧斬戮沙門曇始被刃不傷因而改心尋爲北朝後魏所滅

周武帝初信佛法後納道士張賓及前僧衛元嵩之讒將除佛教安師著二教論抗云九流之教教止其身名爲外教三乘之教教静其心名爲内教老非教主易謙所攝帝聞之存廢理乖遂雙除屏不盈五載身殁移隋

煬帝嗣録改革前朝雖令致敬僧竟不屈

唐祖太武出沙汰佛道詔太宗制拜君親勅威秀道宣等上表及臣僚書國議不行

武宗會昌五年道士劉玄静趙歸真非毀釋氏沙汰佛寺六年帝崩宣帝立復佛寺誅劉玄静毀罪通源記云或責梁武崇佛卒有侯景之敗者葢不知業通三世因縁會遇報還受之義故文中子曰詩書盛而秦世滅非仲尼之罪也玄虛長而晉室亂非老莊之罪也齋戒修爾梁國亡非釋迦之罪也此説明矣吳書云吳主問三教尚書令闞澤對曰孔老設教法天制用不敢違天佛之設教諸天奉行

翻譯名義集卷第十四

翻譯名義集卷第十五

宋姑蘇景德寺普潤大師法雲編

唐梵字體篇第五十五

西域五竺經尚天書東夏九州字法鳥跡自古罕覩因譯方傳琅函具存此集略辨

○卍熏聞曰志誠纂要云梵云室利靺瑳此云吉祥海雲如來胸臆有大人相形如卍字名吉祥海雲華嚴音義云案卍字本非是字大周長壽二年主上權制此文著於天樞音之為萬謂吉祥萬德之所集也經中上下據漢本總一十七字同呼為萬依梵文有二十八相云云○卐苑師云此是西域万字佛胸前吉祥相也○卍音万是吉祥勝德之相由髮右旋而生似𠅘字梵云塞縛悉底迦此云有樂有此相者必有安樂若卍卐萬万字是此方字宋高僧傳明翻譯四例一翻字不翻音諸經咒詞是也二翻音不翻字如華嚴中卐字是也以此方万字翻之而字體猶是梵書三音字俱翻經文是也四音字俱不翻西來梵夾是也○卍章安疏云言伊字者外國有新舊兩伊舊伊橫豎斷絕相離借此況彼橫如烈火豎如點水各不相續不橫不同烈火不豎不同點水應如此方草下字相細畫相連是新伊相舊伊可譬昔教三德法身本有般若修成入無餘已方是解脫無復身智如豎點水縱而相離又約身約智分得有餘解脫橫一時有三法各異如橫烈火各不相關新伊者譬今教三德法身即照亦即自在名一為三三無別體故不是橫非前非後故是非縱一即三如大點三即一如細畫而三

而一而一而三不可一三說不可一三思故名不可思議者不可思議者即非三非一名秘密藏如世伊字谷響云西方字有新舊亦猶此土之篆隸也莫不以篆爲舊以隸爲新

附明修性離合之法

○殺三摩娑　此云離合欲顯三點非縱橫相當示修性有離合法三道至迷理性之法法圓具二因開悟修習之事事融通開則各離爲三對乃共合成一論此三點試開十門

初本文　二消名　三釋義　四定體

五示相　六究意　七判教　八定位

九決疑　十指訛

初本文者大經云一切諸法本性自空亦用菩薩修習空故見諸法空起信論云以知法性體無慳貪隨順修行檀波羅密天台別行玄云原此因果根本即是性德緣了也此之性德本自有之非適今也又云以此二種方便修習漸漸增長起於毫末得成修德合抱大樹荊溪不二門云性德秖是界如一念此內界如三法具足性雖本爾籍智起修此皆修性之明文大經云解脫之法亦非涅槃如來之身亦非涅槃摩訶般若亦非涅槃章安涅槃玄釋文云法身亦非那可單作三身釋大文云解脫亦非那可單作三脫釋滅文云般若亦非那可單作三智釋度故知單釋非今經意三德中各各求皆不可得三法合求亦不可得智者妙玄云此之妙行與前境智一而論三三而論一荊溪云又了順修對性有離有合離謂修性各三合謂修二性一永嘉云偏中三應須簡一有般若無解脫法身

二有解脱無法身般若三有法身無解脱般若有一無二故不圓不圓故非性又偏中三應須揀一有般若解脱無法身二有解脱法身無般若三有法身般若無解脱有二無一故不圓不圓故非性圓中三應須具一法身不癡即般若般若無著即解脱解脱寂滅即法身（二三例爾）此皆離合之本文二消名者修謂立行進趣起正助之二因性謂本自體性即界如之一念凡夫迷故從眞起妄猶鏡塵翳緣了之明性自存故具理性之德行人悟故背塵合覺似鑑揩磨妍醜之影像遂現故有修成之德三釋義者離合之法南屏法師嘗立三義以伸明之一離是各也離謂修性各三合是共也合謂修二性一二離乃開也約性恒開合乃對也對修方合三離即與義與

而言之一性本具於二修二修常即乎一性合集奪義理即雖具緣了奪而言之由不發心未曾加行故性緣了秖名正因二修雖具法身因智照故但名了因由起行故合名緣因四定體者欲示離合教相須効修性法體良以若性若修皆以三千總相以爲其體故起信云心眞如者即是一法界大總相法門體所謂心性不生不滅心雖本眞不覺起妄經云心如工畫師造種種五陰一切世間中無不從心造由此無明爲緣成衆生法維摩諸言譬如幻師見所幻人菩薩觀衆生爲若此由悟斯理故有佛法法華云唯佛與佛乃能究盡諸法實相而此三法既互具於三千亦各攝乎百界體其本寂乃名理具照於起心則名事造修性雖二三千體一故妙樂云

秖緣理一是故修性相對離合五示相孤山顯性録示離相曰一家修性正義即約玄文前三妙也境即性三智即智三行即行三行之所階即有諸位若至初住名隨分果則分證三法也若就合說即合性爲一合修爲二合理性三爲一正因法身德也合智三爲一了因般若德也合行三爲一緣因解脫德也故開雖具九九只是三三九雖殊其理常一今詳此說文會義便以釋離義文會釋籤境即理性三德智即三德之解行即三德之觀洎明合義文會釋籤一謂涅槃三謂三德言義便者離合既是迷悟與奪當在住前若至初住修性一合無復分張奚論與奪之别斆二四明指要鈔云如光明玄十種三法釆取經論修性法相故具離合兩說如三德三寶

雖是修德之極義必該性三身三智文雖約悟理必通迷三識三道既指事即理必全性起修此六豈非修性各三三因既以一性對智行二修三菩提三大乘三涅槃並以一性對證理起用二修此四豈非修二性一今謂修性一門本依智行二妙對境妙在迷之理相對與奪而論離合十種三法乃顯果人所證三德並屬於悟棄親本文遠取他部此迷文矣又山家離合大有二義一約修性相成在性則全修成性性自有三起修則全性成修修自具三二約修性相對離謂修性各三合謂修二性一今用修性各三而解修六性三此混相成相對之門復亂六法九法之數斯皆義馬三淨覺雜編云予嘗有文心解具引玄籤注之大意與孤山不異說離同也但取境

智行三圓對三德此說合典故雜編云如三身中法身可解報即般若應即解脫三般若中實相即法身觀照即般若文字即解脫三解脫中性淨即法身圓淨即般若方便淨即解脫此似合掌合矣亦如川字合焉若以性德緣了歸修報應修中法身合性正因此失與奪之義又違金錍故性緣了同名正因四南屏斷於離合大有四種一者三一釋籤云一謂涅槃三謂三德二者三六金錍本有三種三理元徧達性成修修三亦徧離雖有六合則但三三者三九離謂修性各三此成九法合謂修二性一此成二法四者性九修十八如光明夢見金鼓之文今謂三一三九是離合之正義修三性二屬全性以起修非對辨於離合五先禀清辨老師嘗分二義一修性各論離合二修性對論離合且各論者如金錍云本有三種三理元徧此乃在性則全修成性性自離九自合成三達性成修修三亦徧此乃起修則全性成修修亦離九亦合成三斯約橫論兩重離合若對論者如釋籤云離謂修性各三性無所移修常宛爾故有九法合謂修二性一此約功力與奪相對論合性中緣了無功斥爲一性修德法身受熏奪名二修茲約豎論一番離合六究竟者今宗示此離合之法爲顯法體不思議故何哉雖論合三爲一一不定一一自常三雖示離一爲三三不定三三自常一故章安曰橫之彌高豎之彌廣會之常分派之常合七判教者如金錍云論生兩教似等明具別教不詮種具等義非此可述故別佛性滅九方見圓人則達九界三

道即見圓伊三德體徧別教不談乎種具遂說修性之縱橫圓宗由示於體徧故演修性之離合此顯共而不雜復彰離亦不分八定位者教旣唯圓位須簡濫初局住前二通初後三示極果初局住前者不二門云如鏡本來具三依理生解故名爲智智解導行行解契理初住旣三法相符與奪離合局住前也二通初後者顯性錄云一家緣了之位深淺與奪非止一途若法華壽量疏文則住前通是緣因初住眞正顯了乃是了因以約聲聞聞經得記即入初住此約眞似分緣了若藥草喻疏至於究竟名爲智三中間四即悉爲行三以順經文究竟至於一切智故此以分極分緣了若法師品疏道前眞如即是正因道中眞如即爲緣因亦名了因道終眞如即是圓果記云此以修德對彼正因正中緣了同成正因修中正因同成緣了又云此以博地爲道前發心已後爲道中位分之爲二住前爲緣登住已去爲了此之三因該通一教三示極果者涅槃玄釋大滅度文云法身亦非那可單作三身釋大文云解脫亦非那可單作三脫釋滅文云般若亦非那可單作三智釋度先達乃謂大滅度三旣各開九乃成離爲二十七法今謂章安玄云雖一而三雖三而一雖復三一而非三一雖非三一而三而一不可思議攝一切法祖師爲顯三德圓融異乎縱橫並別後裔分析爲二十七法去道遠矣九決疑者或人問曰性中三法若起二修乃顯秖有一法安言合三爲一耶南屏釋云秖一三德說有開合若從迷論則合三

爲一若就悟言則起修爲二如身與臂縛則合爲一身解則開成三處先師解曰終日隨緣雖起二修何妨性中終日不變所謂性無所移修常宛爾十指訛者光明懺悔品夢中見聞有二一夢見金鼓二夢擊鼓聲見鼓又三一正見鼓(鼓體觀法身)二見鼓光(光智觀報身)三見光中佛(佛即應身)二夢見擊鼓文爲三一見擊鼓二出大音聲三聲所詮辨(鼓是法身桴鼓合是報身擊出是應身)舊謂夢見金鼓三身各三是性中九法夢見擊鼓是修中九法迹說三九二十七法新記斥曰前文見鼓是法身之三即境三也鼓光之三即智三也見佛之三即用三也今文但明能擊之人用智擊鼓何曾論於修性二十七法耶又如四明記曰上鼓表三光三佛三秪是一三今對信相機智所觀合三爲一但名法身此乃修性融即之明鑑學斯宗者當了世伊三點天主三目異別教之縱橫建圓宗之離合顯修性之一致會生佛以同原絕思議之門非數量之法故淨名詞喪於毗耶釋迦言罄於摩竭故名不思議之法矣

煩惱惑業篇第五十六

煩惱菩提體元一矣涅槃生死見有二焉若知如實性了幻化相以施慈慧治貪嗔癡故大集云遠離一切諸煩惱清淨無垢猶眞實其心則作大光明是名寶炬陁羅尼

○阿梨耶 起信云以依阿梨耶識故說有無明不覺而起(一業識相)能見(二轉識相)能現(三現識相)能取境界起念相續故說爲意此明無明爲緣生三細號無明惑境界爲緣生六麁(一智相二相續相三執取相四計名字相五起業相六業繫苦相)名見思惑無明是根

本惑障中道理當修中觀破此別惑見思是枝末惑障眞諦理當修空觀破此通惑通別之惑如亡眞中之理自顯○**薩迦耶**竦疏具云薩迦耶達利瑟致此云身見百法論䟽云謂於五蘊執我我所一切見趣所依爲業○**達梨舍那**此云見見有五種一身見執我我所爲身見二邊見邊見隨身計斷常三見取見取執劣以爲勝四戒取戒取於非因計因五邪見邪見撥無因果法具此五種名曰見惑止觀云見則見理見實非惑見理之時能斷此惑從解得名名爲見惑復次見惑非但隨解得名亦當體受名稱之爲假假者虛妄顚倒名之假耳當知見惑乃有三種一俱生見二推理見三發得見一俱生見者止觀云五鈍何必是貪嗔如諸蠕動實不推理而舉蠍張鬐怒目自大底下凡夫何嘗執見

行住坐卧恒起我心故知五鈍非無利也記云鈍中有利如蟲獸凡夫亦能起我我即是利雖利屬鈍又云底下之人雖起於利此利屬鈍從於鈍使背上而起二推理見止觀云今約位分之今不相濫未發禪來雖有世智推理辯聰見想猶弱所有十使同屬於鈍記云未得禪來縱起宿習所有煩惱及因見陰起於我見仍屬鈍使初果所斷凡夫共有宾伏在身障眞無漏若見諦理此惑自除故名此惑以之爲見故不同於禪後所起三發得見止觀云從因定發見見心猛盛所有十使從强受名皆屬於利記曰若諸外道由未見諦得禪定已雖斷鈍使仍未曾斷一毫見惑見惑現前故不同於未發禪來所有見惑及宾伏者是故不以八十八使中見惑爲例故八十八使義屬陰境攝畧言三結廣說八十八使今述頌曰苦具十使集滅七身邊戒取三使無道諦但去身邊二上不嗔成八十八畧言三結者一身見二戒取三疑使更加貪嗔名五下分如妙樂云言下分者貪雖通上不是唯上嗔一唯下更不通上餘三徧攝一切見惑

今問見通五利何故俱舍但言三結答如論頌曰攝根門故言根門者身見即苦門戒禁取即苦道二門疑通四門謂四諦也所言攝根者邊見依身見轉見取依戒禁轉邪見依疑轉故此三結即攝五見問見惑既歷三界四諦安云餘三徧攝一切見惑雖復通上而復牽下耶答所迷之諦雖通三界能牽之惑正在欲界故云縱斷貪等至無所有由身見等還來欲界問如妙玄云斷見諦惑而復兼餘四思未審何法爲思耶答此以四趣之思爲四思也以妙玄因明因蓋是故凡位持戒則伏四趣之業初果修觀則斷四趣之思以俱生推見二思隨見落故乃曰兼除應知思惑乃有三種一俱生思與形俱生如男女託胎妄於父母起愛惡心斯是邪思還歸見惑二依見思止觀云五利豈唯見惑何嘗無恚欲耶記云利中有鈍如諸外道依於諸見而起嗔恚問止觀云若利中有鈍見諦但斷於利鈍猶應在答準止觀云毗曇謂利上之鈍名背上使見諦斷時正利既去背使亦去　三界繫思即是三界九品思惑此名鈍使亦名事障號正三毒俱生如杜牧云夫七情愛怒二者生而自能是二者性之根惡之端也乳兒見乳必孥求不得即啼是愛與怒與兒俱生也問五上分者一掉舉高舉是貪家等流二慢三無明四色染五無色染由貪重故兩界別說何故上界而無疑耶答疑隨見落故無此惑淨名疏以五蓋配四分貪欲嗔恚屬疑屬癡記云由癡故疑屬由癡故疑掉散是我取記云以我取心徧起三毒故名掉散止觀云掉有三種一身掉身好游走諸雜戲謔坐不暫安二口掉好喜吟詠競爭

是非無益戲論世間語言等三者心掉心情放逸縱意攀緣思惟文藝世間才技諸惡覺觀等名爲心掉此四各出二萬一千新華嚴云貪行多者二萬一千嗔行多者二萬一千癡行多者二萬一千等分行者二萬一千了知如是悉是虛妄垂裕釋十纏是思惑忿恚曰嗔隱藏自罪曰覆意識昏迷曰睡五情暗冥曰眠嬉游曰戲三業躁動曰掉屏處起罪不自羞曰無慚露處起罪不羞他曰無媿財法不能惠施曰慳他榮心生熱惱曰嫉俱舍頌曰纏八無慚愧嫉慳并悔眠及掉舉昏沉或十加忿覆楞嚴明十習一婬習即蹤云婬習即所發之業具足貪癡二貪即是愛根本之數三慢恃己凌他高舉爲性四嗔熱惱居懷性不安隱故五詐習詐謂諂曲罔冒於他矯設異儀諂曲爲性六誑誑謂矯誑心懷異謀多現不實矯現有德詭詐爲性邪命爲業七怨即恨也由忿爲先懷惡不捨結冤爲性不能含忍常熱惱故八見即五種見輔行云大經二十三云謂離五事即五見也因是五見生六十二章安云此有二意一者我見有五十六謂欲界五陰各計四句合爲二十色界亦爾無色除色但有十六故知三界合五十六邊見有六三界各二謂斷常添前合成六十二見一者三世五陰各計斷常用有無二見而爲根本此準大論六十八文謂色如去等四句四陰亦然合二十句此即計過去世也又計色常等四句四陰亦然合二十句此即計現在世也又計色有邊等四句四陰亦然合二十句即計未來也三世六十并有無二九枉謂遍歷良善害所攝也亦嗔之類十訟習謂相論得失忿恨爲先惱之一法性相應故○尼延底此云深入貪之異名樂著名貪能貪之人有二種一者有力二者無力所貪之境禪門明三種一外貪欲男子緣女人女人緣男子二內外貪欲外緣男女身相復緣內身形貌三徧一切處貪欲衆生處處著俱舍明四種一顯色謂青黃赤白也二形色謂長短方圓等三妙觸四供奉大論明六種一著色若赤若白

若黃若黑二或著形容細膚纖指修目高眉三或著威儀進止坐起行住禮拜俯仰揚眉頻睞親近按摩四或著言語軟聲美詞應意承旨五或著細滑柔膚軟肌熱時身涼寒時體溫六或著人相若男若女〇喝[illegible]斯此云愛之別名涅槃云愛河洄澓沒眾生無明所言不能出貪與於愛圭峯圓覺約四句釋一貪非愛如人貪忙非乃是愛忙二愛非貪如人愛看相打相殺誰肯貪求三亦貪亦愛即名利財色四非貪非愛即違情之境管子云利之所在雖千仭之山無所不上深源之下無所不入商人通賈倍道兼行夜以續日千里不遠利在前也漁人入海海水百仭衝波逆流宿夜不出利在水也漁父人有八疵非其事而事之謂之總總濫也非是己事而強知之謂之叨濫也莫之顧而進之謂之佞強進忠言人不采顧

謂之佞希意導言謂之諂希望前人意氣而導達其言不擇是非而言謂之諛調苟順物不簡是非好言人之惡謂之讒聞人之過好揚顯之析交離親謂之賊人有親情交故輒欲離而析之斷助害也稱譽詐偽以敗惡人謂之慝與己親者雖惡而譽與己疏者雖善而毀不擇善否兩容顏適偷拔其所欲謂之險否惡也善惡二邊兩皆容納和顏悅色偷拔其意之所欲隨而佞之斯險詖之人也此八疵者外以亂人內以傷身君子不友明君不臣漁父事有四患好經大事變更易常以掛功名謂之叨伺候安危經營大事變改之際建立功名謂叨濫之人專知擅事侵人自用謂之貪專己獨擅自用陵人謂之貪見過不更聞諫愈甚謂之狠有過不改聞諫彌增謂之狠戾之人人同於己則可不同於己雖善不善謂之矜物同於己者雖惡而善物異乎己者雖善而惡謂之矜夸之人〇提鞞沙此云嗔恚怒恨也禪門明三種嗔一非理嗔他不來惱而自主嗔二順理

嗔外人來惱爾乃生嗔亦如淨土有正三毒三諍訟嗔著己之法謂是在他之法言非由茲不順而生惱覺○慕何此云癡禪門明三種癡一計斷常過去諸法爲滅有耶現在諸法不滅有乎推尋三世若滅即斷不滅乃常二計有無我及陰等有耶無耶如是乃至非有非無三計世性作是念言由有微塵即有實法有實法故乃有四大有四大故乃有假名衆生世間因茲思念而行邪道阿含正行經佛坐思念人癡故有生死何等爲癡本從癡中來今生爲人復癡心不解自不開不知死當所趣向見佛不問見經不讀見沙門不承事不信道德見父母不敬不念世間苦不知泥犁中拷治劇是名癡故有生死不止生死如呼吸間朧音脆不過於人命然此貪嗔癡

名爲三毒中陰經云三毒之重者癡病是其原又此三毒須分二種一者三毒惑别行記云任運起者名爲煩惱止觀云昏煩之法惱亂心神與心作煩令心得惱二者三毒業别行記云卒起決定能動身口名三毒業瑞應云貪欲致老嗔恚致病愚癡致死義推等分致生又復須知業有多種如智論云黑業者是不善業果報地獄等受苦惱處是中衆生以大苦惱悶極故名爲黑受善果報處所謂諸天以其受樂隨意自在明了故名爲白業是業是三界天善不善受果報處所謂人阿修羅等八部此處亦受樂亦受苦故名曰黑業問無漏業應是白何以言非白非黑答無漏法雖清淨無垢以空無相無作故無所分别不得言白黑白是相待法此中無相待故

不得言白復次無漏業能滅一切諸觀觀中分別故有黑白此中無觀故無白云云然遺教云我如良醫知病說藥妙玄云作大醫王須解脉種種病識種種藥精種種治得種種差仁王云佛知衆生有三種病一者貪病二者嗔病三者癡病既知此病當投於藥故仁王云治貪嗔癡三不善根起施慈慧三種善根治貪則教布施故光明云捨諸所重肢節手足治嗔則教行慈悲故法華云常柔和能忍慈悲於一切治癡則教修智慧故遺教云實智慧者則是度老病死海堅牢船也亦是無明黑暗大明燈也雖有此藥服與不服非醫咎也故華嚴云譬如善方藥自疾不能除於法不修行多聞亦如是○阿耆毘伽此云邪命以邪法活命根也智論云如經中說舍利弗入城乞食得已向壁坐食時梵志女名曰淨目見而問曰沙門汝食耶答言食淨目問下口食耶仰口食耶方口食耶四維口食耶俱答云不淨目言食法四種我問汝汝言不我不解汝當說舍利弗言有出家人合藥種穀植樹不淨活命名下口食有出家人觀視星宿日月風雨雷電霹靂不淨活命名仰口食有出家人曲媚豪勢通使四方巧言多求不淨活命名方口食有出家人學種種咒術卜筭吉凶如是活命名四維口食姊我不墮是四不淨食我用清淨乞食活命是時淨目聞說清淨法食歡喜信解舍利弗因爲說法得須陀洹又智論釋八正道云五種邪命以無漏智慧捨離是爲正命問何等是五種邪命答一爲利養故詐現奇特二爲利養故自

說功德三爲利養故占相吉凶四爲利養故高聲現威令人畏敬五爲利養故稱說所得供養以動人心邪因緣活命故是爲邪命○

阿羅伽此云欲希須爲義五情之所欲是名五欲大論云哀哉衆生常爲五欲所惱而欲求之不已此五欲者得之轉劇如火炙疥五欲無益如狗齧骨五欲增爭如鳥競肉五欲燒人如逆風執炬五欲害人如踐惡蛇五欲無實如夢所得五欲不久假借須臾世人愚惑貪著五欲至死不捨爲之後世受無量苦譬如愚人貪著好果上樹食之不肯時下人伐其樹樹傾墮落身首毀壞痛惱而死然此五欲分界內外如大論云二乘但斷界內五欲故世間五欲所不能動別惑永除故爲界外上妙色聲之所染汙故迦葉云三界五欲我已斷竟不能動心此是菩薩淨妙五欲吾於此事不能自安此是迦葉爲界外之聲動天女散花身子除去此爲界外之色動又分別生死涅槃有異分別亦是別見斯爲法塵所惑也○

奢搋此云諂曲罔冒他故矯設異儀曲順時人

翻譯名義集卷第十五

翻譯名義集卷第十六

宋姑蘇景德寺普潤大師法雲編

心意識法篇第五十七

華嚴云諸業虛妄積集名心末那思量意識分別眼等五識了境不同愚癡凡夫不能知覺怖老病死求入涅槃生死涅槃二俱不識於一切境妄起分別楞伽云略說有三種識廣說有八相何等爲三謂眞識（宗鏡云不爲垢法之所染不爲寧爲淨法之所治非生死之所羈豈涅槃之能寂遂稱識主故號心王）現識及分別事識大慧譬如明鏡持諸色像現識現處亦復如是（密嚴經云譬如殊勝寶野人所輕賤若用飾冕旒則爲王頂戴如是賴耶識是清淨佛性凡位恒雜染佛果常保持如美王在水苔衣所纏覆賴耶處生死習氣縈不現於此賴耶識有二取相生如蛇有二頭隨樂而同往賴耶亦如是與諸色相俱一切諸世間取之以爲色惡覺者迷惑計爲我我所若有若非有自在作世間賴耶雖變現體性恒甚深於諸無智人悉不能覺了）大慧現識及分別事識此二壞不壞相（五識得塵即滅是壞熏入八識爲種是不壞）展轉因（七識執八識爲我八識引五識取塵）大慧不思議熏（賢首云謂無明能熏眞如不可熏處而能熏故名不思議熏又熏則不熏不熏之熏名不思議熏）及不思議變（謂眞如心受無明熏不可變異而變異故云不思議變又變即不變不變之變名不思議變勝鬘中不染而染染而不染難可了知者謂此不思議也）是現識因（所起現識行相微細於中亦有轉識業識舉麤顯細故但名現識即是不相應心也）大慧取種種塵（即是現識所現境界還能動彼心海起諸事識之波浪也）及無始妄想熏（即彼和合心海之中妄念習氣無始已來熏習不斷未曾離念故此塵及念熏動心海種種識生以妄念及塵麤而且顯故所起分別事識行相麤顯成相應心也）是分別事識因又云譬如巨海浪斯由猛風起洪浪鼓溟壑無有斷絕時藏識海常住（華嚴論云世尊於南海中楞伽山說法其山高峻下瞰大海傍無門戶得神通者堪能昇住乃表心地法門無心證者方能昇也下瞰大海表其心海本自清淨因境風所轉識浪波動欲明達境心空海亦自寂心境俱寂事無不照猶如大海無風日月森羅煥然明白此經意直爲根熟頓說種子業識爲如來藏異彼二乘滅識

趣寂者故亦爲異彼般若修空菩薩增勝者故直明識體本性全真便明識體即成智用如海無風境象自明異彼深密別立九識接引初根漸令留惑長大菩提故不令其心植種於空亦不令心猶如敗種辭深密經乃是入惑之初門楞伽維摩直示惑之本實故楞伽明八識爲如來藏淨名即觀身實相觀佛亦然境界風所動種種諸識浪騰躍而轉生密嚴經云賴耶爲於愛所熏而增長既自增長已復增於餘識展轉不斷絕猶如於井輪以有諸識故衆趣而生起於是諸趣中識復得增長識與世間法更互以爲因譬如河流水前後而不斷亦如芽與種相續而轉生各各相差別分別而顯現又楞伽大慧白佛惟願世尊更爲我說陰入界生滅彼無有我誰生誰滅愚夫者依於生滅不覺苦盡不識涅槃華嚴云愚癡凡夫不能如覺怖老病死求入涅槃生死涅槃二俱不識於一切境妄起分別佛告大慧如來之藏是善不善因能徧與起一切趣生譬如伎兒變現諸趣唯識論云能變有二種一因能變謂第八識中等流異熟二因習氣等流習氣由七識中善惡無記熏令生長異熟習氣由六識中有漏善惡熏令生長二果能變謂前二種習氣力故有八識生現種種相等流習氣因緣故八識體相差別而生名等流果果似因故異熟習氣爲增上緣感第八識酬引業力恒相續故自異熟名感前六識酬滿業者從異熟起名異熟生不名異熟有間斷故即前異熟及異熟生名異熟果果異因故又唯識論明四種變一共中共云云離我我所不覺彼故三緣和合方便而生外道不覺計著作者爲無始虛僞惡習所熏名爲識藏密嚴經云藏識持於世猶如線穿珠亦如車有輪隨於業風轉陶師運輪杖器成隨所用藏識與諸界共力無不成內外諸世間彌綸悉周徧譬如衆星象布列在虛空風力之所持運行常不息如空中鳥跡求之不可見然鳥不離空頡胡結切頏胡朗切而進退藏識亦如是不離自他身如海起波濤如空含萬象生無明住地與七識俱如海浪身常生不斷離無常過離於我論自性無垢畢竟清淨其餘諸識有生有滅意意識等念念有七因不實妄想取諸境界種種形處計著名相不覺自心所現色相不覺苦樂不至解脫又偈曰心如工伎兒八識妄動如牽線主意如和伎者七識執我如應和人五識爲伴侶五識取塵如共

和伎妄想觀伎衆六識分別如看衆人大乘入楞伽云心能積集業意能廣積集了別故名識對現境說五婆沙問此三何別荅或別不別言不別者心即意識如火名焰亦名爲熾亦名燒薪秖是一心有三差別言有別者名即差別或云過去名意未來名心現在名識或云在界名心在入名意在陰名識或云雜色名心如六道由心繫屬名意如五根屬意語想名識如分別屬識又妙樂引俱舍云集起名心思量名意了別名識在彼一向全無即理若大乘中八識名心七識名意六識名識彼教爲迷又無即理故偏小教有漏之法全無性淨即常住理知之者寡大寶積經佛言所言識者謂能了別眼所知色耳所知聲鼻所知香舌所知味身所知觸意所知法是名爲識所言智者於内寂靜不行於外唯依於智不於一法而生分別及種種分別是名爲智大乘同性經楞伽王白佛云何衆生捨此壽命受彼壽命捨此故身受彼新身佛言衆生捨此身已業風力吹移識將去自所受業而受其果圭山云欲驗臨終受生自在不自在但驗尋常行心塵境自由不自由二六時中當省察耳○汙栗馱此方稱草木心○矣栗馱此方名積聚精要心○紇利陀耶紇胡結切此云肉團心如黃庭經五藏論所明正法念經云心如蓮華開合提謂云心如帝王皆肉團心色法所攝○蜱羅尸蜱補迷切或閉尸此云肉團見經音義○質多耶或名質帝或名波茶此方翻心黃庭經五藏論目之爲神西域外道計之爲我此土佛教翻緣慮心此通八識謂眼

緣色乃至第八緣根身種子器世間故云集起以解心第八獨名心緣慮以解心緣謂緣持慮即思慮八識總名心然此緣慮亦名慮知宗鏡云無幽不矚有法皆知察密防微窮今洞古故謂之靈臺司馬彪云心為神靈之臺莊子云萬惡不可內於靈臺百法論疏心法有六種義一集起名心唯屬第八集諸種子起現行故二積集名心屬前七轉能熏積集諸法種故或初集起屬前七轉現行共集熏起種故或後積集名心屬於第八含藏積集諸法種故此上二解雖各有能集所集之義今唯取能集名心如理應思三緣慮名心俱能緣慮自分境故四或名爲識了別義故五或名爲意等無間故六或第八名心第七名意前六名識入楞伽云藏識說名心思量性名意能了諸境相是故名爲識然第六意識具有五種一定中獨頭意識緣於定境定境之中有理有事事中有極略色極逈色及定自在所生法處諸色二散位獨頭緣受所引色及徧計所起諸法處色如緣空華鏡像彩畫所生者並法處攝三夢中獨頭緣夢中境四明了意識依五根門與前五識同緣五塵五亂意識是散意識於五根中狂亂而起如患熱病青爲黃見非是眼識是此緣故宗鏡第六識具十名一從根得名名爲六識二能籌量是非名爲意識三能應涉塵境名攀緣識四能徧緣五塵名述舊識五念念流散名波浪識六能辨前境名分別事識七所在壞他名人我識八愛業牽生名四住識九令正解不生名煩惱障識十感報終盡心境兩別名分段死識○

末那

唯識翻意或云執我亦云分別唯識宗云具

足應言訖利瑟吒耶末那此翻染污意謂我癡我見我慢我愛四惑常俱故名染污常審思量名之爲意思慮第八度量爲我如是思量唯第七有餘識所無故獨名意復能了別名之爲識前之六識從根得名此第七識當體立號識論頌云次第二能變是識名末那依彼轉緣彼思量爲性相四煩惱常俱謂我癡我見并我慢我愛及餘觸等俱有覆無記攝大乘入楞伽大慧問佛云何但說意識滅非七識滅佛言大慧以彼爲因及所緣故七識得生大慧意識分別境界起執著時生諸習氣長養藏識由是意俱我我所執思量隨轉無別體相藏識爲因爲所緣故執著自心所現境界心聚生起展轉爲因大慧譬如海浪自心所現境界風吹而有起滅是故意識滅時七識亦滅然楞伽經唯明三識不辨七識者準此文云無別體相所以唯說八六二識起信亦然通源問現識屬第八事識屬前六何故不言第七識耶荅七識名染污意常時執取第八爲我是則若言第八必兼第七故瑜伽論云賴耶識起必二識相應又事識緣外境時必依第七是故不說宗鏡問第六能斷惑成無漏第七不能斷惑何故亦成無漏荅謂第七識是第六所依根第六是能依識能依識既成無漏第七所依亦成無漏謂第六入生法二空觀時第七識中俱生我法二執現行伏令不起故第七成無漏問何故第八是有漏耶荅第八是總報主持種受熏若因中便成無漏即一切有漏雜染種子皆散失故即便成佛何用更二刼修行耶問前

五既非是總報主何故不成無漏荅前五根是第八親相分能變第八既是有漏所變五根亦有漏五根是所依尚有漏能依五識亦成有漏也宗鏡七識十名一六後得名稱爲七識二根塵不會名爲轉識（宗鏡云轉爲改轉是不定義即三性三量三境易脫不定方名轉識）三不覺習氣忽然念起名妄想識四無間生滅名相續識五障理不明名無明識六返迷從正能斷四住煩惱名爲解識七與涉亾途順理生善名爲行識八解三界生死盡是我心更無外法名無畏識九照了分明如鏡顯像故名現識十法既妄起恃智爲懷令眞性不顯名智障識○

阿賴耶

或阿梨耶起信云以依阿梨耶識說有無明不覺而起能見能現能取境界眞諦就名翻名無沒識取不失之義奘師就義翻爲藏識能含藏諸法種故又此識體具三藏義能藏所藏執藏故名爲藏謂與雜染互爲緣故有情執爲自內我故復能了別種子根身及器世間三種境故名之爲識古釋云一能藏者即能含藏義猶如庫藏能含藏寶貝故得藏名此能含藏雜染種故名之爲藏亦即持義二所藏者即是所依義猶如庫藏是寶等所依故此識是雜染法所依處故三執藏者堅守不捨義猶如金銀等藏爲人堅守執爲自內我故名爲藏此識爲染末那堅執爲我故名爲藏起信鈔釋云能藏所藏者且所藏義謂此識體藏是根身種子器世間所藏處也以根等是此識相分故如藏中物像如身在室內欲覔賴耶識祇在色心中欲覔摩尼珠秖在青黃內次能藏義謂根身等法皆藏在

識身之中如像在珠内欲覔一切法總在賴
耶中欲覔一切像總在摩尼内與前義互爲
能所故云能藏自體於諸法中能藏諸法於
自體内或名宅識一切種子之所栖處或名心由種種
法熏習種子所積集故積集義故名心集起義故名心或名
阿陀那執持種子及諸色根令不壞故宗鏡云又
將死時唯異熟心由先業力恒徧相續執受身分捨執受處冷觸便生壽煖識三不相離故冷觸起處即是非情宗鏡問諸根壞日識遷離時捨
此故身別受餘質去來之識相狀云何荅顯
識經佛告賢護識之運轉遷滅往來猶如風
大無色無形不可顯現而能發動萬物示衆
形狀或摇振林木摧折破裂出大音聲或爲
冷爲熱觸衆生身作苦作樂風無手足面目
形容亦無黒白黄赤諸色賢護識界亦爾無
色無形無光明顯現所熏因緣故顯示種種

功用殊勝或名所知依能與染淨所知諸法
爲依止故即三性與彼爲依名所知依或名種子識梵語阿世
耶此云種子能偏住持世出世間諸法種子故古德
云從無始時來此身與種子俱時而有如草木等種唯識論云一切種
子皆本性有不從熏生由熏習力但可增長
如契經說一切有情無始時來有種種界如
惡叉聚法爾而有界即種子差別名故有如
外草木等種護法意云有漏無漏種子皆有
新熏本有合生現行亦不雜亂若新熏緣即
從新熏生若本有遇緣即從本有生攝論云
此阿賴耶識與種子如此共生雖有能依所
依不由體別故異乃至能是假無體所是依
是實有體假實和合異相難可分別以無二
體故此識先未有功能熏習生後方有功能
故異於前前識但是果報不得名一切種子

後識能爲他生因說名一切種子前識但生自相續後識能生自他相續故勝於前攝論云第八識從種子生故稱果報識能攝持種子故亦名種子識宗鏡云本識是體種子是用種子是因所生是果問熏生何別荅熏是資熏擊發之義生是生起從因生出之義謂本識等雖無力資熏擊發自種之義而有親生自種之義如本有無漏種子雖有生果之能若不得資加二位有漏諸善資熏擊發即不能生現又如本識中善染等種能引次後自類種子雖有生義無自熏義如穀麥等種雖有生芽之能若不得水土等資熏擊發亦不能生其現行本識雖有生種之能然自力劣須假六七與熏方生由是義故本識等雖非能熏而能生種故與親種得爲因緣又熏者發也致也習者生也近也數也即發致果於本識內令種子生近生長故熏有二種一熏習謂熏心體成染淨等事二資熏謂現行心境及諸惑相資等攝論云傳依名法身由聞熏四法得成一信樂大乘是大淨種子二般若波羅蜜是大我種子三虛空品三昧是大樂種子四大悲是大常種子此聞熏習四法爲四德種子四德圓時本識都盡四德本來是有不從種子生從因作名故稱種子然善染如沉麝韮蒜等故不受熏無記如素帛故能受熏如善不容於惡猶白不受於黑若惡不容於善如臭不納於香唯本識之含藏同太虛之廣納矣或名異熟識能引生死善不善業異熟果故宗鏡云又第八識本無阿賴耶名由第七執第八見分爲我令第八得阿賴耶名若不執時但名異熟識者此是善惡業果位以善惡業爲因

即招感得此引果故前世業爲因因是善惡令世感第八識是無記異熟即果果異於因故名異熟又具四義一實二常三徧四無雜是名眞異熟識問第八眞異熟識如何名引果荅爲善惡業爲能引第八爲所引是能引家之果故名引果故是總報主前六識名爲滿米有一分善惡別報來滿故此滿業所招名異熟生非眞異熟也不具四義唯第八是引果眞異熟識眞異熟心一切時相續酬牽引業非同滿業有間斷故以餘轉識不能引業但來滿善惡之業果引果之識徧三界有六識不徧無色界無心定等

或名現識

宗鏡云具三顯義一顯現此簡十識果不顯現故二現在簡非前後三現有此簡假法體是實有方成種子

故唯識論云如瀑流水上下魚草等物隨流不捨此識亦爾與內習氣外觸等法恒相續轉

唯識論云常與觸作意受想思相應阿賴耶識無始時來乃至未轉於一切位恒與此五心所相應

天台名無沒識

釋籤云無始時有未曾斷絕故云無沒宗鏡問云祖先終沒後嗣資悼違三界之惟心乖萬法之惟識荅有五力惟識不判一定力二通力三借識力四大願力五法威德力道氣法師對唐明皇云佛力法力三賢十聖亦不能測

或名隨眠

顯宗論云相續中眠故名隨眠即順流者身中安住增昏滯義或隨勝者相續中眠即是趣入如實解位爲縻迷義或有獄中長時隨逐覆有情類故名隨眠又瑜伽云煩惱麁重隨附依身說名隨眠能爲種子生起一切煩惱故也

菩薩處胎經云爾時世尊將欲示現識所趣向道識俗識有爲識無爲識有漏識無漏識華識果識報識無報識天識龍識鬼神阿修羅迦樓那緊那羅摩睺羅伽人非人識上至二十八天識下至無救地獄識爾時世尊即於胎中現勾鏁骨偏滿三千大千世界

云云

佛告彌勒汝觀勾鏁骸骨令一切衆知識所趣分別決了令無疑滯爾時彌勒菩薩即從座起手執金剛七寶神杖敲勾鏁骨聽彼骨聲即白佛言此人命終嗔恚結多識墮龍中次復敲骨此人前身十善行具得生天上次復敲骨此人前身破戒犯律生地獄中如是敲骨有漏無漏有爲無爲從二十八天至無救地獄知識所趣善惡果報白黑行

報有一全身舍利無有缺減爾時彌勒以杖敲之推尋此識了不知處如是三敲前白佛言此人神識了不可知將非如來入涅槃耶佛告彌勒汝紹佛位於當來世當得作佛成無上道何以敲舍利而不知識處耶彌勒白佛言佛不思議不可限量非我等境界所能籌量今有狐疑唯願世尊當解說之五道神識盡能得知彼善惡趣不敢有疑於如來所令此舍利無有缺減願說此識令我等知佛告彌勒過去未來現在諸佛舍利流布非汝等境界所能分別又阿賴耶識無始時來恒與此五心所相應以是徧行心所攝故一作意者論云作意謂能警心為性於所緣境引心為業作意警心有二功力一心未起時能警令起二若起已能引令趣境二觸者論云觸謂三和分別變異令心心所觸境為性受想思等所依為業觸謂三和者即根境識體異名三不相乖返更相交涉名為隨順根本為依境可為取識二所生可依於根而取於境此三之上皆有順生一切心所功能作用名為變異三受者論云受謂領納違順俱非境相為性起愛為業四想者論云想謂於境取像為性施設種種名言為業謂要安立境分劑相方能隨起種種名言此中安立取像異名謂此是青非青等作分劑而取其相名為安立五思者論云思謂令心造作為性於善品等役心為業謂能取境正因等相驅役自心令造善等此觸等五與異熟識行相雖異而時依同所緣事等故名相應此識行相極不明了不能分別逆順境相微細一類唯與捨受相應又此相應受唯是異熟隨先引業轉不待現緣任善惡業識力轉故唯是捨受苦樂二受是異熟生非真異熟待緣現故非此相應宗鏡問一百法中凡聖總具不荅若凡夫位通約三界九地種子皆具百法若諸佛果位唯具六十六法除根本煩惱六隨煩惱二十不定

四不相應行中四共除三十四法宗鏡明八識十名一七後得名稱爲八識二眞僞雜間名和合識三蘊積諸法名爲藏識四住持起發名熏變識五凡成聖名爲出生識六藏體無斷名金剛智識七體非寂亂名寂滅識八中實非假名爲體識九藏體非迷名本覺識十功德圓滿名一切種智識此識建立有情無情發生染法淨法若有知有覺則衆生界起若無想無慮則國土緣生因染法而六趣回從隨淨法而四聖階降可謂凡聖之本根器之由了此識原何法非悟證斯心性何境不眞可謂絕學之門栖神之宅又云第八本識眞如一心廣大無邊體性微細顯心原而無外包性藏以該通擅持種之名作總報之主建有情之體立涅槃之因居初位而總號

頼耶處果位而唯稱無垢備本後之智地成自他之利門隨有執無執心攝論云一切種子心識成熟展轉和合增長廣大依二執受一者有色諸根及所依執受二者相名分別言說戲論習氣執受宗鏡云執受各具二義且執二義者一攝義即攝爲自體二持義即持令不散受二義一領義即領以爲境二覺義即令生覺受安危共同根身具執受四義一攝爲自體同是無記性故二持令不散第八能任持此身令不爛壞三令已爲境此根身是第八親相分故四令生覺受安危共同若第八危五根危第八安五根安若器世間量但緣非執受即受二義中領已爲境間可以器界不似根身第八親執受荅以與第八遠故所以不攝爲自體又器界損時第八亦不隨彼安危共同所以不執受若髮毛爪齒膀胱宿水等雖近已同外器攝所以第八亦不執受應具四句一持而不緣即無漏種二緣而不持即器界現行三俱句即內身根塵四俱非即前七現行而立多名據染緣淨緣而作衆體含一切而如太虛包納現萬法而似大地發生則何法不收無門不入但以迷一眞之解作第二之觀因於覺明能了之心發起內外塵勞之相於一圓湛析出根塵

聚内四大爲身分外四大爲境内以識精爲垢外因想相成塵無念而境觀一如有想而眞成萬别若能心融法界境豁眞空幻翳全消一道明現可謂裂迷途之緻網抽覺户之重關惛夢惺而大覺常明狂性歇而本頭自現○阿陀那義翻執持能執持種子根身生相續義執持有三一執持根身令不爛壞二執持種子令不散失三執取結生相續義即有情於中有身臨末位第八識初一念受生時有執取結生相續義結者繫也屬也於母腹中一念受生便繫屬彼故亦如磁毛石吸鐵鐵如父母精血二點第八識如磁毛石一剎那間便攬而住同時根塵等種從自識中亦生現行名爲執取結生故楞嚴曰陀那微細識習氣如瀑流檇李云言習氣者謂熏習氣分乃種子異名以第八識中無始習氣微習生滅流注不息故如瀑流解深密經云如瀑流水生多波浪諸波浪等以水爲依五六七八皆依此識眞非眞恐迷我常不開演宗鏡云佛若一向説眞則衆生不復進修墮增上慢以不染而染非無客塵垢故若一向説不眞則衆生撥棄自身生斷見故無成佛期故對凡夫二乘恐生迷倒常不開演故解深密經云阿陀那識甚微細一切種子如瀑流我於凡愚不開演恐彼分别執爲我熏聞云眞諦謂之第七識蓋取第八染分立名唯識百法謂之第八識者則通取染淨和合爲因解深密經謂之第九者乃别取第八淨分言之故攝論云世尊説法凡有三種一染污分二清淨分三染污清淨分譬如金藏土中有三一地界二金三土輪以地譬依他性具染淨二分此八識以土譬分别性爲生死染分此七識以金譬眞實性爲涅槃淨分此九識宗鏡云分别諸識開合不同皆依體用約體則無差而差以全用之體不礙用故約用則差而無差以全體之用不失體故如舉海

成波不失海擧波成海不礙波非有非無方窮識性不一不異可究心源古德云約諸識門雖一多不定皆是體用緣起本末相收本是九識末是五識從本向末寂而常用從末向本用而常寂寂而常用故靜而不結用而常寂故動而不亂靜而不結故眞如是緣起動而不亂故緣起是眞如眞如是緣起故無涅槃不生死即八九爲六七緣起是眞如故無生死不涅槃即六七爲八九無生死不涅槃故法界皆生死無涅槃不生死故法界皆涅槃法界皆涅槃故生死非離亂法界皆生死故涅槃非寂靜生死非離亂衆生即是佛涅槃非寂靜佛即是衆生是以法界違故說涅槃是生死即理隨情用法界順故說生死是涅槃即情隨理用如此明時說情非理外理非情外情非理外故所以即實說六七爲八九實者體也理非情外故所以即假說八九爲六七假者用也以假實無礙故人法俱空以體用無礙故空無可空人法俱空故說絕待空無可空故言妙用如斯說者亦是排情之言論其至實者不可以名相得至極者不可以二諦辨不可以名相得故非言象能詮不可以二諦辨故非有無能說故云至理無言賢聖默然正可以神會不可以心求問一心湛寂云何起諸識浪荅只爲不覺忽爾念生起信云以不如實知眞如法一故不覺心起摩訶衍論云即是顯示根本不覺之起因緣根本不覺何因緣故得起而有因不如故得起而有何等法中而不如耶謂三法中而不如故言不如者當有何義謂違逆義故

云何三法一者實知一法二者眞如一法三者一心一法是名爲三實知法者謂一切覺即能達智眞如法者謂平等理即所達境一心法者謂一法界即所依體於此三法皆違逆故無明元起是故説言謂不知實知眞如法一故不覺心起彼三種法皆守一中終不離故故通名一又起信云以無明熏力不覺心動最初成其業識因此業識復生轉識等論釋云最初不覺稱爲第一業相能見所見無有差别心王念法不可分析唯有精勤隱流之義故名爲業如是流動只申不覺第二轉相以業相念爲所依故轉作能緣流成了相第三現相以了别轉爲所依戲論境界具足現前所緣相分圓滿安布依此見分現彼相分又動相者動爲業識理極微細謂本覺心因無明風舉體微動微動之相未能外緣即不覺故謂從本覺有不覺生即爲業相如海微波從靜微動而未從此轉移本處轉相者假無明力資助業相轉成能緣有能見用向外面起即名轉相雖有轉相而未能現五塵所緣境相如海波浪假於風力兼資微動從此擊波轉移而起現相者從轉相而成現相方有色塵山河大地器世間等楞伽經大慧白佛言世尊諸識有幾種生住滅佛告大慧識有二種生住滅非思量所知謂流注生住滅相生住滅梵語你伽此云流注不斷言流注者唯目第八三相微隱種現不斷名爲流注由無明緣初起業識故説爲生相續長劫故名爲住到金剛定等覺一念斷本無明名流注滅相生住滅者謂餘七識心境麄顯故名爲相雖七緣

八望六爲細具有四惑故亦云麁依彼現識
自種諸境緣合生七識爲相生長刼熏習名
爲相住從末向本漸伏及斷至七地滿名爲
相滅依前生滅立迷悟依依後生滅立染淨
依後短前長事分二別即是流注生住滅相
生住滅仁王般若經云然諸有情於久遠刼
初刹那識異於木石生得染淨各自能爲無
量無數染淨識本從初刹那不可說刼乃至
金剛終一刹那有不可說不可說識生諸有
情色心二法色名色蘊心名四蘊宗鏡引古
釋初刹那識異於木石者謂一念識有覺受
故異於木石即顯前念中有末心所見赤白
二穢即同外器木石種類此識生時攬彼爲
身故異木石問既非久遠無始何名初識耶
答過去未來無體刹那熏習唯屬現在現在
正起妄念之時妄念違眞名爲初識非是過
去有識創起名爲初識故知橫該一切處竪
通無量時皆是即今現在一心更無別理道
契經文殊師利白佛言世尊阿賴耶識具一
切法過於恒沙如是諸法以誰爲本生於何
處佛言如是有爲無爲一切諸法生處殊勝
不可思議何以故於非有爲非無爲處是有
爲是無爲法而能生故文殊又白佛言世尊
云何名爲非有爲非無爲處佛言非有爲非
無爲處者所謂一心本法非有爲故能作有
爲非無爲故能作無爲是故我言生處殊勝
不可思議又云當作二門分明顯說一者下
轉門二者上轉門生滅門中不出此二如是
二門云何差別頌曰諸染法有力諸淨法無
力背本下下轉名爲下轉門諸淨法有力諸

染法無力向原上上轉名爲上轉門識論云云何應知依識所變假說我法非別實有由斯一切唯有識耶頌曰是諸識轉變轉變是改轉義即八種識從自證分轉變似二分現即所變見分有能作用說名爲見所變相分爲所作用說名爲相即俱依自證分而轉既若見相二分包一切法盡即此二分從心體上變起故知一切諸法皆不離心分別所分別從初業識起見相二門因見立能因相立所能所纔具我法互興或謂用爲能相體爲所相或以七識爲能相第八識爲所相由此彼皆無此見相二分上妄執彼實我法二執是無即由此見相二分外妄情執有心外我法之境皆是無故故一切唯識唯遮境有識簡心空將唯識遮薩婆多執心外有其實境將識字簡清辨等執惡取空破空有二邊正處中道又諸師所明總有四分義一相分一實相名相體即眞如是眞實相故二境相名相爲能與根心而爲境故三相狀名相此唯有爲法有相狀故通影及質唯是識之所變四義相名相即能詮下所詮義相分是此四相中取後三相而爲相分又相分有二一識所頓變即是本質二識等緣境唯變影緣不得本質二見分唯識論云於自所緣有了別用見分有五類一證見名見即一根本智見分是二照燭名見此通根心俱有照燭義故三能緣名見即通內三分俱能緣故四念解名見以念解所詮義故五推度名見即比量心推度一切境故於此五種見中除五色及內外等三分餘皆見分所攝三自證分爲能親證自見分緣相分不謬能作證故四證自證分謂能親證第三自證分緣見分不謬故從所證處得名此四分義鏡如自證分鏡明如見分鏡象如相分鏡後弝必駕切如證自證分此四分有四師立義第一安慧菩薩立一分自證分識論云此自證分從所緣生是依他起故故說爲有見相二分不從緣生因徧計心妄執而有如是二分情有理無唯自證分是依他起性有種子生是實有故見相二分是無更變起我法二執又是無以無似無若準護法菩薩即是以有似無見相二分是有體變起我法二執是無體故安慧引楞伽云三

界有漏心心所皆是虛妄分別爲自性故知八識見相二分皆是徧計妄執有故唯有自證一分是依他起性是實有故二難陀論師立二分成唯識初標宗者即一切心生皆有見相二分見相二分是能所二緣也若無相分牽心心法無由得生若無能緣見分誰知有所緣相分耶即有境有心等成唯識也見分爲能變相分是所變能所得成須具二分見分相分是依他起性有時緣獨影境即同種生有時緣帶質境即別種生故非徧計也若不許者諸佛不應現身土等種種影像也三陳那菩薩立三分安慧立一分但有體而無用難陀立見相二分但有用而無體皆互不足立理者謂立量果義論云能量所量量果別故相見必有所依體故相分爲所量見分爲能量即要自證分爲證者是量果也喻尺量絹絹爲所量尺人爲能量記数之智名爲量果今見分緣相分不錯皆由自證分爲作果故今眼識見分緣青時定不緣黃如見分緣不曾見境忽然緣黃境時定不緣青若無自證分即見分不能自記憶故知須立三分若無自證分即相見亦無若言有二分者即須定有自證分集量論頌云似境相所量能取相自證釋云似境相所量者即相分似外境現能取相自證者即是見分能取相分故自證即是體也四護法菩薩立四分立宗者心心所若細分別應有四分立理者若無第四分將何法與第三分爲量果耶汝陳那立三分者爲見分有能量了境用故即將自證分爲量果汝自證分亦有能量照境故即

將何法與能量自證分爲量果耶即須將第四證自證分爲第三分量果也引密嚴經云衆生心二性内外一切分（内一分爲一性見相二分爲第二性）（即心境内外二性）所取能取纏（能緣麁動是能緣見分所取是所緣相縛也）見種種差別（見分通三量故言種種差別）夫爲量果須是現量方爲量果前五識與第八見分雖是現量以外緣故即非量果爲量果者應内緣故七識雖是内緣亦非量果爲量果者應具二義一現量二内緣又果中後得見分雖是現量内緣時變影緣故非量果即須具三義又果中根本智見分雖親證眞如不變影故是心用故非量果即須是心體具足四義一現量二内緣三不變影四是心體方爲量果問四分以何爲體性荅相分所變色心爲體性若内三分即用現行心所而爲體宗鏡問未有無心境曾無無境心凡聖通論都有幾境荅大約有三境頌曰性境不隨心（性是實義即實根塵四大及實定果色等相分境言不隨心者爲此根塵等相分皆自有實種生不隨能緣見分種生故）獨影唯從見（影謂影相是相分與名爲此假相分無種爲伴但獨自有名故名獨影即空華兔角過去未來諸假影像法是此但從能緣見分變生與見分同種故名獨影唯從見）帶質通情本（即相分一半與本質同一種生一半與見分同一種生故言通情本情即能緣見分即所緣本質）性種等隨應（隨應是不定義謂於三境中名隨所應有性種界繫三科異熟等差別不定）又廣釋云性境者爲有體實相分名性境即前五識及第八心王并現量第六識所緣諸實色得境之自相不帶名言無籌度心此境方名性境及根本智緣眞如時亦是性境以無分別任運轉故言不隨心者都有五種不隨一性不隨者其能緣見分通三性所緣相分境唯無記性即不隨能緣見分通三性二種

不隨者即見分從自見分種生相分從自相分種生不隨能緣見分心種生故名種不隨三界繫不隨者如明了意識緣香味境時其香味二境唯欲界繫不隨明了意識通上界繫又如欲界第八緣種子境時其能緣第八唯欲界繫所緣種子便通三界即六八二識有界繫不隨四三科不隨且五蘊不隨者即如五識見分是識種收五塵相分即色蘊攝是蘊科不隨十二處不隨者其五識見分是意處收五塵相分五境處攝是處科不隨十八界不隨者其五識見分是五識界收五塵相分五境界攝此是三科不隨五異熟不隨者即如第八見分是異熟性所緣五塵相分非異熟性名異熟不隨獨影境者謂相分與見分同種生名獨影唯從見即如第六識緣

空華兔角過未及變影緣無爲并緣地界法或緣假定果極迥極略等皆是假影像此但從見分變生自無其種名唯從見獨影有二種一者無質獨影即第六緣空華兔角及過未等所變相分是其相分與第六見分同種生無空華等質二者有質獨影即第六識緣五根種現是皆托質而起故其相分亦與見分同種而生亦名獨影境三帶質者即心緣心是如第七緣第八見分境時其相分無别種生一半與本質同種生一半與能緣見分同種生從本質生者即無覆性從能緣見分生者即有覆性以兩頭攝不定故名通情本質即第七能緣見分本即第八所緣見分又四句分别一唯别種非同種即性境二唯同種非别種即獨影境三俱句即帶質境四俱

非即本智緣如以眞如不從見分種生故名非同種又眞如當體是無爲但因證顯得非生因所生法故名非別種性種等隨應者性即性境種謂種類所謂於三境中各有種類不同今皆須隨應而説又約八識分別者前五轉識一切時中皆唯性境不簡互用不互用二種變中唯因緣變又與五根同境故第六意識有四類一明了意識亦通三境與五同緣實五塵初率爾心中是性境若以後念緣五塵上方圓長短等假色即有質獨影亦名似帶質境二散位獨頭意識亦通三境多是獨影通緣三世有質無質法故若緣自身現行心心所時是帶質境若緣自身五根及緣他人心心所是獨影境亦名似帶質境又獨頭意識初剎那緣五塵少分緣實色亦名性境三定中意識亦通三境通緣三世有質無質法故是獨影境又能緣自身現行心心所故是帶質境又七地已前有漏定位亦能引起五識緣五塵故即是性境四夢中意識唯是獨影境第七識唯帶質境第八識其心王唯性境因緣變故相應作意等五心所是似帶質眞獨影境問三境以何爲體答初性境用實五塵爲體具八法成故八法者即四大地水火風四微色香味觸等約有爲説若能緣有漏位中除第七識餘七皆用自心心所爲體第二獨影境將第六識見分所變假相分爲體能緣即自心心所爲體第三帶質即變起中間假相分爲體若能緣有漏位中唯六七二識心心所爲體攝論云遠行及獨行無身寐於窟調其難調心是名眞梵志百

法釋云如來依意根處說遠行及獨行也隨無明意識徧緣一切境也故名遠行又諸心相續一一轉故無實主宰名獨行無身者即心無形質故寐於窟者即依附諸根潛轉身內名寐於窟寐者藏也即心之所蘊在身中此偈意破外道執有實我也世尊云但是心獨行無別主宰故言獨行又無始游歷六塵境故名遠行○**菴摩羅**此云清淨識僧遁注金剛三昧經云白淨無垢識彼經佛言諸佛如來常以一覺而轉諸識入菴摩羅何以故一切衆生本覺常以一覺覺諸衆生令彼衆生皆得本覺覺諸情識空寂無生何以故決定本性本無有動熏聞云天台依攝大乘說菴摩羅名無分別智光即第九淨識也（宗鏡云摩羅淨識湛若太虛佛性明珠皎同朗月）然據諸論所說第八若至我見永不起位即捨梨耶之名別受清淨之稱是則果位名菴摩羅天台所依攝大乘義取第九識者非無深致此依眞諦所譯梁攝論也輔行云眞諦三藏云阿陀那七識此云執我識此即惑性體是緣因阿賴耶八識此名藏識以能盛持智種不失體是無沒無明無明之性性是了因菴摩羅九識名清淨識即是正因唐三藏不許此識云第九是第八異名故新譯攝論不存第九地論文中亦無第九但以第八對於正因第七對於了因第六以對緣因今依眞諦仍合六七共爲緣因以第六中是事善惡亦是惑性委釋識義非今所論但以三識體性對於三德三因於理即足論家雖云翻識爲智而不即照三識一心即此一心三智具足光明玄云菴摩羅

識是第九不動若分別之即是佛識宗鏡問無垢淨識爲佛決定有心決定無心答據體則言亡四句意絕百非約用則唯無量故知如來心智能明非情所及應以智知阿梨耶識即是第八無沒識猶有隨眠煩惱與無明合別而分之是菩薩識大論云在菩薩心名爲般若即其義也阿陀那識是第七分別識訶惡生死欣羨涅槃別而分之是二乘識於佛即是方便智波浪是凡夫第六識無俟復言宗鏡九識十名一自體非僞名爲眞識二體非有無名無相識三軌用不改名法性識四眞覺常存體非隱顯名佛性眞識五性絕虛假名實際識六大用無方名法身七隨流不染名自性清淨識八阿摩羅翻無垢識九體非一異名眞如識十勝妙絕待號不可名目識○**乾栗陀耶**或名牟呼栗多此云堅實心楞伽注云謂第一義心如樹貞實心非念慮也乃是群生本有之性又摩訶衍論立十種識總攝諸識云何爲十於前九中加一切一心識論上文云所謂以一心識徧於二種自在無所不安立如佛告文殊師利言我唯建立一種識所餘之識非建立焉所以者何一種識者多一一識此識有種種力能作一切種種名字而唯一識終無餘法是故我說建立一種識今謂一切一心識是此方言梵語正名乾栗陀耶問一切一心識與菴摩羅云何甄別答從諸佛所證之理乃立菴摩羅名就衆生所迷之本則標乾栗陀號何者經云而轉諸識入菴摩羅故知果位名菴摩羅一切一心識論云能作一切種種名字知是羣生所迷之本輒辨此義後賢詳之昔住大覺李相公垂訪問曰楞嚴性覺妙明本覺明妙此爲一法此爲二法若云二法性覺即本覺若云一法上句安言妙明下句安言明妙余即答曰一法二義上句言性性體即寂而常照故曰妙明下句言覺覺用即照而常寂故曰明妙禮

記云人生而靜天之性也感物而動性之欲也斯乃儒家以寂然不動爲性感而遂通曰情吾宗則以明靜眞心爲性是理具也昏動妄念爲情是事造也故楞嚴云從無始來生死相續皆由不知常住眞心性淨明體用諸妄想此想不眞故有流轉以玆情性分今十識前之八識皆屬情也九十二識乃當性焉問心與於性同異云何荅或同或異言同者如楞嚴云常住眞心性淨明體此俱目眞光明云心識二性躁動不停此俱召妄二名異者如楞嚴云舜若多性可消亡爍迦羅心無動轉此心眞而性妄矣大意云隨緣不變故爲性不變隨緣故爲心此性眞而心妄也忠國師云迷時結性成心悟時釋心成性然眞妄二心經論所明大有四義一唯眞心起信云唯是一心故名眞如二者唯妄心如楞伽云種種諸識浪騰躍而轉生三者從眞起妄如楞伽云如來之藏是善不善因能徧興造一切趣生四者指妄即眞如楞嚴云則汝今者識精元明又淨名云煩惱之儔是如來種諸文所陳此四收盡然此諸識西域東夏異計紛紜今先叙異執後述會通初異執者性相二宗肇分於竺國南北之黨彌盛於齊朝故西域那爛陀寺戒賢大德遠承彌勒無著近踵法護難陀依深密等經瑜伽等論立法相宗言法相者唯齊八識業相以爲諸法生起之本故法相宗以識相行布爲肯其寺同時智光大德遠稟文殊龍樹近遵青目清辯依般若等經中觀等論立法性宗言法性者以明眞如隨緣爲染淨之本故一性宗以

眞理融觀爲門洎乎東夏攝論有梁唐之異地論分南北之殊以無著菩薩造攝大乘論流至此土二譯不同梁朝眞諦乃立九識計第八識生起諸法如彼論明十種勝相第一依止勝相明第八識生十二因緣次唐時玄奘新譯攝論但立八識乃謂第九秖是八識異名此是梁唐之異也天親菩薩造十地論翻至此土南北各計相州南道計梨耶爲淨識相州北道計梨耶爲無明此乃南北之殊也其次會通者妙玄云今明無明之心不自不他不共不無因四句皆不可思議此約自行破計南北不存若有四悉檀因緣亦可得說此約化他性相俱存以阿梨耶中有生死種子熏習增長即成分別識若阿梨耶中有智慧種子聞熏習增長即轉依成道後眞如名爲淨識若異此兩識秖是阿梨耶識此亦一法論三三中論一耳攝論云如金土染淨染譬六識金譬淨識土譬梨耶識明文在茲何勞若諍又宗鏡云此阿賴耶識即是眞心不守自性隨染淨緣不合而合能含藏一切眞俗境界故名藏識如明鏡不與影像合而含影像此約有和合義邊說若不和合義者即體常不變故號眞如本一眞心湛然不動若有不信阿賴耶識即如來藏別求眞如理者如離像覓鏡即是惡慧以未了不變隨緣隨緣不變之義而生二執又宗鏡以理量二門收盡一切性相識相妙有是如量門識性眞空是如理門問眞心無相云何知有不空常住湛然之體答以事驗知因用可辨事能顯理用能彰體如見波生知有水體當觀量

之門以造性相之道

翻譯名義集卷第十六

翻譯名義集卷第十七

宋姑蘇景德寺普潤大師法雲編

陰入界法篇第五十八

智論云一切諸法中但有名與色若欲如實觀但當觀名色心但有字故曰名也形質礙法故曰色也而凡夫人迷此色心有輕重異故佛對機說陰入界三科法也○塞健陀此云蘊蘊謂積聚古翻陰陰乃盖覆積聚有爲盖覆真性又仁王云不可說識生諸有情色心二法色名色蘊心名四蘊皆積聚性隱覆真實此以色受想行識名爲五蘊（心經疏記具解五蘊）音義指歸云漢來翻經爲陰至晉僧叡改爲衆至唐三藏改爲蘊○鉢羅吠奢此云入法界次第云通稱入者入以涉入爲義根塵相對則有識生識依根塵仍爲能入根塵即是所入今此十二從所入受名熏聞曰夫六入者凡有二義一根塵互相涉入二根境俱爲識之所入以是諸經名十二入楞嚴唯以六根爲入者盖根有勝義親能生識又根能受境吸擥（音覽）前塵故偏名入故云六爲賊媒自劫家寶又云六入村落法界次第云内六名入者此之六法親故屬内爲識所依故名爲入亦名根者根以能生爲義此六既並有生識之功故通名根外六入者此六疎故屬外識所游涉故名爲入亦名塵者塵以染污爲義以能染污情識通名爲塵又十二處者百法疏云生長義即六種識依於根塵而得生長名十二處○馱都此云界百法疏云界是因義中間六識藉六根發六境牽生與識爲因故名爲界法界次第云界以界別爲義此

十八法各有別體義無渾濫故名十八界若根相對即有識生識以識別爲義識依於根能別於塵故通名識由此根塵識三各有六法成十八界此三科法如俱舍云聚生門種族是蘊處界義愚根樂有三故說蘊處界釋曰愚三者一愚心爲說五陰則開心爲四合色爲一二愚色爲說十二處則開色爲十處半謂五根五塵及法塵少分合心爲一處半謂意根及法塵少分三愚心及色爲說十八界則更開心爲七界半謂六識意根法塵少分皆言愚者迷也根三謂上中下根樂三謂略中廣皆如次配三科法○**歌羅邏**或羯邏藍此云凝滑又云雜穢狀如凝酥胎中五位此初七日大集經云歌羅邏時即有三事一命二煖三識出入息者名爲壽命不臭不爛名之爲煖即是業持火大故地水等色不臭不爛也此中心意名之爲識即是剎那覺知心也長無增減三法和合從生至死此識之種即是命根故宗鏡引論云然依親生此識種子以此種子爲業力故有持一報之身功能差別令得決定若此種子無此功能身便爛壞故以親生種子爲命根夫命根者依心假立命爲能依心爲所依生法師云焚薪之火旋之成輪輪必攬火而成照情亦如之必資心成用也命之依心如情之依心矣○**頞部曇**或遏蒲曇或頞浮陀此云疱狀如瘡疱胎二七日○**蔽尸**或閉尸或伽那此云凝結狀如就血或云聚血或云耎而兖切肉胎三七日○**健男**或羯南此云凝厚漸堅硬魚孟切故亦云硬肉胎四七日雖有身意缺眼四根六

處未全但號名色涅槃佛言如説名色繫縛衆生名色若滅則無衆生離名色已無別衆生離衆生已無別名色亦名名色繫縛衆生亦名衆生繫縛名色○鉢羅奢佉此云形位具諸根形四支差別俱舍以此胎五七日名胎中五位六七日名髮毛爪齒位七七日名具根位五根圓滿故所言根者增上出生名之爲根五識藉彼爲增上緣而得生故又具五義名之爲根嚴續依發及徧別故從此五七至未出胎並名六入言胞胎者説文云兒生裹衣者曰胎爾雅胎始養也○斫芻斫者行義芻者盡義謂能於境行盡見諸色故名爲行盡故瑜伽云屢觀衆色觀而復捨故名爲眼是照燭義楞嚴云眼如蒲桃朶或云眼如秋泉池眼有五種一肉眼二天眼三慧眼四法眼五佛眼今先通辨然後別明先通辨者大品云菩薩行般若時淨於五眼肉眼淨見三千大千世界天眼淨見十方如恒河沙等諸佛世界中衆生死此生彼慧眼菩薩不作是念是法若有爲若無爲若世間若出世間若有漏若無漏是慧眼菩薩無法不見無法不知無法不識是爲慧眼淨菩薩法眼知是人入隨信行是人隨法行是人無相行是人行空解脱門是人行無相解脱門是人行無作解脱門得五眼得五眼故得無間三昧得無間三昧故得解脱智(云云)乃至知是菩薩能坐道場不能坐道場知是菩薩有魔無魔是爲菩薩法眼淨(目連謂魔曰吾以道眼觀內天眼觀表內外清淨過天琉璃)菩薩入如金剛三昧破諸煩惱習即時得諸佛無礙解脱即生佛眼所謂一切種智

十力四無所畏四無礙智乃至大慈大悲等諸功德是名佛眼大論釋曰肉眼見近不見遠見前不見後見外不見内見晝不見夜見上不見下以此礙故求天眼得是天眼遠近皆見前後内外晝夜上下悉皆無礙是天眼見和合因緣生假名之物不見實相所謂空無相無作無生無滅如前中後亦爾爲實相故求慧眼得慧眼不見衆生盡滅一異相捨離諸著不受一切法智慧自内滅是名慧眼但慧眼不能度衆生所以者何無所分別故以是故生法眼法眼能令行人行是法得是道知一切衆生各各方便門令得道證法眼不能徧知度衆生方便道以是故求佛眼佛眼無事不知覆障雖密無不見知於餘人極遠於佛至近於餘幽暗於佛顯明於餘爲疑於佛決定於餘微細於佛爲麁於餘甚深於佛甚淺是佛眼無事不聞無事不見無事不知無事爲難無所思惟一切法中佛眼常照此之五眼當立四義以辨其相初約人分淨名記云欲指人中是肉眼故明四趣眼不及人天故爲所破此亦一往亦有龍鬼過人肉眼終是惡業從道已判又云以天眼法在色界故破欲方有四禪天眼聲聞是慧眼我從昔來所得慧眼菩薩是法眼如來是佛眼淨名記問前三眼兩教二乘亦能得之法眼三教菩薩亦能得之如何五眼併奪云無答隨教依理其相天殊若云諸佛菩薩有者即是帶理之四眼也地住分得佛方究竟故云肉眼一時徧見十方天眼不以二相而見慧眼乃云第一淨故法眼佛眼元來永殊是則五眼具足在

佛二乘與人既並無眼如生盲者問佛之肉眼與人肉眼同異云何答凡夫惡業障故如盲佛果功德熏故清淨故大般若云佛肉眼能見人中無數世界不唯障內故知凡夫肉眼但見障內義當盲矣問肉眼障礙云何徧見答大論云報生天眼在肉眼中天眼開闢肉眼見色故見大千又云天眼有二種一果報得二修禪得果報得者常與肉眼合用唯夜闇天眼獨用問佛具肉眼與於佛眼同異云何答淨名記云諸佛如來法身菩薩約體用分互相不同且如肉眼見於麁色於麁色處見於中道從麁色邊名爲肉眼約見中道即名佛眼問佛之天眼與於佛眼同異云何答淨名疏云今取證理見十方土及十法界麁細之色名佛天眼圓見三諦無二名爲佛眼二約用釋如淨名疏云但眼是總名從用分別則有五種一肉眼見麁事色二天眼見因果細色三慧眼即麁細色心徧真之理四法眼見色心麁細因緣假名俗諦諸法五佛眼見中道圓真佛性之理又能雙照麁細因緣事理問見中道真名佛眼者未審菩薩分證與佛究竟同異云何答如發軫云分證與究竟五眼但有明昧之殊三約諦釋如淨名疏云圓觀三諦觀俗境破諸惡業名淨肉眼觀俗細境破諸亂心名淨天眼若觀真諦破界內惑名淨慧眼觀內外俗破塵沙無知名淨法眼觀中雙照圓除無明是淨佛眼是則肉天二眼乃因緣所生之法後三即三觀所照之諦焉四約教釋如淨名疏云約教則有四佛五眼不同金剛般若佛問須菩提如來

有肉眼不云云準此五眼皆通四教若別釋者淨名記云若以偏圓相待總而明之唯圓佛眼別教法眼通菩薩慧眼藏菩薩肉天二眼又淨名疏云若諸凡夫肉眼天眼見麁細相聲聞但有三眼肉眼天眼所見同前慧眼見真諦相即是見二諦相三藏菩薩既未斷惑不見真諦相但有肉眼天眼見世諦麁相通教菩薩亦但三眼唯見二諦幻化之相別教菩薩得四眼三眼如前別得法眼見界內外恒沙佛法無量四諦之理並是見相見也若圓教菩薩住十信位雖有肉眼名爲佛眼相似圓見法界相惑未除猶名見相見也若入初住發真無漏即五眼圓開此皆通辨次別明者淨名疏引首楞嚴云阿那律言我初出家常樂睡眠如來訶我爲畜生類我聞佛訶啼泣自責七日不眠失其雙目白佛具說佛言眼是眼食如人七日不食則便失命七日不寢(七稔切臥也)眼命即斷難可治之當修天眼用見世事因是修禪得四大淨色半頭而見謂之半頭者昔神悟云齊眉上半如琉璃明徹此遠楞嚴明前不明後南屏云前之半頭見大千界但見於前不見于後今謂此解違淨名疏云那律修禪得四大清淨造色半頭天眼從頭上半皆得見色觀三千大千世界如菴摩勒果若三藏佛得全頭天眼一頭皆發淨色徹見無礙今觀兩說猶鷸(音聿鳥名)蚌之相搤(音厄捉也)今秉其弊以會通之淨名廣疏以從上爲半者乃示天眼之體也以報得天眼在肉眼中修得天眼在肉眼外既在眼外則發半頭之色雖半頭淨及其視物但見前矣

所以楞嚴約用說焉然其聲聞所發天眼半頭與佛全頭優劣碩異又佛乃隨所入定欲見能見聲聞須入所得之定方覩境矣又佛則能見一切佛土那律但見大千淨名疏云二乘雖有天眼作意欲見千界乃至大千諸佛菩薩有眞天眼不以二相見諸佛土天台云中道眞天眼非二諦之相而能徧照四土三種生死死此生彼依正並現王三昧中是眞天眼問那律既見於前云何倩人穿針答入定則見出定不知肇云二乘在定則見出定不見荊溪記云若約那律失眼出觀但同世人壞根者不見問藏通二教既不談中以何爲佛眼答別行玄記云故今正使及二習氣俱時而盡故能二諦皆究竟也方異三乘弟子獨彰佛眼佛智復次那律天眼與大梵王天眼雖同覈（下革切考也）有四異一報修異梵王報得在肉眼中那律修得居肉眼外二總別異淨名疏云又梵王是總相見見不分明那律是別相見見則了了乃至諸阿羅漢因淨禪得者皆別相見三自他異梵王報得於自住處則見餘方不見那律以修根本得五種四禪八色清淨發眞天眼隨所至處皆見三千四通明異梵王天眼是通非明羅漢天眼是通是明又淨名疏問梵王天眼見大千界與法華肉眼何異答大論明報生天眼在肉眼中天眼開闢見廣由天肉眼見色故見大千大品明菩薩肉眼見百由旬乃至大千過此則用天眼以肉眼與風相違故不說見他土若法華經力肉眼能見大千一切法者三藏二乘天眼慧眼所見事理尚不能及何

況梵王而可比也故大經云學大乘者雖有肉眼名爲佛眼二乘之人雖有慧眼名爲肉眼以其慧眼見眞斷惑與圓教肉眼有齊有劣故圓教肉眼名佛眼者以雖具煩惱之性能知如來秘密之藏○[娑路多羅戍縷多]此云能聞瑜伽云數數於此聲至於聞故翻爲耳是能聞義楞嚴耳如新卷葉或云耳如卷樺皮○[伽羅尼羯邏拏]此云能齅(喜宥切就臭也)瑜伽云數由此故能齅於香故名爲鼻是能齅義楞嚴云鼻如雙垂爪或云鼻如盛針筒○[舐若時吃縛]此云能嘗能除饑渴故瑜伽云能除饑渴羸(力爲切)瘦數發言論表彰呼召故名爲舌是能嘗義楞嚴舌如初月偃或云舌如偃月刀○[迦耶]梵有四名一迦耶二設利羅三弟訶四應伽此云積聚瑜伽云諸根所

隨周徧積聚故名爲身是積聚義及依止義亦翻分謂支分楞嚴身如腰鼓顙或云身如立戟(居逆切)槊(音朔)安般守意經云何等爲身何等爲體骨肉爲身六情合爲體○[紇利陀耶]此云肉團心即意根所託也故云意如幽室見夫言根者義有二種一者浮塵外根二勝義內根言浮塵者四大是能造四微是所造色香味觸四微和合乃得成根故楞嚴云我今觀此浮根四塵只在我面資中云浮虛不實昏翳眞性故曰浮塵此浮塵外根也言勝義者即清淨四大洪敏鈔云此勝義根雖用能造所造八法爲體是不可見有對色能照境發識乃聖人所知之境其義深遠非同塵境麤淺故名清淨此是染中說淨非無漏妙明之淨此勝義內根也大論問何故三識所

知合爲一鼻舌身識名爲覺三識所知别爲三眼名見耳名聞意知名爲識荅是三識助道法多是故别説餘三識不爾是故合説是三識但知世間事是故合爲一餘三識亦知世間亦知出世間是故别説復次是三識但緣無記法餘三識或緣善或緣不善或緣無記復次是三識能生三乘因緣如眼見佛及弟子耳聞法心籌量正憶念如是等種種差别勝天王經佛告天王菩薩摩訶薩以方便力行般若波羅蜜於一切法心緣自在緣一切色願得佛色無所得故心緣衆聲願得如來微妙音聲心緣衆香願得如來清淨戒香心緣諸味願得如來味中第一大丈夫相心緣諸觸願得如來柔輭手掌心緣諸法願得如來寂靜之心心緣自身願得佛身心緣自口願得佛口心緣自意願得如來平等之意天王菩薩摩訶薩行般若波羅蜜無有一心一行空過不向薩婆若者遍緣諸法而能不著觀見諸法無不趣向菩提之道菩薩修習諸行皆因外緣而得成立又如大地住在水上若鑿音昨地井即得水用其不鑿者無由見之如是聖智境界遍一切法若有勤修般若方便則便得之其不修者云何能得○

鼻鼓迦此云種肇曰此五衆生之所由生故名種婆沙問曰何名大種答大而是種故名大種如言大地及大王等能滅能增能損能益是爲種義體相形量徧諸方域能成大事是爲大義大乘入楞伽云謂虛妄分别津潤大種成内外水界炎盛大種成内外火界飄動大種成内外風大色分段大種成内外地界圓

覺云我今此身四大和合所謂髮毛爪齒皮肉筋骨髓腦垢色皆歸於地唾涕膿血津液涎沫淡淚精氣大小便利皆歸於水煖氣歸火動轉歸風仁王云堅持名地津潤名水煖性名火輕動名風淨覺云通名大者且從事立智論云佛說四大無處不有故名爲大長水直以藏性釋大一何誤哉孤山云四輪持世其實火輪金輪水輪風輪也此不言土者土與金同是堅性俱屬地大故此但言四大則已攝四輪矣淨覺云然此四大風金則由妄心而起火水復由風金而起下文結云遞音第更遞也相爲種義見此矣宗鏡云皆從四大和合成盡是一心虛妄變維摩詰問文殊師利何等爲如來種文殊師利言有身爲種無明有愛爲種貪恚癡爲種四顛倒爲種五蓋爲種六大爲種七識處爲種八邪法爲種九惱處爲種十不善道爲種以要言之六十二見及一切煩惱皆是佛種天台釋云即是以非種爲種何者離三道之外更無如來種一正因即苦道二了因即煩惱道三緣因即業道之上文云三道是三德種種既有三如來亦三一法佛如來二報佛如來三應佛如來種以能生爲義若不能生不名爲種以此三種能生三佛從微至著終于大果亦種類義若此三種非佛種類此外更無同類之法亦種性義性名無改此之三法從初至後不斷不滅必致三佛三德之果故名不改令約衆生明種不出此三由煩惱潤業受身有苦三無前後亦非一時不縱不橫故金錍云若有衆生未稟教者來至汝所先當語云汝無始

來唯有煩惱業苦而已即此全是理性三因此乃約性開三由未發心未曾加行故性緣了同名正因此乃對修方合又妙樂云三道是三德種者即性種也有生性故故名爲種生時此種純變爲修此等諸文皆以迷時爲性悟後名修然此性種天台名相對種荆溪以敵對而釋有總有別若總以三道之事俱對三德之理此乃事理總論敵對若別敵對如記主云此三從別一一各異苦道在迷屬因法身所證是果此乃因果相對煩惱是昏迷之法般若是明悟之法此乃迷悟敵對行遠理是繫縛之法行順理是解脱之法此以縛脱敵對荆溪又轉名相翻種在因則翻法身爲苦道至果乃翻苦道爲法身迷日翻般若爲煩惱悟時翻煩惱爲般若縛則翻解脱爲結業脱則翻結業爲解脱始終理一故名性種若法華疏釋諸佛兩足尊知法常無性佛種從緣起是故説一乘天台解曰中道無性即是佛種妙樂釋云立本無性爲本性德故知今種即性家之種先德疑云淨名以三道爲性種法華以中道爲性種觀此二處文義頗異遂立四義消通二文一種本二種體三種緣四種果遂定淨名三道是種之當體法華三德是所依體乃種之本也今謂種以能生爲義種即是本豈有二殊學者須究二處經文各順一義維摩指迷令悟故以在迷三道爲佛種正助二修爲種緣此乃迷悟分修性法華明諸佛設教故當平等理性爲佛種逆順兩事爲種緣此乃事理分修性淨名三道乃約即爲種三道是能三德是所猶氷是水種法華三德指性自是種乃性當家名種如

水爲氷種作此區別煥音煥然明矣又法華䟽曰若就類論種一切低頭舉手悉是解脫種一切世智三乘解心即般若種夫有心者皆當作佛即法身種荆溪云類謂類例即修德也斯乃順修三因能成三德之果故名類種此由法華徧開六道低頭舉手彈指散花本是人天之福今開即是緣因佛種一切世智三乘解心本是五乘之智今開即是了因佛種夫有心者不知正因今開衆生皆當作佛即法身種妙樂問曰若爾般若解脫有於種類及以對論法身類種與對論種爲同爲異答理一義異言理一者只緣理一是故修性相對離合言義異者對生死邊名爲相對理體本淨名爲類種又聞能觀智名爲了種聞所緣理名爲正種即是理淨與事淨爲類此約開顯明類種昔經圓既隔偏但約當教三因自論類種若前三教如妙樂云別教唯有種類之種而無相對於中法身種類仍別始終常淨唯不從覆故得種名此與釋籤雖法身本有不同別教爲惑所覆二文相戾妙宗釋曰別教法身爲惑所覆者良由不知本覺之性具染惡德是故染惡非二德也云云但有法身本覺隨於染緣作上一切迷中之法以是名曰爲惑所覆既覆但中佛性之理如淳善人一切惡事非本所能爲惡人逼令作衆惡故說善人爲惡所覆此顯定有能覆之惑所覆真如其理不變始終常淨故說唯不從覆故得種名問妙玄云十回向始正修中此中但理不俱諸法釋籤則曰不同別人理體具足而不相收故絳幃難云別人既有理性

三因何緣別修緣了淨覺雖約理性三因皆但中德答未契四明之意故於妙宗釋此義曰亦爲不知本覺之性具染惡德不能全性起染惡修乃成理體横具三法言不相收者以其三法定俱在性皆是所發猶如三分各稱帝王何能相攝是故不知性中三法二是修者二乃成横故曰三皆在性而不互融也藏通兩教全無此義但約當教其名非無因時三學爲五分種達分即爲一解脫種（第五記云解脫達分者涅槃名解脫所修善根不住生死名爲達分）念處即般若種當曉有身爲種若非聞法孰能自知不加功行捨身受身奚得成就無上菩提遂示性類二法以爲標月之指歟○**攝提**翻假施設假謂三假輔行云因内因外和合方成故所生法名因成假念不實故故前念滅滅已復生

生者必滅計能相續名相續假他待於已假立他名已待於他假立於已相待不實名相待假成實論云三假浮虚者如煙雲塵霧也

○**優陀那**天台禪門曰此云丹田去臍下二寸半大論云如人語時口中風出名優陀那此風出已還入至臍偈云風名優陀那觸臍而上去是風觸七處頂及齗（音銀齒根肉也）齒脣舌喉及以胷是中語言生論云出入息是身加行受想是心加行尋伺是語加行大集經云有風能上有風能下心若念上風隨心牽起心若念下風隨心牽下運轉所作皆是風隨心轉作一切事若風道不通手脚不隨心雖有念即舉動無從譬如人牽關捩（音麗捩也）即影枝種種所作捩繩若斷手無所牽當知皆是依風之所作也○**阿那**亦云安那此云遣來

入息也○般那此云遣去出息也安般守意經云安爲身般爲息安爲生般爲滅安爲念道般爲解結所以先數所矩切計也下並同入者外有七惡内有三惡用少不能勝多先數入也安名出息般名入息息有四事一爲風二爲氣三爲息四爲喘昌兗切有聲爲風無聲爲氣出入爲息氣出入不盡爲喘也出息爲生死陰入息爲思想陰或云先數出息氣則不息身不脹音帳滿身心輕利三昧易成或云先數入息隨息內斂易入定故或云當隨便宜以數出入若心輕浮繫心丹田當數入息若心昏沉繫心鼻端當數出息此皆不許出入俱數提婆菩薩云佛說甘露門名阿那波那於諸法門中第一安隱道○烏波或云薩遮此云有婆沙云有是何義謂一切有漏法是佛言若業能令後生續生是名爲有華嚴云何等名有爲法所謂三界衆生婆沙云漏是何義答住是漏義凡夫至此被留住故浸漬疾智切是漏義至三有頂常浸漬故流出是漏義盡三有還出下故持義醉義在內義放逸義並是漏義成論云失道故名漏律云癡人造業開諸漏門文句云漏謂三漏妙樂云一欲漏謂欲界一切煩惱除無明二有漏謂上兩界一切煩惱除無明三無明漏謂三界無明又輔行釋有流云有即三有流謂四流一見流三界見也二欲流欲界一切諸惑除見及癡三有流上二界一切諸惑除見及癡四無明流三界癡也於此三處因果不亡故名爲有爲此四法漂溺不息故名爲流婆沙問緣起緣生有何差別答或說無有差別緣起緣生皆有爲法或有說云亦有差別因是緣起果是緣生

涅槃云有漏法者有二種有因有果無漏法者亦有二種有因有果有漏果者是則名苦有漏因者則名爲集無漏果者則名爲滅無漏因者則名爲道○**薩迦耶薩**此云無常苟卿曰趣舍無定謂之無常唐因明正理論云本無今有暫有還無故名無常淨住法云生不可保唯欲營生死必定至不知顧死況此危命凶變無常俄頃之間不覺奄死內德論云百齡易盡五福難常命川流而電逝業地久而天長三塗極迮株倫切厚也而杳杳四流無際而茫茫憑法舟而利濟謝信翮下革切以高翔宜轉咎而爲福何罔念而作狂正法念云有於胎藏死有生時命終有纔行便亡有能走忽卒智論云無常有二種一相續法壞無常二念念生滅無常宗鏡明二種四相一約麄果報說生老病死長阿含云一生相五陰興起已得命根二老相謂生壽向盡餘命無幾三病相謂衆苦迫切存亡無期四死相謂盡也風先火次諸相敗壞身六异音異趣故又四諦論曰衆苦依止名生苦能令變壞名老苦逼迫身因名病苦能滅諸根名死苦非愛共聚名怨憎會苦可愛相遠名愛別離苦希望不遂名求不得苦是衆苦相名五盛陰苦婆沙論云盛陰有何義受所生是故說盛謂生受是故說盛受所養是故說盛謂養受是故說盛問陰與盛陰有何差別答名即差別謂陰謂盛陰又陰有漏無漏盛陰一向有漏又陰染汚不染汚盛陰一向染汚章安云今依經文以五盛陰是其別體善惡陰盛即是苦體涅槃云復次菩薩修於死想觀是壽命常爲無量怨讎音酬所繞念念損減無有增長猶山瀑水不得停住亦如朝露勢不久停如囚趣死步步近死如牽牛羊詣於屠所出曜經

佛言是日已過命則隨滅如少水魚斯有何樂二約細惑業説生住異滅如起信論不覺心起名爲生能見能現妄取境界起念相續名之爲住執取計名名之爲異造作諸業名之爲滅唯識論云生表此法先非有滅表此法後是無異表此法非凝然住表此法暫有用釋曰自無而有曰生自有而無曰滅前後改變名異暫爾相續名住又論云本無今有有位名生生位暫停即説爲住住別前後復立異名暫有還無無而名滅前三有故同在現在後一是無故在過去輔行記云言三相者不立住相與異合説以人於住起常計故故淨名云比丘汝今亦生亦老亦滅老即是異圭峰云住異二相同是現在故合爲一細分即四孤山解楞嚴云前舉四相今唯二者以生攝住以滅收異宗鏡云雖年百歲猶若刹那如東逝之長波似西垂之殘照擊石之星火驟隙之迅駒風裏之微燈草頭之朝露臨崖之朽樹爍目之電光若不遇於正法必永墜於幽途○

闍提闍（音社）此翻云生死○

佉那（佉語乞切）或繕摩此翻生瑜伽云五蘊初起名之爲生依㲉（苦角切）而起曰卵生含藏而出號胎生假潤而興曰濕生無而忽現名化生如是四生由內心思業爲因外㲉胎藏濕潤爲緣約藉緣多少而成次第卵生具四是以先説胎生具三濕生具二化生唯一謂思業也俱舍云人旁生具四地獄及諸天中有唯化生鬼通胎化二人具四生者如大論云毘舍佉彌羅母生三十二子彌伽羅是大兒字其母生三十二卵剖生三十二男皆爲力士

其母得三道又婆沙論云昔於此洲商人入海得一雌(此移切鳥母也)鶴遂生二卵出二童子端正聰明年長出家得阿羅漢大名世羅小名鄔波世羅大論云胎生者如常人生濕生者如揜(音菴)羅婆利婬女頂生轉輪聖王又涅槃云頂生王從頂皰(匹皃防教二切)生化生者大論云如佛與四衆遊行比丘尼衆中有阿羅婆地中化生及劫初時人皆化生旁生具四者正法念云化生金翅鳥能食四生龍龍與金翅皆具四生走獸皆胎飛鳥俱卵證真云情想合離四生皆具經文且據一往增勝邊說○

味剌諵(汝咸切)此云死勝鬘云生者新諸根生死者故諸根滅正法念經云臨終四大爲害謂之四大不調有四種死若風大不調一切身分互相割裂從足至頂分散如沙又一乘章云有二種死何等爲二謂分段死(壽有分限身有形段)不思議變易死(因移果易故名變易)分段死者謂虛僞衆生不思議變易死者謂阿羅漢辟支佛大力菩薩意生身又云以分段死故說阿羅漢辟支佛智我生已盡得有餘果證故說梵行已立凡夫人天所不能辦七種學人先所未作虛僞煩惱斷故說所作已辦阿羅漢辟支佛所斷煩惱更不能受後有故說不受後有攝大乘明七種生死一分段謂三界果報二流來謂有識之初三反出謂背妄之始四方便謂入滅二乘五因緣謂初地已上六有後謂第十地七無後謂金剛心北史李士謙字子約善談名理嘗有客坐不信佛家報應義士謙諭之曰積善餘慶積惡餘殃此非休咎耶佛經云輪轉五道無復窮已此則賈誼

所言千變萬化未始有極忽然爲人之謂也佛道未來其賢者已知其然矣至若鯀(古本切)爲黃熊(音雄)褒(博毛切)君爲龍牛哀爲猛獸彭生爲豕如意爲犬鄧艾爲牛羊祜前身李氏之子此非佛家變化異形之謂乎○**迦摩羅**或迦末羅此云黃病又云惡垢亦云癩病智論云一者外因緣病寒熱饑渴兵刃刀杖墜落推壓(音鴨)如是等種種外患爲惱二者內因緣病飲食不節卧起無常四百四病名爲內病○**阿薩闍**此云不可治病弘明集云必死之病雖聖莫蠲可療之疾待醫方愈故涅槃明三種病一易治二難治三不可治淨名疏云療治有損一有從初服藥但增而不損終無差理是名增增二或雖困篤方治即愈是名增損三或有服藥初雖漸損而後更增是名損增四從初漸損乃至平服是爲損損又釋治衆生病一增增者即底下凡夫若爲說法更起誹謗闡提之罪如善星調達等也二增損者如尸利鞠多三損增者如大論明四禪比丘謂是四果臨終見生處謗無涅槃即墮地獄又毘曇成實明退法人皆其相也四損損者即身子等諸得道人○**珊若婆**此云癈(音癈)風病一發不起智論云四百四病者四大爲身常相侵害一一大中百一病起冷病有二百二水風起故熱病有二百二地火起故止觀明治病方法既深知病源起發當作方法治之治病之法乃有多途舉要言之不出止觀二種方便云何用止治病相有師言但安心止在病處即能治病所以者何心是一期果報之主譬如王有所至處羣賊迸散次

有師言臍下一寸名憂陁那此云丹田若能止心守此不散經久即多有所治有師言常止心足下莫問行住寢卧即能病治所以者何人以四大不調故多諸疾患此由心識上緣故令四大不調若安心在下四大自然調適衆病除矣有師言但知諸法空無所有不取病相寂然止住多有所治所以者何由心憶想鼓作四大故有病生息心和悅衆病即差故淨名經云何爲病本所謂攀緣云何斷攀緣謂心無所得如是種種說用止治病之相非一故知善修止法能治衆病次明觀治病者有師言但觀心想用六種氣治病者即是觀能治病何等六種氣一吹二呼三嘻(音禧)四呵(音訶)五噓(音虛)六呬(虛器切)此六種息皆於唇口之中想心方便轉側而作綿微而用頌曰

心配屬呵腎屬吹脾呼肺呬聖皆知肝臟熱來噓字至三焦壅處但言嘻高僧傳僧善疾甚篤將殛(訖力切)告弟子曰吾患腹中冷結者昔在少年山居服業糧粒既斷嬾往追求噉小石子用充日夕因覺爲病死後可破腹看之果如其言南山鈔云但饑渴名生病亦名故病每日常有故以食爲藥醫之功僧祇律云佛住舍衛國難陀母人作釜(音父)飯逼上汁飲覺身中風除食消便作念闍梨是一食人應當食粥乃取多水少米煎去二分然後入胡椒蓽(音必)茇(音鉢)末盛滿甕持詣佛所白言惟願世尊聽諸比丘食粥佛許仍爲說偈次四分云佛在那頻頭國因瓮沙施粥佛許之又十誦云婆羅門王阿耆達施八般粥謂乳酪胡麻豆摩沙荏(如甚切)蘇等佛許之高僧法開

晉升平中孝宗有疾開視脉知不起不肯進
藥獻后怒收付廷尉俄而帝崩獲免或問法
師曰高明剛簡何以醫術經懷開曰明六度
以除四魔之疾調九候以療風寒之病自利
利他不亦可乎孫綽曰才辯縱横以數術通
教其在開公焉

翻譯名義集卷第十七

翻譯名義集卷第十八

宋姑蘇景德寺普潤大師法雲編

統論二諦篇第五十九

教傳東土(標東所至)法本西域(題西所出)當聞香以尋根故泓(與專切)流而究原辨佛陀僧伽之號解菩提般若之名隨機之語雖曰無邊旨歸之意唯詮二諦今就集末畧開七門

一原宗　二釋名　三辨義　四示體

五釋相　六境智　七勸誡

一原宗者中觀論云諸佛依二諦爲衆生說法一以世俗諦二第一義諦良以佛之說法語不徒然凡所立言咸詮實理故聞法者悉有所證以依二諦爲機說故如大論云有二種衆生一者知諸法假名二者著名字爲著名字衆生故說無相爲知諸法假名衆生故說世諦是以世俗顯緣起之事諸法歴然故佛事門中不捨一法勸臣以忠勸子以孝勸國以治勸家以和弘善示天堂之樂懲非顯地獄之苦此依俗諦也真諦彰本寂之理一性泯然所以實際理地不受一塵是非雙泯能所俱亡指萬象爲真如會三乘歸實際此依真諦也

二釋名者此二諦法就能詮名談真則逆俗順俗則乖真以真是實義審實是真俗是假義審假是俗故涅槃云出世人所知名第一義諦世人所知名世諦北山録云會極捐情之謂真起微涉動之謂俗真也者性空也俗也者假有也假有之有謂之似有性空之空謂之真空此約事理對釋昭明太子云真諦離有離無俗諦即有即無即有即無斯是假

名離有離無此爲中道此約中邊判釋也

三辨義者宗鏡問曰一心二諦理事非虛證理性而成真審事實而爲俗皆具極成之義不壞二諦之門大小二乘同共建立如何是極成之義答所成決定不可移易隨真隨俗各有道理瑜伽論云一有世間極成真實二道理極成真實世間極成真實者謂一切世間於彼彼事隨順假立世俗慣(古患切)習悟入覺慧所見同性謂地唯是地非是火等乃至苦唯是苦非是樂等樂唯是樂非是苦等以要言之此即如此非不如此是即如是非不如是決定勝解所行境事一切世間從其本際展轉傳來想自分別共所成立不由思惟籌量觀察然後方取是名世間極成真實道理極成真實者依止現比及至教量極善思惟擇決定智所行所知事由證成道理所建立所施設義是名道理極成真實

四示體者二諦之法明所詮體如昭明云世人所知生法爲體聖人所知不生爲體從人雖異其體不殊故荆溪云秖點一法二諦宛然俗則百界千如真則同居一念又起信云摩訶衍者總說有二種云何爲二一者法二者義此以一法而分二義談實相不壞於假名論差別不破於平等昭明云真即有是空俗指空爲有宗鏡云俗諦不得不有有常自空真諦不得不空空但徹有故十疑論注云說相而萬法森羅實無所得談性而一如寂滅不礙隨緣真是俗家之真萬法自泯俗是真家之俗一性恒殊以不壞假名故則彼此生滅差別以說諸法實相故則彼此生滅自

亡秪於不一而明不二故仁王云於解常自一(智照融通法性常一)於諦常自二(聖人見真凡夫見俗)了達此一二真入聖義諦故古德云二諦並非雙恒乖未曾各二雙顯泯中謂非真非俗一雙孤鵰掠地高飛兩箇鴛鴦池邊獨立又先德云真俗雙泯二諦恒存空有兩亡一味常現是知各執則失互融則得各執則失者如云有爲雖僞捨之則大業不成無爲雖空住之則慧心不朗互融則得者如云雖知諸佛國及以衆生空而常修淨土教化諸衆生故十疑論注云聖人得其意也於隨緣處而談不變於成事處而說體空故荊溪云應知萬法是真如由不變故真如是萬法由隨緣故此等明文皆論真俗之體一也

五釋相者妙玄云取意存畧但點法性爲真諦無明十二因緣爲俗諦於義則足但人心麁淺不覺其深妙更須開祏(音託)則論七種二諦釋籤解云然此七文散在諸經無一處具出唯大經十二列八二諦章安作七二諦銷之初一是總餘七是別經云出世人心所見者名第一義諦世人心所見者名爲世諦疏云總冠諸諦世情多種束爲世諦聖智多知束爲第一義諦即是諸教隨情智也經云五陰和合稱名某甲是名世諦解陰無陰亦無名字離陰亦無是名第一義諦疏云名無名即生滅二諦(妙玄云實有爲俗實有滅爲真)經云或有法有名有實是名第一義諦或有法有名無實是名世諦疏云實不實即無生二諦(妙玄云幻有爲俗即幻有空爲真)經云如我人衆生壽命知見乃至如龜毛兔角等陰界入是名世諦苦集滅道是

名真諦疏云定不定二諦即單俗複真妙玄云幻有爲俗即幻有空不空共爲真經云世法有五種謂名世句世縛世法世執著世是名世諦於此五法心無顛倒名第一義諦疏云法不法亦是含中二諦也妙玄云四者幻有爲俗幻有即空不空一切法趣空不空爲真經云燒割死壞是名世諦無燒割死等是名第一義諦疏云燒不燒複俗單中也妙玄云幻有幻有即空皆名爲俗不有不空爲真經云有八種苦是名世諦無八種苦故是第一義諦疏云苦不苦二諦亦是複俗單中妙玄云幻有幻有即空皆名俗不有不空一切法趣不有不空爲真經云譬如一人有多名字依父母生是名世諦依十二因緣和合生者名第一義諦疏云和合一諦真俗不二複俗複中也妙玄云幻有幻有即空皆爲俗一切法趣有趣空趣不有不空爲真又云若畧說者界內相即不相即界外相即不相即四種二諦也別接通五也圓接通六也圓接別七也天台遂明四正三接之教

法六境智者起信鈔問云境智爲一爲異答云智體無二境亦無二智無二者只是一智義用有殊約知真處名爲真智約知俗處名爲俗智境無二者謂色即是空爲真境空即是色爲俗境由是證真時必達俗達俗時必證真了俗無性即是真空豈有前後耶況無心外之境何有境外之心是即心境渾融爲一法界七勸誡者大經云所言二諦其實是一方便說二如醉未吐見日月轉謂有轉日及不轉月醒人但見不轉不見於轉謂一不一言二非二當以智解勿以情執故佛告阿難自我往昔作多聞士共文殊師利諍二諦義死墮三塗經無量劫呑熱鐵丸從地獄出值迦葉佛爲我解釋有無二諦迦葉佛言一切諸法皆無定性汝言有無是義不然一切

萬法皆悉空寂此二諦者亦有亦無汝但知文不解其義當知二諦俗諦故有真諦故無體不思議奚可偏執學佛教者當離情想故佛藏云刀割害閻浮提人其罪尤少以有所得心說實相法其過彌甚當知佛法不思議唯教相難解幸冀後賢於佛聖教研精覃思勿麄畧焉

沙門服相篇第六十

大論云釋子受禁戒是其性剃髮割截染衣是其相道宗鈔云儀即沙門相也削髮壞衣是體即沙門性也無表戒法是僧祇云三衣者聖賢沙門之幖音標幟昌志切　四分云三世如來並著如是衣大品明十二頭陀衣有二種一者納衣智論釋云好衣因緣故四方追逐墮邪命中若受人好衣則生親著若不親著檀越則恨又好衣是未得道者生貪著處好衣因緣招致賊難或至奪命有如是等患故受弊納衣法二但三依智論釋云行者少欲如足衣趣蓋形不多不少故受三衣白衣求樂故多畜許竹切種種衣或有外道苦行故裸形無恥是故佛弟子捨二邊處中道北山云憍陳如弊服五錢須菩提華房百寶俱聖人也衡岳終身一衲玄景每曙常恕切曉也更衣俱高僧也克不克在於我可不可亦不在乎物也○**震越**應法師云此翻衣服應是卧具釋名曰服上曰衣衣依也所以庇寒暑也傳云衣身之章也上曰衣下曰裳白虎通曰衣者隱也裳者障也所以隱形自障蔽也涅槃云如世衣裳障覆形體○**袈裟**具云迦羅沙曳此云不正色從色得名章服儀云袈裟之目

因於衣色如經中壞色衣也會正云準此本是草名可染衣故將彼草目此衣號十誦以爲數具謂同氊席之形四分以爲卧具謂同衾(音欽)被之類薩婆多云卧具者三衣之名大淨法門經云袈裟者晉名去穢大集經名離染服賢愚經名出世服真諦雜記云袈裟是外國三衣之名名含多義或名離塵服由斷六塵故或名消瘦服由割煩惱故或名蓮華服服者離著故或名間色服以三如法色所成故言三色者律有三種壞色青黑木蘭青謂銅青黑謂雜泥木蘭即樹皮也業疏云聽以刀截成沙門衣不爲怨賊所剥故章服儀云條堤(提匙二音)之相事等田疇之畦(戶圭切)貯水而養嘉苗譬服此衣生功德也佛令象此義不徒然五分云衣下數破當倒披之在雨中行水入葉中應順披之章服儀云比見條葉不附正儀當馬齒鳥足縫之即須順左右條開明孔不作即同縵(莫半切)衣南山問比見西域僧來多縫衣葉者何答此佛滅後將二百年北天竺僧與外道同住外道嫉之密以利刀内衣葉中同往王所外道告王沙門釋子内藏利刀欲將害王因告撿獲由此普誅一國比丘時有耶舍阿羅漢令諸比丘權且縫合爲絶命難此乃彼方因事權制非佛所開故義淨云西國三衣並皆刺合唯東夏開而不縫依律大衣限五日成七條四日成五條二日成限日不成尼犯墮比丘突吉羅業疏云若有衣不受持者突吉羅下二衣有長者開將作從悲華經云佛於寶藏佛前發願願成佛時袈裟有五功德一入我法中犯重邪

見等於一念中敬心尊重必於三乘授記二天龍人鬼若能敬此袈裟少分即得三乘不退三若有鬼神諸人得袈裟乃至四寸飲食充足四若衆生共相違背念袈裟力尋生慈心五若持此少分恭敬尊重常得勝他瓔珞經云若天龍八部鬪(都豆切競也)爭念此袈裟生慈悲心海龍王經龍王白佛如此海中無數種龍有四金翅常來食之願佛擁護令得安隱於是世尊脫身皂(昨早切黑色也)衣告龍王汝取是衣分與諸龍皆令周徧於中有值一縷之者金翅鳥王不能觸犯持禁戒者所願必得捜玄引大集王問比丘不能説遂羞墮地袈裟變白法滅盡經云沙門袈裟自然變白應法師云韻作髦毟音加沙葛洪字苑始改從衣○

僧伽梨

西域記云僧迦胝舊訛云僧伽梨此云合又云重謂割之合成義淨云僧迦胝唐言重複衣靈感傳云每轉法輪披僧伽梨南山云此三衣名諸部無正翻今以義譯大衣名雜碎衣以條數多故若從用爲名則曰入王宮聚落時衣乞食説法時著薩婆多論大衣分三品九條十一條十三條兩長一短名下品十五條十七條十九條三長一短名中品二十一條二十三條二十五條四長一短名上品會正記問所以長增而短少者業疏云法服敬田爲利諸有表聖增而凡減也業疏云今準十誦加持應云大德一心念我比丘某甲是僧伽梨(若干)條衣受(若干)長(若干)短(割截褋葉)衣持(三説)會正記云如缺大衣下二衣有長者開將作從(去聲)受持應加云大德一心念我某甲比丘此僧伽梨二十五條衣受四長

一短割截衣持三說僧祇云有緣須捨者具修威儀加法云大德一心念我比丘某甲此僧伽梨是我三衣數先受持今捨一說下三衣亦爾○**鬱多羅僧**或郁多羅僧此譯上著衣即七條也南山云七條名中價衣從用云分衆時衣禮誦齋講時著若受應加法云此鬱紆物切多羅僧七條衣受兩長一短割截衣持三說如鈌七條開將上下二衣作從加法例上○**安陀會**或安怛羅婆沙此云中宿衣謂近身住也南山云五條名下衣從用云院內行道雜作衣若受應加法云此安陀會五條衣受一長一短割截衣持三說如鈌五條開將上二衣作從五分云獨住比丘三衣中須有換易者應具修威儀手執衣心生口言加法云云菩薩經云五條名中著衣七條名上衣大衣名衆集時衣戒壇經云五條下衣斷貪身也七條中衣斷嗔口也大衣上衣斷癡心也華嚴云著袈裟者捨離三毒四分云懷抱於結使不應披袈裟○**鉢吒**唐言縵條即是一幅㲲音牒無田相者三衣俱通縵也佛法至此一百八十七年出家未識割截秪著此衣○**尼師壇**或尼師但那此名坐具或云隨坐衣業疏佛言爲身爲衣爲臥具故制畜之長四廣三更增半搩手者善見云令於縷際外增之迦留陀夷身大坐不容故加之半搩音責十誦云新者二重故者四重十誦云不應受單者離宿突吉羅戒壇經云尼師壇如塔之有基也汝今受戒即五分法身之基也良以五分由戒而成若無坐具以坐汝身則五分定慧無所從生天神黃瓊云元佛初度五人及迦葉兄弟並制袈裟左臂坐具在袈裟下云云後度諸衆徒侶漸多年少比丘儀容端美入城乞食多爲女愛由是製衣角

在左肩後爲風飄聽以尼師壇鎮上後外道達摩多問比丘肩上片布持將何用答曰擬將坐之云云達摩多云此衣既爲可貴有大威靈豈得以所坐之布而居其上云云比丘白佛由此佛製還以衣角居於左臂坐具還在衣下但不得垂尖角如象鼻羊耳等相摩得勒伽云若離宿不須捨業疏云受應加云大德一心念我比丘某甲此尼師壇應量作今受持三說若捨準上○**僧祇支**或僧却崎去奇切西域記云唐言掩腋舊或名竭支正名僧迦鵄處脂切此云覆腋衣用覆左肩右開左合竺道祖云魏時請僧於內自恣宮人見僧偏袒不以爲善遂作此衣施僧因綴陟衛切於左邊祇支上因而受稱即偏衫右邊今墮祇支名通號兩袖曰偏衫今作時須開後縫截領以存元式

故也○**泥縛些那**些桑箇切或云泥伐散那西域記唐言裙巨云切舊曰涅槃僧訛也既無帶襻普患切其將服也集衣爲襵之涉切廣雅襵襞也通俗文曰便縫曰襵束帶以條襵則諸部各異色乃黃赤不同釋名云裠群也連接群幅也○**舍勒**應法師譯云內衣也半者言舍勒相短似今短群也小衣論雖不顯於相可類半泥洹也○**迦絺那**明了論云爲存署故但言迦提此翻功德以坐夏有功五利賞德也西域記以迦提翻云昴星昴星值此月故律鈔引明了論翻爲堅實能感實能感多衣衣無敗壞故又名難活以貧人取活爲難捨少財入此衣功德勝如以須彌大衣聚施也或云堅固又云麼覆古翻爲賞善罰惡衣賞前安居人後安居人不得也亦翻功德衣以僧衆同受此衣招五利

功德律中受此衣故畜長財離衣宿背請別衆食食前食後至他家四分云安居竟應受功德衣則前安居人七月十六日受至十二月十五日捨四分云若得新衣若檀越施衣若糞掃衣（四分云糞掃者則非死人衣）新物楪（音牒）作淨若已浣（胡管切）浣已納作淨即日來不經宿不以邪命得應法四周有緣五條作十隔用袈裟色受捨應鳴鐘集僧羯磨具出自恣篇○憍奢耶　應法師翻蟲衣謂用野蠶絲綿作衣事鈔云即黑毛卧具寧音義云梵云高世耶譯云野蠶綿東天竺有國名烏陀粳米欲熟葉變爲蟲蟲則食米人取蒸以爲綿也如此絲綿者名摩呵跋多此言大衣衣甚貴即大價之衣感通傳云伏見西來梵僧咸著布氎具問答云五天竺國無著蠶衣由此興念著斯章服儀○屈眴（音舜）此云大細布緝木綿華心織成其色青黑即達磨所傳袈裟○睒婆（睒式染切）此云木綿○劫波育　或言劫貝即木綿也正言迦波羅此樹華名也可以爲布高昌國名氎罽（居例切）賓國南大者成樹已此形小狀如土葵有殼剖以出華如柳絮可紉（女鎮切）以爲布○迦鄰陀衣　細錦衣也○兜羅綿　兠羅此云細香苑音義翻氷或云兠沙此云霜斯皆從色爲名或名妬羅綿妬羅樹名綿從樹生因而立稱如柳絮也亦翻楊華或稱兠羅毦（而吏切）者毛毳（此芮切）也熏聞云謂佛手柔軟加以合縵似此綿也○瞿修羅　此云圖像從其衣形而立名若著瞿脩羅則不著僧迦鵄○尼衛　此云裹衣○欽跋羅　即毛○頭鳩羅　此云細布○芻摩　此云麻衣西域記云衣麻

之類也麻形細荆芥葉青色西域麻少多用草羊毛○頞鉢羅西域記云織細羊毛○褐頼縭西域記云織野獸毛細輭可得緝績故以見珎而充服用○兜邪波吒此云絹○俱蘇摩此云華○摩羅此云鬘苑師云一切花通名俱蘇摩别有一花獨名俱蘇摩此云悦意其花大小如錢色甚鮮白衆多細葉圓集共成應法師云西域結鬘師多用蘇摩羅華行列結之以爲條貫無問男女貴賤皆此莊嚴或首或身以爲餙好正法念云生天華鬘在額

揵椎道具篇第六十一

菩薩戒經云資生順道之具中阿含云所蓄物可資身進道者即是增長善法之具辯正論云沙門者行超俗表心游塵外故應器非廊廟所陳染衣異朝宗之服北山録云簠(音甫)簋(音軌祭器內圓外方)俎(莊呂切肉俎也)豆制度文章爲禮之器升降上下周旋裼(先的切)襲(似立切)爲禮之文鍾皷管磬羽籥干戚(籥音藥先王制舞文以羽籥干戚籥如笛三孔而短干盾也戚斧也)爲樂之器屈伸俯仰綴兆舒疾爲樂之文置兹則禮樂廢矣繕寫績刻香臺法機爲道德之器髠袒拜遶禪講齋戒爲道德之文弛兹則道德微矣

揵椎(上巨寒切下音地)聲論翻爲磬亦翻鍾資持云若諸律論並作揵槌或作犍椎今須音槌爲地又羯磨疏中直云揵地未見椎字呼爲地也後世無知因兹一誤至於鈔文一宗祖教凡揵槌字並改爲椎直呼爲地請尋古本及大藏經律考之方知其謬今須依律論並作揵槌至呼召時自從聲論增一云阿難升講

堂擊犍椎者此是如來信皷也五分云諸比丘布薩時不時集妨行道佛言當唱時至若打犍椎若打皷吹螺使舊住沙彌淨人打不得多應打三通若唱二時至亦使沙彌淨人唱住處多不得徧聞應高處唱猶不知集更相語知若無沙彌比丘亦得打事鈔云若尋常所行生椎之始必漸發聲漸希漸大乃至聲盡方打一通佛在世時但有三下故五分云打三通也後因他請方有長打然欲初鳴時當依經論建心標爲必有感徵應至鍾所禮三寶訖具儀立念我鳴此鍾者爲召十方僧衆有得聞者並皆雲集共同和利又諸惡趣受苦衆生令得停息故付法藏傳中罽膩吒王以大殺害故死入千頭魚中劍輪繞身而轉隨斫隨生羅漢爲僧維那依時打鍾若聞鍾聲劍輪在空如是因緣遣信白令長打使我苦息過七日已受苦即息江南上元縣一民時疾暴死心氣尚煖凡三日復甦乃誤勾也自言至一殿庭間忽見先主被五木縲械甚嚴民大駭竊問曰主何至於斯耶主曰吾爲宋齊丘所誤殺和州降者千餘人以冤訴因此主問其民曰汝何至斯耶其民具道誤勾之事主聞其民却得生還喜且泣曰吾仗汝歸語嗣君凡寺觀鳴鍾當延之令永吾受苦惟聞鍾則暫休或能爲吾造一鍾尤善民曰我下民耳無緣得見設見之胡以爲驗主沉慮曰吾在位嘗與于闐國交聘遺吾一瑞玉天王吾愛之嘗置於髻受百官朝一日如厠忘取之因感頭痛夢神謂我曰玉天王寘於佛塔或佛體中則當愈吾因獨引一匠

携於瓦棺寺鑿佛左膝以藏之香泥自封無一人知者汝以此事可驗民既還家不敢輒已遂乞見主具白之果曰冥寞何憑民具以玉天王之事陳之主親詣瓦棺剖佛膝果得之感泣慟躃遂立造一鍾於清涼寺鐫其上云薦烈祖孝高皇帝脫幽出厄以玉像建塔葬於蔣山(智興鳴鍾事出法苑)增一云若打鍾時一切惡道諸苦並得停止應法師準尼鈔云時至應臂吒揵椎應師釋云梵語臂吒此云打梵語揵椎此云所打之木或檀或桐此無正翻彼無鍾磬故也音義指歸斥云秖如梵王鑄祇桓寺金鍾又迦葉結集撾(陟瓜切)銅揵椎豈無鍾耶但天竺未知有磬五分律云隨有瓦木銅鐵鳴者皆名揵槌又律中集僧有七種法一量影二破竹作聲三作煙四吹貝五打鼓六打揵槌七唱諸大德布薩說戒時到事鈔明入堂法應在門外偏袒右肩歛手當心攝恭敬意擬堂內僧並同佛想緣覺羅漢想何以故三乘同法食故次欲入堂若門西坐者從户外旁門西頰先舉左脚定心而入若出門者還從西頰先舉右脚而出若在門東坐者反上可知不得門內交過若欲坐時以衣自蔽勿露形醜須知五法一須慈敬重法尊人二應自卑下如拭塵巾三應知坐起俯仰得時四在彼僧中不爲雜語五不可忍事應作默然凡徒衆威儀事在嚴整清潔軌行可觀則主世善心天龍叶贊華嚴云具足受持威儀教法是故能令僧寶不斷智論云佛法弟子同住和合一者賢聖說法二者賢聖默然準此處衆唯施二事不得雜說世論類

於汚家俳説（俳戲也）又貴靜攝不在喧亂誦經說法必須知時成論云雖是法語說不應時名爲綺語後裔住持顧遵斯式○合羅四分此云籌五分籌極短並五指極長拳一肘極麄不過小指極細不得減著十誦云爲檀越問僧不知數佛令行籌不知沙彌數行籌數之若人施布薩物沙彌亦得雖不往布薩羯磨處由受籌故四分爲受供行籌通畔彌也若未受十戒亦得受籌以同受供故業疏三種行籌一頭露二覆藏（以物覆籌）三耳語（耳畔勸勉）事鈔云今僧寺中有差僧次請而簡客者此僧次翻名越次也即令客僧應得不得王人犯重隨同情者多少通是一盜○隙棄羅此云錫杖由振時作錫錫聲故十誦名聲杖錫杖經又名智杖亦名德杖彰智行功德故聖人之幖幟賢士之明記道法之幢根本雜事云比丘乞食深入長者之家遂招譏謗比丘白佛佛云可作聲警覺彼即呵呵作聲喧鬧復招譏毀佛制不聽遂拳打門家人怪問何故打破我門默爾無對佛言應作錫杖苾芻不解佛言杖頭安鐶圓如醆（仄限切）口安小鐶子搖動作聲而爲警覺動可一二無人聞時即須行去五百問論持錫有多事能警惡虫毒獸等義淨云錫杖都有三分上分是錫中木下或牙角也若二股六鐶是迦葉佛製若四股十二鐶是釋迦佛製齊稠禪師在懷州王屋山聞虎鬪以錫杖解之因成頌云本自不求名剛被名求我巖前解二虎障却第三果又鄧隱峯飛錫空中解於二陣○剌竭節此云杖頌云榔栗横擔不顧人直入千峯萬峯

去○[軍遲]此云瓶寄歸傳云軍持有二若甆瓦者是淨用若銅鐵者是觸用西域記云君稚迦即澡瓶也舊云軍持訛畧也西域尼畜軍持僧畜澡灌謂雙口澡灌事鈔云應法澡灌資持云謂一斗已下○[鉢里薩羅伐拏]此云濾水羅會正記云西方用上白氎東夏宜將褡絹若是生絹小蟲直過可取熟絹四尺捉邊長挽兩頭刺著即是羅樣兩角施帶兩畔直怐(音冠似鼎鉉也)中安横杖尺六兩邊繫柱下以盆承傾水時罐底須入羅内如其不爾蟲隨水落墮地墮盆還不免殺僧祇蟲細者三重漉毘尼母應作二重漉水囊若猶有應作三重不得夾作恐中間有蟲難出當各作捲逐重覆却方護生也根本百一羯磨明五種水羅一方羅用絹三尺或二尺隨時大小作二法瓶陰陽瓶也三君遲以絹繫口以繩懸沉於水中待滿引出四酌水羅五衣角羅但取褡絹方一搭手或繫瓶口或安鉢中濾水用也○[鉢塞莫]或云阿唎吒迦二合此云數珠木槵子經云當貫木槵子一百八箇常自隨身志心稱南無佛陀南無達摩南無僧伽乃過一子具如彼經○[鉢多羅]此云應器發軫云應法之器也謂體色量三皆須應法體者大要有二泥及鐵也色者熏作黑赤色或孔雀咽色鴿色量者大受三斗小受斗半中品可知又翻爲薄謂治厚物令薄而作此器南山云此姬周之斗也準唐斗上鉢一斗下鉢五升五分云佛自作鉢坯以爲後式受時準十誦云大德一心念我比丘某甲此鉢多羅應量受常用故(三說)若捨準衣律云比丘持

木鉢佛言不應持如是鉢此是外道法也○【鍵鍣】音虔 音咨 母論譯爲淺鐵鉢經音疏云鉢中之小鉢今呼爲鐼音訓 子十誦律云鉢半大鍵鍣小鍵鍣四分律云鍵鍣入小鉢小鉢入次鉢次鉢入大鉢或作揵茨建鎡並梵音輕重○【俱夜羅】此云隨鉢器法寶解云即匙筯鍵鍣等○【浮囊】五分云自今聽諸比丘畜浮囊若羊皮若牛皮傳聞西域渡海之人多作鳥翎毛袋或齎巨牛脬海船或失吹氣浮身

翻譯名義集卷第十八

翻譯名義集卷第十九

宋姑蘇景德寺普潤大師法雲編

齋法四食篇第六十二

佛地論云任持名食謂能任持色身令不斷壞長養善法身依食住命託食存流入五臟充浹四肢補氣益肌身心適悅食有三德一輕軟二淨潔三如法味有六種謂苦酸甘辛鹹淡楞嚴云如是世界十二類生不能自全依四食住所謂段食觸食思食識食是故佛言一切衆生皆依食住槜李釋曰言段食者段謂形段以香味觸三塵爲體入腹變壞資益諸根故言段食起世經云麁段微細食閻浮提人飯麨豆肉等名麁段食按摩澡浴拭膏等名微細食古譯經律皆名摶摣官食說文摶圜也禮云無摶食通俗文手圜曰摶熏聞云其義則局如漿飯等不可摶故於是後譯皆云段食言觸食者觸謂觸對取六識中相應觸對前境而生喜樂故名觸食通慧云如男與女相對爲觸觸能資身故得食名準僧祇見色愛著名食豈非觸食義耶設非觸食何以觀戲劇等終日不食而自飽耶起世經云一切卵生得身故以觸爲食沈疏云冷煖觸等亦名觸食言思食者思謂意思取第六識相應思於可意境生希望故起世經云思食者若有衆生意思資潤諸根增長如魚鼈蛇蝦蟆伽羅瞿陀等及餘衆生以意思潤益諸根壽命者此等用思爲食熏聞云相應觸及相應思者皆心所徧行法中也沈疏云思想飲食令人不死亦名思食言識食者識即第八執持之相由前三食勢分所資令此識增勝能執持諸根大種故起世經云識食地獄衆生及無邊識處天等皆用識持以爲其食若約三界辨之段食唯在欲界以色無色無香味二塵餘之三食徧通三界中陰但有三食亦有段食如雜心論云如人中陰還食人中所食香氣也但現陰麁故多藉段食中陰細故多藉三食耳此乃摠敘四食也

○**僧跋**即等供之唱法也寄歸傳云三鉢羅佉多舊訛云僧跋梵摩難國王經云夫欲施食者皆當平等不問大小於是佛令阿難臨

飯唱僧跋僧跋者衆僧飯皆平等故莊嚴論明尸利毱多長者受外道囑以毒和食請佛及衆佛知令阿難唱僧跋唱已方食唱已毒散事鈔云況僧食十方普同彼取自分理應隨喜而人情忌愜用心不等或有閉門限礙客僧者不亦蚩乎鳴鐘本意豈其然哉出家捨著尤不應爾但以危脆之身不能堅護正法浮假之命不能遠通僧食違諸佛之教損檀越之福傷一時衆情塞十方僧路傳謗後生所敗遠矣改前迷而復道不亦善哉慳食獨喫餓鬼之業或問僧事有限外客無窮以有限之食供無窮之僧事必不立荅曰此乃鄙俗之淺度瑣人之短懷豈謂清智之深識達士之高見夫四時之供養三寶之福田猶天地之生長山海之受用何有盡哉故佛藏經云當一心行道隨順法行匆念衣食所湏者如來白毫相中一分供諸一切出家弟子亦不能盡由此言之勤修戒行至誠護法由道得利以道通用寺寺開門處處同食必當供足判無乏少凡受用時應作五觀一計功多少量彼來處大論云復次思惟此食墾植耘除收穫蹂治舂磨淘汰炊煮乃成用功甚重計一鉢之飯作夫流汗集合量之食少汗多此食作之功重辛苦如是入口食之即成不淨更無所直宿昔之間變爲朿朿本是美味人之所嗜變成不淨偃鴻故不欲見行者自思惟如此弊食我若貪著當墮地獄噉燒鐵丸從地獄出當作畜生牛羊駱駝償其宿債或作猪狗常噉糞除如是觀食則生厭想二忖己德行全缺多減三防心顯過不過三毒四正事良藥取濟形苦五爲成道業世報非意事鈔食不過三匙初匙斷一切惡中匙修一切善後匙度一切衆生增一云多食致苦患少食氣力衰處中而食者如秤無高下○

通沙他 此云齋日

請觀音經疏云齋者齊也齊身口業也齊者只是中道也後不得食者表中道法界外更無別法也中前得啖而非正中此得明表前方便但似道之中得有證義故得啖也亦是表中道法界外有法也闡義引祭統云齋之爲言齊也齊不齋以致齋者也是故君子非有大事也非有恭敬也則不齋不齋則於物無防也嗜欲無止也及其將齋也防其邪物訖其耆欲耳不聽樂今釋氏以不過中食爲齋亦取其防邪訖欲齊不齊之義也毗羅三昧經瓶沙王問佛何故日中佛食荅云早起諸天食日中三世佛食日西畜生食日暮鬼神食佛制斷六趣因令同三世佛食故今約理解故云齋者秖是中道後不得食者即佛制中後不得食也今表初住初地圓證中道

心外無法如中後不食也中前得啖者佛制中前非正食皆得噉之毗婆沙論云夫齋者以過中不食爲體以八事助成齋體共相支持名八支齋法報恩經云以無終身戒不名優婆塞但名中間人智論問曰何故六齋日受八戒修福德荅是日惡鬼逐人欲奪人命疾病凶衰令人不吉是故劫初聖人教人持齋修善作福以避凶衰是時齋法不受八戒直以一日不食爲齋後佛出世教語之言汝當一日一夜如諸佛持八戒不過中食云云是功德將人至涅槃如四天王經中佛說月六齋日使者太子及四天王自下觀察衆生布施持戒孝順父母少者便上忉利以啓帝釋諸天心皆不悅說言阿修羅種多諸天種減少若布施持戒孝順父母多者諸天帝釋心

皆歡喜說言增諸天衆減損阿修羅云云又提謂經明八王日何等爲八王日謂立春春分立夏夏至立秋秋分立冬冬至是謂八王日天地諸神陰陽交代故名八王日○烏晡沙他此云受齋又云增長謂受持齋法增長善根南齊沈約字休文撰論云人所以不得道者由於心神昏惑心神所以昏惑由於外物擾之擾之大者其事有三一則榮名勢利二則妖妍靡曼三則甘吉肥濃榮名雖日用於心要無晷刻之累妖妍靡曼方之已深甘吉肥濃爲累甚切萬事云云皆三者之枝葉耳聖人知不斷此三事故求道無從可得不爲之立法而使易從也若直言三事惑本並宜禁絕而此三事是人情所惑甚念累所難遺雖有禁約之旨事難卒從譬於方舟濟河豈不欲直至彼岸河流既急會無直濟之理不得不從邪流靡久而獲至非不願速事難故也禁此三事宜有其端何則食之於人不可頓息於其情性所累莫甚故以此晚食併置中前自中之後清虛無事因此無事念慮得簡在始末專在乆自習於是束八支紓以禁戒靡曼之欲無由得前榮名衆累稍從事遣故云往古諸佛過中不食蓋是遣累之筌罘適道之捷徑而惑者謂止於不食此乃迷於向方不知厥路者也處處經佛言中後不食有五福一少婬二少睡三得一心四無有下風五身得安隱亦不作病四分戒云若比丘非時食波逸提○蒲闍尼四分律云有五種蒲闍尼此云正食謂麨飯乾飯魚肉也僧祇云時食謂時得食非時不得食多論云從旦

至中其明轉盛名之爲時中後明没名爲非時今言中食以天中日午時得食僧祇云午時日影過一髮一瞬即是非時宋文帝飯僧同衆御於地筵班食遲衆疑將旰不食帝曰始可中矣生公曰白日麗天天言始中何得非中遂取鉢便食衆從之帝大悦○佉闍尼四分云五種佉闍尼此云不正食謂枝葉華果細末磨食○半者蒲善尼寄歸傳云唐言五噉食謂飯餅麨等○半者珂但尼此云五嚼食謂根莖葉花果等寄歸傳云若已食前五必不食後五若先食後五則前五隨意噉之今僧齋後不食果菜是○佉陀尼或蹇茶此云可食物○鉢和羅應法師據自誓經云鉢和蘭亦梵語輕重耳此云自恣食應法師云坐臈臈餅謂夏罷獻佛之餅名佛臈食又西方以佛從天降下王宮之日供養佛食名佛臈食會正記云即自恣日食待佛比丘○分衛善見論云此云乞食僧祇律云乞食分施僧尼衛護令修道業故云分衛是則論從梵語律謂華言兩説未詳應法師云訛略正言儐茶波多此云團墮言食墮在鉢中也或云儐茶夜此云團團者食團謂行乞食也十二頭陀明常乞食大論釋三種食一受請食二衆僧食三常乞食若前二食起諸漏因緣所以者何受請食者若得作是念我是福德好人故得若不得則嫌恨請者彼爲無所別識不應請者請應請者不請或自鄙薄懊惱自情而生憂若是貪愛法則能遮道衆僧食者入衆中當隨衆法斷事料理僧事處分作使心則散亂妨廢行道有如是等亂事故受

常乞食法輔行云諸律論文乞食之法不一處足爲福他故令至七家肇法師云乞食有四意一爲福利群生二爲折伏憍慢三爲知身有苦四爲除去滯著寶雨經云乞食成就十法一爲攝受諸有情二爲次第三爲不疲厭四知足五爲分布六爲不躭嗜七爲知量八爲善品現前九爲善根圓滿十爲離我執寶雲經明乞食四分一分奉同梵行者一與窮乞人一與諸鬼神一分自食輔行云昔有長者名曰鳩留不信因果與五百俱行遠見叢樹想是居家到彼唯見樹神作禮已説已飢渴神即攀手五指自然出於飲食甘美難言食訖大哭神問其故荅曰有五百伴亦大飢渴神令呼來如前與食衆人皆飽長者問曰何福所致荅曰我本迦葉佛時極貧於城門外磨鏡每有沙門乞食常以此指示分衛處及佛精舍如是非一壽終生此長者大悟日飯八千僧淘米汁流出城外可以乘船○

怛鉢那此云麨通慧指歸云謂將雜米麨碎蒸曝母論二種散麨又將糖蜜持之或言精與麨不同後堂云糒(音備)是釜煮連釜乾硬飯也輔篇云取乾飯麨三過磨篩作之稱爲糒也孟子曰舜糗飯茹菜糗(去久切)乾飯屑也○

迦師後堂云唐言錯麥慈和云北人呼爲鷰麥南人呼爲雀麥南泉抄以錯麥爲大麥十誦指迦師爲小麥飯事鈔錯麥與迦師一物也○

修陀此譯云白或云須陀此天食也天台禪師觀心食法既敷座坐已聽維那進止鳴磬後斂手供養一體三寶徧十方施作佛事次出生飯稱施六道即表六波羅蜜然

後受此食夫食者衆生之外命若不入觀即潤生死若能知入觀分別生死有邊無邊不問分衛與清衆淨食皆須作觀觀之者自恐此身自舊食皆是無明煩惱潤益生死今之所食皆是般若想於舊食從毛孔次第而出食既出已心路即開食今新食照諸闇滅成於般若故淨名云於食等者於法亦等是爲明證大品經云一切法趣味是趣不過味尚不可得云何當有趣非趣所言一切法尚趣味者味即是食此食即是不思議法界食中含受一切法食若是有一切法皆有食若是無一切法皆無今食不可思議故尚不見是有云何當有趣尚不見是無云何當有非趣若觀食不見趣非趣即是中道三昧名真法喜禪悅之食而能通達趣非趣法即雙照二諦得二諦三昧法喜禪悅之食是名食等以此食故成般若食能養法身法身得立即得解脱是爲三德照此食者非新非故而有舊食之故而有新食之新是名爲假求故不得求新不得畢竟空寂名之爲空觀食者自那可食爲新既無新食那可得食者而不離舊食養身而新食重益因緣和合不可前後分別名之爲中只中即假空只空即中假只假即空中不可思議名爲中道又淨名云非有煩惱非離煩惱非入定意非起定意是名食法也什曰一揣食二願食如見沙囊命不絶也三業食如地獄無食而活四識食無色衆生識想相續也

篇聚名報篇第六十三

僧祇明五篇一波羅夷二僧殘三波逸提四提舍尼五突吉羅四分明六聚開第三偷蘭遮或名七聚開第七惡説今依事鈔列釋六聚並無正譯但用義翻○一**波羅夷**僧祇義當極惡三意釋之一者退没由犯此戒道果無分故二者不共住非但失道而已不得於説戒羯磨二種僧中共住故二者墮落捨此

身已墮在阿鼻地獄故四分云譬如斷人頭不可復起若犯此法不復成比丘故偈云諸作惡行者猶如彼死屍衆所不容受以此當持戒自古從衆法絶分義譯名棄目連問罪報經云犯波羅夷罪如他化自在天壽十六千歲墮泥犂中於人間數九百二十一億六十千歲此墮燋熱地獄以人間一千六百年爲他化天一晝夜〇二**僧伽婆尸沙**善見云僧伽者爲僧婆者爲初謂僧前與覆藏羯磨也言尸沙者云殘謂末後與出罪羯磨也若犯此罪僧作法除故從境爲名毘尼母云僧殘者如人爲他所斫殘有咽喉故名爲殘理須早救僧伽婆尸沙罪如不憍天壽八千歲於人間數二百三十億四十千歲此墮大大叫地獄人間八百年爲天一日夜〇**摩那埵**

論云秦言意喜前雖自意歡喜亦生慚愧亦使衆僧歡喜〇**阿浮訶那**善見翻爲喚入衆羯磨或名拔除罪根母論云清淨戒生得淨解脱〇三**偷蘭遮**善見云偷蘭名大遮言障善道後墮惡道體是鄙穢從不善體以立名者由能成初二兩篇之罪故也明了論解偷蘭爲麤遮耶爲過麤有二種一是重罪方便二能斷善根所言過者不依佛所立戒而行故言過也偷蘭遮罪如兜率天壽四千歲於人間數五十億六十千歲此墮嘷叫地獄人間四百年爲天一晝夜〇四**波逸提**義翻爲墮十誦云墮在燒煮覆障地獄八熱通爲燒煮八寒黑暗等通爲覆障波逸提罪如夜摩天壽二千歲於人間數二十一億四十千歲此墮衆合地獄人間二百年爲天一晝夜〇

尼薩耆出要律儀舊翻捨墮聲論尼翻爲盡薩耆爲捨四分僧有百二十種分取三十因財事生犯貪慢心强制捨入僧故名尼薩耆也○五**波羅提提舍尼**義翻向彼悔從對治境以立名僧祇云此罪應發露也提舍尼罪如三十三天壽命千歲於人間數三億六十千歲此墮黑繩地獄人間一百年爲天一晝夜○六**突吉羅**善見云突者惡也吉羅者作也聲論正音突悉吉栗多四分律本云式叉迦羅尼義翻應當學胡國訛云尸叉罽賴尼胡僧翻守戒也此罪微細持之極難故隨學隨守以立名十誦云天眼見犯罪比丘如駛雨下豈非專翫在心乃名守戒也七聚之中分此一部以爲二聚身名惡作口名惡說多論問何此獨名應當學荅餘戒易持罪重此戒難持易犯常須念學故不列罪名但言應當學犯突吉羅衆學戒罪如四天王壽五百歲墮泥犁中於人間數九百千歲此墮等活地獄人間五十年下天一晝夜俱舍頌云等活等上六如次以欲天壽爲一晝夜壽量亦同彼極熱中半劫無間中劫全傍生極一中鬼日月五百頞部陀壽量如一婆訶麻百年際一晝後後倍二十

翻譯名義集卷第十九

翻譯名義集卷第二十

宋姑蘇景德寺普潤大師法雲編

寺塔壇幢篇六十四

裕師寺誥云寺是攝十方一切衆僧修道境界法爲待一切僧經游來往受供處所無彼無此無主無客僧理平等同護佛法故其中飲食衆具悉是供十方凡聖同有鳴鐘作法普集僧衆同時共受與檀越作生福之田如法及時者皆無遮礙是宜開廓遠意除蕩鄙懷不吝身財護持正法西域記云諸僧伽藍頗極奇製隅樓四起重閣三層榱梠棟梁奇形雕鏤户牖垣墻圖畫衆彩梁僧傳云相傳外國國王嘗毀破諸寺唯招提寺未及毀壞夜一白馬繞塔悲鳴即以啓王王即停壞因改招提以爲白馬故諸寺立名多取則馬僧史畧云鴻臚寺者本禮四夷遠國之邸舍也尋令別擇洛陽西雍門外葢一精舍以白馬䭾經來故用白馬爲題寺者釋名曰嗣也治事者相嗣續於其内本是司名西僧乍來權止公司移入別居不忘其本還標寺號準天人陸玄暢云周穆王時文殊目連來化穆王從之即列子所謂化人者是也化人示穆王高四臺是迦葉佛説法處因造三會道場又云周穆王身游大夏佛告彼土有古塔可反禮事王問何方答在鄗京之東南也又問周穆巳後諸王建置塔寺何爲此土文紀罕見答立塔爲於前緣多是神靈所造人見者少故文字少傳楊雄劉向尋於藏書往往見有佛經豈非秦前巳有經塔或名僧坊者別屋謂之坊也或名精舍者釋迦譜云息心所栖

故曰精舍靈裕寺詰曰非麁暴者所居故云精舍藝文類云非由其舍精妙良由精練行者所居也或名道場肇師云修道之場隋煬帝勑天下寺院皆名道場止觀云道場清淨境界治五住糠顯實相米或名蓮社者社即立春秋後五戊日名社群農結會祭以祈穀白虎通曰王者所以有社何爲天下求福報土非土不食土廣不可徧敬故封土以立社往生傳云東晋遠法師慧跡廬阜一百二十三人締結方外之游於是相與而有蓮社之想焉今之以蓮社云云蓋其始也○**那爛陁**西域記曰唐云施無厭此伽藍南菴没羅園中有池其龍名那爛陁旁建伽藍因取其稱從其實議是如來昔行菩薩道時爲大國王建都此地憐愍衆生好樂周給時美其德號施無厭大宋僧傳云那爛陁寺周圍四十八里九寺一門是九天王所造西域伽藍無如其廣矣○**鷄頭摩**竦疏釋鷄園引智論云昔有野火燒林林中有雉入水漬羽以救其焚纂要云即鷄頭摩寺○**羅摩**此云院周垣小院○**拘咤迦**此云小舍○**招提**經音義云梵云招鬬提奢唐言四方僧物但筆者訛稱招提此翻別房施或云對面施或云梵言僧鬘此翻對面施音義云體境交現曰對輟已惠他名施後魏太武始光元年造伽藍創立招提之名○**僧祇**此云四方僧物律鈔四種常住一常住常住謂衆僧厨庫寺舍衆具華果樹林田園僕畜等以體局當處不通餘界但得受用不通分賣故重言常住二十方常住如僧家供僧常食體通十方唯局本處此二名

僧祇物三現前現前謂僧得施之物唯施此處現前僧故四十方現前如亡五衆輕物也若未羯磨從十方僧得罪若已羯磨望現前僧得罪此二名現前僧物○**阿蘭若**或名阿練若大論翻遠離處薩婆多論翻閑靜處天台云不作衆事名之爲閑無憒閙故名之爲靜或翻無諍謂所居不與世諍即離聚落五里處也肇云忿競生乎衆聚無諍出乎空閑故佛讃住於阿蘭若應師翻空寂苑師分三類一達磨阿蘭若即華嚴之初謂說諸法本來湛寂無起作義二名摩登伽阿蘭若謂塜間處要去村落一俱盧舍大牛吼聲所不及處三名檀陀迦阿蘭若謂沙磧（遷歷切）之處也

○**僧伽藍**譯爲衆園僧史畧云爲衆人園圃園圃生植之所佛弟子則生植道芽聖果也

○**菴羅園**闡義云菴羅是果樹之名其果似桃或云似柰此樹開華華生一女國人歎異以園封之園既屬女女人守護故言菴羅樹園宿善冥熏見佛歡喜以園奉佛佛即受之而爲所住○**迦蘭陀**善見律及經律異相云是山鼠之名也時毘舍離王入山於樹下眠有大毒虵欲出害王於此樹下有鼠下來鳴令王覺王感其恩將一村食供此山鼠乃號此村爲迦蘭陀而此村中有一長者居金錢四十億王即賜於長者之號由此村故所以名爲迦蘭陀長者也三藏傳云園主名迦蘭先以此園施諸外道後見佛又聞深法恨不以園得施如來時地神知其意爲現災恠怖諸外道逐之令出告曰長者欲以園施佛汝宜速去外道含怒而出長者歡喜建立精舍

躬往請佛○【林微尼】或流彌尼或藍毘尼或嵐毘尼此云解脱處亦翻斷亦翻滅華嚴音義翻樂勝圓光由昔天女來故立此名新云藍奢(扶晚切)尼此云監即上古守園女名○【秣蘇伐那】西域記云唐言闇林千佛皆於此地說法佛滅三百年有迦多衍那於此製發智論○【阿奢理貳】西域記云唐言奇特○【窣堵波】西域記云浮圖又曰偷婆又曰私偷簸皆訛也此翻方墳亦翻圓塚亦翻高顯義翻靈廟劉熙釋名云廟者貌也先祖形貌所在也又梵名塔婆發軫曰說文元無此字徐鉉新加云西國浮圖也言浮圖者此翻聚相戒壇圖經云原夫塔字此方字書乃是物聲本非西土之號若依梵本瘞(猗厲切)佛骨所名曰塔婆涅槃後分經佛告阿難佛般涅槃荼毘既

訖一切四衆收取舍利置七寶瓶當於拘尸那城內四衢道中起七寶塔高十三層上有輪相(云云)辟支佛塔應十一層阿羅漢塔成以四層亦以衆寶而嚴飾之其轉輪王亦七寶成無復層級何以故未脫三界諸有苦故十二因緣經八種塔並有露槃佛塔八重菩薩七重辟支佛六重四果五重三果四二果三初果二輪王一凡僧但蕉葉火珠而已(言輪相者僧祇云佛造迦葉佛塔上施槃蓋長表輪相經中多云相輪以人仰望而瞻相也)○【支提】或名難提脂帝制庇制多此翻可供養處或翻滅惡生善處雜心論云有舍利名塔無舍利名支提文句云支提無骨身者也阿含明四支徵謂佛生處得道處轉法輪處入滅處也○【舍磨奢那】此云冢西域僧死埋骨地下上累甎石似窣堵波但形卑小○【健陀

俱胝 義淨云西方名佛堂爲健陁俱胝此云香室○毘訶羅 此云游行處謂僧游履處也○滿荼邏 力箇切 此翻壇新云正名曼荼羅言壇者鄭玄注禮云封土曰壇除地曰墠 常演切 封者起土界也壇之言坦也坦明貌也漢書音義云築土而高曰壇除地平坦曰場國語云壇之所除地曰場除掃也周書曰爲三壇同墠墠除地也說文云野土也爾雅云鹿之所息謂之場詩云九月築場圃注云春夏爲圃秋冬爲場場即平治土面於上治穀○脫闍 資中翻幢熏聞云闍 視遮切 有作都音引爾雅云闍謂之臺而言脫者積土脫落也今所不取蓋是梵語故○剎摩 正音掣多羅此云土田淨名略疏云萬境不同亦名爲剎垂裕云蓋取莊嚴差別名之爲剎此乃通指國上名剎又復伽藍號梵剎者如輔行云西域以柱表剎示所居處也梵語剌 力割切 瑟胝此云竿即幡柱也長阿含云若沙門於此法中勤苦得一法者便當竪幡以告四遠今有少欲人又法華云表剎甚高廣此由塔婆高顯大爲金地標表故以聚相長表金剎如法苑云阿育王取金華金幡懸諸剎上塔寺低昂瓔珞云土名賢聖所居之處天台釋維摩佛國云諸佛利物無量無邊今略爲四一染淨國凡聖共居二有餘國方便人住三果報國純法身居即因陀羅網無障礙土四常寂光即妙覺所居四土之名雖出智者四土之義本載經論今伸遺教略開七門

初憑文　二釋名　三辨義　四定體

五示相　六對身　七解惑

初憑文者維摩經云隨所化衆生而取佛土隨所調伏衆生而取佛土隨諸衆生應以何國入佛智慧隨諸衆生應以何國起菩薩根天台釋云若對四土宛然相似若别出者思益經云東方之國佛號日月光有菩薩梵天曰思益白佛我欲詣娑婆世界佛言便往汝應以十法游於彼土斯乃淨聖來游穢土又智論云穢土先施三乘後顯一乘娑婆是淨土先施三乘後顯一乘安養是二有餘土如法華經我於餘國作佛更有異名智論云有淨佛土出於三界乃無煩惱之名於是國土佛所聞法華經三果報土如仁王云三賢十聖住果報唯佛一人居淨土四常寂光普賢觀云釋迦牟尼名毘盧遮那其佛所住名常寂光二釋名初曰染淨同居者染淨三種一迷悟分九界迷逆名染佛界順悟名淨如妙樂云相約隨緣緣有染淨故又不二門云法性之與無明徧造諸法名之爲染無明之與法性徧應衆緣號之爲淨二情理分不二門云故知刹那染體悉淨指要云今之染淨約情理說三凡聖分淨名疏云六道鄙穢故名染三乘見眞故名淨三六共住染淨同居問不二門云一理之内而分淨穢别則六穢四聖通則十通淨穢然此染淨淨穢文心解云染淨從迷悟體用而言淨穢約凡聖界如而辧今謂淨名染淨正約凡聖而分云何淨覺却云淨穢約凡聖界如而辧又垂裕云染淨之名約正淨穢之名約依二土凡聖共居通名染淨此土砂礫充滿别受穢名彼土金寶莊嚴别受淨號今謂淨名疏云四趣共住名

穢無四惡趣名淨此從正報立依報名云何孤山却云染淨之名約正淨穢之名約依當知染淨從凡聖之心以立名淨穢約依正之境而標號問既從染淨立同居名還許亦從淨穢立同居乎答染淨是通名淨穢是别號故垂裕云此方即染淨穢土安養即染淨淨土故知同居正從染淨而立若從通義如淨名中身子見穢梵王見淨乃是娑婆淨穢同居又婆沙云若人種善根疑則華不開信心清淨者華開即見佛此是安養淨穢同居雖通此義名非正立此染淨土亦名凡聖同居故淨名疏云染即是凡淨即是聖如疏文云凡聖各二凡居二者一惡衆生即四趣也二善衆生即人天也聖居二者一實二權實者四果及支佛通教六地別十住圓十信通惑

雖斷報身猶在二權聖者方便有餘三乘受徧眞法性身爲利有緣願生同居若實報及寂光法身菩薩及妙覺佛爲利有緣應生同居皆是權也此等聖人與凡共住故名凡聖同居二方便有餘土言方便者如禪門云善巧修習故名方便此有三義一眞中淨名疏云二乘三種菩薩證方便道之所居也輔行云所以在方便者並屬空邊二眞似妙立云別圓似解未發眞修皆名作意三徧圓妙樂云並以三教而爲方便雖通三義正從證眞立方便名言有餘者觀經疏云無明未盡故曰有餘淨名疏云若修二觀斷通惑盡恒沙别惑無明未斷捨分段身而生界外受法性身即有變易所居之土名有餘國亦名果報如輔行云通有由因感果之報未入實報又

云今文且說偏空偏假所感之報則不如初住已上居果報土又名法性如智論云受法性身非分段生三果報土淨名疏云報身所居依報淨國名果報土輔行云言果報者從報果爲名亦號實報觀經疏云行眞實法感得勝報淨名疏云以觀實相發眞無漏所得果報故名爲實亦名妙報如輔行云唯有別圓初地初住獲妙果報又名勝妙報如止觀云違即二邊果報順即勝妙果報亦名無障礙觀經疏云色心不相妨故曰無障礙淨名疏云一世界攝一切世界一切世界亦如是此名世界海亦名世界無盡藏四常寂光者觀經疏云常即法身寂即解脫光即般若此以不遷不變名常離有離無名寂照俗照眞名光亦名果報如文句云同居有餘自體皆是妙色妙心果報之處記云故知三土皆是證道色心報處寂光既徧遮那亦徧此以妙色妙心果報也問如輔行云今論感報不論寂光據此寂光豈名果報乎答所云寂光非果報者三惑究盡業報都亡所以寂光身土亡泯雖無惑業之報而爲願行之果淨名疏云修於圓教願行之因因極果滿道成妙覺居常寂光問如垂裕云中下寂光攝在果報不審四十一地生實報土云何得受寂光名邪答淨名疏云前四十一地若約果報名生實報分見眞理名常寂光又彼記云約報論生是故有邊論於果報約所入邊則非果報但所入邊即是見眞名常寂光三辨義此約教門辨四土義復開五門初論體用寂光是體餘三屬用如釋籤云諸佛寂理神無方所

所依寂境號常寂光是故沙石七珍隨生所感又輔行云常寂光土清淨法身無所莊嚴無能莊嚴爲衆生故而取三土二論事理淨名疏云寂光是理餘三是事此乃對分事理若各分事理如淨名疏云諸土非垢寂光非淨畢竟無説（此四俱理）而説諸土爲垢寂光爲淨記云理論不當垢之與淨約事唯有寂光永淨三論能所荆溪記云但以寂光而爲所成即以三土而爲能成故所成唯一能成有三是則能所事别故也四論凡聖準雜編云十界對土有横有竪若竪對者同居六凡方便二乘實報菩薩寂光佛果（横惧爲竪）若横敵對同居有十凡聖同居故方便有四無六凡故實報有二無二乘故寂光唯一無菩薩故（竪惧爲横）五論淨穢淨名疏云諸土爲垢寂光爲淨三惑覆蔽故爲垢三德究顯故爲淨此約四土對論若各分者觀經疏云五濁輕重同居淨穢妙宗釋云此淨甚通須知别意如戒善者四教凡位皆悉能令五濁輕薄而圓觀輕濁感同居淨依正最淨如此經説地觀已去一一相狀比於餘經修衆善行感安養土其相天殊雜編乃云嘗觀鼓音之外六經土相其實是一縱有依報大小不同此蓋如來善權赴機隨時之義也良由凡夫心想羸劣未能觀大故方便示小爲發觀之境若生彼土所見俱大今難雪川既修偏行安獲勝果非獨彰行人之偶報抑亦顯世尊之妄説因果不類徒虛語耳二體析巧拙有餘淨穢刊正記云通人體色即空故巧藏人析色明空故拙妙宗云體觀感淨不專通人衍門三教對三

藏拙俱明體法通但空體別次第體圓不次體三人生彼俱感淨相圓人最淨又往生記引輔行云次明體法依門修觀亦應具含三種四門三次第頓入實報淨穢刊正云別人漸修次第三觀登地入實以之爲穢圓人頓修一心三觀登住入實以之爲淨妙宗云若論實證此土唯有圓聖所居別人初地證與圓同稱實感報有何優降今就教道十地不融致使感土異於圓人雜編雙取謂偏成非次第頓入者即別圓所修巧拙二觀也實報淨穢者即地住所見融礙二相也良由別人久習次第雖回向圓修入地之時仍見一分染礙之色名之爲穢圓人始終唯修頓行入住之時但見此土融通之相號之爲淨往生記破約教道說則見神智自違輔行義學之者當思審矣四分證究竟寂光淨穢妙宗鈔云若就別人同證圓實論寂光者唯約眞因對圓極果而分淨穢今論教道詮於極果但斷無明一十二品寂光猶穢圓知須斷四十二品名究竟淨往生記云今約分滿相對故合中下但名分證寂光猶穢妙覺上品眞常究滿方爲極淨請觀今文諸佛如來所游居處極爲淨土豈非分得究竟寂光正約圓家眞因極果對分淨穢四明云別教教道深不可也刊正記云由分證寂光方生實報今約分證猶帶無明無明故穢究竟無明巳盡故淨雜編難云若爾則成穢屬實報淨屬寂光今謂無明分破證少分無相故穢無明全盡證究竟無相故淨四定體先達通以三道爲下三土當體之體引輔行云分段三道謂見

思惑爲煩惱道煩惱潤業爲業道感界内生爲苦道方便三道謂塵沙惑爲煩惱道以無漏業名爲業道變易生死名爲苦道實報三道謂無明惑爲煩惱道非漏非無漏業爲業道彼土變易名爲苦道通以三德爲所依體苦道即法身結業即觧脱煩惱即菩提先師乃謂惑業是因苦道是果今之土體三世間中唯取苦道爲國土一千當體之體還以三德爲所依體故荆溪云既許法身徧一切處報應未嘗離於法身若寂光土觀經既約四德釋名當以三德爲土當體理無所存徧在於事乃以三土爲所依體廣慈法師準妙樂云本有四德爲所依修德四德爲能依遂指修德三因爲當體性德三法爲所依今謂妙樂因釋下方空中菩薩所以將身表智以空表土故明身土今唯辨土安得兼身况將修德以對理土乃彰能所義顛倒矣五示相此約教門示四土相初示一異相娑婆安養垢淨相别故名異方便有餘純清淨境故名一淨名疏云三乘同以無言説道發眞無漏所感國土一往相同故言一也二示融礙相方便雖是一相無明未破果報隔别淨名疏云染淨有餘二種衆生見有障礙别圓地住分破無明依正互融一多相即故名融也三示横竪相舊釋横竪句義紛雜惑亂學者今分二義冷然易解初就土自分如妙玄云若分别而言謂方便在三界外若分别而言謂實報在方便外例此分别謂寂光在實報外故淨名記問三土之外何殊太虚答徧同理别言理别者法身即土離身無土離土無身但

眞如實相非智非境説智説境非身非土説身説土約此分別義當豎矣若約相即如妙樂云豈離伽耶別求常寂非寂光外別有娑婆淨名記云横解者如前所引法華經文秪於此土而覩上二故小被斥見淨不驚足指接地即其事也約此相即義屬横焉若約相攝淨名記云既一土攝一切土故得此界徧攝下二準此以勝攝劣土亦横矣二與教對分妙樂記云横論土體與教相當豎論約土用教多少然其豎論如止觀云若以四諦豎對諸土有增有減同居有四方便則三實報則二寂光但一輔行釋曰豎約設教對機機既增減不同致使教有差別四土對教優劣多少故名爲豎此則土相雖豎教乃横説故淨名記云然約横論同居具四餘三漸減同居機雜遂設四教方便但以大乘訓令修學理唯別圓蓋爲稟三藏者始生方便未習通門逗其爲知故學遂談通教以蕩執情實報約行證道同圓但約有餘用教之時教道化機説別異圓具用二教方生實報寂光上品不須用教但被中下故有圓乘設教之相雖横就土自分成豎若約相即同居横具四土體相與四教旨論其相當三藏談於生滅乃與同居無常相當通教談乎幻化即空乃與方便證眞相當別教從事受名乃與實報感果相當圓教談乎性德乃與寂光理體相當横辨四教無復優劣故名横矣四亦有無相妙宗云經論中言寂光無相乃是已盡染礙之相非如太虛空無一物良由三惑究竟清淨則依正色心究竟明顯故大經云因滅是

色獲得常色受想行識亦復如是仁王稱爲法性五陰亦是法華世間相常大品色香無非中道是則名爲究竟樂邪究竟金寶究竟華池究竟瓔樹又復此就捨穢究盡取淨窮源故苦域等判屬三障樂邪金寶以爲寂光若就淨穢平等而談則以究竟苦域泥沙而爲寂光此之二說但順悉檀無不圓極又淨覺撰雜編云且常寂光者實三德之妙性也離爲三法合成一性一尚無一豈有苦樂華胎之相乎當知無相之言其語猶畧具足須云無相不相所謂無生死相不涅槃相强而名之稱曰實相今議二師所論與而言之若依說示分別如普賢觀示寂光土乃以四德釋三德法故祖師判寂光是理餘三是事約此就說分別淨覺乃合分別之義若約相即所依理無所存徧在於事故維摩䟽問別有寂光土邪答不然秖分段變易即常寂光四明乃合相即之義奪而言之分別但解三土之外別有寂光而迷寂光亦徧三土遂執寂光空空然誠不異乎太虛故吾無取焉然淨覺雜編難四明云今問此依正色心爲體爲用若言體者且妙玄明體用權實中云體即實相無有差別用即立一切法差降不同妙樂指淨緣爲一切法豈非實體亦無淨相若言用者則依正色心正是下三土事何得認爲寂光之理邪今謂如指要云夫體用之名本相即之義故凡言諸法即理者全用即體方可言即輔行云即者爾雅云合也若依此釋仍似二物相合其理猶踈今以義求體不二故故名爲即今謂全體之用方名不二故

釋迦之王娑婆即毘盧之處常寂故文句云同居有餘自體皆是妙色妙心果報之處荆溪釋云寂光既徧遮那亦徧此皆事理相即之明文云何撥事別求理邪雜編又問他引妙經疏云常即常德寂即樂德光即我淨是爲四德秘密之藏妙樂云本有四德爲所依修德四德爲能依能所並有能依之身依於能所所依之土二義齊等方是毘盧遮那身土之相以此爲證寂光有相不亦可乎答此人但聞身土之名便作形相之解而不知四德爲是何物又云須了遮那本無身土隨順世間彊指妙覺極智爲身如如法界之理爲土若消妙樂之文應云本有四德者理也修德四德者智也能所並有能依之身所依之土者謂性德之理爲所依本覺之智爲能依又修德之理爲所依始覺之智爲能依修性雖殊詎存萬有之境始本雖二寧留五陰之形故維摩疏云法身即土離身無土離土無身今謂此釋凡有二非一能所不辨妙樂因釋下方空中菩薩遂以菩薩之身以表能依之修德以虛空土以表所依之性德安得唯釋所表修性全棄能表身土乎二修性不即他以性德之理爲所依本覺之智爲能依修德之理爲所依始覺之智爲能依今謂本覺望修俱屬乎性修理望性俱屬於修依其所解則成以性泯性以修會修非修性之不二焉當云全性起修故所依之土即能依之身寂光是應身全修在性故能依之身即所依之土應身是寂光方顯身土之齊等乃見事理之無別矣又云若謂寂光無相便同偏眞

猶如太虛者斯由不知大小二理智非智別也如維摩疏云大乘法性即是眞寂智性不同二乘偏眞之理今問寂光法身既俱無相眞寂智性爲依何法既彰智性之無依顯非卓識之明鑒也雜編又云若據三身相即四土互具必須身身即三土土具四若然者法身寂土豈得無相耶通曰今爲子論四土五具之義若約事理相對論五具者寂具三土乃全體起用無相而相也三土具寂乃全用是體相即無相也今問全用是體可得無相全體起用應云有相那得一槩言無相耶雜編又云問若三相不可混同者何故荆溪難云一一塵刹一切刹耶答此指刹性徧收故云一切如金鉀即狹徧義狹何以徧狹即性故又如芥容須彌芥何以容芥亦性故此文

但見事即是理不見理即是事理不即事安得芥納須彌無傷樹木毛呑巨海不撓龍魚乎雜編又云若無依正之相斯則理無所具事無所存豈可法身便同灰滅答小乘無相猶如太虛無生法之理大乘無相譬若明鏡具現像之性像由形對鏡匪自殊無謂鏡具像性便云性已差別今謂若言但具於性不具於相觀音玄義安云千種性相冥伏在心又不二門云理即名字觀行已有依正不二之相嗚呼雪川雖留意於山家但解修性之相依未達事理之融即違法示徒後嗣絶矣六對身淨名疏云前二是應即應佛所居良以王宮誕質鶴樹潛神現生滅相說三藏法化同居土名劣應身泊有餘國現法性身機興應興機息應息斯異娑婆通佛灰斷既非

果報但名勝應第三亦報亦應即報佛所居以他受用稱實感報赴於地住菩薩大機故彼土佛亦名應也後一但是眞淨非應非報法身所居此約土體横對四佛若豎論土凡聖同居具現四身方便唯勝故無劣應其實報土無二乘人唯别圓佛寂光無機獨妙法身七解惑者或曰維摩經云欲得淨土當淨其心隨其心淨即佛土淨心如形聲土如影響秖須自淨其心何假别求淨土答初言心淨應辨理事一者性淨二者事淨且性淨者大集經云一切衆生心性本淨心本淨故煩惱諸結不能染著猶如虛空此則衆生國土同一法性地獄天宫俱爲淨土二事淨者性雖本淨心乃忽迷一念不覺二障久翳當修三觀以破三惑故仁王曰三賢十聖住果報唯佛一人居淨土登妙覺果方究竟淨最下凡夫愼勿叨濫次云土淨須曉難易婆沙論云於此世界修道有二一者難行在於五濁惡世於無量佛時求阿鞞跋致甚難可得此難無數塵沙説不可盡十疑論明五種難事二易行道謂信佛語教念佛三昧願生淨土乘阿彌陀佛願力攝持决定往生名易行道此七義門辨諸佛土縱數逾地塵皆理同鏡象舒雖萬化横陳卷實一法不立編至此時六十四歳幸目未昏得書小字絶筆自慶遂述頌曰

梵語星分難徧求　列篇舉要會群流
摠持三藏如觀掌　願望後賢爲續周

翻譯名義集卷第十四終

續增附

蘇州景德寺普潤大師行業記

普潤大師名法雲字天瑞自稱無機子姓戈世居長洲彩雲里父母禱佛夢一梵僧云吾欲寄靈於此迨生顏如所夢瑞相特異襁褓問見僧則欣然欲趨似獲珍玩五歲辭親禮慈行彷公爲師始從庭訓神鋒發硎越明年背誦妙經七軸九歲薙髮二十歲進具以所受法即登猊座爲衆說戒紹聖四禩發軫叅方首見通照法師學習天台大教次投天竺敏法師几下諦受玄談最後啐啄同時得法於南屏清辯大法師代柄如意爲衆敷揚既而德風四馳芳譽遐蜚時政和七年郡侯徽猷閣直學士通議大夫應安道禮請住持松江大覺教寺仍薦錫今號而學者輻輳如川東之凡八年間環講法華金光明涅槃淨名大小部帙繼晷待旦慈霆洋洋續因慈母年邁思念報親之恩遂謝事歸寧廬於祖墳曰藏雲居雖蕞爾躡屩尤多假道問津盈諸户外仍造西方三聖像設廣以化人其母後有微疾師就卧牀夜講心經念阿彌陀佛佛放金光母及四方無不瞻覩殊祥既兆臨終怡然火餘舍利爍如圓珠閲數日現蓮花跡二莖其爲生處蓋可知矣以此方彼大義渡頭爲道似乎岐致然至人適理何往不從故我世尊上昇忉利說法酬恩指鬘比丘彌爲慈行紹興甲子寺僧率衆僉詣雲庵請師歸寺作衆依止受已明年與諸徒弟迎像入寺敞華閣以舍之大與蓮社勝會集千人結課觀經念本性唯心之佛仍建八關齋會及金光明法華大悲圓覺金剛等會並作西資士夫

名賢善信四衆飲師高風來者闐咽於路或爭先而趨之者終成超越若錦江進士王齡武林貢元張啓三衢國録吳彦英嘉禾登仕金廷珪吳會安人錢氏等凡若干人俱生淨土法師博通經史囊括古今具八倫之才能蘊十條之德善編集翻譯名義注解金剛經及心經疏鈔著悬陰集等並行於世莫不憲章聖化鼓吹山家自行化他能事畢矣一日索浴更衣端坐西向召門弟子曰汝等各念無常之火燒諸世間早求自度慎勿怠墮仍書偈云瓊樹矗雲霄紫雲臺更高無生生彼土不動一絲毫汝等持此并遺書達於知識我之最後爲請定慧堂頭寶幢法主依此起龕舉火餘無他事言已默然而蛻是夜鐘聲遠聞異香滿室既斂龕幃衆猶聞師口稱佛名琅琅在耳當紹興二十八年九月二十八日也住世七十一年爲僧五十一臘香薪之次設利無窮噫微渤澥不足以容翻空之濤微廣漠不足以展垂天之翮今法師出廣長舌相於薩婆若海搏扶揺羊角於第一義天雖古高僧不復多讓頃修法師塑像得其弟子文辯大師師緒狀其行於像藏之内蒙不揆無似僭爲筆削以標幟之者蓋欲揚攉宗祖之德善子孫知而傳之云爾大德五年歲在辛丑九月九日嗣祖住持永定教寺吉祥雄辯大師普洽記

襁居兩切負兒衣　褓音保　硎音刑　薙䰂上音雉下音采　禩音祀年也　猊音倪　鶩音務馳也　蜚音非　嶶音揮　晷音軌　蹻音脚草屩也　蛻音稅　蕞祖外切　敞昌兩切高也　矗丑六切齊也　渤澥上音孛下音蟹

搉苦角切擊也

翻譯名義集卷第二十

大乘起信論疏

西太原寺沙門法藏述

清刻龍藏佛說法變相圖

起信論疏科文

長水沙門 子璿 錄

起信論疏科文分二

初論疏題目二
初標疏題目
二述注人名

二序釋本文二
初總敘宗旨二
初敘心法夫真
二顯真門非生
初正明不二雖復
二釋成無礙故使
初序論大意四
三明生滅門但以
四二門不二三
初法二
二喻其猶
三結是以

二別釋章門二
初開章列解
二隨釋二
初返顯但以
二正明二
初迷理遂使
二迷教加以
二造論因由二
初敘謬述迷二
初總敘大師
二別顯二
初略能含廣可謂
二巧備根緣中下

初懸敘義門六
初教起因緣二
初總標辨一
二別列依一
二隨文注解〇
二興悲造論三
初悲歎人法爰有
二述造論意將欲
初廣論造廣
二略論三
初出所以既文
二正造論悲末
三彰功益二
三正造諸論二
初總標別列三顯
初總敘諸教五
初小乘

三諸藏所攝二約
三教義分齊二
四教所被機三
五能詮教體二
六所詮宗趣二
初標章釋名
二開章正辨二
初開章
二正辨二
初總辨諸宗三
二唯明此論二
初總唯後

二隨列別釋二
初約教詮法通局顯分齊二
二約法生起本末顯分齊二
初總明所被明四
二重辨兼正二
三別指下文因又
初約三乘辨一然
二約五性辨準此
初總標能五
二別釋四
初列五宗隨一
二指此論今此
三會五教此然

二與論相攝二
初標科總示約二
二隨文別辨三
初正明五
二別示若取
初隨相門四
二唯識門二唯
三歸性門三歸
四無礙門四無
初總釋四字大者
二別釋大乘又大
三別釋大字依又

二始教
三終教
四頓教
五圓教
初定分齊若者
二明相攝將若
初唯一心爲本源重五
二依一心開二門
三依後門明義
四依後義生三細
五依最後生六麁
初名句文隨一
二唯音聲唯或
三通四法假或

二別二
○二隨文注解二
初解名題三
二解文義三
初歸敬述意二
二正述論文○
三總結迴向○
初歸依三寶疏
二述造論意疏
初能歸至誠二
二所歸分齊二
三所歸三寶三
初佛二
二法二
三僧二

初列釋者別
二結示此三
初論題目疏二
二造論主疏三
三譯論人疏三
初事相釋顯能
二觀行釋又歸
初敘意三歸
二釋文三通爲唱
初處所分齊所歸
初三寶分齊三然
初畧配佛寶
二別釋四
初出體法寶
二釋文二

四別釋起信
初解四字四
二解論字論者
初敘真諦有總
二明喜學二于
三示今解解今
初釋文二
二出體二
初釋佛意業偏知
二釋佛身業色無
三釋佛口業三
四結德屬人者者
初解標文二
二解釋文三

四徧一切又徧
初正門謂起
二通妨何故
初釋馬鳴名馬
二釋菩薩言菩
三釋造字造者
初通約三業然能
二結屬意業今云
初所救世者
二能救大悲
三通妨然萬
初單解及字初句
二通釋此文二
初正釋文此中

初總相揀辨僧寶
二正釋當句二
三兼取上文三
初顯意述造
二釋文二
初總釋此偈三
二別解除疑又解
三正述論文二
初標益起說
二正陳所說二
初標列
二牒釋五

初依本論請證
二依寶性又依
初正釋又解
二通妨然昔
三引例亦如
初釋初句明所為機初句
二釋中二句明所成益二
三釋後一句明成益意後一
初徵起
二列釋八
三總結
初牒問舉數

初正釋體相二
二却收教行或此
三重釋海喻又海
初體大三
二相大下句
初因緣總相
二釋義令解疏二
三令入不退
四修習信心

二通伏難二
初正通以用
二轉釋茲後
初釋法性次三
二釋真如真言
三釋海字海者
初正解此句次二
二通對下文故解
初解前句明離過二
二解後句明成行二
初釋大乘既於
二釋正信未知
初釋如來根本二

初因緣分二
二立義分二
三解釋分。
四修行信心分。
五勸修利益分。
初結前生後
二正立義宗三
初標總開別
二寄問列名疏二

二徵釋總結三
初正釋二
二通難二
初難
二通二
初總問略標
二以義具釋二
初餘機不假此論
二當機須造此論

五離障出邪疏二
六對治凡小
七勸生佛前
八示益勸修
初都科四段三
二別釋此文今初
初總判自此
二通疑以前
三別判四中

二釋正解不謬具釋
初總配下文與立
二別釋令義二
初約教法釋以彼
二約證法釋二
初釋如來二
二結根本以今
初正釋又生
二反顯諸衆

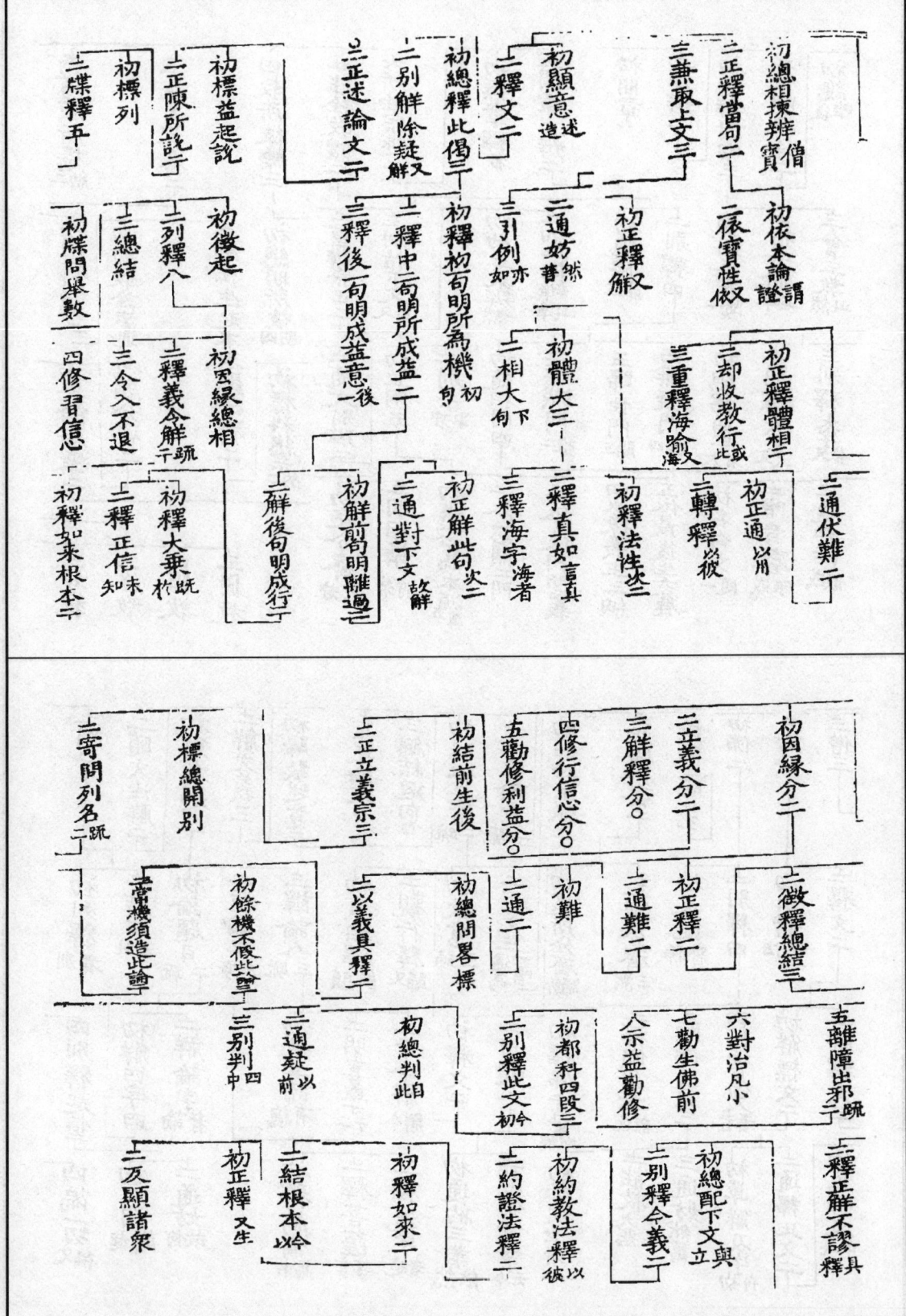

三依名辨相二
初釋法 法者
二釋義三
初釋文 義者
二結意 是故
三彰位 依宗
初法二
二義二
初釋意 起下
二釋文二
初大二
二乘 標果舉因

初機
二結
初勝機遇佛悟 疏二
二自力聞經悟
三劣機因尋廣論悟
初畧配三業 色心
二別釋圓音三
初示意 起下
二釋文二
初舉法總立 疏三
二開門別立二
初責總立難
二開別釋成 疏二

初說法差別顯圓義音
二隨類言音顯圓義 如二
初約教義立題二
二結得名所以 以
初釋義二
二顯相四
初出其法體三
二辨法功能二
三釋其法名 釋其
初總敘意 辨法
二別釋相二

初正顯二
二反明 若音
三結成 不令
四指歎 是
初正釋 出其
二反顯 若在
三順結 今就
初約生滅門 是故
二約真如門 若約

初標章標數
二徵起列釋三
初體大
二相大
三用大 疏二
三解釋分二
初顯示正義二
二對治邪執
三分別發趣道相
初總二
二別二
初示義 分科釋上 釋上

初總敘釋意 開二
二別解論文三 一通為唱
初釋文 謂隨
二通妨 何故
初結前生後
二分門解釋二
初標 謂
二釋二
初釋一心具二門
初示義 釋上
二攝二門歸一心 此除
二釋文二
初依法開門 疏二
三二門該攝二

初真如門 總舉
二生滅門二
初釋前二句二
二釋後一句二
初標數徵列
二牒名辨相二
初真如門二
二生滅門三
初正釋 隨二
二結指 是故
三引證 勝鬘

初別釋當文 隨盡
二通前料揀 何故
初本文二
二妨難 問真
初別解當文 體謂
二通前料揀 何故
初正釋 一約
二引證 眾主
初對前牒文 上立
二釋今文意三
初總標意 以一
二別釋相 一

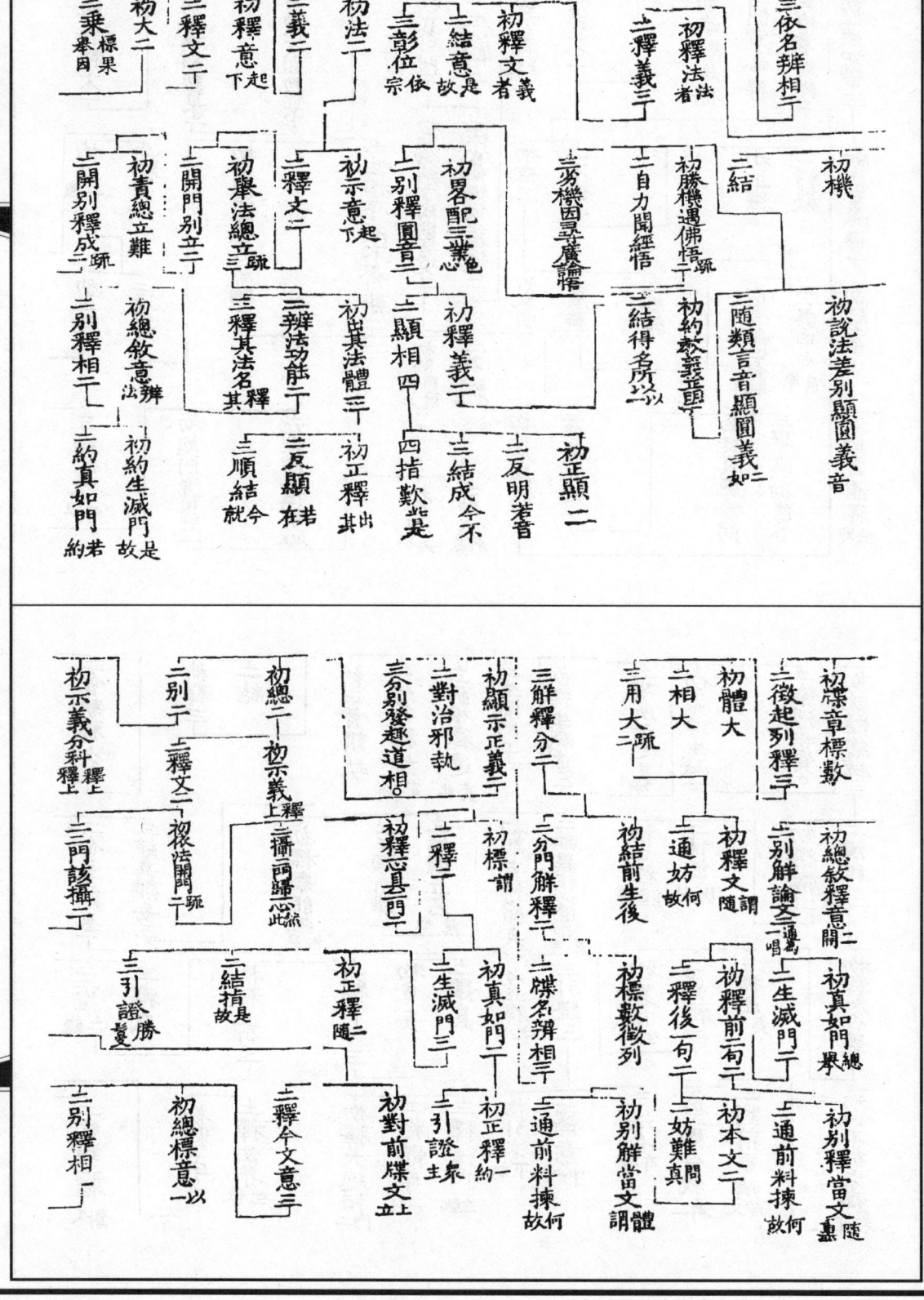

三隨義釋文二
初別辨二門顯動靜不二
二會相入實顯動靜不二
初立二 疏
二釋
初正釋二
二通難二
三結歸一心 以此
二性相存泯不齊難二
初二門示義通局難二
初約二門各攝解一
二約二門互攝解 以又
初真如門二
二生滅門二
初顯體離言絕觀智境二
二依言辨德絕生信境二
初問 問二 問前
二荅 荅真 荅生
初正釋 以其
二結成通別
初示義 上釋
二釋文三
初空三
二不空三
初略明
二廣釋 疏
三總結
初正舉法體二
二問荅斷疑二
初舉數總標
二開章略辨
三依章廣釋二
初正釋
二釋疑
初有無四句 明真
二與四句 準前
初疑真絕修問
二舉真勸修荅
初正顯如體三
初就實略標三
初牒章
初約當體釋 即無

三會執釋名二
初釋三
二結
二會妄顯真二
三示法 疏
三結真離妄二
三釋成
初正會謂執
二結名釋疑 謂言
三約相釋遣 此真
初標舉能離 是故
二正顯所離二
三結體立名 唯是
初釋上句二
二釋下句三
初會妄
二顯真
三約對二釋 又對
初釋一字二
二釋法界 依生
初釋大總相 門二
二釋體字 此一
三釋法門 軌生
初釋生滅心法二
二生滅門二
初離妄相以顯真 離言
二離異相以顯如 畢竟
初正釋 心之
二引證三
初引文 故下
二釋意 此中
三法合 心亦
二辨所示之義
初染淨生滅二
二染淨相資
初正釋 標體
二揀濫 此顯
初略指 不生
二廣釋二
三揀濫 此是
初正釋合義 攝二
二對前重辨 又前
初就體總標三
二辨相二 疏
初標體二 疏
初釋和合義三
初以本從末釋 非異

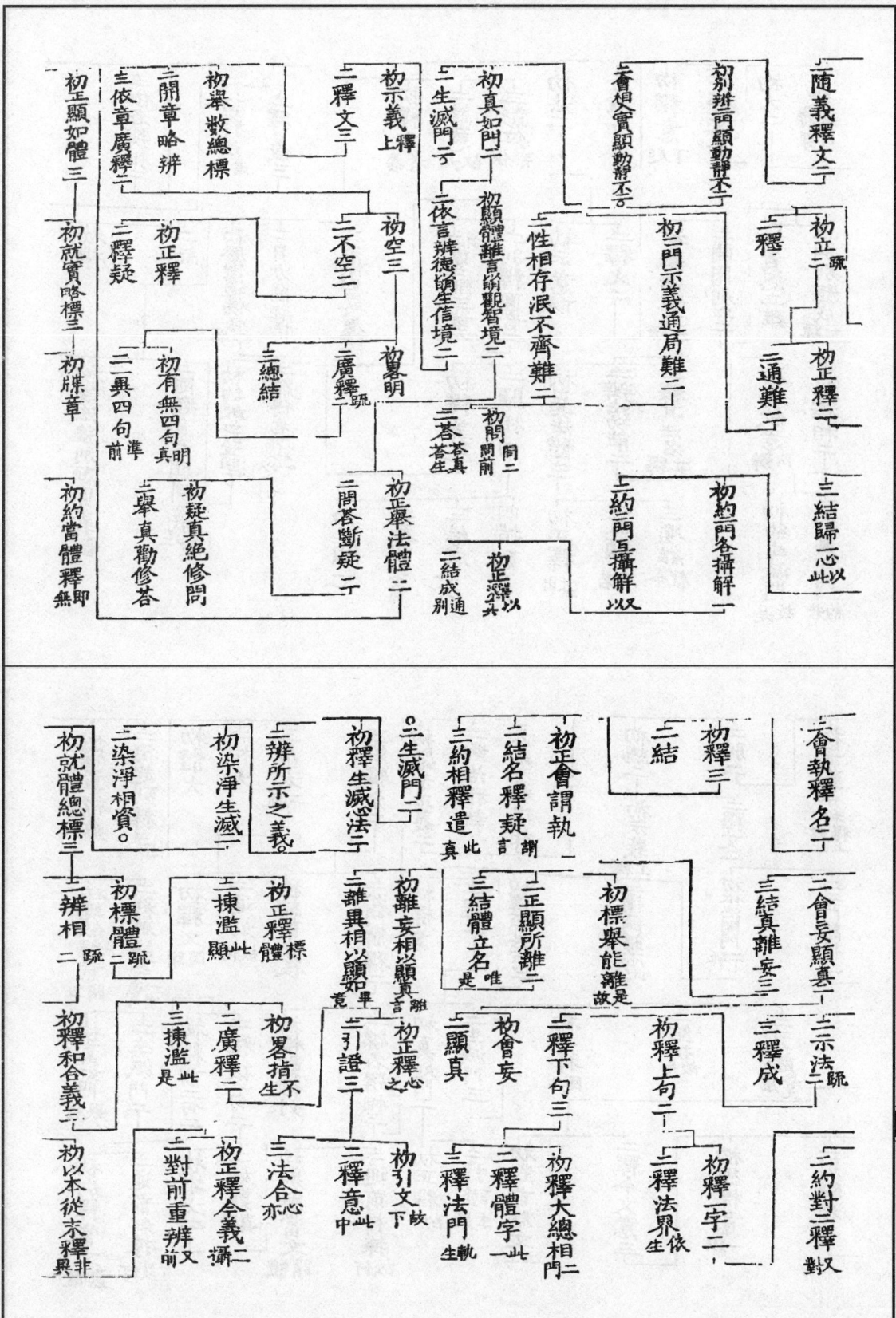

二依義別解三
初正釋論意此生
二廣辨名相二
初對三師以辨名或云
二約三藏以釋義所攝
三立名二疏
初約法略明真如
二按經出體依稷
三據義廣釋二
初離釋二義二
二合釋二義二
三總結成金
初正釋又若
二引證三
三釋意辯云
初雙標二喻如經
二單釋塵泥若泥
三總以法合如是
初釋上生滅三
二釋上生滅因緣
三釋上生滅之相
初約真妄開合以釋義七
二約諸識分齊以結成又若
三約問答通妨以辨異二
二釋非異義三
初釋非異三
二釋非一四
初遮一異又若
二顯和合三
初躡前正釋四
二反躡非異二
三舉體相攝二
四問答通妨二
二攝末歸本釋二
三本末平等釋三本
初正釋一不
二引文依是
三釋意辯云
四通妨此約
初標此中
二釋何以
初正辨又此
二釋疑此中
初第一重問既
二第二重問此
初開真妄成四義何者

初釋開數二
二釋辨德三
初標舉釋意此義
二依義具釋三
初開數辨德二疏
二寄問列名
三依名辨釋三
初對前門以通名義上二
二簡前文以釋生義又上
三躡下句以辨攝義非直
初覺義二
二不覺義
三雙辨同異
初正顯覺體
二會體立名
初辨異二義問此
二辨異二真問此
初示義分釋約沖
二依義釋文二
初顯本覺體二
二釋本覺名二疏
初隨文別釋三
二開答違妨若問
初略辨二覺二
二廣明二覺二
初本覺二
二始覺三疏
初別解文明起
二通辨竟此文
三總結示是故
初始覺三
初總三
初總敘起妄二
二束四義成兩門此直
二開生滅成四義此隨
四開四義成八義三
五束八義成四門若約
六束四門成二義若本
七舍二義成一門若鎔
初正示八義無明
二合對四覺此上
三結指廣略此生
初覺立名青其
二答初意以對
三答後意以至
初正敘總者
二引證經云

一本覺
初總標因果二覺
二廣寄四相釋成二
三明始不異本二
初標列 以今
二釋文二
二別二
三總配四相 以今
三引論釋成 故佛
初略配 別二
二廣釋四
初生相 生相
二住相 住相
三異相 異言
四滅相 滅言
初正寄四相顯其四位三 疏
二引經釋成心源無念四
初示二覺三 前
二總敘意七
三別釋文二 疏
初略標大意 正一
二料揀四相 然此
三正釋本義二
四總結前說 是故
五據理融攝 雖復
六決通伏難 然未
七結成始覺二
初引經證成
二重釋前文
三舉不覺之失
四顯覺者之得
初示文 次正
二正釋 論四
初標立
二釋成三 疏
初滅相四 通爲一唱
二異相四
三住相四
初能觀人
二所觀相
三辨利益
初順流釋所覺 既四
二反流釋能覺二

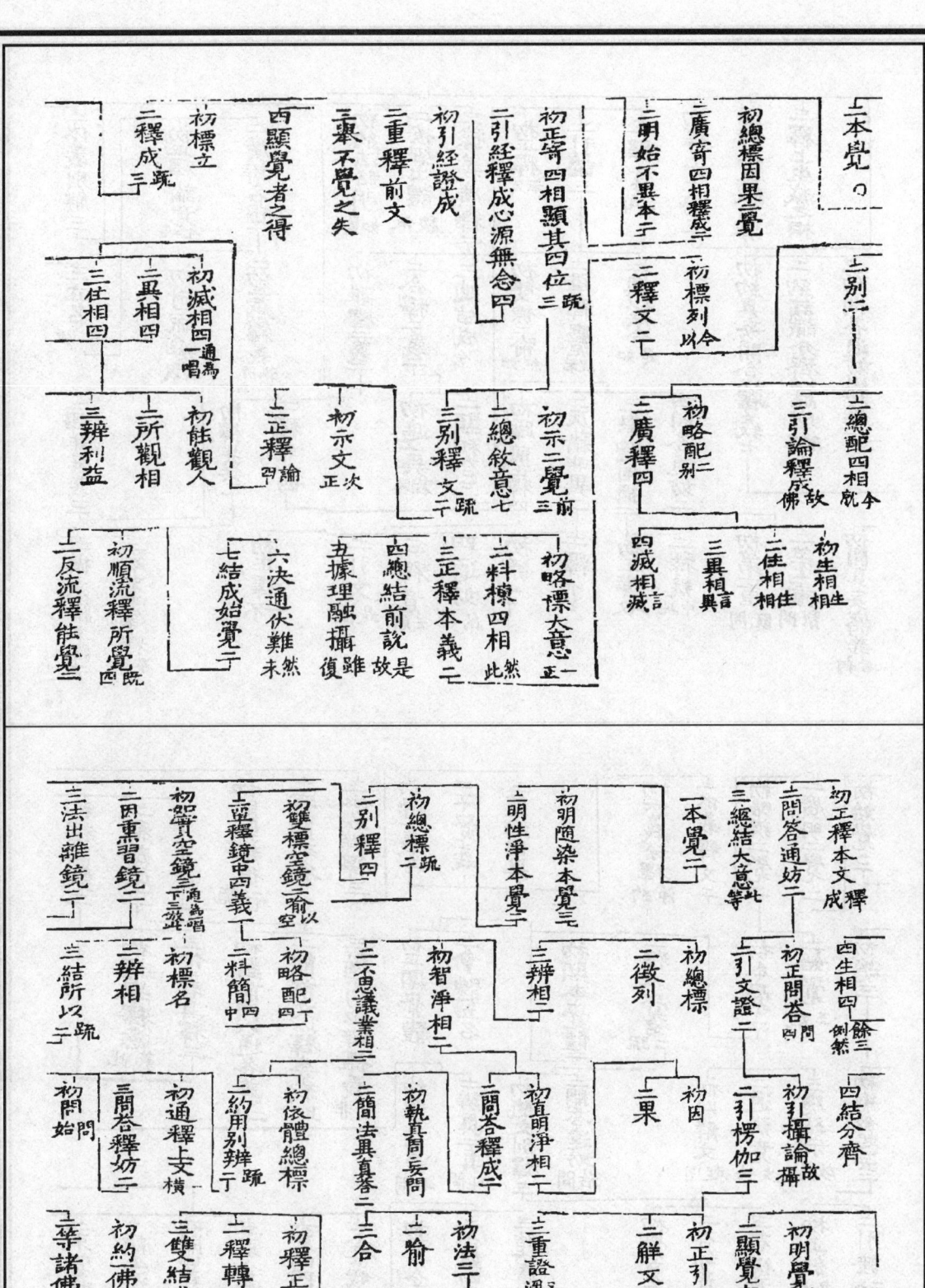

初正釋本文 釋成
二問答通妨二
三總結大意 此等
四生相四 餘三倒然
四結分齊
初正問答 問四
二引文證二
初引攝論 故攝
二引楞伽三
初明覺起因緣 今
二顯覺起功用 以體
初正引 楞伽
二解文 云解
一本覺二
初總標
二徵列
初因
二果
初明隨染本覺三
二明性淨本覺二
二辨相二
初智淨相二
二不思議業相二
初直明淨相二
二問答釋成二
三重證 又淨
初法三
二喻
三合
初執真同妄問
二簡法異喻答二
初總標 疏
二別釋四
初雙標空鏡二 以喻空
二略配四
二雙釋鏡中四義
二料簡 中四
初鏡體空鏡三 通爲唱 下三雙
初標名
二辨相
初依體總標
二約用別辨 疏
初釋正難
二釋轉難
三雙結成
二因熏習鏡二
三法出離鏡二
三結所以二 疏
初通釋上文 橫
三問答釋妨二
初約佛釋 以答
二等諸佛釋一 以
初問始 問

四緣熏習鏡二
初標名顯體
二正釋其相二疏
初通釋上文即彼
二料揀前後二
三同衆生釋此本
二答三
初標名出體一切
初正辨一切
二別釋二因二
二釋成一以
初正釋二
二通妨此約
初標名出體三者
初現法因二
二熏習因二
初約妄無真拈二照
二約真無妄覺以二
二正辨其相出煩
初辨異二義前問
二結同體然法
初依覺成迷三
二依迷顯覺以有
初法
二喩
三合
初顯體離染
二釋成因義
二不覺九義三
初明根本不覺二
二明枝末不覺二疏
初列明二
初約喩說意初者
二釋二
二就識釋文論
三結末歸本二
初業相三通爲唱
初標名
二所依
二轉相
三現相
三正釋疏二
初正釋
初無明爲因生三細二
二境界爲緣生六麁二疏
初總標
初徵
二釋三
二別解二
二轉釋

初引經料簡二
初指配論文境二
初別解論文二
初動作義二動
二爲因義二爲
二通釋行相此雖
二問答釋妨三
二正釋論文論二
初躡前總標以有
初起計
二立名別釋二
二生受
初問三問
二答三
初六相從答二
二以義不便答二
三證二
三約計內外答亦可
初徵
二釋六
三取著
四立名
五造業
初引經楞伽
初無和合義故不說以二
三雙辨同異二
六受報
二釋義中經
二無緣外義故不說又
初標列
二解釋二
初正引故是
初約能執從所執故不說有答
二約所依從能依故不說又由
初喩同相
二合如是
二釋疑二疏
初同三
初喩
初敘疑云疑
二正釋疑亦無

二異二
三釋上生滅因緣二
初明生滅因緣義三
二重顯所依緣體二
初釋所依心二疏
二釋意轉三
三釋意識轉五
初約人辨麤
二出其惑體
三執所依緣
四製立其名
五識起所依
初牒上所說牒上

三證二
初總標二疏
二總問
三別釋三
初釋文梨耶
二問答二
初略明
二廣辨二
三結歸一心二
初正結屬心二疏
二釋疑廣辨三
初凡小非分凡小

二合
初解牒文牒文
二解標文諸識
初正答三
二結答然此
初問問上
二答二
初標徵
二列釋五
初問
二答二
三結二
初正結當知

二隨釋二論
二釋轉難而有
初約迷真執似釋答此
二約總別義異釋云
三約未起已起釋云
初業識
二轉識
三現識
四智識
五相續識二通為唱
初順結三界一順
二反結六塵二反
初答無塵一以
二顯唯心一切
初略標意反驗

二依位歎釋三
初標歎甚深二疏
二釋深所以二
初略明緣起甚深二
二廣顯緣起差別二
初顯前緣起體相三
二更重料揀三
初顯上不變之義
二顯上無明緣起之由二疏
三顯上緣起之相三
初標
二徵
三釋二疏

二菩薩分知什
三唯佛究盡四相
初徵
二釋三
初正會是則
二結揀此約
初正釋今義唯此
二引經證成如纓
三會彼同此二
初釋心不相應此顯
二釋忽然念起三
初執取計名字相二
二相續相二
三智相二

二釋成二
初正釋唯心
二轉釋二疏
初解文三
二釋妨問上
初即淨而染
二即染常淨
三結成難測
初障一者
二治二疏

二別解文此中
三總結釋既心
初直明本相
二別顯功能二
初能起潤惑住持
二能起念慮二疏
初正釋此文此顯
二通前重示二
初結屬此識上
二總通前五又為
初正顯行位十解
二引論證成義
初約三賢明行位二

初敘意（此然）
二釋文（論六）
初相應義二
二不相應義二
初辨上無明約治料揀（不了）
二釋上相應不相應義二（通為唱）
三舉上染心及無明約境成二礙義二
初標立二
二重釋二
初釋煩惱礙
二釋智礙
初標法定名
二顯其礙義二（疏）

四境界相二
五能見相二
六業相二
初標（不相）
二釋二（疏）
初正釋前義二（亦）
二指陳違妨（此不）
初惑障二
二智障二
初釋文（顯其）

初障
二治
初標（言相）
二釋二
初約法辨異（心謂）
二正顯相應（而知）
初約三數釋二
二約心境釋二
初標法定名
二顯其礙義二（疏）
初釋文（顯其）

二對二乘以顯斷惑二
初較劣以明麁惑
二超勝以除細執三
初正明（此今）
三引證（此故）
三結意（但今）
初表異凡小（此菩）
二揀定權實（此約）
初顯無別異（約一）
二正遣相應二
初正釋翻前義（疏無）
二重釋前即義三

〇三釋上生滅之相三
初牒前標數
二徵列略顯
三廣釋其相二
初約人對顯
二辨相所依二
初順辨生緣
二逆論滅義二
〇二辨染淨相資二（疏）
初敘章意（二辨）
二正解釋（論四）
初舉數總標
二徵列別名

一通妨（此明）
初略消其文（若別）
二引經廣釋三
三經論對辨（經中）
初明通緣
二顯別因三（疏）
初正辨
二釋疑二
初法
二喻二
三合二
初合總喻
二合別喻

二通妨（今此）
初標指闕具（此中）
二正引經文（如棱）
三廣釋經義二
初細中二因三
二麁中二因二
初問
二答三
初總立喻本
二別顯喻相二
初喻
二合二（疏）

初正釋（以此）
二引證（上文）
三揀濫（非是）
初正釋（辭云）
二引同（勝鬘）
三結屬不相應（然此）
初正釋（取種）
二結屬相應（以妄）
初喻相應心滅
二喻不相應滅
初染熏淨（一染）
二淨熏染（二淨）
初無明熏真如

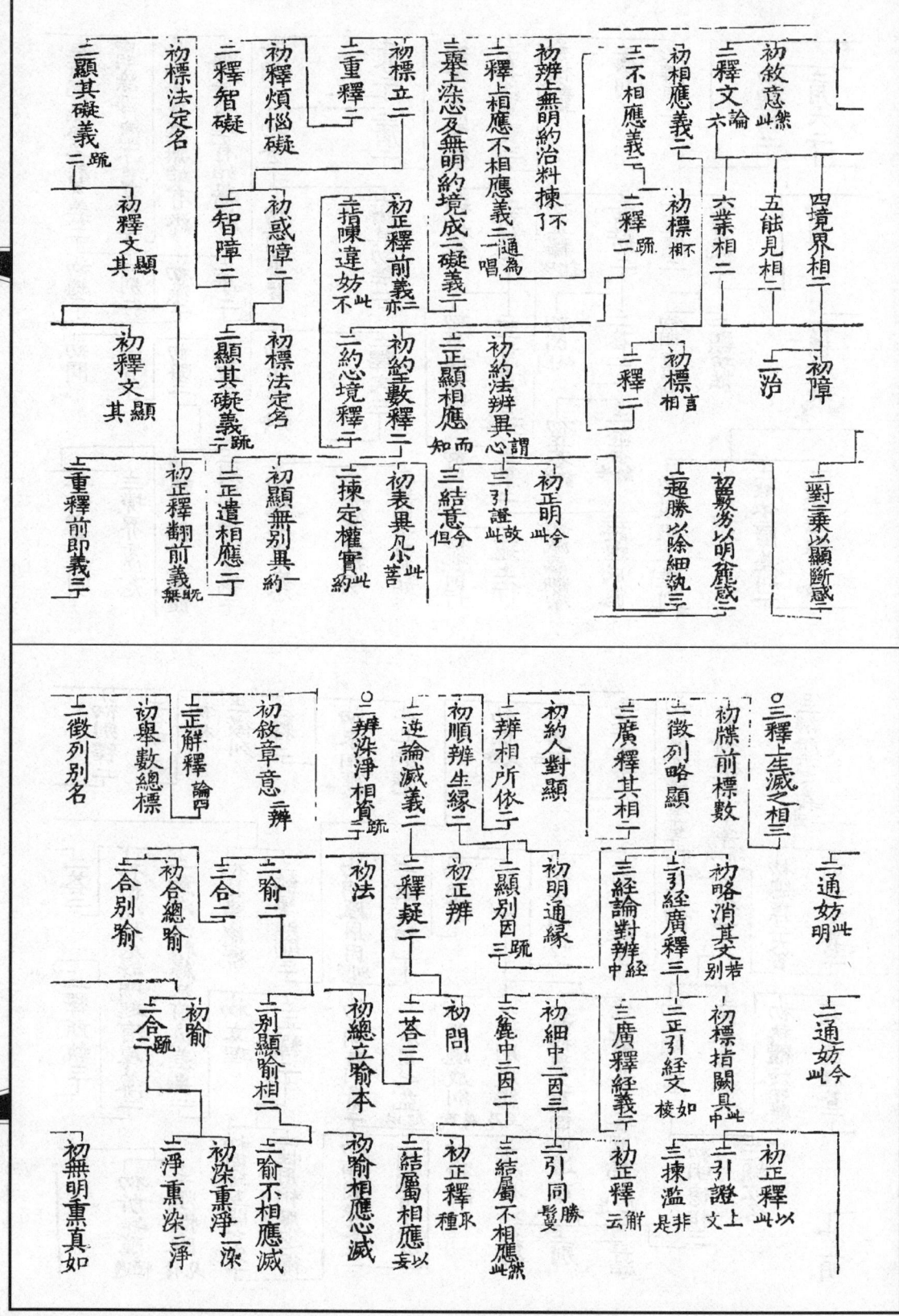

三廣釋染淨熏習義二　初總二　初問
四明染淨盡不盡義二　二別二　二答二　二妄心熏無明
初染法違真無始有終　初染二　初略二　二境界熏妄
二淨法順理有始無終　二淨二　二廣二　初總舉能所熏體
初問　初略二　初正明熏習　初示義即明　二別明熏習之義三
二答二　二廣二　二辨其功能二　二釋文三　初境界熏妄心
二妄心熏無明
二無明熏真如
初妄心熏習二　初標徵　初事識熏習　初因二　初地前行
二真如熏習三　二別釋二　二五意熏習二疏　二果二　二地上行
初標數　初正釋以諸　初問此問　初正答答前　初滅惑翻染
二徵列　二通妨二　二答二　二結答此約　二證理成德
三辨相二　初正顯二　初明熏習　初所依根本差別而有
初體相二　二釋疑二　二顯功能　二能依障差別
二用大二　初問　初標所疑答曰　二雙結難了如是

初別釋二　二答二　二釋所執三
二合明三　初約染惑成緣明起有厚薄二　初所知障過恒
初標　二約淨法賴緣成前後差異二　二煩惱障我見
二徵列　初指事總標　初立理　初因緣互闕之失二
三釋二　二約緣別顯三　二正釋二　二俱用相應之得
初未相應　初明感用因差別　初正明差別之用二　初顯闕緣之失二
二已相應　二正明用相二　二辨用之益以起　二明闕因不成
初標如是　初總二　初開總成別或為　初喻說　初總
二徵云何　二別二　二攝別成總乃至　二法合　二別
初差別緣二　初就根熟不熟開近遠二緣此緣
二釋二　二平等緣二　二就前近遠各開為二是近　三結
初明能作緣者平等平等　初體　初正顯性德二　初明德相三
二明對機顯平等所謂　二相二　二問答重辨二　二顯立名
三辨所示之義疏二　初總標二大名　初執體疑相難
二別釋三大義二　二相不違體答二　初正明

初敘章意辯一
二解論文論二
初體相二大二
二別解用大二
初總明二
二別釋三
初舉本正行
二舉本大願
三舉悲智大方便
初標
二徵
三釋二
初對果舉因三
二牒因顯果疏三
初正顯用相二
二問答除疑二
初問
二答二
初釋法身能現二
二釋所現之色
初標
二釋二
初總明不二
初色即心

初明雖差別而不二三
二明雖不二而差別二
二徵釋
初略
初問對染表示之相
二廣二
二舉彼染法二對顯三通為一唱
初舉所迷理
二別翻配三
三結得名
初牒舉前因標一
二明自利果自二
三明利他果三
初明用甚深明一
二顯用廣大願二
初別舉八重疏八
二總舉諸法乃至
三別彰滿足若心
初無明智慧對依真
二局見普照對妄果
三妄見真知對反之
四無性有體對明妄
五顛倒真實對明妄
六熱惱清涼對諸惑

二別明相即二
二心即色
初直顯其用二
二重牒分別二
初應身二
二報身三
初約識舉人者二
二所見報相三
三結果由因以釋名
初約識舉人
二釋見麁所以三疏
初略消其文達不
二廣陳問達十四
初顯正報有身
二辨依報住所
三權實對辨上來
初橫顯無邊隨所
二竪顯無盡隨其
三通明無盡之相
初明住上分見劣四
二明服上分見勝
三明究竟位無見二
初應身
初明無見
二用而常寂二
初正顯用三
二徵釋具佛
初佛身凡識不分難問佛
二源同派異迷悟答衆
三真起識現相違難問若
四隨流返流相資答轉
五心佛外佛差別難問若
六心體佛體無差答衆
七師資義一文異難問義
八文異還同一義答即
九心佛不起化用難問衆
十未起厭求乖異答來
十一不能熏令發心難問既
十二引前因緣互闕答無
十三真佛何假修因難問若
十一變易疑然對妄深
繫縛自在對業果

三報身三通爲一唱
二釋所以
三會相入實顯動靜不二三
初約義通辨此五
二問答釋名此問
初標
三釋二
初觀色
二觀心二
初喻
二法
五因果無性同源答上
初能見淺深
二所見分齊
三釋無分別所以離
四揀異地上
二結
初標
二徵疏二
三釋二
初合三
二法三
初標數
二徵列
三辨相二
初執緣
二執相
三對治
初牒難釋通釋無
二結會重辨非既
初舉起執緣
二正明執相
三辨對治相二
三對治邪執二
初就本總標
二別名治障二
初對治離二
三究竟離二
初約法明治二
二會釋伏難三
初正會伏難
初於空取執二
二於有倒智三
初妄執事空以爲法體二
二妄執法體唯是空無三
初執性德同色心三
初執緣
初執緣

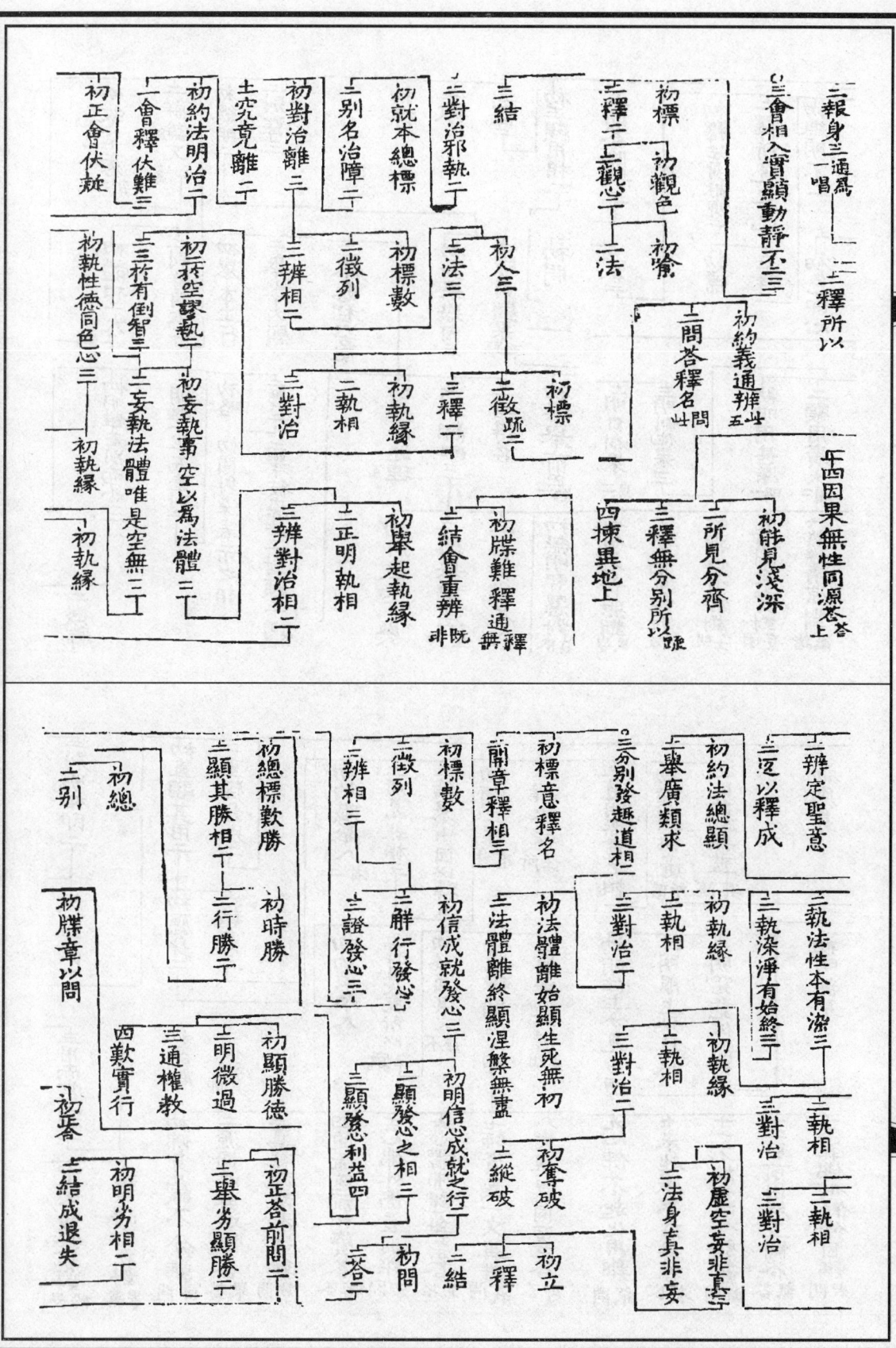

二辨定聖意
三返以釋成
初約法總顯
二舉廣類求
三分別發趣道相二
初標意釋名
二開章釋相三
初標數
二徵列
三辨相三
初總標歎勝
二顯其勝相二
初時勝
三行勝二
初總
二別
初牒章以問
初正答
二執法性本有染三
三執染淨有始終二
初執緣
二執相
三對治二
初法體離始顯生死無初
二法體離終顯涅槃無盡
初信成就發心三
二解行發心三
三證發心三
初明信心成就之行二
二顯發心之相三
三顯發心利益四
初顯勝德
二明微過
三通權教
四歎實行
初正答前問二
二舉劣顯勝二
初明劣相二
二結成退失
二執相
三對治
二執相
三對治
初執緣
二執相
三對治二
初虛空妄非真三
二法身真非妄
初奪破
二縱破
初立
二釋
三結
初問
二答二

初通明發心體三
二明發心相
三明成滿德二
初總
二別
初顯勝德二
二問答除疑二
初除一切種智疑二
二除自然業用疑二
初問
初問二 疏
二答三
二答二
初法
二喻

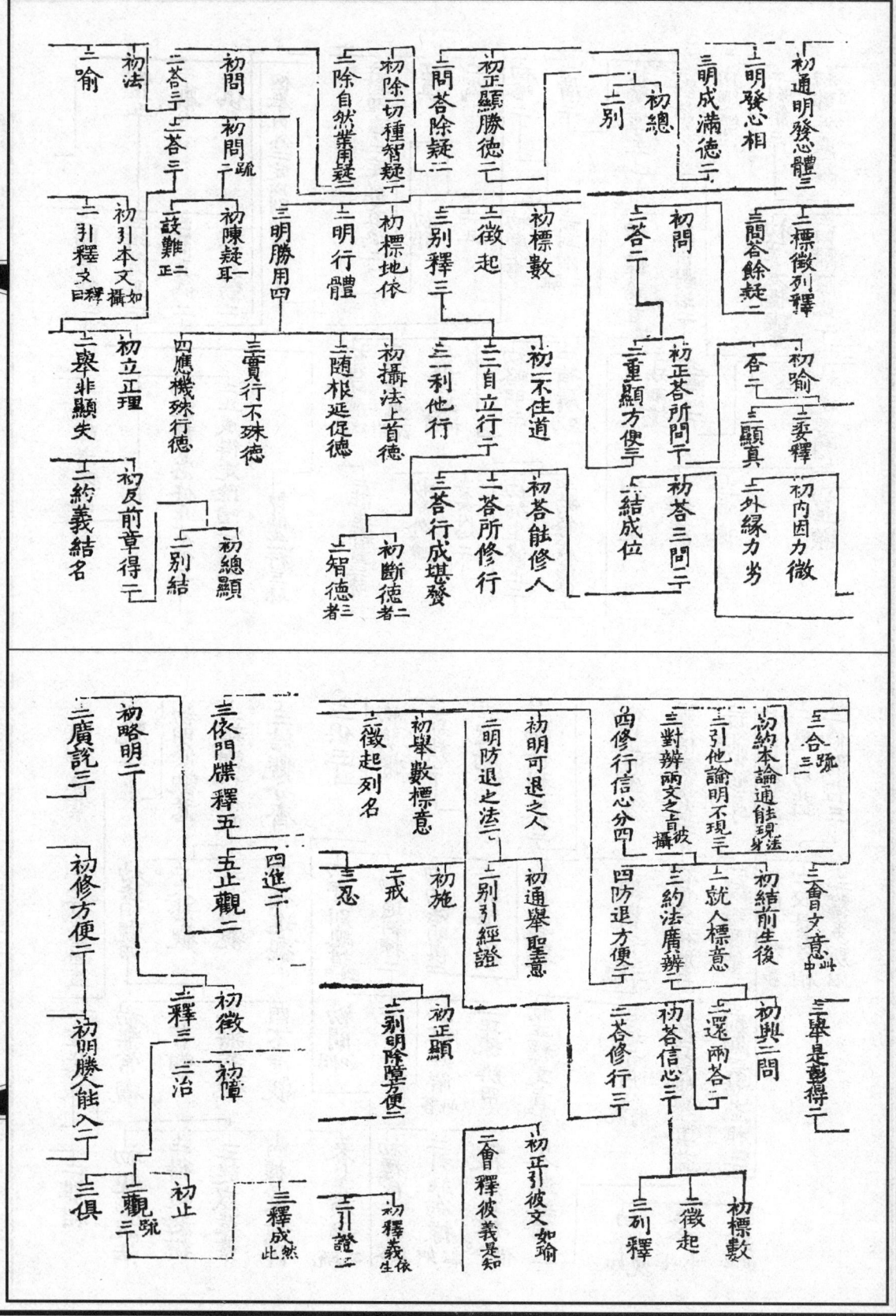

二標徵列釋
二問答餘疑二
初問
二答二
初標數
二徵起
二別釋三
初標地依
二明行體
三明勝用四
初陳疑耳一
二設難正二
初引本文 如攝
二引釋文 曰釋

初喻
二合二
二憂釋
二顯真
初正答所問二
二重顯方便二
初一不住道
二自立行二
三利他行
初攝法上首德
二隨根延促德
三實行不殊德
四應機殊行德
初立正理
二舉非顯失

初內因力徵
二外緣力劣
初答三問二
二結成位
初答能修人
二答所修行
三答行成堪發
初斷德者二
二智德者三
初總顯
二別結
初反前章得二
二約義結名

三合 疏
初約本論通能現身 法
二引他論明不現三
三對辨兩文之旨 彼攝
四修行信心分四
初明可退之人
二明防退之法二
初舉數標意
二徵起列名
三依門牒釋五
四進二
五止觀二
初略明二
二廣說三

三會日文意 此中
初結前生後
二就人標意
三約法廣辨二
四防退方便二
初通舉聖意
二別引經證
初施
二戒
三忍
初徵
二釋三
初障
二治
初修方便二

三舉是彰得二
初興二問
二還兩答二
初答信心三
二答修行三
初正顯
二別明除障方便二
初明勝人能入二

初標數
二徵起
三列釋
初正引彼文 如瑜
二會釋彼義 是知
初釋義 依生
二引證二
三釋成 此然
初止
二觀二 疏
三俱

二顯勝能二
初止五
二辨魔事二
四簡真僞二
二觀○
五示益勸二
三俱○
初舉内外二定以别邪正二
二對理事二定簡真僞二
初真
初邪
二正
二僞
初略二
初魔事
二對治二 疏
二廣二
初魔事五
初正釋論旨 初
二別出對治二
二對治
初總標
二別解三
初離外惡緣
初善友攝護益
二四離障益二
二顯障者不能
初託靜息心修止方便二
二止成得定除障不退
初能生一行三昧
二能生無量三昧
初治諸魔 治諸
二治諸鬼 治諸
三治精魅 治精神
初略明三
二指廣 至乃
初約外緣
二安内心二
初約坐修止二
二約餘威儀修止
初離境
二除心二
初正遣
二釋成
三重揀
初遣妄想三
初正顯
二離内惑業
三五行成堅固益
二正念二
二離相
二觀三
初明修觀意
二辨觀行相四
三結觀分齊
初法相觀四
初無常觀
二苦觀
三無我觀
四不淨觀
二大悲觀
三大願觀
四精進觀
初現形說法
二得通起辯
三起惑造業
四據定得禪
○三俱三
初寄別總揀 對
二約通料揀二
初問 問如
二答二
五食差顛變二 疏
初總標
二別辨二
初約法明俱
二對障明俱
初歎難解 此答
二引經為據 如經
初標依古法 且今
三總結
正揀辨四
三依法正揀 今借
○五勸修利益分三
初即止之觀
初正釋文旨 此顯
四合顯經喻三
初結前生後
二即觀之止 疏
二通示用心時 說
二舉信謗損益二
初信受福勝二
初約三慧總舉其益
初喻 如燒
二合 此中
三結 以此
二謗毀罪重
二別顯三慧益相二
三結勸修學
初聞時益
初時少德多
二思時益
二較量多相
三修時益三
三釋多所以

第一四四册　大乘起信論疏　七三四

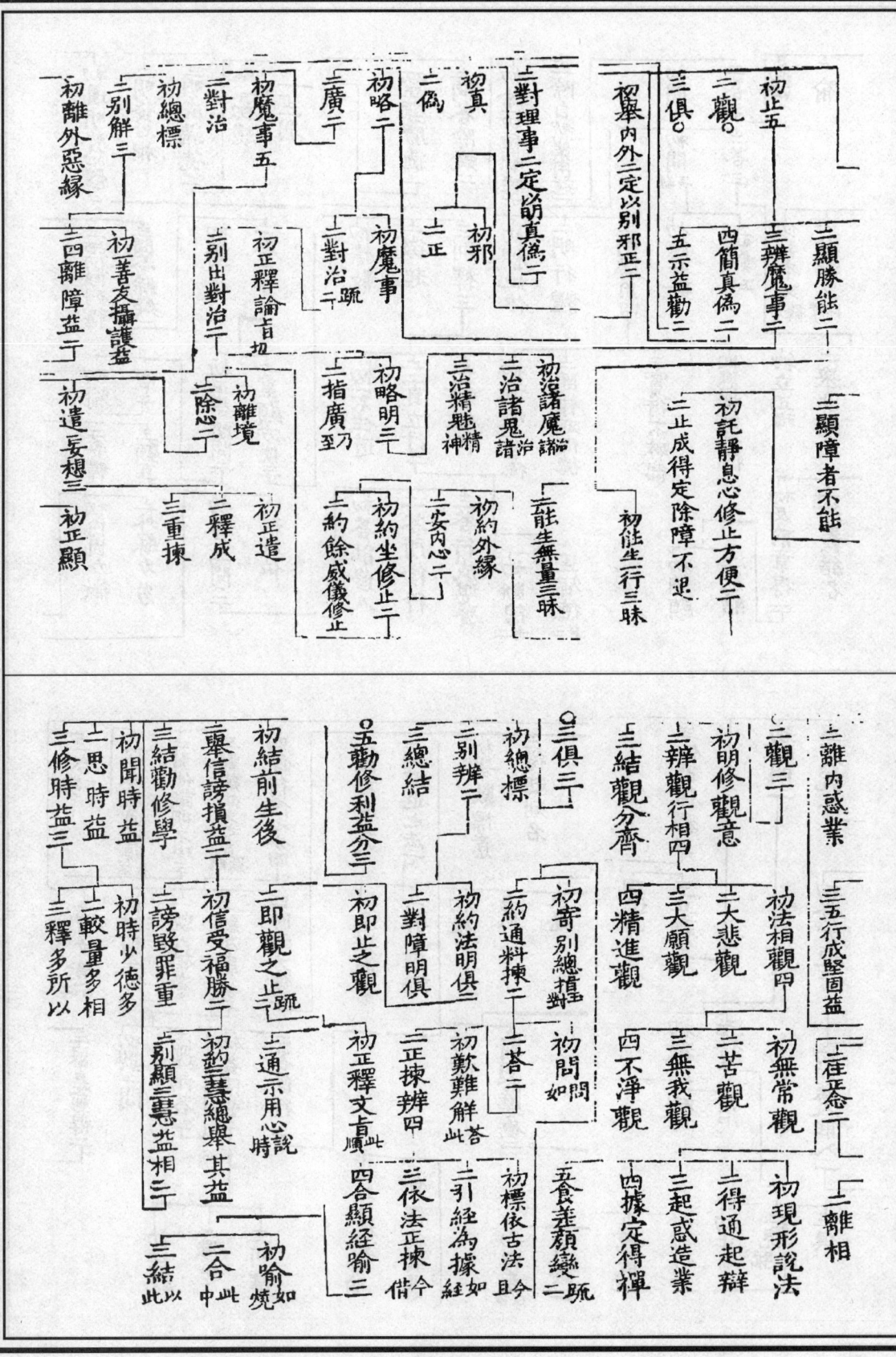

能立法不成者如說聲常無質礙故諸無質礙見彼是常猶如極微然彼極微所成立法常性是有能成立法無質礙無以諸極微質礙性故
所立法不成者謂說如覺然一切覺能成立法無質礙有所成立法常住性無以一切覺皆無常故
俱不成者復有二種有及非有若言如瓶有俱不成若說如空對非有論無俱不成
無合者謂於是處無有配合但於瓶等雙現能立所立二法如言於瓶見所作性及無常性
倒合者謂應說言諸所作者皆是無常而倒說言諸無常者皆是所作如是名似同法喻品似異法中

所立不遣者且如有言諸無常者見彼質礙譬如極微由於極微所成立法常性不違彼立極微是常性故能成立法無質礙無
能立不遣者謂說如業但遣所立不遣能立彼說諸業無質礙故
俱不遣者對彼有論說如虛空不遣常性無質礙性以說虛空是常性故無質礙故
不離者謂說如瓶見無常性有質礙性
倒離者謂如說言諸質礙者皆是無常如是等似宗因喻言非正能立
現量相違者如說聲非所聞
比量相違者如說瓶等是常
世間相違者如說懷兔非月有故又如說言人頂骨淨衆生分故猶如螺貝
自教相違者如勝論師立聲爲常

自語相違者如言我母是其石女
能別不極成者如佛弟子對數論師立聲滅
壞
所別不極成者如數論師對佛弟子說我是
思
俱不極成者如勝論師對佛弟子立我以爲
和合因緣相符極成者如說聲是所聞
兩俱不成者如成立聲爲無常等若言是眼
所見性故兩俱不成
隨一不成者所作性故對聲顯論隨一不成
猶豫不成者於霧等性起疑惑持爲成大種
和合火有而有所說猶豫不成
所依不成者虛空實有德所依故對無空論
所依不成
共者如言聲常所量性故常無常品皆共此

因是故不定爲如瓶等所量性故聲是無常
爲如空等所量性故聲是其常
不共者如說聲常所聞性故常無常品皆離
此因常無常外餘非有故是猶豫因此所聞
性其猶何等
同品一分轉異品徧轉者如說聲非勤勇無
間所發無常性故此中非勤勇無間所發宗
以電空等爲其同品此無常性於電等有於
空等無非勤勇無間所發宗以瓶等爲異品
於彼徧有此因以電以瓶爲同法故亦是不
定爲如瓶等無常性故彼是勤勇無間所發
爲如電等無常性故彼非勤勇無間所發
異品一分轉同品徧轉者如立宗言聲是勤
勇無間所發無常性故勤勇無間所發宗以
瓶等爲同品其無常性於此徧有以電空等

爲異品於彼一分電等是有空等是無是故
如前亦爲不定
俱品一分轉者如說聲常無質礙故此中常
宗以虛空極微等爲同品無質礙性於虛空
等有於極微等無以瓶樂等爲異品於樂等
有於瓶等無是故此因以樂以空爲同法故
亦名不定
相違決定者如立宗言聲是無常所作性故
譬如瓶等有立聲常所聞性故譬如聲性此
二皆是猶豫因故俱名不定
法自相相違因者如說聲常所作性故或勤
勇無間所發性故此因惟於異品中有是故
相違
法差別相違因者如說眼等必爲他用積聚
性故如臥具等此因如能成立眼等必爲他
用如是亦能成立所立法差別相違積聚他
用諸卧具等爲積聚他所受用故
有法自相相違因者如說有性非實非德非
業有一實故有德業故如同異性此因如能
成遮實等如是亦能成遮有性俱決定故
有法差別相違因者如即此因即於前宗有
法差別作有緣性亦能成立與此相違作非
有緣性如遮實等俱決定故

起信論疏科文終

大乘起信論疏卷第一 并序

西太原寺沙門法藏述

草堂沙門宗密録之隨科注於論文之下

夫真心寥廓絶言象於筌罤沖漠希夷忘境智於能所非生非滅四相之所不遷無去無来三際莫之能易但以無住爲性隨派分歧逐迷悟而升沈任因緣而起滅雖復繁興鼓躍未始動於心源靜謐虚凝未嘗乖於業果故使不變性而緣起染淨恒殊不捨緣而即真凡聖致一其猶波無異溼之動故即水以辨於波水無異動之溼故即波以明於水是以動靜交徹真俗雙融生死涅槃夷齊同貫但以如来在世根熟易調一稟尊言無不懸契大師沒後異執紛綸或趣邪途或奔小徑遂使宅中寶藏匪濟乏於孤窮衣内明珠弗解貧於傭作加以大乘深旨沈貝葉而不尋羣有盲徒馳異路而莫反爰有大士厥號馬鳴慨此穨綱悼斯淪溺將欲啓深經之妙旨再曜昏衢斥邪見之顛眸令歸正趣使還源者可即反本非遥造廣論於當時遐益群品既文多義邈非淺識所闚悲末葉之迷倫又造斯論可謂義豐文約解行俱兼中下之流因兹悟入者矣　将解此論文分二章初懸叙義門六一辨教起因緣有十徵釋以顯十因一依何智謂依論主洞契心源之智隨機巧妙之辯二示何法謂一心二門三大四信五行等法三云何示謂以巧便開一味大乘作法義二種分一心法復作二門析一義理復爲三大由此善巧而得開示四以何顯謂妙音善字譬喻宗因能令義理明了顯現五

依何本謂依佛聖言及正道理定量爲本六藉何力謂歸命三寶請加承力七爲何義謂助佛揚化摧邪顯正護持遺法令久住世報如来恩八以何緣謂令衆生離一切苦得究竟樂九由何起謂由菩薩大悲愍物迷謬十機何益謂令生信得聞思脩慧證入因滿二約諸藏所攝三藏之中對法藏攝二藏之中菩薩藏攝三顯教義分齊二一約教詮法通局顯分齊謂以義分教教類有五一小乘教但說我空縱少說法空亦不明顯但依六識三毒建立染淨根本未盡法源故多諍論二大乘始教亦名分教於中但說諸法皆空未盡大乘法理故名爲始但說一切法相有不成佛故名爲分三終教亦名實教說如来藏隨緣成阿賴耶識緣起無性一切皆如定性二乘無性闡提悉當成佛方盡大乘至極之說故名爲終以稱實理故名爲實四頓教總不說法相唯辨真性亦無八識差别之相訶教勸離毀相泯心但一念不生即名爲佛不依地位漸次故說爲頓五圓教所說唯是法界性海圓融緣起無礙相即相入帝網重重主伴無盡若於五中顯此論之分齊正唯終教亦兼於頓若將此論與五教互相攝者五唯後三攝此此唯攝五前四二約法生起本末顯分齊謂依此論所詮染法從本起末畧有五重以對諸宗顯其分齊五重者初唯一心爲本源即華嚴經一真法界然華嚴所宗雖四法界而彼疏云統唯一真法界謂寂寥虛曠沖深包博總該萬有即是一心（正當此門）體絕有無相非生滅莫窮其始寧見中邊（即下心真

如門迷之則生死無窮解之則廓爾大悟即下心生滅門二依一心開二門一者心真如門即頓教分齊也始教中空義亦是密說此門二者心生滅門謂依如来藏有生滅心所謂不生不滅與生滅和合非一非異名爲阿梨耶識即終教分齊也以始教相宗不知佛說如来藏以爲阿賴耶故非彼分三依後門明二義一者覺義前真如門但明心體不變此門覺義但顯染中淨相及反流還源並非起末倫次二者不覺義前生滅門及此不覺即是生起次也四依後義生三細一業相賴耶自體分二轉相見分三現相相分即唯識宗齊此業相以爲諸法生起之本以彼宗未明此等與真如同以一心爲源故說真如無知無覺凝然不變不許隨緣但說八識生滅縱轉成四智亦唯是有爲不得即理故詮法分齊唯齊業識五依最後生六麄

一智分別境界二生苦樂受三著苦樂四計名字五造業六受報二乘所明諸法唯齊第三人乘天乘唯齊第五若取血脉相承一向躡前起後以明生起畧有八重一以一心爲本二不覺一心成業相三能見相四境界相五分別相續法執六取著計名人執七造業八受報四明教所被機一切衆生皆有佛性無非所被不同法相宗唯被菩薩性及不定性然一切衆生三聚統收此論正唯爲不定聚故下文云依未入正定聚衆生故說脩行信心兼爲邪定作遠因緣兼爲正定令增妙行準此義例則五性中正被菩薩性及不定性令脩信心兼爲餘性作遠因緣又因緣分中别明所被至文當辨五能詮教體畧作四門一随相門於中或唯名句文謂能詮諸法自性

差別二所依故或唯音聲離聲無別名等攝假從實故或假實雙取四俱爲體又徧於六塵一切所知境界總有生解之義悉爲教體二唯識門謂說者淨識所現文義爲增上緣令聞者識上文義相現故下文云若離自心念則無一切境界之相是故一切聲名句文皆是自心之所顯現三歸性門此識無體唯是真如故下文云是故一切法從本已來離言說相乃至唯是一心故名真如四無礙門謂於前三門心境理事同一緣起混融無礙交徹相攝以爲教體以一心法有二門故二皆各攝一切法故六所詮宗趣當部所崇曰宗宗之所歸曰趣二初總辨諸宗一切經論通大小乘宗途有五一隨相法執宗即小乘諸師依阿含等經所立以造諸部小乘等論

二真空無相宗即龍樹提婆依般若等經所立以造中觀等論三唯識法相宗即無著天親依解深密等經所立以造唯識等論四如來藏緣起宗即馬鳴堅慧依楞伽等經所立以造起信等論五圓融具德宗謂事事無礙主伴具足重重無盡即華嚴經今此論宗當其第四門也然此五宗對前五教互有寬陿教則一經容有多教宗則一宗容具多經隨何經中皆此宗故後唯明此論又有總別總以一心法義爲宗信行得果爲趣別者有五對一教義對教說爲宗義意爲趣如下文令捨言取意等二理事對舉事爲宗顯理爲趣如從生滅門入真如門等三境行對以真俗境爲宗止觀行爲趣四證信對以成信不退爲宗登地入證爲趣五因果對以因爲宗克

果爲趣此五是從前起後漸漸相由矣二隨文注解二初解名題

大乘起信論大者當體爲目包含爲義乘者就喻爲稱運載爲功大乘即可信之境起信即能信之心心境合目也此即大乘之起信又亦起大乘之信又大者就義謂體相用乘者就人謂菩薩等又依雜集論由與七種大性相應故名大乘一境二行三智四精進五方便善巧六證得七業起謂發起以有本覺內熏爲因善友聞熏爲緣於此勝境而發希有信能令心淨如水清珠何故但明信而不言餘行以是行本故論爲初機故故下文云自信已性知心妄動脩遠離法又華嚴云信爲道源功德母等論者建立決了可軌文言判說甚深法相道理依決判義名之爲論又論者集法議論也謂假立賓主往復徵析論量正理故名爲論

馬鳴菩薩造名馬鳴者此菩薩初生之時感動諸馬悲鳴不已又善能撫琴以宣法音諸馬聞之咸悉悲鳴中印度月氏國王將欲試驗以行正法取馬七匹絕其水草已經六日至第七日宣告集衆王躬禮請升座說法令於衆中以草穀等飲其餓馬馬皆不食唯悲鳴垂淚諦聽法要於是遠近敬伏從化故名馬鳴言菩薩者具云菩提薩埵此云覺有情亦有三釋一約境所求所度二約心有覺悟之智餘情慮之識三約能所求能求三皆如次配覺及有情造者製作佛滅度後六百年內所造也故摩訶摩耶經云如來滅後六百歲已諸外道等邪見競興毀滅佛法有一比丘名曰馬鳴善說法要降伏一切諸外道輩

真諦三藏譯總有二譯一西印度優禪尼國沙門波羅末陀此云真諦梁元帝承聖三年於衡州建興寺譯成一卷二十四紙月氏國婆首那王子譯語沙門智愷筆授沙門惠顯惠旻曇振等并黃鉞大將軍太保蕭勃證義然此三藏梁陳二代勅譯經論總三十四部一百四十一卷其博解神異具如譯經記二于闐國沙門實叉難陀此云喜學大周則天時於東都佛授記寺譯成兩卷亦二十四紙沙門波崙玄軌筆授復禮綴文弘景法寶法藏等證義今解前譯二三解文義三一歸敬述意二一歸依三寶歸三寶者畧有六意一荷恩德故二請加護故三令生信故四爲儀式故五表尊勝故六顯益物故

歸命者顯能歸至誠歸是依投趣向義命者總御諸根一身之要人之所毀莫不爲先舉此無二之命以奉無上之尊又歸者是還源義衆生六根從一心起而背自源馳趣六塵今舉命根總攝六情還歸一心一心即一體三寶然能歸之體必具三業欲顯佛有天眼天耳他心故又圓滿三業善故成就三輪因故或見不聞處聞不見見處不見不聞處則身語意如次歸依在聞見處則三業皆歸今云歸命是意意業最重矣

盡十方所歸分齊也非直一方三寶每方非直一二等剎中三寶顯三寶普徧故歸心廣大故揀異小乘故然三寶又有住持別相同體之

殊為福之田皆可寶重今所歸者意歸別相理該同體也**最勝業徧知色無礙自在救世大悲者**佛寶也過小曰勝超因曰最業者總舉三輪業用謂意徧知身無礙語能救世也徧知有二一真智徧知心真如門恒沙功德二俗智徧知心生滅門緣起差別理量齊鑒無倒徧知色無礙自在者如華嚴說乃有多種今畧舉四一大小無礙謂一一根皆徧法界而不壞諸根之性又不雜諸根之相二互用無礙謂諸根相作三事理無礙謂現色炳然而不礙舉體性空四應機無礙謂圓迴之身十方齊應多機頓感身亦不分世者三世間中是眾生世間即所救也大悲者三緣之中是無緣悲即能救也無緣最勝故云大悲佛性論云悲者暫救不能真救大悲能永救濟恒不捨離然萬德之中如來唯用大悲為力故徧舉之者者結德屬人即徧知色無礙救世之者**及彼身體相法性真如海無量功德藏**法寶也然四種中教淺理深行分果圓今取深圓唯歸理果故約彼佛身以明法寶是果法也顯身之體相是理法也初句標及者有二義一揀前義顯是二事二合集義非但歸佛亦及法也此中及言顯佛與法是非一義彼身體相顯佛與法是非異義體謂體大相謂相大以用大中辨佛報化二身是故體相二大自是法身屬法寶攝以彼用大依體相起會用歸體故云彼身體相次二句釋上句釋體大法性者明此真體普徧之義非有與

前佛寶為體亦乃通與一切法為性即顯直如徧於染淨通情非情深廣之義故智論云在眾生數中名為佛性在非眾生數中名為法性言真如者此明法性徧染淨時無變異義真者體非偽妄如者性無改異海者約喻釋疑疑云真既不變云何隨於染淨既隨染淨云何不變釋云如海因風起於波浪波浪雖起溼性無變無變之性不礙起浪浪雖萬動不礙一溼是故動靜無二法準思之下句釋相大謂此法身如來藏中含攝蘊積無邊恒沙性功德故或此句亦攝教行二法教含所詮之德行攝所成之功當知此中通四法寶俱有含藏之義又海之一字通喻體相永絕百非如海甚深包含萬物如海廣大無德不備如海珎寶無像不現如海現影也**如實脩行等**僧寶也僧通凡聖寶唯聖位也聖通大小菩薩為勝是故此中唯歸地上大菩薩僧謂證理起行名如實脩行下文云依法力熏習是地前行如實脩行是地上行滿足方便是滿位此中舉中等取後也又依寶性論就地上菩薩約正體後得說二脩行彼論云一如實脩行了如理一味二徧脩行備知一心有恒沙法界今此文中舉正體等取後得故云等也又解次上一句亦屬僧寶上句舉德取人謂地上菩薩隨脩一行萬行集成其一一行皆等法界積功所得故云功德人能攝德故名為藏下句即正歎行德也據後譯云無邊德藏僧勤求正覺者即符後解也然菩薩雖屬僧寶脩行所成之德則屬法寶由是前解攝屬法也亦如體

相是佛法身而攝入法寶故知此句文通上下二述造論意爲欲令衆生除疑捨邪執起大乘正信佛種不斷故述造論意也亦是歸敬意初句舉所爲機所爲機者已如前辨次二句明所成益上句令離過由疑故迷真失於樂也由執故起妄種於苦也十地論中菩薩三種觀於衆生起大慈悲一遠離最上第一義樂具足諸苦三於彼二顛倒解云真樂本有失而不知妄苦本空得而不覺故云顛倒故令菩薩興悲造論故解釋分中文有三段一顯示正義即除疑也令悟真樂二對石邪執即捨邪執也令離妄苦三分別發趣道相即此下句起大乘正信也意令成行既於真不疑於邪不執未知於何起行謂於大乘以一心三義是究竟根本法故未知於大乘起何行謂起正信以信是衆行之本故即翻疑云信翻邪執云正後一句明成益意謂令衆生離過求行使信成滿入住不退堪求佛果故云佛種不斷故下云信成就發心者畢竟不退入如来種中正因相應等又解除疑者況論疑惑乃有多途求大乘者所疑有二一者疑法障於發心二者疑門障於脩行今立一心法以遣前疑開二種門以遣後疑三正述論文二初標益起說論曰揀異經律有法一心二門三大即所說法體能起摩訶衍信根題目正依此立也摩訶衍此云大乘謂約心真如門信理決定約心生滅門信業果不亡約三大中信三寶不壞信根者謂信

滿入住成根不退根有二義一能持義自分不失二生後義勝進上求是故應說論主思惟見此勝益是故要須說也二正陳所說二初標列說有五分云何爲五一者因緣分言不自起製必有由名爲因緣章別餘段故稱爲分二者立義分由致既興次宜畧標網要以爲宗本三者解釋分宗要既畧次宜廣釋令其生解四者脩行信心分次宜依解起行有解無行如貧數他寶是所不應五者勸脩利益分雖示行儀鈍根懈慢次宜舉益勸脩也然五中初一是序分次三是正宗後一是流通二牒釋五一因緣分二一正釋初說因緣分標牒問曰有何因緣而造此論假問荅曰是因緣有八種舉數云何爲八徵起一者因緣總相此門通與一部論爲發起之由故云因緣總相總通兼正下七則別爲當機所謂爲令衆生離一切苦苦苦壞苦行苦分段變易二生死苦得究竟樂無上菩提覺法樂無上涅槃寂靜樂非求世間名利恭敬故非欲令其求於後世人天利樂等亦可論主自云我爲益生故造斯論非爲名利等故云總相二者爲欲解釋如来根本之義與立義分及解釋分中顯示正義對治邪執作發起因緣以彼文中

說依一心法有二種門各攝一切法即是如来所說法門之根本又生滅門中本覺名如始覺名来始本不二名曰如来此即所證本覺真理名如能證無分別智名来諸衆生未有無分別智時是如無来也今以如来依此心成故名此心為如来根本之義令諸衆生正解具釋此義令彼地前三賢諸菩薩等比觀相應故云正解即顯示正義也不謬故比觀離倒故云不謬不謬即對治邪執也三者為令善根成熟衆生於摩訶衍法堪任不退信故即下分別發趣道相也以彼文中令利根者發决定心進趣大道堪任住於不退位故此當十信終心自分滿足故云成熟進入十住正定聚中使前信心堪任不退四者為令善根微少衆生修習信心故即下修行信心分初四種信心及四種修行也以彼文中令信未滿者修行信心使滿足故此當十信住心以信位未滿故云微少令進向滿故云修信心也五者為示方便消惡業障善護其心遠離癡慢出邪網故自此下四種機當信位初心以前三根勝難退不假多方便助成道力故各一此中根劣易退賴多方便故有四也四中前三為下中上三人後一策以勸修令初當下品也即下修行信心分中第四修行末文是也以彼文中令業重惑多者善根難發衆生以禮懺等方便消惡業障輕

故內離頑嚚癡慢外出邪魔罥網六者為示修習止觀對治凡夫二乘心過故當中品也即下第五修行止觀門以彼文中雙明止觀遣凡小二執故云對治也七者為示專念方便生於佛前必定不退信心故當上品也即下修行信心分末復次衆生初學是法下勸生淨土門等以彼文中舉勝方便令彼觀解分得相應衆生恐後報還遇緣成退故令往生使不退也八者為示利益勸修行故即下勸修利益分也以彼文中舉彼損益勸物修捨即總策成前諸行也有如是等因緣所以造論總結二通難二一難問曰修多羅中具有此法何須重說二通二一縱問畧標有此法以衆生根行不等或利或鈍樂廣樂略假經假論之殊受解緣別遇佛遇教之異也△二以義具釋二一明餘機不假此論三○一勝機遇佛悟尚無紙素之經何況須論所謂如来在世時勝衆生利根根勝能說之人色心業勝緣勝圓音一演顯緣勝相異類等解顯根勝相則不須論結成不假論也色心圓音即三業矣一音及圓音者有二初如来一音說一切法無不顯了故名圓音華嚴云如来

於一語言中演出無邊契經海二如來同一切音故云圓音華嚴云一切衆生語言法一言演說盡無餘以一切音即一音故云一音一音即一切音故云圓音一一語音徧窮生界，而其音韻恒不雜亂若音不徧則是音非圓若音等徧失其韻曲則是圓非音如今不壞曲而等徧不動徧而差韻此是如來圓音非是心識思量境界耳○二自力聞經悟若如來滅後或有衆生能以自力廣聞而取解者自力聞廣經文得解佛意不須他論故云自力此具文持義持或有衆生亦以自力少聞而多解者亦以自力尋畧經文而能深解佛意故亦不須他論此有義持無文持○三劣機因尋廣論悟或有衆生無自心力因於廣論而得解者但依經文不能解意因他廣論而得解了故云無自心力此有文持無義持△二明當機須造此論二○一機自有衆生復以廣論文多爲煩心樂總持少文而攝多義能取解者此人不要繁文唯依文約義豐之論深解佛經所說之旨故云總持多義然不須廣者有二意一根利不假二心煩不耐○二結如是此論爲欲總攝如來廣大深法無邊義故應說此論此論文句雖少總攝一切大乘經論深旨深者如理智境廣者如量智境無邊者深廣無際△二立義分二○△一結前生後已說因緣分次說立義分△二正立義宗三○一標總開別摩訶衍者總說有二種○二寄問列名云何爲二一者法二者義法者出大乘法體謂自體故對智故顯義故即宗本法也大位在因通於淨義者辨大乘名義何故此心是大乘耶謂此心具三大義故名爲大有二運轉故名爲乘是故先顯法體後釋義理收義足也依宗所顯差別義理大位在果唯取於淨△三依名辨相二初法○起下釋中初釋法體之文文二○一擧法總立所言法者謂衆生心出具法體謂如來藏心具和合不和合二門以其在於衆生位故若在佛地則無和合義以始覺同本唯是真如即當所顯義也今就隨染衆生位中故得具二門也是心則攝一切世間出世間法辨法功能以其此心體相無礙染淨同依隨流反流唯轉此心是故若隨染成於不覺則攝世間法不變之本覺及反流之始覺則攝出世間法此猶約生滅門辨若約真如門者則鎔融含攝染淨不殊下文具顯依於此心顯示摩訶衍義釋其法名謂依此一心宗本法上顯示大乘三大之義故名此心以爲法也△二開門別立二一責總立難何以故責有二意一云心通染淨大乘唯淨如何此心能顯彼義二云心法是一大乘義廣如何一心能具

示彼○一開別釋成釋初意云大乘雖淨相用必對染成今生滅門中既具含染淨故能顯也以廢染之時則無淨用故釋後意云心法雖一而有二門真如門中示大乘體生滅門中具示三大大乘之義莫過是三故依一心得具示也是心真如總舉真如門起下文中即是一法界已下文相即是真如相起下復次真如者依言說分別已下文即示摩訶衍體故是心生滅隨熏變動故總舉生滅門起下依如來藏故有生滅心已下文因緣生滅緣由故起下復次生滅因緣已下文相生滅之狀故起下復次生滅相者已下文能示摩訶衍何故真如門中云即示生滅門中云能示者以真如是不起門與彼所顯詮旨不別故云即示以是不起故唯示體生滅是起動門染淨既異詮旨又分能所不同故不云即自體相用故體謂生滅門中本覺之義是生滅之自體生滅之因故在生滅門中亦辨體也翻染之淨相及隨染之業用並在此門中故具詮耳是以下文釋生滅門內具顯所示三大之義意在於此何故真如門中直云體生滅門中乃云自體等者以所示三大義還在能示生滅門中顯非別外故云自也問真如是不起門但示於體者生滅是起動門應唯示於相用答真如是不起門不起不必由起立由無有起故所以唯示體生滅是起動門起必賴不起起含不起故起中具示三大餘如下說△二義○起下復次真如自體相者已下

釋義之文文二○一大所言義者牒章則有三種標數云何為三徵起一者體大真性深廣凡聖染淨皆以為依故受大名謂一切法真如平等不增減故隨流加染而不增反流除染而不減又反流加淨不增隨流闕淨不減良以染淨之所不虧始終之所不易故二者相大謂如來藏具足無量性功德故即二種如來藏中不空之義謂不異體之相故云性德如水八德不異於水三者用大能生一切世間出世間善因果故謂隨染業行然此用大是報化二身麤細之用令諸眾生始成世善終成出世善也下文顯之何故唯言善不云不善者以不善法違真理故是所治故非其用也若爾諸不善法應離於真釋云以迷真故不得離真以違真故非其用也○二乘一切諸佛本所乘故標果望因以解乘也一切菩薩皆乘此法到如來地故舉因望果以成運即始覺之智是能乘本覺之理為所乘故梁攝論云乘大性故名為大乘△三解釋分二○一結前生後已說立義分次說解釋分△二分門解釋二一標數徵列解釋有三種云何為三一者顯示正義正釋所立大乘法義二者對治邪執既明正理須遣異計三

者分別發趣道相趣正理之階降△二牒名辨相三一顯示正義二初總○釋上立義分中衆生心攝一切等也於中二○一依法開門顯示正義者牒章依一心法有二種門云何爲二一者心真如門二者心生滅門謂一如來藏心含於二義一約體絕相義即真如門謂非染非淨非生非滅不動不轉平等一味性無差別衆生即涅槃不待滅也凡大彌勒同一際也二隨緣起滅義即生滅門謂隨熏轉動成於染淨染淨雖成性恒不動正由不動能成染淨是故不動亦在動門是故下文識有二義中本覺是也上文生滅門中自體是也勝鬘云不染而染染而不染等楞伽云如來藏名阿賴耶識而與無明七識共俱如大海波常無斷絕等又云如來藏者爲無始虛僞惡習所熏名爲識藏又云如來藏者爲善不善因受苦樂與因俱若生若滅猶如伎兒作諸伎樂等此等並約生滅門說也然此二門舉體通融際限不分體相莫二此無二處諸法中實不同虛空性自神解故云一心△二二門該攝二○一立是二種門皆各總攝一切法上立義分中直云攝今釋中云各攝者以一心含通別二門故令分通別又各攝故以真如門是染淨通相通相之外無別染淨故得總攝一切諸法生滅門者別顯染淨染淨之法無所不該故亦總攝一切諸法通別雖殊齊無所遺故云各攝又以此即是真如

隨緣和合變作諸法諸法即無異體還攝真如門也以此二門齊攝不二故得說爲一心也問二門既齊相攝者何故上文真如門中唯示大乘體不顯於相用生滅門中具顯三耶答真如是泯相顯實門不壞相而即泯故得攝於生滅以泯相而相不存故但示於體也生滅是攬理成事門不壞理而成事故得攝於真如以成事而理不失故具示三大問前既泯相相不存但示於體亦可攬理理不存應但示相用何故不齊耶答生滅起必頓於真故攬理理不失真如未必籍生滅故泯相相不存相不存故唯示於體理不失故具示於三是故攝義是齊示義別也○二釋此義云何責云若二門各別不可相從若本唯一心未容影攝下答云以是二門不相離故以體相不離故如金與莊嚴具若以金收具具無所遺以具攝金金無不盡良以二門一揆全體徧收此義亦然思之可見△二別○釋上立義分中何以故下二門別義○於中二一別辨二門顯動靜不一二一真如門二一顯體離言以明觀智境○釋上立義分中真如義也於中二一正舉法體二一正顯如體三○一就實叅標心真如者牒章即是一法界即無二真心爲一法界此非算數之一謂如理虛融平等不二故稱爲一又對下依言有二義故今約體但云一也依生聖法故云法界中邊論云法界者聖法因義故也大總相法門體○二門之中不取別相門於中但取總相然亦該

收別盡故云大也。此一法界擧體全作生滅門擧體全作真如門爲顯此義故云體也軌生物解曰法聖智通遊曰門**所謂心性不生不滅**釋上法體謂隨妄不生約治不滅又脩起不生厭染不滅故攝論云世間不破出世間不盡○二會妄顯真**一切諸法唯依妄念而有差別**妄執者云境見諸法差別遷流云何乃言性無生滅釋云差別相者是汝徧計妄情所作本來無實如依病眼妄見空華**若離心念則無一切境界之相**疑者又云以何得知依妄念生釋云以諸聖人離妄念故既無此境即驗此境定從妄生又若此境非妄所作定實有者聖人不見應是迷倒凡夫既見應是覺悟如不見空華誰是病眼○三結真離妄**是故一切法從本已來**是所執本空故真心不動故由此一切諸法皆即真如也**離言說相**非如音聲之所說也**離名字相**非如文句之所詮表此二句言語路絕非聞慧境**離心緣相**非意言分別故即心行處滅非思慧境上來離偽妄故名真自下離異相故名如又下三句展轉相釋離世間非脩慧境唯正智與之相應**畢竟平等**雖徧通染淨而性恒無二**無有變異**所以得無二者以在緣時始終不改變**不可破壞**所以在有爲中得不變異者以不同有爲可破壞故此則在染不破治道不壞**唯是一心**

結歸法體**故名真如**依義立名△二會執釋名二一釋三○一正會謂執**以一切言說假名無實**明言教非實不可如言取也**但隨妄念不可得故**釋成無實所以恐諸凡愚聞上真如名則謂論主自語相違上文既云離名字相何故復立此真如名故今釋遣假名非實不相違也**言真如者亦無有相**良以名依相立但是徧計所緣故棱伽云相名常相隨而生諸妄想故名相雙遣○二結名釋疑**謂言說之極**立名分齊也疑云既絕名相但假立客名者何故不立餘名而唯云真如耶釋云真如者是言說之極謂此名之後更無有名則諸名之中最後邊際故攝論中十種名內真如是第十究竟名故云極也**因言遣言**立名之意也立此極名爲遣於名如以聲止聲也若無此名無以遣名若存此名亦不成遣名○二約相釋遣**此真如體無有可遣**二釋一云外人見前文雙遣真如名相則謂真如本體亦是可遣之法則生斷見故此釋云但遣虛妄名相不遣真如實法以是妙智觀境故二云非以真體遣生滅法也何以不遣下云**以一切法悉皆真故**釋上不遣也以法悉真無法可遣又以生滅門染淨等法即無自性不異真如故不待遣**亦無可立**外人既聞真理不遣則謂有法可立當情執取故釋云亦無可立以離妄情故又生滅等法即真不待立也何

以不立下云以一切法皆同如故真故不可遣如故不可立又生滅等法本來同如故此真如未曾不顯更何所立也○二結當知一切法不可說不可念故名為真如結離言絕慮也△二問答斷疑二○一疑真絕修問問曰若如是義者諸眾生等云何隨順問方便觀而能得入問正觀也○二舉真勸修答答曰若知一切法雖說無有能說可說雖念亦無能念可念是名隨順答方便觀也說念皆無能所者明念即無念非滅於念非滅念故故名雖念離於斷見也即無念故皆無能所離於常見也於一念間離此二見無此二故故能稱順中道隨順法性又亦可雖在於念等即觀此念等常無能所雖未能離念而順於無念故名隨順也若離於念名為得入答正觀也如上久觀不已即能離兹妄念契彼無念真理故名正觀云得入者觀智契入也十地論云智行處故又亦可正知無能所之念亦離方入真如△二依言辨德以明生信境○釋上立義中真如相也於中三○一舉數總標復次真如者依言說分別有二種義顯此二義者若離於言即在一味今既依言故說有二即顯不可隨言執取也但為生物信解故說此文故十地論云何故不但說無言示現依言求解

故○二開章畧辯云何為二徵起一者如實空此以如實之中空無妄染非謂如實自空此則如實之空也以能究竟顯實故以妄空故遂能顯示真理故云顯實二者如實不空有二義以有自體一異妄無體故具足無漏性功德故二異恒沙有流煩惱故故佛性論偈云由客塵空故與法界相離無上法不空與法界相隨△三依章廣釋二○一空三○一畧明所言空者從本已來一切染法不相應故總舉能所分別皆不相應謂離一切法差別之相所取相也以無虛妄心念故能取見也又以妄境從妄念生故釋顯空無也良以倒心妄境情有理無真如之德理有情無故不相應也○二廣釋當知真如自性非有相明真離妄有也非無相惑者云既其非有即應是無故釋云非無也非非有相非無相或者聞上非有非無則謂雙非是真如法釋云我非汝謂有說非有非謂法體是非有非汝謂無說非無非謂法體是非無故又非却雙非也非有無俱相或者云我上立有立無汝立雙非雙非若存即有無隨喪今雙非既非我有無還立釋云我非汝雙非故說非非非許雙是如何復執俱相非一相非異相非非一相非非異相

非一異俱相準前四句可知然執取雖多總攝不過此一四句故廣百論云復次為顯世間所執諸法皆非真實及顯外道所執不同故偈曰有非有俱非一非一雙泯隨次而配屬智者達非真彼論次第廣破四宗外道今此約展轉計執不同彼論後段破外道說○三總結乃至總說依一切衆生以有妄心念念分別皆不相應故說為空妄計塵沙難可徧歷故今總攝辨不相應此順結也若離妄心實無可空故反結也以對染無說真為空非無如體以為空也亦可此文是釋疑疑者聞上真空則撥無真體及恒沙功德故為此釋是則闡空不異不空也△二不空二○一正釋所言不空者已顯法體空無妄故牒前顯後即是真心舉體常常德恒樂德不變我德也以離變易苦非業所繫自在故也淨法滿足淨德則名不空結也○二釋疑亦無有相可取惑者聞淨法不空則謂同於情執之有故此釋也是則不空不異於空以離念境界唯證相應故釋無相所以也若妄念所緣是則有相既唯真智之境明知無妄執之相也△二生滅門二初釋生滅心法二一明染淨生滅二一就體總標三○一標體二心生滅者牒章依如来藏故有生滅心標體也謂不生滅心

因無明風動作生滅故說生滅心依不生滅心然此二心竟無二體但約二義以說相依如不動之水為風所吹而作動水動靜雖殊而水體是一亦得說言依靜水故有其動水當知此中理趣亦爾宜可思之謂自性清淨心名如来藏因無明風動作生滅故云依如来藏有生滅心也楞伽勝鬘俱同此說此顯真心隨動故作生滅非謂舉所依取能依以此門中有二義故能示三大是故通攝所依亦入此門○二辨相所謂不生不滅與生滅和合不生不滅者是上如来藏自性清淨心動作生滅不相離故故云和合非謂別有生滅來與真如合謂生滅之心心之生滅無二相故心之不生滅因無明成生滅之心從本覺起而無二體不相捨離故下文云如大海水因風波動水相風相不相捨離乃至廣說此中水之動是風相動之濕是水相以水衆體動故水不離於風相無動而非濕故動不離於水相心亦如是不生滅心衆體動故心不離生滅之相生滅之相莫非神解故生滅不離於心相如是不離名為和合此是不生滅心與生滅合以是隨緣門故非是生滅與不生滅合以此非是向本真如門故非一非異真如全體動故心與生滅非異而恒不變真性故與生滅不一依楞伽經以七識染法為生滅以如来藏淨法為不生滅此二和合為阿黎耶識以和合故非一非異非異門者有三種一以本從末明不異經云如来藏是善不善因能徧與造一切趣生乃至下云若生

若滅等又經云佛性隨流成別味等二攝末歸本明不異經云衆生即如也又涅槃云十二因緣即佛性故又十地論云三界唯一心者第一義諦也又此論下文云四相本來平等同一覺故又前即末之本本無別本故唯有生滅更無別法可相異也後即本之末末無別末故唯有不生滅亦無別法可相異也三本末平等明不異經云甚深如來藏而與七識俱又經云阿黎耶識名如來藏而與無明七識共俱如大海波常不斷絕又論云唯真不生單妄不成真妄和合方有所爲此則本末際限不分故云不異也不一義者即以前攝末之本唯不生滅故與彼攝本之末唯生滅法而不一也依是義故經云如來藏者不在阿黎耶中是故七識有生有滅如來藏者不生不滅解云此中唯生滅是七識唯不生滅是如來藏二義既分遂使黎耶無別自體故云不在中此約不一義說非謂不和合何以故此中如來藏不生滅即七識生滅之不生滅故與自生滅不一也七識生滅即如來藏不生滅之生滅故與自不生滅亦不一也此中非直不乖不異以明不一亦乃由不異故成於不一何以故若如來藏隨緣作生滅時失自不生滅者則不得有生滅是故由不生滅得有生滅是則不異故不一也又此中真妄和合諸識緣起以四句辨之一以如來藏唯不生滅如水濕性二七識唯生滅如水波浪三黎耶識亦生滅亦不生滅如海含動靜四無明倒執非生滅非不生滅如起浪猛風非水非浪此四義中隨舉一義即融攝自體緣起義理無二相故此中且約濕性不失義邊動靜不一故說水不在於浪中豈可此浪離水之外別有體耶餘義準此思之問既云動靜不一則應云如來藏不在七識中何故乃云不在黎耶中答黎耶融動靜動靜不二是黎耶今既動靜分黎耶無別體故云不在中也問黎耶既通動靜不應唯在生滅門杳爲起靜以成動無別有動體是故靜性隨於動亦在生滅中非直黎耶具動靜在此生滅中亦乃如來藏唯不動亦在此門中何以故以彼生滅無別體故應思準之又若一者生滅識相滅盡之時真心應滅則墮斷過若是異者依無明風熏動之時靜心之體應不隨緣則墮常過離此二邊故非一異又若一則無和合若異亦無和合非一非異故得和合也如經云譬如泥團微塵非異非不異金莊嚴具亦復如是若泥團微塵異者非彼所成而實彼成是故非異若不異者泥團微塵應無差別如是轉識藏識真相若異者藏識非因若不異者轉識滅藏識亦應滅而自真相實不滅是故非自真相滅但業相滅解云此中真相是如來藏轉識是七識藏識是黎耶今此論主總括彼楞伽上下文意作此安立故云非一異也○三立名

名爲阿黎耶識

此生滅不生滅即之義不一辨之心不異因此云義不二之心名阿黎耶識或云阿賴耶者但梵音楚夏耳梁朝真諦三藏就名翻爲無沒識今時奘法師就義翻爲藏識藏是攝藏義無沒是不失義義一名異也所攝名藏謂諸衆生取爲我故所

以然者良以真心不守自性隨薰和合似一似常故諸愚者以似爲實執爲内我我見所攝故名爲藏由是義故二種我見永不起位失賴耶名也又能藏自體於諸法中又能諸法於自體内論云能藏所藏我愛執藏此之謂也此依義立名也

大乘起信論疏卷第一

大乘起信論疏卷第二

西太原寺沙門法藏述

草堂沙門宗密錄之注於論文之下

△二依義別解三一釋上生滅心三○一開數辨德

此識有二種義

此義稍難今摠括上下文畧叙其意餘可至文當知何者謂真如有二義一不變義二隨緣義無明亦二義一無體即空義二有用成事義此真妄中各由初義故成上真如門也各由後義故成此生滅門也此隨緣真如及成事無明亦各有二義一違自順他義二違他順自義無明中初違自順他亦有二義一能反對詮示性功德二能知名義成淨用違他順自亦有二義一覆真理二成妄心真如中違他順自亦有二義一翻對妄染顯自真德二内熏無明令起淨用違自順他亦有二義一隱自真體義二顯現妄法義此上真妄各四義中由無明中反對詮示義及真如中翻妄顯德義從此二義得有本覺又由無明中能知名義及真如中内熏義從此二義得有始覺又由無明中覆真義及真如中隱體義從此二義得有根本不覺又由無明中成妄義及真如中顯妄義從此二義得有枝末不覺此生滅門中真妄略開四義廣即有八門若約兩兩相對和合成緣起分相有四門謂二覺二不覺若本末不相離但唯有二門謂覺與不覺若鎔融摠攝唯有一門謂一心生滅門也又若約諸識分相門本覺本不覺在本識中餘二在生起事識中若約本末不二門並在一本識中故云此識有二義也問此中一識有二義與上一心有二門何別耶答上一心中含於二義謂不守自性隨緣義及不變自性絶相義今此但就隨緣門中染淨理事無二之相明此識也是則前一心義寬該收於二門此一識義隱局在於一門問此中本覺與上真如門何別答真如門約體絶相說本覺約性功德說謂大智慧光明義等名本覺相本者是性義覺者是智慧義以此皆為翻妄染顯故在生滅門中攝以真如門中無翻染等義故與此不同也是故體相二大俱名本覺並在生滅門中故得具三大也

能攝一切法生一切法

上二門中云皆各摠攝此中不云各者以此二義隱於二門故但明一識由含二義故攝一切不言二義各攝一切又上文中但云攝而不云生者以真如門無能生義故此識之中以不覺熏本覺故生諸染法流轉生死以本覺熏不覺故生諸淨法反流出纏成於始覺依此二義徧生一切染淨法故云能生也下四熏習中廣辨此也非直相熏能生諸法亦乃生諸法已不離此心為此心所攝故云攝如上二門各攝處釋也○二寄問列名

云何為二　一者覺義

二者不覺義

△三依名辨釋三一明覺○約淨法明心生滅故文三一略辨始本二覺二一本覺二○一顯本覺體

所言覺義者牒章**謂心體**

離念離於妄念顯無不覺**離念相者等虛空界**非唯無不覺之闇乃有大智慧光明義等故也虛空有二義以況於本覺**無所不徧**一周偏義謂橫偏三際豎通凡聖故**法界一相**二無差別義謂在纏出障性恒無二故**即是如來平等法身**欲明覺義出纏相顯故**依此法身說名本覺**既是法身之覺理非新成故云本也無性攝論云無垢無罣礙智名爲法身金光明經名大圓鏡智爲法身等皆此義也○二釋本覺名**何以故**責其立名責有二意一云上開章中直云覺義何故令結乃名本覺二云此中既云本覺何故上文但云覺耶**本覺義者對始覺義說**以對始故說之爲本答初意也又以本覺隨染生於始覺還待此始覺方名本覺**以始覺者即同本覺**以至心源時始本無二相故是故上文但云其覺答後意也又此始覺是本所成還契心源融同一體方名始覺故問若始覺異本則不成始若始同本即無始覺之異如何說言對始名本荅今在生滅門中約隨染義形本不覺說爲始覺而實始覺至心源時染緣既盡始本不殊平等絕言即真如門攝也故本覺之名在生滅門中非真如門也○二始覺**始覺義者**牒名**依本覺故而有不覺**明起始覺之所由謂即此心體隨無明緣動作妄念**依不覺故說有始覺**本覺

內熏力故漸有微覺厭求乃至究竟還同本覺故下文云本覺隨染生智淨相者即此始覺也此文意明本覺成不覺不覺成始覺故覺同本覺以同本覺故則無不覺無不覺故則無始覺無始覺故則無本覺無本覺故平等平等離言絕慮是故佛果圓融脩然無寄尚無始本之殊況有三身之異但隨物心現故說報化之用下文顯之△二廣明二覺二一始覺三○一摠標因果二覺**又以覺心源故**染心之源謂性淨也又麤相之源謂生相也**名究竟覺**始覺道圓同於本覺故也此在佛地**不覺心源故非究竟覺**不了其源始末同本故也此在金剛已還△二廣寄四相釋成○前三相釋上不究竟覺後一相釋上究竟覺文二○一正寄四相顯其四位此中文意將四相麤細寄顯反流四位以明始覺分齊然此四相約直心隨重麤細差別寄說爲四非約一刹那心明四相也令以二門略辦一摠明二別說摠者原夫心性離念無生無滅而有無明迷自心體違寂靜性鼓動起念有生滅四相是故由無明風力能令心體生住異滅從細至麤經云佛性隨流成種種味等又經云即此法身爲煩惱之所漂動往來生死名爲衆生此下文云自性清淨心因無明風動等今就此義以明四相既鼓靜令動遂有微著不同先後際異就彼先際最微名爲生相乃至後際最麤名爲滅相故佛性論云一切有爲法約前際與生相相應約後際與滅相相應約中際與住異相相應

也二別明者對彼下文約位別分生相有一住相有四異相有二滅相還一生相一者名爲業相謂由無明不覺心動雖有起滅而相見未分以無明力故轉彼淨心至此最微名爲生相甚深微細唯佛能知下文云依無明所起識者乃至唯佛能知故即下文三細中初一及六染中後一五意中第一此等並同此生相攝住相四者一名轉相謂由無明力不覺前動相即無動故轉成能見二名現相謂由無明依前能見不了無相遂令境界妄現此二及初並在賴耶位中屬不相應心三名智相謂由無明迷前自心所現之境妄起分別染淨之相故云智也四名相續相謂由無明不了前所分別空無所有更復起念相續不斷此二並在分別事識細分之位屬相應心無明與前生相和合轉彼淨心乃至此位行相猶細法執堅住名爲住相下文三細中後二及六麤中初二并五意中後四亦六染中中四此等並同是此住相攝言異相二者一執取相二計名字相此謂無明迷前染淨違順之法更起貪瞋人我見愛執相計名取著轉深此在事識麤分之位無明與前住相和合轉彼靜心令至此位行相稍麤發動身口令共造業名爲異相下文六麤中中二及六染中初一并五意中後意識此等並同是此異相攝言滅相一者名起業相謂此無明不了善惡二業定招苦樂二報故廣對諸緣造集諸業依業受果滅前異心令墮諸趣以無明力轉彼淨心至此後際行相最麤極至於此周盡之終名爲滅相下文六麤中第五相是也以果報非可斷故不論第六相也是故三界四相唯一夢心皆因根本無明之力故經云無明住地其力最大此論下文當知無明能生一切染法此之謂也雖復從微至著辦四相階降然其始終竟無前後摠此四相以爲一念謂麤細鎔融唯是一心故說俱時而有皆無自立也然未窮源者隨位淺深覺有前後達心源者一念四相俱時而知經云菩薩知終不知始唯佛如來始終俱知始者謂生相也終者謂餘相乃至滅相也既因無明不覺之力起生相等種種夢念動其心源轉至滅相長眠三界流轉六趣今因本覺不思議熏力起厭求心又因真如所流聞熏教法熏於本覺以體同用融領彼聞熏益性解力損無明能漸向心源始息滅相終息生相朗然大悟覺了心源本無所動今無始靜平等平等無始覺之異如經所說夢渡大河喻等大意如此次正釋四相各爲四段△一能觀人二所觀相三辨觀利益四結觀分齊對文詳之○一滅

此義云何且摠相躡前徵起**如凡夫人**一能觀人位在十信**覺知前念起惡**二所觀相謂未入十信已前廣造身口惡業而不覺知令入信已能知惡業定招苦報故言覺知此明覺於滅相義也**故能止後念令其不起**三辨觀利益今既覺故能不造惡止滅相也**雖復名覺即是不覺故**四結觀分齊能知滅相實是不善故不造惡名爲雖覺而猶未知滅相是夢故云不覺此

但能止惡業故云雖覺未覺煩惱故云不覺○二異**如二乘觀智初發意菩薩等**三賢菩薩也十解初心名發心住舉初等後以此菩薩雖留惑故不證人空然於人空實得自在故與二乘同一位論**覺於念異**如上所說二種異相分別內外計我我所貪瞋見愛等此二種人共了知故明本淨心爲無明所眠夢於異相起諸煩惱而今漸與智慧相應從異相夢而得微覺故云覺於念異也**念無異相**既能覺異相之夢彼所夢異相永無所有**以捨麤分別執著相故**釋上以成觀益也起貪瞋等名麤分別著違順境名執著相以於異相夢覺故能捨之**名相似覺**而猶眠在住相夢中故云相似覺以此位中菩薩未至證位二乘不了法空故云相似覺問覺異相等亦不覺後位何不亦立不覺之名荅據覺前不覺後亦得名不覺故下文乃至十地皆名不覺若約覺業不覺惑正名爲不覺即此文中以覺了惑正敵對故非同業也○三住**如法身菩薩等**初地證法身徧滿乃至九地悉同證得皆名法身菩薩也**覺於念住念無住相**覺前四種住相雖知一切法唯是識故不起心念麤執分別然出觀後於自心所現法上猶起染淨法執分別明彼淨心爲無明所眠夢於住相令與無分別智相應從住相夢而得覺悟反照住相竟無所有**以離分別麤念相故**異前人執及著外境

故今約心但云分別又異後根本無明生相細念故云麤念相也此四種住相中於初地七地八地九地各離一相也下文自當顯耳**名隨分覺**雖於麤念住相而得覺悟猶自眠於生相夢中覺道未圓故云隨分○四生**如菩薩地盡**十地學窮故云盡此是摠舉下二句別明**滿足方便**是方便道**一念相應**是無間道**覺心初起心無初相**根本無明依覺故迷動彼靜心令起微念今乃覺知離本覺無不覺即動心本來寂猶如迷方謂東爲西悟時即西是東更無西相故云心無初相也前三位中雖各有所覺以其動念未盡故但言念無住相等今此究竟位中動念都盡唯一心在故云心無初相也**以遠離微細念故**業識動念念中最細名微細念謂生相也此相都盡永無所餘故言遠離**得見心性**遠離虛妄故真性即顯現故云見心性也前三位中相未盡故不云見性**心即常住**前三位中覺未至源猶夢生相動彼靜心業識起滅故不云常住今生相夢盡無明風止性海浪歇湛然常住也**名究竟覺**前未至心源夢念未盡求滅此動望到彼岸今即夢念都盡覺了心源本不流轉今無始靜常自一心平等平等始不異本名究竟覺△二引經釋成心源無念四○一引經證成**是故脩多羅說若有眾生能觀無念者則爲向佛智故**在因地時

雖未離念能觀如此無念道理說此能觀為向佛智以是證知佛地無念此是舉因望果說也○二重釋前文又心起者牒上覺心初起之言無有初相可知非謂覺時知布初相故也而言知初相者即謂無念問既無初相何故說言知初相耶故為此荅也如覺迷方時知西即東更無西相可知言知西相者謂即東也覺心之時知初動念即本来靜故云即無念也○三舉不覺之失是故一切衆生不名為覺是前無念得名為覺故即顯有念不得名覺以從本来念念相續未曾離念顯不覺所以即金剛已還一切衆生未離無始無明之念故不得名覺然則前對四相夢之差別故說漸覺今約無明眠之無異故說不覺故說無始無明結成不覺義也此顯無有染法始於無明故云無始也又無明依真同無始故也○四顯覺者之得若得無念者則知心相生住異滅若至心源得於無念測徧知一切衆生一心動轉四相差別以無念等故釋成上義疑云佛得無念衆生有念有無懸隔何能知也釋云衆生有念本来無念佛既得彼無念無念與念本来平等故云以無念等故是故得知也又釋云以四相念中各即無念故云以無念等也是故得無念者徧知四相諸念也○三明始不異本而實無有始覺之異標也

雖始得無念之覺然其所覺四相本来無起待何不覺而有始覺之異以四相俱時而有皆無自立本来平等同一覺故釋成上義也以彼四相一心所成鈎鏁連注無有前後離淨心外無別自體無自體故本来平等同一本覺然未至此位隨其智力前後而覺未稱法故不得同本今既四相俱時平等覺知皆無自體同一本覺是故則無始覺之異問四相云何而得俱時既其俱時何故上文覺有前後荅上已辨竟謂唯一夢心四相流轉處夢之士謂為前後各各隨其智力淺深分分而覺然大覺之者知夢四相唯一淨心無有體性可辨前後故云俱時無有自立等也故攝論云處夢謂經年悟乃須臾頃故時雖無量攝在一刹那此中一刹那者即謂無念楞伽云一切法不生我說刹那義初生即有滅不為愚者說解云以刹那流轉必無自性無自性故即是無生若非無生則不流轉是故契無生者方見利那也又淨名經中不生不滅是無常義等楞伽又云七識不流轉不受苦樂非涅槃因如來藏者受苦樂與因俱若生若滅此等經意並明真心隨流動作諸法諸法無別體性故唯是真心無有別法是故四相即一真心不覺即同本覺故△二本覺二一明隨染本覺三○一摠標復次本覺隨染分別生二種相此二既在隨染門中故云生也與彼本覺不相捨離生已不離不動覺體故○二徵列云何

為二一者智淨相明本覺隨染還淨之相二者不思議業相明還淨本覺業用之相此之二相若離染緣則不得成故云隨染也△三辨相二一智淨相二一直明淨相二○一因智淨相者謂依法力熏習真如內熏之力及所流教法外緣熏力此在地前依此熏力修習資糧加行善根如實修行登地已上行契真如滿足方便故十地行終也此在金剛因位極也○二果破和合識相由前方便能破和合識內生滅之相顯不生滅之性此根本無明盡故心無所合即顯法身本覺義也滅相續心相顯現法身智淳淨故即於此時能滅染心之中業相等相續之相不滅相續心體故令隨染本覺之心遂即還源成淳淨圓智成於應身始覺義也然此始覺無別始起即是本覺隨染作也今染緣既息始還同本故云淳淨淳淨智即智德餘皆斷德也△二問答釋成二○一執真同妄問此義云何問意云如上所說動彼淨心成於起滅今既盡於生滅應滅淨心△二簡法異真答三○一法以一切心識之相皆是無明意云業等染心名諸識相此等皆是不覺之相非約心體說轉難云既言識相皆是無明故說滅者皆應別有體性離於真如即真妄別體難也故下荅云無明之相不離覺性如此諸識不覺之相不離

隨染本覺之性非可壞非不可壞此無明之相與彼本覺之性非一非異非異故非可壞非一故非不可壞若依非異非可壞義說無明即明故涅槃經云明與無明其性無二無二之性即是實性若就非一非不可壞義說無明有可滅故涅槃云因滅無明得菩提燈無明滅覺性不壞滅惑之義準此知之○二喻如大海水因風波動一真隨妄轉喻水相風相不相捨離二真妄相依喻而水非動性三真體不變喻此顯非自性動但隨他動也若風止滅動相則滅濕性不壞故四息妄顯真喻此明若自性動者動相滅時濕性隨滅而但隨他動故動相滅時濕性不壞○三合如是眾生自性清淨心因無明風動一合水隨風動也以水不能自浪要因風起波風不能自現動相要因水方現動相故風動即水動無別體也所況可知心與無明俱無形相不相捨離二合風水相依也以濕全動故無於水相以動全濕故無於風相心法亦爾真心隨熏全作識浪故無心相然彼識浪云非是真故無無明相而心非動性三合水性不動也此下第四合風息顯水云若無明滅根本無明滅合風滅相續則滅業識滅合動相滅也智性不壞故隨染本覺照察之性不滅是合濕性不壞△二不思議業相二

○一依體總標不思議業相者牒章以依智淨相能作一切勝妙境界謂與衆生作六根境界故實性論云諸佛如來身如虛空無相為諸勝智者作六根境界示現微妙色出于妙音聲令嗅佛戒香與佛妙法味使覺三昧觸令知深妙法故名妙境界○二約用別辨所謂無量功德之相一橫顯業德廣多無量常無斷絕二豎顯業根深窮來際隨衆生根自然相應三顯業勝能無功應機種種而現得利益故四顯業勝益利潤不虛如此則是報化二身真如大用無始無終相續不絕故問始得自利方起利他之業云何利他說無始耶○荅以無明盡故始覺即本覺然彼本覺無始世来常起業用利益衆生是故始覺同彼亦無有始○以一切佛無差別故無新舊故皆無始覺之異故本覺平等無始無終故故能常化衆生是真如之用故云不思議業也此本覺用與衆生心本来無二但不覺隨流用即不現妄心厭求用則於彼心中稱根顯現而不作意我現差別故云隨根自然相應雖不作意現無不益△二明性淨本覺二○一摠標復次覺體相者再辨前本覺故標云復次牒云者有四種大義與虛空等猶如淨鏡以空及鏡皆有四義故取之為谕一空鏡謂離一切外物之體二不空鏡鏡體不無能現萬象三淨鏡謂磨治離垢

四受用鏡置之高臺須者受用四中前二自性淨後二離垢淨又初二就因隱時說後二就果顯時說又前中約空不空為二後中約體用為二又初二體後二相故云覺體相也又初一及第三明有空義第二第四明有鏡義故舉二谕△二別釋四鏡各依論中本名分為四唱云何為四一者如實空鏡真如中妄法本無非先有後無遠離一切心境界相無法可現倒心妄境本不相應非謂有而不現但以妄法理無故無可現如繞非不能現但以兔角無故無可現也非覺照義故有二義一以妄念望於真智本無覺照之功以情執違理故如鏡非有外物以彼外物無照用義故即顯鏡中無外物體二以本覺望於妄念亦無覺照功能以妄本無故如淨眼望空華無照燭之功亦如鏡望兔角此約徧計說下約依他說故能現世閒境界二者因熏習鏡有二因義初能作現法之因二作內熏之因亦可初是因義後是熏習義故云因熏習也謂如實不空此摠出因熏法體謂有自體及性功德故下別釋二因初因云一切世間境界悉於中現明一切法離此心外無別體性猶如鏡中能現影也不出明心待熏故變現諸法非不待熏而自出也不入離心無別能熏故不從外入不失雖復不從內出外入緣起之法顯現不無不壞諸法緣集起無所從不異真如故不可壞

如鏡中影非刃能傷以同鏡故常住一心會相同體以一切法即真實性故釋成同體所由以於心中顯現無出入等故即無體性無體性故本來平等不異真如故云常住一心乃至真實性故下釋後因云又一切染法所不能染以性淨故雖現染法非染所汙非直現染之時非染所染亦乃由現染故反顯本淨如鏡明淨能現穢物穢物現時反顯鏡淨豈此穢物能汙鏡耶若不現染則無以顯其不染是故現染釋成不染義智體不動以本無染今無始淨是故本覺之智未曾移動又雖現染不爲所染故云不動如鏡中像隨質轉變然其鏡體未曾移動也具足無漏熏眾生故此本覺中恒沙性德無所少也又與眾主作內熏之因令厭生死苦樂求涅槃故勝鬘經云由有如来藏能厭生死苦樂求涅槃也佛性論云自性清淨心名爲道諦三者法出離鏡謂真如之法出於二障離於和合故云出離前在纏性淨不空如来藏今明不空出纏離垢法身如實性論云有二淨一自性淨以同相故二離垢淨以勝相故謂不空法出法體也即前因熏之法出煩惱礙麤細染心智礙所依無明離和合相淨心出障破業識等和合淳離和合雜相故淨無惑染故明故出無明故謂大智慧光明等四者緣熏習鏡謂依法出離故徧照

眾生之心令脩善根隨念示現故即彼本覺出障之時隨照物機示現萬化與彼眾生作外緣熏力故云依法乃至示現故問前隨染中智淨與此法出離何別前業用與此緣熏何別答前約隨染故還淨說爲智即明彼智用俱就始覺說此約自性故離障顯法體即明此法用俱就法體說是故前云智此云法前云業此云緣也然法智雖殊體無差別以始覺即本覺故但今就義開說故有境智不同也厶二明不覺三一明根本不覺二一依覺成迷三○一法所言不覺義者牒章謂不如實知真如法一故不了如理一味故釋根本不覺義如迷正方也不覺心起而有其念業等相念即邪方也念無自相不離本覺邪無別體不離正方○二喻猶如迷人依方故迷若離於方則無有迷○三合眾生亦爾依覺故迷若離覺性則無不覺喻合可知○二依迷顯覺以有不覺妄想心故能知名義爲說真覺若離不覺之心則無真覺自相可說於中二初明妄有起淨之功後明真有待妄之義良以依真之妄方能顯真隨妄之真還待妄顯故也二明枝末不覺此一段文畧作二種釋一約喻說意二就識釋文厶初者本覺真如其猶淨眼熱翳之氣

如根本無明騃與眼合動彼淨眼業識亦爾由淨眼動故有病眼起能見相亦爾以有病眼向外觀故即見空華妄境界現境界相亦爾以有空華境故令其起心分別好華惡華等智相亦爾由此分別堅執不改相續相亦爾由執定故於違順境取捨追求執取相亦爾由取相故於其相上復立名字若彼相未對之時但聞名即執計名字相亦爾既計名取相發動身口攀此空華造善惡業起業相亦爾受苦樂報長眠生死而不能脫業繫苦相亦爾皆由根本無明力也△二釋文二一無明爲因生三細二○一摠標

復次依不覺故生三種相與彼不覺相應不離相不離體故末不離本故依無明起妄心依妄心起無明故厶二別解三○一徵云何爲三摠徵厶二釋三○一業相一者無明業相標名以依不覺故釋標中無明也即根本無明心動說名爲業釋標中業也此中業有二義一動作是業義即此心動是也覺則不動反舉釋成既得始覺時即無動念是知今動只由不覺動則有苦二爲因是業義此既招苦即爲因也如得寂靜無念之時即是涅槃妙樂故知令動則有生死苦患果不離因故不動既樂即知動必有苦動因苦果既無別時故云不離也此雖動念而極微細緣起一相能所不分即當棃耶自體分也如無相論云問此識何相何境界答相及境界不

可分別一體無異當知此約賴耶業相義說也下二約本識見相二分爲二○二轉相二者能見相標也即是轉相以依動故能見依前業識轉成能見不動則無見若依性淨門則無能見也及顯能見必依動義如是轉相雖有能緣以境界微細故猶未辨之如攝論云意識緣三世境及非三世境是即可知此識所緣境不可知故既云所緣不可知即約能緣以明本識轉相義也○三現相三者境界相標也即是現相以依能見故境界妄現依前轉相能現境界離見則無境界反釋可知二境界爲緣生六麤即分別事識也如棱伽經云境界風所動種種諸識浪此之謂也問三細屬賴耶六麤屬意識何故不說末那識耶荅有二義意一前既說賴耶末那必執相應故不說瑜伽論云賴耶識起必二識相應故又由意識緣外境時必內依末那爲染汗根方得生起是故既說六麤必內依末那故亦不別說二以義不便故略不說之不便相者以無明住地動本靜心令起和合成棃耶末那既無此義故前三細中略不說又由外境牽起事識末那無緣外境義故六麤中亦略不說亦可計內爲我屬前三細計外爲我所屬後六麤故略不論也棱伽經中亦同此說故彼經云大慧略說有三種識廣說有八種相何等爲三謂真識現識分別事識乃至廣說經中現識即是三細中現相也分別事識即是下六麤也所以知者彼

經下釋分別事識中乃云攀緣外境界起前事識等故知事識非是末那此論下文並同此說宜可記之文中二。一躡前總標以有境界緣故復生六種相△二立名別釋二。一徵云何為六。△二釋六。一起計一者智相依於境界心起分別愛與不愛故於前現識所現相上不了自心所現故創起慧數分別染淨執有定性。二生受二者相續相依於智故生其苦樂覺心起念相應不斷故謂依前分別愛境起樂受覺不愛境起苦受覺數數起念相續現前此明自相續也又能起惑潤業引持生死即令他相續也故下文云住持苦樂等。三取著三者執取相依於相續緣念境界住持苦樂上皆是前相續相也心起著故是此執取相也謂於前苦樂等境不了虛無深起取著故下文云即此相續識依諸凡夫取著轉深計我我所等也。四立名四者計名字相依於妄執分別假名言相故依前顛倒所執相上更立假名是分別故楞伽云相名常相隨而生諸妄想故云依於妄執等也上來起惑自下造業受報五造業五者起業相依於名字尋名取著造種種業故謂執相計名依此麤惑發動身口造一切業即苦因也六受報六者業繫苦相以依業受報不自在故業因已成招果必然循環諸道生死長縛△三結末歸本二一正釋當知無明能生一切染法三細六麤總攝一切染法皆因根本無明不了真如而起二轉釋以一切染法皆是不覺相故問染法多種差別不同如何根本唯一無明荅染法雖多皆是無明之業氣悉是不覺之差別相故不異不覺也△三雙辨同異二一標列復次覺與不覺雙牒有二種相標也云何為二徵也一者同相二者異相列也△二解釋二一同三一喻同相者牒名也染淨二法同以真如為性真如以此二法為相譬如種種瓦器喻染淨法皆同微塵性相器以塵為性塵以器為相二合如是無漏始本二覺無明本末二不覺也種種業幻此二皆有業用顯現而非實有故云幻此等合種種器也皆同真如性相以動真如門作此生滅門中染淨二法更無別體故云性也真如亦以此二法為相淨相可知其染相者下文云但以無明而熏習故即有染相△三引證二一正引是故脩多羅中依於此義說一切眾生本來常住入於涅槃依此同相門如上本末二不覺本來即真如故說一切眾生自

性涅槃不更滅度故淨名經云一切衆生即涅槃相不復更滅**菩提之法**依此同相門如上始本二覺即真如故諸佛菩提非修等也又前約不覺即如故衆生舊來入涅槃令約覺智即真故諸佛菩提無新得也**非可修相**望前涅槃非是了因所顯**非可作相**望前菩提非是生因所作**畢竟無得**此之二果性淨本有疑云若衆生己入涅槃更無新滅者即已同諸佛何故不能現報化等色身故下釋云○二釋疑**亦無色相可見**法性自體本無色相可見如何使現色等耶又疑云若以法性非是色相可見法故不現色者諸佛何故現報化等種種色耶故下釋云**而有見色相者唯是隨染業幻所作非是智色不空之性**彼見諸佛種種色等者並是隨衆生染幻心中變異顯現屬後異相門非此同相門中本覺内有此色等不空之性也又亦可本覺不空恒沙德中亦無此色故也問何以得知彼法體中無色相耶下荅云**以智相無可見故**以本覺智非是可見之法故也○二異**異相者**牒名**如種種瓦器各各不同**揄也下合云**如是無漏無明**摠指**隨染幻差別**別明無漏法也**性染幻差別故**是無明法也以彼無明迷平等理是故其性自是差別故下文云如是無明自性差別故也諸無漏法順平等性直

論其性則無差別但隨染法差別相故說無漏法有差別耳如下文中對業識等差別染法故說本覺恒沙性德又由對治彼染法差別故成始覺萬德差別也如是染淨皆是真如隨緣顯現似有而無體故通名幻也厶二釋上生滅因緣二一明生滅因緣義三○一摠標**復次生滅因緣者所謂衆生依心意意識轉故**牒前以標也梨耶心體不守自性是生滅因根本無明熏動心體是生滅緣又無明住地諸染根本是生滅因外妄境界動起識浪是生滅緣依是二義以顯因緣諸識生滅相集而生故名衆生而無別體唯依心體故言依心即是梨耶自相心也能依衆生是意意識依心體起故云轉轉者起也○二總問**此義云何**此心作衆生義云可厶三別釋三○一釋所依心**以依阿梨耶識說有無明**梨耶者是上所說心即是生滅之因無明者於梨耶識二義中此是不覺義即生滅之緣欲明依此因緣意意識轉故故言以依等也上摠中略指其因故但言依心此別釋中具顯因緣故說依心及無明也問上說依覺有不覺由此不覺力故動彼心體令起滅和合方有梨耶業相等識何故此中說依梨耶有無明乎荅此有三釋由此梨耶有二種義故謂由無明動彼真心成此梨耶又即此梨耶還却與彼無明為依以不相離故何者謂依迷起似故即是動真心成業識迷似為實故即是依梨耶而有無明也二云以梨耶有

二義謂覺不覺前別就本說故云依覺有不覺今就都位論故云依棃耶有無明也此即二義中不覺之義正在棃耶中故說依也三云此中正意唯取真心隨緣之義此隨緣義難明目故或就未起說依真如有無明或約成就已起說依棃耶有無明然此二名方盡其義是故大中前後綺互言耳△二釋意轉三○一略明略明五種識相不覺而起所依心體由無明熏舉體而動即是業識也前依棃耶有無明即依似起迷今熏淨心成棃耶即依迷起似此二義一時說有前後耳能見即彼心體轉成能見是轉識也能現即彼心體復成能現即是現識能取境界能取現識所現境界是爲智識起念相續前所取境起諸麤念是相續識故說爲意依此五義次第轉成依止依止此義而生意識等故說爲意故攝論云意以能生依止爲義也△二廣辨二○一標徵此意復有五種名標也云何爲五徵也○二列釋依名五唱△一者名爲業識立名也下四準此謂無明力根本無明即所依緣也明心不自起起必由緣不覺心動故正明起相釋成業義起動是業義故二者名爲轉識依於動心能見相故依前業識之動轉成能見之相轉識有二若就無明所動轉成能見者在本識中若其境界所動轉成能見者在事識中此中轉相約初義也△三者名爲

現識所謂能現一切境界依前轉識之見起此能現之功故云現境界以其心體與無明合熏習力故現於種種無邊境界故也猶如明鏡現於色像喻可知也現識亦爾隨其五塵對至即現無有前後且舉五塵麤顯以合色像而實通現一切境界故法說中云一切也若依瑜伽論中則現五根種子及器世間等今此論中偏就五塵者以此約牽起分別事識義故作是說也以一切時任運而起常在前故非如六七識有時斷滅故云常在前又爲諸法本故明此識在諸法之先以是諸法所依故揀異末那識四者名爲智識謂分別染淨法故則事識內細分謂不了前心所現境故起染淨微細分別故云智識五者名爲相續識亦是事識中細分前六相中相續相也以念相應不斷故法執相應得長相續此約自體不斷釋相續義住持過去無量世等善惡之業令不失故以此識能起潤業煩惱能引持過去無明所發諸行善惡業種令成堪任來果之有若無惑潤業種焦亡故也此則引生令熟復能成熟現在未來苦樂等報無差違故又復能起潤生煩惱能使已熟之業感報相應成熟無差如是三世因果流轉連持不絕功由意識以是

義故名相續識能令現在已經之事忽然而念未来之事不覺妄慮顯此識用麤分別相不同智識微細分別故也此上所解但屬此相續識約其功能釋相續義又為一解從住持下總辨前五意功能初任持業果是前三細功能屬黎耶後念已未之境是後二功能屬事識細分△三結歸一心二○一正結屬心曲分二段是故三界虛偽唯心所作一順結三界是前一心隨無明動作五種識故故說三界唯心轉也此心隨熏現似曰虛隱其虛體詐現實狀曰偽虛偽之狀雖有種種然窮其因緣唯心所作也十地經中亦同此也離心則無六塵境界二反結六塵離彼現識則無塵境反驗六塵唯是一心△二釋疑廣辨三○一問此義云何現有塵境云何唯心○二荅以一切法皆從心起以一切法中是此心隨熏所起更無異體故說唯心又疑云何以此心作諸法耶故下釋云妄念而生由妄念熏故生起諸法又亦可疑云法既唯心我何不見而我所見唯是異心釋云言異心者是汝妄念分別而作一切分別即分別自心境唯識現無外實法是故分別但分別自心此一向顯無塵唯識義爾心不見心既塵無相識不自緣是故無塵識不生也無相可得能所俱寂也攝論云無有少法能取少法○二結當知世間一切境界皆依衆生無明妄心而得住持無明根本也妄心業識也以一切境界由此而成即現識等也若無明未盡已還此識住持境界不息此即結相屬心也是故一切法如鏡中像無體可得喻況也此境離心之外無體又即心故無體如像離鏡之外無形鏡內復無其體又疑云既其無體何以宛然顯現故下釋云唯心虛妄此並真心之上虛妄顯現何處有體而可得耶問何以得知心上顯現下荅云以心生則種種法生心滅則種種法滅故反驗唯心顯現成妄也以心生法生等故知也此中以無明力不覺心動乃至能現一切境等故言心生種種法生此則心隨熏動故云生也若無明滅境界隨滅諸識分別皆滅無餘故言心滅則種種法滅此則心源還淨故云滅也既心隨不覺妄現諸境即驗諸境唯心無體也問上說生滅結過屬無明此文辨因緣云何結屬心耶荅前以無明動彼靜心令其生滅故此生滅功在無明今此因緣和合道理成辨諸法無性義顯不住義彰故結和合屬於心也△三釋意識轉五○一約人辨麤復次言意識者牒前以標即此相續識此生起識麤細雖殊同是一識更無別體故即指前第五識也但前就細分法執分別相應依止義門則說為意此中約具能起見愛麤惑相應從前起門說名為意識謂意之識故名

意識依諸凡夫簡非聖人意識也以前智識及相續識通在二乘及地前所起故今約凡顯其麤也取著轉深以無對治故追著妄境轉極麤現故云深也二出其惑體計我我所非直心外計境爲塵亦復於身計我於塵計所種種妄執顯計我之相也或執即蘊或執離蘊三明執所依緣隨事攀緣分別六塵但緣於倒境之事不了正理故云隨事等四制立其名名爲意識此論就一意識義分出五識故說意識分別六塵亦名分離識依於六根別別取六塵故又復說名分別事識又能分別去来內外種種事相故五明識起所依此識依見愛煩惱增長義故見謂見一處住地即見道惑愛謂欲色有三愛即修道惑以此見修二惑熏於本識令生此分別事識故云增長上六麤中執取計名及起業相並相從入此意識中及後六染中執相應染亦入此攝也二重顯所依緣體二一略明緣起甚深二一標歎甚深依無明熏習所起識者牒上所說依根本無明起彼靜心成業等識也非凡夫能知亦非二乘智慧所覺凡小非分也二乘但覺四住不了無明故此無明所起之識非其境也下明菩薩分知云謂依菩薩從初正信十信之初發心之持即觀本識自性緣起因果之體得成正信也發心

觀察三賢位中並言比觀故云觀察若證法身得少分知乃至菩薩究竟地不能盡知地上證之未窮故以其但覺住相不覺生相唯佛窮了四相俱了故得窮源二釋其深所以二一微何以故緣起妙理貫通凡聖何故說見唯在果人二釋三一即淨而染是心從本已来自性清淨一緣起體即因也而有無明二發緣起之由即緣也爲無明所染有其染心三顯緣起之相即不染而染也二即染常淨雖有染心而常恒不變釋緣起甚深義即染而不染也三結成難測是故此義唯佛能知勝鬘經云自性清淨心難可了知彼心爲煩惱所染亦難可了知乃至結云准佛能知楞伽經中亦同此說故彼經云如来藏是清淨相客塵煩惱垢染不淨乃至廣說下結云我令與汝及諸菩薩甚深智者能了分別也二廣顯緣起差別二一顯前緣起體相三一顯上不變之義所謂心性常無念故名爲不變雖舉體動而本来靜故云常無念顯上緣起因體也二顯上無明緣起之由以不達一法界故心不相應忽然念起名爲無明此顯根本無明最極微細未有能所王數差別即心之惑故云不相應非同心王心數相應唯此無明爲染法之源最極微細

更無染法能爲此本故云忽然念起也如纓珞本業經云四住地前始無法起故名無始無明住地是則明其無明之前無別有法爲始集之本故云無始即是此論忽然義也此約麤細相依之門說爲無前亦言忽然不約時節以說忽然也三顯上緣起之相謂有其染心之向也三一標 染心者有六種 二徵 云何爲六 六中各二初障後治三釋然此六染逆次配六麤中前四及後三細由此第一合彼麤中三四故但六也便借彼名以科此六一執取計名字相 一者執相應染 是大麤中第三第四相也亦是上意識見愛煩惱所增長義亦是上四相中麤分別執著相也但麤心外執與境相應汙其淨行故云染也 依二乘解脫 至無學位見修煩惱究竟離也 及信相應地遠離故 十解已去信根成就無有退失名信相應故地論云地前摠名信行地菩薩無著論中亦同此說也此菩薩得人空見修煩惱不得現行故云遠離非約隨眠以留惑故故攝論云若不斷上心則不異凡夫若不留惑種子則不異二乘又二意留惑爲自他也此約終教說若約始教初地已上方說留惑如餘論說今此菩薩非直斷四住人執亦分斷無明住地故此論下云不了一法界義者從信相應地觀察學斷故○今但爲顯人我麤執故不論彼也二相續相 二者不斷相應染 六麤中第一也從此至六又逆配前五意中此當第五但執法續生

生起不斷即是相續義也 依信相應地修學方便漸漸能捨得淨心地究竟離故 十解已去修唯識觀尋伺方便乃至初地證三無性徧滿真如法執分別不得現行○三智相 三者分別智相應染 六中第一五中第四以能分別世出世諸法染淨故云智也是法執修惑 依具戒地漸離乃至無相方便地究竟離故 七地已還有出入觀異故於境界有微細分別然地地分除故云漸離八地已去無出觀緣境故於七地盡此惑也故云無相方便地究竟離也以二地三聚戒具故云具戒地以七地前無相觀有加行方便有功用故云無相方便地以八地已上無相無方便功用故○四境界相 四者現色不相應染 三細五意中皆當第三此即依根本無明動彼淨心令現境界也 依色自在地能離故 以八地中得三種世間自在色性隨心無有隔礙故云色自在地能離也以色不自在位現識不亡故此位中遣彼相也○五能見相 五者能見心不相應染 三中五中皆當第二以根本無明動令能見上文云依於動心成能見故 依心自在地能離故 以九地中善知衆生心行十種稠林故云心自在此於他心得自在又以自得四十無礙智出華嚴經有礙能緣求不得起○六業相 六者根本業不

相應染三中五中皆當第一以無明力不覺心動故依菩薩盡地得入如来地能離故十地終心金剛喻定無垢地中微細習氣心念都盡故上文云得見心性心則常住故二更重料揀三一辨上無明約治料揀不了一法界義者標也從信相應地觀察學斷入淨心地隨分得離乃至如来地能究竟離故初麤者至初地離後細者至佛地盡故也此即是上染心所依無明住地能染真如成染心故上文云破和合識者滅無明故滅相續心者斷染心故令無明與染心雖說有前後然治滅並一時也二釋上相應不相應義言相應義者六染中前三是相應此有二釋一約王數釋此三種皆是麤心故二約心境釋以此三種依境生故謂心念法異心謂心王念法謂心所王數不同故云異也迦旃延論中名爲心及心所念法故又心念謂能緣心法謂所緣境異謂心境不同依染淨差別是所依分別境而知相緣相同故若心土知染心法亦同心王緣淨心法亦同知相即能知同緣相即所緣同又於染境作染解於淨境作淨解故云同也不相應義者六染中後三及無明皆名不相應心亦二釋一約玉數謂即心不覺常無別異此顯根本無明動彼靜心之體即此動心是不覺相更無

王數之別故云即心不覺常無別異此翻前心念法異也不同知相緣相故既無王數之別何有同知同緣翻前可見以此三種依不覺起不異不覺故云即也上文云依不覺故生三種相與彼不覺不相捨離者是此即心之不覺故云不離非是相應而不離也下文亦云無明滅故不相應心滅二亦約心境釋甲言即心不覺等者謂此無明即此染心而無別體不約與外境相應方爲此不覺但在本心之上故云即心等也不同知相等者揀前相應也此不相應心既是梨耶識於中不分王數義及不與外境相應義并有覺不覺義等並與諸論相違和會如別記中說三舉上染心及無明約境成二礙義二○一標立初惑障後智障又染心義者名爲煩惱礙六染心也能障真如根本智故顯其礙義謂照寂妙慧如理之智名根本智即上文智淨相也染心喧動違此寂靜故名染心爲煩惱礙以煩惱動故今此且依本末相依門以無明所起染心爲煩惱礙能起染心之無明名爲智礙不約人法二執以明二礙無明義者名爲智礙根本無明能障世間自然業智故顯其礙義謂後得如量智即上不思議業用以無明昏迷無所分別違此智用名爲智礙從所障得名此明聖智用如月煩應於水無心不同外道自然△二重釋二○一釋煩惱礙此義云何先問云既此無明動靜心體成於染心則

無明是細應障理智染心是麤應障量智何以不然以依染心能見能現獨約後三細前二染妄取境界通攝前三染心以同依境起故違平等性故釋成礙義以此染心能所差別乖根本智能所平等所以障於理智○二釋智礙以一切法常靜無有起相舉無明所迷法性無明不覺妄與法違故正顯無明迷前法性以不了如法寂靜妄有起滅與法乖違故也不能得隨順世間一切境界種種知故正釋障如量智義也三釋上生滅之相三○一牒前標數復次分別生滅相者牒前有二種標數○二徵列略顯云何爲二徵也一者麤與心相應故六染中前三染是心相應其相麤顯經中說爲相生滅二者細與心不相應故後三染是心不相應以無心法麤顯之相其體微細經中說爲流注生滅△三廣釋其相二○一約人對顯又麤中之麤前三染心俱名爲麤於中初執相應染後更爲麤凡夫境界三賢位名內凡能覺此染故麤中之細又於二麤染中後二謂不斷相應染及分別智相應染是麤中稍細及細中之麤後三染心俱名爲細於中前二謂能見能現是也同是不相應故名爲細形後根本業識故後云麤菩薩境界

十地已還菩薩所知境也細中之細是佛境界根本業不相應染能所未分行相極細故唯佛了△二辨相所依二○一順辨生緣初明通緣後顯別因此二種生滅依於無明熏習而有通而言之麤細二識皆依無明住地而起以根本無明動起三細此三細轉起麤心故以無明通爲其本所謂依因依緣依因者不覺義故依緣者妄作境界義故若別而言之依無明因生三細不相應心依境界緣生六麤相應心故也此中文少若具說之各有二因如楞伽云大慧不思議熏不思議變是現識因取種種塵及無始妄想熏是分別事識因解云不思議熏者謂無明能熏真如不可熏處而能熏故名不思議熏又熏則不熏不熏之熏名不思議熏不思議變者謂真如心受無明熏不可變異而變異故云不思議變又變即不變不變之變名不思議變勝變中不染而染染而不染難可了知者謂此不思議也然此熏變甚微且隱故所起現識行相微細於中亦有轉識業識舉麤顯細故但名現識即是此不相應心也取種種塵者即是現識所現種種境界還能動彼心海起諸事識之浪故也無始妄想熏者即彼和合心海之中妄念習氣無始已来熏習不斷未曾離念故此塵及念熏動心海種種識生以妄念及塵麤而且顯故所起分別事識行相麤顯成相應心也經中欲明現識依不思議熏故得生依不

思議變故得住事識依境界故得生依心海故得住令此論中但說生緣不論依住是故於細中唯說無明熏麤中單舉境界緣也△二逆論滅義二○一正辨若因滅則緣滅得對治無明滅時無明所起境識境界亦隨滅此通明滅也下別顯滅云因滅故不相應心滅以三細親依無明因生故無明滅時亦隨滅也緣滅故相應心滅以三麤淺親依境界緣生故境界滅時亦隨滅也此依始終起盡道理以明二種生滅之義非約刹那生滅義也△二釋疑二○一問問曰若心滅者云何相續若境界滅時心體亦滅者無明三細既其未盡心體已亡更依何法而得相續此疑相應心也若相續者云何說究竟滅若言以心體不滅令無明相續者心體既其不滅無明則常相續云何治道得究竟滅此疑不相應心荅中雙荅此二也△二荅三○一法荅曰所言滅者唯心相滅非心體滅境界滅時唯心麤相滅非心自體滅又以無明滅時唯心細相滅亦非心體滅此通荅二問下諭合則別說○二諭如風依水而有動相諭無明風依心體水故有動相此示無明離於心體不能自現動相也若水滅者則風相所絕無斷依止此示若境界滅時令心體亦滅者則無明風無所動故業等三細則應斷絕以水不滅風相相續以境界滅時心體不滅故無明三細則得長相續良以無明滅故境界滅非以境界滅故無明滅由是義故境界滅時無明動心三細相續此荅初問相應心滅義唯風滅故動相隨滅非是水滅以無明盡時業等動相亦隨之滅非靜心體而亦滅也此荅後問不相應心滅義合中次第合前二種心云○三合無明亦爾依心體而動若心體滅者則衆生斷絕無所依止以體不滅心得相續唯癡滅故心相隨滅非心智滅上文以對不覺故名為覺則一識有二義令以對癡故名為智則一心有體相不覺癡相轉滅成於始覺則本覺不滅其始覺還源無二無別也

大乘起信論疏卷第二

音釋

罣古畫切｜礙也　儵尸祝切疾也音叔　鏁思果切鐵｜也　錯音厝安也　制音制斷也　稠直留切密也

大乘起信論疏卷第三

西太原寺沙門法藏述

草堂沙門宗密録之注於論文之下

二辯染淨相資亦云染淨互熏相生不斷即顯上總中能生一切法義也四○一舉數總標復次有四種法熏習義故染法淨法起不斷絕由此染淨相資故得起不斷絕也○二徵列別名云何爲四徵也一者淨法名爲真如此是生滅門中真如以三義故云淨法一約體本來淨故二約體相以內熏故令反染成始淨故梁攝論云能成立者謂真如十種功德所成立者謂十種新生正行也三約用熏故應機成淨緣二者一切染因名爲無明六染及九相皆因無明而有三者妄心名爲業識妄心者通事識及業識今據其本故但言業識四者妄境界所謂六塵事識所緣之境也此三皆是染法由此染法自性差別仗託因緣故具說三種淨法對染雖成熏義然其體用竟未曾別故但明一種△三廣釋染淨熏習之義二一總二○一諭熏習義者如世間衣服實無於香若人以香而熏習故則有香氣諭也下合有二○二合此亦如是真如淨法實無於染但以無明而熏習故則有染相一染熏淨也顯真無相隨熏現相又顯妄法無體故但云相又常相自無反流之用故云相不云用也此約隨流生滅門說此釋經中如來藏爲惡習所熏等無明染法實無淨業但以真如而熏習故則有淨用二淨熏染也此是生滅門中本覺真如故有熏義真如門中則無此義由此本覺內熏不覺令成厭求反流順真故云用也此釋經中由有如來藏故能厭生死苦樂求涅槃也涅槃經云闡提之人未來佛性力故還生善根彼言佛性力者即此本覺內熏之力耳良以一識含此二義更互相熏徧生染淨故也此中佛者是覺性者是本故名佛性爲本覺也△二別二一染二○一問云何熏習起染法不斷汎論熏習各二種一習熏謂熏心體成染爭等二資熏謂現行心境及諸惑相資等△二答二○一畧所謂以依真如法故有於無明舉能熏所熏之法體也亦可此中但舉能熏無明然必依真如故約本舉也以有無明染法因故即熏習真如根本無明熏習義也以熏習故則有妄心依無明熏動真如有業識心也以有妄心即熏習無明不了真如法故不覺念起現妄境

界以此妄心還資熏無明增其不了令其轉成轉識及現識以有妄境界染法緣故即熏習妄心令其念著造種種業受於一切身心等苦以此境界還熏動心海起諸識浪緣念彼境即起事識也上六麤中初二名念中二名著後二名同此也謂依惑造業依業受報二廣○即明前三種從後向前次第說也文三○一明境界熏妄心此妄境界熏習義則有二種云何爲二一者增長念熏習由境界力增長事識中智相相續相法執分別念也二者增長取熏習增長事識中執取相計名字相謂人我見愛煩惱也○二明妄心熏無明妄心熏習義有二種云何爲二一者業識根本熏習能受阿羅漢辟支佛一切菩薩生滅苦故以此業識能資熏住地無明迷於無相能起轉相現相等相續令彼三乘人雖出三界離事識分段麤苦猶受梨耶變易行苦然此細苦無始來有但爲揀細與麤故約已離麤苦時相顯麼說二者增長分別事識熏習能受凡夫業繫苦故以事識能資熏起時無明起見愛麤惑發動身口造種種業受凡夫分段苦故○三明無明熏真如無明熏習義有二種云何爲二

一者根本熏習以能成就業識義故謂根本不覺熏動真如成業等諸識但令舉初故云業識二者所起見愛熏習以能成就分別事識義故謂枝末不覺熏習心體成分別事識上文云此識依見愛煩惱增長義故但未從本生故云所起也△二淨二○一問云何熏習起淨法不斷△二答二一畧二○一正明熏習所謂以有真如法故能熏習無明以熏習因緣力故則令妄心厭生死苦樂求涅槃以此妄心有厭求因緣故即熏習真如先明真如內熏無明令成淨業後即此淨用反熏真如增其勢力前即本熏後即新熏也△二辯其功能二○一因自信已性十信位中信也下即三賢位中脩知心妄動無前境界解也脩遠離法依解成行謂尋伺等觀唯識無塵等行也以如實知無前境界故初地見道證唯識理異前比觀故云如實也下明十地脩道位中廣脩萬行以顯真如云種種方便起隨順行不取所取無相不念能念不生乃至久遠熏習力故三祇熏故二果無明則滅根本以無明滅故心無有起妄心盡也以無起

故境界隨滅妄境滅也此上皆滅惑也即翻前三種染下明證理成德云以因無明緣妄境界俱滅故心相染心皆盡名得涅槃此並滅故心體轉依名得涅槃成自然業起不思議業用△二廣二○一明妄心熏習妄心熏習義有二種云何爲二一者分別事識熏習即上意識依諸凡夫二乘人等厭生死苦隨力所能以漸趣向無上道故以此識不知諸塵唯是識故執心外實有境界凡夫二乘雖有發心趣向觧脫而猶計有生死可厭涅槃可欣不了唯心道理由此作意力故乆後還得菩提二者意熏習若就本而言名爲業識通而論之即前五種意謂諸菩薩發心勇猛速趣涅槃故以諸菩薩知一切法唯是識量捨彼事識外計分別既了唯心趣理速疾異前漸悟故云乃至速趣涅槃也問此中妄心既並熏習真如起反流行意熏既屬棃耶如何能各自發心脩行荅前凡夫二乘不覺棃耶但依分別事識資持力故而發心脩行以本依故向大菩提疎而且遠故云漸也此菩薩既了棃耶本識即依此識資持力故方得發心脩行以了本故向大菩提親而且近故云速也此約所依相資辯熏非各自發心等此如下文證發心中說也△二顯真如熏習三○一標數真如熏習

義有二種二徵列云何爲二一者自體相熏習內熏二者用熏習外緣△三辯相一一別釋二一體相二一正顯自體相熏習者從無始世來具無漏法備有不思議業不空本覺名無漏法此法冥熏衆生非物能了故云不思議此中業者是冥熏作用作境界之性非直熏彼妄心令其厭求成能觀智亦乃與其觀智作所觀境界依此二義恒常熏習以有力故能令衆生厭生死苦樂求涅槃顯熏功能謂此心境二法亦可此體相二法冥熏衆生有力故令起厭求等行自信己身有真如法發心脩行依熏起脩行相△二釋疑二○一問問曰若如是義者一切衆生悉有真如等皆熏習云何有信無信初約現在信心有無無量前後差別後約未來信心前後內熏既齊何得如是皆應一時自知有真如法勤脩方便等入涅槃結成難也此則執別疑通難△二荅二○一約染惑成緣明起有厚薄荅曰真如本一通體明內熏不無而有無量無邊無明從本已来自性差別根本無明住地本来自性差別隨人厚薄厚

不信薄有信不同故前後亦爾非彼內熏使之然也過恒河沙等
上枝末是根本上煩惱依無明起差別是從無明所起迷諸法門
事中無知所知障中麤分攝我見愛染煩惱是無明所起四住煩惱煩
惱障攝依無明起差別如是一切煩惱依於無
明所起前後無量差別唯如來能知故雙結前二
種煩惱皆依根本無明所起由是義故前後非一差別無量前後難知故唯佛了△二約
淨法賴緣成前後差異二○一立理又諸佛法有因有緣因緣
具足乃得成辦若獨內因不假外緣可如所責然今外假用熏及內正因
方得成辦故致前後不可一時故上開二熏習不云一也△二正釋二一明因緣互闕之
失二一顯闕緣之失二○一喻說如木中火性是火正因若
無人知不假方便能自燒木無有是處○一法合
衆生木也亦爾雖有正因熏習之力火性若不遇
諸佛菩薩善知識等若無人知等以之爲緣能自
斷煩惱能自燒木入涅槃者則無是處○二明闕因不成
若雖有外緣之力而內淨法未有熏習力者

亦不能究竟厭生死苦樂求涅槃謂無明厚重之流雖
本覺內熏然未有力故雖遇善友外緣之力亦不能令其得道○二明性用相應之得
若因緣具足者所謂自有熏習之力又爲諸
佛菩薩等慈悲願護故具因緣也下明熏益云能起厭
苦之心信有涅槃脩習善根自分也下明勝進云以脩
善根成熟故則值諸佛菩薩示示義教教行利喜
既得義利具解行故成喜乃能進趣向涅槃道△二用大二○一指
事總標用熏習者即是衆生外緣之力○二約緣別顯
三○一標如是外緣有無量義畧說二種二徵列云
何爲二一者差別緣爲於凡小事識熏習而作於緣謂現形不同故二者
云也亦可與差別機爲緣故也謂三賢已上乃至諸佛能作此緣應衆生也
平等緣爲諸菩薩業識熏習而作於緣謂唯現佛身平等無二故云也亦可與平
等心機爲緣故也謂初地已上乃至諸佛要依同體智力能作此緣△三釋二一差別緣
二一總二○一明感用因差別緣者此人機欲之人依於諸佛
菩薩等出外緣體從初發意始求道時明能感緣機脩行時

乃至得佛於中若見若念正明行者之心感用器也謂見其身形念其功德也△二正明用相二一正明差別之用二○一開總成別或為眷屬父母諸親一慈愛以攝生或為給使二居卑以利物或為知友三同類以勸發或為冤家四怖之以入道或起四攝五以四攝法攝之二攝別成總乃至一切所作無量行緣二辯用之益以起大悲熏習之力能令衆生增長善根若見若聞得利益故△二別二一就根熟不熟開近遠二緣此緣有二種云何為二一者近緣速得度故二者遠緣久遠得度故○二就前近遠各開為二是近遠二緣分別復有二種云何為二一者增長行緣謂方便行即自分也二者受道緣謂依前方便正觀相應即勝進也亦可初即四攝利他行後即三空自利行△二平等緣二○一明能作緣者平等平等緣者一切諸佛菩薩皆願度脫一切衆生平等心也自然熏習常恒不捨常其應機以同體智力故釋成常用隨應見聞而現作業顯其用相二明對機顯平等所

謂衆生依於三昧乃得平等見諸佛故謂十住已去依三昧悉見諸佛身量平等無有彼此分齊之相二合明三一標此體用熏習分別復有二種二徵云何為二三釋依論二唱一者未相應謂凡夫二乘初發意菩薩等約位舉人以意意識熏習依信力故而能脩行明其行劣凡小意識熏菩薩五意熏並未契真如故下正明未相應云未得無分別心與體相應故無正體智故未與法身體相應未得自在業脩行與用相應故無證真後得智故未與應化身用相應也二者已相應謂法身菩薩顯位得無分別心如理智與體相應也與諸佛智用相應以有如量智故得然也下約行勝翻前劣云唯依法力證真如而脩行非如前位但有信力自然脩行八地已去無功用行熏習真如滅無明故妄滅行成四明染淨盡不盡義二一明染法違真無始有終復次染法從無始已来熏習不斷乃至得佛後則有斷二明淨法順理有始無終淨法熏習則無有斷盡於未来一正顯此義云何以真如

法常熏習故妄心則滅法身顯現起用熏習故無有斷二釋成也以真熏妄滅淨用無盡故二辯所示之義即明前法有顯義功能問何故真如門中不辯所示義生滅門中具辯所示三大義即荅以真如門中即示大乘體能所不分詮有不別故不別辯生滅門中染淨不一法義有殊故具說三上立義分中真如門內云即示生滅門中云能示釋義在此也文二△一釋體相二大二〇一總標二大名復次真如自體體大相相大者二別釋二大義一一體一切凡夫聲聞緣覺菩薩諸佛無有增減人雖就位以分優劣真體隨人未曾增減非前際生常也凡位爲前非後際滅恒也佛位爲後畢竟常恒三句皆顯不增減所以△二相二一正明性德二一明德相三〇一總從本已來自性滿足一切功德〇二別所謂自體有大智慧光明義故一本覺智明徧照法界義故二本覺顯照諸法真實識知義故三顯照之時無倒自性清淨心義故四性離感染常樂我淨義故五性德圓備清涼不變自在義故六性德無遷〇三結具足如是過於恒沙不離性德塵沙不離真體不斷

無始相續不異與體同味不思議即不異而有恒河之義故佛法唯佛窮達故亦可是所覺法故乃至滿足無有所少義故若此真體無性德者如來證此不應具德既證性已萬德圓備即驗真如本具也〇二顯立名名爲如來藏隱時能出生如來亦名如來法身顯時萬德依止△二問荅重辯二〇一執體疑相難問曰上說真如其體平等離一切相云何復說體有如是種種功德△二相不違體荅二〇一明雖差別而不二荅曰雖實有此諸功德義而無差別之相等同一味唯一真如實德雖多同一多德何以唯如味一下釋云以無分別非能分別離分別相非所分別是故無二無能所故△二明雖不二而差別二〇一畧復以何義得說差別既其不二何以說別以依業識生滅相示以依生滅識相恒沙染法反此表示真如淨德恒沙差別且舉染本故但云業識△二廣二〇一問對染表示之相此云何示〇二舉彼染法一一對顯以一切法本來唯心實無於念舉所迷理而有妄心不覺起念見諸境界故說無明依真起妄

(謂細麤染心本末不覺也將欲釋淨先舉其染對以顯之下諸句例然云何顯者下云)心性不起即是大智慧光明義故(既起念即是不覺無明故不起即是本覺智明)若心起見則有不見之相(妄見不周)心性離見即是偏照法界義故(真照圓明)若心有動非真識知(反之即顯真如無動)無有自性(明妄染無體反之即顯自性淨心)非常非樂非我非淨(明妄四倒反之即顯真如四德)熱惱(諸惑燒心是極熱惱故說真如是清凉也)衰變(妄染遷改反顯真如不衰變也)則不自在(業果繫縛故則顯真如自在上云清凉不變自在義故)乃至具有過恒沙等妄染之義對此義故心性無動則有過恒沙等諸淨功德相義示現(翻對故染淨皆過恒沙)若心有起更見前法可念者則有所少(妄心外念求之不足)如是淨法無量功德即是一心更無所念是故滿足(淨德性滿無假外求)名爲法身如来之蔵(結名△二別解用大二一總明二一對果舉因三○一舉本正行)復次真如用者所謂諸佛如来本在因地發大慈悲脩諸波羅蜜攝化衆生(○二舉本大願)立大誓願盡欲度脫等衆生界(廣大心也)亦不限劫數盡於未来(長時心也○三舉悲智大方便)以取一切衆生如已身故(悲深)而亦不取衆生相(智深也兼上亦則不顛倒)(心亦同釋前長時所以)此以何義(舉悲智深所以也)謂如實知一切衆生及與已身真如平等無別異故(依真如門答顯深也○二牒因顯果)以有如是大方便智(一牒前因)除滅無明見本法身(二自利果三正顯用即利他果於中三)自然而有不思議業種種之用(一明業用甚深非待作意如攝論云如摩尼天鼓無思成自事等)即與真如等徧一切處(二顯用廣大稱理之用故)又亦無有用相可得(三用而常寂也於中此正顯也)(次徵云)何以故(佛具三身何以乃云無有用相)謂諸佛如来唯是法身智相之身第一義諦無有世諦境界離於施作(若廢機感論如来唯是妙理本智更無應化世諦生滅等相但隨緣起用用則無用如波即水故用恒寂也涅槃經云吾今此身即是法身等梁攝論云唯如

如及如如智獨存名爲法身但隨衆生見聞得益故說爲用雖真理妙智本來常湛而隨機感益用無邊即寂而常用△二別釋三○一標此用有二種○二徵云何爲二△二釋二○一正顯用相二○一直顯其用二○一應身一者依分別事識凡夫二乘心所見者凡夫二乘不知唯識計有外塵即是分別事識義今見佛身亦謂心外順彼事識分別計度故說依分別事識見也亦可此人雖覺六識不知彼七八識故但云依事識也名爲應身依此麤識分別但見應化麤相不見報身細相○下釋見麤所以云以不知轉識現故見從外來迷於唯心取色分齊不能盡知故不違即色是心無有分齊問佛身何故唯衆生識耶答衆生真心與諸佛體平等無二○但衆生迷自真理起於妄念是時真如但現染相不顯其用○以彼本覺內熏妄心故有厭求有厭求故其用即現○厭求劣故用相即麤厭求漸增用亦漸細如是漸漸乃至心源無明既盡厭求都息始覺同本用還歸體平等平等無二無別未至心源已還用於識中隨根顯現故云識中現也問若據此義用從真起何故說言轉識現耶答轉識即見黎耶中轉相依此轉相方起現識現諸境界此識即是真妄和合若隨流生死即妄有功能妄雖有功離真不立若反流出塵真有功能真雖有功離

妄不顯故就緣起和合識中說其用耳問若據此義乃是衆生自心中真如之用云何說言佛報化耶答衆生真心即諸佛一體更無差別故華嚴經云若人欲了知三世一切佛應觀法界性一切唯心造又不增不滅經云法身即是衆生衆生即法身法身不與衆生義一而名異既從法身起報化用何得不是衆生真心耶問義若然者衆生心佛還自教化衆生何故說言佛悲願力答即此真心是佛悲願謂無緣大悲及自體無障礙化用等即性起大用也問衆生既無不有心何不早起化用令滅無明答未有厭求故問既先有本覺何不早熏令起厭求答無明厚薄不同因緣互闕不等此如上說問若真心即是佛者何故下文云從諸波羅蜜等因生答此約本覺隨染義說然其始覺覺至心源平等一際有何差別上來約終教說若約始教說者即以諸佛悲智爲增上緣衆生機感種子爲因緣故託佛本質上自心變影像故云在自識中現也餘如瑜伽唯識等論說也△二報身三○一約識舉人二者依於業識謂諸菩薩從初發意乃至菩薩究竟地心所見者名爲報身十解已去菩薩能解唯識無外諸塵順業識義以見佛身故○二明所見報相初正報後依報身有無量色身無分齊故色有無量相相有無量好依身有相相亦無邊依相有好好亦無盡然相以表德令人敬德以念佛好爲嚴身

令人愛樂欲親近也所住依果亦有無量種種莊嚴能依無邊故所依土亦復無邊頗胝迦等殊勝之宝常放光明無礙校飾故隨所示現即無有邊不可窮盡離分齊相異前化身分齊之色由此菩薩知分齊即無分齊故一一色相皆徧法界互用無礙自在難思故也隨其所應常能住持不毀不失隨其業行所應感者即皆常住非三災等之所壞也○三結果由因以釋名如是功德皆因諸波羅蜜等無漏行熏及不思議熏之所成就具足無量樂相故說為報如是依正二報無障礙不思議事皆因十度深行之熏及本覺不思議熏二因所成樂相圓備故名報身△二重牒分別二○一應身又為凡夫所見者是其麤色隨於六道各見不同種種異類非受樂相故說為應簡凡異小如三惡道皆見佛如黑象脚等三尺之身又如提謂等以人天位見佛為樹神及天神身等準此即六道衆生並見佛不同也皆非出世相故非樂也如二乘人等見佛為出世是阿羅漢等聖人身○二報身復次初發意菩薩等所見者以深信真如法故少分而見十解菩薩等依比觀門見真如理是相似覺故云少分異前十信故復云深異後真證故但云信知彼色相莊嚴等事無来無去離於分齊以見真如異於凡小是故得知色相等事性無分別唯依心現不離真如釋無分別所以也攝論中地上見報身者彼攝證之相應成就處說今此地前菩薩少分見者以知色境界但是現識不離真如即無分齊故得少分見也既非全見故不相違但以異前凡小心外取境界應化故故約唯心少分明見然此菩薩猶自分別以未入法身位故簡異地上若得淨心所見微妙其用轉勝乃至菩薩地盡見之究竟顯於地上所見用相過於地前故云轉勝漸漸微細至金剛後心業相都盡用即歸體故云見之究竟以窮其源故若離業識則無見相要依業識乃有轉相及現相故也以諸佛法身無有彼此色相迭相見故若離業識等無明即唯是真如故佛無有彼此分別之見△二問答除疑二○一問問曰若諸佛法身離於色相者云何能現色相△二荅二㈠一釋法身能現荅曰即此法身是色體故能現於色總也下別所謂從本已來色心不二謂彼所現報化之色不異法身真心

如波與水本來無二以色性即智故色體無形說名智身明色即心顯前不二以色即心故遂令色相都盡故就其本但云智身智謂本覺心智也以智性即色故說名法身徧一切處明心即色顯前不二如水徧在波中○二釋所現之色所現之色無有分齊隨心能示十方世界無量菩薩無量報身無量莊嚴各各差別皆無分齊而不相妨此非心識分別能知以真如自在用義故以彼真心無礙周徧所現之色亦復圓融自在無礙故云所現之色乃至不相妨礙於中無量菩薩者亦是報身作用也亦可即是感報身大用之機緣皆能頓赴以一一根皆徧法界然互不相妨此真如之用非妄識能知△二會相入實顯動靜不異三○一標復次顯示從生滅門即入真如門所謂推求五陰色色陰之與心四陰△二釋二○一觀色六塵境界畢竟無念先觀色法也境從心起畢竟無體離心之外無可念相以心無形相十方求之終不可得非直心外無別六塵就心內求色等形質亦不可得前則所緣無相此則能緣無相△二觀心二○一喻如人迷故謂東為西

方實不轉○二法眾生亦爾無明迷故謂心為念心實不動推求動念已滅未生皆不可得中無可住無可住故則無有起故知心性實不動也○三結若能觀察知心無念即得隨順方便觀也入真如門故正觀也△二對治邪執二○一就本總標對治邪執者一切邪執皆依我見若離於我則無邪執△二別明治障二一對治離三○一標數是我見有二種○二徵列云何為二一者人我見計有總相主宰此是佛法內初學大乘人迷教妄執非是外道等所起也二者法我見計一切法各有體性即二乘所起也△三辯相二一人三○一標人我見者依諸凡夫說有五種○二徵云何為五此五何別者初一約果餘四通因果餘如科文問此等既並於真如法上計云何說為人我執耶答此有二釋一云此是初學凡夫有人我者作此執故云人我執也二云由如來藏中有二義○一是本覺義即當是人於上妄計故云人執二是理實義當所觀之法今據初義故說人執△三釋二一於空謬執二一妄執事空以為法體三○一舉起執緣一者聞脩多羅說如來法身畢竟寂寞猶如虛空○二正明執相以不

知爲破著故即謂虛空是如來性以衆生執佛色身之疑相故說法身如虛空迷說意故執同太虛△三辯對治相二一虛空妄非真三○一立云何對治明虛空相是其妄法一立情有體無不實二立理無○二釋以對色故有是可見相令心生滅一釋情有也徧計情中相待而有妄念所緣故非法身以一切色法本來是心實無外色若無色者則無虛空之相二釋理無也本以待色爲空今既唯心無色何得更有於空○三結所謂一切境界唯心妄起故有一結情有也若心離於妄動則一切境界滅唯一真心無所不徧二結理無也辯法同喻以周徧如空故取虛空爲喻○二法身真非妄此謂如來廣大性智究竟之義非如虛空相故簡法異喻謂是如來本覺性智豈同太虛虛妄法也△二妄執法體唯是空無三○一執緣二者聞脩多羅說世間諸法畢竟體空乃至涅槃真如之法亦畢竟空本來自空離一切相大品云乃至涅槃如幻如夢若當有法勝涅槃者我說亦復如幻如夢○二執相以不知

爲破著故即謂真如涅槃之性唯是其空不知爲破情計有故即執性德是無○三對治云何對治明真如法身自體不空具足無量性功德故△二三於有倒智三○一執性德同色心三○一執緣三者聞脩多羅說如來之藏無有增減體備一切功德之法○二執相以不解故即謂如來之藏有色心法自相差別三對治云何對治以唯依真如義說故二之不二也因生滅染義示現說差別故不二之二也如上文云以依業識生滅相示等△二執法性本有染三○一執緣四者聞脩多羅說一切世間生死染法皆依如來藏而有一切諸法不離真如○二執相以不解故謂如來藏自體具有一切世間生死等法以不解隨緣之義則謂自性有染△三對治二○一奪破云何對治以如來藏從本已來唯有過恒沙等諸淨功德不離不斷不異真如義故明淨德妙有以過恒沙等煩惱染法唯是妄有

性自本無明妄染理無從無始世來未曾與如來藏相應故明妄不入真也○二縱破若如來藏體有妄法而使證會永息妄者無有是處△三執染淨有始終三○一執緣五者教執治等各二法謂生死涅槃聞脩多羅說依如來藏故有生死依如來藏故得涅槃○二執相以不解故謂衆生有始以見始故復謂如來所得涅槃有其終盡還作衆生聞依真有妄便謂真先妄後故起有始見也如外道立從冥初生覺等既衆生有始依真故證得涅槃者還作衆生成有始之義也如外道立衆生終盡還歸於冥名爲涅槃從冥起覺更作衆生此亦如是△三對治二○一明法體離始則顯生死無初云何對治以如來藏無前際故無明之相亦無有始若說三界外更有衆生始起者即是外道經說如仁王經云我說三界外別有一衆生界者是外道大有經中說非七佛說也○二明法體離終則顯涅槃無盡又如來藏無有後際諸佛所得涅槃與之相應則無後際故△二法三○一執緣法我見者依二乘

鈍根故如來但爲說人無我○二執相以說不究竟見有五陰生滅之法怖畏生死妄取涅槃○三對治云何對治以五陰法自性不生則無有滅本來涅槃故△二究竟離二一約法明治二○一約法總顯復次究竟離妄執者當知染法淨法皆悉相待無有自相可說中論云若法因待成是法還成待今即無因待亦無所成法等準釋可知相待無相待法體本爾非由悟後方使其然故下云○二舉廣類求是故一切法從本已來非色非心非智非識顯上非心也非有非無顯上非色也畢竟不可說相△二會釋伏疑三○一正會伏疑而有言說者疑云聖者了知諸法離性不可說相云何乃有種種言說故牒外難云有言說者下釋云當知如來善巧方便假以言說引導衆生正會伏疑也假言巧引意不在言○二辯定聖意其旨趣者皆爲離念歸於真如○三反以釋成以念一切法令心生滅不入實智故△三分別發趣道相二○一標意釋名分別發趣道相者謂一切諸佛

所證之道舉所趣之覺道一切菩薩發心脩行趣向義故顯能趣之因行欲明菩薩發心趣向佛所證道種類不同故云分別發趣道相△二開章釋相三○一標數畧說發心有三種○二徵列云何爲三一者信成就發心十信行滿入十住位中初發心住也二者解行發心十行位中能解法空順行十度行成純熟發迴向心入十迴向位也三者證發心初地已上乃至十地也前二是相似發心後一是真實發心△三辨相三○一信成就發心三○一明信心成就之行二○一問信成就發心者依何等人一問能脩行人脩何等行二問所脩之行得信成就堪能發心三問行成堪發○二荅前信滿故進後信未成故退二一正荅前問二一荅三問三○一一荅能脩行人所謂依不定聚衆生分別三聚乃有多門今此文中直明菩薩十住已上決定不退名正定聚未入十信不信因果名邪定聚此二中間十信位人欲求大果而心未決或進或退本業經中十信菩薩如空中毛名不定聚今依此人明其脩行也○二荅所脩行有熏習善根力故信業果報能起十善謂有聞熏及本覺內熏之力并依前世諸善根力故能信業果故捨惡從善脩福德分也厭生死苦

欲求無上菩提成菩提分及解說分善也上皆辨行因得值諸佛親承供養脩行信心明脩行緣也謂約此因緣脩十種信心行○三荅行成堪發經一萬劫信心成就故一明行成諸佛菩薩教令發心或以大悲故能自發心或因正法欲滅以護法因緣故能自發心二約勝緣正明發心謂發十住初心也勝緣雖多畧舉三種於中初一位力後二自力亦可同下三心謂順教故得直心護法故得深心餘同此也○二結成位如是信心成就得發心者此下有二入正定聚畢竟不退一顯於下無失謂入十住初發心住位不墮凡小之地名住如來種中正因相應二明於上有得也謂住習種性位行順內熏之因文云正因又此位已去定當得果故云正因以更不退失故二舉劣顯勝勝者如前進劣者如此退文二○一明劣相二○一內因力微若有衆生此下有二善根微少久遠已來煩惱深厚一惑重也雖值於佛亦得供養二德薄也於中三然起人天種子一倒求或起二乘種子二異求設有求大乘者根則不定若進若退二猶豫大乘○

二外緣力劣或有供養諸佛此下有二未經一萬劫一行時未滿也於中遇緣亦有發心一遇緣不勝也於中有四所謂見佛色相而發其心一以色見佛或因供養衆僧而發其心二住相供僧或因二乘之人教令發心三隨劣教發心或學他發心四學他迹此等並非菩薩悲智之心故欲退失○二結成退失如是等發心悉皆不定遇惡因緣或便退失墮二乘地

大乘起信論疏卷第三

大乘起信論疏卷第四

西太原寺沙門法藏述

草堂沙門宗密錄之注於論文之下

△二顯發心之相三○一牒章以問復次信成就發心者發何等心徵○二標列釋畧說三種標云何為三徵一者直心正念真如法故謂向理之心無別岐路故即一行之本二者深心樂集一切諸善行故備具萬德歸向心源即自利行本三者大悲心欲拔一切衆生苦故廣拔物苦令得菩提即利他行本妙行雖廣三行統收故標云畧說三也以此即是三聚戒故三德三身皆由此成故亦即是彼三迴向故謂初向實際次向菩提後向衆生皆應相配釋之△三問答除疑二○一問問曰上說法界一相佛體無二何故不唯念真如復假求學諸善之行△二答二一正答所問二○一喻答曰譬如大摩尼寶體性明淨而有鑛穢之垢若人雖念寶性不以方便種種磨治終無得淨△二合三○一正合如是衆生真如之法體性空淨而有無量煩惱垢染若人雖念真如不以方便種種熏修亦無得淨○二委釋以垢無量徧一切法故修一切善行以為對治釋須修衆行所以○三順真若人修行一切善法自然歸順真如法故以諸善行外違妄染內順真如故△二重顯方便三○一標數畧說方便有四種○二徵起云何為四△三別釋四門各三一標名二釋相三明意文三○初一不住道一者行根本方便謂觀一切法自性無生離於妄見不住生死智也觀一切法因緣和合業果不失起於大悲修諸福德攝化衆生不住涅槃悲也以隨順法性無住故次二自利行二○一斷德二者能止方便勸斷二惡止持門也謂慚愧悔過能止一切惡法不令增長以隨順法性離諸過故○二智德三者發起善根增長方便勸修二善作持門也謂勤供養禮拜三寶讚歎隨喜勸請諸佛約緣修行也下辨修利益云以愛敬三寶

淳厚心故愛敬四句一愛而非敬如母於子等二敬而非愛如僕於主等三亦
敬亦愛如修行人於三寶等四非敬非愛如究家等信得增長乃能志
求無上之道又因佛法僧力所護故能消業
障善根不退以隨順法性離癡障故○三一利他行
四者大願平等方便所謂發願盡於未來長時
心也化度一切衆生使無有餘廣大心也皆令究竟
無餘涅槃第一心也以隨順法性無斷絕故一正顯順
性法性廣大徧一切衆生平等無二不念彼
此究竟寂滅故二明起大願意亦即常心也三顯發心利益四○一顯勝
德菩薩發是心故則得少分見於法身十解菩薩
依此觀門見故云少分亦可依人空見以見法身故隨其願力
能現八種利益衆生所謂從兜率天退入胎
住胎出胎出家成道轉法輪入於涅槃初發心住
中能作此事○二明微過然是菩薩未名法身異地上也以未證真
但依信力見於少分以其過去無量世來有漏之業未

能決斷隨其所生釋異所以與微苦相應亦非業
繫異凡夫也菩薩於報修短自在不由惑業以有大願自在力故
以留惑益生悲願之力故○三通權教如修多羅中或說有退
墮惡趣者一舉教也非其實退但爲初學菩薩未
入正位而懈怠者恐怖令彼勇猛故二釋通也文皆
可見如纓絡本業經中言七住已前名爲退分若不值善知識者若一劫乃至十劫退菩
提心如淨目天子法才王子舍利弗等各入第六住其間值惡知識因緣故退入凡夫不
善趣中乃至廣說今釋此意是權語非實退但恐怖彼初入人令不慢故也○四歎實行
又是菩薩一發心後遠離怯弱畢竟不畏墮
二乘地一於下不戀也若聞無量無邊阿僧祇劫勤
苦難行乃得涅槃亦不怯弱二於上不怯也以信知
一切法從本已來自涅槃故釋不怯所以也此即顯彼經文
是權非實故△二解行發心二○一揔標歎勝解行發心者當知轉
勝前位信滿入解今此行滿入向更深發心故也△二顯其勝相二○一時勝以
是菩薩從初正信已來於第一阿僧祇劫将

欲滿故鄰初地故△二行勝二○一揔於真如法中深解現前解也所修離相行也下六度中皆明此二○二別以知法性體無慳貪故顯上深解現前也隨順修行檀波羅蜜顯上所修離相也下五一一準此謂離三輪等相以十行已去菩薩得法空故能順法界修六度等行即發心所依之解行以垢障乖真故修離障之行以順如也以知法性無染離五欲過故隨順修行尸波羅蜜以知法性無苦離瞋惱故隨順修行羼提波羅蜜以知法性無身心相離懈怠故隨順修行毗梨耶波羅蜜以知法性常定體無亂故隨順修行禪波羅蜜以知法性體明離無明故隨順修行般若波羅蜜△二證發心二一通明發心體三○一標地依證發心者從淨心地乃至菩薩究竟地證何境界所謂真如○二明行體根本以依轉識說為境界境界即是現識必依轉相起故而此證者無有境界然本智正證之時實無能所豈可得說以為境界今但約後得智中業識未盡故轉現猶存假就此識說正證中定有真如為所證境也以後得智反緣正證亦有現似境故說轉識現也唯真如智名為法身而實真證能所平等△三明勝用後得文中四○一攝法上首德是菩薩於一念頃能至十方無餘世界此下有二供養諸佛請轉法輪一正明請法唯為開導利益眾生不依文字二顯其請意心二隨根延促德或示超地速成正覺以為怯弱眾生故一促也於中先舉用後顯意或說我於無量阿僧祇劫當成佛道以為懈慢眾生故二延也亦先舉用後顯意能示如是無數方便不可思議三結○三行不殊德而實菩薩此下有四種性根等一因等發心則等二行等所證亦等三證等無有超過之法以一切菩薩皆經三阿僧祇劫故四時等○四應機殊行德但隨眾生世界不同所見所聞根欲性異故示所行亦有差別二明發心相又是菩薩發心相者有三種心微細之相云何為三一者真心無分別故根本無分別智

二者方便心自然徧行利益衆生故後得智三者業識心微細起滅故二智所依阿棃耶識也理實亦有轉現但今畧舉根本細相此非發心之境但顯此菩薩二智起時有微細生滅之累不同佛地純淨之德是故合爲發心相△三明成滿德二一正顯勝德二○一摠又是菩薩有二功德成滿一因位窮也故地論云一者現報利益受佛位故於色究竟處示一切世間最高大身二果位彰也故地論云一者後報利益摩醯首羅智處生也何故他受用報身在此天者一義云以寄十王顯其十地然第十地菩薩寄當此天即於彼身示成菩提故在彼天餘義如別說○二別謂以一念相應慧謂一念始覺至心源時契於本覺無明頓盡名一切種智無明盡故顯照諸法亦可一念等皆無間道名一切種智是解脫道即顯上真心於此成也上皆自利行滿下利他德顯云自然而有不思議業能現十方利益衆生顯上方便心明不待功用也又亦可初智淨相後不思議業相皆是本覺隨染所成也△二問荅除疑二一除一切種智疑二○一問問曰有二虛空無邊故世界無邊世界無邊故衆生無邊衆生無邊故心行差別亦

復無邊如是境界不可分齊難知難解一且陳疑謂有虛空處皆有世界有世界處皆有衆生有衆生處皆有心行如是境界分齊難知也若無明斷無有心想云何能了名一切種智二正設難難云非直外境無邊分齊難知亦復內盡心想云何得了也厶二荅三○一立正理荅曰意云只由內盡妄想心故能外廣知也一切境界本來一心離於想念境雖無邊不出一心既證心源何不能了真心之境離於妄念故盡想念方始能知也○二舉非顯失以衆生妄見境界故心有分齊一妄見有限之境以妄起想念不稱法性故不能了二釋成不見所由即明爲妄見故有所不見○三舉是彰得諸佛如來離於見相無所不徧無妄見故無所不見心真實故佛心離妄體一心源無始覺之異故即是諸法之性然此本覺在生滅門中爲妄法之體故自體顯照一切妄法一切妄法並是本覺佛心之相相既現於自體之上以體照其相有何難了而不知也故云自體照等也故上文中辨佛報化之用則在於衆生心中今辨衆生妄法則在於佛心之上良以心源無二故得然也華嚴云如心佛亦爾如佛衆生然心佛及衆生是三無差別此之謂也

有大智用無量方便隨諸衆生所應得解皆
能開示種種法義是故得名一切種智以同體智
力起勝方便攝化有情二除自然業用疑二一問又問曰亦二若諸佛
有自然業能現一切處利益衆生者一切衆
生若見其身若覩神變若聞其說無不得利
一且陳疑云何世間多不能見二正設難二荅荅曰有法喻合
諸佛如來法身平等徧一切處無有作意故
說自然但依衆生心現以法身普徧衆生心中但有厭求機感即
顯麤細之用非由功用也上文中已顯此義也衆生心者猶如於鏡
鏡若有垢色像不現如是衆生心若有垢無明
感佛之機非謂煩惱現行以善星等煩惱心中得見佛故法身不現故法身
能現報化之用今據本而言故云法身不現
也如攝論中十二甚深皆是法身之德顯現
甚深彼中言由世尊不現如月於破器中釋
曰諸佛於世間不顯現而世間諸佛身常住
云何不現譬如破器中水不得住水不住故
於彼破器實有月不得顯現如是諸衆生無
奢摩他軟滑相續但有過失相續於彼實有
諸佛亦不顯現水譬奢摩他軟滑性故此中

依定得見佛者是過去修習念佛三昧乃於
此世得見佛身非謂今世要依定心方能見
佛以散心中亦見佛故彼攝論中約過去定
習爲因非約現在此論中約根熟爲因非約
無感有此左右四修行信心分四一結前生後已說解釋分次說修
行信心分來意者以上來明其大乘今爲正明心信故有此分來也二就人標
意是中依未入正定聚衆生故說修行信心
不定聚人有二一者修信滿足爲說發趣道
相令入正定是前勝人也二者修信未滿是
前劣人即此文所爲以四信五行令其修行
使信成滿信成滿已還依發趣入正定也三
約法廣辨二一興二問何等信心云何修行二還兩荅二一荅信
心三一標數畧說信心有四種即四不壞信也二徵起云何
爲四三列釋一者信根本真如之法諸佛所師衆行之源故所
謂樂念真如法故非直就起信心亦乃樂念觀察二者信佛
有無量功德常念親近供養恭敬發起善根
願求一切智故三者信法有大利益常念修
行諸波羅蜜故四者信僧能正修行自利利
他常樂親近諸菩薩衆求學如實行故三寶中各

二一標所信之勝德二起勝因以願求二荅修行三一舉數標意修行有五門能成此信有信無行則信不堅不堅之信遇緣便退故修五行以成四信之心令不退也二徵起列名云何爲五一者施門二者戒門三者忍門四者進門五者止觀門止觀合修定慧雙運二門不二故唯五也三依門牒釋五一施云何修行施門寄問以標若見一切來求索者所有財物隨力施與以自捨慳貪令彼歡喜資財施也若見厄難恐怖危逼隨己堪任施與無畏無畏施也若有衆生來求法者隨己能解方便爲說不應貪求名利恭敬唯念自利利他迴向菩提故法施也○二戒云何修行戒門所謂不殺不盜不淫不兩舌不惡口不妄言不綺語遠離貪嫉欺詐諂曲瞋恚邪見攝律儀戒若出家者爲折伏煩惱故亦應遠離憒閙常處寂靜修習少欲知足頭陀等行乃至小罪心生怖畏慚愧改悔不得輕於如

來所制禁戒攝善法戒又從小罪下明護戒心當護譏嫌不令衆生妄起過罪故攝衆生戒○三忍云何修行忍門所謂應忍他人之惱心不懷報他不饒益忍也下明安受苦忍云亦當忍於利財榮潤已衰損耗侵凌毀越過以毀譽越德而歎稱依實德讚譏依實過論苦逼迫侵形樂心神適悅等法故△四進二○一正顯云何修行進門所謂於諸善事心不懈退一勤勇精進立志堅强遠離怯弱二難壞精進當念過去久遠已來虛受一切身心大苦無有利益三無足精進以念已長淪虛受大苦以自勸勵修善無厭是故應勤修諸功德自利利他速離衆苦總結勸修△二別明除障方便二○一障復次此下有二若人雖修行信心以從先世來多有重罪惡業障故一內有業障即因也爲邪魔諸鬼之所惱亂或爲世間事務種種牽纏或爲病苦所惱有如是等衆多障礙二外感報障即緣也○二治是故應當此下有二勇猛精勤晝夜六時

禮拜諸佛一總明除障方便如人負債依附於王則債主無如之何如是行人禮拜諸佛諸佛所護能脫諸障誠心二別除四障懺悔一除惡業障勸請二除謗法障隨喜三除嫉妒他勝障迴向菩提四除樂三有障常不休廢總結能治得免諸障總結所治善根增長故結盖由此四障能令行人不發諸行不趣菩提故四行治盡善根長也又初一治業障以止持故後三長善根以作持故△五止觀二一畧明二〇一徵云何修行止觀門寄問以標△二釋三〇一止所言止者謂止一切境界相先由分別依諸外塵今以覺慧唯識道理破外塵相塵相既止無所分別故云止此是方便隨順奢摩他此云止也觀義故但令就方便存此方語約止即存梵言也以雙現時方名止觀故令但言隨順〇二觀所言觀者謂分別因緣生滅相隨順毗鉢舍那此云觀觀義故依生滅門觀察法相故言分別如瑜伽論菩薩地云此中菩薩即於諸法無所分別當知名止若於諸法勝義理趣及諸無量安立理趣世俗妙慧當知名觀是知依真如門止諸境相無所分別即成根本無分別智依生滅門分別諸相觀諸理趣即成後得智然此二門唯一心是故雙運方得名爲正止觀也〇三俱云何隨順此下

有二以此二義漸漸修習不相捨離一顯能隨之方便雙現前故二明所隨之止觀隨相而論止名定觀名慧就實而言定通止觀慧亦如是如梁攝論云十波羅蜜通有二體一不散亂爲體謂止定二不顛倒爲體謂觀慧也二廣說三一止五一修方便二一明勝人能入二一託靜息心修止方便二一約外緣若修止者住於靜處若具言之有五緣一閑居靜處謂住山林及諸閑靜等處若住聚落必有喧動二者持戒清淨謂離業障若不淨者必須懺悔二者衣食具是四者得善知識五者息諸緣務今畧舉初故云靜處也端坐調身也先安坐靜處每令安穩久久無妨次當正脚或全跏或半跏若全跏者先以左脚置右髀上牽來近身令脚指與髀齊次解緩衣帶使周正不令坐時脫落次以左手置右手上疊手相對頓置脚上牽來近身當心而安次當正身先挺動其身并諸支節作七八反如自按摩法亦勿令手足差異正身端直令脊骨相當勿曲勿聳次正頭頸令鼻與臍相對不偏不邪不低不昂平面正住次以舌約上齶次閉眼不令全合廣如天台山顗禪師二卷止觀中說也令畧總說故言端坐也正意調心也末世行人正顧者少邪求者多詐現寂靜威儀苟求名利心既不正得定無由離此邪求故云正意意欲令其觀心與理相應自度度他至無上道名正意也二安內心二一約坐修止二一離境不依氣息

數息觀境不依形骨環等色青黃赤白四相不依於空不依地水火風地等五相皆是事定所緣之境乃至不依見聞覺知是識一切處通前爲十一切處亦可見聞等是舉散心時所取六塵於此等諸塵推求了達知唯自心不復託緣故言不依二除心一切諸想隨念皆除除前諸境更有餘心皆亦遣也亦遣除想所遣既無能遣不立泯然寂靜方名止也問何故能所心想並不存下卷云以一切法本來無想欲順於法性故能所皆不存念念不生念念不滅轉釋成法性無想所以也良以想無自性窮之則空故無生滅自體可得此乃即生無生即滅無滅故也如陽炎水本自乾耳亦不得隨心外念境界後以心除心若心外有實境心緣此境時抑令不緣不可得故後以心除心者今既心外無塵即所取無相所取無相故能取自然不生何勞後心方更除耶心若馳散即當攝來住於正念初習多馳故攝令住正何者正念下云是正念者當知唯心無外境界外境唯心是爲正念即復此心亦無自相念念不可得妄境既無唯心亦寂二約餘威儀修止若從坐起去來進止有所施作於一切時常念方便隨順觀察非直坐時常修此止餘威儀中一切時處常思方便順於法性不動道理二止成得定除障不退久習淳熟其心得住一止成以心住故漸漸猛利隨順得入真如三昧二明止力附心猛利得定深伏煩惱信心增長速成不退三明伏惑入位即信滿入住二顯障者不能唯除疑惑一於理猶豫不信二闡提誹謗三外道重罪業障四五逆四重我慢五恃我自高解怠六放逸不動如是等人所不能入是六種障隨有二種即不能入○二顯勝能二一能生一行三昧復次依是三昧故則知法界一相一標立謂一切諸佛法身與衆生身平等無二二釋相即名一行三昧三顯名二能生無量三昧當知真如是三昧根本文殊般若經云何名一行三昧佛言法界一相繫緣法界是名一行三昧入一行三昧者盡知恒沙諸佛法界無差別相乃至廣說以此真如三昧能生此等無量三昧故名三昧根本也上皆一行三昧下明無量三昧云若人修行漸漸能生無量三昧義如上所引文殊般若經中已說△三辨魔事一一畧二○一魔事或有衆生無善

根力則爲諸天魔也此魔云障礙外道鬼堆惕鬼也神精魅也
之所惑亂如是鬼神嬈亂佛法令入邪道故名外道如是三種能變作三種五
塵壞人善心三種者下云若於坐中現形恐怖○一示可畏之身怖之
以失志或現端正男女二現可愛之形惑之以生染等相三現
非違非順平等五塵動亂人心○二對治當念唯心境界則滅終
不爲惱一切諸境尚唯自心何況坐中此等諸境是故觀察唯心魔境隨滅不能
嬈亂以此唯心非彼所知故此是通遣之法
別門遣者治諸魔者當誦大乘般若及治魔
咒默念誦之治諸鬼者堆惕鬼者或如蟲蝎
緣人頭面鑽刺熠熠或復擊歷人兩腋下乍
抱持於人或言說音聲喧喧及作諸獸之形
異相非一來惱行者則應閉目一心陰而罵
之作如是言我今識汝汝是此閻浮提中食
火嗅香偷臘吉支邪見喜破戒種我今持戒
終不畏汝若出家人應誦戒律若在家者應
誦菩薩戒本或誦三歸五戒等鬼便却行匍
匐而出也精魅神者謂十二時狩能變作種
種形色或作少男女相或作老宿之形及作
可畏身相等非一衆多惱亂行者其欲惱人
各當十二時中本時来也若其多於寅時来
者必是虎兕等乃至若多於丑時来者必是
牛類等行者恒用此時則知某獸精魅說其
名字訶責即當謝滅此等皆如禪經中及顗
禪師止觀中廣說八二廣二一魔事十事五

對○一現形說法或現天像菩薩像亦作如来像相
好具足若說陀羅尼若說布施持戒忍辱精
進禪定智慧或說平等空無相無願無怨無
親無因無果畢竟空寂是真涅槃○二得通起辯或
令人知宿命過去之事亦知未来之事得他
心智辯才無礙○三起惑造業能令衆生貪著世間
名利之事又令使人數瞋數喜性無常準或
多慈愛多睡多病其心懈怠或卒起精進後
便休廢生於不信多疑多慮或捨本勝行更
修雜業若著世事種種牽纏○四據定得禪亦能使
人得諸三昧少分相似皆是外道所得非真
三昧或復令人若一日若二日若三日乃至
七日住於定中得自然香美飲食身心適悅
不飢不渴使人愛著○五食差顏變或令人食無分
齊乍多乍少顏色變異○五對皆如文可見○問如現佛菩薩像

說甚深法或是宿世善根所發云何揀別定其邪正答此事實難所以然者若是魔所作謂是善相而心取著則墮邪網若實是善根所發之境謂爲魔事心疑捨離則退失善根終無進趣是故邪正實難取別今且依古德相傳畧以三法驗之一以定研磨二依本修治三智慧觀察如經言欲知真金三法試之謂燒打磨行人亦爾難可別識若欲別之亦須三試一則常與共事共事不知當與久處久處不知智慧觀察○今借此意以驗邪正謂定中境相發時邪正難知者當深入定心於彼境中不取不捨但平等定住若是善根之所發者定力逾深善根彌發若是魔所爲者不久自壞第二依本修治者且如本修不淨觀禪今則依本修不淨觀若如是修境界增明者則非偽也若以本修治漸漸滅者當知是邪也第三智慧觀察者觀所發相推驗根源不見生處深知空寂心不住著邪當自滅正當自現如燒真金益其光色若是偽金即自當焦壞此中真偽當知亦爾定譬於磨本治猶打智慧觀察類之以燒以此三驗邪正可得知也○二對治以是義故行者常應智慧觀察依自隨分所有覺慧觀諸魔事察而治之勿令此心墮於邪網若不觀察則墮邪道三種驗中此當第三智慧觀察當勤正念不取不著邪不干正自然退散若取著者則背正入邪若不取著則因邪顯正是故邪正在著不著也則能遠離是諸業障

不取著故無障不離如智度論云除諸法實相其餘一切皆是魔事偈云若分別境相即是魔羅網不動不分別是即爲法印此之謂也從當勤下總顯三中前之二法以此大乘止門唯修理定更無別趣故初定研磨弁依本修治更無別法所以合說但依本止門故△四簡真偽二一舉內外二定以別邪正一○一邪應知外道所有三昧皆不離見愛我慢之心我見我愛我慢之使常相應也貪著世間名利恭敬故內著邪定外貪名利又但一切禪定不能減損煩惱者皆不可據也○二正真如三昧者謂在定時而不味著不住見相以忘心故不住得相以忘境故乃至出定亦無懈慢出定亦無恃定之慢所有煩惱漸漸微薄貪瞋癡漸薄即正定之相也△二對理事二定以明真偽二○一真若諸凡夫不習此三昧法得入如来種性無有是處謂修大乘菩薩行者要依此真如三昧方入種性不退位中除此更無能入之路種性者約位在十住已去不退位中辯○二偽以修世間諸禪三昧謂四禪四空定等世間諸定及不淨安般等但取境相定皆名世間定也多起味著依於我見繫屬三界與外道共以味著定境故不離於我故云與外道共共者同得

此事定故若離善知識所護則起外道見故以其共故
若得善友護助之力得入佛法若離善友則入邪道△五示益勸二○一總標復次
精勤專心修學此三昧者現世當得十種利
益後世利益無量無邊現世利益畧陳十種△二別解十中分三○一一善友攝護益
云何為十一者常為十方諸佛菩薩之所護
念以修此真如三昧故諸佛菩薩法應護念令得勇猛勝進不退也△二四離障益二
○一離外惡緣二者一離天魔現形不為諸魔惡鬼所能恐
怖三者二離外道邪惑不為九十五種外道鬼神之
所惑亂○二離內惑業四者一除業也遠離誹謗甚深之
法不起新業重罪業障漸漸微薄舊業輕也五者二滅惑也
滅一切疑諸惡覺觀○三五行成堅固益六者於理增信於
諸如來境界信得增長七者處深不怯遠離憂悔
於生死中勇猛不怯八者不為緣壞其心柔和捨
於憍慢不為他人所惱九者無世滋味雖未得定
於一切時一切境界處則能減損煩惱不樂

世間十者得深禪定若得三昧不為外緣一切音
聲之所驚動△二觀三○一明修觀意復次若人唯修於
止則心沈沒或起懈怠不樂衆善失自利也下初觀以
治之第四觀以成之遠離大悲失利他也下第二觀以治之第三觀以成之
是故修觀△二辨觀行相四一法相觀明四非常觀文四○一無常觀修
習觀者當觀一切世間有為之法總標四觀所觀也
無得久停須臾變壞○二苦觀一切心行念念生
滅以是故苦○三無我觀應觀過去所念諸法怳
忽如夢無體難追應觀現在所念諸法猶如電光
剎那不住應觀未來所念諸法猶如於雲欻爾而
起本無積聚但緣集欻有不從十方來○四不淨觀應觀世間一切
有身悉皆不淨種種穢汙無一可樂上來四觀除於
常等四倒配釋可知○一大悲觀如是當念一切衆生從無
始時來皆因無明所熏習故令心生滅已受
一切身心大苦現在即有無量逼迫未來所

苦亦無分齊難捨難離而不覺知無心厭背故使苦無限也衆生如是甚爲可愍深發悲心三大願觀○作是思惟即應勇猛立大誓願因悲立願願令我心離分別故願體徧於十方修行一切諸善功德盡其未來長時心也以無量方便救拔一切苦惱衆生廣大心也令得涅槃第一義樂第一心也四精進觀○以起如是願故於一切時一切處所有衆善隨巳堪能不捨修學心無懈怠唯除坐時專念於止○三結觀分齊若餘一切悉當觀察應作順理不應作違理△三俱三○一摠標若行若住若卧若起皆應止觀俱行上来始習未淳故動靜別修今定慧終成故能雙運△二別辨二一約法明俱二○一即止之觀所謂雖念諸法自性不生約非有義以明止而復即念因緣和合善惡之業苦樂等報不失不壞約非無義以明觀此二不二故云即也此順不動真際而建立諸法良以非有即是非無故能不捨止而修觀也○二即觀之止雖念因緣

善惡業報而亦即念性不可得此順不壞假名而說諸法實相良以非無即是非有故能不捨觀而修止此說時有前後然在行心鎔融不二不二之性即是實性理味在此宜可思之○二對障明俱若修止者對治凡夫住著世間能捨二乘怯弱之見治於二過謂正治凡夫人法二執貪樂世間兼治二乘執五陰法見苦生怖以止門無生除此等執若修觀者對治二乘不起大悲悁劣心過遠離凡夫不修善根亦治二過謂正治二乘悁劣之心令普觀衆生起於大悲兼治凡夫懈怠之心令觀無常策修善行○三摠結以是義故是止觀門共相助成不相捨離如凡夫人非不樂世間無以勤修善行約二乘人非不怖生死無以起於大悲是二行不相離也若止觀不具則無能入菩提之道止觀相資如鳥兩翼車之二輪二輪不具別無運載之功一翼若闕則無淩虛之勢△四防退方便二○一明可退之人復次衆生初學是法欲求正信其心怯弱先標行劣下舉處釋成以住於此娑婆世界自畏不能常值諸佛親承供養懼謂信心難可成就意欲退者以其內心既劣

外闕勝緣信行難成故欲退也△二明防退之法二△一通舉聖意當知如来
有勝方便攝護信心標聖善巧謂以專意念佛因
緣隨願得生他方佛土常見於佛永離惡道
釋顯巧相二別引經證如修多羅說若人專念西方極
樂世界阿彌陀佛所修善根迴向願求生彼
世界即得往生引經也下釋經文常見佛故終無有
退若觀彼佛真如法身常勤修習畢竟得生
住正定故但往生之人約有三位一如蓮華未開時信行未滿未名不退但以
處無退緣故稱不退二信位滿足已去華開見佛入十住位得少分見法身住正定位也
三者三賢位滿入初地已去證徧滿法身生無邊佛土如佛記龍樹菩薩等住初地生淨
土等也此中畢竟等是後二位五勸修利益分三○一結前生後已說修行
信心分結前大章次說勸修利益分牒前大章如是摩
訶衍諸佛祕藏我已摠說二舉信謗損益二一信受福勝二一
約三慧摠舉其益若有衆生欲於如来甚深境界得
生正信遠離誹謗入大乘道當持此論聞慧思

量思慧修習修慧究竟能至無上之道二別顯三慧益相三
一聞時益若人聞是法已不生怯弱當知此人定
紹佛種必為諸佛之所授記二思時益假使有人
能化三千大千世界滿中衆生令行十善不
如有人於一食頃正思此法過前功德不可
為喻三修時益三一時少德多復次若人受持此論觀察
修行若一日一夜所有功德無量無邊不可
得說二校量多相假令十方一切諸佛各於無量
無邊阿僧祇劫歎其功德亦不能盡三釋多所以
何以故謂法性功德無有盡故此人功德亦
復如是無有邊際二謗毀罪重其有衆生於此論
中毀謗不信所獲罪報經無量劫受大苦惱
一謗成罪重是故衆生但應仰信不應毀謗二誡勸上
謗以深自害亦害他人斷絕一切三寶之種
三釋罪重意以一切如来皆依此法得涅槃故一

切菩薩因之修行得入佛智故四轉釋斷三寶之義於中三二句一約果人依之得涅槃二約因人依之得菩提菩提涅槃即是法寶佛僧可知也三結勸修學當知過去菩薩已依此法得成淨信現在菩薩今依此法得成淨信未来菩薩當依此法得成淨信是故衆生應勤修學三世菩薩同行此法更無異路故勸修學三總結迴向諸佛甚深廣大義我今隨順總持說結上所說也於中上句結義下句結文迴此功德如法性普利一切衆生界迴向利益也於中上句明德廣下句辨遐霑

大乘起信論疏卷第四

音釋

憒公對切乱也　髀補爾切股也　壘力水切注云軍壁曰壘　臍在奚切肶臍也

春資昔切背呂也　齶五各切斷也　璅子道切玉石也　熠以立切盛光也

伹七閭切拙也音蛆

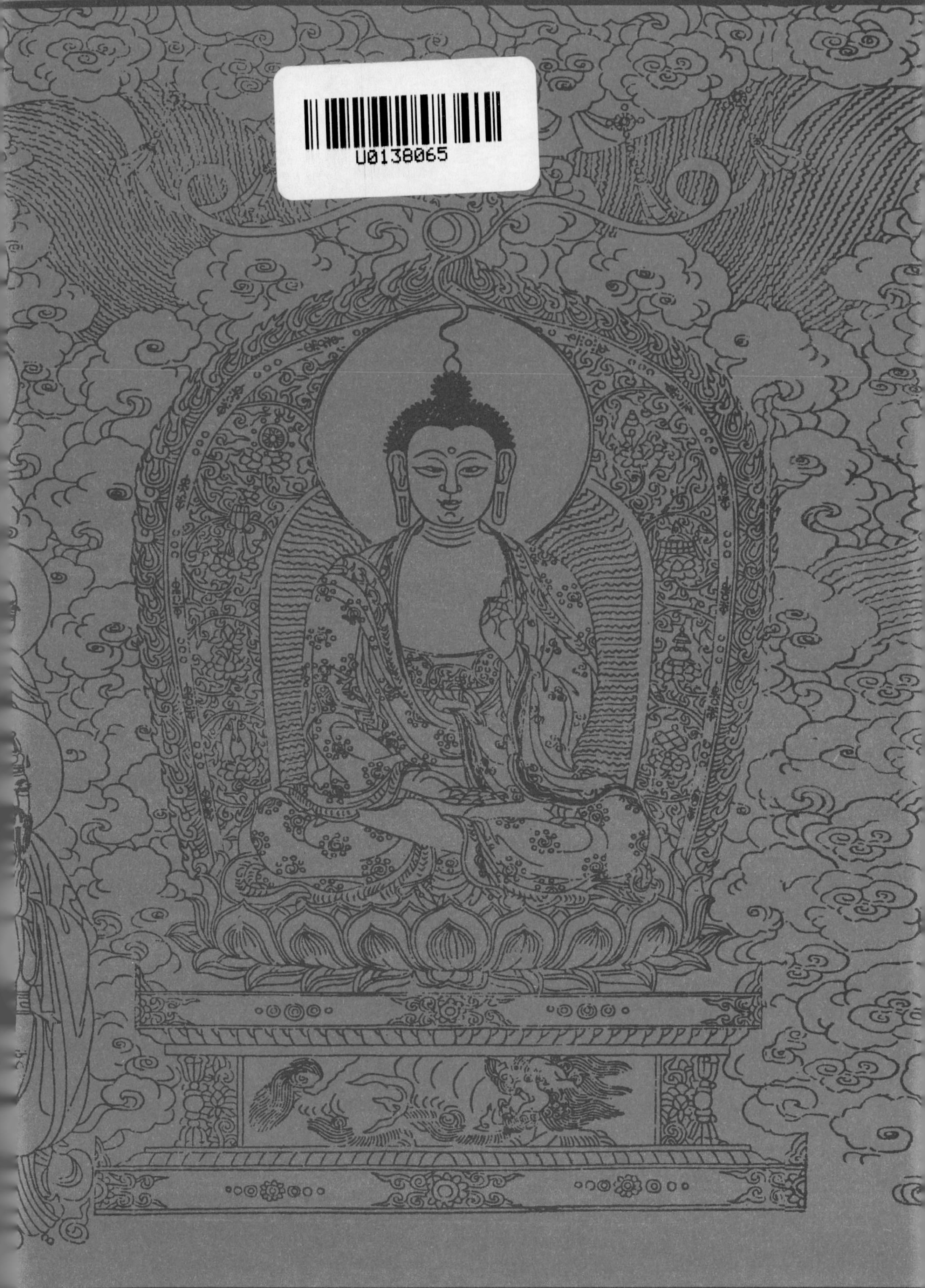